浙江工业大学通识教育核心课程建设教材

本书编委会

主编　左怀建

编委（以姓氏笔画为序）

王福和　仇　萍　左怀建　吉素芬

刘　鹏　刘成国　李剑亮　何玲华

张　欣　张科琪　张晓玥　钱国莲

高婉青　彭万隆　褚蓓娟

中外文学经典导读
Literary Classics

◎ 左怀建 主编

浙江大学出版社

目　　录

上编　中国文学经典导读

小　说

诗词曲

散　文

戏　剧

下编　外国文学经典导读

小　说

诗　歌

散　文

戏　剧

引　言
大学文学经典阅读：意义与方法

一、何为文学经典？

　　按照《现代汉语词典》的解释，所谓"经典"，主要"指传统的具有权威性的著作"。

　　根据许慎《说文解字》和郭沫若的相关考证，可以断定，"'经'的本义是织布机上的纵线，是与织布机上的横线（'纬'）相对的。如没有'经'也就谈不上'纬'，所以'经'是主要的"①。有经有纬布乃成。同样的道理用在文化建设上，能代表一个民族乃至全人类的思想高度、精神高度、价值追求的强烈度和艺术水平，并能经得起长久时间考验，可不断启发后人进行文化创新，从而支撑一个民族乃至全人类文化传承和发展的著作就是经典。我国先秦时期就已经把被奉为典范的著作称为"经"。如《荀子·劝学》有："其数则始乎诵经，终乎读礼。"杨倞注："经，谓《诗》、《书》。"《庄子·天运》有："孔子谓老聃曰：'丘治《诗》、《书》、《礼》、《乐》、《易》、《春秋》六经，自以为久矣，孰知其故矣。'"其他各家后来也将自家的奠基之作称为"经"，如《墨子》为《墨经》，道家把《老子》称为《道德经》，把《庄子》称为《南华真经》。进而言之，记述某一事物、技艺的权威性的专著也常称为"经"，如《山海经》、《水经》、《本草经》、《茶经》、《棋经》、《拳经》等。汉代"罢黜百家，独尊儒术"之后，能进入"经"的就只有儒家的著作了，即四书五经的"经"，十三经的"经"。"典"是会意字。《说文解字》："典，五帝之书也，从册在丌上，尊阁之也。"本意就是指重要的书籍、文献。《尚书·多士》："惟殷先人，有册有典。"《尚书·五子之歌》："明明我祖，万邦之君，有典有则，贻厥子孙。"孔安国传："典，谓经籍。""经典"连在一起用，最早也是指儒家典籍，如《汉书·孙宝传》："周公上圣，召公大贤。尚犹有不相说，著于经典，两不相损。"后来又可指宗教典籍，再扩大

---

　　①　孙力平主编《经典诗文讲解与诵读》"引言"，浙江大学出版社 2011 年版。

为作为典范的、具有权威性的著作。进而又有了形容词的用法,如"经典老歌"、"经典大片"、"经典款式"、"经典动作",甚至"经典美女"等。①

　　每一个民族都拥有自己的经典,各行各业也都有自己的经典,建构主义的经典观更强调经典的时代性、民族性、阶级性以及性别取向等,但是目前更多的学者还是坚持经典之所以为经典必定具有其内在的本质规定,虽然在经验层面上谁也不能否定存在所谓"外力"(不管是政治的力量、经济的力量还是种族的力量或媒介的力量)宰制经典的现象,但是他们还是坚持这种情况不足以得出经典完全没有自己内在规定性的相对主义结论②。那么,什么是文学经典呢?综合各家的理解,我们不妨如此表述——所谓文学经典,就是在文学方面那些能最丰富地表现一个民族乃至全人类的思想高度、精神高度、价值追求、审美情趣,又最能代表一个民族乃至全人类的文学艺术成就,且影响最为广泛、最能经受时间考验、对后世文学创作最具启发性的作品。能将时代性与超时代性、民族性与超民族性的关系处理得最好的秘密就是凭借作家的执著努力和超人才华而将文学的共性和个性做最恰如其分的融合、统一。如《诗经》、《楚辞》是中华民族的经典,也是中国西周初年到春秋战国时代的文学经典,但是它们也与世界其他民族对人生永恒的追求和审美想象相通,因而它们也是世界文学的经典。莎士比亚的《哈姆莱特》和川端康成的《伊豆的舞女》等无数外国文学经典也应作如是观。这正印证了那句老话:愈是民族的,愈是世界的。

　　文学经典如其他学科的经典一样,其形成有一个过程。言外之意,有些暂时被某时代认为经典的,长时段看,并非真的经典;而另外一些暂时被某时代的特殊性所遮蔽和忽略的,经过长时段的验证、淘洗,它的经典性会逐渐显影,最终得到普遍的认可和欢迎。如中国现代文学史上沈从文、张爱玲、钱锺书的创作等。中国当代文学就是因为缺乏长时段验证的条件,所以很难经典化。不过,这也并非完全不可能,因为有的作品其经典性在很短时间内就显示出来了。如莫言的《红高粱》和余华的《活着》等,无疑分别是中国当代文学无可怀疑的文学经典。

二、大学生为何要读文学经典?

　　王晓明先生在《文学经典与当代人生》"绪论"里专门设立一个小节,向大学生谈论"为什么要学文学"?他说:"学文学有什么用?你们可能会觉得这样的问题很愚蠢,不应该对文学发生这样的疑问。"这里,王先生没有区分"文学"与"文学经典"两个不同的概念。其实,今天的青年学生何尝怀疑过文学的作用,他们不是一直在读郭敬明等流行读物吗?还有大量网络写手写出的东西,"那不叫文

---

① 孙力平主编《经典诗文讲解与诵读》"引言",浙江大学出版社 2011 年版。
② 童庆炳、陶东风主编《文学经典的建构、解构和重构》"导言",北京大学出版社 2007 年版。

学叫什么"? 关键不在于青年学生读不读文学,而是读什么样的文学。因为在今天大众文化语境下,文学的概念和内涵早已分化了。精英文学是文学,大众文学也是文学;纯文学是文学,商业娱乐文学也是文学。显而易见,后者更受大众欢迎。后现代平面化时代,怎么都可以的时代,大众的底数总是多的;物质崇拜的语境下,精神信仰的不可靠,使越来越多的大众读者跟着大众流行物而跑,而经典——那是怎样一个艰深、令人望而生畏的字眼——显得越来越孤立,越来越让更多的精神迷失者尽量回避。加上视觉文化的转向,影视作品铺天盖地而来,网络、手机联合,所有所欲轻易而得,文学经典越来越被推到远处去了。

　　其实,这里一个根本的前提在于,我们究竟要培养什么? 从学生的角度言,他们究竟要成为什么? 丛日云先生在《西方文明演讲录》的"导言"里谈到,过去"我们学习苏联的办学模式,教育目的就完全变了,变成一种人才教育。它把人当成材料,人才人才,人都变成了材料,人都成了工具"。其实,我们的教育根本目标是"人",不是"人才",或者是"人"才,而不是人"才"。中外教育史都提供了教训。按照鲁迅所说,中国人过去从来没有争得过人的资格,所以压根不可能有"人"才的教育;西方,美国是后起之秀,并迅速成为执世界历史方向之牛耳者,但正是美国的大学(如芝加哥大学)最先看到那种专门主义、功利主义的教育无法拯救人精神的零散和心理的崩溃,所以也是他们最先提倡通识教育。说来可笑,美国人是挣够大钱然后发现精神之不足,回头找精神,难道中国人现在还要把美国人走过的路再走一遍吗? 丛日云先生感慨:"如果真正有洞察力的话,你就会发现,这几十年高等教育造成的真正损害是什么? 是整个国家国民素质的低下、国民的教养水平的低下,甚至培养出一批批心理不健康、人格不健全、满脑子偏见、思维方式和语言表达方式有严重缺陷的人。有知识没文化,有技术没学问,有才华没思想,有能力没教养。没有健康的心理、健康的人格,没有丰富的内在世界,不懂得人的价值,不知何为人的尊严,没有自尊也不懂得尊重人。总之,我们培养了许多没有教养的低档次的'人才'。"话有些极端,但也为我们的教育敲响了警钟。

　　王晓明先生《文学经典与当代人生》"绪论"揭示另外一个方面,就是现代专业分工导致人才培养的偏至,而随着发展,专业更替越来越快,人要跟上时代,满足越来越细的专业需求,也越来越难了。如此,人的精神要么开始就没有机会"成形",要么精神不够强大,最终会被拖垮。如何使人精神不败——上大学和读文学经典。"为什么读大学? 现在实际上有好几种不同的求学的道路可以选择。……第一,大学的确可以教给你们一些将来谋生的知识,但是,如果真的要讲谋生,说老实话,大学里教的知识太少了,不够用,特别是现在的知识更替那么快。你要谋生,你要学一辈子,大学里教的很多东西都太旧,没有用。工科的学生大概对这一点感触特别多,考大学时你选一个专业,可能它当时很热门,可四年下来,你毕业出去的时候,已经不再热门,甚至可能变成冷门,不需要这么多人了。所以,我就觉得,如果大学四年都用来学谋生的本领,太可惜了这个环境,也可惜了这么宝贵的四年时间。第二,越是社会变化快、更新周期短,我们就越需要把自己的脑子磨练好,要在精神上早一点成形。各位现在人是进入大学了,但精神上基本上是散的,没有成形。""所谓大学者,非有大楼之谓也,有大师之谓也。"梅贻琦先生所言主要对准大学教育的管理者和施行者,但是它也从一个侧面说明,大学之所以为大学,它的定位就不能与一般职业技术学院等相同,它不仅教学生"眼前"谋生的知识、手段,更重要的是解决学生"长远"的精神、人格的培养问题,而且要在"更高层面"上解决。根本在于,引领学生思考:我们究竟追求怎样的人生目标才是更健康、合理的? 换言之,究竟该怎样"在世"、"面世"才是正途? 如果我们不是文化取消主义者,还承认人类的生存需要向着更高的精神境界提升的话,那么我们就无法回避青年学生的精神教养问题,而真正能培养青年人的精神、个性,并向着精神、个性的更高层面提升的无疑还是各学科的经典,特别是文学艺术经典。

文学经典是一个民族乃至全人类精神、灵魂、生活方式的重要呈现。它描写的是整体意义上的生活,往往被称为一个民族、一个时代的百科全书。文学经典表现民族集体无意识,某种意义上讲,其中埋藏着民族文化的根,是作家个性的表达,也代表民族的想象共同体,是传承民族文化和塑造民族优秀品格的重要途径。如鲁迅被誉为"民族魂",其创作就成为揭示民族劣根性、探究民族灵魂重建的重要精神劳动。在越来越物质化、商品化、欲望化、平面化而诸神远去的今天,文学经典无疑是一个民族乃至全人类最后的精神家园。文学特别是文学经典不仅具有认识作用、教育作用,还有极为丰富的审美作用(孔子所谓"兴、观、群、怨"),是作家个性的表达也是民族个性的表达,它激励人心,陶冶情操,直接诉诸人的心理、情感,有春风化雨之功效和撼动山河之威力。所以近代启蒙思想家梁启超高声疾呼:"欲新一国之民,不可不先新一国之小说。"丘吉尔说:"我宁愿失去一个印度,也不愿意失去一个莎士比亚",显然也有这方面的考虑在内。从个人角度言,文学经典也是青年人人格自塑的重要凭借。王晓明先生就谈到,"通过读经典,使年轻人直接接触人类文化的精华,由此培养他对人生的丰富内容的领会,建立一个开阔的精神的基础,这样,他以后进入社会,承受现实规则的那些压力和诱惑——赚钱、享受物质生活、往上爬等的时候,他就会知道,这只是人生的一部分内容。一个好的人生、一个好的社会,是不能仅仅只有这些的,他就能不被它们迷惑住,而且有能力去抵抗和克服它们,这就是通识教育建立核心课程的用意所在"。也就是说,文学经典不仅可以帮助学生培养健康的人生观、价值观、审美观,同时也可以帮助学生培养强大的心理调适能力。当困难可以克服时,他(她)可以更勇敢、更机智、更人性化;当困难暂时不能克服时,他(她)可以更好地说服自己适当地对待人生困境。事实上,世界上许多伟大的人物包括自然科学家爱因斯坦、牛顿、钱学森等无不具有精深的文学艺术修养,正是文学艺术的想象扩充了他们对宇宙、人生的理解,坚定了他们追求真理的信念,帮助他们创造事业的峰巅。在美国,越重要的大学越重视这种通识教育,如哥伦比亚大学,"它的本科生的通识教育的时间就很长,通常是两年,就是一、二年级,学生基本上不学专业课,大部分时间就是读经典,到三、四年级再开始学专业课"①,"通识教育的主要方式,是建立一套核心课程,这课程的主要内容就是读书,比方说,两百本经典,从古希腊悲剧、荷马史诗开始,亚里士多德、柏拉图,到中世纪重要的哲学著作,到马克思的《资本论》,陀思妥耶夫斯基的小说,一直到当时最新的弗洛伊德的著作,当然还要读《圣经》"②,"托尔斯泰的《战争与和平》,总是欧洲和美国所有一流大学的通识教育课上的必读书"③。

著名学者叶嘉莹曾说:"至于说到学习中国古典诗歌的用处,我个人以为也就正在其可以唤起人们一种善于感发的富于联想、活泼开放、更富于高瞻远瞩之精神的不死的心灵。"④

朱自清在《经典常谈》"序"中也谆谆告诫:"读经的废止并不就是经典训练的废止","在中等以上的教育里,经典训练应该是一个必要的项目,经典训练的价值不在实用,而在文化……"。在一个过于"务实"的时代,文学确是显得"务虚"了,但是没有这"虚",人类的生存真是不可想象的,犹如灵魂之与肉体,灵魂是看不见的,但是灵魂才决定人生存的方向和质量;犹如空气之与人的生存,空气是无法秤斤衡重的,但是只有清新的空气,我们的生存才健康、愉悦;犹如润滑剂之与机器,润滑剂不是机器上任何零件,但是没有润滑剂,机器终有一天会崩溃的。钱锺书先生在 20 世纪 40 年代写过一篇散文《魔鬼夜访钱锺书先生》,其中魔鬼都感慨:现在的人连坏灵魂也没有了,何况好灵魂。那么,面对如此危机,是认同呢,还是"绝望的抗争"? 在这物质主义和功利主义泛滥、人的灵魂容易迷失的年代,引导学生去阅读文学经典、接受文学经典就成为大学教学不可推卸的职责,而青年学生对文学经典的自读更是当务之急,不可懈怠。

三、大学生如何阅读文学经典?

凡受过中等以上教育的人莫不接触过、阅读过文学经典,难道阅读还成为一个问题吗? 是的,阅读也需深入实践。中学生对文学经典的阅读仅在一个方面

---

① 王晓明、董丽敏、孙晓忠《文学经典与当代人生》"绪论",复旦大学出版社 2008 年版。
② 王晓明、董丽敏、孙晓忠《文学经典与当代人生》"绪论",复旦大学出版社 2008 年版。
③ 王晓明、董丽敏、孙晓忠《文学经典与当代人生》"绪论",复旦大学出版社 2008 年版。
④ 叶嘉莹、祝晓风《书生报国成何计,难忘诗骚李杜魂》——叶嘉莹教授访谈录》,《文艺研究》2003 年第 6 期。

或一个层面展开，而且有些话题也不适合展开；一般社会青年的阅读往往保持在一个较单一或较肤浅的层面，而且多感觉化、情绪化，偏于对故事情节的鉴赏。作为大学本科生，虽然不一定是中文专业的，也需要更新眼光，提高理论水平，提升阅读质量，从而得到思想上更高的启迪，精神上更大的愉悦，情感上更深沉的宽慰，审美上更细腻、丰富的陶养，最终向着真正的"人"才迈进。那么，究竟该怎样阅读文学经典呢？限于篇幅，这里只能做一些极粗浅的介绍。

其一，直读原典。这本不成问题，但在当前信息爆炸、人们的认知往往被媒体所左右的年代，作为一个问题提出来还是有它的意义。记得北京大学钱理群先生在课堂上，反复劝导学生们，一定不要仅仅听别人怎么说，一定要自己先读先看，先从作品原典获得第一阅读印象。人生中有许多"第一"都很重要，给人留下印象也最强烈，往往终生难忘，对文学经典的阅读印象往往也是这样。只有自己有了直接的原始的阅读印象和感受，你才有资格说话，判断一部作品是好还是不好，是喜欢还是不喜欢，也才能判断别人分析解读的是妥当还是不妥当，才能形成自己的理解、感受与别人的理解、感受的"对话"，从而将对作品的理解和感受深入下去。

其二，反复阅读原典。当前人们常用"说不尽的……"这样的句式表达对文学经典的赞许，如"说不尽的《哈姆莱特》"，"说不尽的《红楼梦》"，"说不尽的《雷雨》"等等。也就是说，经典的文学作品需要反复阅读才能"芝麻开门"，真正洞察其中的秘密。或许有言，现在知识更新快，一切都像走马灯，青年人都在追新逐异、为各种泛文学读物所吸引，你让他(她)反复阅读文学经典，岂非奢侈之想？需要奉告的正是，一切淡定，无须浮躁！人生总是有所为有所不为，书也总是有所读有所不读。读书分泛读与精读，泛读解决面的问题，精读解决点的问题；泛读使人知识信息丰富，精读才使人有思想情感高度。

其三，在别人的认知、研究成果引领下阅读。前面说，要重视自己的阅读感受，这是理解作品的基础，但是这不意味着青年读者可以不要前人的引导。正确的方法是先自己阅读，获得第一印象，产生不少疑问，然后带着这些疑问寻找参考资料，譬如"作家传"，"作家研究资料"，对该作品直接分析解读的文章、著作等。为了保证其严肃性和正确度，最好是参考纸质出版的，网络上的去查知网、超星等正规网络途径中的资料。这样，对作品的理解就不会仅仅保持在主观感受上了，就会增加许多理性内容和文化含量，从而在更高层次上解决一些问题。如朱自清的散文名篇《荷塘月色》，中学语文课本上都说它是托物言志、借景抒情，表现现代知识分子的高洁情怀及大革命失败后情感上的忧伤，其实，查阅最近十多年来有关《荷塘月色》的研究，你马上会发现，这篇作品还埋藏着欲说还休的内涵，就是作者对于进一步的爱与美的渴望及这种爱与美无法实现的怅惘。中学语文课本里所解读的往往只是作品的政治社会内涵，而最近这些年所重点解读的是作品的个人/美学内涵。

　　其四，掌握一些必要的文学分析解读方法。分析解读文学经典，最重要的是靠自己的能力，而不是仅仅依赖在别人现有的成果上，这样，自觉加强理论修养，掌握几种分析解读文学作品的思路、方法还是非常必要的。

　　一部好的文学作品，往往不可能只具有一个方面或一个层面的内涵和美学意义，而是相反。如对茅盾的长篇小说《子夜》，可以用"社会分析法"，因为它主要呼应 20 世纪 30 年代中国社会性质论战，按照中国共产党内对于当时中国社会各阶级的分析来给人物定性，并赋予人物相应的内涵，因此文学史家称之为"社会剖析小说"；可以用"文化分析法"，因为小说同时还写了当时迅速崛起的大上海都市生活，而且在书写这种物质文明高度发达、男女生活相当自由的都市生活时，不时流露出与其无产阶级立场相逆的认同、欣赏心理，从而使文本具有精神、神韵上的分裂症状；可以用"文学本体分析法"（偏于文学形式的分析），因为小说宏大而复杂的叙事结构及其意义功能早已得到文学史家们的公认。过去，人们对曹禺《雷雨》的解读主要强调其"社会学"含义，如说是暴露封建主义加资本主义大家庭的罪恶等等，其实如果要将解读深入下去，更好地接近文本，必须用"文化分析法"，因为剧本的主要目的还不在于其社会学内涵，而在于其人类文化学、宗教哲学诉求。剧本要表现人与自然、人与社会、人与他人、人与自我的复杂关系，警醒人们"认识你自己"，具有丰富的现代性内涵、古典性内涵和生态美学意义。剧本自然也需要"文学本体分析法"，因为它作为现代戏剧创作的峰巅，必有其艺术奥妙值得探赏。

　　有些作品特适合精神分析法，如弗洛伊德认为俄狄浦斯王之所以杀父娶母是因为他无意识里有这样的冲动，表现为恋母情结（即俄狄浦斯情结）。哈姆莱特要杀死娶了母亲的叔父但又犹豫不决，不是因为其他文化原因和性格原因，而是"这个人向他展示了他自己童年时代被压抑的愿望的实现。这样，他在心里驱使他复仇的敌意，就被自我谴责和良心上的顾虑所代替了，它们告诉他，他实在并不比他要惩罚的罪犯好多少"①。两部作品均呈现出自我、本我与超我的复杂关联。有的学者据《离骚》等作品得出屈原有与楚怀王同性恋倾向。台湾李昂的小说《杀夫》中阿芒官道德上是在谴责林市所谓淫荡，其实她潜意识里是羡慕，表现女性被压抑后的变态，实际又颠覆了自己道德上的合法性。

　　有些作品特适合性别意识解读法。如老舍的《骆驼祥子》从男性视角看，"虎妞"有贪欲的一面，但如从女性视角看，虎妞张扬了女性被压抑的欲望，是生命的自然反弹。平时大家对格林童话《白雪公主》的解读是善与恶之间的角逐，但是

---

　　①　弗洛伊德《〈俄狄浦斯王〉与〈哈姆莱特〉》，见《弗洛伊德论美文选》，知识出版社 1987 年版，第 18 页。

女性主义批评家看到作品中王后代表女性自由意志的一面,因此被男性话语妖魔化为"恶魔",而白雪公主代表女性无我的一面,这是男性社会所渴望的,因此被男性话语命名为"天使"。对夏洛蒂·勃朗特《简·爱》中罗切斯特的疯妻子、曹禺《雷雨》中桀骜不驯的繁漪,也同样可以用女性主义批评方法读出新意。

有些作品适合原型(母题)解读法。如美国戏剧理论家、原型批评理论的贯彻者费格生在《剧场观念》中将剧作《俄狄浦斯王》与西方古代宗教仪式联系起来看,认为剧作中的俄狄浦斯是一个"替罪羊"的原型,"俄狄浦斯形象本身提供了替罪羊的一切条件,即被放逐的国王或神的条件,因此,《俄狄浦斯王》戏剧情节的展开过程其实就同于原始时代杀死替罪羊的古老仪式"[①]。以后这一文学母题不断被重写、改写,如莎士比亚的《哈姆莱特》、曹禺的《雷雨》。中国文学中,相似的情况有:《搜神记·三王墓》与鲁迅《铸剑》,《诗经·蒹葭》、屈原《湘夫人》与戴望舒《雨巷》,潘金莲形象与后世创作等。

文学本体解读法起源于俄国形式主义批评、美国新批评和法国结构主义批评等,注重"有意味的形式"分析。这种解读法强调文学文本的独立位置,忽略文学文本与作者创作意图之间的对应关系,或从文本内部寻找结构的裂缝(就是"症候")进行"细读",或从文本与多重语境之间的关系进行语义学分析,体现出新的文学解读观念,收到前所未有的解读效果。前者如刘心武对《红楼梦》的"揭秘",以上所说对《荷塘月色》的解读;后者如西方学者对《白雪公主》的女性主义解读,我国学者对茅盾《子夜》都市文化内涵的解读,等。接受美学更强调读者在文学解读中的审美个性和艺术爱好。

而所有的阅读理解都有一个当下性与历史性的复杂关系问题。一般而言,鉴赏性阅读主要用"美学标准",不太看重"历史标准",而批评、研究性阅读则同时看重"历史标准"。如怎样评价中国现代文学史上的左翼文学?延安文学的代表作,赵树理的小说《小二黑结婚》是不是文学经典?怎样评判它的价值?这里,解读时就要有历史眼光,考虑到它在历史上所起的作用,而不能仅仅从当下人们对文学的好恶审视。

---

① 邱运华主编《文学批评方法与案例》,北京大学出版社 2005 年版,第 131 页。

上编

中国文学经典导读

□ 小 说

世说新语（二则）①

刘义庆

刘伶病酒

刘伶病酒，渴甚，从妇求酒。妇捐酒毁器，涕泣谏曰："君饮太过，非摄生之道，必宜断之！"伶曰："甚善。我不能自禁，唯当祝鬼神自誓断之耳。便可具酒肉。"妇曰："敬闻命。"供酒肉于神前，请伶祝誓。伶跪而祝曰："天生刘伶，以酒为名；一饮一斛，五斗解酲。妇人之言，慎不可听。"便引酒进肉，隗然已醉矣。

雪夜访戴

王子猷居山阴。夜大雪，眠觉，开室，命酌酒，四望皎然。因起仿徨，咏左思《招隐诗》，忽忆戴安道。时戴在剡，即便夜乘小船就之。经宿方至，造门不前而返。人问其故，王曰："吾本乘兴而行，兴尽而返，何必见戴？"

【作品导读】

《世说新语》为南朝刘义庆编著，全书分德行、言语、政事、文学等三十六类，主要记述东汉末到东晋年间文人名士的轶事和言谈。以上两则都选自《世说新语·任诞》。

刘伶，西晋沛国（今安徽宿县）人，字伯伦，名列竹林七贤，是魏晋之际的名士之一。根据晋人王孝伯（恭）的说法："名士不必须奇才，但使常得无事，痛饮酒，熟读《离骚》，便可称名士。"能痛饮酒，是成为名士的一个显著标志。《任诞》载："王佛大叹言：'三日不饮酒，觉形神不复相亲。'""王卫军云：'酒正自引人著胜地。'""王光禄云：'酒正使人人自远。'""王大曰：'阮籍胸中垒块，故须酒浇之。'"这些都是名士畅饮的目的，总之都是"越名教而任自然"。关于刘伶的所有存世资料，无一不与酒相关，可以说他是中国古代最有名最纯粹的酒徒。

刘伶恒纵酒放达，或脱衣裸形在屋中，人见讥之。伶曰："我以天地为栋宇，屋室为裈衣，诸君何为入我裈中！"（《任诞》）

---

① 选自徐震堮《世说新语校笺》（下册），中华书局 2001 年版。

11

(伶)肆意放荡,以宇宙为狭。常乘鹿车,携一壶酒,使人荷锸随之,云:"死便掘地以埋。"土木形骸,遂游一世。(《名士传》)

有大人先生者,以天地为一朝,万期为须臾,日月为扃牖,八荒为庭衢。行无辙迹,居无室庐,幕天席地,纵意所如。……唯酒是务,焉知其余?(刘伶《酒德颂》)

李白说:"古来圣贤皆寂寞,唯有饮者留其名。"被唐代文人尊为"醉侯"、"酒帝"的刘伶怎么可能去戒掉高过自己生命的酒呢!妻子担忧他的身体,为了让他戒酒,采取了一切能够想到的办法,比如断了刘伶的财路,不给他买酒钱;或者控制他饮酒的次数与分量,但总是效果甚微。当刘伶再一次求酒的时候,她终于控制不住了,既哭泣劝谏,又"捐酒毁器","恩威"并施。而一旦刘伶说"甚善",并表示要在神明面前发誓戒酒,读者的心里预期便由前面的庄重向后面的滑稽快速位移,在这一幕轻喜剧中,刘伶又酩酊大醉了。嗜酒如命、任达放诞的丰神固然显露无遗,毕竟他这一回的任诞发生在家庭私人领域,酒醒了,他如何面对妻子?或者妻子会怎样对他?我们看看宋代罗烨《醉翁谈录》的设想:

刘伶之妻,常为夫嗜酒所苦,与其妾谋害之,因酿酒一大缸,伶日索其酒,妻曰:"待熟,吾请汝一醉。"及酒熟,乃招伶就饮,其妻与妾推而纳之酒中,以物蔽之,将巨木扼塞其上,意谓必溺死于酒中。越三日,听缸中寂然,以为死,乃发缸视之,则见酒色已尽矣,而伶大醉,坐于糟粕之上。良久,伶方能举头,谓其妻曰:"汝几时许我一大醉,而今却教我在此闲坐作甚么?"

虽然语言上的"简约玄远"比不上《世说新语》,但在家庭私人领域中展现刘伶的任诞,处理对立双方矛盾冲突的戏剧化效果要比刘义庆更加出色。

"雪夜访戴"是《世说新语》中最能体现名士风流雅兴的脍炙人口的故事,明代小说家凌濛初说"读此每令人飘飘欲飞",也确是非常经典的感受。王徽之,字子猷,东晋大书法家王羲之第五子。《晋书》本传称其"性卓荦不羁"、"雅性放诞"。《任诞》还有两篇记载:

王子猷尝暂寄人空宅住,便令种竹。或问:"暂住何烦尔!"王啸咏良久,直指竹曰:"何可一日无此君?"

王子猷出都,尚在渚下。旧闻桓子野善吹笛,而不相识。遇桓于岸上过,王在船中,客有识之者,云是桓子野。王便令人与相闻,云:"闻君善吹笛,试为我一奏。"桓时已贵显,素闻王名,即便回下车,踞胡床,为作三调。弄毕,便上车去。客主不交一言。

王子猷虽然只是短暂地借居他人空宅,也一定要种上竹子,"何可一日无此君?"成为竹子在传统文化中最响亮的宣言。苏东坡《绿竹筼》诗云:"可使食无肉,不可居无竹。无肉令人瘦，无竹令人俗。人瘦尚可肥，士瘦不可医"，更让这句竹之形象代言的内涵得到概括与提升。王子猷与桓伊（字子野）更是匪夷所思，完全抛开了世俗意义上的繁文缛节，一个要听，一个立马吹奏，音乐一结束，即绝尘而去，"客主不交一言"，这是何等高妙的审美境界！所以晚唐诗人杜牧说："大抵南朝皆旷达，可怜东晋最风流。月明更想桓伊在，一笛闻吹出塞愁"。不胜倾慕向往之至。

"雪夜访戴"更是活画出了王子猷飘逸的神采，文字简约，却展现了雪咏图、雪夜行舟图和兴尽回舟图三种不同的境界。"乘兴而行，兴尽而返，何必见戴？"中国文化史上，只有东晋王子猷创造出了自由的、唯美的、不假借任何"意义"的生命奇迹。任何哪怕是带上一丝丝功利的眼光、心情去理解，这种美便瞬间消失，更会弄得索然寡味。比如我们读一首元代诗人欧阳玄的《雪夜访戴图》："雪夜操舟童仆劳，偶然归去便称豪。若为返棹成佳趣，转忆当时不出高。"往前看，王子猷是直承庄子的"独与天地精神相往来"；往后看，晋人审美风度的时代语境早已成为绝响，我们已经重重地跌在功利的、目的的泥沼中，口里似乎在说"和光同尘，和光同尘"！

【延伸阅读作品和参考文献】

1. 阅读《世说新语》的其他作品，可参考沈海波评注《世说新语》，中华书局2007年版。

2. 鲁迅《魏晋风度及文章与药及酒之关系》，可参《鲁迅全集》（第3卷），人民文学出版社2005年版。

3. 蒋凡《世说新语研究》，学林出版社1998年版。

【思考与练习】

1. 阅读《世说新语》，查找相关资料，谈谈你对魏晋风度的理解。

2. 分析这两篇作品文字简约的特点。

（彭万隆）

李娃传①

白行简

　　汧国夫人②李娃,长安之倡女也。节行瑰奇③,有足称者,故监察御史白行简为传述。

　　天宝中,有常州刺史荥阳公者,略其名氏,不书。时望甚崇④,家徒甚殷。知命之年,有一子,始弱冠矣;隽朗⑤有词藻,迥然不群,深为时辈推伏。其父爱而器之,曰:"此吾家千里驹也。"应乡赋秀才举⑥,将行,乃盛其服玩车马之饰,计其京师薪储之费⑦,谓之曰:"吾观尔之才,当一战而霸⑧。今备二载之用,且丰尔之给⑨,将为其志⑩也。"生亦自负,视上第如指掌。自毗陵⑪发,月余抵长安,居于布政里⑫。

　　尝游东市⑬还,自平康⑭东门入,将访友于西南。至鸣珂曲⑮,见一宅,门庭不甚广,而室宇严邃。阖一扉。有娃方凭一双鬟青衣⑯立,妖姿要妙,绝代未有。生忽见之,不觉停骖久之,徘徊不能去。乃诈坠鞭于地,候其从者,敕⑰取之。累

---

　　① 选自鲁迅校录《唐宋传奇集》,人民文学出版社1952年版。

　　② 汧:指唐时的汧阳郡,治所在今陕西陇县。国夫人:封号。《新唐书·百官志一》:"文武官一品、国公之母妻,为国夫人。"

　　③ 节行:节操行为。瑰奇:瑰丽奇特、卓越美好。

　　④ 时望:在当时很有地位、名望。崇:高。

　　⑤ 隽朗:俊秀,聪明。隽,同"俊"。

　　⑥ 应乡赋秀才举:由州县选拔至京师应试。贡士曰赋,乡赋即乡贡。科举考试分中央、地方两级,地方级称乡试。天宝年间,秀才科已废止,这里是泛指诸科考试。

　　⑦ 薪储之费:生活及准备打点等费用。

　　⑧ 一战而霸:指一考就高中,榜上名列前茅。霸,通"伯",老大、前列。

　　⑨ 给:给养。

　　⑩ 为其志:帮助你达到志愿。

　　⑪ 毗陵:唐代郡名,治常州,后因以代称常州。

　　⑫ 布政里:即布政坊,当时为长安皇城西第一街第四坊。是一个比较高级的住宅区。见宋敏求《长安志》卷十。

　　⑬ 东市:唐时长安有东西二市,为商业荟萃之区。东市在皇城东第二街,为百家行业、四方珍奇积集之所。见《长安志》卷八。

　　⑭ 平康:长安里(坊)名,亦称北里,为皇城东第一街第八坊,为妓女聚居之地。见孙棨《北里志》。

　　⑮ 鸣珂曲:长安里(坊)名。曲,小巷。珂,美玉之一种。鸣珂,高官出行时,前有引导,其马项系有鸣玉。唐张嘉祐为宰相弟,每上朝则前呼后拥,时称其住所为鸣珂里。见《新唐书·张嘉贞传》。

　　⑯ 青衣:古时地位低下的人穿青衣,后因以称婢女。

　　⑰ 敕:命令。

眄^①于娃。娃回眸凝睇,情甚相慕。竟不敢措辞^②而去。

生自尔意若有失,乃密征其友游长安之熟者,以讯之。友曰:"此狭邪女^③李氏宅也。"曰:"娃可求乎?"对曰:"李氏颇赡^④。前与通之者多贵戚豪族,所得甚广。非累百万,不能动其志也。"生曰:"苟患其不谐,虽百万,何惜。"

他日,乃洁其衣服,盛宾从^⑤,而往扣其门。俄有侍儿启扃。生曰:"此谁之第耶?"侍儿不答,驰走大呼曰:"前时遗策郎也。"娃大悦曰:"尔姑止之。吾当整妆易服而出。"生闻之私喜。乃引至萧墙^⑥间,见一姥垂白上偻^⑦,即娃母也。生跪拜前致词曰:"闻兹地有隙院,愿税以居,信乎?"姥曰:"惧其浅陋湫隘^⑧,不足以辱长者所处,安敢言直^⑨耶。"延生于迟宾^⑩之馆,馆宇甚丽。与生偶坐^⑪,因曰:"某有女娇小,技艺薄劣,欣见宾客,愿将见之。"乃命娃出。明眸皓腕,举步艳冶。生遽惊起,莫敢仰视。与之拜毕,叙寒燠^⑫,触类妍媚^⑬,目所未睹。复坐,烹茶斟酒,器用甚洁。久之,日暮,鼓声四动。姥访其居远近。生绐之曰:"在延平门^⑭外数里。"冀其远而见留也。姥曰:"鼓已发矣。当速归,无犯禁。"生曰:"幸接欢笑,不知日之云夕。道里辽阔,城内又无亲戚,将若之何?"娃曰:"不见责僻陋,方将居之,宿何害焉。"生数目姥。姥曰:"唯唯。"生乃召其家僮,持双缣^⑮,请以备一宵之馔。娃笑而止之曰:"宾主之仪,且不然也。今夕之费,愿以贫窭之家,随其粗粝以进之。其余一俟他辰。"固辞,终不许。俄徙坐西堂,帷幙帘榻,焕然夺目;妆奁衾枕,亦皆侈丽。乃张烛进馔,品味甚盛。彻馔^⑯,姥起。生娃谈话方切,诙谐调笑,无所不至。生曰:"前偶过卿门,遇卿适在屏间。厥后心常勤念,虽寝与食,未尝或舍。"娃答曰:"我心亦如之。"生曰:"今之来,非直求居而已,愿偿平生之志。但未知命也若何?"言未终,姥至,询其故,具以告。姥笑曰:"男女之

----

① 眄:斜眼看。

② 不敢措辞:此指找不到恰当的词语。

③ 狭邪女:妓女。狭邪,同"狭斜"。古乐府《长安有狭斜行》中有"堂上置樽酒,作使邯郸倡"。因称妓女所居为"狭斜"。

④ 赡:富有。

⑤ 盛宾从:有很多随从。

⑥ 萧墙:庭内的照壁。

⑦ 垂白:头发渐白。上偻:驼背。

⑧ 湫隘:低洼狭窄。

⑨ 直:通"值"。

⑩ 迟宾:等待宾客。迟,等待。

⑪ 偶坐:两人同坐。

⑫ 叙寒燠:寒暄。问候起居的应酬话。燠,暖。

⑬ 触类妍媚:言其举止所及,无不见出妖媚。

⑭ 延平门:长安西城有三门,北曰开远门,中曰金光门,南曰延平门。见《长安志》卷七。

⑮ 缣:带黄色的细绢。汉以后多以为货币或赠赏之用。

⑯ 彻馔:把宴席撤下,指饭罢。彻,通"撤"。

际，大欲存焉①。情苟相得，虽父母之命，不能制也。女子固陋②，曷足以荐君子之枕席③！"生遂下阶，拜而谢之曰："愿以己为厮养④。"姥遂目之为郎⑤，饮酺而散。

及旦，尽徙其囊橐，因家于李之第。自是生屏迹戢身⑥，不复与亲知相闻，日会倡优侪类，狎戏游宴。囊中尽空，乃鬻骏乘，及其家童。岁余，资财仆马荡然。迩来姥意渐怠，娃情弥笃。

他日，娃谓生曰："与郎相知一年，尚无孕嗣。常闻竹林神者，报应如响⑦，将致荐酹⑧求之，可乎？"生不知其计，大喜。乃质衣于肆，以备牢醴⑨，与娃同谒祠宇而祷祝焉，信宿⑩而返。策驴而后，至里北门⑪，娃谓生曰："此东转小曲中，某之姨宅也。将憩而觐之，可乎？"生如其言，前行不逾百步，果见一车门。窥其际，甚弘敞。其青衣自车后止之曰："至矣。"生下，适有一人出访曰："谁？"曰："李娃也。"乃入告。俄有一妪至，年可四十余，与生相迎曰："吾甥来否？"娃下车，妪逆访之曰："何久疏绝？"相视而笑。娃引生拜之。既见，遂偕入西戟门⑫偏院，中有山亭，竹树葱蒨，池榭幽绝。生谓娃曰："此姨之私第耶？"笑而不答，以他语对。俄献茶果，甚珍奇。食顷⑬，有一人控大宛⑭，汗流驰至，曰："姥遇暴疾颇甚，殆不识人。宜速归。"娃谓姨曰："方寸乱矣。某骑而前去，当令返乘，便与郎偕来。"生拟随之。其姨与侍儿偶语⑮，以手挥之，令生止于户外，曰："姥且殁矣，当与某议丧事以济其急，奈何遽相随而去？"乃止，共计其凶仪斋祭之用。日晚，乘不至。姨言曰："无复命，何也？郎骤往觇⑯之，某当继至。"生遂往，至旧宅，门扃钥⑰甚

---

① "男女"二句：《礼记·礼运》："饮食男女，人之大欲存焉。"欲，生理欲望。
② 本义为见识浅陋，此言才貌够不上。
③ 荐枕席：奉上枕头席子，特指女子侍寝。
④ 厮养：奴隶。
⑤ 目之为郎：把他看作其女的郎君。郎，妇女对丈夫的称呼。
⑥ 屏迹戢身：意谓深居不出。屏、戢，都是隐藏之意。
⑦ 如响：如声音之有回声，喻十分迅速而有灵验。
⑧ 致荐酹：以酒食祭祀。
⑨ 牢：祭祀用的牛、羊、猪三牲。这里指祭品。醴：甜酒。
⑩ 信宿：连宿两夜。
⑪ 里北门：指平康里北门。
⑫ 戟门：唐制三品以上官员得立戟于门，因称显贵之家为戟门。戟古兵器，长杆头上附有月牙状的利刃。
⑬ 食顷：一顿饭的工夫。
⑭ 控大宛：乘骏马。大宛，汉朝西域国名，以产良马著称，故以国名称良马。控，控制，指骑马。
⑮ 偶语：相对私语。
⑯ 觇：窥视，这里是察看的意思。
⑰ 扃钥：门锁。

密,以泥缄之。生大骇,诘其邻人。邻人曰:"李本税此而居,约已周①矣。第主自收,姥徙居,而且再宿矣。"征"徙何处?"曰:"不详其所。"生将驰赴宣阳,以诘其姨,日已晚矣,计程不能达。乃弛②其装服,质馔而食③,赁榻而寝。生恚④怒方甚,自昏达旦,目不交睫。质明⑤,乃策蹇⑥而去。既至,连扣其扉,食顷无人应。生大呼数四,有宦者⑦徐出。生遽访之:"姨氏在乎?"曰:"无之。"生曰:"昨暮在此,何故匿之?"访其谁氏之第。曰:"此崔尚书宅。昨者有一人税此院,云迟中表之远至者。未暮去矣。"

生惶惑发狂,罔知所措,因返访布政旧邸。邸主哀而进膳。生怨懑,绝食三日,遘疾甚笃⑧,旬余愈甚。邸主惧其不起,徙之于凶肆⑨之中。绵缀移时⑩,合肆之人共伤叹而互饲之。后稍愈,杖而能起。由是凶肆日假之,令执绋帷⑪,获其直以自给。累月,渐复壮,每听其哀歌,自叹不及逝者⑫,辄呜咽流涕,不能自止。归则效之。生,聪敏者也。无何,曲尽其妙,虽长安无有伦比。

初,二肆之佣凶器⑬者,互争胜负。其东肆车舆皆奇丽,殆不敌,唯哀挽劣焉。其东肆长知生妙绝,乃醵钱二万索顾焉。其党耆旧⑭,共较其所能者,阴教生新声,而相赞和。累旬,人莫知之。其二肆长相谓曰:"我欲各阅所佣之器于天门街⑮,以较优劣。不胜者罚直五万,以备酒馔之用,可乎?"二肆许诺。乃邀立符契,署以保证,然后阅之。士女大和会⑯,聚至数万。于是里胥告于贼曹⑰,贼曹闻于京尹⑱。四方之士,尽赴趋焉,巷无居人。自旦阅之,及亭午,历举筚舆威

---

① 约:租约。周:满期。
② 弛:本是松缓的意思,这里是解下的意思。
③ 质馔而食:抵押一顿饭吃。
④ 恚:恼、恨。
⑤ 质明:天刚亮时。
⑥ 策蹇:骑驴。
⑦ 宦者:当官的。
⑧ 遘疾:害病。遘,相遇,相遇。笃:病重。
⑨ 凶肆:专门代人办理丧事的店铺。凶,不吉利。
⑩ 绵缀:缠绵委顿貌,指病重。移时:拖了许多时候。
⑪ 绋帷:灵帐。
⑫ 自叹不及逝者:自叹命苦,还不如死人。
⑬ 佣:指经营。凶器:指棺木和殡敛所用的东西。
⑭ 耆旧:前辈老人,此指老师傅。
⑮ 天门街:长安宫城(西内)正殿南为承天门,承天门外横街之南有南北大街,即天门街。
⑯ 大和会:大聚会。《尚书·康诰》:"四方民大和会。"
⑰ 里胥:即里正。贼曹:州郡掌管治安捕盗的官吏。
⑱ 京尹:即京兆尹,京师地区的长官。

仪①之具,西肆皆不胜,师有惭色。乃置层榻②于南隅,有长髯者,拥铎③而进,翊卫数人。于是奋髯扬眉,扼腕顿颡④而登,乃歌《白马》之词⑤。恃其夙胜,顾眄左右,旁若无人。齐声赞扬之,自以为独步一时,不可得而屈也。有顷,东肆长于北隅上设连榻⑥,有乌巾少年,左右五六人,秉翣⑦而至,即生也。整衣服,俯仰甚徐,申喉发调,容若不胜⑧。乃歌《薤露》之章⑨,举声清越⑩,响振林木⑪。曲度未终,闻者歔欷掩泣。西肆长为众所诮,益惭耻。密置所输之直于前,乃潜遁焉。四座愕眙⑫,莫之测也。

先是,天子方下诏,俾外方之牧⑬,岁一至阙下,谓之入计。时也适遇生之父在京师,与同列者易服章窃往观焉。有老竖⑭,即生乳母婿也,见生之举措辞气,将认之而未敢,乃泫然流涕。生父惊而诘之。因告曰:"歌者之貌,酷似郎⑮之亡子。"父曰:"吾子以多财为盗所害。奚至是耶?"言讫,亦泣。及归,竖间驰往,访于同党曰:"向歌者谁,若斯之妙欤?"皆曰:"某氏之子。"征其名,且易之矣。竖凛然大惊;徐往,迫而察之。生见竖色动,回翔⑯将匿于众中。竖遂持其袂曰:"岂非某乎?"相持而泣,遂载以归。至其室,父责曰:"志行若此,污辱吾门。何施面目⑰,复相见也?"乃徒行出,至曲江西杏园东⑱,去其衣服,以马鞭鞭之数百。生不胜其苦而毙。父弃之而去。

其师命相狎昵者阴随之,归告同党,共加伤叹。令二人赍苇席瘗⑲焉。至,则心下微温。举之,良久,气稍通。因共荷而归,以苇筒灌勾饮,经宿乃活。月

---

① 辇舆威仪:指丧车仪仗等。
② 层榻:高椅子。
③ 铎:指唱挽歌时用的大铃。
④ 扼腕:左手握住右手腕,表示振奋的情绪。顿颡:点点头,是登台时向观众招呼的一种表示。颡,前额。
⑤ 《白马》之词:《白马歌》,古时祭奠唱的歌曲。
⑥ 连榻:并坐的长椅。
⑦ 翣:羽毛做的大扇,形如掌扇,出殡时叫人拿着随在棺木两旁。
⑧ 容若不胜:面容像不能承受悲哀的样子。
⑨ 《薤露》之章:古时送葬歌曲名,取薤(一种开繁花、叶如韭的植物)上露水易于消失之意。
⑩ 清越:声音清朗高扬。
⑪ 响振林木:悲歌唱得好,连森林里的树木也被震动。
⑫ 愕眙:吃惊得呆住了。眙,直视、瞪着眼。
⑬ 外方之牧:指州牧,即刺史,一州的行政长官。
⑭ 老竖:老仆人。
⑮ 郎:奴仆对年轻主人的称呼。此指荥阳公。
⑯ 回翔:辗转躲闪的样子。
⑰ 何施面目:把脸放何处,即有何面目。
⑱ 曲江:曲江池,在长安城南,是当时的游览胜地。杏园:在曲江西南,也是游览胜地。
⑲ 瘗:埋。

余,手足不能自举。其楚挞之处皆溃烂,秽甚。同辈患之。一夕,弃于道周①。行路咸伤之,往往投其余食,得以充肠。十旬,方杖策而起。被布裘,裘有百结,褴褛如悬鹑②。持一破瓯,巡于闾里,以乞食为事。自秋徂冬,夜入于粪壤窟室,昼则周游廛肆。

一旦大雪,生为冻馁所驱,冒雪而出,乞食之声甚苦。闻见者莫不凄恻。时雪方甚,人家外户多不发。至安邑③东门,循里垣北转第七八,有一门独启左扉,即娃之第也。生不知之,遂连声疾呼:"饥冻之甚。"音响凄切,所不忍听。娃自阁中闻之,谓侍儿曰:"此必生也,我辨其音矣。"连步而出。见生枯瘠疥疠④,殆非人状。娃意感焉,乃谓曰:"岂非某郎也?"生愤懑绝倒,口不能言,颔颐⑤而已。娃前抱其颈,以绣襦拥而归于西厢。失声长恸曰:"令子一朝及此,我之罪也!"绝而复苏。姥大骇,奔至,曰:"何也?"娃曰:"某郎。"姥遽曰:"当逐之,奈何令至此?"娃敛容却睇⑥曰:"不然。此良家子也。当昔驱高车,持金装,至某之室,不逾期而荡尽。且互设诡计,舍而逐之,殆非人状。令其失志,不得齿于人伦⑦。父子之道,天性也。使其情绝,杀而弃之。又困踬⑧若此。天下之人尽知为某也。生亲戚满朝,一旦当权者熟察其本末,祸将及矣。况欺天负人,鬼神不佑,无自贻其殃也。某为姥子,迨今有二十岁矣。计其赀,不啻⑨直千金。今姥年六十余,愿计二十年衣食之用以赎身,当与此子别卜所诣⑩。所诣非遥,晨昏得以温清⑪。某愿足矣。"姥度其志不可夺,因许之。给姥之余,有百金。北隅四五家,税一隙院。乃与生沐浴,易其衣服;为汤粥,通其肠;次以酥乳润其脏。旬余,方荐水陆之馔⑫。头巾履袜,皆取珍异者衣之。未数月,肌肤稍腴。卒岁,平愈如初。

异时,娃谓生曰:"体已康矣,志已壮矣。渊思寂虑⑬,默想曩昔之艺业⑭,可温习乎?"生思之曰:"十得二三耳。"娃命车出游,生骑而从。至旗亭南偏门鬻坟

① 道周:路旁。
② 褴褛:衣服破破烂烂。悬鹑:形容衣服破旧。鹑,鹌鹑,秃尾,毛羽好像破烂的衣服。
③ 安邑:安邑坊,在长安城东。
④ 疥疠:生疥疮。
⑤ 颔颐:犹言点头。颔,动。颐,面颊。
⑥ 却睇:回头斜视。
⑦ 齿:列、序。人伦:封建社会人与人的关系。不齿于人伦:被家庭、亲戚、朋友所不容。
⑧ 困踬:穷困潦倒。
⑨ 不啻:不止。
⑩ 别卜所诣:另找住所。
⑪ 晨昏得以温清:早晚可以侍候问安。
⑫ 水陆之馔:指山珍海味。
⑬ 渊思寂虑:深思默虑。
⑭ 艺业:指科举考试的诗赋、文章。

典之肆①,令生拣而市之,计费百金,尽载以归。因令生斥弃百虑②以志学,俾夜作昼,孜孜矻矻③。娃常偶坐,宵分④乃寐。伺其疲倦,即谕之缀诗赋⑤。二岁而业大就,海内文籍,莫不该览⑥。生谓娃曰:"可策名试艺矣。"娃曰:"未也,且令精熟,以俟百战。"更一年,曰:"可行矣。"于是遂一上,登甲科⑦,声振礼闱⑧。虽前辈见其文,罔不敛衽⑨敬羡,愿友之而不可得。娃曰:"未也。今秀士⑩苟获擢一科第,则自谓可以取中朝之显职⑪,擅天下之美名。子行秽迹鄙⑫,不侔⑬于他士。当砻淬⑭利器,以求再捷,方可以连衡⑮多士,争霸群英。"生由是益自勤苦,声价弥甚。其年,遇大比⑯,诏征四方之隽。生应直言极谏科⑰,策名第一⑱,授成都府参军⑲。三事以降⑳,皆其友也。

将之官,娃谓生曰:"今之复子本躯,某不相负也。愿以残年,归养老姥。君当结媛鼎族㉑,以奉蒸尝㉒。中外婚媾,无自黩也㉓。勉思自爱,某从此去矣。"生泣曰:"子若弃我,当自到以就死。"娃固辞不从,生勤请弥恳。娃曰:"送子涉江,至于剑门,当令我回。"生许诺。

---

① 旗亭:酒楼。鬻坟典之肆:卖书的书铺。坟典,指书。古有所谓《三坟》、《五典》之书。
② 斥弃百虑:抛弃所有其他念头。
③ 孜孜矻矻:勤奋不懈的样子。
④ 宵分:夜半。
⑤ 缀诗赋:作诗赋。意指读书感到疲倦时,劝他作诗赋来调节精神,作为休息。
⑥ 该览:总览,尽览。
⑦ 甲科:甲等。唐代进士分甲、乙两科,明经科分甲、乙、丙、丁四科。科第愈高所授官品也愈高。
⑧ 礼闱:即礼部。考试归礼部掌管。
⑨ 敛衽:整理衣襟,表示敬意。
⑩ 秀士:泛指应试者。
⑪ 中朝:朝廷。显职:清要之官。
⑫ 行秽迹鄙:行为不正,事迹下贱。
⑬ 不侔:犹言不及。侔,相齐。
⑭ 砻淬:磨炼。
⑮ 连衡:战国时,齐、楚、燕、赵、韩、魏六国共同抗秦,叫"连衡",亦作"连横"。此作联络、结交解。
⑯ 大比:特指三年举行一次的制举考试。
⑰ 直言极谏科:唐代制举的项目之一,是在进士、明经等常科之外,为搜罗人才而特开的考试科目之一种。
⑱ 策名第一:考试对策名列第一。
⑲ 参军:府尹的佐吏。
⑳ 三事:即三公。《新唐书·百官志》:"太尉、司徒、司空各一人,是为三公,皆正一品。"此指品级最高的官吏。以降:以下。
㉑ 鼎族:豪门贵族。
㉒ 奉蒸尝:主持祭祀,意味着掌握家政。
㉓ "中外"两句:谓当与高贵的门族通婚,不要降低了自己的身份。自黩,自污。

月余,至剑门。未及发而除书①至,生父由常州诏入,拜成都尹,兼剑南采访使②。浃辰③,父到。生因投刺④,谒于邮亭⑤。父不敢认,见其祖父官讳,方大惊,命登阶,抚背恸哭移时,曰:"吾与尔父子如初。"因诘其由,具陈其本末。大奇之,诘娃安在。曰:"送某至此,当令复还。"父曰:"不可。"翌日,命驾与生先之成都,留娃于剑门,筑别馆以处之。明日,命媒氏通二姓之好,备六礼⑥以迎之,遂如秦晋之偶⑦。

娃既备礼,岁时伏腊⑧,妇道甚修,治家严整,极为亲所眷。向后数岁,生父母偕殁,持孝甚至。有灵芝产于倚庐⑨,一穗三秀。本道⑩上闻。又有白燕⑪数十,巢其层甍⑫。天子异之,宠锡加等。终制⑬,累迁清显之任⑭。十年间,至数郡。娃封汧国夫人。有四子,皆为大官;其卑者犹为太原尹。弟兄姻媾皆甲门⑮,内外隆盛,莫之与京⑯。

嗟乎,倡荡之姬,节行如是,虽古先烈女,不能逾也。焉得不为之叹息哉!

予伯祖尝牧晋州⑰,转户部⑱,为水陆运使⑲,三任皆与生为代⑳,故谙详㉑其事。贞元中,予与陇西公佐㉒话妇人操烈之品格,因遂述汧国之事。公佐拊掌竦听,命予为传。乃握管濡翰,疏而存之。时乙亥岁㉓秋八月,太原白行简云。

---

① 除书:任命、调动官吏的文书。除、授、拜(官职)。
② 剑南:道名,治所在益州(今四川成都市)。唐时成都府属剑南道管辖。采访使,掌管监察州县官吏,举善纠恶。
③ 浃辰:古代以干支纪日,称自子至亥一周十二日为浃辰。所以浃辰即十二天。浃,周匝。
④ 投刺:送上名片,即求见。刺,名片。
⑤ 邮亭:传送文书并供住宿的驿馆。
⑥ 六礼:古时结婚有六礼,即纳采、问名、纳吉、纳征、请期、亲迎。
⑦ 秦晋:指春秋时秦国和晋国。这两国国君世世通婚。这里作结亲代称。偶:配偶。
⑧ 伏腊:古代夏冬二祭分别称"伏"、"腊"。这里指逢年过节。
⑨ 倚庐:古时守孝住的草房。
⑩ 本道:指剑南道采访使。
⑪ 白燕:古时认为是祥瑞的鸟。
⑫ 层甍:高耸的屋脊。
⑬ 终制:守制期满。古人遇父母丧事,要三年不问外事,称"守制"。
⑭ 清显之任:高贵的官职。
⑮ 甲门:高贵的家族。
⑯ 莫之与京:即"莫与之京",没有谁能比得上。京,大。
⑰ 牧晋州:任晋州(治所在今山西临汾县)的刺史。
⑱ 户部:尚书省六部之一,掌管全国土地、户籍、赋税及财政收支等事务。
⑲ 水陆运使:唐时户部下面管理水陆运输的官员。
⑳ 为代:做前后任。
㉑ 谙详:熟悉。
㉒ 陇西公佐:陇西人李公佐。陇西,郡名,在今甘肃陇西县一带。李公佐,唐传奇作者。
㉓ 乙亥岁:唐德宗贞元十一年(795)。

21

【作品导读】

白行简(776—826),字知退,唐代文学家,华州下邽(今陕西渭南东北)人,白居易之弟。元和二年(807)中进士,授秘书省校书郎,累迁司门员外郎,主客郎中,又曾任度支郎中、膳部郎中等职。

《李娃传》是唐代传奇小说艺术的巅峰之作,它是在当时民间和文士口头流传的"一枝花话"基础上的再创作,大意云:荥阳公子郑生恋上妓女李娃,耗尽资财后为鸨母所弃,落魄为挽歌郎,又为其父鞭挞几死,沦为乞丐,赖李娃救护得生,读书成名,二人终成眷属,四子皆为达官,李娃亦被封为汧国夫人。小说通过荥阳公与李娃的不同态度来展现作者的倾向,在郑生沦落为丐即将冻饿而死时,李娃不计个人名利,挺身相助;在竭力帮助郑生中举做官以后,主动提出要离开他,尽管客观上存在着门阀制度的压力和社会舆论的压力这样一个背景,但李娃的出发点却完全是为了郑生的前途,表现了她不为私利、不慕荣华的崇高精神与高尚品质,而这正是作者所赞颂的李娃"瑰奇"节行的主要方面。与此形成鲜明对比的是郑生的父亲荥阳公,他出场的次数并不多,但每次都很关键。一开始,他器重儿子是"吾家千里驹",能为他这个高门大族争取更大的富贵荣华、声望地位;而当郑生沦为挽歌郎时,荥阳公叱责他"污辱吾门",为了维护世家大族的"清白"门楣,不惜要置儿子于死地而弃之;一旦郑生功成名就、大富大贵之后,荥阳公对儿子的态度来了个一百八十度的大转弯,他抚背恸哭,要"吾与尔父子如初"。通过对比,表现了不同阶级、不同社会地位的人物之间的精神、道德上的尖锐对立,如果说,在李娃身上能看到所谓人性的证明,那么在荥阳公身上是看不到的,作为下层娼女节行"瑰奇"的对立面的,正是上层的自私、势利、冷酷。因此,这篇小说展现的主题是道德问题、人与人之间的关系问题。它们所要表达的思想,从荥阳公与李娃这两个对立的人物来看,概括地说,就是上层没有道德、灭绝人性,下层有道德、有人性。

当然,《李娃传》也存在一定程度的局限,这就是小说结尾的大团圆的结局。在现实生活中尤其是在唐代的门第制度等级森严的形势下,一个娼门妓女竟被封为汧国夫人,这是绝对不可能的。孤立地说,小说中由读书做官的情节是那个时代的作品很难超越的历史局限,不必多加责备,但在《李娃传》里,这个情节并非可有可无的尾巴,而是决定作品中人物命运和作品结局的一个关键。李娃千方百计地帮助郑生读书做官,不仅消解了郑生与父亲的矛盾,而且模糊了李娃与荥阳公的思想界限,使人感到荥阳公和李娃在郑生做什么人、走什么路这一点上竟是如此一致,只不过一个劝谕,一个鞭打而已,这种写作方法被后来的古典小说及戏曲广泛采用,既是作者的愿望,也是观众喜闻乐见的一种方式。

从艺术角度来看,《李娃传》故事情节复杂曲折,波澜起伏,富于戏剧性;叙事既善于铺张渲染,描绘刻画,又妙于剪裁;善于通过对话和细节描写来展示人物的思想性格。对后世戏曲小说影响很大,宋罗烨《醉翁谈录》有《李亚仙不负郑元和》,《绿窗新话》有《李娃使郑子登科》,宋话本有《李亚仙》,元石君宝有《李亚仙花酒曲江池》杂剧,明薛近兖有《绣襦记》传奇等。

【延伸阅读作品和参考文献】

　　1.元稹《莺莺传》、蒋防《霍小玉传》,可参董乃斌、黄霖等《古代小说鉴赏辞典》(上),上海辞书出版社 2004 年版。

　　2.冯梦龙《杜十娘怒沉百宝箱》,可参冯梦龙《警世通言》,华夏出版社 2013年版。

　　3.廖玉蕙《唐朝的短篇小说——唐代传奇》,三环出版社 1992 年版。

【思考与练习】

　　1.分析本篇中"往返结合"、"设局诈骗"、"二肆竞技"情节设置的用意。

　　2.谈谈你对小说大团圆结局的看法。

(彭万隆)

白娘子永镇雷峰塔(节选)①

冯梦龙

话说宋高宗南渡,绍兴年间,杭州临安府过军桥黑珠巷内,有一个宦家,姓李名仁。见做南廊阁子库募事官②,又与邵太尉管钱粮。家中妻子有一个兄弟许宣,排行小乙。他爹曾开生药店。自幼父母双亡,却在表叔李将仕家生药铺做主管③,年方二十二岁。那生药店开在官巷口。忽一日,许宣在铺内做买卖,只见一个和尚来到门首,打个问讯道:"贫僧是保叔塔寺内僧,前日已送馒头并卷子④在宅上。今清明节近,追修祖宗,望小乙官⑤到寺烧香,勿误!"许宣道:"小子准来。"和尚相别去了。许宣至晚归姐夫家去。原来许宣无有老小,只在姐姐家住。当晚与姐姐说:"今日保叔塔和尚来请烧篼子⑥,明日要荐祖宗,走一遭了来。"次日早起买了纸马、蜡烛、经幡、钱垛一应等项,吃了饭,换了新鞋袜衣服,把篼子钱马,使条袱子包了,径到官巷口李将仕家来。李将仕见了,问许宣何处去?许宣道:"我今日要去保叔塔烧篼子,追荐祖宗,乞叔叔容暇一日。"李将仕道:"你去便回。"许宣离了铺中,入寿安坊,花市街,过井亭桥,往清河街后钱塘门,行石函桥,过放生碑,径到保叔塔寺。寻见送馒头的和尚,忏悔过疏头,烧了篼子,到佛殿上看众僧念经。吃斋罢,别了和尚,离寺迤逦闲走,过西宁桥、孤山路、四圣观,来看林和靖坟,到六一泉闲走。不期云生西北,雾锁东南,落下微微细雨,渐大起来。正是清明时节,少不得天公应时,催花雨下,那阵雨下得绵绵不绝。许宣见脚下湿,脱了了新鞋袜,走出四圣观来寻船,不见一只。正没摆布处,只见一个老儿摇着一只船过来。许宣暗喜,认时正是张阿公。叫道:"张阿公,搭我则个。"老儿听得叫,认时,原来是许小乙。将船摇近岸来,道:"小乙官,着了雨,不知要何处上岸?"许宣道:"涌金门上岸。"这老儿扶许宣下船,离了岸,摇近丰乐楼来。摇不上十数丈水面,只见岸上有人叫道:"公公,搭船则个。"许宣看时,是一个妇人,头戴孝头髻,乌云畔插着些素钗梳,穿一领白绢衫儿,下穿一条细麻布裙。这妇人肩下一个丫鬟,身上穿着青衣服,头上一双角髻,戴两条大红头须,插着两件首饰,手中捧着一个包儿要搭船。那老张对小乙官道:"'因风吹火,用力不多',一发搭了他去。"许宣道:"你便叫他下来。"老儿见说,将船傍了岸边。那妇人同丫鬟下

---

① 选自冯梦龙编著、严敦易校注《警世通言》(下卷),人民文学出版社1956年版。
② 南廊阁子库募事官:南宋左藏南库(军需官)杂职小吏。
③ 主管:宋代称店铺伙计为主管。
④ 卷子:即道疏,僧道拜忏时所焚化的祝告文字。
⑤ 小乙:小老大。乙,同"一",排行第一。
⑥ 篼子:用竹或草编制的盛放纸马香烛的器具。

船,见了许宣,起一点朱唇,露两行碎玉,深深道一个万福。许宣慌忙起身答礼。那娘子和丫鬟舱中坐定了。娘子把秋波频转,瞧着许宣。许宣平生是个老实之人,见了此等如花似玉的美妇人,旁边又是个俊俏美女样的丫鬟,也不免动念。那妇人道:"不敢动问官人,高姓尊讳?"许宣答道:"在下姓许名宣,排行第一。"妇人道:"宅上何处?"许宣道:"寒舍住在过军桥黑珠儿巷,生药铺内做买卖。"那娘子问了一回,许宣寻思道:"我也问他一问。"起身道:"不敢拜问娘子高姓,潭府①何处?"那妇人答道:"奴家是白三班白殿直②之妹,嫁了张官人,不幸亡过了,见葬在这雷岭。为因清明节近,今日带了丫鬟,往坟上祭扫了方回,不想值雨。若不是搭得官人便船,实是狼狈。"又闲讲了一回,迤逦船摇近岸。只见那妇人道:"奴家一时心忙,不曾带得盘缠在身边,万望官人处借些船钱还了,并不有负。"许宣道:"娘子自便,不妨,些须船钱不必计较。"还罢船钱,那雨越不住。许宣挽了上岸。那妇人道:"奴家只在箭桥双茶坊巷口。若不弃时,可到寒舍拜茶,纳还船钱。"许宣道:"小事何消挂怀。天色晚了,改日拜望。"说罢,妇人共丫鬟自去。许宣入涌金门,从人家屋檐下到三桥街,见一个生药铺,正是李将仕兄弟的店。许宣走到铺前,正见小将仕在门前。小将仕道:"小乙哥晚了,那里去?"许宣道:"便是去保叔塔烧篾子,着了雨,望借一把伞则个。"将仕见说叫道:"老陈把伞来,与小乙官去。"不多时,老陈将一把雨伞撑开道:"小乙官,这伞是清湖八字桥老实舒家做的。八十四骨,紫竹柄的好伞,不曾有一些儿破,将去休坏了!仔细,仔细!"许宣道:"不必分付。"接了伞,谢了将仕,出羊坝头来。到后市街巷口,只听得有人叫道:"小乙官人。"许宣回头看时,只见沈公井巷口小茶坊檐下,立着一个妇人,认得正是搭船的白娘子。许宣道:"娘子如何在此?"白娘子道:"便是雨不得住,鞋儿都踏湿了,教青青回家,取伞和脚下③。又见晚下来。望官人搭几步则个。"许宣和白娘子合伞到坝头,道:"娘子到那里去?"白娘子道:"过桥投箭桥去。"许宣道:"小娘子,小人自往过军桥去,路又近了,不若娘子把伞将去,明日小人自来取。"白娘子道:"却是不当④,感谢官人厚意!"许宣沿人家屋檐下冒雨回来,只见姐夫家当直⑤王安,拿着钉靴雨伞来接不着,却好归来。到家内吃了饭。当夜思量那妇人,翻来覆去睡不着。梦中共日间见的一般,情意相浓,不想金鸡叫一声,却是南柯一梦。正是:

> 心猿意马驰千里,浪蝶狂蜂闹五更。

---

① 潭府:对人家府第的尊称。

② 殿直:宋代侍卫殿班的武官。

③ 脚下:钉靴。

④ 不当:客套语,犹言对不起。

⑤ 当直:仆人。

到得天明，起来梳洗罢，吃了饭，到铺中心忙意乱，做些买卖也没心想。到午时后，思量道："不说一谎，如何得这伞来还人？"当时许宣见老将仕坐在柜上，向将仕说道："姐夫叫许宣归早些，要送人情①，请假半日。"将仕道："去了，明日早些来！"许宣唱个喏，径来箭桥双茶坊巷口，寻问白娘子家里。问了半日，没一个认得。正踌躇间，只见白娘子家丫鬟青青，从东边走来。许宣道："姐姐，你家何处住？讨伞则个。"青青道："官人随我来。"许宣跟定青青，走不多路，道："只这里便是。"许宣看时，见一所楼房，门前两扇大门，中间四扇看街槅子眼②，当中挂顶细密朱红帘子，四下排着十二把黑漆交椅，挂四幅名人山水古画。对门乃是秀王府墙。那丫头转入帘子内道："官人请入里面坐。"许宣随步入到里面，那青青低低悄悄叫道："娘子，许小乙官人在此。"白娘子里面应道："请官人进里面拜茶。"许宣心下迟疑。青青三回五次，催许宣进去。许宣转到里面，只见：四扇暗槅子窗，揭起青布幕，一个坐起③。桌上放一盆虎须菖蒲，两边也挂四幅美人，中间挂一幅神像，桌上放一个古铜香炉花瓶。那小娘子向前深深的道一个万福，道："夜来多蒙小乙官人应付周全，识荆④之初，甚是感激不浅！"许宣道："些微何足挂齿！"白娘子道："少坐拜茶。"茶罢，又道："片时薄酒三杯，表意而已。"许宣方欲推辞，青青已自把菜蔬果品流水⑤排将出来。许宣道："感谢娘子置酒，不当厚扰。"饮至数杯，许宣起身道："今日天色将晚，路远，小子告回。"娘子道："官人的伞，舍亲⑥昨夜转借去了，再饮几杯，着人取来。"许宣道："日晚，小子要回。"娘子道："再饮一杯。"许宣道："饮馔好了，多感，多感！"白娘子道："既是官人要回，这伞相烦明日来取则个。"许宣只得相辞了回家。至次日，又来店中做些买卖，又推个事故，却来白娘子家取伞。娘子见来，又备三杯相款。许宣道："娘子还了小子的伞罢，不必多扰。"那娘子道："既安排了，略饮一杯。"许宣只得坐下。那白娘子筛一杯酒，递与许宣，启樱桃口，露榴子牙，娇滴滴声音，带着满面春风，告道："小官人在上，真人面前说不得假话。奴家亡了丈夫，想必和官人有宿世姻缘，一见便蒙错爱。正是你有心，我有意。烦小乙官人寻一个媒证，与你共成百年姻眷，不枉天生一对，却不是好。"许宣听那妇人说罢，自己寻思："真个好一段姻缘。若取得这个浑家，也不枉了。我自十分肯了，只是一件不谐：思量我日间在李将仕家做主管，夜间在姐夫家安歇，虽有些少东西，只好办身上衣服，如何得钱来娶老小？"

---

① 人情：指送礼。

② 看街槅子眼：下部是木板，上部有窗眼的临街落地窗。槅子眼，即窗眼。

③ 坐起：卧榻。一说为日常休息谈天的房间。

④ 识荆：初次见面时的客气话，意思是说认识对方感到非常荣幸。本于李白《与韩荆州书》："生不用封万户侯，但愿一识韩荆州。"

⑤ 流水：形容迅速而接连不断。

⑥ 舍亲：亲戚。

自沉吟不答。只见白娘子道："官人何故不回言语?"许宣道："多感过爱,实不相瞒,只为身边窘迫,不敢从命。"娘子道："这个容易。我囊中自有余财,不必挂念。"便叫青青道："你去取一锭白银下来。"只见青青手扶栏杆,脚踏胡梯①,取下一个包儿来,递与白娘子。娘子道："小乙官人,这东西将去使用,少欠时再来取。"亲手递与许宣。许宣接得包儿,打开看时,却是五十两雪花银子。藏于袖中,起身告回。青青把伞来还了许宣。许宣接得相别,一径回家,把银子藏了。当夜无话。明日起来,离家到官巷口,把伞还了李将仕。许宣将些碎银子买了一只肥好烧鹅,鲜鱼精肉,嫩鸡果品之类提回家来。又买了一樽酒,分付养娘丫鬟安排整下。那日却好姐夫李募事在家。饮馔俱已完备,来请姐夫和姐姐吃酒。李募事却见许宣请他,到吃了一惊,道："今日做甚么子坏钞②?日常不曾见酒盏儿面,今朝作怪!"三人依次坐定饮酒,酒至数杯,李募事道:"尊舅,没事教你坏钞做甚?"许宣道:"多谢姐夫,切莫笑话,轻微何足挂齿。感谢姐夫姐姐管雇多时。一客不烦二主人,许宣如今年纪长成,恐虑后无人养育,不是了处。今有一头亲事在此说起,望姐夫姐姐与许宣主张,结果了一生终身,也好。"姐夫姐姐听得说罢,肚内暗自寻思道:"许宣日常一毛不拔,今日坏得些钱钞,便要我替他讨老小?"夫妻二人,你我相看,只不回话。吃酒了,许宣自做买卖。过了三两日,许宣寻思道:"姐姐如何不说起?"忽一日,见姐姐问道:"曾向姐夫商量也不曾?"姐姐道:"不曾。"许宣道:"如何不曾商量?"姐姐道:"这个事不比别样的事,仓卒不得,又见姐夫这几日面色心焦,我怕他烦恼,不敢问他。"许宣道:"姐姐你如何不上紧?这个有甚难处,你只怕我教姐夫出钱,故此不理。"许宣便起身到卧房中开箱,取出白娘子的银来,把与姐姐道:"不必推故,只要姐夫做主。"姐姐道:"吾弟多时在叔叔家中做主管,积趱得这些私房。可知道③要娶老婆!你且去,我安在此。"却说李募事归来,姐姐道:"丈夫,可知小舅要娶老婆,原来自趱得些私房,如今教我倒换些零碎使用,我们只得与他完就这亲事则个。"李募事听得,说道:"原来如此,得他积得些私房也好。拿来我看!"做妻的连忙将出银子递与丈夫。李募事接在手中,翻来覆去,看了上面凿的字号,大叫一声:"苦!不好了,全家是死!"那妻吃了一惊,问道:"丈夫有甚么利害之事?"李募事道:"数日前邵太尉库内封记锁押④俱不动,又无地穴得入,平空不见了五十锭大银。见今着落⑤临安府提捉贼人,十分紧急,没有头路得获,累害了多少人。出榜缉捕,写着字号锭数,'有人捉获贼人银子者,赏银五十两;知而不首,及窝藏贼人者,除正犯外,全

---

① 胡梯:扶梯。

② 坏钞:花钱。

③ 可知道:怪不得。

④ 封记锁押:封条和门锁。

⑤ 着落:责成。

家发边远充军。'这银子与榜上字号不差，正是邵太尉库内银子。即今捉捕十分紧急。正是'火到身边，顾不得亲眷，自可去拨①。'明日事露，实难分说。不管他偷的借的，宁可苦他，不要累我。只得将银子出首，免了一家之害。"老婆见说了，合口不得，目睁口呆。当时拿了这锭银子，径到临安府出首。那大尹②闻知这话，一夜不睡。次日，火速差缉捕使臣何立。何立带了伙伴，并一班眼明手快的公人，径到官巷口李家生药店，提捉正贼许宣。到得柜边，发声喊，把许宣一条绳子绑缚了，一声锣，一声鼓，解上临安府来。正值韩大尹升厅，押过许宣当厅跪下，喝声打！许宣道："告相公③不必用刑，不知许宣有何罪？"大尹焦躁道："真赃正贼，有何理说，还说无罪？ 邵太尉府中不动封锁，不见了一号大银五十锭。见有李募事出首，一定这四十九锭也在你处。想不动封皮，不见了银子，你也是个妖人！ 不要打……"喝教："拿些秽血来④！"许宣方知是这事，大叫道："不是妖人，待我分说！"大尹道："且住，你且说这银子从何而来？"许宣将借伞讨伞的上项事，一一细说一遍。大尹道："白娘子是甚么样人？ 见住何处？"许宣道："凭他说是白三班白殿直的亲妹子，如今见住箭桥边，双茶坊巷口，秀王墙对黑楼子高坡儿内住。"那大尹随即便叫缉捕使臣何立，押领许宣，去双茶坊巷口捉拿本妇前来。何立等领了钧旨，一阵⑤做公的径到双茶坊巷口秀王府墙对黑楼子前看时：门前四扇看阶⑥，中间两扇大门，门外避藉陛⑦，坡前却是垃圾，一条竹子横夹着。何立等见了这个模样，到都呆了！ 当时就叫捉了邻人，上首是做花的丘大，下首是做皮匠的孙公。那孙公摆忙的⑧吃他一惊，小肠气发，跌倒在地。众邻舍都走来道："这里不曾有甚么白娘子。这屋在五六年前有一个毛巡检⑨，合家时病⑩死了。青天白日，常有鬼出来买东西，无人敢在里头住。几日前，有个疯子立在门前唱喏。"何立教众人解下横门竹竿，里面冷清清地，起一阵风，卷出一道腥气来。众人都吃了一惊，倒退几步。许宣看了，则声不得，一似呆的。做公的数中，有一个能胆大，排行第二，姓王，专好酒吃，都叫他做好酒王二。王二道："都跟我来！"发声喊一齐哄将入去，看时板壁、坐起、桌凳都有。来到胡梯边，教王二前行，众人跟着一齐上楼。楼上灰尘三寸厚。众人到房门前，推开房门一望，床上挂着

---

① 拨：拨开，讲清。
② 大尹：古代官长的通称。汉代有京兆尹，宋元府、州、县的长官也称尹。
③ 相公：旧时百姓对府县长官的尊称。
④ 拿些秽血来：传说秽血可以辟妖术，因钱大尹把许宣认作妖怪，故叫取些秽血来避邪。
⑤ 一阵：即"一阵风"，形容行动很迅速。
⑥ 看阶：临街的窗户。
⑦ 避藉陛：高台阶。
⑧ 摆忙的：突然。
⑨ 巡检：州县负责治安保卫的武官。
⑩ 时病：瘟病。

一张帐子,箱笼都有。只见一个如花似玉穿着白的美貌娘子,坐在床上。众人看了,不敢向前。众人道:"不知娘子是神是鬼?我等奉临安大尹钧旨,唤你去与许宣执证公事。"那娘子端然不动。好酒王二道:"众人都不敢向前,怎的是了?你可将一坛酒来,与我吃了,做我不着,捉他去见大尹。"众人连忙叫两三个下去提一坛酒来与王二吃。王二开了坛口,将一坛酒吃尽了,道:"做我不着①!"将那空坛望着帐子内打将去。不打万事皆休,才然打去,只听得一声响,却是青天里打一个霹雳,众人都惊倒了!起来看时,床上不见了那娘子,只见明晃晃一堆银子。众人向前看了道:"好了。"计数四十九锭。众人道:"我们将银子去见大尹也罢。"扛了银子,都到临安府。何立将前事禀复了大尹。大尹道:"定是妖怪了。也罢,邻人无罪回家。"差人送五十锭银子与邵大尉处,开个缘由,一一禀复过了。许宣照"不应得为而为之事"②,理重者决杖免刺,配牢城营做工,满日疏放。牢城营③乃苏州府管下。李募事因出首许宣,心上不安,将邵太尉给赏的五十两银子尽数付与小舅作为盘费。李将仕与书二封,一封与押司④范院长⑤,一封与吉利桥下开客店的王主人。许宣痛哭一场,拜别姐夫姐姐,带上行枷,两个防送人押着,离了杭州到东新桥,下了航船。不一日,来到苏州。先把书会见了范院长,并王主人。王主人与他官府上下使了钱,发打两个公人去苏州府,下了公文,交割了犯人,讨了回文,防送人自回。范院长、王主人保领许宣不入牢中,就在王主人门前楼上歇了。许宣心中愁闷,壁上题诗一首:

> 独上高楼望故乡,愁看斜日照纱窗;
>
> 平生自是真诚士,谁料相逢妖媚娘!
>
> 白白不知归甚处?青青岂识在何方?
>
> 抛离骨肉来苏地,思想家中寸断肠!

有话即长,无话即短。不觉光阴似箭,日月如梭,又在王主人家住了半年之上。忽遇九月下旬,那王主人正在门首闲立,看街上人来人往。只见远远一乘轿子,傍边一个丫鬟跟着,道:"借问一声,此间不是王主人家么?"王主人连忙起身道:"此间便是。你寻谁人?"丫鬟道:"我寻临安府来的许小乙官人。"主人道:"你等一等,我便叫他出来。"这乘轿子便歇在门前。王主人便入去,叫道:"小乙哥!有人寻你。"许宣听得,急走出来,同主人到门前看时,正是青青跟着,轿子里坐着

---

① 做我不着:意思是说拼着我、把我黜出去。"做……不着",宋元俗语,含有拼着、黜出、牺牲、委屈等义。

② 不应得为而为之事:这里是引用当时的刑法条文,意思是说做了不应该做的事情。

③ 牢城营:宋代被关犯人服劳役的处所,实为变相监狱。

④ 押司:宋代官衙中的吏员,一般负责办理案牍等事务。

⑤ 院长:宋代的牢狱多属于军巡院或司理院,因此把掌管刑狱的吏员称作"院长"。

白娘子。许宣见了,连声叫道:"死冤家! 自被你盗了官库银子,带累我吃了多少苦,有屈无伸,如今到此地位,又赶来做甚么? 可羞死人!"那白娘子道:"小乙官人不要怪我,今番特来与你分辩这件事。我且到主人家里面与你说。"白娘子叫青青取了包裹下轿。许宣道:"你是鬼怪,不许入来。"挡住了门不放他。那白娘子与主人深深道了个万福,道:"奴家不相瞒,主人在上,我怎的是鬼怪? 衣裳有缝,对日有影①。不幸先夫去世,教我如此被人欺负! 做下的事,是先夫日前所为,非干我事。如今怕你怨畅②我,特地来分说明白了,我去也甘心。"主人道:"且教娘子入来坐了说。"那娘子道:"我和你到里面对主人家的妈妈说。"门前看的人,自都散了。许宣入到里面,对主人家的妈妈道:"我为他偷了官银子事。如此如此,因此教我吃场官司。如今又赶到此,有何理说?"白娘子道:"先夫留下银子,我好意把你,我也不知怎的来的?"许宣道:"如何做公的捉你之时,门前都是垃圾,就帐里一响不见了你?"白娘子道:"我听得人说你为这银子捉了去,我怕你说出我来,捉我到官,妆幌子③羞人不好看。我无奈何,只得走去华藏寺前姨娘家躲了。使人担垃圾堆在门前,把银子安在床上,央邻舍与我说谎。"许宣道:"你却走了去,教我吃官事!"白娘子道:"我将银子安在床上,只指望要好,那里晓得有许多事情? 我见你配在这里,我便带了些盘缠,搭船到这里寻你。如今分说都明白了,我去也。敢是我和你前生没有夫妻之分!"那王主人道:"娘子许多路来到这里,难道就去? 且在此间住几日,却理会。"青青道:"既是主人家再三劝解,娘子且住两日,当初也曾许嫁小乙官人。"白娘子随口便道:"羞杀人,终不成④奴家没人要? 只为分别是非而来。"王主人道:"既然当初许嫁小乙哥,却又回去,且留娘子在此。"打发了轿子,不在话下。

过了数日,白娘子先自奉承好了主人的妈妈,那妈妈劝主人与许宣说合,还定十一月十一日成亲,共百年谐老。光阴一瞬,早到吉日良时。白娘子取出银两,央王主人办备喜筵,二人拜堂结亲。酒席散后,共入纱厨⑤。白娘子放出迷人声态,颠鸾倒凤,百媚千娇,喜得许宣如遇神仙,只恨相见之晚。正好欢娱,不觉金鸡三唱,东方渐白。正是:

> 欢娱嫌夜短,寂寞恨更长。

自此日为始,夫妻二人如鱼似水,终日在王主人家快乐昏迷缠定⑥。日往月来,

---

① 衣裳有缝,对日有影:旧时迷信说法,鬼的衣裳没缝,站在太阳底下没有身影。白娘子这样说,是为了表白自己不是鬼。

② 怨畅:埋怨。

③ 妆幌子:这里是出丑的意思。

④ 终不成:莫非、难道。

⑤ 纱厨:一种张有纱帐的床。

⑥ 昏迷缠定:神魂颠倒、情意缠绵地生活在一起。

又早半年光景，时临春气融和，花开如锦，车马往来，街坊热闹。许宣问主人家道："今日如何人人出去闲游，如此喧嚷？"主人道："今日是二月半，男子妇人，都去看卧佛，你也好去承天寺里闲走一遭。"许宣见说，道："我和妻子说一声，也去看一看。"许宣上楼来，和白娘子说："今日二月半，男子妇人都去看卧佛，我也看一看就来。有人寻说话，回说不在家，不可出来见人。"白娘子道："有甚好看，只在家中却不好？看他做甚么？"许宣道："我去闲耍一遭就回。不妨。"许宣离了店内，有几个相识，同走到寺里看卧佛。绕廊下各处殿上观看了一遭，方出寺来，见一个先生①，穿着道袍，头戴逍遥巾，腰系黄丝绦，脚着熟麻鞋，坐在寺前卖药，散施符水②。许宣立定了看。那先生道："贫道是终南山道士，到处云游，散施符水，救人病患灾厄，有事的向前来。"那先生在人丛中看见许宣头上一道黑气，必有妖怪缠他，叫道："你近来有一妖怪缠你，其害非轻！我与你二道灵符，救你性命。一道符三更烧，一道符放在自头发内。"许宣接了符，纳头便拜，肚内道："我也八九分疑惑那妇人是妖怪，真个是实。"谢了先生，径回店中。至晚，白娘子与青青睡着了，许宣起来道："料有三更了！"将一道符放在自头发内，正欲将一道符烧化，只见白娘子叹一口气道："小乙哥和我许多时夫妻，尚兀自不把我亲热，却信别人言语，半夜三更，烧符来压镇我！你且把符来烧看！"就夺过符来，一时烧化，全无动静。白娘子道："却如何？说我是妖怪！"许宣道："不干我事。卧佛寺前一云游先生，知你是妖怪。"白娘子道："明日同你去看他一看，如何模样的先生。"次日，白娘子清早起来，梳妆罢，戴了钗环，穿上素净衣服，分付青青看管楼上。夫妻二人，来到卧佛寺前。只见一簇人，团团围着那先生，在那里散符水。只见白娘子睁一双妖眼，到先生面前，喝一声："你好无礼！出家人在我丈夫面前说我是一个妖怪，书符来捉我！"那先生回言："我行的是五雷天心正法③，凡有妖怪，吃了我的符，他即变出真形来。"那白娘子道："众人在此，你且书符来我吃看！"那先生书一道符，递与白娘子。白娘子接过符来，便吞下去。众人都看，没些动静。众人道："这等一个妇人，如何说是妖怪？"众人把那先生齐骂。那先生骂得口睁眼呆，半晌无言，惶恐满面。白娘子道："众位官人在此，他捉我不得。我自小学得个戏术，且把先生试来与众人看。"只见白娘子口内喃喃的，不知念些甚么，把那先生却似有人擒的一般，缩做一堆，悬空而起。众人看了齐吃一惊。许宣呆了。娘子道："若不是众位面上，把这先生吊他一年。"白娘子喷口气，只见那先生依然放下，只恨爹娘少生两翼，飞也似走了。众人都散了。夫妻依旧回来，不在话下。日逐盘缠，都是白娘子将出来用度。正是：夫唱妇随，朝欢暮乐。

---

① 先生：宋时对道士的称呼。
② 符水：方士给人治病消灾的符箓咒水。
③ 五雷天心正法：亦名"掌心雷"，传说中的方士法术之一。

　　不觉光阴似箭，又是四月初八日，释迦佛生辰。只见街市上人抬着柏亭浴佛，家家布施。许宣对王主人道："此间与杭州一般。"只见邻舍边一个小的，叫做铁头，道："小乙官人，今日承天寺里做佛会，你去看一看。"许宣转身到里面，对白娘子说了。白娘子道："甚么好看，休去！"许宣道："去走一遭，散闷则个。"娘子道："你要去，身上衣服旧了不好看，我打扮你去。"叫青青取新鲜时样衣服来。许宣着得不长不短，一似像体裁的：戴一顶黑漆头巾，脑后一双白玉环，穿一领青罗道袍①，脚着一双皂靴，手中拿一把细巧百摺描金美人珊瑚坠上样春罗扇。打扮得上下齐整。那娘子分付一声，如莺声巧啭道："丈夫早早回来，切勿教奴记挂！"许宣叫了铁头相伴，径到承天寺里看佛会。人人喝采，好个官人。只听得有人说道："昨夜周将仕典当库内，不见了四五千贯金珠细软物件。见今开单告官，挨查没捉人处。"许宣听得，不解其意，自同铁头在寺。其日烧香官人子弟男女人等往往来来，十分热闹。许宣道："娘子教我早回，去罢。"转身人丛中，不见了铁头，独自个走出寺门来。只见五六个人似公人打扮，腰里挂着牌儿。数中一个看了许宣，对众人道："此人身上穿的，手中拿的，好似那话儿②。"数中一个认得许宣的道："小乙官，扇子借我一看。"许宣不知是计，将扇递与公人。那公人道："你们看这扇子坠，与单上开的一般！"众人喝声："拿了！"就把许宣一索子绑了，好似：

　　　　数只皂雕追紫燕，一群饿虎啖羊羔。

许宣道："众人休要错了，我是无罪之人。"众公人道："是不是，且去府前周将仕家分解③！他店中失去五千贯金珠细软，白玉绿环，细巧百摺扇，珊瑚坠子，你还说无罪？真赃正贼，有何分说！实是大胆汉子，把我们公人作等闲看成。见今头上、身上、脚上，都是他家物件，公然出外，全无忌惮！"许宣方才呆了，半晌不则声。许宣道："原来如此。不妨，不妨，自有人偷得。"众人道："你自去苏州府厅上分说。"次日大尹升厅，押过许宣见了。大尹审问："盗了周将仕库内金珠宝物在于何处？从实供来，免受刑法拷打。"许宣道："禀上相公做主，小人穿的衣服物件皆是妻子白娘子的，不知从何而来。望相公明镜详辨则个！"大尹喝道："你妻子今在何处？"许宣道："见在吉利桥下王主人楼上。"大尹即差缉捕使臣袁子明押了许宣火速捉来。差人袁子明来到王主人店中，主人吃了一惊，连忙问道："做甚么？"许宣道："白娘子在楼上么？"主人道："你同铁头早去承天寺里，去不多时，白娘子对我说道：'丈夫去寺中闲耍，教我同青青照管楼上。此时不见回来，我与青青去寺前寻他去也，望乞主人替我照管。'出门去了，到晚不见回来。我只道与你去望亲戚，到今日不见回来。"众公人要王主人寻白娘子，前前后后，遍寻不见。

---

　　① 道袍：这里是指一种平民穿的敞领大袖、四周镶边的袍子。宋元时很流行。

　　② 那话儿：那物件。因不便明说，故用"那话儿"指代。

　　③ 分解：分辨。

袁子明将王主人捉了,见大尹回话。大尹道:"白娘子在何处?"王主人细细禀复了,道:"白娘子是妖怪。"大尹一一问了,道:"且把许宣监了!"王主人使用了些钱,保出在外,伺候归结。且说周将仕正在对门茶坊内闲坐,只见家人报道:"金珠等物都有了,在库阁头空箱子内。"周将仕听了,慌忙回家看时,果然有了,只不见了头巾、绦环、扇子并扇坠。周将仕道:"明是屈了许宣,平白地害了一个人,不好。"暗地里到与该房①说了,把许宣只间个小罪名。却说邵太尉使李募事到苏州干事,来王主人家歇。主人家把许宣来到这里,又吃官事,一一从头说了一遍。李募事寻思道:"看自家面上亲眷,如何看做落②?"只得与他央人情,上下使钱。一日,大尹把许宣一一供招明白,都做在白娘子身上,只做"不合不出首妖怪等事",杖一百,配三百六十里,押发镇江府牢城营做工。李募事道:"镇江去便不妨,我有一个结拜的叔叔,姓李名克用,在针子桥下开生药店。我写一封书,你可去投托他。"许宣只得问姐夫借了些盘缠,拜谢了王主人并姐夫,就买酒饭与两个公人吃,收拾行李起程。王主人并姐夫送了一程,各自回去了。

且说许宣在路,饥食渴饮,夜住晓行,不则一日,来到镇江。先寻李克用家,来到针子桥生药铺内。只见主管正在门前卖生药,老将仕从里面走出来。两个公人同许宣慌忙唱个喏道:"小人是杭州李募事家中人,有书在此。"主管接了,递与老将仕。老将仕拆开看了道:"你便是许宣?"许宣道:"小人便是。"李克用教三人吃了饭,分付当直的同到府中,下了公文,使用了钱,保领回家。防送人讨了回文,自归苏州去了。许宣与当直一同到家中,拜谢了克用,参见了老安人③。克用见李募事书,说道:"许宣原是生药店中主管。"因此留他在店中做买卖,夜间教他去五条巷卖豆腐的王公楼上歇。克用见许宣药店中十分精细,心中欢喜。原来药铺中有两个主管,一个张主管,一个赵主管。赵主管一生老实本分,张主管一生克剥奸诈,倚着自老了,欺侮后辈。见又添了许宣,心中不悦,恐怕退了他;反生奸计,要嫉妒他。忽一日,李克用来店中闲看,问:"新来的做买卖如何?"张主管听了心中道:"中我机谋了!"应道:"好便好了,只有一件,……"克用道:"有甚么一件?"老张道:"他大主买卖肯做,小主儿就打发去了,因此人说他不好。我几次劝他,不肯依我。"老员外说:"这个容易,我自分付他便了,不怕他不依。"赵主管在傍听得此言,私对张主管说道:"我们都要和气。许宣新来,我和你照管他才是。有不是宁可当面讲,如何背后去说他? 他得知了,只道我们嫉妒。"老张道:"你们后生家,晓得甚么!"天已晚了,各回下处④。赵主管来许宣下处道:"张

① 该房:刑房。

② 看做落:袖手旁观,见死不救。

③ 安人:旧时夫人的封号。宋代朝奉郎(正七品)以上官员的妻子封安人,后来逐渐用作对一般有钱有地位人家夫人的尊称。

④ 下处:宿舍、家里。

主管在员外面前嫉妒你，你如今要愈加用心，大主小主儿买卖，一般样做。"许宣道："多承指数！我和你去闲酌一杯。"二人同到店中，左右坐下。酒保将要饭果碟摆下，二人吃了几杯。赵主管说："老员外最性直，受不得触。你便依随他生性①，耐心做买卖。"许宣道："多谢老兄厚爱，谢之不尽！"又饮了两杯，天色晚了。赵主管道："晚了路黑难行，改日再会。"许宣还了酒钱，各自散了。许宣觉道有杯酒醉了，恐怕冲撞了人，从屋檐下回去。正走之间，只见一家楼上推开窗，将熨斗播灰下来，都倾在许宣头上。立住脚，便骂道："谁家泼男女②，不生眼睛，好没道理！"只见一个妇人，慌忙走下来道："官人休要骂，是奴家不是，一时失误了，休怪！"许宣半醉，抬头一看，两眼相观，正是白娘子。许宣怒从心上起，恶向胆边生，无明火焰腾腾高起三千丈，掩纳不住，便骂道："你这贼贱妖精，连累得我好苦！吃了两场官事！"恨小非君子，无毒不丈夫。正是：

> 踏破铁鞋无觅处，得来全不费工夫。

许宣道："你如今又到这里，却不是妖怪？"赶将入去，把白娘子一把拿住道："你要官休私休③！"白娘子陪着笑面道："丈夫，'一夜夫妻百日恩'，和你说来事长。你听我说：当初这衣服，都是我先夫留下的。我与你恩爱深重，教你穿在身上，恩将仇报，反成吴越？"许宣道："那日我回来寻你，如何不见了？主人都说你同青青来寺前看我，因何又在此间？"白娘子道："我到寺前，听得说你被捉了去，教青青打听不着，只道你脱身走了。怕来捉我，教青青连忙讨了一只船，到建康府娘舅家去，昨日才到这里。我也道连累你两场官事，还有何面目见你！你怪我也无用了。情意相投，做了夫妻，如今好端端难道走开了？我与你情似泰山，恩同东海，誓同生死，可看日常夫妻之面，取我到下处，和你百年偕老，却不是好！"许宣被白娘子一骗，回嗔作喜，沉吟了半晌，被色迷了心胆，留连之意，不回下处，就在白娘子楼上歇了。次日，来上河五条巷王公楼家，对王公说："我的妻子同丫鬟从苏州来到这里。"一一说了，道："我如今搬回来一处过活。"王公道："此乃好事，如何用说。"当日把白娘子同青青搬来王公楼上。次日，点茶④请邻舍。第三日，邻舍又与许宣接风。酒筵散了，邻舍各自回去，不在话下。第四日，许宣早起梳洗已罢，对白娘子说："我去拜谢东西邻舍，去做买卖去也；你同青青只在楼上照管，切勿出门！"分付已了，自到店中做买卖，早去晚回。不觉光阴迅速，日月如梭，又过一月。忽一日，许宣与白娘子商量，去见主人李员外妈妈家眷。白娘子道："你在他家做主管，去参见了他，也好日常走动。"到次日，雇了轿子，径进里面请白娘子上了轿，叫王公

---

① 生性：脾气。
② 泼男女：骂人的话，犹言"坏东西"。
③ 官休私休：当官了结还是私下了结，意思是叫白娘子不要纠缠下去。
④ 点茶：请认吃酒饭。茶指酒菜、饭菜，为宋元时特殊用法。

挑了盒儿，丫鬟青青跟随，一齐来到李员外家。下了轿子。进到里面，请员外出来。李克用连忙来见，白娘子深深道个万福，拜了两拜，妈妈也拜了两拜，内眷都参见了。原来李克用年纪虽然高大，却专一好色，见了白娘子有倾国之姿，正是：

> 三魂不附体，七魄在他身。

那员外目不转睛，看白娘子。当时安排酒饭管待。妈妈对员外道："好个伶俐的娘子！十分容貌，温柔和气，本分老成。"员外道："便是杭州娘子生得俊俏。"饮酒罢了，白娘子相谢自回。李克用心中思想："如何得这妇人共宿一宵？"眉头一簇，计上心来，道："六月十三是我寿诞之日，不要慌，教这妇人着我一个道儿①。"不觉乌飞兔走，才过端午，又是六月初间。那员外道："妈妈，十三日是我寿诞，可做一个筵席，请亲眷朋友闲耍一日，也是一生的快乐。"当日亲眷邻友主管人等，都下了请帖。次日，家家户户都送烛面手帕物件来。十三日都来赴筵，吃了一日。次日是女眷们来贺寿，也有廿来个。且说白娘子也来，十分打扮，上着青织金衫儿，下穿大红纱裙，戴一头百巧珠翠金银首饰。带了青青，都到里面拜了生日，参见了老安人。东阁下排着筵席。原来李克用是吃虱子留后腿的人，因见白娘子容貌，设此一计，大排筵席。各各传杯弄盏，酒至半酣，却起身脱衣净手。李员外原来预先分付腹心养娘道："若是白娘子登东②，他要进去，你可另引他到后面僻净房内去。"李员外设计已定，先自躲在后面。正是：

> 不劳钻穴逾墙事，稳做偷香窃玉人。

只见白娘子真个要去净手，养娘便引他到后面一间僻净房内去，养娘自回。那员外心中淫乱，捉身不住，不敢便走进去，却在门缝里张。不张万事皆休，则一张那员外大吃一惊，回身便走，来到后边，往后倒了。

> 不知一命如何，先觉四肢不举！

那员外眼中不见如花似玉体态，只见房中蟠着一条吊桶来粗大白蛇，两眼一似灯盏，放出金光来。惊得半死，回身便走，一绊一跤。众养娘扶起看时，面青口白。主管慌忙用安魂定魄丹服了，方才醒来。老安人与众人都来看了：道："你为何大惊小怪做甚么？"李员外不说其事，说道："我今日起得早了，连日又辛苦了些，头风病发，晕倒了。"扶去房里睡了。众亲眷再入席饮了几杯，酒筵散罢，众人作谢回家。白娘子回到家中思想，恐怕明日李员外在铺中对许宣说出本相来，便生一条计，一头脱衣服，一头叹气。许宣道："今同出去吃酒，因何回来叹气？"白娘子道："丈夫，说不得！李员外原来假做生日，其心不善。因见我起身登东，他躲在

---

① 着道儿：落入圈套。
② 登东：上厕所。古代厕所设在住所东面，称为东厕，故云。

里面,欲要奸骗我,扯裙扯裤,来调戏我。欲待叫起来,众人都在那里,怕妆幌子。被我一推倒地,他怕羞没意思,假说晕倒了。这惶恐①那里出气!"许宣道:"既不曾奸骗你,他是我主人家,出于无奈,只得忍了。这遭休去便了。"白娘子道:"你不与我做主,还要做人?"许宣道:"先前多承姐夫写书,教我投奔他家。亏他不阻,收留在家做主管,如今教我怎的好?"白娘子道:"男子汉!我被他这般欺负,你还去他家做主管?"许宣道:"你教我何处去安身?做何生理?"白娘子道:"做人家主管,也是下贱之事,不如自开一个生药铺。"许宣道:"亏你说,只是那讨本钱?"白娘子道:"你放心,这个容易。我明日把些银子,你先去赁了间房子却又说话。"且说"今是古,古是今"②,各处有这般出热的③。间壁有一个人,姓蒋名和,一生出热好事。次日,许宣问白娘子讨了些银子,教蒋和去镇江渡口马头上,赁了一间房子,买下一付生药厨柜,陆续收买生药。十月前后,俱已完备,选日开张药店,不去做主管。那李员外也自知惶恐,不去叫他。

许宣自开店来,不匡④买卖一日兴一日,普得厚利。正在门前卖生药,只见一个和尚将着一个募缘簿子:"小僧是金山寺和尚,如今七月初七日是英烈龙王生日,伏望官人到寺烧香,布施些香钱!"许宣道:"不必写名,我有一块好降香,舍与你拿去烧罢。"即便开柜取出递与和尚。和尚接了道:"是日望官人来烧香!"打一个问讯去了。白娘子看见道:"你这杀才⑤,把这一块好香与那贼秃去换酒肉吃!"许宣道:"我一片诚心舍与他,花费了也是他的罪过。"不觉又是七月初七日,许宣正开得店,只见街上闹热,人来人往。帮闲的⑥蒋和道:"小乙官前日布施了香,今日何不去寺内闲走一遭?"许宣道:"我收拾了,略待略待,和你同去。"蒋和道:"小人当得相伴。"许宣连忙收拾了,进去对白娘子道:"我去金山寺烧香,你可照管家里则个。"白娘子道:"'无事不登三宝殿',去做甚么?"许宣道:"一者不曾认得金山寺,要去看一看;二者前日布施了,要去烧香。"白娘子道:"你既要去,我也挡你不得,也要依我三件事。"许宣道:"那三件?"白娘子道:"一件,不要去方丈内去;二件,不要与和尚说话;三件,去了就回。来得迟,我便来寻你也。"许宣道:"这个何妨,都依得。"当时换了新鲜衣服鞋袜,袖了香盒,同蒋和径到江边,搭了船,投金山寺来。先到龙王堂烧了香,绕寺闲走了一遍,同众人信步来到方丈门前。许宣猛省道:"妻子分付我休要进方丈内去。"立住了脚,不进去。蒋和道:"不妨事,他自在家中,回去只说不曾去便了。"说罢,走入去,看了一回,便

---

① 惶恐:这里是指意想不到的事或冤枉倒霉的事。
② 今是古,古是今:意思是说古今一个样。
③ 出热的:热心好事的人。
④ 不匡:没料想到。
⑤ 杀才:傻瓜,蠢材。
⑥ 帮闲的:吃白饭的食客。

出来。且说方丈当中座上，坐着一个有德行的和尚，眉清目秀，圆顶方袍，看了模样，的确是真僧。一见许宣走过，便叫侍者："快叫那后生进来。"侍者看了一回，人千人万，乱滚滚的，又不认得他，回说："不知他走那边去了？"和尚见说，持了禅杖，自出方丈来，前后寻不见，复身出寺来看，只见众人都在那里等风浪静了落船①。那风浪越大了，道："去不得。"正看之间，只见江心里一只船飞也似来得快。许宣对蒋和道："这船大风浪过不得渡，那只船如何到来得快？"正说之间，船已将近。看时，一个穿白的妇人，一个穿青的女子来到岸边，仔细一认，正是白娘子和青青两个。许宣这一惊非小。白娘子来到岸边，叫道："你如何不归？快来上船！"许宣却欲上船，只听得有人在背后喝道："业畜②在此做甚么？"许宣回头看时，人说道："法海禅师来了！"禅师道："业畜，敢再来无礼，残害生灵！老僧为你特来。"白娘子见了和尚，摇开船，和青青把船一翻，两个都翻下水底去了。许宣回身看着和尚便拜："告尊师，救弟子一条草命！"禅师道："你如何遇着这妇人？"许宣把前项事情从头说了一遍。禅师听罢，道："这妇人正是妖怪，汝可速回杭州去，如再来缠汝，可到湖南③净慈寺里来寻我。有诗四句：

　　本是妖精变妇人，西湖岸上卖娇声；
　　汝因不识遭他计，有难湖南见老僧。"

　　许宣拜谢了法海禅师，同蒋和下了渡船，过了江，上岸归家。白娘子同青青都不见了，方才信是妖精。到晚来，教蒋和相伴过夜，心中昏闷，一夜不睡。次日早起，叫蒋和看着家里，却来到针子桥李克用家，把前项事情告诉了一遍。李克用道："我生日之时，他登东，我撞将去，不期见了这妖怪，惊得我死去。我又不敢与你说这话。既然如此，你且搬来我这里住着，别作道理。"许宣作谢了李员外，依旧搬到他家。不觉住过两月有余。

　　忽一日立在门前，只见地方总甲④分付排门⑤人等，俱要香花灯烛迎接朝廷恩赦。原来是宋高宗策立孝宗，降赦通行天下，只除人命大事，其余小事，尽行赦放回家。许宣遇赦，欢喜不胜，吟诗一首，诗云：

　　感谢吾皇降赦文，网开三面许更新；
　　死时不作他邦鬼，生日还为旧土人。
　　不幸逢妖愁更甚，何期遇宥罪除根？
　　归家满把香焚起，拜谢乾坤再造恩。

---

① 落船：下船，搭船。
② 业畜：作孽的畜生。
③ 湖南：净慈寺在西湖的南面。
④ 总甲：宋代户籍制度，每二三十人家居民为一甲，轮流推举一人负责地方上的事务，叫做总甲。
⑤ 排门：挨家挨户。

许宣吟诗已毕，央李员外衙门上下打点使用了钱，见了大尹，给引①还乡。拜谢东邻西舍，李员外妈妈合家大小，二位主管，俱拜别了。央帮闲的蒋和买了些土物带回杭州。来到家中，见了姐夫姐姐，拜了四拜。李募事见许宣焦躁道："你好生欺负人！我两遭写书教你投托人，你在李员外家娶了老小，不直得寄封书来教我知道，真怎的无仁无义！"许宣说："我不曾娶妻小。"姐夫道："见今两日前，有一个妇人带着一个丫鬟，道是你的妻子。说你七月初七日去金山寺烧香，不见回来。那里不寻到。直到如今，打听得你回杭州，同丫鬟先到这里等你两日了。"教人叫出那妇人和丫鬟见了许宣。许宣看见，果是白娘子、青青。许宣见了，目睁口呆，吃了一惊，不在姐夫姐姐面前说这话本②，只得任他埋怨了一场。李募事教许宣共白娘子去一间房内去安身。许宣见晚了，怕这白娘子，心中慌了，不敢向前，朝着白娘子跪在地下道："不知你是何神何鬼，可饶我的性命！"白娘子道："小乙哥，是何道理？我和你许多时夫妻，又不曾亏负你，如何说这等没力气的话。"许宣道："自从和你相识之后，带累我吃了两场官司。我到镇江府，你又来寻我。前日金山寺烧香，归得迟了，你和青青又直赶来。见了禅师，便跳下江里去了。我只道你死了，不想你又先到此。望乞可怜见，饶我则个！"白娘子圆睁怪眼道："小乙官，我也只是为好，谁想到成怨本！我与你平生夫妇，共枕同衾，许多恩爱，如今却信别人闲言语，教我夫妻不睦。我如今实对你说，若听我言语喜喜欢欢，万事皆休；若生外心，教你满城皆为血水，人人手攀洪浪，脚踏浑波，皆死于非命。"惊得许宣战战兢兢，半晌无言可答，不敢走近前去。青青劝道："官人，娘子爱你杭州人生得好，又喜你恩情深重。听我说，与娘子和睦了，休要疑虑。"许宣吃两个缠不过，叫道："却是苦耶！"只见姐姐在天井里乘凉，听得叫苦，连忙来到房前，只道他两个儿厮闹，拖了许宣出来。白娘子关上房门自睡。许宣把前因后事，一一对姐姐告诉了一遍。却好姐夫乘凉归房，姐姐道："他两口儿厮闹了，如今不知睡了也未，你且去张一张③了来。"李募事走到房前看时，里头黑了，半亮不亮，将舌头舔破纸窗，不张万事皆休，一张时，见一条吊桶来大的蟒蛇，睡在床上，伸头在天窗内乘凉，鳞甲内放出白光来，照得房内如同白日。吃了一惊，回身便走。来到房中，不说其事，道："睡了，不见则声。"许宣躲在姐姐房中，不敢出头，姐夫也不问他。过了一夜。次日，李募事叫许宣出去，到僻静处问道："你妻子从何娶来？实实的对我说，不要瞒我！自昨夜亲眼看见他是一条大白蛇，我怕你姐姐害怕，不说出来。"

许宣把从头事，一一对姐夫说了一遍。李募事道："既是这等，白马庙前一个呼蛇戴先生，如法捉得蛇，我同你去接他。"二人取路来到白马庙前，只见戴先生

---

① 引：护照，通行证。
② 话本：这里是始末根由的意思。
③ 张一张：望一望，看一看。

正立在门口。二人道："先生拜揖。"先生道："有何见谕?"许宣道："家中有一条大蟒蛇,想烦一捉则个!"先生道："宅上何处?"许宣道："过军桥黑珠儿巷内李募事家便是。"取出一两银子道："先生收了银子,待捉得蛇另又相谢。"先生收了道:"二位先回,小子便来。"李募事与许宣自回。那先生装了一瓶雄黄药水,一直来到黑珠儿巷门,问李募事家。人指道："前面那楼子内便是。"先生来到门前,揭起帘子,咳嗽一声,并无一个人出来。敲了半晌门,只见一个小娘子出来问道："寻谁家?"先生道："此是李募事家么?"小娘子道："便是。"先生道："说宅上有一条大蛇,却才二位官人来请小子捉蛇。"小娘子道："我家那有大蛇?你差了。"先生道:"官人先与我一两银子,说捉了蛇后,有重谢。"白娘子道:"没有,休信他们哄你。"先生道："如何作耍?"白娘子三回五次发落不去①,焦躁起来,道:"你真个会捉蛇?只怕你捉他不得!"戴先生道:"我祖宗七八代呼蛇捉蛇,量道一条蛇有何难捉!"娘子道,"你说捉得,只怕你见了要走!"先生道:"不走,不走!如走,罚一锭白银。"娘子道:"随我来。"到天井内,那娘子转个弯,走进去了。那先生手中提着瓶儿,立在空地上,不多时,只见刮起一阵冷风,风过处,只见一条吊桶来大的蟒蛇,连射将来,正是:

人无害虎心,虎有伤人意。

且说那戴先生吃了一惊,望后便倒,雄黄罐儿也打破了。那条大蛇张开血红大口,露出雪白齿,来咬先生。先生慌忙爬起来,只恨爹娘少生两脚,一口气跑过桥来,正撞着李募事与许宣。许宣道:"如何?"那先生道:"好教二位得知,……"把前项事,从头说了一遍。取出那一两银子付还李募事道:"若不生这双脚,连性命都没了。二位自去照顾别人。"急急的去了。许宣道:"姐夫,如今怎么处?"李募事道:"眼见实是妖怪了。如今赤山埠前张成家欠我一千贯钱,你去那里静处,讨一间房儿住下。那怪物不见了你,自然去了。"许宣无计可奈,只得应承。同姐夫到家时,静悄悄的没些动静。李募事写了书帖②,和票子做一封,教许宣往赤山埠去。只见白娘子叫许宣到房中道:"你好大胆,又叫甚么捉蛇的来!你若和我好意,佛眼相看;若不好时,带累一城百姓受苦,都死于非命!"许宣听得,心寒胆战,不敢则声。将了票子,闷闷不已。来到赤山埠前,寻着了张成。随即袖中取票时,不见了,只叫得苦。慌忙转步,一路寻回来时,那里见。正闷之间,来到净慈寺前,忽地里③想起那金山寺长老法海禅师曾分付来:"倘若那妖怪再来杭州缠你,可来净慈寺内来寻我。"如今不寻,更待何时?急入寺中,问监寺道:"动问和尚,法海禅师曾来上刹也未?"那和尚道:"不曾到来。"许宣听得说不在,越闷,

---

① 发落不去:打法不走。
② 书帖:信札。
③ 忽地里:忽然间。

折身便回来长桥塊下,自言自语道:"'时衰鬼弄人',我要性命何用?"看着一湖清水,却待要跳! 正是:

> 阎王判你三更到,定不容人到四更。

许宣正欲跳水,只听得背后有人叫道:"男子汉何故轻生? 死了一万口,只当五千双,有事何不问我!"许宣回头看时,正是法海禅师。背驮衣钵,手提禅杖,原来真个才到。也是不该命尽,再迟一碗饭时,性命也休了。许宣见了禅师,纳头便拜,道:"救弟子一命则个!"禅师道:"这业畜在何处?"许宣把上项事一一诉了。道:"如今又直到这里,求尊师救度一命。"禅师于袖中取出一个钵盂,递与许宣道:"你若到家,不可教妇人得知,悄悄的将此物劈头一罩,切勿手轻,紧紧的按住,不可心慌。你便回去。"且说许宣拜谢了禅师,回家。只见白娘子正坐在那里,口内喃喃的骂道:"不知甚人挑拨我丈夫和我做冤家,打听出来,和他理会!"正是有心等了没心的,许宣张得他眼慢①,背后悄悄的,望白娘子头上一罩,用尽平生气力纳住。不见了女子之形,随着钵盂慢慢的按下,不敢手松,紧紧的按住。只听得钵盂内道:"和你数载夫妻,好没一些儿人情! 略放一放!"许宣正没了结处,报道:"有一个和尚,说道:'要收妖怪。'"许宣听得,连忙教李募事请禅师进来。来到里面,许宣道:"救弟子则个!"不知禅师口里念的甚么,念毕,轻轻的揭起钵盂,只见白娘子缩做七八寸长,如傀儡人像,双眸紧闭,做一堆儿,伏在地下。禅师喝道:"是何业畜妖怪,怎敢缠人? 可说备细!"白娘子答道:"禅师,我是一条大蟒蛇。因为风雨大作,来到西湖上安身,同青青一处。不想遇着许宣,春心荡漾,按纳不住,一时冒犯天条,却不曾杀生害命。望禅师慈悲则个!"禅师又问:"青青是何怪?"白娘子道:"青青是西湖内第三桥下潭内千年成气的青鱼。一时遇着,拖他为伴。他不曾得一日欢娱,并望禅师怜悯!"禅师道:"念你千年修炼,免你一死,可现本相!"白娘子不肯。禅师勃然大怒,口中念念有词,大喝道:"揭谛②何在? 快与我擒青鱼怪来,和白蛇现形,听吾发落!"须臾庭前起一阵狂风。风过处,只闻得豁剌一声响,半空中坠下一个青鱼,有一丈多长,向地拨剌的连跳几跳,缩做尺余长一个小青鱼。看那白娘子时,也复了原形,变了三尺长一条白蛇,兀自昂头看着许宣。禅师将二物置于钵盂之内,扯下褊衫一幅,封了钵盂口。拿到雷峰寺前,将钵盂放在地下,令人搬砖运石,砌成一塔。后来许宣化缘,砌成了七层宝塔,千年万载,白蛇和青鱼不能出世。且说禅师押镇了,留偈四句:

> 西湖水干,江潮不起,雷峰塔倒,白蛇出世。

法海禅师言偈毕。又题诗八句以劝后人:

---

① 眼慢:眼光迟钝,不注意。
② 揭谛:佛教神话里的护法神。

奉劝世人休爱色！爱色之人被色迷。

心正自然邪不扰，身端怎有恶来欺？

但看许宣因爱色，带累官司惹是非。

不是老僧来救护，白蛇吞了不留些。

法海禅师吟罢，各人自散。惟有许宣情愿出家，礼拜禅师为师，就雷峰塔披剃为僧。修行数年，一夕坐化去了。众僧买龛烧化，造一座骨塔，千年不朽，临去世时，亦有诗八句，留以警世，诗曰：

祖师度我出红尘，铁树开花始见春；

化化轮回重化化，生生转变再生生。

欲知有色还无色，须识无形却有形；

色即是空空即色，空空色色要分明。

【作品导读】

"三言"是明末冯梦龙纂辑的明代著名话本小说集，即《喻世明言》、《警世通言》、《醒世恒言》的总称。

本篇选自《警世通言》第二十八卷。白娘子的故事是流传很广的一个民间故事，几乎家喻户晓。唐人小说《白蛇记》就已有记载，宋元话本《西湖三塔记》情节进一步丰富，但这时故事都不离恐怖情节，主角是凶恶可怖的迷人蛇妖。明代拟话本《白娘子永镇雷峰塔》，将故事改造为蛇女思凡的动人悲剧，曲折地反映了社会生活中"情"与"理"的尖锐斗争，主人公由蛇妖变为蛇女，实现了白蛇故事演化过程中的首次质的飞跃。

这篇小说包含着游湖借伞、订盟赠银、庭讯发配、远方成亲、赠符逐道、佛会改配、重圆警奸、化香谒禅、遇赦捉蛇、付钵合钵等情节。塑造了白娘子、许宣、法海等主要人物形象，白娘子是一个大胆追求幸福婚姻爱情的蛇女，许宣乃是一个庸俗的、胆小怕事的小市民，而法海则是所谓正统的"理"的代表。尽管冯梦龙受到李贽的童心说以及晚明时代思潮的影响，主张文学创作要表现真情，白娘子为了维护自己的婚姻幸福，过上正常的人间生活，进行了顽强的斗争，其中就表现着强烈的人情人性的勃发，但是人、蛇异类的思想意识使得这一篇作品仍然没有超出士大夫文化的范畴。许宣得知白娘子是蛇妖，就对她毫不留情，把钵盂向白娘子头上一罩，用尽平生力气按住。面对白娘子的苦苦哀求，他一点儿也不肯放松，还感谢法海使他摆脱了白娘子的纠缠。在情与理的血肉搏斗中，白娘子势孤力单，败下阵去了。白娘子的故事终于以悲剧方式结束。

到了清代，白蛇故事演变继续进行，比如方成培编写的《雷峰塔传奇》、弹词《义妖传》等，增强了人情味和斗争性的描写，增加了《端阳》、《求草》、《水斗》、《断桥》以及《祭塔》等回目,除了深化白娘子对许宣的真挚爱情主题外,还将那风刀霜剑的社会斗争、矛盾迭起的家庭生活纳入了故事的正题中,加大了故事的容量,而白娘子也由蛇女变成蛇仙,具有无限魅力,再次实现了质的升华。后来电影《白蛇传》,通过许仙和白娘子悲欢离合的故事,歌颂了纯真美好的爱情,批判了丑恶黑暗的封建社会,具有新的积极意义。白蛇故事演化过程中,消极的、不合理的因素渐渐淘汰,积极合理的内容不断凸现,其教育价值越来越大,启发意义愈益明显。

1924 年,西湖边的雷峰塔倒掉了,鲁迅先生写了《论雷峰塔的倒掉》一文,对白娘子极为关注,他说:

现在,他居然倒掉了,则普天之下的人民,其欣喜为何如?

这是有事实可证的。试到吴、越的山间海滨,探听民意去。凡有田夫野老,蚕妇村氓,除了几个脑髓里有点贵恙的之外,可有谁不为白娘娘抱不平,不怪法海太多事的?

和尚本应该只管自己念经。白蛇自迷许仙,许仙自娶妖怪,和别人有什么相干呢?

他偏要放下经卷,横来招是搬非,大约是怀着嫉妒罢,——那简直是一定的。

自从《白娘子永镇雷峰塔》所展现出的白娘子、法海的势不两立后,自然也就衍生出两种截然不同的立场:一是白娘子(加上后来演变的许宣)的立场,二是法海的立场。鲁迅又说:"听说,后来玉皇大帝也就怪法海多事,以至荼毒生灵,想要拿办他了。他逃来逃去,终于逃在蟹壳里避祸,不敢再出来,到现在还如此。"历史已经证明,法海是不得人心的,令人憎恶的。

【延伸阅读作品和参考文献】

1.(清)方成培《雷峰塔传奇》,可参周家传主编《中国戏曲经典》(第 4 卷),山东教育出版社 2005 年版。

2. 田汉《白蛇传》,可参《田汉全集》(第 9 卷),花山文艺出版社 2000 年版。

3. 缪咏禾《冯梦龙和三言》,上海古籍出版社 1979 年版。

4. 胡万川《听古人说书——宋明话本》,三环出版社 1992 年版。

【思考与练习】

1. 分析本篇白娘子与许宣的形象。

2. 查找资料,总结分析白蛇传故事的演变过程。

(彭万隆)

罗刹海市①

蒲松龄

马骥，字龙媒，贾人子。美丰姿。少倜傥，喜歌舞。辄从梨园子弟，以锦帕缠头，美如好女，因复有"俊人"之号。十四岁，入郡庠，即知名。父衰老，罢贾而居。谓生曰："数卷书，饥不可煮，寒不可衣。吾儿可仍继父贾。"马由是稍稍权子母②。

从人浮海，为飓风引去，数昼夜至一都会。其人皆奇丑；见马至，以为妖，群哗而走。马初见其状，大惧；迨知国中之骇己也，遂反以此欺国人。遇饮食者，则奔而往；人惊遁，则啜其余。久之，入山村。其间形貌亦有似人者，然褴褛如丐。马息树下，村人不敢前，但遥望之。久之，觉马非噬人者，始稍稍近就之。马笑与语。其言虽异，亦半可解。马遂自陈所自③。村人喜，遍告邻里："客非能搏噬者。"然奇丑者望望即去，终不敢前；其来者，口鼻位置，尚皆与中国同。共罗浆酒奉马。马问其相骇之故，答曰："尝闻祖父言：西去二万六千里，有中国，其人民形象率诡异。但耳食④之，今始信。"问其何贫。曰："我国所重，不在文章，而在形貌：其美之极者，为上卿⑤；次任民社⑥；下焉者，亦邀贵人宠，故得鼎烹⑦以养妻子。若我辈，初生时父母皆以为不详，往往置弃之；其不忍遽弃者，皆为宗嗣耳。"问："此名何国？"曰："大罗刹⑧国。都城在北去三十里。"马请导往一观。于是鸡鸣而兴，引与俱去。天明，始达都。都以黑石为墙，色如墨，楼阁近百尺。然少瓦，覆以红石；拾其残块磨甲上，无异丹砂。时值朝退，朝中有冠盖出，村人指曰："此相国也。"视之，双耳皆背生，鼻三孔，睫毛覆目如帘。又数骑出，曰："此大夫也。"……以次各指其官职，率犖犖怪异；然位渐卑，丑亦渐杀⑨。无何，马归，街衢人望见之，噪奔跌蹶，如逢怪物，村人百口解说⑩，市人始敢遥立。既归，国中无大小，咸知村有异人，于是缙绅大夫，争欲一广见闻，遂令村人要马。然每至一

---

① 选自蒲松龄著、俞驾征等校点《聊斋志异》，浙江古籍出版社1997年版。
② 权子母：指经商。权，权衡。子母，原指货币的大小、轻重，后来指利息与本钱。
③ 自陈所自：自己陈述来历。所自，从哪里来。
④ 耳食：指不加审察，轻信传闻。
⑤ 上卿：周官制，最尊贵的诸侯臣称上卿。
⑥ 任民社：古称直接理民的地方官为"职任民社"，民社，人民和社稷。
⑦ 鼎烹：美食，贵人所享。此指贵人赐予的"残杯冷炙"。鼎，古代炊器，三足两耳。
⑧ 罗刹：梵语音译，意思是恶鬼。这里作为国名。《文献通考》谓罗刹国朱发黑面，兽牙鹰爪，作市以夜，昼则掩面。
⑨ 杀：煞，减。
⑩ 百口解说：极力解说。

家，阍人辄阖户，丈夫女子窃自门隙中窥语；终一日，无敢延见者。村人曰："此间一执戟郎①，曾为先王出使异国，所阅人多，或不以子为惧。"造郎门。郎果喜，揖为上客。视其貌，如八九十岁人。目睛突出，须卷如猬②。曰："仆少奉王命，出使最多，独未尝至中华。今一百二十余岁，又得睹上国人物，此不可不上闻于天子。然臣卧林下，十余年不践朝阶，早旦为君勉一行。"乃具饮馔，修主客礼。酒数行，出女乐十余人，更番歌舞。貌类如夜叉，皆以白锦缠头，拖朱衣及地。扮唱不知何词，腔拍恢诡③。主人顾而乐之，问："中国亦有此乐乎？"曰："有。"主人请拟其声，遂击桌为度一曲。主人喜曰："异哉！声如凤鸣龙啸，从未曾闻。"翼日，趋朝，荐诸国王。王忻然下诏，有二三大臣言其怪状，恐惊圣体。王乃止。郎出告马，深为扼腕。居久之，与主人饮而醉，把剑起舞，以煤涂面作张飞。主人以为美，曰："请君以张飞见宰相，宰相必乐用之，厚禄不难致。"马曰："嘻！游戏犹可，何能易面目图荣显！"主人固强之，马乃诺。主人设筵，邀当路者饮，令马绘面以待。未几，客至，呼马出见客。客讶曰："异哉！何前娼而今妍也！"遂与共饮，甚欢。马婆娑歌"弋阳曲"④，一座无不倾倒。明日，交章⑤荐马。王喜，召以旌节。既见，问中国治安之道，马委曲⑥上陈，大蒙嘉叹，赐宴离宫。酒酣，王曰："闻卿善雅乐，可使寡人得而闻之乎？"马即起舞，亦效白锦缠头，作靡靡之音。王大悦，即日拜下大夫。时与私宴⑦，恩宠殊异。久而官僚百执事⑧颇觉其面目之假；所至，辄见人耳语，不甚与款洽。马至是孤立，惘然不自安。遂上疏乞休致⑨，不许；又告休沐⑩，乃给三月假。于是乘传⑪载金宝，复归山村。村人膝行以迎。马以金资分给旧所与交好者，欢声雷动。村人曰："吾侪小人受大夫赐，明日赴海市，当求珍玩，用报大夫。"问："海市何地？"曰，"海中市，四海鲛人⑫，集货珠宝；四方十二国，均来贸易。中多神人游戏。云霞障天，波涛间作。贵人自重，不敢

---

① 执戟郎：古代警卫宫门的官员。

② 须卷（quán）如猬：胡须密集像刺猬。卷，弯曲。

③ 腔拍恢诡：腔调和节奏都很特别。恢诡，离奇。

④ 弋阳曲：南曲腔调的一种，明清时代流行于江西弋阳，故名。《顾曲麈谈》谓弋阳腔是"俗腔"，昆山腔是"雅乐"。马骥唱俗腔，罗刹国王却认为是"雅乐"；这说明罗刹国雅俗颠倒。

⑤ 交章：纷纷上奏章。

⑥ 委曲：原原本本地。

⑦ 时与私宴：经常参加皇帝的家宴。

⑧ 百执事：犹言百官。执事，指各部门专职人员。

⑨ 乞休致：请求辞官家居。

⑩ 休沐：休息沐浴；指短期休假。汉制，吏五日一休沐；唐代十日一休沐。

⑪ 乘传（zhuàn）：乘驿站的传车。传，传车，古代驿站的公用车辆。马骥休沐，得用传乘，可见深得国王恩宠。

⑫ 鲛人：神话传说，谓南海有鲛人，善纺织，所织薄纱叫"鲛绡"；鲛人常哭泣，其泪则凝为珠，见《博物志》和《述异记》。

犯险阻,皆以金帛付我辈代购异珍。今其期不远矣。"问所自知,曰:"每见海上朱鸟来往,七日,即市。"马问行期,欲同游瞩。村人劝使自贵。马曰:"我顾沧海客,何畏风涛?"

未几,果有踵门寄资者,遂与装资入船。船容数十人,平底高栏,十人摇橹,激水如箭。凡三日,遥见水云幌漾之中,楼阁层叠;贸迁之舟,纷集如蚁。少时,抵城下,视墙上砖皆长与人等。敌楼①高接云汉。维舟而入,见市上所陈,奇珍异宝,光明射眼,多人世所无。一少年乘骏马来,市人尽奔避,云是"东洋三世子"。世子过,目生曰:"此非异域人?"即有前马者②来诘乡籍。生揖道左,具展③邦族。世子喜曰,"既蒙辱临,缘分不浅!"于是授生骑,请与连辔。乃出西城。方至岛岸,所骑嘶跃入水。生大骇失声。则见海水中分,屹如壁立。俄睹宫殿,玳瑁为梁,鲂鳞作瓦;四壁晶明,鉴影炫目。下马揖入。仰见龙君在上。世子启奏:"臣游市廛,得中华贤士,引见大王。"生前拜舞。龙君乃言:"先生文学士,必能衙官屈、宋④。欲烦椽笔赋'海市',幸无吝珠玉。"生稽首受命。授以水精之砚,龙鬣之毫⑤,纸光似雪,墨气如兰。生立成千余言,献殿上。龙君击节曰:"先生雄才,有光水国多矣!"遂集诸龙族,宴集采霞宫。酒炙数行,龙君执爵而向客曰:"寡人所怜女,未有良匹,愿累先生。先生倘有意乎?"生离席愧荷⑥,唯唯而已。尤君顾左右语。无何,宫人数辈,扶女郎出。珮环声动,鼓吹暴作。拜竟,睨之,实仙人也。女拜已而去。少时,酒罢,双鬟挑画烛,导生入副宫。女浓妆坐伺。珊瑚之床,饰以八宝;帐外流苏,缀明珠如斗大;衾褥皆香耎。天方曙,则雏女妖鬟,奔入满侧。生起,趋出朝谢。拜为驸马都尉⑦。以其赋驰传诸海。诸海龙君,皆专员来贺,争折简招驸马饮。生衣绣裳,驾青虬,呵殿⑧而出。武士数十骑,背雕弧,荷白棓,晃耀填拥。马上弹筝,车中奏玉。三日间,遍历诸海。由是"龙媒"之名,噪于四海。宫中有玉树一株,围可合抱;本莹彻如白琉璃;中有心淡黄色;稍细于臂;叶类碧玉,厚一钱许,细碎有浓阴。常与女啸咏其下。花开满树,状类檐葡。每一瓣落,锵然作响。拾视之,如赤瑙雕镂,光明可爱。时有异鸟来鸣,——毛金碧色,尾长于身,——声等哀玉⑨,恻人肺腑。生每闻,辄念乡土。

---

① 敌楼:城楼。
② 前马者:在马前开路的人。
③ 具展:一一陈述。
④ 衙官屈宋:意思是超过屈原、宋玉。
⑤ 龙鬣(liè)之毫:用龙的鬣毛制成的笔。
⑥ 愧荷:以自愧的心情表示感激。
⑦ 驸马都尉:官名,汉武帝时置,掌副车之马,秩二千石,多以宗室及外戚诸公子孙担任。魏晋以后,帝婿例加驸马都尉称号,简称驸马,皆非实职。
⑧ 呵殿:古时贵官出行的威仪,呵,在前喝道。殿,在后随从。
⑨ 声等哀玉:声音如同玉制乐器所奏的哀婉曲调。

因谓女曰："亡出三年，恩慈间阻①，每一念及，涕膺汗背②。卿能从我归乎？"女曰："仙尘路隔，不能相依。妾亦不忍以鱼水之爱，夺膝下之欢。容徐谋之。"生闻之，泣不自禁。女亦叹曰："此势之不能两全者也！"明日，生自外归。龙君曰："闻都尉有故土之思，诘旦趣装，可乎？"生谢曰："逆旅孤臣，过蒙优宠，衔报之诚，结于肺肝。容暂归省，当图复聚耳。"入暮，女置酒话别。生订后会。女曰："情缘尽矣。"生大悲，女曰："归养双亲，见君之孝。人生聚散，百年犹旦暮耳，何用作儿女哀泣？此后妾为君贞，君为妾义，两地同心，即伉俪也，何必旦夕相守，乃谓之偕老乎？若渝此盟，婚姻不吉。倘虑中馈乏人③，纳婢可耳。更有一事相嘱：自奉衣裳，似有佳婿，烦君命名。"生曰："其女耶，可名龙宫；男耶，可名福海。"女乞一物为信。生在罗刹国所得赤玉莲花一对，出以授女。女曰："三年后四月八日，君当泛舟南岛，还君体胤④。"女以鱼革为囊，实以珠宝，授生曰："珍藏之，数世吃着不尽也。"天微明，王设祖帐，馈遗甚丰。生拜别出宫。女乘白羊车，送诸海涘。生上岸下马，女致声珍重，回车便去，少顷便远。海水复合，不可复见。

生乃归。自浮海去，咸谓其已死；及至家，家人无不诧异。幸翁媪无恙，独妻已他适。乃悟龙女"守义"之言，盖已先知也。父欲为生再婚；生不可，纳婢焉。谨志三年之期，泛舟岛中。见两儿坐浮水面，拍流嬉笑，不动亦不沉。近引之，儿哑然捉生臂，跃入怀中；其一大啼，似嗔生之不援己者。亦引上之。细审之，一男一女，貌皆婉秀。额上花冠缀玉，则赤莲在焉。背有锦囊，拆视得书，云："翁姑计各无恙。忽忽三年，红尘永隔；盈盈一水，青鸟难通。结想为梦，引领成劳，茫茫蓝蔚，有恨如何也！顾念奔月姮娥，且虚桂府；投梭织女，犹怅银河。我何人斯，而能永好？兴思及此，辄复破涕为笑。别后两月，竟得孪生。今已啁啾怀抱，颇解言笑；觅枣抓梨，不母可活。敬以还君。所贻赤玉莲花，饰冠作信。膝头抱儿时，犹妾在左右也。闻君克践旧盟，意愿斯慰。妾此生不二，之死靡他。奁中珍物，不蓄兰膏；镜里新妆，久辞粉黛。君似征人，妾作嫠妇，即置而不御⑤，亦何得谓非琴瑟哉？独计翁姑亦既抱孙，曾未一觌新妇，揆之情理，亦属缺然。岁后阿姑窀穸⑥，当往临穴，一尽妇职。过此以往，则'龙宫'无恙，不少把握之期；'福海'长生，或有往还之路。伏惟珍重，不尽欲言。"生反复省书揽涕。两儿抱颈曰："归休乎！"生益恸，抚之曰："儿知家在何许？"儿愈啼，呕哑言归。生视海水茫茫，极天无际；雾鬟人渺，烟波路穷。抱儿返棹，怅然遂归。生知母寿不永，周身物悉

---

① 恩慈间阻：指与父母隔离。父母慈爱有恩，故以"恩慈"代称。

② 涕膺汗背：泪下沾胸，汗流浃背；形容悲伤与惶恐。

③ 中馈乏人：无人主持家务。古代妇女在家料理饮食、祭品等事务，叫做"主中馈"。

④ 体胤：亲生儿女。胤，后嗣。

⑤ 置而不御：意谓两地远隔，仍保持夫妇名义。御，用；因喻夫妇为琴瑟之设词。

⑥ 窀穸（zhūn xī）：墓穴。这里指下葬。

为预具,墓中植松槚百余。逾岁,媪果亡。灵舆至殡宫,有女子缞绖临穴。众方惊顾,忽而风激雷轰,继以急雨,转瞬已失所在。松柏新植多枯,至是皆活。福海稍长,辄思其母,忽自投入海,数日始还。龙宫以女子不得往,时掩户泣。一日,昼瞑,龙女忽入,止之曰:"儿自成家,哭泣何为?"乃赐八尺珊瑚一树、龙脑香一帖、明珠百颗、八宝嵌金合一双,为作嫁资。生闻之,突入,执手啜泣。俄顷,疾雷破屋,女已无矣。

异史氏曰:"花面逢迎,世情如鬼。嗜痂之癖,举世一辙[1]。'小惭小好,大惭大好'[2]。若公然带须眉以游都市[3],其不骇而走者盖几希矣。彼陵阳痴子,将抱连城玉向何处哭也[4]?呜呼!显荣富贵,当于蜃楼海市中求之耳!"

【作品导读】

《聊斋志异》,是我国古典文学中最脍炙人口的一部短篇小说集。全书十六卷,计四百三十一篇,作者为清初人蒲松龄。蒲松龄生活的时代,是黑暗腐败的封建社会"末世",不但社会制度已经极度腐朽,行将崩溃,而且社会风气也江河日下,极其败坏。作者激烈抨击"官贪吏虐"、"苛政猛于虎"的同时,也严厉鞭挞了炎凉世态,浅薄人情。《罗刹海市》就是这样一篇重要作品。

小说前半部分写马骥在大罗刹国所见所闻所遇,这个国度所重"不在文章,而在形貌",论形貌又以丑为美,致使朝中显贵个个"狰狞怪异",奇丑无比,官位愈高,其丑愈甚,"位渐卑,丑亦渐杀",唯有形貌正常者,被视为怪物,个个落得凄惨不堪的境地。风流倜傥的"俊人"马骥却吓得国民个个惊逃骇散,户户关门;而他一旦将脸涂作张飞,既黑且丑,反被朝臣"交章举荐",受到国王的特别恩宠。与罗刹国相反,作品后半创造一个理想世界。在"海市"里,主人公马骥被视为"贤才"、"文学士"得到龙君的赏识,甚至拜驸马都尉,名噪四海。显而易见,这里的大罗刹国就是作者自己生活时代的影射,他通过艺术描写意在告诉人们,这是

[1] "嗜痂之癖"二句:谓怪僻的嗜好,天下都有。《南史·刘穆之传》,谓南朝人刘邕嗜食疮痂,以为味似鳆鱼。后世因称乖僻的嗜好为"嗜痂"。这里用以比喻颠倒美丑、曲意逢迎的怪癖。举,全。一辙,一样。

[2] 小惭小好,大惭大好:唐代韩愈《与冯宿论文书》:"时时应事作俗下文字,下笔令人惭,及示人,则人以为好矣。小惭者亦蒙谓之小好,大惭者即必以为大好矣。"意谓世人喜欢虚假的迎合。惭,指曲意取悦别人,违背自己的本心。

[3] "公然带须眉"句:意谓保持男子汉的本色立身行事,耻于媚俗谄世。须眉,胡须、眉毛,代指男子。

[4] "彼陵阳痴子"二句:意谓真正才德之士,不被赏识,将无处倾诉他的委曲和悲痛。陵阳痴子,指春秋时楚人卞和,曾受封陵阳侯。卞和在楚山发现一璞玉,曾献给楚厉王和楚武王,都被视为石头,卞和被诬欺诳,先后被刖双脚。楚文王即位,卞和抱璞哭于荆山之下。楚文王使人问之。卞和曰:"臣非悲刖。宝玉而题之以石,贞士而名之为诳,所以悲也。"楚文王使人剖璞,果得宝玉,称为"和氏璧"。见《韩非子·和氏》。连城玉,价值连城的宝玉,指和氏璧。

47

一个恶鬼当道的人间地狱。篇末"异史氏"即明确指出:"花面逢迎,世情如鬼。嗜痂之癖,举世一辙。"这种大胆尖锐的暴露谴责,闪烁着作者批判封建社会的思想锋芒,充分显示了作品的思想倾向和价值取向。对于那个"海市"理想国,作者也清醒地意识到亦不过是虚幻一场,他只能无可奈何地感叹:"呜呼! 显荣富贵,当于蜃楼海市中求之耳!"这一切都表明了作者对那个黑暗世道的极端愤慨。

文中以马骥作为线索人物,用他的活动与经历将罗刹国、海市和龙宫三个场景联系起来,在线索人物所串起的两个海外国度里,人物截然不同的遭际,形成鲜明的比照。大罗刹国只重外表不重真才,外表竟美丑颠倒。马骥在这里的遭遇多么让人义愤填膺! 而在海市,东洋三世子对他一见倾心,十分器重,特地引见龙君;龙君对他的才华击节赞赏,招为驸马。同样一个人,前后遭遇截然不同,对比强烈鲜明。又把大罗刹国里不同相貌者的不同命运对照来写。在这里,人皆奇丑,越是丑陋不堪,越是占据高位。至于那些形貌与普通人相近的呢,则被父母当作不祥之物而抛弃;甚至被赶到穷乡僻壤,"褴褛如丐"。故事还用马骥在大罗刹国的前后不同境遇作对比。他以真面目出现时,被人当作妖物,避之唯恐不及;在隐去真面,学起夜叉打扮,或以煤涂面作张飞以后,则上上下下以为美。作者通过以上三组相反景象的两两对照,就给人们极深刻极清晰印象,产生十分显著的艺术效果。

蒲松龄在《聊斋自志》中曾明确指出,他的《聊斋志异》是一部有所"寄托"的"孤愤之书",我们从本篇也可感受到这一点。作者通过描述马骥的故事,正寄托了他对黑暗现实的愤懑与批判,同时也寄托了他对理想世界的憧憬与追求。

【延伸阅读作品和参考文献】

1. 蒲松龄《席方平》、《婴宁》、《连城》,可参蒲松龄《聊斋志异》,上海古籍出版社 2010 年版。

2. 吴组缃等《聊斋志异欣赏》,北京大学出版社 1986 年版。

3. 周学武《瓜棚下的怪谈——聊斋志异》,三环出版社 1992 年版。

【思考与练习】

1. 蒲松龄为什么写大罗刹国?

2. 分析本篇的对比艺术。

(彭万隆)

红楼梦（节选）[①]

曹雪芹

第三十回　宝钗借扇机带双敲[②]　龄官划蔷痴及局外

话说林黛玉与宝玉角口后，也自后悔，但又无去就他之理，因此日夜闷闷，如有所失。紫鹃度其意，乃劝道："若论前日之事，竟是姑娘太浮躁了些。别人不知宝玉那脾气，难道咱们也不知道的。为那玉也不是闹了一遭两遭了。"黛玉啐道："你倒来替人派我的不是。我怎么浮躁了？"紫鹃笑道："好好的，为什么又剪了那穗子？岂不是宝玉只有三分不是，姑娘倒有七分不是。我看他素日在姑娘身上就好，皆因姑娘小性儿，常要歪派[③]他，才这么样。"

林黛玉正欲答话，只听院外叫门。紫鹃听了一听，笑道："这是宝玉的声音，想必是来赔不是来了。"林黛玉听了道："不许开门！"紫鹃道："姑娘又不是了。这么热天毒日头地下，晒坏了他如何使得呢！"口里说着，便出去开门，果然是宝玉。一面让他进来，一面笑道："我只当是宝二爷再不上我们这门了，谁知这会子又来了。"宝玉笑道："你们把极小的事倒说大了。好好的，为什么不来？我便死了，魂也要一日来一百遭。妹妹可大好了？"紫鹃道："身上病好了，只是心里气不大好。"宝玉笑道："我晓得有什么气。"一面说着，一面进来，只见林黛玉又在床上哭。

那林黛玉本不曾哭，听见宝玉来，由不得伤了心，止不住滚下泪来。宝玉笑着走近床来，道："妹妹身上可大好了？"林黛玉只顾拭泪，并不答应。宝玉因便挨在床沿上坐了，一面笑道："我知道妹妹不恼我。但只是我不来，叫旁人看着，倒像是咱们又拌了嘴的似的。若等他们来劝咱们，那时节岂不咱们倒觉生分了？不如这会子，你要打要骂，凭着你怎么样，千万别不理我。"说着，又把"好妹妹"叫了几万声。林黛玉心里原是再不理宝玉的，这会子见宝玉说别叫人知道他们拌了嘴就生分了似的这一句话，又可见得比人原亲近，因又掌不住哭道："你也不用哄我。从今以后，我也不敢亲近二爷，二爷也全当我去了。"宝玉听了笑道："你往那去呢？"林黛玉道："我回家去。"宝玉笑道："我跟了你去。"林黛玉道："我死了。"宝玉道："你死了，我做和尚！"林黛玉一闻此言，登时将脸放下来，问道："想是你

①　选自曹雪芹、高鹗《红楼梦》（上），中国艺术研究院红楼梦研究所校注，人民文学出版社1982年版。

②　机带双敲：意近"一语双关"，即机智地用一语同时针对两方，既敲了甲，也刺了乙。

③　歪派：无理指责，故意找碴编派别人的意思。

要死了,胡说的是什么!你家倒有几个亲姐姐亲妹妹呢,明儿都死了,你几个身子去作和尚?明儿我倒把这话告诉别人去评评。"

宝玉自知这话说的造次了,后悔不来,登时脸上红胀起来,低着头不敢则一声。幸而屋里没人。林黛玉直瞪瞪的瞅了他半天,气的一声儿也说不出来。见宝玉憋的脸上紫胀,便咬着牙用指头狠命的在他额颅上戳了一下,哼了一声,咬牙说道:"你这——"刚说了两个字,便又叹了一口气,仍拿起手帕子来擦眼泪。宝玉心里原有无限的心事,又兼说错了话,正自后悔,又见黛玉戳他一下,要说又说不出来,自叹自泣,因此自己也有所感,不觉滚下泪来。要用帕子揩拭,不想又忘了带来,便用衫袖去擦。林黛玉虽然哭着,却一眼看见了,见他穿着簇新藕合纱衫,竟去拭泪,便一面自己拭着泪,一面回身将枕边搭的一方绡帕子拿起来,向宝玉怀里一摔,一语不发,仍掩面自泣。宝玉见他摔了帕子来,忙接住拭了泪,又挨近前些,伸手拉了林黛玉一只手,笑道:"我的五脏都碎了,你还只是哭。走罢,我同你往老太太跟前去。"林黛玉将手一摔道:"谁同你拉拉扯扯的。一天大似一天的,还这么涎皮赖脸的,连个道理也不知道。"

一句没说完,只听喊道:"好了!"宝林二人不防,都唬了一跳,回头看时,只见凤姐儿跳了进来,笑道:"老太太在那里抱怨天抱怨地,只叫我来瞧瞧你们好了没有。我说不用瞧,过不了三天,他们自己就好了。老太太骂我,说我懒。我来了,果然应了我的话了。也没见你们两个人有些什么可拌的,三日好了,两日恼了,越大越成了孩子了!有这会子拉着手哭的,昨儿为什么又成了乌眼鸡①呢!还不跟我走,到老太太跟前,叫老人家也放些心。"说着拉了林黛玉就走。林黛玉回头叫丫头们,一个也没有。凤姐道:"又叫他们作什么,有我伏侍你呢。"一面说,一面拉了就走。宝玉在后面跟着出了园门。到了贾母跟前,凤姐笑道:"我说他们不用人费心,自己就会好的。老祖宗不信,一定叫我去说合。我及至到那里要说合,谁知两个人倒在一处对赔不是了。对笑对诉,倒像'黄鹰抓住了鹞子的脚',两个都扣了环了,那里还要人去说合。"说的满屋里都笑起来。

此时宝钗正在这里。那林黛玉只一言不发,挨着贾母坐下。宝玉没甚说的,便向宝钗笑道:"大哥哥好日子,偏生我又不好了,没别的礼送,连个头也不得磕去。大哥哥不知我病,倒像我懒,推故不去的。倘或明儿恼了,姐姐替我分辨分辨。"宝钗笑道:"这也多事。你便要去也不敢惊动,何况身上不好?弟兄们日日一处,要存这个心倒生分了。"宝玉又笑道:"姐姐知道体谅我就好了。"又道:"姐姐怎么不看戏去?"宝钗道:"我怕热,看了两出,热的很。要走,客又不散。我少不得推身上不好,就来了。"宝玉听说,自己由不得脸上没意思,只得又搭讪笑道:"怪不得他们拿姐姐比杨妃,原来也体丰怯热。"宝钗听说,不由的大怒,待要怎

---

① 乌眼鸡:乌眼鸡好斗,形容人吵架,怒目而视。

样,又不好怎样。回思了一回,脸红起来,便冷笑了两声,说道:"我倒像杨妃,只是没一个好哥哥好兄弟可以作得杨国忠的!"二人正说着,可巧小丫头靓儿因不见了扇子,和宝钗笑道:"必是宝姑娘藏了我的。好姑娘,赏我罢。"宝钗指他道:"你要仔细!我和你顽过,你再疑我。和你素日嘻皮笑脸的那些姑娘们跟前,你该问他们去。"说的个靓儿跑了。宝玉自知又把话说造次了,当着许多人,更比方才在林黛玉跟前更不好意思,便急回身又同别人搭讪去了。

林黛玉听见宝玉奚落宝钗,心中着实得意,才要搭言也趁势儿取个笑,不想靓儿因找扇子,宝钗又发了两句话,他便改口笑道:"宝姐姐,你听了两出什么戏?"宝钗因见林黛玉面上有得意之态,一定是听了宝玉方才奚落之言,遂了他的心愿,忽又见问他这话,便笑道:"我看的是李逵骂了宋江,后来又赔不是。"宝玉便笑道:"姐姐通今博古,色色都知道,怎么连这一出戏的名字也不知道,就说了这么一串子。这叫《负荆请罪》①。"宝钗笑道:"原来这叫作《负荆请罪》!你们通今博古,才知道'负荆请罪',我不知道什么是'负荆请罪'!"一句话还未说完,宝玉林黛玉二人心里有病,听了这话早把脸羞红了。凤姐于这些上虽不通达,但见他三人形景,便知其意,便也笑着问人道:"你们大暑天,谁还吃生姜呢?"众人不解其意,便说道:"没有吃生姜。"凤姐故意用手摸着腮,诧异道:"既没人吃姜,怎么这么辣辣的?"宝玉黛玉二人听见这话,越发不好过了。宝钗再要说话,见宝玉十分讨愧,形景改变,也就不好再说,只得一笑收住。别人总未解得他四个人的言语,因此付之流水。

一时宝钗凤姐去了,林黛玉笑向宝玉道:"你也试着比我利害的人了。谁都象我心拙口笨的,由着人说呢。"宝玉正因宝钗多了心,自己没趣,又见林黛玉来问着他,越发没好气起来。待要说两句,又恐林黛玉多心,说不得忍着气,无精打采一直出来。

谁知目今盛暑之时,又当早饭已过,各处主仆人等多半都因日长神倦之时,宝玉背着手,到一处,一处鸦雀无闻。从贾母这里出来,往西走了穿堂,便是凤姐的院落。到他们院门前,只见院门掩着。知道凤姐素日的规矩,每到天热,午间要歇一个时辰的,进去不便,遂进角门,来到王夫人上房内。只见几个丫头子手里拿着针线,却打盹儿呢。王夫人在里间凉榻上睡着,金钏儿坐在旁边捶腿,也乜斜着眼乱恍。

宝玉轻轻的走到跟前,把他耳上带的坠子一摘,金钏儿睁开眼,见是宝玉。

---

① 负荆请罪:背缚荆条请求对方责罚,后喻主动认罪。战国时赵国蔺相如,出使秦国,建立大功,赵王拜他为上大夫。大将军廉颇自恃功高,屡次折辱他,他皆避让。后来廉颇知道蔺相如对他避让,是为了将相和睦,同心抗秦,廉颇深受感动,亲自登门,负荆请罪。见《史记·廉颇蔺相如列传》。

宝玉悄悄的笑道:"就困的这么着?"金钏抿嘴一笑,摆手令他出去,仍合上眼,宝玉见了他,就有些恋恋不舍的,悄悄的探头瞧瞧王夫人合着眼,便自己向身边荷包里带的香雪润津丹掏了出来,便向金钏儿口里一送。金钏儿并不睁眼,只管噙了。宝玉上来便拉着手,悄悄的笑道:"我明日和太太讨你,咱们在一处罢。"金钏儿不答。宝玉又道:"不然,等太太醒了我就讨。"金钏儿睁开眼,将宝玉一推,笑道:"你忙什么!'金簪子掉在井里头,有你的只是有你的',连这句话语难道也不明白? 我倒告诉你个巧宗儿,你往东小院子里拿环哥儿同彩云去。"宝玉笑道:"凭他怎么去罢,我只守着你。"只见王夫人翻身起来,照金钏儿脸上就打了个嘴巴子,指着骂道:"下作小娼妇,好好的爷们,都叫你教坏了。"宝玉见王夫人起来,早一溜烟去了。

这里金钏儿半边脸火热,一声不敢言语。登时众丫头听见王夫人醒了,都忙进来。王夫人便叫玉钏儿:"把你妈叫来,带出你姐姐去。"金钏儿听说,忙跪下哭道:"我再不敢了。太太要打骂,只管发落,别叫我出去就是天恩了。我跟了太太十来年,这会子撵出去,我还见人不见人呢!"王夫人固然是个宽仁慈厚的人,从来不曾打过丫头们一下,今忽见金钏儿行此无耻之事,此乃平生最恨者,故气忿不过,打了一下,骂了几句。虽金钏儿苦求,亦不肯收留,到底唤了金钏儿之母白老媳妇来领了下去。那金钏儿含羞忍辱的出去,不在话下。

且说那宝玉见王夫人醒来,自己没趣,忙进大观园来。只见赤日当空,树阴合地,满耳蝉声,静无人语。刚到了蔷薇花架,只听有人哽噎之声。宝玉心中疑惑,便站住细听,果然架下那边有人。如今五月之际,那蔷薇正是花叶茂盛之际,宝玉便悄悄的隔着篱笆洞儿一看,只见一个女孩子蹲在花下,手里拿着根绾头的簪子在地下抠土,一面悄悄的流泪。宝玉心中想道:"难道这也是个痴丫头,又象颦儿来葬花不成?"因又自叹道:"若真也葬花,可谓'东施效颦①',不但不为新特,且更可厌了。"想毕,便要叫那女子,说:"你不用跟着那林姑娘学了。"话未出口,幸而再看时,这女孩子面生,不是个侍儿,倒象是那十二个学戏的女孩子之内的,却辨不出他是生旦净丑那一个角色来。宝玉忙把舌头一伸,将口掩住,自己想道:"幸而不曾造次。上两次皆因造次了,颦儿也生气,宝儿也多心,如今再得罪了他们,越发没意思了。"

一面想,一面又恨认不得这个是谁。再留神细看,只见这女孩子眉蹙春山,眼颦秋水,面薄腰纤,袅袅婷婷,大有林黛玉之态。宝玉早又不忍弃他而去,只管痴看。只见他虽然用金簪划地,并不是掘土埋花,竟是向土上画字。宝玉用眼随

---

① 东施效颦:颦,皱眉。相传春秋时越国美女西施因病捧心皱眉,显得更美,邻女东施,如法仿效但却更丑,引起人们的讥笑。见《庄子·天运》。后遂以"东施效颦"喻不自量地模仿别人,效果适得其反。

着簪子的起落,一直一画一点一勾的看了去,数一数,十八笔。自己又在手心里用指头按着他方才下笔的规矩写了,猜是个什么字。写成一想,原来就是个蔷薇花的"蔷"字。宝玉想道:"必定是他也要作诗填词。这会子见了这花,因有所感,或者偶成了两句,一时兴至恐忘,在地下画着推敲,也未可知。且看他底下再写什么。"一面想,一面又看,只见那女孩子还在那里画呢,画来画去,还是个"蔷"字。再看,还是个"蔷"字。里面的原是早已痴了,画完一个又画一个,已经画了有几千个"蔷"。外面的不觉也看痴了,两个眼睛珠儿只管随着簪子动,心里却想:"这女孩子一定有什么话说不出来的大心事,才这样个形景。外面既是这个形景,心里不知怎么熬煎。看他的模样儿这般单薄,心里那里还搁的住熬煎,可恨我不能替你分些过来。"

伏中阴晴不定,片云可以致雨,忽一阵凉风过了,唰唰的落下一阵雨来。宝玉看着那女子头上滴下水来,纱衣裳登时湿了。宝玉想道:"这时下雨。他这个身子,如何禁得骤雨一激!"因此禁不住便说道:"不用写了。你看下大雨,身上都湿了。"那女孩子听说倒唬了一跳,抬头一看,只见花外一个人叫他不要写了,下大雨了。一则宝玉脸面俊秀;二则花叶繁茂,上下俱被枝叶隐住,刚露着半边脸,那女孩子只当是个丫头,再不想是宝玉,因笑道:"多谢姐姐提醒了我。难道姐姐在外头有什么遮雨的?"一句提醒了宝玉,"嗳哟"了一声,才觉得浑身冰凉。低头一看,自己身上也都湿了。说声"不好",只得一气跑回怡红院去了,心里却还记挂着那女孩子没处避雨。

原来明日是端阳节,那文官等十二个女子都放了学,进园来各处顽耍。可巧小生宝官、正旦玉官等两个女孩子,正在怡红院和袭人玩笑,被大雨阻住。大家把沟堵了,水积在院内,把些绿头鸭,花鹨鶒①,彩鸳鸯,捉的捉,赶的赶,缝了翅膀,放在院内顽耍,将院门关了。袭人等都在游廊上嬉笑。

宝玉见关着门,便以手扣门,里面诸人只顾笑,那里听见。叫了半日,拍的门山响,里面方听见了,估谅着宝玉这会子再不回来的。袭人笑道:"谁这会子叫门,没人开去。"宝玉道:"是我。"麝月道:"是宝姑娘的声音。"晴雯道:"胡说!宝姑娘这会子做什么来。"袭人道:"让我隔着门缝儿瞧瞧,可开就开,要不可开,叫他淋着去。"说着,便顺着游廊到门前,往外一瞧,只见宝玉淋的雨打鸡一般。袭人见了又是着忙又是可笑,忙开了门,笑的弯着腰拍手道:"这么大雨地里跑什么?那里知道爷回来了。"

宝玉一肚子没好气,满心里要把开门的踢几脚,及开了门,并不看真是谁,还只当是那些小丫头子们,便抬腿踢在肋上。袭人"嗳哟"了一声。宝玉还骂道:

---

① 鹨鶒:水鸟,似鸳鸯。

"下流东西们！我素日担待你们得了意,一点儿也不怕,越发拿我取笑儿了。"口里说着,一低头见是袭人哭了,方知踢错了,忙笑道:"嗳哟,是你来了！踢在那里了?"袭人从来不曾受过大话的,今儿忽见宝玉生气踢他一下,又当着许多人,又是羞,又是气,又是疼,真一时置身无地。待要怎么样,料着宝玉未必是安心踢他,少不得忍着说道:"没有踢着。还不换衣裳去。"宝玉一面进房来解衣,一面笑道:"我长了这么大,今日是头一遭儿生气打人,不想就偏遇见了你!"袭人一面忍痛换衣裳,一面笑道:"我是个起头儿的人,不论事大事小事好事歹,自然也该从我起。但只是别说打了我,明儿顺了手也打起别人来。"宝玉道:"我才也不是安心。"袭人道:"谁说你是安心了！素日开门关门,都是那起小丫头子们的事。他们是憨皮惯了的,早已恨的人牙痒痒,他们也没个怕惧儿。你当是他们,踢一下子,唬唬他们也好些。才刚是我淘气,不叫开门的。"

说着,那雨已住了,宝官、玉官也早去了。袭人只觉肋下疼的心里发闹,晚饭也不曾好生吃。至晚间洗澡时脱了衣服,只见肋上青了碗大一块,自己倒唬了一跳,又不好声张。一时睡下,梦中作痛,由不得"嗳哟"之声从睡中哼出。宝玉虽说不是安心,因见袭人懒懒的,也睡不安稳。忽夜间听得"嗳哟",便知踢重了,自己下床悄悄的秉灯来照。刚到床前,只见袭人嗽了两声,吐出一口痰来,"嗳哟"一声,睁开眼见了宝玉,倒唬了一跳道:"作什么?"宝玉道:"你梦里'嗳哟',必定踢重了。我瞧瞧。"袭人道:"我头上发晕,嗓子里又腥又甜,你倒照一照地下罢。"宝玉听说,果然持灯向地下一照,只见一口鲜血在地。宝玉慌了,只说"了不得了！"袭人见了,也就心冷了半截。要知端的,且听下回分解。

【作品导读】

曹雪芹(约 1715—1763 或 1764),名霑,字芹圃,号芹溪、梦阮。曹雪芹的祖上是八旗世家,祖籍在辽阳,远祖原为汉人,明末入了旗籍(正白旗),成了内务府包衣。自曹雪芹曾祖父曹玺至父辈曹頫,曹家三代任江宁织造,共 58 年。曾祖母孙氏是康熙的乳母,祖父曹寅为康熙侍读,后来成为康熙的亲信。康熙南巡六次,其中五次驻跸曹家。雍正即位,曹家失势,雍正五年(1727)曹頫获罪革职,次年抄家,于是全家迁居北京。大约到乾隆四、五年(1739—1740)曹家彻底败落。曹雪芹晚年住在北京西山,贫病潦倒,"满径蓬蒿","举家食粥",儿子夭折,曹雪芹悲恸成疾,不久病死。

《红楼梦》是曹雪芹"批阅十载,增删五次",呕心沥血写就的一部皇皇巨著。一些文学史的说法是曹雪芹只完成了《红楼梦》前 80 回的创作,而后 40 回为高鹗续写,这种观点失之武断。更大的可能是曹雪芹写完了全书后,80 回之后的部分因为某种原因不见了,而来不及补全曹雪芹就病逝了。《红楼梦》第一回有"曹雪芹于悼红轩中披阅十载,增删五次,纂成目录,分出章回,则题曰《金陵十二钗》"等语,而且《甲戌脂砚斋重评石头记》的评语中提到 80 回后甚至是末回的情节。

《红楼梦》版本有两个系列,一是抄本,80 回,多有脂砚斋评语,题为《脂砚斋重评石头记》,简称为"脂本",其中重要的有甲戌本、己卯本、庚辰本、戚本等。二是刊本,120 回,由程伟元先后两次刊行,乾隆五十六年(1791)本称为"程甲本",乾隆五十七年(1792)本称为"程乙本",合称"程高本"。

王国维《红楼梦评论》言:"《红楼梦》一书与一切喜剧相反,彻头彻尾之悲剧也。"就曹雪芹的本意而言,《红楼梦》要表达的是强烈的色空观念:荣华富贵、爱恨情仇正如过眼烟云,终究归于虚无。曹雪芹少年时经历了一段"锦衣纨绔之时,饫甘餍肥之日",但后来败落到"举家食粥酒常赊"、"茅椽蓬牖,瓦灶绳床"的困顿处境。经历如此巨变的雪芹心中难免悲哀,于是写下了《红楼梦》,小说中有一绝句恰如其分地表达了曹雪芹的创作初衷:"满纸荒唐言,一把辛酸泪!都云作者痴,谁解其中味?"曹雪芹通过两条线索来表现悲剧主题:一条是世空,贾、史、王、薛四大家族堪称望族,曾经有多少繁华,但终究是"白茫茫一片大地真干净";一条是情空,黛玉、宝玉之木石前盟有爱无婚,宝钗、宝玉之金玉良缘则有婚无爱,结局是黛玉魂归离恨天,宝玉则到底意难平,而宝钗则婚后守活寡。

《红楼梦》是中国古典小说发展史的一座丰碑。红学家蔡义江先生如此概括《红楼梦》六个方面的特殊性:一是以亲身经历之事为题材。小说写作者最熟悉的、感受最深刻的事情,在中国古典小说中是一个重大的突破,因为此前的中国古典小说特别是长篇章回小说写的从来都是别人的或古人的事情,与自己无关,如《三国志通俗演义》、《水浒传》、《西游记》等等皆如此,《儒林外史》中有一些与己相关的事儿,但不及《红楼梦》那样通篇都是。二是再现了当时社会的广阔画面,所谓生活场景,搜罗无遗。中国古典小说的传统是重事件、重情节,《三国志通俗演义》、《水浒传》、《西游记》莫不如此。而《红楼梦》则是全面、细致、真实、生动地展示了作者所处的那个时代广阔的生活场景,举凡家族盛衰、家庭伦常、男女爱情、朋友交往、私塾教学、集社活动、礼仪习俗、茶酒烹调、服装穿着、生活起居等等无不在作品中有所体现。三是在人物描写上遵循如实描写的原则。鲁迅在《中国小说史略》说:"至于说到《红楼梦》的价值,可是在中国的小说中实在是不可多得的。其要点在敢于如实描写,并无讳饰,和从前的小说叙好人完全是好,坏人完全是坏的,大不相同,所以其中所叙的人物,都是真的人物。总之自有《红楼梦》出来以后,传统的思想和写法都打破了。"传统小说中的人物往往是传奇式的,有很多理想化或脸谱化成分,如《三国志通俗演义》对曹操、诸葛亮、关羽的塑造。《红楼梦》中的人物没有完人,也没有彻头彻尾的天生的坏蛋,人物不是简单脸谱化,如写贾雨村是逐层深入,不像曹操那样一出场就"诬叔欺父";黛玉爱得专一、率真,但是斤斤计较、尖酸刻薄,嘲笑刘姥姥是母蝗虫就显得很不厚道。凤姐有才干、仗义,但是毒辣、贪财,为了三千两银子,破坏张金哥的婚事,害死两条人命。四是结构上的整体统一。《红楼梦》的结构与中国传统小说不同，《三国志通俗演义》的整个故事是以历史事件的发展为脉络的,《水浒传》的结构是板块式的,特别是每个主要人物的故事都是相对完整独立的,然后以逼上梁山衔接起来。《西游记》分两部分,第一部分是前十二回,第二部分从十三回到全书结束,是取经故事,为小说的主体部分,由九九八十一难组成,这个结构是念珠式的,单线发展,多几难少几难并不影响整个小说结构的完整性。《儒林外史》是集锦式的。唯独《红楼梦》是整体统一的结构,作者在写作时是胸中有全局,目光贯始终。如第一回就定下了整部小说的结构:神瑛侍者和绛珠仙子的故事决定了宝黛爱情悲剧的结局,甄士隐的故事是全书故事的缩影,甄家故事是贾府故事的缩影,甄士隐的命运是宝玉命运的缩影。第二回将小说主要的两条线、主要人物介绍清楚,第五回对主要人物的命运作了暗示,这种安排从思想上来说是宿命论,但就结构而言则是有机统一的。《红楼梦》是牵一发而动全身,主要人物的命运必有伏笔。五是以假存真的笔法。作者说《红楼梦》是大批实录,按迹蹰踪,但是脂砚斋解释第一回回目说:"以假语村言将真事隐去。"以假存真是《红楼梦》特殊的典型化手法,用儿女风月情事将各类人物和事件加以串连。为了表现曹家的煊赫家世,作者安排了元妃省亲这一事件,并特地借赵嬷嬷之嘴点出了曹寅的几次接驾,真所谓"假作真时真亦假,无为有处有还无"。六是综合体现了民族文化。就文学而言,《红楼梦》做到了文备众体,散文、诗歌、词、赋、诔文、楹联、联句、匾额、谜语、酒令、杂曲、民谣等一应俱全;文学之外则涉及绘画、游艺、服饰、器皿、装饰、佩戴之物、烹调、工艺、建筑、园林、医药、品茶等方面,中华民族文化的各个层面在小说中几乎都得以展现。

【延伸阅读作品和参考文献】

1. 曹雪芹、高鹗《红楼梦》(上、中、下),人民文学出版社 1982 年版。

2. 孙逊、孙菊园主编《红楼梦鉴赏辞典》,上海辞书出版社 2011 年版。

3. 蔡义江《红楼梦诗词曲赋全解》,复旦大学出版社 2012 年版。

【练习与思考】

1.《红楼梦》又名《石头记》、《情僧录》、《金陵十二钗》,说说后三个题目与小说之间的关系。

2. 你是如何理解贾宝玉与大观园女儿们的关系的?

3. 学术界和读者中间一直存在关于黛钗高低优劣之争,查找资料谈谈你的认识。

(钱国莲)

伤　逝①

——涓生的手记——

鲁　迅

如果我能够，我要写下我的悔恨和悲哀，为子君，为自己。

会馆里的被遗忘在偏僻里的破屋是这样地寂静和空虚。时光过得真快，我爱子君，仗着她逃出这寂静和空虚，已经满一年了。事情又这么不凑巧，我重来时，偏偏空着的又只有这一间屋。依然是这样的破窗，这样的窗外的半枯的槐树和老紫藤，这样的窗前的方桌，这样的败壁，这样的靠壁的板床。深夜中独自躺在床上，就如我未曾和子君同居以前一般，过去一年中的时光全被消灭，全未有过，我并没有曾经从这破屋子搬出，在吉兆胡同创立了满怀希望的小小的家庭。

不但如此。在一年之前，这寂静和空虚是并不这样的，常常含着期待；期待子君的到来。在久待的焦躁中，一听到皮鞋的高底尖触着砖路的清响，是怎样地使我骤然生动起来呵！于是就看见带着笑涡的苍白的圆脸，苍白的瘦的臂膊，布的有条纹的衫子，玄色的裙。她又带了窗外的半枯的槐树的新叶来，使我看见，还有挂在铁似的老干上的一房一房的紫白的藤花。

然而现在呢，只有寂静和空虚依旧，子君却决不再来了，而且永远，永远地！……

子君不在我这破屋里时，我什么也看不见。在百无聊赖中，随手抓过一本书来，科学也好，文学也好，横竖什么都一样；看下去，看下去，忽而自己觉得，已经翻了十多页了，但是毫不记得书上所说的事。只是耳朵却分外地灵，仿佛听到大门外一切往来的履声，从中便有子君的，而且橐橐地逐渐临近，——但是，往往又逐渐渺茫，终于消失在别的步声的杂沓中了。我憎恶那不像子君鞋声的穿布底鞋的长班②的儿子，我憎恶那太像子君鞋声的常常穿着新皮鞋的邻院的搽雪花膏的小东西！

莫非她翻了车么？莫非她被电车撞伤了么？……

我便要取了帽子去看她，然而她的胞叔就曾经当面骂过我。

蓦然，她的鞋声近来了，一步响于一步，迎出去时，却已经走过紫藤棚下，脸上带着微笑的酒窝。她在她叔子的家里大约并未受气；我的心宁帖了，默默地相视片时之后，破屋里便渐渐充满了我的语声，谈家庭专制，谈打破旧习惯，谈男女平等，谈伊孛生，谈泰戈尔，谈雪莱……。她总是微笑点头，两眼里弥漫着稚气的

---

①　选自《鲁迅全集》（第2卷），人民文学出版社2005年版。

②　长班：旧时官员的随身仆人，也用来称呼一般的"听差"。

好奇的光泽。壁上就钉着一张铜板的雪莱半身像,是从杂志上裁下来的,是他的最美的一张像。当我指给她看时,她却只草草一看,便低了头,似乎不好意思了。这些地方,子君就大概还未脱尽旧思想的束缚,——我后来也想,倒不如换一张雪莱淹死在海里的记念像或是伊孛生的罢;但也终于没有换,现在是连这一张也不知那里去了。

"我是我自己的,他们谁也没有干涉我的权利!"

这是我们交际了半年,又谈起她在这里的胞叔和在家的父亲时,她默想了一会之后,分明地,坚决地,沉静地说了出来的话。其时是我已经说尽了我的意见,我的身世,我的缺点,很少隐瞒;她也完全了解的了。这几句话很震动了我的灵魂,此后许多天还在耳中发响,而且说不出的狂喜,知道中国女性,并不如厌世家所说那样的无法可施,在不远的将来,便要看见辉煌的曙色的。

送她出门,照例是相离十多步远;照例是那鲇鱼须的老东西的脸又紧帖在脏的窗玻璃上了,连鼻尖都挤成一个小平面;到外院,照例又是明晃晃的玻璃窗里的那小东西的脸,加厚的雪花膏。她目不邪视地骄傲地走了,没有看见;我骄傲地回来。

"我是我自己的,他们谁也没有干涉我的权利!"这彻底的思想就在她的脑里,比我还透澈,坚强得多。半瓶雪花膏和鼻尖的小平面,于她能算什么东西呢?

我已经记不清那时怎样地将我的纯真热烈的爱表示给她。岂但现在,那时的事后便已模胡,夜间回想,早只剩了一些断片了;同居以后一两月,便连这些断片也化作无可追踪的梦影。我只记得那时以前的十几天,曾经很仔细地研究过表示的态度,排列过措辞的先后,以及倘或遭了拒绝以后的情形。可是临时似乎都无用,在慌张中,身不由己地竟用了在电影上见过的方法了。后来一想到,就使我很愧恶,但在记忆上却偏只有这一点永远留遗,至今还如暗室的孤灯一般,照见我含泪握着她的手,一条腿跪了下去……。

不但我自己的,便是子君的言语举动,我那时就没有看得分明;仅知道她已经允许我了。但也还仿佛记得她脸色变成青白,后来又渐渐转作绯红,——没有见过,也没有再见的绯红;孩子似的眼里射出悲喜,但是夹着惊疑的光,虽然力避我的视线,张皇地似乎要破窗飞去。然而我知道她已经允许我了,没有知道她怎样说或是没有说。

她却是什么都记得:我的言辞,竟至于读熟了的一般,能够滔滔背诵;我的举动,就如有一张我所看不见的影片挂在眼下,叙述得如生,很细微,自然连那使我不愿再想的浅薄的电影的一闪。夜阑人静,是相对温习的时候了,我常是被质问,被考验,并且被命复述当时的言语,然而常须由她补足,由她纠正,像一个丁等的学生。

这温习后来也渐渐稀疏起来。但我只要看见她两眼注视空中,出神似的凝想着,于是神色越加柔和,笑窝也深下去,便知道她又在自修旧课了,只是我很怕她看到我那可笑的电影的一闪。但我又知道,她一定要看见,而且也非看不可的。

然而她并不觉得可笑。即使我自己以为可笑,甚而至于可鄙的,她也毫不以为可笑。这事我知道得很清楚,因为她爱我,是这样地热烈,这样地纯真。

去年的暮春是最为幸福,也是最为忙碌的时光。我的心平静下去了,但又有别一部分和身体一同忙碌起来。我们这时才在路上同行,也到过几回公园,最多的是寻住所。我觉得在路上时时遇到探索,讥笑,猥亵和轻蔑的眼光,一不小心,便使我的全身有些瑟缩,只得即刻提起我的骄傲和反抗来支持。她却是大无畏的,对于这些全不关心,只是镇静地缓缓前行,坦然如入无人之境。

寻住所实在不是容易事,大半是被托辞拒绝,小半是我们以为不相宜。起先我们选择得很苛酷,——也非苛酷,因为看去大抵不像是我们的安身之所;后来,便只要他们能相容了。看了二十多处,这才得到可以暂且敷衍的处所,是吉兆胡同一所小屋里的两间南屋;主人是一个小官,然而倒是明白人,自住着正屋和厢房。他只有夫人和一个不到周岁的女孩子,雇一个乡下的女工,只要孩子不啼哭,是极其安闲幽静的。

我们的家具很简单,但已经用去了我的筹来的款子的大半;子君还卖掉了她唯一的金戒指和耳环。我拦阻她,还是定要卖,我也就不再坚持下去了;我知道不给她加入一点股分去,她是住不舒服的。

和她的叔子,她早经闹开,至于使他气愤到不再认她做侄女;我也陆续和几个自以为忠告,其实是替我胆怯,或者竟是嫉妒的朋友绝了交。然而这倒很清静。每日办公散后,虽然已近黄昏,车夫又一定走得这样慢,但究竟还有二人相对的时候。我们先是沉默的相视,接着是放怀而亲密的交谈,后来又是沉默。大家低头沉思着,却并未想着什么事。我也渐渐清醒地读遍了她的身体,她的灵魂,不过三星期,我似乎于她已经更加了解,揭去许多先前以为了解而现在看来却是隔膜,即所谓真的隔膜了。

子君也逐日活泼起来。但她并不爱花,我在庙会时买来的两盆小草花,四天不浇,枯死在壁角了,我又没有照顾一切的闲暇。然而她爱动物,也许是从官太太那里传染的罢,不一月,我们的眷属便骤然加得很多,四只小油鸡,在小院子里和房主人的十多只在一同走。但她们却认识鸡的相貌,各知道那一只是自家的。还有一只花白的叭儿狗,从庙会买来,记得似乎原有名字,子君却给它另起了一个,叫作阿随。我就叫它阿随,但我不喜欢这名字。

这是真的,爱情必须时时更新,生长,创造。我和子君说起这,她也领会地点点头。

唉唉,那是怎样的宁静而幸福的夜呵!

安宁和幸福是要凝固的,永久是这样的安宁和幸福。我们在会馆里时,还偶有议论的冲突和意思的误会,自从到吉兆胡同以来,连这一点也没有了;我们只在灯下对坐的怀旧谭中,回味那时冲突以后的和解的重生一般的乐趣。

子君竟胖了起来,脸色也红活了;可惜的是忙。管了家务便连谈天的工夫也没有,何况读书和散步。我们常说,我们总还得雇一个女工。

这就使我也一样地不快活,傍晚回来,常见她包藏着不快活的颜色,尤其使我不乐的是她要装作勉强的笑容。幸而探听出来了,也还是和那小官太太的暗斗,导火线便是两家的小油鸡。但又何必硬不告诉我呢?人总该有一个独立的家庭。这样的处所,是不能居住的。

我的路也铸定了,每星期中的六天,是由家到局,又由局到家。在局里便坐在办公桌前钞,钞,钞些公文和信件;在家里是和她相对或帮她生白炉子,煮饭,蒸馒头。我的学会了煮饭,就在这时候。

但我的食品却比在会馆里时好得多了。做菜虽不是子君的特长,然而她于此却倾注着全力;对于她的日夜的操心,使我也不能不一同操心,来算作分甘共苦。况且她又这样地终日汗流满面,短发都粘在脑额上;两只手又只是这样地粗糙起来。

况且还要饲阿随,饲油鸡,……都是非她不可的工作。

我曾经忠告她:我不吃,倒也罢了;却万不可这样地操劳。她只看了我一眼,不开口,神色却似乎有点凄然;我也只好不开口。然而她还是这样地操劳。

我所豫期的打击果然到来。双十节的前一晚,我呆坐着,她在洗碗。听到打门声,我去开门时,是局里的信差,交给我一张油印的纸条。我就有些料到了,到灯下去一看,果然,印着的就是:

> 奉
> 局长谕史涓生着毋庸到局办事
> 秘书处启　十月九号

这在会馆里时,我就早已料到了;那雪花膏便是局长的儿子的赌友,一定要去添些谣言,设法报告的。到现在才发生效验,已经要算是很晚的了。其实这在我不能算是一个打击,因为我早就决定,可以给别人去钞写,或者教读,或者虽然费力，也还可以译点书，况且《自由之友》的总编辑便是见过几次的熟人，两月前还通过信。但我的心却跳跃着。那么一个无畏的子君也变了色，尤其使我痛心；她近来似乎也较为怯弱了。

"那算什么。哼，我们干新的。我们……"她说。

她的话没有说完；不知怎地，那声音在我听去却只是浮浮的；灯光也觉得格外黯淡。人们真是可笑的动物，一点极微末的小事情，便会受着很深的影响。我们先是默默地相视，逐渐商量起来，终于决定将现有的钱竭力节省，一面登"小广告"去寻求钞写和教读，一面写信给《自由之友》的总编辑，说明我目下的遭遇，请他收用我的译本，给我帮一点艰辛时候的忙。

"说做，就做罢！来开一条新的路！"

我立刻转身向了书案，推开盛香油的瓶子和醋碟，子君便送过那黯淡的灯来。我先拟广告；其次是选定可译的书，迁移以来未曾翻阅过，每本的头上都满漫着灰尘了；最后才写信。

我很费踌蹰，不知道怎样措辞好，当停笔凝思的时候，转眼去一瞥她的脸，在昏暗的灯光下，又很见得凄然。我真不料这样微细的小事情，竟会给坚决的，无畏的子君以这么显著的变化。她近来实在变得很怯弱了，但也并不是今夜才开始的。我的心因此更缭乱，忽然有安宁的生活的影像——会馆里的破屋的寂静，在眼前一闪，刚刚想定睛凝视，却又看见了昏暗的灯光。

许久之后，信也写成了，是一封颇长的信；很觉得疲劳，仿佛近来自己也较为怯弱了。于是我们决定，广告和发信，就在明日一同实行。大家不约而同地伸直了腰肢，在无言中，似乎又都感到彼此的坚忍崛强的精神，还看见从新萌芽起来的将来的希望。

外来的打击其实倒是振作了我们的新精神。局里的生活，原如鸟贩子手里的禽鸟一般，仅有一点小米维系残生，决不会肥胖；日子一久，只落得麻痹了翅子，即使放出笼外，早已不能奋飞。现在总算脱出这牢笼了，我从此要在新的开阔的天空中翱翔，趁我还未忘却了我的翅子的扇动。

小广告是一时自然不会发生效力的；但译书也不是容易事，先前看过，以为已经懂得的，一动手，却疑难百出了，进行得很慢。然而我决计努力地做，一本半新的字典，不到半月，边上便有了一大片乌黑的指痕，这就证明着我的工作的切实。《自由之友》的总编辑曾经说过，他的刊物是决不会埋没好稿子的。

可惜的是我没有一间静室，子君又没有先前那么幽静，善于体帖了，屋子里总是散乱着碗碟，弥漫着煤烟，使人不能安心做事，但是这自然还只能怨我自己无力置一间书斋。然而又加以阿随，加以油鸡们。加以油鸡们又大起来了，更容易成为两家争吵的引线。

加以每日的"川流不息"的吃饭；子君的功业，仿佛就完全建立在这吃饭中。吃了筹钱，筹来吃饭，还要喂阿随，饲油鸡；她似乎将先前所知道的全都忘掉了，也不想到我的构思就常常为了这催促吃饭而打断。即使在坐中给看一点怒色，她总是不改变，仍然毫无感触似的大嚼起来。

使她明白了我的作工不能受规定的吃饭的束缚，就费去五星期。她明白之后，大约很不高兴罢，可是没有说。我的工作果然从此较为迅速地进行，不久就共译了五万言，只要润色一回，便可以和做好的两篇小品，一同寄给《自由之友》去。只是吃饭却依然给我苦恼。菜冷，是无妨的，然而竟不够；有时连饭也不够，虽然我因为终日坐在家里用脑，饭量已经比先前要减少得多。这是先去喂了阿随了，有时还并那近来连自己也轻易不吃的羊肉。她说，阿随实在瘦得太可怜，房东太太还因此嗤笑我们了，她受不住这样的奚落。

于是吃我残饭的便只有油鸡们。这是我积久才看出来的，但同时也如赫胥黎的论定"人类在宇宙间的位置"一般，自觉了我在这里的位置：不过是叭儿狗和油鸡之间。

后来，经多次的抗争和催逼，油鸡们也逐渐成为肴馔，我们和阿随都享用了十多日的鲜肥；可是其实都很瘦，因为它们早已每日只能得到几粒高粱了。从此便清静得多。只有子君很颓唐，似乎常觉得凄苦和无聊，至于不大愿意开口。我想，人是多么容易改变呵！

但是阿随也将留不住了。我们已经不能再希望从什么地方会有来信，子君也早没有一点食物可以引它打拱或直立起来。冬季又逼近得这么快，火炉就要成为很大的问题；它的食量，在我们其实早是一个极易觉得的很重的负担。于是连它也留不住了。

倘使插了草标到庙市去出卖，也许能得几文钱罢，然而我们都不能，也不愿这样做。终于是用包袱蒙着头，由我带到西郊去放掉了，还要追上来，便推在一个并不很深的土坑里。

我一回寓，觉得又清静得多多了；但子君的凄惨的神色，却使我很吃惊。那是没有见过的神色，自然是为阿随。但又何至于此呢？我还没有说起推在土坑里的事。

到夜间，在她的凄惨的神色中，加上冰冷的分子了。

"奇怪。——子君，你怎么今天这样儿了？"我忍不住问。

"什么？"她连看也不看我。

"你的脸色……。"

"没有什么，——什么也没有。"

我终于从她言动上看出，她大概已经认定我是一个忍心的人。其实，我一个人，是容易生活的，虽然因为骄傲，向来不与世交来往，迁居以后，也疏远了所有旧识的人，然而只要能远走高飞，生路还宽广得很。现在忍受着这生活压迫的苦痛，大半倒是为她，便是放掉阿随，也何尝不如此。但子君的识见却似乎只是浅薄起来，竟至于连这一点也想不到了。

我拣了一个机会，将这些道理暗示她；她领会似的点头。然而看她后来的情形，她是没有懂，或者是并不相信的。

天气的冷和神情的冷，逼迫我不能在家庭中安身。但是，往那里去呢？大道上，公园里，虽然没有冰冷的神情，冷风究竟也刺得人皮肤欲裂。我终于在通俗图书馆里觅得了我的天堂。

那里无须买票；阅书室里又装着两个铁火炉。纵使不过是烧着不死不活的煤的火炉，但单是看见装着它，精神上也就总觉得有些温暖。书却无可看：旧的陈腐，新的是几乎没有的。

好在我到那里去也并非为看书。另外时常还有几个人，多则十余人，都是单薄衣裳，正如我，各人看各人的书，作为取暖的口实。这于我尤为合式。道路上容易遇见熟人，得到轻蔑的一瞥，但此地却决无那样的横祸，因为他们是永远围在别的铁炉旁，或者靠在自家的白炉边的。

那里虽然没有书给我看，却还有安闲容得我想。待到孤身枯坐，回忆从前，这才觉得大半年来，只为了爱，——盲目的爱，而将别的人生的要义全盘疏忽了。第一，便是生活。人必生活着，爱才有所附丽。世界上并非没有为了奋斗者而开的活路；我也还未忘却翅子的扇动，虽然比先前已经颓唐得多……。

屋子和读者渐渐消失了，我看见怒涛中的渔夫，战壕中的兵士，摩托车①中的贵人，洋场上的投机家，深山密林中的豪杰，讲台上的教授，昏夜的运动者和深夜的偷儿……。子君，——不在近旁。她的勇气都失掉了，只为着阿随悲愤，为着做饭出神；然而奇怪的是倒也并不怎样瘦损……。

冷了起来，火炉里的不死不活的几片硬煤，也终于烧尽了，已是闭馆的时候。又须回到吉兆胡同，领略冰冷的颜色去了。近来也间或遇到温暖的神情，但这却反而增加我的苦痛。记得有一夜，子君的眼里忽而又发出久已不见的稚气的光来，笑着和我谈到还在会馆时候的情形，时时又很带些恐怖的神色。我知道我近来的超过她的冷漠，已经引起她的忧疑来，只得也勉力谈笑，想给她一点慰藉。然而我的笑貌一上脸，我的话一出口，却即刻变为空虚，这空虚又即刻发生反响，

---

① 摩托车：当时对小汽车的称呼。

回向我的耳目里,给我一个难堪的恶毒的冷嘲。

子君似乎也觉得的,从此便失掉了她往常的麻木似的镇静,虽然竭力掩饰,总还是时时露出忧疑的神色来,但对我却温和得多了。

我要明告她,但我还没有敢,当决心要说的时候,看见她孩子一般的眼色,就使我只得暂且改作勉强的欢容。但是这又即刻来冷嘲我,并使我失却那冷漠的镇静。

她从此又开始了往事的温习和新的考验,逼我做出许多虚伪的温存的答案来,将温存示给她,虚伪的草稿便写在自己的心上。我的心渐被这些草稿填满了,常觉得难于呼吸。我在苦恼中常常想,说真实自然须有极大的勇气的;假如没有这勇气,而苟安于虚伪,那也便是不能开辟新的生路的人。不独不是这个,连这人也未尝有!

子君有怨色,在早晨,极冷的早晨,这是从未见过的,但也许是从我看来的怨色。我那时冷冷地气愤和暗笑了;她所磨练的思想和豁达无畏的言论,到底也还是一个空虚,而对于这空虚却并未自觉。她早已什么书也不看,已不知道人的生活的第一着是求生,向着这求生的道路,是必须携手同行,或奋身孤往的了,倘使只知道捶着一个人的衣角,那便是虽战士也难于战斗,只得一同灭亡。

我觉得新的希望就只在我们的分离;她应该决然舍去,——我也突然想到她的死,然而立刻自责,忏悔了。幸而是早晨,时间正多,我可以说我的真实。我们的新的道路的开辟,便在这一遭。

我和她闲谈,故意地引起我们的往事,提到文艺,于是涉及外国的文人,文人的作品:《诺拉》,《海的女人》①。称扬诺拉的果决……。也还是去年在会馆的破屋里讲过的那些话,但现在已经变成空虚,从我的嘴传入自己的耳中,时时疑心有一个隐形的坏孩子,在背后恶意地刻毒地学舌。

她还是点头答应着倾听,后来沉默了。我也就断续地说完了我的话,连余音都消失在虚空中了。

"是的。"她又沉默了一会,说,"但是,……涓生,我觉得你近来很两样了。可是的?你,——你老实告诉我。"

我觉得这似乎给了我当头一击,但也立即定了神,说出我的意见和主张来:新的路的开辟,新的生活的再造,为的是免得一同灭亡。

临末,我用了十分的决心,加上这几句话:

"……况且你已经可以无须顾虑,勇往直前了。你要我老实说;是的,人是不

---

① 《诺拉》:通译《娜拉》(又译作《玩偶之家》);《海的女人》:通译《海的夫人》。都是易卜生的著名剧作。

该虚伪的。我老实说罢:因为,因为我已经不爱你了!但这于你倒好得多,因为你更可以毫无挂念地做事……。"

我同时豫期着大的变故的到来,然而只有沉默。她脸色陡然变成灰黄,死了似的;瞬间便又苏生,眼里也发了稚气的闪闪的光泽。这眼光射向四处,正如孩子在饥渴中寻求着慈爱的母亲,但只在空中寻求,恐怖地回避着我的眼。

我不能看下去了,幸而是早晨,我冒着寒风径奔通俗图书馆。

在那里看见《自由之友》,我的小品文都登出了。这使我一惊,仿佛得了一点生气。我想,生活的路还很多,——但是,现在这样也还是不行的。

我开始去访问久已不相闻问的熟人,但这也不过一两次;他们的屋子自然是暖和的,我在骨髓中却觉得寒冽。夜间,便蜷伏在比冰还冷的冷屋中。

冰的针刺着我的灵魂,使我永远苦于麻木的疼痛。生活的路还很多,我也还没有忘却翅子的扇动,我想。——我突然想到她的死,然而立刻自责,忏悔了。

在通俗图书馆里往往瞥见一闪的光明,新的生路横在前面。她勇猛地觉悟了,毅然走出这冰冷的家,而且,——毫无怨恨的神色。我便轻如行云,漂浮空际,上有蔚蓝的天,下是深山大海,广厦高楼,战场,摩托车,洋场,公馆,晴明的闹市,黑暗的夜……。

而且,真的,我豫感得这新生面便要来到了。

我们总算度过了极难忍受的冬天,这北京的冬天;就如蜻蜓落在恶作剧的坏孩子的手里一般,被系着细线,尽情玩弄,虐待,虽然幸而没有送掉性命,结果也还是躺在地上,只争着一个迟早之间。

写给《自由之友》的总编辑已经有三封信,这才得到回信,信封里只有两张书券:两角的和三角的。我却单是催,就用了九分的邮票,一天的饥饿,又都白挨给于已一无所得的空虚了。

然而觉得要来的事,却终于来到了。

这是冬春之交的事,风已没有这么冷,我也更久地在外面徘徊;待到回家,大概已经昏黑。就在这样一个昏黑的晚上,我照常没精打采地回来,一看见寓所的门,也照常更加丧气,使脚步放得更缓。但终于走进自己的屋子里了,没有灯火;摸火柴点起来时,是异样的寂寞和空虚!

正在错愕中,官太太便到窗外来叫我出去。

"今天子君的父亲来到这里,将她接回去了。"她很简单地说。

这似乎又不是意料中的事,我便如脑后受了一击,无言地站着。

"她去了么?"过了些时,我只问出这样一句话。

"她去了。"

"她，——她可说什么？"

"没说什么。单是托我见你回来时告诉你，说她去了。"

我不信；但是屋子里是异样的寂寞和空虚。我遍看各处，寻觅子君；只见几件破旧而黯淡的家具，都显得极其清疏，在证明着它们毫无隐匿一人一物的能力。我转念寻信或她留下的字迹，也没有；只是盐和干辣椒，面粉，半株白菜，却聚集在一处了，旁边还有几十枚铜元。这是我们两人生活材料的全副，现在她就郑重地将这留给我一个人，在不言中，教我借此去维持较久的生活。

我似乎被周围所排挤，奔到院子中间，有昏黑在我的周围；正屋的纸窗上映出明亮的灯光，他们正在逗着孩子玩笑。我的心也沉静下来，觉得在沉重的迫压中，渐渐隐约地现出脱走的路径：深山大泽，洋场，电灯下的盛筵；壕沟，最黑最黑的深夜，利刃的一击，毫无声响的脚步……。

心地有些轻松，舒展了，想到旅费，并且嘘一口气。

躺着，在合着的眼前经过的豫想的前途，不到半夜已经现尽；暗中忽然仿佛看见一堆食物，这之后，便浮出一个子君的灰黄的脸来，睁了孩子气的眼睛，恳托似的看着我。我一定神，什么也没有了。

但我的心却又觉得沉重。我为什么偏不忍耐几天，要这样急急地告诉她真话的呢？现在她知道，她以后所有的只是她父亲——儿女的债主——的烈日一般的严威和旁人的赛过冰霜的冷眼。此外便是虚空。负着虚空的重担，在严威和冷眼中走着所谓人生的路，这是怎么可怕的事呵！而况这路的尽头，又不过是——连墓碑也没有的坟墓。

我不应该将真实说给子君，我们相爱过，我应该永久奉献她我的说谎。如果真实可以宝贵，这在子君就不该是一个沉重的空虚。谎语当然也是一个空虚，然而临末，至多也不过这样地沉重。

我以为将真实说给子君，她便可以毫无顾虑，坚决地毅然前行，一如我们将要同居时那样。但这恐怕是我错误了。她当时的勇敢和无畏是因为爱。

我没有负着虚伪的重担的勇气，却将真实的重担卸给她了。她爱我之后，就要负了这重担，在严威和冷眼中走着所谓人生的路。

我想到她的死……。我看见我是一个卑怯者，应该被摈于强有力的人们，无论是真实者，虚伪者。然而她却自始至终，还希望我维持较久的生活……。

我要离开吉兆胡同，在这里是异样的空虚和寂寞。我想，只要离开这里，子君便如还在我的身边；至少，也如还在城中，有一天，将要出乎意表地访我，像住在会馆时候似的。

　　然而一切请托和书信，都是一无反响；我不得已，只好访问一个久不问候的世交去了。他是我伯父的幼年的同窗，以正经出名的拔贡①，寓京很久，交游也广阔的。

　　大概因为衣服的破旧罢，一登门便很遭门房的白眼。好容易才相见，也还相识，但是很冷落。我们的往事，他全都知道了。

　　"自然，你也不能在这里了，"他听了我托他在别处觅事之后，冷冷地说，"但那里去呢？ 很难。——你那，什么呢，你的朋友罢，子君，你可知道，她死了。"

　　我惊得没有话。

　　"真的？"我终于不自觉地问。

　　"哈哈。自然真的。我家的王升的家，就和她家同村。"

　　"但是，——不知道是怎么死的？"

　　"谁知道呢。总之是死了就是了。"

　　我已经忘却了怎样辞别他，回到自己的寓所。我知道他是不说谎话的；子君总不会再来的了，像去年那样。她虽是想在严威和冷眼中负着虚空的重担来走所谓人生的路，也已经不能。她的命运，已经决定她在我所给与的真实——无爱的人间死灭了！

　　自然，我不能在这里了；但是，"那里去呢？"

　　四围是广大的空虚，还有死的寂静。死于无爱的人们的眼前的黑暗，我仿佛一一看见，还听得一切苦闷和绝望的挣扎的声音。

　　我还期待着新的东西到来，无名的，意外的。但一天一天，无非是死的寂静。

　　我比先前已经不大出门，只坐卧在广大的空虚里，一任这死的寂静侵蚀着我的灵魂。死的寂静有时也自己战栗，自己退藏，于是在这绝续之交，便闪出无名的，意外的，新的期待。

　　一天是阴沉的上午，太阳还不能从云里面挣扎出来；连空气都疲乏着。耳中听到细碎的步声和咻咻的鼻息，使我睁开眼。大致一看，屋子里还是空虚；但偶然看到地面，却盘旋着一匹小小的动物，瘦弱的，半死的，满身灰土的……。

　　我一细看，我的心就一停，接着便直跳起来。

　　那是阿随。它回来了。

　　我的离开吉兆胡同，也不单是为了房主人们和他家女工的冷眼，大半就为着这阿随。但是，"那里去呢？"新的生路自然还很多，我约略知道，也间或依稀看

---

　　① 　拔贡：清代科举考试制度，在规定的年限（原定六年，后改为十二年）选拔"文行计优"的秀才，保送到京师，贡入国子监，称为"拔贡"。是贡生的一种。

见,觉得就在我面前,然而我还没有知道跨进那里去的第一步的方法。

经过许多回的思量和比较,也还只有会馆是还能相容的地方。依然是这样的破屋,这样的板床,这样的半枯的槐树和紫藤,但那时使我希望,欢欣,爱,生活的,却全都逝去了,只有一个虚空,我用真实去换来的虚空存在。

新的生路还很多,我必须跨进去,因为我还活着。但我还不知道怎样跨出那第一步。有时,仿佛看见那生路就像一条灰白的长蛇,自己蜿蜒地向我奔来,我等着,等着,看看临近,但忽然便消失在黑暗里了。

初春的夜,还是那么长。长久的枯坐中记起上午在街头所见的葬式,前面是纸人纸马,后面是唱歌一般的哭声。我现在已经知道他们的聪明了,这是多么轻松简截的事。

然而子君的葬式却又在我的眼前,是独自负着虚空的重担,在灰白的长路上前行,而又即刻消失在周围的严威和冷眼里了。

我愿意真有所谓鬼魂,真有所谓地狱,那么,即使在孽风怒吼之中,我也将寻觅子君,当面说出我的悔恨和悲哀,祈求她的饶恕;否则,地狱的毒焰将围绕我,猛烈地烧尽我的悔恨和悲哀。

我将在孽风和毒焰中拥抱子君,乞她宽恕,或者使她快意……。

但是,这却更虚空于新的生路;现在所有的只是初春的夜,竟还是那么长。我活着,我总得向着新的生路跨出去,那第一步,——却不过是写下我的悔恨和悲哀,为子君,为自己。

我仍然只有唱歌一般的哭声,给子君送葬,葬在遗忘中。

我要遗忘;我为自己,并且要不再想到这用了遗忘给子君送葬。

我要向着新的生路跨进第一步去,我要将真实深深地藏在心的创伤中,默默地前行,用遗忘和说谎做我的前导……。

1925 年 10 月 21 日毕

【作品导读】

鲁迅(1881—1936),原名周樟寿,后改名周树人,字豫亭,后改为豫才,浙江绍兴人,出身于没落封建官僚家庭。笔名"鲁迅"最早用于白话小说处女作《狂人日记》。有小说集《呐喊》(1923)、《彷徨》(1926)、《故事新编》(1936),散文诗集《野草》(1927),回忆性散文集《朝花夕拾》(1928),杂文创作贯穿一生,结集主要有《坟》、《热风》、《华盖集》、《华盖集续编》、《而已集》、《三闲集》、《二心集》、《南腔北调集》、《伪自由书》、《花边文学》、《准风月谈》、《且介亭杂文》、《且介亭杂文二集》、《且介亭杂文末编》等。

　　鲁迅被誉为中国现代文学之父,其《呐喊》与《彷徨》是中国现代小说成熟的标志。《呐喊》收录作于 1918—1922 年的 14 篇小说,洋溢着"五四"文学革命的热情,《彷徨》收录作于 1924—1925 年的 11 篇小说,集中诉说了"五四"潮落时的"寂寞"与"彷徨",但在"表现的深切"与"格式的特别"方面,具内在的统一性。当然,《彷徨》除在艺术上更加成熟外,在对历史变动中挣扎浮沉的知识分子的命运及其精神困境则进行了更为集中深入地刻画与剖析,由此进一步丰富了现代小说的诗性内涵。

　　《伤逝》创作于 1925 年,收入《彷徨》,是"五四"时期鲁迅唯一一部以青年婚恋问题为题材的小说。至于创作缘起,有对彼时"恋爱至上"现象泛滥不以为然而作说,也有一己"忤情"之作论。鲁迅 1926 年在致韦素园信中道:"我还听到一种传说,说《伤逝》是我自己的事,因为没有经验,是写不出这样的小说的。哈哈,做人真愈做愈难了。"其实,追根溯源不外乎鲁迅一再言之凿凿的"启蒙主义"。承载着"人的解放"、"个性解放"、"妇女解放"等"五四"启蒙主义精神价值的青年婚恋创作题材,曾为"五四"先驱及其众多追随者所热衷。胡适当年就写下了题为《终生大事》的剧本,时任《小说月报》编辑的茅盾也曾得出此类来稿占"90%以上"的统计数据。作为《新青年》骁将的鲁迅,对此自然关注有加。1923 年 12 月鲁迅在当时享有全国女子文化中心的北京女高师所作的题为《娜拉走后怎样》的演讲,就对诸如此类的问题表达了深切的关怀,小说《伤逝》则是此种关切情怀的延展。所不同的是,《伤逝》的叙事重心不仅在于对涓生与子君爱情悲剧复杂成因的揭示,而且更多地在于对涓生明确意识到与子君之间只剩下无爱的婚姻"以后",他所面临的难以逃脱犯罪感的"两难"选择,及其不绝于缕的透着"悔恨和悲哀"的空虚与绝望。对于具有一定现代意识,然而又从前进道路上败退下来,带有浓重悲剧色彩的知识者,鲁迅小说的叙事策略一向是:一方面充分肯定他们的历史进步作用,一方面也着重揭示他们的精神痛苦和自身的精神危机。这也正是《伤逝》较之于其他同类题材小说,"表现的深切"之所在。在此独特视角的审视下,"五四"启蒙运动以来所凸显的妇女解放问题、知识分子与社会的关系、人的精神意识的独立性问题,一并在小说中得以开掘和探讨,进而借此警醒沉溺于爱情追求的人们,当着眼于社会的改革去思索爱情的真谛和人生的内涵,去寻找"新的生路"。

　　茅盾曾道:"在中国新文坛上,鲁迅君常常是创造'新形式'的先锋;《呐喊》里的十多篇小说几乎一篇有一篇新形式,而这些新形式又莫不给青年作者以极大的影响"(《读〈呐喊〉》),《彷徨》中的篇什也如此。《伤逝》以男主人公——"涓生的手记"形式来写,即以涓生的回忆来叙述他与子君的这场令人悲哀心碎的恋情,并在叙事的过程中不断穿插着涓生的议论和抒情,这种写法真切地记叙了涓生、子君两人的情感历程及其悲剧结局,凸显出涓生深深的自责与自辩,大大增强了作品的悲剧性和感情力度,同时由于子君始终没有取得发言权,而使涓生的自责和自辩失去自足的根据,留下"再解读"的缝隙。

需要指出的是,写作《伤逝》的同时,鲁迅也在进行散文诗《野草》的创作,小说深刻的哲理性与强烈的抒情性也许与之不无关系。

【延伸阅读作品和参考文献】

1. 鲁迅《在酒楼上》、《孤独者》,可参《鲁迅全集》(第 2 卷),人民文学出版社2005 年版。

2. 鲁迅《娜拉走后怎样》,可参《鲁迅全集》(第 1 卷),人民文学出版社 2005年版。

3. 曹禧修《中国现代文学形式批评理论与实践》,中国社会科学出版社 2009年版。

4. 李今《析〈伤逝〉的反讽性质》,《文学评论》2010 年第 2 期。

【练习与思考】

1. 如何看待子君结婚前后的变化?

2. 结合《伤逝》谈谈对鲁迅小说"表现的深切"与"格式的特别"的理解。

(何玲华)

萧　萧①

沈从文

　　乡下人吹唢呐接媳妇,到了十二月是成天会有的事情。

　　唢呐后面一顶花轿,两个伕子平平稳稳的抬着。轿中人被铜锁锁在里面,虽穿了平时没上过身的体面红绿衣裳,也仍然得荷荷大哭。在这些小女人心中,做新娘子,从母亲身边离开,且准备做他人的母亲,从此必然有许多新事情等待发生。象做梦一样,将同一个陌生男子汉在一个床上睡觉,作这承宗接祖的事情。这些事想起来,当然有些害怕,所以照例觉得要哭哭,于是就哭了。

　　也有做媳妇不哭的人,萧萧做媳妇就不哭。这小女子没有母亲,从小寄养到伯父种田的庄子上,终日提着个小竹兜箩,在路旁田坎捡狗屎挑野菜。出嫁只是从这家转到那家。因此到那一天,这小女人还只是笑。她又不害羞,又不怕。她是什么事也不知道,就做了人家的新媳妇了。

　　萧萧做媳妇时年纪十二岁,有一个小丈夫,年纪还不到三岁。丈夫比她年少九岁,断奶还不多久。按地方规矩,过了门,她喊他作弟弟。她每天应做的事是抱弟弟到村前柳树下去玩,到溪边去玩,饿了,喂东西吃,哭了,就哄他,摘南瓜花或狗尾草戴到小丈夫头上,或者亲嘴,一面说:"弟弟,哪,啵再来,啵。"在那肮脏的小脸上亲了又亲,孩子于是便笑了。孩子一欢喜兴奋,行动粗野起来,会用短短的小手乱抓萧萧的头发。那是平时不太能收拾蓬蓬松松在头上的黄发。有时候,垂到脑后那条小辫儿被拉得太久,把红绒线结也弄松了,生了气,就打那弟弟几下,弟弟自然哇的哭出声来。萧萧于是也装成要哭的样子,用手指着弟弟的哭脸,说:"哪,人不讲理,可不行! 哪能这样动手动脚,长大了不是要杀人放火!"

　　天晴落雨日子混下去,每日抱抱丈夫,也帮家中做点杂事,能动手就动手,又时常到溪沟里去洗衣,搓尿片,一面还捡拾有花纹的田螺给坐在身边的小丈夫玩。到了夜里睡觉,便常常做这种年龄的人所做的梦,梦到后门角落或别的什么地方捡得大把大把铜钱,吃好东西,爬树,自己变成鱼到水中各处溜。或一时仿佛身子很小很轻,飞到天上众星中,没有一个人,只是一片白,一片金光,于是大喊"妈!"人就吓醒了。醒来心还只是跳。吵了隔壁的人,不免骂着,"疯子,你想什么! 白天玩得疯,晚上就做梦!"萧萧听着不作声,只是咕咕的笑。也有很好很爽快的梦,为丈夫哭醒的事情。那丈夫本来晚上在自己母亲身边睡,有时吃多了,或因另外情形,半夜大哭,起来放水拉稀是常有的事。丈夫哭得婆婆无可奈何,于是萧萧轻手轻脚爬起床来,睡眼朦胧走到床边,把人抱起,给他看月亮,看

---

　　① 选自凌宇编选《沈从文小说选》(上),人民文学出版社1982年版。

星光;或者互相觑着,孩子气的"嗨,嗨,看猫呵"那样喊着哄着,于是丈夫笑了。玩一会会,困倦起来,慢慢的合上眼。人睡定后,放上床,站在床边看着,听远处一传一递的鸡叫,知道天快到什么时候了,于是仍蜷到小床上睡去。天亮后,虽不做梦,却可以无意中闭眼开眼,看一阵在面前空中变幻无端的黄边紫心葵花,那是一种真正的享受。

萧萧嫁过了门,做了拳头大丈夫的小媳妇,一切并不比先前受苦,这只看她半年来身体的发育就可明白。风里雨里过日子,象一株长在园角落不为人注意的蓖麻,大叶大枝,日增茂盛。这小女人简直是全不为丈夫设想那么似的,一天比一天长大起来了。

夏夜光景说来如做梦。大家饭后坐到院中心歇凉,挥摇蒲扇,看天上的星同屋角的萤,听南瓜棚上纺织娘咯咯咯拖长声音纺车,远近声音繁密如落雨。禾花风悠悠吹到脸上,正是让人在各种方便中说笑话的时候。

萧萧好高,一个人常常爬到草料堆上去,抱了已经熟睡的丈夫在怀里,轻轻的轻轻的随意唱着自编的山歌。唱来唱去却把自己也催眠起来,快要睡去了。

在院坝中,公公婆婆,祖父祖母,另外还有帮工汉子两个,散乱的坐在小板凳上,摆龙门阵学古,轮流下去打发上半夜。

祖父身边有个烟包,在黑暗中放光。这用艾蒿做成的烟包,是驱逐长脚蚊的得力东西,蜷在祖父脚边,就如一条乌梢蛇。间或又拿起来晃那么几下。

想起白天场上的事情,祖父开口说话:

"我听三金说,前天又有女学生过身。"

大家就哄然大笑了。

这笑的意义何在? 只因为大家印象中,都知道女学生没有辫子,留个鹌鹑尾巴,象个尼姑,又不完全象。穿的衣服象洋人,又不是洋人。吃的,用的……总而言之事事不同,一想起来就觉得怪可笑!

萧萧不大明白,她不笑。所以老祖父又说话了。他说:

"萧萧,你长大了,将来也会做女学生!"

大家于是更哄然大笑起来。

萧萧为人并不愚蠢,觉得这一定是不利于己的一件事情,所以接口便说:

"爷爷,我不做女学生。"

"你像个女学生,不做不行。"

"我不做。"

众人有意取笑,异口同声说:"萧萧,爷爷说得对,你非做女学生不行!"

萧萧急得无可如何,"做就做,我不怕。"其实做女学生有什么不好,萧萧全不知道。

女学生这东西,在本乡的确永远是奇闻。每年一到六月天,据说放"水假"日子一到,照例便有三三五五女学生,由一个荒谬不经的热闹地方来,到另一个远地方去,取道从本地过身。从乡下人眼中看来,这些人都近于另一世界中活下的人,装扮奇奇怪怪,行为更不可思议。这种女学生过身时,使一村人都可以说一整天的笑话。

祖父是当地一个人物,因为想起所知道的女学生在大城中的生活情形,所以说笑话要萧萧去作女学生。一面听到这话就感觉一种打哈哈趣味,一面还有那被说的萧萧感觉一种惶恐,说这话的不为无意义了。

女学生由祖父方面所知道的是这样的一种人:她们穿衣服不管天气冷热,吃东西不问饥饱,晚上交到子时才睡觉,白天正经事全不作,只知唱歌打球,读洋书。她们都会花钱,一年用的钱可以买十六只水牛。她们在省里京里想往什么地方去时,不必走路,只要钻进一个大匣子中,那匣子就可以带她到地。城市中还有各种各样的大小不同匣子,都用机器开动。她们在学校,男女一处上课,人熟了,就随意同那男子睡觉,也不要媒人,也不要财礼,名叫"自由"。她们也做州县官,带家眷上任,男子仍喊作"老爷",小孩子叫"少爷"。她们自己不养牛,却吃牛奶羊奶,如小牛小羊;买那奶时是用铁罐子盛的。她们无事时到一个唱戏地方去,那地方完全象个大庙,从衣袋中取出一块洋钱来(那洋钱在乡下可买五只母鸡),买了一小方纸儿,拿了那纸片到里面去,就可以坐下看洋人扮演影子戏。她们被冤了,不赌咒,不哭。她们年纪有老到二十四岁还不肯嫁人的,有老到三十四十居然还好意思嫁人的。她们不怕男子,男子不能使她们受委屈,一受委屈就上衙门打官司,要官罚男子的款,这笔钱她有时独占自己花用,有时同官平分。她们不洗衣煮饭,也不养猪喂鸡;有了小孩子,也只花五块钱、十块钱一月,雇个人专管小孩,自己仍然整天看戏打牌,或者读那些没有用处的闲书……

总而言之,说来事事都希奇古怪,和庄稼人不同,有的简直还可以说岂有此理。这时经祖父一为说明,听过这话的萧萧,心中却忽然有了一种模模糊糊的愿望,以为倘若她也是个女学生,她是不是照祖父说的女学生一个样子去做那些事情?不管好歹,女学生并不可怕,因此一来却已为这乡下姑娘初次体验到了。

因为听祖父说起女学生是怎样的人物,到后萧萧独自笑得特别久。笑够了时,她说:

"爷爷,明天有女学生过路,你喊我,我要看看。"

"你看,她们捉你去做丫头。"

"我不怕她们。"

"她们读洋书念经你也不怕?"

"念观音菩萨消灾经,念紧箍咒,我都不怕。"

"她们咬人,和做官的一样,专吃乡下人,吃人骨头渣渣也不吐,你不怕?"

萧萧肯定的回答说:"也不怕。"

可是这时节萧萧手上所抱的丈夫,不知为甚么,在睡梦中哭了,媳妇于是用做母亲的声势,半哄半吓的说:

"弟弟,弟弟,不许哭,不许哭,女学生咬人来了。"

丈夫还仍然哭着,得抱起各处走走。萧萧抱着丈夫离开了祖父,祖父同人说另外一样古话去了。

萧萧从此以后心中有个"女学生"。做梦也便常常梦到女学生,且梦到同这些人并排走路。仿佛也坐过那种自己会走路的匣子,她又觉得这匣子并不比自己跑路更快。在梦中那匣子的形体同谷仓差不多,里面有小小灰色老鼠,眼珠子红红的,各处乱跑,有时钻到门缝里去,把个小尾巴露在外边。

因为有这样一段经过,祖父从此喊萧萧不喊"小丫头",不喊"萧萧",却唤作"女学生"。在不经意中萧萧答应得很好。

乡下的日子也如世界上一般日子,时时不同。世界上的人把日子糟蹋,和萧萧一类人家把日子吝惜是同样的,各有所得,各属分定。许多城市中文明人,把一个夏天全消磨到软绸衣服、精美饮料以及种种好事情上面。萧萧的一家,因为一个夏天的劳作,却得了十多斤细麻,二三十担瓜。

做小媳妇的萧萧,一个夏天中,一面照料丈夫,一面还绩了细麻四斤。到秋八月工人摘瓜,在瓜间玩,看硕大如盆上面满是灰粉的大南瓜,成排成堆摆到地上,很有趣味。时间到摘瓜,秋天真的已来了,院子中各处有从屋后林子里树上吹来的大红大黄木叶。萧萧在瓜旁站定,手拿木叶一束,为丈夫编小小笠帽玩。

工人中有个名叫花狗,年纪二十三岁,抱了萧萧的丈夫到枣树下去打枣子。小小竹竿打在枣树上,落枣满地。

"花狗大,莫打了,太多了吃不完。"

虽听到这样喊,还不歇手。到后,仿佛完全因为丈夫要枣子,花狗才不听话。萧萧于是又喊她那小丈夫:

"弟弟,弟弟,来,不许捡了。吃多了生东西肚子痛!"

丈夫听话,兜了一堆枣子向萧萧身边走来,请萧萧吃枣子。

"姐姐吃,这是大的。"

"我不吃。"

"要吃一颗!"

她两手哪里有空!木叶帽正在制边,工夫要紧,还正要个人帮忙!

"弟弟,把枣子喂我口里。"

丈夫照她的命令做事,作完了觉得有趣,哈哈大笑。

她要他放下枣子帮忙捏紧帽边,便于添新木叶。

74

丈夫照她吩咐作事,但老是顽皮地摇动,口中唱歌。这孩子原来象一只猫,欢喜时就得捣乱。

"弟弟,你唱的是什么?"

"我唱花狗大告我的山歌。"

"好好的唱一个给我听。"

丈夫于是帮忙拉着帽边,一面就唱下去,照所记到的歌唱:

> 天上起云云起花,
> 包谷林里种豆荚,
> 豆荚缠坏包谷树,
> 娇妹缠坏后生家。

> 天上起云云重云,
> 地下埋坟坟重坟,
> 娇妹洗碗碗重碗,
> 娇妹床上人重人。

歌中意义丈夫全不明白,唱完了就问萧萧好不好。萧萧说好,并且问跟谁学来的。她知道是花狗教的,却故意盘问他。

"花狗大告我,他说还有好歌,长大了再教我唱。"

听说花狗会唱歌,萧萧说:

"花狗大,花狗大,你唱一个好听的歌我听听。"

那花狗,面如其心,生长得不很正气,知道萧萧要听歌,人也快到听歌的年龄了,就给她唱"十岁娘子一岁夫"。那故事说的是妻年大,可以随便到外面做一点不规矩的事,夫年小,只知道吃奶,让他吃奶。这歌丈夫完全不懂,懂到一点儿的是萧萧。把歌听过后,萧萧装成"我全明白"那种神气,她用生气的样子,对花狗说:

"花狗大,这个不行,这是骂人的歌!"

花狗分辩说:"不是骂人的歌。"

"我明白,是骂人的歌。"

花狗难得说多话,歌已经唱过了,错了赔礼,只有不再唱。他看她已经有点懂事了,怕她回头告祖父,会挨一顿臭骂,就把话支开,扯到"女学生"上头去。他问萧萧,看没看女学生习体操唱洋歌的事情。

若不是花狗提起,萧萧几乎忘却了这事情。这时又提到女学生,她问花狗近来有没有女学生过路,她想看看。

花狗一面把南瓜从棚架边抱到墙角去,告她女学生唱歌的事,这些事的来源还是萧萧的那个祖父。他在萧萧面前说了点大话，说他曾经到官路上见到四个女学生，她们都拿得有旗子，走长路流汗喘气之中仍然唱歌，同军人所唱的一模一样。不消说，这自然完全是胡诌的。可是那故事把萧萧可乐坏了。因为花狗说这个就叫作"自由"。

花狗是"起眼动眉毛，一打两头翘"会说会笑的一人。听萧萧带着歆羡口气说，"花狗大，你膀子真大。"他就说，"我不止膀子大。"

"你身个子也大。"

"我全身无处不大。"

萧萧还不大懂得这个话的意思，只觉得憨而好笑。

到萧萧抱了她丈夫走去以后，同花狗一起摘瓜，取名字叫哑巴的，开了平时不常开的口，他说：

"花狗，你少坏点。人家是十三岁黄花女，还要等十年才圆房！"

花狗不作声，打了那伙计一巴掌，走到枣树下捡落地枣去了。

到摘瓜的秋天，日子计算起来，萧萧过丈夫家有一年半了。

几次降雪落雪，几次清明谷雨，一家中人都说萧萧是大人了。天保佑，喝冷水，吃粗粝饭，四季无疾病，倒发育得这样快。婆婆虽生来象一把剪子，把凡是给萧萧暴长的机会都剪去了，但乡下的日头同空气都帮助人长大，却不是折磨可以阻拦得住。

萧萧十五岁时已高如成人，心却还是糊糊涂涂的心。

人大了一点，家中做的事也多了一点。绩麻、纺车、洗衣、照料丈夫以外，打猪草推磨一些事情也要做，还有浆纱织布。凡事都学，学学就会了。乡下习惯凡是行有余力的都可从劳作中攒点本分私房，两三年来仅仅萧萧个人份上所聚集的粗细麻和纺就的棉纱，已够萧萧坐到土机上抛三个月的梭子了。

丈夫早断了奶。婆婆有了新儿子，这五岁的儿子就像归萧萧独有了。不论做什么，走到什么地方去，丈夫总跟到身边。丈夫有些方面很怕她，当她如母亲，不敢多事。他们俩"感情不坏"。

地方稍稍进步，祖父的笑话转到"萧萧你也把辫子剪去好自由"那一类事上去了。听着这话的萧萧，某个夏天也看过一次女学生，虽不把祖父笑话认真，可是每一次在祖父说过这个笑话以后，她到水边去，必不自觉的用手捏着辫子末梢，设想着没有辫子的人的那种神气，那点趣味。

打猪草，带丈夫上螺蛳山的山阴是常有的事。

小孩子不知事，听别人唱歌也唱歌。一开腔唱歌，就把花狗引来了。

花狗对萧萧生了另外一种心，萧萧有点明白了，常常觉得惶恐不安。但花狗是男子，凡是男子的美德恶德都不缺少，劳动力强，手脚勤快，又会玩会说，所以一面使萧萧的丈夫非常喜欢同他玩,一面一有机会即缠在萧萧身边,且总是想方设法把萧萧那点惶恐减去。

山大人小,到处是树林蒙茸,平时不知道萧萧所在,花狗就站在高处唱歌逗萧萧身边的丈夫;丈夫小口一开,花狗穿山越岭就来到萧萧面前了。

见了花狗,小孩子只有欢喜,不知其他。他原要花狗为他编草虫玩,做竹箫哨子玩,花狗想方法支使他到一个远处去找材料,便坐到萧萧身边来,要萧萧听他唱那使人开心红脸的歌。她有时觉得害怕,不许丈夫走开;有时又象有了花狗在身边,打发丈夫走去反倒好一点。终于有一天,萧萧就这样给花狗把心窍子唱开,变成妇人了。

那时节,丈夫走到山下采刺莓去了,花狗唱了许多歌,到后却向萧萧唱:

> 娇家门前一冲坡,
> 别人走少郎走多,
> 铁打草鞋穿烂了,
> 不是为你为那个?

末了却向萧萧说:"我为你睡不着觉。"他又说他赌咒不把这事情告给人。听了这些话仍然不懂什么的萧萧,眼睛只注意到他那一对粗粗的手膀子,耳朵只注意到他最后一句话。末了花狗大便又唱歌给她听。她心里乱了。她要他当真对天赌咒,赌过了咒,一切好象有了保障,她就一切尽他了。到丈夫返身时,手被毛毛虫螫伤了,肿了一片,走到萧萧身边。萧萧捏紧这一只小手,且用口去呵它,吮它,想到刚才的糊涂,才仿佛明白自己做了一点不大好的糊涂事。

花狗诱她做坏事是麦黄四月,到六月,李子熟了,她欢喜吃生李子。她觉得身体有点特别,在山上碰到花狗,就将这事情告给他,问他怎么办。

讨论了多久,花狗全无主意。虽以前自己当天赌得有咒,也仍然无主意。原来这家伙个子大,胆量小。个子大容易做错事,胆量小做错了事就想不出办法。

到后,萧萧捏着自己那条乌梢蛇似的大辫子,想起城里了,她说:
"花狗大,我们到城里去自由,帮帮人过日子,不好么?"
"那怎么行?到城里去做什么?"
"我肚子大了。"
"我们找药去。场上有郎中卖药。"
"你赶快找药来,我想……"
"你想逃到城里去自由,不成的。人生面不熟,讨饭也有规矩,不能随便!"
"你这没有良心的,你害了我,我想死!"
"我赌咒不辜负你。"
"负不负我有什么用,帮我个忙,赶快拿去肚子里这块肉吧。我害怕!"

花狗不再作声,过了一会,便走开了。不久丈夫从他处拿了大把山里红果子回来,见萧萧一个人坐在草地上哭,眼睛红红的。丈夫心中纳罕。看了一会,问萧萧:

"姐姐,为甚么哭?"

"不为甚么,灰尘落到眼睛里,痛。"

"我吹吹吧。"

"不要吹。"

"你瞧我,得这些这些。"

他把从溪中捡来的小蚌小石头陈列在萧萧面前,萧萧泪眼婆娑看了一会,勉强笑着说:"弟弟,我们要好,我哭你莫告家中。告我可要生气!"到后这事情家中当真就无人知道。

过了半个月,花狗不辞而行,把自己所有的衣裤都拿去了。祖父问同住的哑巴知不知道他为什么走路,走哪儿去。是上山落草,还是做薛仁贵投军?哑巴只是摇头,说花狗还欠了他两百钱,临走时话都不留一句,为人少良心。哑巴说他自己的话,并没有把花狗走的理由说明。因此这一家稀奇一整天,谈论一整天。不过这工人既不偷走物件,又不拐带别的,这事过后不久,自然也就把他忘掉了。

萧萧仍然是往日的萧萧。她能够忘记花狗就好了。但是肚子真有些不同了,肚中东西总在动,使她常常一个人干着急,尽做怪梦。

她脾气坏了一点,这坏处只有丈夫知道,因为她对丈夫似乎严厉苛刻了好些。

仍然每天同丈夫在一处,她的心,想到的事自己也不十分明白。她常想,我现在死了,什么都好了。可是为什么要死?她还很高兴活下去,愿意活下去。

家中不拘谁在无意中提起关于丈夫弟弟的话,提起小孩子,提起花狗,都象是这话如拳头,在萧萧胸口上重重一击。

到八月,她担心人知道更多了,引丈夫庙里去玩,就私自许愿,吃了一大把香灰。吃香灰被她丈夫看见了,丈夫问这是做甚么,萧萧就说肚子痛,应当吃这个。虽说求菩萨保佑,菩萨当然没有如她的希望,肚子中的东西仍在慢慢地长大。

她又常常往溪里去喝冷水,给丈夫见到了,丈夫问她,她就说口渴。

一切她所想到的方法都没有能够使她同自己不喜欢的东西分开。大肚子只有丈夫一人知道,他却不敢告这件事给父母晓得。因为时间长久,年龄不同,丈夫有些时候对于萧萧的怕同爱,比对于父母还深切。

她还记得花狗赌咒那一天里的事情,如同记着其他事情一样。到秋天,屋前屋后毛毛虫都结茧,成了各种好看蝶蛾。丈夫象故意折磨她一样,常常提起几个月前被毛毛虫所螫的旧话,使萧萧心里难过。她因此极恨毛毛虫,见了那小虫就用脚去踹。

有一天，又听人说有好些女学生过路，听过这话的萧萧，睁了眼做过一阵梦，愣愣的对日头出处痴了半天。

萧萧步花狗后尘，也想逃走，收拾一点东西预备跟了女学生走的那条路上城。但没有动身，就被家里人发觉了。这种打算照乡下人来说是一件大事，于是把她两手捆了起来，丢在灶屋边，饿了一天。

家中追究这逃走的根源，才明白这个十年后预备给小丈夫生儿子继香火的萧萧肚子，已经被另一个人抢先下了种。这在一家人生活中真是了不得的一件大事！一家人的平静生活，为这一件事全弄乱了。生气的生气，流泪的流泪，骂人的骂人，各按本分乱下去。悬梁、投水、吃毒药，被禁困的萧萧，诸事漫无边际的全想到了，究竟是年纪太小，舍不得死，却不曾做。于是祖父从现实出发，想出了个聪明主意，把萧萧关在房里，派人好好看守着，请萧萧本族的人来说话，看是"沉潭"还是"发卖"？萧萧家中人要面子，就沉潭淹死她；舍不得就发卖。萧萧只有一个伯父，在近处庄子里为人种田，去请他时先还以为是吃酒，到了才知是这样丢脸的事，弄得这老实忠厚的家长手足无措。

大肚子作证，什么也没有可说。照习惯，沉潭多是读过"子曰"的族长爱面子才做出的蠢事。伯父不读"子曰"，不忍把萧萧沉潭，萧萧当然应当嫁人做"二路亲"了。

这处罚好象也极其自然，照习惯受损失的是丈夫家里，然而却可以在改嫁上收回一笔钱，作为赔偿损失的数目。那伯父把这事情告给了萧萧，就要走路。萧萧拉着伯父衣角不放，只是幽幽的哭。伯父摇了一会头，一句话不说，仍然走了。

一时没有相当的人家来要萧萧，送到远处自然也得有人，因此暂时就仍然在丈夫家中住下。这件事情既经说明白，照乡下规矩倒又象不甚么要紧，只等待处分，大家反而释然了。先是小丈夫不能再同萧萧在一处，到后又仍然如月前情形，姐弟一般有说有笑的过日子了。

丈夫知道了萧萧肚子中有儿子的事情，又知道因为这样萧萧才应当嫁到远处去。但是丈夫并不愿意萧萧去，萧萧自己也不愿意去。大家莫名其妙，只是照规矩象逼到要这样做，不得不做。究竟是谁定的规矩，是周公还是周婆，也没有人说得清楚。

在等候主顾来看人，等到十二月，还没有人来，萧萧只好在这人家过年。

萧萧次年二月间，十月满足坐草生了一个儿子，团头大眼，声响洪壮。大家把母子二人照料得好好的，照规矩吃蒸鸡同江米酒补血，烧纸谢神。一家人都喜欢那儿子。

生下的既是儿子，萧萧就不嫁别处了。

到萧萧正式同丈夫拜堂圆房时，儿子已经年纪十岁，有了半劳动力，能看牛割草,成为家中生产者的一员了。平时喊萧萧丈夫作大叔,大叔也答应,从不生气。

这儿子名叫牛儿,牛儿十二岁时也接了亲,媳妇年长六岁。媳妇年纪大,方能诸事做帮手,对家中有帮助。唢呐吹到门前时,新娘在轿中呜呜的哭着,忙坏了那个祖父曾祖父。

这一天,萧萧刚坐月子不久,孩子才满三月,抱了自己新生的毛毛,却在屋前榆蜡树篱笆看热闹,同十年前抱丈夫一个样子。小毛毛哭了,唱歌一般地哄着他:

"哪,毛毛,看,花轿来了。看,新娘子穿花衣,好体面!不许闹,不讲道理不成的!不讲理我要生气的!看看,女学生也来了!明天长大了,我们也讨个女学生媳妇!"

1929 年冬作

1957 年 2 月校改字句

【作品导读】

沈从文(1902—1988)原名沈岳焕,湖南凤凰县人。14 岁时,他投身行伍,浪迹湘川黔边境地区,1924 年开始文学创作,抗战爆发后到西南联大任教,1946 年回到北京大学任教,新中国成立后在中国历史博物馆和中国社会科学院历史研究所工作,主要从事中国古代服饰的研究,1988 年病逝于北京。沈从文作为中国现代最杰出的作家之一,其主要贡献是用小说等文学样式建造起特异的"湘西世界"及其所包含着的有别于现代文明的那种健全、协调、化外境界的新发现,曾为京派小说的领衔者,共出版了《蜜柑》、《老实人》、《雨后及其他》、《龙朱》、《神巫之爱》、《石子船》、《虎雏》、《都市一妇人》、《月下小景》、《八骏图》、《新与旧》、《主妇集》、《黑凤集》等 30 多个短篇小说集和《边城》、《长河》等 6 部中长篇小说,两度被提名为诺贝尔文学奖评选候选人。

《萧萧》作于 1929 年,修改于新中国成立后的 1957 年。小说主人公萧萧乃一孤女,自幼生长在伯父的庄子里。小小年纪嫁与三岁男童做童养媳之时,竟懵懂不经地"笑"坐嫁轿中;后来又在帮工花狗的歌声里听任自然人性的驱使,"开心脸红"地变成了妇人;东窗事发之后,因秉性淳朴且不读"子曰"的乡亲消极应对,坐以待毙的萧萧方得以逃脱礼法习俗的惩处。透过萧萧看似有惊无险乍喜乍悲的成长际遇,沈从文小说一贯所热情褒扬的乡里人"更有人性、更近人情"的主题十分突显,同时也更为集中地折射出作家对其一向所标举的"自然人性"的深度思考。小说写萧萧的成长,是一种原生的、自然的成长,由此氤氲而出中的自然人性,与现实制度将不可避免地发生碰撞,犹如萧萧以天然的人性对抗婚姻一样;所幸的是,当这种对抗行将招致制度的困厄时,湘西的乡亲则以农人纯朴的天性加以抵制直至消解,萧萧免于惩罚的命运也就意味着"人性"在与"制度"砥砺中的胜出。沈从文心中所期冀的人性的"希腊小庙"由此而悄然搭建。小说不乏现实主义的清醒,也写出萧萧的命运带有极大的偶然性与幸运,她一生都为外在的力量所摆布,从来没有自觉地主宰过自己命运。她的快乐里头,潜伏着无知与麻木。人性的力量是天然的,但却带着蒙昧的面目。为了更深刻地揭示这一点,小说特别设置了有关女学生的情节。小说中,女学生是一群与萧萧们完全不同类的人,她们的出现不仅仅在于给小说一个时代的背景,同时还暗示着一种对于制度的自觉反省与反抗力量的滋生滋长及其渗透和影响。小说原来的结尾是"萧萧抱了自己新生的毛毛,却在屋前看热闹,同十年前抱丈夫一个样子"。1957年改成所选文本这个样子,也是作家独特思想意识的自然延展。纵览之,沈从文着眼的不是人物性格的塑造,而是意在关注湘西乡民代代相承的生命形式。作者以既含热情又带惆怅的笔触,描绘了一种有别于传统儒家伦理规范的世俗性范式,一种庄严与悲凉互现,落后和优美同陈的湘西底层平凡民众的生存状态。

作品不注重故事情节的曲折性与戏剧性,无论从结构还是从风格看,都像是一篇叙事散文,这也是沈从文小说创作的一个基本特点。小说开头用一个平和的陈述句:"乡下人吹唢呐接媳妇,到了十二月是成天会有的事情",定下了整个作品的基调,然后以从容的笔致,徐徐展开情节,娓娓道来,既没有突出的高调,也没有明显的悬念,自然平和。整个作品如同一曲舒缓的田园牧歌,虽然调子中也有哀怨与忧伤,但总体呈现出的色彩却是柔美与明朗。

【延伸阅读作品和参考文献】

1. 赵园主编《沈从文名作欣赏》,中国和平出版社1993年版。
2. 吴立昌《人性的治疗者——沈从文传》,百花文艺出版社2013年版。

【思考与练习】

1. 谈谈你对萧萧命运的看法。
2. 简述《萧萧》的艺术风格。

(何玲华)

倾城之恋 (节选)①

张爱玲

......

铃又响了起来,她不去接电话,让它响去。"的铃铃……的铃铃……"声浪分外的震耳,在寂静的房间里,在寂静的旅舍里,在寂静的浅水湾。流苏突然觉悟了,她不能吵醒了整个的浅水湾饭店。第一,徐太太就在隔壁。她战战兢兢拿起听筒来,搁在褥单上。可是四周太静了,虽是离了这么远,她也听得见柳原的声音在那里心平气和地说:"流苏,你的窗子里看得见月亮么?"流苏不知道为什么,忽然哽咽起来。泪眼中的月亮大而模糊,银色的,有着绿的光棱。柳原道:"我这边,窗子上面吊下一枝藤花,挡住了一半。也许是玫瑰,也许不是。"他不再说话了,可是电话始终没挂上。许久许久,流苏疑心他可是盹着了,然而那边终于扑秃一声,轻轻挂断了。流苏用颤抖的手从褥单上拿起她的听筒,放回架子上。她怕他第四次再打来,但是他没有。这都是一个梦——越想越像梦。

第二天早上她也不敢问他,因为他准会嘲笑她——"梦是心头想",她这么迫切地想念他,连睡梦里他都会打电话来说"我爱你"?他的态度也和平时没有什么不同。他们照常的出去玩了一天。流苏忽然发觉拿他们当夫妇的人很多很多——仆欧们,旅馆里和她搭讪的几个太太老太太。原不怪他们误会。柳原跟她住在隔壁,出入总是肩并肩,深夜还到海岸上去散步,一点都不避嫌疑。一个保姆推着孩子车走过,向流苏点点头,唤了一声"范太太"。流苏脸上一僵,笑也不是,不笑也不是,只得皱着眉向柳原睃了一眼,低声道:"他们不知道怎么想着呢!"柳原笑道:"唤你范太太的人,且不去管他们;倒是唤你做白小姐的人,才不知道他们怎么想的呢!"流苏变色。柳原用手抚摸下巴,微笑道:"你别枉担了这个虚名!"

流苏吃惊地朝他望望,蓦地里悟到他这人多么恶毒。他有意当着人做出亲狎的神气,使她没法可证明他们没有发生关系。她势成骑虎,回不得家乡,见不得爷娘,除了做他的情妇之外没有第二条路。然而她如果迁就了他,不但前功尽弃,以后更是万劫不复了。她偏不!就算她枉担了虚名,他不过口头上占了个便宜。归根结底,他还是没有得到她。既然他没有得到她,或许他有一天还会回到她这里来,带了较优的议和条件。

她打定了主意,便告诉柳原她打算回上海去。柳原却也不坚留,自告奋勇要送她回去。流苏道:"那倒不必了。你不是要到新加坡去么?"柳原道:"反正已经

---

① 选自张爱玲《传奇》,人民文学出版社 1986 年版。

耽搁了，再耽搁些时也不妨事，上海也有事等着料理呢。"流苏知道他还是一贯政策，唯恐众人不议论他们俩。众人越是说得凿凿有据，流苏越是百喙莫辩，自然在上海不能安身。流苏盘算着，即使他不送她回去，一切也瞒不了她家里的人。她是豁出去了，也就让他送她一程。徐太太见他们俩正打得火一般的热，忽然要拆开了，诧异非凡，问流苏，问柳原，两人虽然异口同声的为彼此洗刷，徐太太哪里肯信。

在船上，他们接近的机会很多，可是柳原既能抗拒浅水湾的月色，就能抗拒甲板上的月色。他对她始终没有一句扎实的话。他的态度有点淡淡的，可是流苏看得出他那闲适是一种自满的闲适——他拿稳了她跳不出他的手掌心去。

到了上海，他送她到家，自己没有下车。白公馆里早有了耳报神，探知六小姐在香港和范柳原实行同居了。如今她陪人家玩了一个多月，又若无其事的回来了，分明是存心要丢白家的脸。

流苏勾搭上了范柳原，无非是图他的钱。真弄到了钱，也不会无声无臭的回家来了，显然是没得到他什么好处。本来，一个女人上了男人的当，就该死；女人给当给男人上，那更是淫妇；如果一个女人想给当给男人上而失败了，反而上了人家的当，那是双料的淫恶，杀了她也还污了刀。平时白公馆里，谁有了一点芝麻大的过失，大家便炸了起来。逢到了真正耸人听闻的大逆不道，爷奶奶们兴奋过度，反而吃吃艾艾，一时发不出话来。大家先议定了："家丑不可外扬"，然后分头去告诉亲戚朋友，逼他们宣誓保守秘密，然后再向亲友们一个个的探口气，打听他们知道了没有，知道了多少。最后大家觉得到底是瞒不住，爽性开诚布公，打开天窗说亮话，拍着腿感慨一番。他们忙着这各种手续，也忙了一秋天，因此迟迟的没向流苏采取断然行动。流苏何尝不知道，她这一次回来，更不比往日。她和这家庭早是恩断义绝了。她未尝不想出去找个小事，胡乱混一碗饭吃。再苦些，也强如在家里受气。但是寻个低三下四的职业，就失去了淑女的身份。那身份，食之无味，弃之可惜。尤其是现在，她对范柳原还没有绝望，她不能先自贬身价，否则他更有了借口，拒绝和她结婚了。因此她无论如何得忍些时。

熬到了十一月底，范柳原果然从香港拍来了电报。那电报，整个的白公馆里的人都传观过了，老太太方才把流苏叫去，递到她手里。只有寥寥几个字："乞来港。船票已由通济隆办妥。"白老太太长叹了一声道："既然是叫你去，你就去罢！"她就这样下贱么？她眼里掉下泪来。这一哭，她突然失去了自制力，她发现她已经是忍无可忍了。一个秋天，她已经老了两年——她可禁不起老！于是她第二次离开了家上香港来。这一趟，她早失去了上一次的愉快的冒险的感觉。她失败了。固然，女人是喜欢被屈服的，但是那只限于某种范围内。如果她是纯粹为范柳原的风仪与魅力所征服，那又是一说了，可是内中还搀杂着家庭的压力——最痛苦的成份。

范柳原在细雨迷蒙的码头上迎接她。他说她的绿色玻璃雨衣像一只瓶,又注了一句:"药瓶。"她以为他在那里讽嘲她的孱弱,然而他又附耳加了一句:"你是医我的药。"她红了脸,白了他一眼。

他替她定下了原先的房间。这天晚上,她回到房里来的时候,已经两点钟了。在浴室里晚妆既毕,熄了灯出来,方才记起了,她房里的电灯开关装置在床头,只得摸着黑过来,一脚绊在地板上的一只皮鞋上,差一点栽了一跤,正怪自己疏忽,没把鞋子收好,床上忽然有人笑道:"别吓着了!是我的鞋。"流苏停了一回,问道:"你来做什么?"柳原道:"我一直想从你的窗户里看月亮。这边屋里比那边看得清楚些。"……那晚上的电话的确是他打来的——不是梦!他爱她。这毒辣的人,他爱她,然而他待她也不过如此!她不由得寒心,拨转身走到梳妆台前。十一月尾的纤月,仅仅是一钩白色,像玻璃窗上的霜花。然而海上毕竟有点月意,映到窗子里来,那薄薄的光就照亮了镜子。流苏慢腾腾摘下了发网,把头发一搅,搅乱了,夹叉叮呤当啷掉下地来。她又戴上网子,把那发网的梢头狠狠地衔在嘴里,拧着眉毛,蹲下身去把夹钗一只一只拣了起来,柳原已经光着脚走到她后面,一只手搁在她头上,把她的脸倒扳了过来,吻她的嘴。发网滑下地去了。这是他第一次吻她,然而他们两人都疑惑不是第一次,因为在幻想中已经发生无数次了。从前他们有过许多机会——适当的环境,适当的情调;他也想到过,她也顾虑到那可能性。然而两方面都是精刮的人,算盘打得太仔细了,始终不肯冒失。现在这忽然成了真的,两人都糊涂了。流苏觉得她的溜溜转了个圈子,倒在镜子上,背心紧紧抵着冰冷的镜子。他的嘴始终没有离开过她的嘴。他还把她往镜子上推,他们似乎是跌到镜子里面,另一个昏昏的世界里去,凉的凉,烫的烫,野火花直烧上身来。

第二天,他告诉她,他一礼拜后就要上英国去。她要求他带她一同去,但是他回说那是不可能的。他提议替她在香港租下一幢房子住下,等个一年半载,他也就回来了。她如果愿意在上海住家,也听她的便。她当然不肯回上海。家里那些人——离他们越远越好。独自留在香港,孤单些就孤单些。问题却在他回来的时候,局势是否有了改变。那全在他了。一个礼拜的爱,吊得住他的心么?可是从另一方面看来,柳原是一个没长性的人,这样匆匆的聚了又散了,他没有机会厌倦她,未始不是于她有利的。一个礼拜往往比一年值得怀念……他果真带着热情的回忆重新来找她,她也许倒变了呢!近三十的女人往往有着反常的娇嫩,一转眼就憔悴了。总之,没有婚姻的保障而要长期抓住一个男人,是一件艰难的、痛苦的事,几乎是不可能的。啊,管它呢!她承认柳原是可爱的,他给她美妙的刺激,但是她跟他的目的究竟是经济上的安全。这一点,她知道她可以放心。

他们一同在巴而顿道看了一所房子,坐落在山坡上,屋子粉刷完了,雇定了一个广东女佣,名唤阿栗,家具只置办了几件最重要的,柳原就该走了。其余都丢给流苏慢慢的去收拾。家里还没有开火仓,在那冬天的傍晚,流苏送他上船时,便在船上的大餐间里胡乱的吃了些三明治。流苏因为满心的不得意,多喝了几杯酒,被海风一吹,回来的时候,便带着三分醉。到了家,阿栗在厨房里烧水替她随身带着的那孩子洗脚。流苏到处瞧了一遍,到一处开一处的灯。客室里的门窗上的绿漆还没干,她用食指摸着试了一试,然后把那粘粘的指尖贴在墙上,一贴一个绿迹子。为什么不?这又不犯法!这是她的家!她笑了,索性在那蒲公英黄的粉墙上打了一个鲜明的绿手印。

她摇摇晃晃走到隔壁屋里去。空房,一间又一间——清空的世界。她觉得她可以飞到天花板上去。她在空荡荡的地板上行走,就像是在洁无纤尘的天花板上。房间太空了,她不能不用灯光来装满它,光还是不够,明天她得记着换上几只较强的灯泡。

她走上楼梯去。空得好!她急需着绝对的静寂。她累得很,取悦于柳原是太吃力的事,他脾气向来就古怪;对于她,因为是动了真感情,他更古怪了,一来就不高兴。他走了,倒好,让她松下这口气。现在她什么人都不要——可憎的人,可爱的人,她一概都不要。从小时候起,她的世界就嫌过于拥挤。推着,挤着,踩着,背着,抱着,驮着,老的小的,全是人。一家二十来口,合住一幢房子,你在屋里剪个指甲也有人在窗户眼里看着。好容易远走高飞,到了这无人之境。如果她正式做了范太太,她就有种种的责任,她离不了人。现在她不过是范柳原的情妇,不露面的,她应该躲着人,人也应该躲着她。清静是清静了,可惜除了人之外,她没有旁的兴趣。她所仅有的一点学识,全是应付人的学识。凭着这点本领,她能够做一个贤惠的媳妇,一个细心的母亲。在这里她可是英雄无用武之地。"持家"罢,根本无家可持,看管孩子罢,柳原根本不要孩子。省俭着过日子罢,她根本用不着为了钱操心。她怎样消磨这以后的岁月?找徐太太打牌去,看戏?然后姘戏子,抽鸦片,往姨太太们的路上走?她突然站住了,挺着胸,两只手在背后紧紧互扭着。那倒不至于!她不是那种下流的人。她管得住自己。但是……她管得住她自己不发疯么?楼上的品字式的三间屋,楼下品字式的三间屋,全是堂堂地点着灯。新打了蜡的地板,照得雪亮。没有人影儿。一间又一间,呼喊着空虚……流苏躺到床上去,又想下去关灯,又动弹不得。后来她听见阿栗踏着木屐上楼来,一路扑秃扑秃关着灯,她紧张的神经方才渐归松弛。

那天是十二月七日,一九四一年。十二月八日,炮声响了。一炮一炮之间,冬晨的银雾渐渐散开,山巅,山洼子里,全岛的居民都向海上望去,说"开仗了,开仗了。"谁都不能够相信,然而毕竟是开仗了。流苏孤身留在巴而顿道,哪里知道什么。等到阿栗从左邻右舍探到了消息,仓皇唤醒了她,外面已经进入酣战的阶段。巴而顿道的附近有一座科学试验馆,屋顶上架着高射炮,流弹不停地飞过来,尖溜溜一声长叫,"吱呦呃呃呃呃……",然后"砰",落下地去。那一声声的"吱呦呃呃呃呃……"撕裂了空气,撕毁了神经。淡蓝的天幕被扯成一条一条,在寒风中簌簌飘动。风里同时飘着无数剪断了的神经的尖端。

流苏的屋子是空的,心里是空的,家里没有置办米粮,因此肚子里也是空的。空穴来风,所以她感受到恐怖的袭击分外强烈。打电话到跑马地徐家,久久打不通,因为全城装有电话的人没有一个不在打电话,询问哪一区较为安全,作避难的计划。流苏到下午方才接通了,可是那边铃尽管响着,老是没有人来听电话,想必徐先生徐太太已经匆匆出走,迁到平静一些的地带。流苏没了主意。炮火却逐渐猛烈了。邻近的高射炮成为飞机注意的焦点。飞机蝇蝇地在顶上盘旋,"孜孜孜……"绕了一圈又绕回来,"孜孜……"痛楚地,像牙医的螺旋电器,直锉进灵魂的深处。阿栗抱着她的哭泣的孩子坐在客室的门槛上,人仿佛入了昏迷的状态,左右摇摆着,喃喃唱着呓语似的歌曲,哄着拍着孩子。窗外又是"吱呦呃呃呃呃……"一声,"砰!"削去屋檐的一角,沙石哗啦啦落下来。阿栗怪叫了一声,跳起身来,抱着孩子就往外跑。流苏在大门口追上了她,一把揪住她问道:"你上哪儿去?"阿栗道:"这儿蹲不得了!我——我带他到阴沟里去躲一躲。"流苏道:"你疯了!你去送死!"阿栗连声道:"你放我走!我这孩子——就只这么一个——死不得的?……阴沟里躲一躲……"流苏拼命扯住了她,阿栗将她一推,她跌倒了,阿栗便闯出门去。正在这当口,轰天震地一声响,整个的世界黑了下来,像一只硕大无朋的箱子,啪地关上了盖。数不清的罗愁绮恨,全关在里面了。

流苏只道是没有命了,谁知还活着。一睁眼,只见满地的玻璃屑,满地的太阳影子。她挣扎着爬起身来,去找阿栗。一开门,阿栗紧紧搂着孩子,垂着头,把额角抵在门洞子里的水泥墙上,人是震糊涂了。流苏拉她进来,就听见外面喧嚷着说隔壁落了个炸弹,花园里炸出一个大坑。这一次巨响,箱子盖关上了,依旧不得安静。继续的砰砰砰,仿佛在箱子盖上用锤子敲钉,捶不完地捶。从天明捶到天黑,又从天黑捶到天明。

流苏也想到了柳原,不知道他的船有没有驶出港口,有没有被击沉。可是她想起他便觉得有些渺茫,如同隔世。现在的这一段,与她的过去毫不相干,像无线电里的歌,唱了一半,忽然受了恶劣的天气的影响,劈劈啪啪炸了起来。炸完了,歌是仍旧要唱下去的,就只怕炸完了,歌已经唱完了,那就没的听了。

第二天,流苏和阿栗母子分着吃完了罐子里的几片饼干,精神渐渐衰弱下来,每一个呼啸着的子弹的碎片便像打在她脸上的耳刮子。街上轰隆轰隆驰来一辆军用卡车,意外地在门前停下了。铃一响,流苏自己去开门,见是柳原,她捉住他的手,紧紧搂住他的手臂,像阿栗搂住孩子似的,人向前一扑,把头磕在门洞子里的水泥墙上。柳原用另外的一只手托住她的头,急促地道:"受了惊吓罢?别着急,别着急。你去收拾点得用的东西,我们到浅水湾去。快点,快点!"流苏跌跌冲冲奔了进去,一面问道:"浅水湾那边不要紧么?"柳原道:"都说不会在那边上岸的。而且旅馆里吃的方面总不成问题,他们收藏得很丰富。"流苏道:"你的船……"柳原道:"船没开出去。他们把头等舱的乘客送到了浅水湾饭店。本来昨天就要来接你的,叫不到汽车,公共汽车又挤不上。好容易今天设法弄到了这部卡车。"流苏哪里还定得下心来整理行装,胡乱扎了个小包裹。柳原给了阿栗两个月的工钱,嘱咐她看家,两个人上了车,面朝下并排躺在运货的车厢里,上面蒙着黄绿色油布篷,一路颠簸着,把肘弯与膝盖上的皮都磨破了。

柳原叹道:"这一炸,炸断了多少故事的尾巴!"流苏也怆然,半晌方道:"炸死了你,我的故事就该完了。炸死了我,你的故事还长着呢!"柳原笑道:"你打算替我守节么?"他们两人都有点神经失常,无缘无故,齐声大笑。而且一笑便止不住。笑完了,浑身只打颤。

卡车在"吱呦呃呃……"的流弹网里到了浅水湾。浅水湾饭店楼下驻扎着军队,他们仍旧住到楼上的老房间里。住定了,方才发现,饭店里储藏虽富,都是留给兵吃的。除了罐头装的牛乳,牛羊肉,水果之外,还有一麻袋一麻袋的白面包,麸皮面包。分配给客人的,每餐只有两块苏打饼干,或是两块方糖,饿得大家奄奄一息。

先两日浅水湾还算平静,后来突然情势一变,渐渐火炽起来。楼上没有掩蔽物,众人容身不得,都下楼来,守在食堂里,食堂里大开着玻璃门,门前堆着沙袋,英国兵就在那里架起了大炮往外打。海湾里的军舰摸准了炮弹的来源,少不得也一一还敬。隔着棕榈树与喷水池子,子弹穿梭来往。柳原与流苏跟着大家一同把背贴在大厅的墙上。那幽暗的背景便像古老的波斯地毯,织出各色的人物,爵爷,公主,才子,佳人。毯子被挂在竹竿上,迎着风扑打上面的灰尘,啪啪打着,下劲打,打得上面的人走投无路。炮子儿朝这边射来,他们便奔到那边;朝那边射来,便奔到这边。到后来一间敞厅打得千疮百孔,墙也坍了一面,逃无可逃,只得坐下地来,听天由命。

流苏到了这个地步,反而懊悔她有柳原在身旁,一个人仿佛有了两个身体,也就蒙了双重危险。一颗子弹打不中她,还许打中他。他若是死了,若是残废了,她的处境更是不堪设想。她若是受了伤,为了怕拖累他,也只有横了心求死。就是死了,也没有孤身一个人死得干净爽利。她料着柳原也是这般想。别的她不知道,在这一刹那,她只有他,他也只有她。

停战了。困在浅水湾饭店的男女们缓缓向城中走去。过了黄土崖,红土崖,又是红土崖,黄土崖,几乎疑心是走错了道,绕回去了,然而不,先前的路上没有这炸裂的坑,满坑的石子。柳原与流苏很少说话。从前他们坐一截子汽车,也有一席话,现在走上几十里的路,反而无话可说了。偶然有一句话,说了一半,对方每每就知道了下文,没有往下说的必要。柳原道:"你瞧,海滩上。"流苏道:"是的。"海滩上布满了横七竖八割裂的铁丝网,铁丝网外面,淡白的海水汩汩吞吐淡黄的沙。冬季的晴天也是淡漠的蓝色。野火花的季节已经过去了。流苏道:"那堵墙……"柳原道:"也没有去看看。"流苏叹了口气道:"算了罢。"柳原走的热了起来,把大衣脱下来搁在臂上,臂上也出了汗。流苏道:"你怕热,让我给你拿着。"若在往日,柳原绝对不肯,可是他现在不那么绅士风了,竟交了给她。再走一程子,山渐渐高了起来。不知道是风吹着树呢,还是云影的飘移,青青的山麓缓缓地暗了下来。细看时,不是风也不是云,是太阳悠悠地移过山头,半边山麓埋在巨大的蓝影子里。山上有几座房屋在燃烧,冒着烟——山阴的烟是白的,山阳的是黑烟——然而太阳只是悠悠地移过山头。

到了家,推开了虚掩着的门,拍着翅膀飞出一群鸽子来。穿堂里满积着尘灰与鸽粪。流苏走到楼梯口,不禁叫了一声"哎呀。"二层楼上歪歪斜斜大张口躺着她新置的箱笼,也有两只顺着楼梯滚了下来,梯脚便淹没在绫罗绸缎的洪流里。流苏弯下腰来,捡起一件蜜合色衬绒旗袍,却不是她自己的东西,满是汗垢,香烟洞与贱价香水气味。她又发现许多陌生女人的用品,破杂志,开了盖的罐头荔枝,淋淋漓漓流着残汁,混在她的衣服一堆。这屋子里驻过兵么?——带有女人的英国兵?去得仿佛很仓促。挨户洗劫的本地的贫民,多半没有光顾过,不然,也不会留下这一切。柳原帮着她大声唤阿栗。末一只灰背鸽,斜刺里穿出来,掠过门洞子里的黄色的阳光,飞了出去。

阿栗是不知去向了,然而屋子里的主人们,少了她也还得活下去。他们来不及整顿房屋,先去张罗吃的,费了许多事,用高价买进一袋米。煤气的供给幸而没有断,自来水却没有。柳原拎了铅桶到山里去汲了一桶泉水,煮起饭来。以后他们每天只顾忙着吃喝与打扫房间。柳原各样粗活都来得,扫地,拖地板,帮着流苏拧绞沉重的褥单。流苏初次上灶做菜,居然带点家乡风味。因为柳原忘不了马来菜,她又学会了做油炸"沙袋",咖哩鱼。他们对于饭食上虽然感到空前的兴趣,还是极力的搏节着。柳原身边的港币带得不多,一有了船,他们还得设法回上海。

在劫后的香港住下去究竟不是长久之计。白天这么忙忙碌碌也就混了过去。一到了晚上,在那死的城市里,没有灯,没有人声,只有那莽莽的寒风,三个不同的音阶,"喔……呵……呜……"无穷无尽地叫唤着,这个歇了,那个又渐渐响了,三条并行的灰色的龙,一直线地往前飞,龙身无限制地延长下去,看不见尾。"喔……呵……呜……"……叫唤到后来,索性连苍龙也没有了,只是三条虚无的气,真空的桥梁,通入黑暗,通入虚空的虚空。这里是什么都完了。剩下点断墙颓垣,失去记忆力的文明人在黄昏中跌跌绊绊摸来摸去,像是找着点什么,其实是什么都完了。

流苏拥被坐着,听着那悲凉的风。她确实知道浅水湾附近,灰砖砌的那一面墙，一定还屹然站在那里。风停了下来，像三条灰色的龙，蟠在墙头，月光中闪着银鳞。她仿佛做梦似的，又来到墙根下，迎面来了柳原。她终于遇见了柳原。……在这动荡的世界里，钱财，地产，天长地久的一切，全不可靠了。靠得住的只有她腔子里的这口气，还有睡在她身边的这个人。她突然爬到柳原身边，隔着他的棉被，拥抱着他。他从被窝里伸出手来握住她的手。他们把彼此看得透明透亮，仅仅是一刹那的彻底的谅解，然而这一刹那够他们在一起和谐地活个十年八年。

他不过是一个自私的男子，她不过是一个自私的女人。在这兵荒马乱的时代，个人主义者是无处容身的，可是总有地方容得下一对平凡的夫妻。

有一天，他们在街上买菜，碰着萨黑夷妮公主。萨黑夷妮黄着脸，把蓬松的辫子胡乱编了个麻花髻，身上不知从哪里借来一件青布棉袍穿着，脚下却依旧趿着印度式七宝嵌花纹皮拖鞋。她同他们热烈地握手，问他们现在住在哪里，急欲看看他们的新屋子。又注意到流苏的篮子里有去了壳的小蚝，愿意跟流苏学习烧制清蒸蚝汤。柳原顺口邀了她来吃便饭，她很高兴地跟了他们一同回去。她的英国人进了集中营，她现在住在一个熟识的，常常为她当点小差的印度巡捕家里。她有许久没有吃饱过。她唤流苏"白小姐"。柳原笑道："这是我太太。你该向我道喜呢！"萨黑夷妮道："真的么？你们几时结的婚？"柳原耸耸肩道："就在中国报上登了个启事。你知道，战争期间的婚姻，总是潦草的……"流苏没听懂他们的话。萨黑夷妮吻了他又吻了她。然而他们的饭菜毕竟是很寒苦，而且柳原声明他们也难得吃一次蚝汤。萨黑夷妮没有再上门过。

当天他们送她出去，流苏站在门槛上，柳原立在她身后，把手掌合在她的手掌上，笑道："我说，我们几时结婚呢？"流苏听了，一句话也没有，只低下了头，落下泪来。柳原拉住她的手道："来来，我们今天就到报馆里去登启事。不过你也许愿意候些时，等我们回到上海，大张旗鼓的排场一下，请请亲戚们。"流苏道："呸！他们也配！"说着，嗤的笑了出来，往后顺势一倒，靠在他身上。柳原伸手到前面去羞她的脸道："又是哭，又是笑！"

两人一同走进城去，走到一个峰回路转的地方，马路突然下泻，眼见只是一片空灵——淡墨色的，潮湿的天。小铁门口挑出一块洋瓷招牌，写的是："赵祥庆牙医。"风吹得招牌上的铁钩子吱吱响，招牌背后只是那空灵灵的天。

柳原歇下脚来望了半晌，感到那平淡中的恐怖，突然打起寒战来，向流苏道："现在你可该相信了：'死生契阔，'我们自己哪儿做得了主？轰炸的时候，一个不巧——"流苏嗔道："到了这个时候，你还说做不了主的话！"柳原笑道："我并不是打退堂鼓。我的意思是——"他看了看她的脸色，笑道："不说了。不说了。"他们继续走路。柳原又道："鬼使神差的，我们倒真的恋爱起来了！"流苏道："你早就说过你爱我。"柳原笑道："那不算。我们那时候太忙着谈恋爱了，哪里还有工夫恋爱?"

结婚启事在报上刊出了,徐先生徐太太赶了来道喜。流苏因为他们在围城中自顾自搬到安全地带去,不管她的死活,心中有三分不快,然而也只得笑脸相迎。柳原办了酒席,补请了一次客。不久,港沪之间恢复了交通,他们便回上海来了。

白公馆里流苏只回去过一次,只怕人多嘴多,惹出是非来。然而麻烦是免不了的。四奶奶决定和四爷进行离婚,众人背后都派流苏的不是。流苏离了婚再嫁,竟有这样惊人的成就,难怪旁人要学她的榜样。流苏蹲在灯影里点蚊烟香。想到四奶奶,她微笑了。

柳原现在从来不跟她闹着玩了。他把他的俏皮话省下来说给旁的女人听。那是值得庆幸的好现象,表示他完全把她当自家人看待——名正言顺的妻。然而流苏还是有点怅惘。

香港的陷落成全了她。但是在这不可理喻的世界里,谁知道什么是因,什么是果?谁知道呢,也许就因为要成全她,一个大都市倾覆了。成千上万的人死去,成千上万的人痛苦着,跟着是惊天动地的大改革……流苏并不觉得她在历史上的地位有什么微妙之点。她只是笑盈盈地站起身来,将蚊烟香盘踢到桌子底下去。

传奇里的倾城倾国的人大抵如此。到处都是传奇,可不见得有这么圆满的收场。胡琴咿咿呀呀拉着,在万盏灯火的夜晚,拉过来又拉过去,说不尽的苍凉的故事——不问也罢!

【作品导读】

张爱玲(1920—1995),原名张煐,原籍河北丰润,生于上海,出身晚清巨宦世家,早年父母离异,父亲是旧派纨绔子弟,母亲则为留学欧洲的新派女子。张爱玲中学就读于上海圣玛利女校,毕业后考取伦敦大学,因欧战改入香港大学,在香港大学考取入牛津大学深造资格,但又因港战爆发,退回上海入圣约翰大学,又经济问题终辍学。1943年,张爱玲在周瘦鹃主编的《紫罗兰》上连续发表《沉香屑:第一炉香》和《沉香屑:第二炉香》,引起文坛注目,1944年出版了最能代表其艺术个性与特色的小说集《传奇》,同年还有散文集《流言》和长篇连载《连环套》(未完),一举成为当时上海文坛最走红的作家。

《倾城之恋》(1943)是张爱玲的代表作之一。小说在新旧文化冲突与现实动荡的历史环境中,通过言情,通过两性关系与家庭关系中的人情风俗,来表现城市男女于"虚伪之中有真实,浮华之中有素朴"的日常人生与人性真实。出身于式微世家被丈夫离弃多年的白流苏,经历过许多人事炎凉,既孤傲清高又有着小女人的心计。妹妹相亲时她故意吸引华侨富商子弟范柳原的眼光,后又不断施展小手段来吊住他的心,只为牟取安稳的人妻生活。不过范仅是一时沉迷于她身上传统东方女性的情调,要她做"金屋藏娇"的情人。就在他们多少有些错了位的迎躲拉扯间,战火燃起,二人只能一起避难,发现彼此谁也离不了谁,种种认真的算计和真真假假都自然抛却了,于是登报结婚。范柳原曾经在一堵灰墙前对流苏说道:"有一天,我们的文明整个的毁掉了,什么都完了——烧完了,炸完了,坍完了,也许还剩下这堵墙。流苏,如果我们那时候在这墙根下遇见了……也许你会对我有一点真心,也许我会对你有一点真心。"全文深意赖此讽喻而出。

《传奇》卷首题词说:"书名叫传奇,目的是在传奇里寻找普通人,在普通人里寻找传奇"。所谓"普通"自然指饮食男女一类的日常生态,而寻找"传奇"则是要发现其中蕴含着的人性恒常。《倾城之恋》正体现着张爱玲对"传奇"与"普通人"的双向寻找——既困守且享受于生活的凡人性,并以这种人生的日常性为底色,交织融入"逝者如斯"的古典沧桑意味与文明末世的现代历史感。

《倾城之恋》以流利典雅的文笔来言情写实,同时又在古老与现代的转化中创造着新意境。"也许就因为要成全她,一个大都市倾覆了",战火下的危城成就了流苏的"倾城之恋","一顾倾人城,再顾倾人国"的古典意象被她翻出现代意味。借柳原之口,小说还引述了《诗经》的"死生契阔,与子相悦,执子之手,与子偕老"。"倾城"联系战争体验所生发的文明的末世感,"执手"之恋则是沪港凡人传奇的现世人生。张爱玲不是从抽象的文化想象意义上去激活传统,她要汇通历史与现实,从中探询并求证一种亘古不变的人生恒常性。

【延伸阅读作品和参考文献】

1. 黄修己主编《张爱玲名作欣赏》,中国和平出版社 1996 年版。

2. 迅雨(傅雷)《论张爱玲的小说》,可参陈子善编《张爱玲的风气——1949年前张爱玲评说》,山东画报出版社 2004 年版。

3. 张爱玲《谈女人》、《自己的文章》,可参张爱玲《流言》,北京十月文艺出版社 2006 年版。

4. 胡兰成《永远的张爱玲》,学林出版社 1996 年版。

【思考与练习】

1. 简析白流苏形象及作者对她的情感态度。

2. 选择 1—2 个关于白流苏心理刻画的细节予以分析。

(张晓玥)

围城（节选）①

钱锺书

九

......

　　旧历冬至那天早晨，柔嘉刚要出门。鸿渐道："别忘了，今天咱们要到老家里吃冬至晚饭。昨天老太爷亲自打电话来叮嘱的，你不能再不去了。"柔嘉鼻梁皱一皱，做个厌恶表情道："去，去，去！'丑媳妇见公婆'！真跟你计较起来，我今天可以不去。圣诞夜姑母家里宴会，你没有陪我去，我今天可以不去？"鸿渐笑她拿糖作醋。柔嘉道："我是要跟你说说，否则，你占了我的便宜还认为应该的呢。我回家等你回来了同去，叫我一个人去，我不肯的。"鸿渐道："你又不是新娘第一次上门，何必要我多走一趟路。"柔嘉没回答就出门了。她出门不久，王先生来电话，请他立刻去。他猜出了大事，怦怦心跳，急欲知道，又怕知道。王先生见了他，苦笑道："董事会昨天晚上批准我辞职，随我什么时候离馆，他们早已找好替人，我想明天办交代，先通知你一声。"鸿渐道："那么我今天向你辞职——我是你委任的——要不要书面辞职？"王先生道："你去跟你老丈商量一下，好不好？"鸿渐道："这是我私人的事。"王先生是个正人，这次为正义被逼而走，喜欢走得热闹点，减少去职的凄黯，不肯私奔似的孑身溜掉。他入世多年，明白在一切机关里，人总有人可替，坐位总有人来坐。怄气辞职只是辞职的人吃亏，被辞的职位漠然不痛不痒；人不肯坐椅子，苦了自己的腿，椅子空着不会饿，椅子立着不会酸的。不过椅子空得多些，可以造成不景气的印象。鸿渐虽非他的私人，多多益善，不妨凑个数目。所以他跟着国内新闻，国外新闻，经济新闻以及两种副刊的编辑同时提出辞职。报馆管理方面早准备到这一着，夹袋里有的是人；并且知道这次辞职有政治性，希望他们快走，免得另生节枝，反正这月的薪水早发了。除掉经济新闻的编者要挽留以外，其余王先生送阅的辞职信都一一照准。资料室最不重要，随时可以换人；所以鸿渐失业最早，第一个准辞。当天下午，他丈人听到消息，忙来问他，这事得柔嘉同意没有，他随口说得她同意。丈人怏怏不信。鸿渐想明天不再来了，许多事要结束，打电话给柔嘉，说他今天没工夫回家同去，请她也直接去罢，不必等。电话里听得出她很不高兴，鸿渐因为丈人忽然又走来，不便解释。

　　他近七点钟才到老家，一路上懊悔没打电话问柔嘉走了没有，她很可能不肯

---

　　① 选自钱锺书《围城》，人民文学出版社 1991 年版。

单独来。大家见了他，问怎么又是一个人来，母亲铁青脸说："你这位奶奶真是贵人不踏贱地，下帖子请都不来了。"鸿渐正在解释，柔嘉进门。二奶奶三奶奶迎上去，笑说："真是稀客！"方老太太勉强笑了笑，仿佛笑痛了脸皮似的。柔嘉借口事忙。三奶奶说："当然你在外面做事的人，比我们忙多了。"二奶奶说："办公有一定时间的，大哥，三弟，我们老二也在外面做事，并没有成天不回家。大姐姐又做事，又管家务，所以分不出工夫来看我们了。"鸿渐因为她们说话像参禅似的，都藏着机锋，听着徒乱人意，便溜上楼去见父亲。讲不到三句话，柔嘉也来了，问了遯翁好，寒暄几句，熬不住埋怨丈夫道："我现在知道你不回家接我的缘故了。你为什么向报馆辞职不先跟我商量？就算我不懂事，至少你也应该先到这儿来请教爹爹。"遯翁没听儿子说辞职，失声惊问。鸿渐窘道："我正要告诉爹呢——你——你怎么知道的？"柔嘉道："爸爸打电话给我的，你还哄他！他都没有辞职，你为什么性急就辞，待下去看看风头再说，不好么？"鸿渐忙替自己辩护一番。遯翁心里也怪儿子莽撞，但不肯当媳妇的面坍他的台，反正事情已无可挽回，便说："既然如此，你辞了很好。咱们这种人，万万不可以贪小利而忘大义。我所以宁可逃出来做难民，不肯回乡，也不过为了这一点点气节。你当初进报馆，我就不赞成，觉得比教书更不如了。明天你来，咱们爷儿俩讨论讨论，我替你找条出路。"柔嘉不再说话，脸长得像个美丽的驴子。吃饭时，方老太太苦劝鸿渐吃菜，说："你近来瘦了，脸上一点不滋润。在家里吃些什么东西？柔嘉做事忙，没工夫当心你，你为什么不到这儿来吃饭？从小就吃我亲手做的菜，也没有把你毒死。"柔嘉低头，尽力抑制自己，挨了半碗饭，就不肯吃。方老太太瞧媳妇的脸不像好对付的，不敢再撩拨，只安慰自己总算媳妇没有敢回嘴。

回家路上，鸿渐再三代母亲道歉。柔嘉只简单地说："你当时尽她说，没有替我表白一句。我又学了一个乖。"一到家，她说胃痛，叫李妈冲热水袋来暖胃。李妈忙问："小姐怎么吃坏了？"她说，吃没有吃坏，气倒气坏了。在平时，鸿渐准要怪他为什么把主人的事告诉用人，今天他不敢说。当夜柔嘉没再理他。明早夫妇间还是鸦雀无声。吃早点时，李妈问鸿渐今天中饭要吃什么。鸿渐说有事要到老家去，也许不回来吃了，叫她不必做菜。柔嘉冷笑道："李妈，以后你可以省事了。姑爷从此不在家吃饭，他们老太太说你做的菜里放毒药的。"

鸿渐皱眉道："唉！你何必去跟她讲——"

柔嘉重顿着右脚的皮鞋跟道："我偏要跟她讲。李妈在这儿做见证，我要讲讲明白。从此以后你打死我，杀死我，我不再到你家去，我死了，你们诗礼人家做羹饭祭我，我的鬼也不来的——"说到此处眼泪夺眶而出，鸿渐心痛，站起来抚慰，她推开他——"还有，咱们从此河水不犯井水，一切你的事都不用跟我来说。我们全要做汉奸，只有你方家养的狗都深明大义的。"说完，回身就走，下楼时一路哼着英文歌调，表示她满不在乎。

鸿渐郁闷不乐，老家也懒去。遯翁打电话来催。他去听了遯翁半天议论，并没有实际的指示和帮助。他对家里的人都起了憎恨，不肯多坐。出来了，到那家转运公司去找经理，想问问旅费，没碰见他，约明天再去。上王先生家去也找个空。这时候电车里全是办公室下班的人，他挤不上，就走回家，一壁想怎样消释柔嘉的怨气。在街口瞧见一部汽车，认识是陆家的，心里就鲠一鲠。开后门经过跟房东合用的厨房，李妈不在，火炉上炖的罐头喋喋自语个不了。他走到半楼，小客室门罅开，有陆太太高声说话。他冲心的怒，不愿进去，脚仿佛钉住。只听她正说："鸿渐这个人，本领没有，脾气倒很大，我也知道，不用李妈讲。柔嘉，男人像小孩子一样，不能 spoil 的，你太依顺他——"他血升上脸，恨不能大喝一声，直扑进去，忽听李妈脚步声，向楼下来，怕给她看见，不好意思，悄悄又溜出门。火冒得忘了寒风砭肌，不知道这讨厌的女人什么时候滚蛋，索性不回去吃晚饭了，反正失业准备讨饭，这几个小钱不用省它。走了几条马路，气愤稍平。经过一家外国面包店，厨窗里电灯雪亮，照耀各式糕点。窗外站一个短衣褴褛的老头子，目不转睛地看窗里的东西，臂上挽个篮，盛着粗拙的泥娃娃，和蜡纸粘的风转。鸿渐想现在都市里的小孩子全不要这种笨朴的玩具了，讲究的洋货有的是，可怜老头子，不会有生意。忽然联想到自己正像他篮里的玩具，这个年头没人过问，所以找职业这样困难。他叹口气，掏出柔嘉送的钱袋来，给老头子两张钞票。面包店门口候客人出来讨钱的两个小乞丐，就赶上来要钱，跟了他好一段路。他走得肚子饿了，挑一家便宜的俄国馆子，正要进去，伸手到口袋一摸，钱袋不知去向，急得在冷风里微微出汗，微薄得不算是汗，只譬如情感的蒸气。今天真是晦气日子！只好回家，坐电车的钱也没有，一股怨毒全结在柔嘉身上。假如陆太太不来，自己决不上街吃冷风，不上街就不会丢钱袋，而陆太太是柔嘉的姑母，是柔嘉请上门的——柔嘉没请也要冤枉她。并且自己的钱一向前后左右口袋里零碎搁着，扒手至多摸空一个口袋，有了钱袋一股脑儿放进去，倒给扒手便利，这全是柔嘉出的好主意。

李妈在厨房洗碗，见他进来，说："姑爷，你吃过晚饭了？"他只作没听见。李妈从没有见过他这样板着脸回家，担心地目送他出厨房，柔嘉见是他，搁下手里的报纸，站起来说："你回来了！外面冷不冷？在什么地方吃的晚饭？我们等等你不回来，就吃了。"

鸿渐准备赶回家吃饭的，知道饭吃过了，失望中生出一种满意，仿佛这事为自己的怒气筑了牢固的基础，今天的吵架吵得响，沉着脸说："我又没有亲戚家可以去吃饭，当然没有吃饭。"

柔嘉惊异道："那么，快叫李妈去买东西。你到什么地方去了？叫我们好等！姑妈特来看你的。等等你不来，我就留她吃晚饭了！"

鸿渐像落水的人，捉到绳子的一头，全力挂住，道："哦！原来她来了！怪不得！人家把我的饭吃掉了，我自己倒没得吃。承她情来看我，我没有请她来呀！我不上她的门，她为什么上我的门？姑母要留住吃饭，丈夫是应该挨饿的。好，称了你的心罢，我就饿一天，不要李妈去买东西。"

柔嘉坐下去，拿起报纸，道："我理了你都懊悔，你这不识抬举的家伙。你愿意挨饿，活该，跟我不相干。报馆又不去了，深明大义的大老爷在外面忙些什么国家大事呀？到这时候才回来！家里的开销，我负担一半的，我有权利请客，你管不着。并且，李妈做的菜有毒，你还是少吃为妙。"

鸿渐饿上加气，胃里刺痛，身边零用一个子儿没有了，要明天上银行去拿，这时候又不肯向柔嘉要，说："反正我饿死了你快乐，你的好姑母会替你找好丈夫。"

柔嘉冷笑道："啐！我看你疯了。饿不死的，饿了可以头脑清楚点。"

鸿渐的愤怒像第二阵潮水冒上来，说："这是不是你那位好姑母传授你的秘诀？'柔嘉，男人不能太 spoil 的，要饿他，冻他，虐待他。'"

柔嘉仔细研究她丈夫的脸道："哦，所以房东家的老妈子说看见你回来的。为什么不光明正大上楼呀？偷偷摸摸像个贼，躲在半楼梯偷听人说话。这种事只配你那两位弟媳妇去干，亏你是个大男人！羞不羞？"

鸿渐道："我是要听听，否则我真蒙在鼓里，不知道人家在背后怎么糟蹋我呢？"

"我们怎样糟蹋你？你何妨说？"

鸿渐摆空城计道："你心里明白，不用我说。"

柔嘉确曾把昨天的事讲给姑母听，两人一唱一和地笑骂，以为全落在鸿渐耳朵里了，有点心慌，说："本来不是说给你听的，谁教你偷听？我问你，姑母说要替你在厂里找个位置，你的尖耳朵听到没有？"

鸿渐跳起来大喝道："谁要她替我找事？我讨饭也不要向她讨！她养了Bobby跟你孙柔嘉两条狗还不够么？你跟她说，方鸿渐'本领虽没有，脾气很大'，资本家走狗的走狗是不做的。"

两人对站着。柔嘉怒得眼睛异常明亮，说："她那句话一个字儿没有错。人家可怜你，你不要饭碗，饭碗不会发霉。好罢，你父亲会替你'找出路'。不过，靠老头子不希奇，有本领自己找出路。"

"我谁都不靠。我告诉你，我今天已经拍电报给赵辛楣，方才跟转运公司的人全讲好了。我去了之后，你好清静，不但留姑妈吃晚饭，还可以留她住夜呢。或者干脆搬到她家去，索性让她养了你罢，像 Bobby 一样。"

柔嘉上下唇微分，睁大了眼，听完，咬牙说："好，咱们算散伙。行李衣服，你自己去办，别再来找我。去年你浪荡在上海没有事，跟着赵辛楣算到了内地，内地事丢了，靠赵辛楣的提拔到上海，上海事又丢了，现在再到内地投奔赵辛楣去。你自己想想，一辈子跟住他，咬住他的衣服，你不是他的狗是什么？你不但本领没有,连志气都没有,别跟我讲什么气节了。小心别讨了你那位好朋友的厌,一脚踢你出来,那时候又回上海,看你有什么脸见人。你去不去,我全不在乎。"

鸿渐再熬不住,说:"那么,请你别再开口,"伸右手猛推她的胸口。她踉跄退后,撞在桌子边,手臂把一个玻璃杯带下地,玻璃屑混在水里。她气喘说:"你打我? 你打我!"李妈像爆进来一粒棉花弹,嚷:"姑爷,你怎么动手打人? 你要打,我就叫。让楼下全听见——小姐,他打你什么地方,打伤没有? 别怕,我老命一条跟他拼。做了男人打女人! 老爷太太没打过你,我从小喂你吃奶,用气力拍你一下都没有,他倒动手打你!"说着眼泪滚下来。柔嘉也倒在沙发里心酸啜泣。鸿渐看她哭得可怜,而不愿意可怜,恨她转深。李妈在沙发边庇护着柔嘉,道:"小姐,你别哭! 你哭我也要哭了——"说时又拉起围裙擦眼泪——"瞧,你打得她这个样子! 小姐,我真想去告诉姑太太,就怕我去了,他又要打你。"

鸿渐厉声道:"你问你小姐,我打她没有? 你快去请姑太太,我不打你小姐得了,"半推半揉,把李妈直推出房,不到一分钟,她又冲进来,说:"小姐,我请房东家大小姐替我打电话给姑太太,她马上就来,咱们不怕他了。"鸿渐和柔嘉都没想到她会当真,可是两人这时候还是敌对状态,不能一致联合怪她多事。柔嘉忘了哭,鸿渐惊奇地望着李妈,仿佛小孩子见了一只动物园里的怪兽。沉默了一会,鸿渐道:"好,她来我就走,你们两个女人结了党不够,还要添上一个,说起来倒是我男人欺负你们,等她走了我回来。"到衣架上取外套。

柔嘉不愿意姑母来把事闹大,但瞧丈夫这样退却,鄙薄得不复伤心,嘶声说:"你是个Coward! Coward! Coward! 我再不要看见你这个Coward!"每个字像鞭子打了下,要鞭出她丈夫的胆气来,她还嫌不够狠,顺手抓起桌上一个象牙梳子尽力扔他。鸿渐正回头要回答,躲闪不及,梳子重重地把左颊打个着,迸到地板上,折为两段。柔嘉只听见他"啊哟"叫痛,瞧梳子打处立刻血隐隐地红肿,倒自悔过分,又怕起来,准备他还手。李妈忙在两人间拦住。鸿渐惊骇她会这样毒手,看她扶桌僵立,泪渍的脸像死灰,两眼全红,鼻孔翕开,嘴咽唾沫,又可怜又可怕,同时听下面脚步声上楼,不计较了,只说:"你狠,啊! 你闹得你家里人知道不够,还要闹得邻舍全知道,这时候房东家已经听见了。你新学会泼辣不要面子,我还想做人,倒要面子的。我走了,你老师来了再学点新的本领,你真是个好学生,学会了就用! 你替我警告她,我饶她这一次。以后她再来教坏你,我会上门找她去,别以为我怕她。李妈,姑太太来,别专说我的错,你亲眼瞧见的是谁打谁。"走近门大声说:"我出去了,"慢慢地转门钮,让门外偷听的人得讯走开然后出去。柔嘉眼睁睁看他出了房,瘫倒在沙发里,扶头痛哭,这一阵泪不像只是眼里流的,宛如心里,整个身体里都挤出了热泪,合在一起宣泄。

鸿渐走出门,神经麻木得不感觉冷,意识里只有左颊在发烫。头脑里,情思弥漫纷乱像个北风飘雪片的天空。他信脚走着,彻夜不睡的路灯把他的影子一盏盏彼此递交。他仿佛另外有一个自己在说:"完了! 完了!"散杂的心思立刻一撮似的集中,开始觉得伤心。左颊忽然星星作痛。他一摸湿腻腻的,以为是血,吓得心倒定了,脚里发软。走到灯下,瞧手指上没有痕迹,才知道流了眼泪。同时感到周身疲乏,肚子饥饿。鸿渐本能地伸手进口袋,想等个叫卖的小贩,买个面包,恍然记起身上没有钱。肚子饿的人会发火,不过这火像纸头烧起来的,不会耐久。他无处可去,想还是回家睡,真碰见了陆太太也不怕她。就算自己先动手,柔嘉报复得这样狠毒,两下勾销。他看表上十点已过,不清楚自己什么时候出来的,也许她早走了。到弄口没见汽车,先放了心。他一进门,房东太太听见声音,赶出来说:"方先生,是你! 你们少奶奶不舒服,带了李妈到陆家去了,今天不回来了。这是你房上的钥匙,留下来交给你的。你明天早饭到我家来吃,李妈跟我说好的。"鸿渐心直沉下去,捞不起来,机械地接钥匙,道声谢。房东太太像还有话说,他三脚两步逃上楼。开了卧室的门,拨亮电灯,破杯子跟梳子仍在原处,成堆的箱子少了一只,他呆呆地站着,身心迟钝得发不出急,生不出气。柔嘉走了,可是这房里还留下她的怒容,她的哭声,她的说话,在空气里没有消失。他望见桌上一张片子,走近一看,是陆太太的。忽然怒起,撕为粉碎,狠声道:"好,你倒自由得很,撇下我就走! 滚你妈的蛋,替我滚,你们全替我滚!"这简短一怒把余劲都使尽了,软弱得要傻哭个不歇。和衣倒在床上,觉得房屋旋转,想不得了,万万不能生病,明天要去找那位经理,说妥了再筹旅费,旧历年可以在重庆过。心里又生希望,像湿柴虽点不着火,开始冒烟,似乎一切会有办法。不知不觉中黑地昏天合拢,裹紧,像灭尽了灯火的夜,他睡着了。最初睡得脆薄,饥饿像镊子要镊破他的昏迷,他潜意识挡住它。渐渐这镊子松了,钝了,他的睡也坚实得镊不破了,没有梦,没有感觉,人生最原始的睡,同时也是死的样品。

那只祖传的老钟从容自在地打起来,仿佛积蓄了半天的时间,等夜深人静,搬出来一一细数:"当,当,当,当,当,当"响了六下。六点钟是五个钟头以前,那时候鸿渐在回家的路上走,蓄心要待柔嘉好,劝她别再为昨天的事弄得夫妇不欢;那时候,柔嘉在家里等鸿渐回家来吃晚饭,希望他会跟姑母和好,到她厂里做事。这个时间落伍的计时机无意中对人生包涵的讽刺和感伤,深于一切语言、一切啼笑。

【作品导读】

钱锺书(1910—1998),字默存,号槐聚,曾用笔名中书君。出身于无锡一个教育世家,其父钱基博曾是清华大学、圣约翰大学、浙江大学教授,著名学者。他幼承家学,天资过人,青少年时就喜好古经典籍,故而练就了文史方面的"童子功"。1934 年清华大学外文系毕业后,放弃留校读研究生的资格,去上海光华大学任教,1935 年与妻子杨绛一起留学欧洲,获副博士学位。抗战爆发回国后历任清华大学、蓝田师范学院、震旦女子文理学校、上海暨南大学、西南联合大学等校教授,晚年就职于中国社会科学院,任副院长。

钱锺书在文学上是一个奇才。中文方面,做学问用文言文,其《谈艺录》、《管锥编》博大精深,是后人中文研究的必读书;搞创作用白话文,长篇小说《围城》、短篇小说集《人·兽·鬼》、散文集《写在人生边上》皆是现代文学史上的精品。外文方面,晓畅英、法、德、意、希腊、西班牙多国文字和拉丁文等。曾为《毛泽东选集》英文版翻译小组成员。

美籍学者夏志清在《中国现代小说史》中说:"《围城》是中国近代文学中最有趣和最用心经营的小说"。[①]"我们可以肯定地说,对未来世代的中国读者,这将是民国时代的小说中最受他们喜爱的作品。"[②]小说所写的生活并非主流,一个出身江南封建士绅家庭的青年留学生怎样抱着对外面的世界的好奇,经历就读北京大学、欧洲留学、抗战乱世中在内地就业、继而回上海结婚、就业,上海沦陷弃职再待游走内地,表现了人格、能力最普通的知识分子的生活、命运和精神困惑,以此揭示中西方文化碰撞语境中,中国人生从传统向现代转化过程中,其多方面的辛酸苦辣、悲欢离合。表面上,小说借主人公方鸿渐的行踪扫描了中国社会现实的一些方面,具有现实批判意义;小说站在超越性视角,对中西方文化缺陷进行反思,是现代少有的思想复杂、艺术高超的文化反思小说;小说揭示人生的根本困境,与西方现代派文学对接,是典型的"人生迷茫"小说,但是小说还隐藏很深地具有存在主义意向,从一个层面显示自由不可逃避的内涵。小说塑造的方鸿渐是现代以来无数受过高等教育、从各方面又最普通的知识分子的代表,以"反英雄"的审美诉求迎来无数普通知识分子的认同和共鸣。围绕方鸿渐,小说还写了鲍小姐、苏文纨、唐晓芙、孙柔嘉等女性形象,各具姿色、个性,也各有其象征意义。

小说具有多方面的艺术成就。且不说其博大精深的内容,"忧世伤生"的情怀,巧妙的艺术构思(仿西方流浪汉小说),仅论其无数新鲜独特的比喻、意象,精妙的议论,高超的反讽艺术,就已让无数读者迷恋不已。如说"科学家象酒,愈老愈珍贵;而科学象女人,老了便不值钱",既是比喻又是议论。说袒胸露背的鲍小姐是"熟肉铺子",又喻为"局部真理";让恋爱不成的方鸿渐说:"世间哪有恋爱?压根儿是生殖冲动!"这些都既是比喻,也是议论,更是反讽。

---

① 杨联芬编《钱钟书评说七十年》,文化艺术出版社 2010 年版,第 181—182 页。
② 杨联芬编《钱钟书评说七十年》,文化艺术出版社 2010 年版,第 178 页。

【延伸阅读作品和参考文献】

1. 杨绛《"璐璐,不用愁!"》、*ROMANS QUE*、《小阳春》,可参《杨绛作品集》(第1卷),中国社会科学出版社1993年版。

2. 杨绛《记钱锺书与〈围城〉》,可参《杨绛作品集》(第2卷),中国社会科学出版社1993年版。

3. 温儒敏《〈围城〉的三层意蕴》,见田慧兰、马光裕、陈珂玉编《钱锺书、杨绛研究资料》,知识产权出版社2001年版。

4. 解志熙《风中芦苇在思索——中国现代文学的现代性片论》,河南人民出版社1994年版。

【思考与练习】

1. 如何理解方鸿渐的形象内涵?

2. 如何理解鲍小姐、苏文纨、唐晓芙、孙柔嘉形象的象征意义?

3. 如何理解《围城》的讽刺艺术?

(左怀建)

永远的尹雪艳①

白先勇

一

尹雪艳总也不老。十几年前那一班在上海百乐门舞厅替她捧场的五陵年少,有些头上开了顶,有些两鬓添了霜;有些来台湾降成了铁厂、水泥厂、人造纤维厂的闲顾问,但也有少数却升成了银行的董事长、机关里的大主管。不管人事怎么变迁,尹雪艳永远是尹雪艳,在台北仍旧穿着她那一身蝉翼纱的素白旗袍,一径那么浅浅地笑着,连眼角儿也不肯皱一下。

尹雪艳着实迷人。但谁也没能道出她真正迷人的地方。尹雪艳从来不爱擦胭抹粉,有时最多在嘴唇上点着些似有似无的蜜丝佛陀;尹雪艳也不爱穿红戴绿,天时炎热,一个夏天,她都浑身银白,净扮得了不得。不错,尹雪艳是有一身雪白的肌肤,细挑的身材,容长的脸蛋儿配着一副俏丽恬静的眉眼子,但是这些都不是尹雪艳出奇的地方。见过尹雪艳的人都这么说,也不知是何道理,无论尹雪艳一举手、一投足,总有一份世人不及的风情。别人伸个腰、蹙一下眉,难看,但是尹雪艳做起来,却又别有一番妩媚了。尹雪艳也不多言、不多语,紧要的场合插上几句苏州腔的上海话,又中听、又熨贴。有些荷包不足的舞客,攀不上叫尹雪艳的台子,但是他们却去百乐门坐坐,观观尹雪艳的风采,听她讲几句吴侬软语,心里也是舒服的。尹雪艳在舞池子里,微仰着头,轻摆着腰,一径是那么不慌不忙地起舞着;即使跳着快狐步,尹雪艳从来也没有失过分寸,仍旧显得那么从容,那么轻盈,像一球随风飘荡的柳絮,脚下没有扎根似的。尹雪艳有她自己的旋律。尹雪艳有她自己的拍子。绝不因外界的迁异,影响到她的均衡。

尹雪艳迷人的地方实在讲不清,数不尽。但是有一点却大大增加了她的神秘。尹雪艳名气大了,难免招忌,她同行的姊妹淘醋心重的就到处嘈起说:尹雪艳的八字带着重煞,犯了白虎,沾上的人,轻者家败,重者人亡。谁知道就是为着尹雪艳享了重煞的令誉,上海洋场的男士们都对她增加了十分的兴味。生活悠闲了,家当丰沃了,就不免想冒险,去闯闯这颗红遍了黄浦滩的煞星儿。上海棉纱财阀王家的少老板王贵生就是其中探险者之一。天天开着崭新的开德拉克,在百乐门门口候着尹雪艳转完台子,两人一同上国际饭店廿四楼摩天厅去共进华美的夜宵。望着天上的月亮及灿烂的星斗,王贵生说,如果用他家的金条儿能够搭成一道天梯,他愿意爬上天空去把那弯月牙儿掐下来,插在尹雪艳的云鬓

---

① 选自《白先勇文集》(第2卷),花城出版社2000年版。

上。尹雪艳吟吟地笑着，总也不出声，伸出她那兰花般细巧的手，慢条斯理地将一枚枚涂着俄国乌鱼子的小月牙儿饼拈到嘴里去。

王贵生拼命地投资，不择手段地赚钱，想把原来的财富堆成三倍、四倍，将尹雪艳身边那批富有的逐鹿者一一击倒，然后用钻石玛瑙串成一根链子，套在尹雪艳的脖子上，把她牵回家去。当王贵生犯上官商勾结的重罪，下狱枪毙的那一天，尹雪艳在百乐门停了一宵，算是对王贵生致了哀。

最后赢得尹雪艳的却是上海金融界一位热可炙手的洪处长。洪处长休掉了前妻，抛弃了三个儿女，答应了尹雪艳十条条件；于是尹雪艳变成了洪夫人，住在上海法租界一幢从日本人接收过来华贵的花园洋房里。两三个月的工夫，尹雪艳便像一株晚开的玉梨花，在上海上流社会的场合中以压倒群芳的姿态绽发起来。

尹雪艳着实有压场的本领。每当盛宴华筵，无论在场的贵人名媛，穿着紫貂，围着火狸，当尹雪艳披着她那件翻领束腰的银狐大氅，像一阵三月的微风，轻盈盈地闪进来时，全场的人都好像给这阵风熏中了一般，总是情不自禁地向她迎过来。尹雪艳在人堆子里，像个冰雪化成的精灵，冷艳逼人，踏着风一般的步子，看得那些绅士以及仕女们的眼睛都一齐冒出火来。这就是尹雪艳：在兆丰夜总会的舞厅里、在兰心剧院的过道上，以及在霞飞路上一幢幢侯门官府的客堂中，一身银白，歪靠在沙发椅上，嘴角一径挂着那流吟吟浅笑，把场合中许多银行界的经理、协理、纱厂的老板及小开，以及一些新贵和他们的夫人们都拘到跟前来。

可是洪处长的八字到底软了些，没能抵得住尹雪艳的重煞。一年丢官，两年破产，到了台北来连个闲职也没捞上。尹雪艳离开洪处长时还算有良心，除了自己的家当外，只带走一个从上海跟来的名厨司及两个苏州娘姨。

二

尹雪艳的新公馆落在仁爱路四段的高级住宅区里，是一幢崭新的西式洋房，有个十分宽敞的客厅，容得下两三桌酒席。尹雪艳对她的新公馆倒是刻意经营过一番。客厅的家具是一色桃花心红木桌椅。几张老式大靠背的沙发，塞满了黑丝面子鸳鸯戏水的湘绣靠枕，人一坐下去就陷进了一半，倚在柔软的丝枕上，十分舒适。到过尹公馆的人，都称赞尹雪艳的客厅布置妥帖，叫人坐着不肯动身。打麻将有特别设备的麻将间，麻将桌、麻将灯都设计得十分精巧。有些客人喜欢挖花，尹雪艳还特别腾出一间有隔音设备的房间，挖花的客人可以关在里面恣意唱和。冬天有暖炉，夏天有冷气，坐在尹公馆里，很容易忘记外面台北市的阴寒及溽暑。客厅案头的古玩花瓶，四时都供着鲜花。尹雪艳对于花道十分讲究，中山北路的玫瑰花店常年都送来上选的鲜货。整个夏天，尹雪艳的客厅中都细细地透着一股又甜又腻的晚香玉。

尹雪艳的新公馆很快地便成为她旧友新知的聚会所。老朋友来到时，谈谈老话,大家都有一腔怀古的幽情,想一会儿当年,在尹雪艳面前发发牢骚,好像尹雪艳便是上海百乐门时代永恒的象征,京沪繁华的佐证一般。

"阿囡,看看干爹的头发都白光喽!侬还像枝万年青一式,愈来愈年轻!"

吴经理在上海当过银行的总经理,是百乐门的座上常客,来到台北赋闲,在一家铁工厂挂个顾问的名义。见到尹雪艳,他总爱拉着她半开玩笑而又不免带点自怜的口吻这样说。吴经理的头发确实全白了,而且患着严重的风湿,走起路来,十分蹒跚,眼睛又害沙眼,眼毛倒插,常年淌着眼泪,眼圈已经开始溃烂,露出粉红的肉来。冬天时候,尹雪艳总把客厅里那架电暖炉移到吴经理的脚跟前,亲自奉上一盅铁观音,笑吟吟地说道:

"哪里的话,干爹才是老当益壮呢!"

吴经理心中熨帖了,恢复了不少自信,眨着他那烂掉了睫毛的老花眼,在尹公馆里,当众票了一出"坐宫",以苍凉沙哑的嗓子唱出:

> 我好比浅水龙,
> 被困在沙滩。

尹雪艳有迷男人的工夫,也有迷女人的功夫。跟尹雪艳结交的那班太太们,打从上海起,就背地数落她。当尹雪艳平步青云时,这起太太们气不忿,说道:凭你怎么爬,左不过是个货腰娘。当尹雪艳的靠山相好遭到厄运的时候,她们就叹气道:命是逃不过的,煞气重的娘们儿到底沾惹不得。可是十几年来这起太太们一个也舍不得离开尹雪艳,到了台北都一窝蜂似的聚到尹雪艳的公馆里,她们不得不承认尹雪艳实在有她惊动人的地方。尹雪艳在台北的鸿翔绸缎庄打得出七五折,在小花园里挑得出最登样的绣花鞋儿,红楼的绍兴戏码,尹雪艳最在行,吴燕丽唱《孟丽君》的时候,尹雪艳可以拿得到免费的前座戏票,论起西门町的京沪小吃,尹雪艳又是无一不精了。于是这起太太们,由尹雪艳领队,逛西门町、看绍兴戏,坐在三六九里吃桂花汤团,往往把十几年来不如意的事儿一股脑儿抛掉,好像尹雪艳周身都透着上海大千世界荣华的麝香一般,熏得这起往事沧桑的中年妇人都进入半醉的状态,而不由自主都津津乐道起上海五香斋的蟹黄面来。这些太太们常常容易闹情绪。尹雪艳对于她们都一一施以广泛的同情,她总耐心地聆听她们的怨艾及委屈,必要时说几句安抚的话,把她们焦躁的脾气一一熨平。

"输呀,输得精光才好呢!反正家里有老牛马垫背,我不输,也有旁人替我输!"

每逢宋太太搓麻将输了钱时就向尹雪艳带着酸意地抱怨道。宋太太在台湾得了妇女更年期的痴肥症,体重暴增到一百八十多磅,形态十分臃肿,走多了路,会犯气喘。宋太太的心酸话较多,因为她先生宋协理有了外遇,对她颇为冷落,而且对方又是一个身段苗条的小酒女。十几年前宋太太在上海的社交场合出过一阵风头，因此她对以往的日子特别向往。尹雪艳自然是宋太太倾诉衷肠的适当人选，因为只有她才能体会宋太太那种今昔之感。有时讲到伤心处，宋太太会禁不住掩面而泣。

"宋家阿姐，'人无千日好，花无百日红'，谁又能保得住一辈子享荣华，受富贵呢？"

于是尹雪艳便递过热毛巾给宋太太揩面，怜悯地劝说道。宋太太不肯认命，总要抽抽搭搭地怨怼一番：

"我就不信我的命又要比别人差些！像侬吧，尹家妹妹，侬一辈子是不必发愁的，自然有人会来帮衬侬。"

三

尹雪艳确实不必发愁，尹公馆门前的车马从来也未曾断过。老朋友固然把尹公馆当做世外桃源，一般新知也在尹公馆找到别处稀有的吸引力。尹雪艳公馆一向维持它的气派。尹雪艳从来不肯把它降低于上海霞飞路的排场。出入的人士，纵然有些是过了时的，但是他们有他们的身份，有他们的派头，因此一进到尹公馆，大家都觉得自己重要。即使是十几年前作废了的头衔，经过尹雪艳娇声亲切的称呼起来，也如同受过诰封一般，心理上恢复了不少的优越感。至于一般新知，尹公馆更是建立社交的好所在了。

当然，最吸引人的，还是尹雪艳本身。尹雪艳是一个最称职的主人。每一位客人，不分尊卑老幼，她都招呼得妥妥帖帖。一进到尹公馆，坐在客厅中那些铺满黑丝面椅垫的沙发上，大家都有一种宾至如归，乐不思蜀的亲切之感，因此，做会总在尹公馆开标，请生日酒总在尹公馆开席，即使没有名堂的日子，大家也立一个名目，凑到尹公馆成一个牌局。一年里，倒有大半的日子，尹公馆里总是高朋满座。

尹雪艳本人极少下场，逢到这些日期，她总预先替客人们安排好牌局；有时两桌，有时三桌。她对每位客人的牌品及癖性都摸得清清楚楚，因此牌搭子总配得十分理想，从来没有伤过和气。尹雪艳本人督导着两个头干脸净的苏州娘姨在旁边招呼着。午点是宁波年糕或者湖州粽子。晚饭是尹公馆上海名厨的京沪小菜：金银腿、贵妃鸡、炝虾、醉蟹——尹雪艳亲自设计了一个转动的菜牌，天天转出一桌桌精致的筵席来。到了下半夜，两个娘姨便捧上雪白喷了明星花露水的冰面巾，让大战方酣的客人们揩面醒脑，然后便是一碗鸡汤银丝面作了夜宵。客人们掷下的桌面十分慷慨，每次总上两三千。赢了钱的客人固然值得兴奋，即使输了钱的客人也是心甘情愿。在尹公馆里吃了玩了，末了还由尹雪艳差人叫好计程车，一一送回家去。

当牌局进展激烈的当儿，尹雪艳便换上轻装，周旋在几个牌桌之间，踏着她那风一般的步子，轻盈盈地来回巡视着，像个通身银白的女祭司，替那些作战的人们祈祷和祭祀。

"阿囡,干爹又快输脱底喽!"

每到败北阶段,吴经理就眨着他那烂掉了睫毛的眼睛,向尹雪艳发出讨救的哀号。

"还早呢,干爹,下四圈就该你摸清一色了。"

尹雪艳把个黑丝椅垫枕到吴经理害了风湿症的背脊上,怜恤地安慰着这个命运乖谬的老人。

"尹小姐,你是看到的。今晚我可没打错一张牌,手气就那么背!"

女客人那边也经常向尹雪艳发出乞怜的呼吁,有时宋太太输急了,也顾不得身份,就抓起两颗骰子啐道:

"呸!呸!呸!勿要面孔的东西,看你霉到啥个辰光!"

尹雪艳也照例过去,用着充满同情的语调,安抚她们一番。这个时候,尹雪艳的话就如同神谕一般令人敬畏。在麻将桌上,一个人的命运往往不受控制,客人们都讨尹雪艳的口采来恢复信心及加强斗志。尹雪艳站在一旁,叼着金嘴子的三个九,徐徐地喷着烟圈,以悲天悯人的眼光看着她这一群得意的、失意的、老年的、壮年的、曾经叱咤风云的、曾经风华绝代的客人们,狂热地互相厮杀,互相宰割。

四

新来的客人中,有一位叫徐壮图的中年男士,是上海交通大学的毕业生;生得品貌堂堂,高高的个儿,结实的身体,穿着剪裁合度的西装,显得分外英挺。徐壮图是个台北市新兴的实业巨子,随着台北市的工业化,许多大企业应运而生,徐壮图头脑灵活,具有丰富的现代化工商管理的知识,才是四十出头,便出任一家大水泥公司的经理。徐壮图有位贤慧的太太及两个可爱的孩子。家庭美满,事业充满前途,徐壮图成为一个雄心勃勃的企业家。

徐壮图第一次进入尹公馆是在一个庆生酒会上。尹雪艳替吴经理做六十大寿,徐壮图是吴经理的外甥,也就随着吴经理来到尹雪艳的公馆。

那天尹雪艳着实装饰了一番,穿着一袭月白短袖的织锦旗袍,襟上一排香妃色的大盘扣;脚上也是月白缎子的软底绣花鞋,鞋尖却点着两瓣肉色的海棠叶儿。为了讨喜气,尹雪艳破例地在右鬓簪上一朵酒杯大血红的郁金香,而耳朵上却吊着一对寸把长的银坠子。客厅里的寿堂也布置得喜气洋洋。案上全换上才铰下的晚香玉,徐壮图一踏进去,就嗅中一阵沁人脑肺的甜香。

"阿囡,干爹替侬带来顶顶体面的一位人客。"吴经理穿着一身崭新的纺绸长衫,伛着背,笑呵呵地把徐壮图介绍给尹雪艳道,然后指着尹雪艳说:

"我这位干小姐呀,实在孝顺不过。我这个老朽三灾五难的还要赶着替我做生日。我忖忖：我现在又不在职，又不问世，这把老骨头天天还要给触霉头的风湿症来折磨。管他折福也罢，今朝我且大模大样地生受了干小姐这场寿酒再讲。我这位外甥，年轻有为，难得放纵一回，今朝也来跟我们这群老朽一道开心开心。阿囡是个最妥当的主人家，我把壮图交给侬，侬好好地招待招待他吧。"

"徐先生是稀客，又是干爹的令戚，自然要跟别人不同一点。"尹雪艳笑吟吟地答道，发上那朵血红的郁金香颤巍巍地抖动着。

徐壮图果然受到尹雪艳特别的款待。在席上，尹雪艳坐在徐壮图旁边一径殷勤地向他劝酒让菜，然后歪向他低声说道：

"徐先生，这道是我们大师傅的拿手，你尝尝，比外面馆子做的如何？"

用完席后，尹雪艳亲自盛上一碗冰冻杏仁豆腐捧给徐壮图，上面却放着两颗鲜红的樱桃。用完席成上牌局的时候，尹雪艳走到徐壮图背后看他打牌。徐壮图的牌张不熟，时常发错张子，才是八圈，已经输掉一半筹码。有一轮，徐壮图正当发出一张梅花五筒的时候，突然尹雪艳从后面欠过身伸出她那细巧的手把徐壮图的手背按住说道：

"徐先生，这张牌是打不得的。"

那一盘徐壮图便和了一副"满园花"，一下子就把输出去的筹码赢回了大半。客人中有一个开玩笑抗议道：

"尹小姐，你怎么不来替我也点点张子，瞧瞧我也输光啦。"

"人家徐先生头一趟到我们家，当然不好意思让他吃了亏回去的喽。"徐壮图回头看到尹雪艳正朝着他满面堆着笑容，一对银耳坠子吊在她乌黑的发脚下来回地浪荡着。

客厅中的晚香玉到了半夜，吐出一蓬蓬的浓香来。席间徐壮图喝了不少热花雕，加上牌桌上和了那盘"满园花"的亢奋，临走时他已经有些微醺的感觉了。

"尹小姐，全得你的指教，要不然今晚的麻将一定全盘败北了。"

尹雪艳送徐壮图出大门时，徐壮图感激地对尹雪艳说道。尹雪艳站在门框里，一身白色的衣衫，双手合抱在胸前，像一尊观世音，朝着徐壮图笑吟吟地答道：

"哪里的话，隔日徐先生来白相，我们再一道研究研究麻将经。"

隔了两日，果然徐壮图又来到了尹公馆，向尹雪艳讨教麻将的诀窍。

五

徐壮图太太坐在家中的藤椅上，呆望着大门，两腮一天天消瘦，眼睛凹成了两个深坑。

当徐太太的干妈吴家阿婆来探望她的时候，她牵着徐太太的手失惊叫道：

"嗳呀，我的干小姐，才是个把月没见着，怎么你就瘦脱了形？"

吴家阿婆是一个六十来岁的妇人，硕壮的身体，没有半根白发，一双放大的小脚，仍旧行走如飞。吴家阿婆曾经上四川青城山去听过道，拜了上面白云观里一位道行高深的法师做师父。这位老法师因为看上吴家阿婆天生异禀，飞升时便把衣钵传了给她。吴家阿婆在台北家中设了一个法堂，中央供着她老师父的神像。神像下面悬着八尺见方黄绫一幅。据吴家阿婆说，她老师父常在这幅黄绫上显灵，向她授予机宜，因此吴家阿婆可以预卜凶吉，消灾除祸。吴家阿婆的信徒颇众，大多是中年妇女，有些颇有社会地位。经济环境不虞匮乏，这些太太们的心灵难免感到空虚。于是每月初一十五，她们便停止一天麻将，或者标会的聚会，成群结队来到吴家阿婆的法堂上，虔诚地念经叩拜，布施散财，救济贫困，以求自身或家人的安宁。有些有疑难大症，有些有家庭纠纷，吴家阿婆一律慷慨施以许诺，答应在老法师灵前替她们祈求神助。

"我的太太，我看你的气色竟是不好呢！"吴家阿婆仔细端详了徐太太一番，摇头叹息。徐太太低首俯面忍不住伤心哭泣，向吴家阿婆道出了衷肠话来。

"亲妈，你老人家是看到的，"徐太太流着泪断断续续地诉说道，"我们徐先生和我结婚这么久，别说破脸，连句重话都向来没有过。我们徐先生是个争强好胜的人。他一向都这么说：'男人的心五分倒有三分应该放在事业上。'来台湾熬了这十来年，好不容易盼着他们水泥公司发达起来，他才出了头，我看他每天为公事在外面忙着应酬，我心里只有暗暗着急。事业不事业倒在其次，求祈他身体康宁，我们母子再苦些也是情愿的。谁知道打上月起，我们徐先生竟好像变了一个人似的。经常两晚三晚不回家。我问一声，他就摔碗砸筷，脾气暴得了不得。前天连两个孩子都挨了一顿狠打。有人传话给我听，说是我们徐先生外面有了人，而且人家还是个有头有脸的人物。亲妈，我这个本本分分的人哪里经过这些事情？人还撑得住不走样？"

"干小姐，"吴家阿婆拍了一下巴掌说道："你不提呢，我也就不说了。你晓得我是最怕兜揽是非的人。你叫了我声亲妈，我当然也就向着你些。你知道那个胖婆儿宋太太呀，她先生宋协理搞上了个什么'五月花'的小酒女。她跑到我那里一把鼻涕一把眼泪要我替她求求老师父。我拿她先生的八字来一算，果然冲犯了东西。宋太太在老师父灵前许了重愿，我替她念了十二本经。现在她男人不是乖乖地回去了？后来我就劝宋太太：'整天少和那些狐狸精似的女人穷混，念经做善事要紧！'宋太太就一五一十地把你们徐先生的事情源源本本数了给我听。那个尹雪艳呀，你以为她是个什么好东西？她没有两下，就能笼得住这些人？连你们徐先生那么个正人君子她都有本事抓得牢。这种事情历史上是有的：褒姒、妲己、飞燕、太真——这起祸水！你以为都是真人吗？妖孽！凡是到了乱世，这些妖孽都纷纷下凡，扰乱人间。那个尹雪艳还不知道是个什么东西变的呢！我看你呀，总得变个法儿替你们徐先生消了这场灾难才好。"

"亲妈，"徐太太忍不住又哭了起来，"你晓得我们徐先生不是那种没有良心的男人。每次他在外面逗留了回来，他嘴里虽然不说，我晓得他心里是过意不去的。有时他一个人闷坐着猛抽烟，头筋叠暴起来，样子真唬人。我又不敢去劝解他，只有干着急。这几天他更是着了魔一般，回来嚷着说公司里人人都寻他晦气。他和那些工人也使脾气，昨天还把人家开除了几个。我劝他说犯不着和那些粗人计较，他连我也喝斥了一顿。他的行径反常得很，看着不像，真不由得不叫人担心哪！"

"就是说呀！"吴家阿婆点头说道，"怕是你们徐先生也犯着了什么吧？你且把他的八字递给我，回去我替他测一测。"

徐太太把徐壮图的八字抄给了吴家阿婆说道：

"亲妈，全托你老人家的福了。"

"放心，"吴家阿婆临走时说道，"我们老师父最是法力无边，能够替人排难解厄的。"

然而老师父的法力并没有能够拯救徐壮图。有一天，正当徐壮图向一个工人拍起桌子喝骂的时候。那个工人突然发了狂，一把扁钻从徐壮图前胸刺穿到后背。

六

徐壮图的治丧委员会吴经理当了总干事。因为连日奔忙，风湿又弄翻了，他在极乐殡仪馆穿出穿进的时候，一径挂着拐杖，十分蹒跚。开吊的那一天，灵堂就设在殡仪馆里。一时亲朋好友的花圈丧幛白簇簇地一直排到殡仪馆的门口来。水泥公司同仁挽的却是"痛失英才"四个大字。来祭吊的人从早上九点钟起开始络绎不绝。徐太太早已哭成了痴人，一身麻衣丧服带着两个孩子，跪在灵前答谢。吴家阿婆却率领了十二个道士，身着法衣，手执拂尘，在灵堂后面的法坛打解冤法业醮。此外并有僧尼十数人在念经超度，拜大悲忏。

正午的时候，来祭吊的人早挤满了一堂，正当众人熙攘之际，突然人群里起了一阵骚动，接着全堂静寂下来，一片肃穆。原来尹雪艳不知什么时候却像一阵风一般地闪了进来。尹雪艳仍旧一身素白打扮，脸上未施脂粉，轻盈盈地走到管事台前，不慌不忙地提起毛笔，在签名簿上一挥而就地签上了名，然后款款地步到灵堂中央，客人们都倏地分开两边，让尹雪艳走到灵台跟前，尹雪艳凝着神，敛着容，朝着徐壮图的遗像深深地鞠了三鞠躬。这时在场的亲友大家都呆如木鸡。有些显得惊讶，有些却是忿愤，也有些满脸惶惑，可是大家都好似被一股潜力镇住了，未敢轻举妄动。这次徐壮图的惨死，徐太太那一边有些亲戚迁怒于尹雪艳，他们都没有料到尹雪艳居然有这个胆识闯进徐家的灵堂来。场合过分紧张突兀，一时大家都有点手足无措。尹雪艳行完礼后，却走到徐太太面前，伸出手抚摸了一下两个孩子的头，然后庄重地和徐太太握了一握手。正当众人面面相觑的当儿,尹雪艳却踏着她那轻盈盈的步子走出了极乐殡仪馆。一时灵堂里一阵大乱,徐太太突然跪倒在地,昏厥了过去,吴家阿婆赶紧丢掉拂尘,抢身过去,将徐太太抱到后堂去。

当晚,尹雪艳的公馆里又成上了牌局,有些牌搭子是白天在徐壮图祭悼会后约好的,吴经理又带了两位新客人来。一位是南国纺织厂新上任的余经理;另一位是大华企业公司的周董事长。这晚吴经理的手气却出了奇迹,一连串地在和满贯。吴经理不停地笑着叫着,眼泪从他烂掉了睫毛的血红眼圈一滴滴淌落下来。到了第二十圈,有一盘吴经理突然双手乱舞大叫起来:

"阿囡,快来! 快来!'四喜临门'! 这真是百年难见的怪牌。东、南、西、北——全齐了,外带自摸双! 人家说和了大四喜,兆头不祥。我倒霉了一辈子,和了这副怪牌,从此否极泰来。阿囡,阿囡,侬看看这副牌可爱不可爱? 有趣不有趣?"

吴经理喊着笑着把麻将撒满了一桌子。尹雪艳站到吴经理身边,轻轻地按着吴经理的肩膀,笑吟吟地说道:

"干爹,快打起精神多和两盘。回头赢了余经理及周董事长他们的钱,我来吃你的红!"

一九六五年《现代文学》第二十四期

【作品导读】

白先勇(1937—   ),回族,祖籍江苏南京,生于广西桂林。中国国民党高级将领白崇禧之子。白先勇 7 岁时,经医诊断患有肺结核,不能就学。1956 年在建国中学毕业,1965 年取得爱荷华大学硕士学位后到加州大学圣塔芭芭拉分校教授中国语文及文学,并从此在那里定居。1994 年退休。是台湾成就最大、影响最广泛的作家,主要作品有短篇小说集《谪仙记》、《寂寞的十七岁》、《台北人》、《纽约客》,散文集《蓦然回首》、《明星咖啡屋》、《第六只手指》,长篇小说《孽子》等。其中《台北人》入选 20 世纪中文小说 100 强(列第七位,为在世作家作品的最高排名)。

《永远的尹雪艳》是《台北人》的首篇,写一个原在上海成名的交际花尹雪艳来到台北后怎样保持当年的派头和魅力仍然征服着一波又一波成功男人。这些男人情愿为她生,也为她死——为了博得她的垂青和眷顾,不惜抛弃家小,甚至自己的生命。小说笔力很足,叙述腔调客观冷静,不偏不倚,显示尹雪艳在男人面前的冷静、超拔。她的迷人之处也许就在这里:她凭什么能保持这样的派头和风度? 仅仅凭借其出众的容貌、迷人的身姿和高超的交际手段吗? 这里,作家对其形象定位,显然有对人生特别的认识、对文学特别的美学追求、对她所代表的三四十年代的大上海的特别迷恋有关。白先勇是台湾现代主义文学的领军人物,也是张爱玲小说的重要传人,其作品对人生荒诞、荒凉的认识,其"恶之花"式的美学追求,明显集中在了尹雪艳身上。了解上海的发迹史和海派文学的状况的读者不难发现,尹雪艳并不是孤立的,在三四十年代的上海,她正是"上海滩,上海塌也"——上海集天堂性与地狱性于一体的生存状况的形象表达。她的生存是不符合通常伦理道德的,这一点她比任何人都清楚,但是也比任何人都知道这种生存的辛酸和魅力。她的本事是可以超越平常的伦理道德而达到人生和美学的高级融合。她其实不是为了平常的生活,所谓"日子"而活,她是为了对生活(日子)超越、为了更高层次的美而活。这里体现的是戈蒂耶、王尔德们有用的就不再是美的,美的往往与道德无关的"唯美"追求。如此,尹雪艳只可能是"公有"的,或者说是无家可归的,她的整个生活就是一个男人们随意出入的公寓房子。问题是,她没有为此苦恼,即使有苦恼也不在于选择了这种生活上,而是在这条路上依然有坎坷。

尹雪艳是整个 20 世纪中国现代性发展、都市人生崛起最饱满的形象表达,圣女性与恶魔性同样令人惊心动魄,西方文化色彩与东方文化内蕴交融,形成"东方恶之花"的最佳标本。

如学者夏志清所言,《台北人》中大部分作品都是为了寻找失去的时间,表现人生无常、人世沧桑,成为一曲又一曲三四十年代民国的挽歌,但《永远的尹雪艳》却企图通过"尹雪艳总也不老",尹雪艳整日兴头十足地与男人们周旋,意似坚决地把握时间,以求取得对时间的胜利和超越。这里,积极与消极、下沉与上升,都尽在不言中了。

【延伸阅读作品和参考文献】

1.《金大班的最后一夜》,可参白先勇《台北人》,广西师范大学出版社 2010年版。

2.〔法〕戈蒂耶《〈莫班小姐〉序》(吴康如译)、〔英〕王尔德《〈道连·葛雷的画像〉自序》(荣如德译),可参赵澧、徐京安主编《唯美主义》,中国人民大学出版社 1988 年版。

3.〔法〕波德莱尔《恶之花》,杨松河译,译林出版社 2003 年版。

4.《潘金莲、赛金花、尹雪艳——中国小说世界中"祸水"造型的演变》,见王德威《想像中国的方法》,生活·读书·新知三联书店 1998 年版。

【思考与练习】

对于尹雪艳这种文学形象你是如何理解的? 你欣赏和认同吗? 请说说理由。

(左怀建)

红高粱（节选）①

莫 言

七

……

"汽车来啦！"父亲的话像一把刀，仿佛把所有的人斩了似的，高粱地里笼罩着痴呆呆的平静。

余司令高兴地吼一声："小舅子们，到底来了，弟兄们，准备好，我说开火就开火。"

路西边，哑巴拍着屁股跳高。几十个队员，都哈着腰，提着武器，趴到河堤漫坡上。

已经听到了汽车嗡嗡的吼叫声。父亲伏在余司令身边，擎着沉重的勃朗宁手枪，手腕灼热酸麻，手掌汗水粘湿，手虎口那儿有一块肉突然跳了一下，接着便突突地乱跳起来。父亲惊讶地看着那块杏核大的皮肉有节奏地跳动，好像里边藏着一只破壳欲出的小鸟。父亲不想让它跳，却因为用力，连动得整条胳膊都哆嗦起来。余司令在他背上按了一下，那块肉跳动猛停，父亲把勃朗宁手枪换到左手，右手五指痉挛，半天伸不直。

汽车飞快地驶近，增大，车头前那两只马蹄大的眼睛射出一道道白光，轰轰的马达声象急雨前的风响，带着一种陌生的、压迫人心的激动。父亲是平生第一次看到汽车，父亲猜想着这种怪物是吃草还是吃料，是喝水还是喝血，它们比我家那两头年轻力壮的细腿骡子跑得还要快。月亮般的车轮飞速旋转，黄尘飞腾。渐渐看到车上的东西了，临近石桥时，汽车慢慢减速，黄烟从车后漫进车头，朦胧地遮掩着第一辆车上二十几个穿杏黄色衣服、头上扣着乌亮铁帽子的人。父亲后来知道了铁帽子名叫钢盔——一九五八年大炼钢铁时，我们家的铁锅被征收走了，我哥哥从钢铁堆里偷回一个钢盔，吊在炭火上烧水做饭。父亲凝视着在烟火中变换颜色的钢盔，绿色的眼睛里，流露出伏枥老马的悲壮神色。中间两辆汽车上，装着小山一样高的雪白口袋，最后一辆汽车上，跟第一辆车一样，站着二十几个头戴钢盔的日本兵。

汽车逼近河堤，缓缓转动的轮子显得高大笨重，方方正正的汽车头，在父亲看来，像一个硕大无比的蚂蚱头。黄尘慢慢淡薄，汽车尾部，一屁一屁打出深蓝色的烟雾。

---

① 选自莫言《红高粱家族》，人民文学出版社 2007 年版。

父亲把头使劲缩着，一种从未有过的冰冷从脚底上升到腹部，在腹部集合成团，产生强大压力，父亲感到尿急，尿水激得鸡头乱点，他用力扭动着臀部，来克制即将洒出的水。余司令严厉地说："兔崽子，别动！"

父亲万般无奈，叫了一句干爹，请求下去撒尿。

父亲得到余司令的允许，退到高粱地里，费劲撒出一泡红高粱颜色、烧灼得鸡头热辣辣发痛的尿。这时他感到轻松多了。他无意中看了一眼队员们的脸色，都如庙中塑像一般狰狞可怖。王文义舌尖吐出、目光好似蜥蜴，呆板不转。

汽车像警觉的大兽，屏住呼吸往前爬，父亲闻到了它们身上那股香喷喷的味道。这时，汗透红罗衫的我奶奶和气喘吁吁的王文义妻子出现在蜿蜒的墨水河堤上。

我奶奶挑着一担拤饼，王文义妻子挑着一担绿豆汤，轻松地望见了墨水河中凄惨的大石桥。奶奶欣慰地对王文义妻子说："嫂子，总算挨到了。"奶奶出嫁之后，一直养尊处优，这一担沉重的拤饼，把她柔嫩的肩膀压出了一道深深紫印，这紫印伴随着她离开了人世，升到了天国。这道紫印，是我奶奶英勇抗日的光荣的标志。

还是我的父亲最先发现我的奶奶，父亲靠着某种神秘力量的启示，在大家都目不转睛地盯着缓缓逼近的汽车时，他往西一歪头，看到奶奶像鲜红的大蝴蝶一样款款地飞过来。父亲高叫一声："娘——"

父亲的叫声，像下达了一道命令，从日本人的汽车上，射出了一阵密集的子弹。日本人的三挺歪把子机枪架在汽车顶上。枪声沉闷，像雨夜中阴沉的狗叫。父亲眼见着我奶奶胸膛上的衣服啪啪裂开两个洞。奶奶欢快地叫了一声，就一头栽倒，扁担落地，压在她的背上。两笆斗拤饼，一笆斗滚到堤南，一笆斗滚到堤北。那些雪白的大饼，葱绿的大葱，揉碎的鸡蛋，散在绿草茵茵的草坡上。奶奶倒地后，王文义妻子那颗长方形的头颅上迸出了红黄相间的液体，溅得好远好远，溅到了堤下的高粱上。父亲看到这个小个子女人中弹之后，后退一步，身体一侧，歪在了堤南边，又滚到河床上。她挑来的那担绿豆汤，一桶倾倒，另一桶也倾倒，汤汁淋漓，如同英雄血。铁桶中的一只，跌跌撞撞跳进河，在乌黑的河水中，慢慢地向前漂着，从哑巴的面前漂过，在石桥墩上碰撞几下，钻进桥洞，又从余司令、从我父亲、从王文义、从方六方七兄弟面前漂过。

"娘——"我父亲撕肝裂胆地高叫一声，身体弹到堤上。余司令扯了一把我父亲，没扯住。余司令吼一声："回来！"我父亲没听见余司令的命令，他什么也听不到。父亲瘦小屠弱的身体跑到狭窄的河堤上，父亲身上阳光斑斓，他在弹上堤的同时，就扔掉了手枪，手枪落在一棵叶子折断的金色苦菜花上。父亲张着两只手，像飞腾的小鸟，向奶奶扑去。河堤上安静，落尘有声，河水只亮不流，堤外的高粱安详庄重。父亲瘦弱的身体在河堤上跑着，父亲高大雄伟漂亮，父亲高叫着:"娘——娘——娘——"这一声声"娘"里渗透了人间的血泪,骨肉的深情,崇高的原由。父亲跑完东边的河堤,跳过连环的铁耙,攀上西边的河堤。堤下,哑巴们化石般的面孔从父亲身边擦过。父亲扑到奶奶身上,又叫一声娘。奶奶平卧堤上,脸贴着堤边的野草。奶奶背上,有两个翻边的弹洞,一股新鲜的高粱酒的味道,从那洞里涌出来。父亲扳着奶奶的肩头,把奶奶翻过来。奶奶脸上没有受伤,面容整肃,头发纹丝不乱,五绺留海下,两条眉梢儿下垂,奶奶半睁着眼,苍翠的脸上双唇鲜红。父亲抓住奶奶温暖的手,又叫一声娘。奶奶睁开眼,满脸绽开天真的笑容。奶奶又伸出一只手,交给父亲。

鬼子汽车停在桥头,马达高一阵低一阵轰鸣着。

一个高大的人影在河堤上一闪,我父亲和我奶奶被拉下河堤,是哑巴干的好事。父亲未及思想,又一阵狂风般的子弹,把他们头上的无数棵高粱,打断了,打碎了。

四辆汽车紧挨着,在桥外不动,第一辆车上和最后一辆车上,八挺歪把子机枪,射出的子弹,织成一束束干硬的光带,交叉出一个破碎的扇面,又交叉成一个破碎的扇面,时而在路东,时而在路西,高粱齐齐哀鸣,高粱的残破肢体成直线下落成弧线飞升,钻到堤上的子弹,激起一泡泡黄烟,发出一串串噗噗声。

堤漫坡上的队员们身体紧贴着野草和黑土,一动不动。机枪扫射持续了三分钟,突然停止,汽车周围布满了金灿灿的弹壳。

余司令压低声音说"不许开枪!"

鬼子沉默着。河面上一缕缕淡薄的硝烟,随着轻俏的小风向东飘去。

父亲告诉我,在这片刻的宁静里,王文义摇摇晃晃地走上河堤,他站在河堤上,手提长筒子鸟枪,目瞪口张,痛苦万分,高叫一声:"孩子他娘!"不及挪步,就被几十颗子弹把腹部打成了一个月亮般透明的大窟窿,那些沾带着肠子的子弹从余司令头上淅淅沥沥地飞过去。

王文义一头栽下河堤,也滚到了河床上,与他的妻子隔桥相望,他的心脏还在跳,他的头完整无缺,他感到一种异常清晰的透彻感涌上心头。

父亲告诉过我,王文义的妻子生了三个阶梯式的儿子。这三个儿子被高粱米饭催得肥头大耳,生动茂盛。有一天,王文义和妻子下地锄高粱,三个孩子在院里玩耍,一架双翅日本飞机,嗡嗡怪叫着,从村子上空飞过,飞机下了一蛋,落在王文义家院子里,把三个孩子炸得零零碎碎,弃置房脊,挂胃树梢,涂之墙壁……余司令一树起抗日旗,王文义就被妻子送去……

余司令咬牙瞪眼,恨恨地瞅着半个头颅扎进河水的王文义,又低吼一声:"不要动!"

八

飞散的高粱米粒在奶奶脸上弹跳着,有一粒竟蹦到她微微翕开的双唇间,搁在她清白的牙齿上。父亲看着奶奶红晕渐褪的双唇,哽咽一声娘,双泪落胸前。在高粱织成的珍珠雨里,奶奶睁开了眼,奶奶的眼睛里射出珍珠般的虹彩。她说:"孩子……你干爹呢……"父亲说:"他在打仗,我干爹。""他就是你的亲爹……"奶奶说。父亲点了点头。

奶奶挣扎着要坐起来,她的身体一动,那两股血就汹涌地蹿出来。

"娘,我去叫他来。"父亲说。

奶奶摇摇手,突然折坐起来,说:"豆官……我的儿……扶着娘……咱回家、回家啦……"

……

奶奶躺着,胸脯上的灼烧感逐渐减弱。她恍然觉得儿子解开了自己的衣服,儿子用手捂住她乳房上的一个枪眼,又捂住她乳下的一个枪眼。奶奶的血把父亲的手染红了,又染绿了;奶奶洁白的胸脯被自己的血染绿了,又染红了。枪弹射穿了奶奶高贵的乳房,暴露出了淡红色的蜂窝状组织。父亲看着奶奶的乳房,万分痛苦。父亲捂不住奶奶伤口的流血,眼见着随着鲜血的流失,奶奶的脸愈来愈苍白,奶奶的身体愈来愈轻飘,好像随时都会升空飞走。

奶奶幸福地看着在高粱阴影下,她与余司令共同创造出来的,我父亲那张精致的脸,逝去岁月里那些生动的生活画面,像奔驰的走马掠过了她的眼前。

奶奶想起那一年,在倾盆大雨中,像坐船一样乘着轿,进了单廷秀家住的村庄,街上流水洸洸,水面上漂浮着一层高粱的米壳。花轿抬到单家大门时,出来迎亲的只有一个梳着豆角辫的干老头子。大雨停后,还有一些零星落雨打在地面上的水汪汪里。尽管吹鼓手也吹着曲子,但没有一个人来看热闹,奶奶知道大事不妙,扶我奶奶拜天地的是两个男人,一个五十多岁,一个四十多岁。五十多岁的就是刘罗汉大爷,四十多岁的是烧酒锅上的一个伙计。

轿夫、吹鼓手们落汤鸡般站在水里,面色严肃地看着两个枯干男子把一抹酥红的我奶奶架到了幽暗的堂房里。奶奶闻到两个男人身上那股强烈的烧酒气息,好像他们整个人都在酒里浸泡过。

奶奶在拜堂时,还是蒙上了那块臭气熏天的盖头布。在蜡烛燃烧的腥气中,奶奶接住一根柔软的绸布,被一个人牵着走。这段路程漆黑憋闷,充满了恐怖。奶奶被送到炕上坐着。始终没人来揭罩头红布,奶奶自己揭了。她看到在炕下方凳上蜷曲着一个面孔痉挛的男人。那个男人生着一个扁扁的长头,下眼睑烂得通红。他站起来,对着奶奶伸出一只鸡爪状的手,奶奶大叫一声,从怀里摸出一把剪刀,立在炕上,怒目逼视着那男人。男人又萎萎缩缩地坐到凳子上。这一夜,奶奶始终未放下手中的剪刀,那个扁头男人也始终未离开方凳。

第二天一早,趁着那男人睡着,奶奶溜下炕,跑出房门,开开大门,刚要飞跑,就被一把拉住。那个梳豆角辫的干瘦老头子抓住她的手腕,恶狠狠地看着她。

单廷秀干咳了两声,收起恶容换笑容,说:"孩子,你嫁过来,就像我的亲女儿一样,扁郎不是那病,你别听人家胡说。咱家大业大,扁郎老实,你来了,这个家就由你当了。"单廷秀把一大串黄铜钥匙递给奶奶,奶奶未接。

第二夜,奶奶手持剪刀,坐到天明。

第三天上午,我外曾祖父牵着一匹小毛驴,来接我奶奶回门。新婚三日接闺女,是高密东北乡的风俗。外曾祖父与单廷秀一直喝到太阳过晌,才动身回家。

奶奶偏坐毛驴,驴背上搭着一条薄被子,晃晃荡荡出了村。大雨过后三天,路面依然潮湿,高粱地里白色蒸气腾腾升集,绿高粱被白气缭绕,具有了仙风道骨。外曾祖父褡裢里银钱叮当,人喝得东倒西歪,目光迷离。小毛驴蹙着长额,慢吞吞地走,细小的蹄印清晰地印在潮湿的路上。奶奶坐在驴上,一阵阵头晕眼花,她眼皮红肿,头发凌乱,三天中又长高了一节的高粱,嘲弄地注视着我奶奶。

奶奶说:"爹呀,我不回他家啦,我死也不去他家啦……"

外曾祖父说:"闺女,你好大的福气啊!你公公要送我一头大黑骡子,我把毛驴卖了去……"

毛驴伸出方方正正的头,啃了一口路边沾满细小泥点的绿草。

奶奶哭着说:"爹呀,他是个麻风……"

外曾祖父说:"你公公要给咱家一头骡子……"

外曾祖父已醉得不成人样,他不断地把一口口的酒肉呕吐到路边草丛里。污秽的脏物引逗得奶奶翻肠搅肚。奶奶对他满心仇恨。

毛驴走到蛤蟆坑,一股扎鼻的恶臭,刺激得毛驴都垂下耳朵。奶奶看到了那个劫路人的尸体。他的肚子鼓起老高,一层翠绿的苍蝇,盖住了他的肉皮。毛驴驮着奶奶,从腐尸跟前跑过,苍蝇愤怒地飞起,像一团绿云。外曾祖父跟着毛驴,身体似乎比道路还宽,他忽而擦动左边高粱,忽而踩倒右边野草。在倒尸面前,外曾祖父喃喃连声,嘴唇哆嗦着说:"穷鬼……你这个穷鬼……你躺在这里睡着了吗……"奶奶一直不能忘记劫路人南瓜般的面孔,在苍蝇惊起的一瞬间,死劫路人雍容华贵的表情与活劫路人凶狠胆怯的表情形成鲜明的对照。走了一里又一里,白日斜射,青天如涧,外曾祖父被毛驴甩在后面,毛驴认识路径,驮着奶奶,徜徉前行。道路拐了个小弯,毛驴走到弯上,奶奶身体后仰,脱离驴背,一只有力的胳膊挟着她,向高粱深处走去。

奶奶无力挣扎,也不愿挣扎,三天新生活,如同一场大梦惊破,有人在一分钟内成了伟大领袖,奶奶在三天中参透了人生禅机。她甚至抬起一只胳膊,揽住了那人的脖子,以便他抱得更轻松一些。高粱叶子嚓嚓响着。路上传来外曾祖父嘶哑的叫声："闺女,你去哪儿啦?"

石桥附近传来大喇叭凄厉的长鸣和机枪分不清点儿的射击声。奶奶的血还在随着她的呼吸,一线一线往外流。父亲叫着:"娘啊,你的血别往外流啦,流完了血你就要死啦。"父亲从高粱根下抓起黑土,堵在奶奶的伤口上,血很快涸出,父亲又抓上一把。奶奶欣慰地微笑着,看着湛蓝的、深不可测的天空,看着宽容温暖的、慈母般的高粱。奶奶的脑海里,出现了一条绿油油的缀满小白花的小路。在这条小路上,奶奶骑着小毛驴,悠闲地行走,高粱深处,那个伟岸坚硬的男子,顿喉高歌,声越高粱。奶奶循声而去,脚踩高粱梢头,像腾着一片绿云……

那人把奶奶放到地上,奶奶软得像面条一样,眯着羊羔般的眼睛。

那人撕掉蒙面黑布,显出了真相。是他! 奶奶暗呼苍天,一阵类似幸福的强烈震颤冲激得奶奶热泪盈眶。

余占鳌把大蓑衣脱下来,用脚踩断了数十棵高粱,在高粱的尸体上铺上了蓑衣。他把我奶奶抱到蓑衣上。奶奶神魂出舍,望着他脱裸的胸膛,仿佛看到强劲慓悍的血液在他黝黑的皮肤下川流不息。高粱梢头,薄气袅袅,四面八方响着高粱生长的声音。风平,浪静,一道道炽目的潮湿阳光,在高粱缝隙里交叉扫射。奶奶心头撞鹿,潜藏了十六年的情欲,迸然炸裂。奶奶在蓑衣上扭动着。余占鳌一截截地矮,双膝啪嗒落下,他跪在奶奶身边,奶奶浑身发抖,一团黄色的、浓香的火苗,在她面上哗哗剥剥地燃烧。余占鳌粗鲁地撕开我奶奶的胸衣,让直泻下来的光束照耀奶奶寒冷紧张,密密麻麻起了一层小白疙瘩的双乳。在他的刚劲动作下,尖刻锐利的痛楚和幸福磨砺着奶奶的神经,奶奶低沉暗哑地叫了一声:"天哪……"就晕了过去。

奶奶和爷爷在生机勃勃的高粱地里相亲相爱,两颗蔑视人间法规的不羁心灵,比他们彼此愉悦的肉体贴得还要紧。他们在高粱地里耕云播雨,为我们高密东北乡丰富多彩的历史上,抹了一道酥红。我父亲可以说是秉领天地精华而孕育,是痛苦与狂欢的结晶,毛驴高亢地叫着,钻进高粱地里来,奶奶从迷荡的天国回到了残酷的人世。她坐起来,六神无主,泪水流到腮边。她说:"他真是麻风。"爷爷跪着,不知从什么地方抽出一柄二尺多长的小剑,噌一声拔出鞘,剑刃浑圆,像一片韭叶。爷爷一挥,剑已从高粱秸秆间滑过,两棵高粱倒地,从整齐倾斜的茬口里,渗出墨绿色的汁液。爷爷说:"三天后,你只管回来!"奶奶大惑不解地看着他。

……

九

汽车顶上的机枪持续不断地扫射着,汽车轮子转动着,爬上了坚固的大石桥。枪弹压住了爷爷和爷爷的队伍。有几个不慎把脑袋露出堤外的队员已经死在了堤下。爷爷怒火填胸。汽车全部上了桥，机枪子弹已飞得很高。爷爷说："弟兄们，打吧！"爷爷啪啪啪连放三枪，两个日本兵趴到了汽车顶棚上，黑血涂在了车头上。随着爷爷的枪声，道路东西两边的河堤后，响起了几十响破烂不堪的枪声，又有七八个日本兵倒下了，有两个日本兵栽到车外，腿和胳膊扑动着，直扎进桥两边的黑水里。方家兄弟的大抬杠怒吼一声，喷出一道宽广的火舌，吓人地在河道上一闪，铁砂子、铁蛋子全打在第二辆汽车上载着的白口袋上，烟火升腾之后，从无数的破洞里，哗哗啦啦地流出了雪白的大米。我父亲从高粱地里，蛇行到河堤边，急着要对爷爷讲话，爷爷紧急地往自来得手枪里压着子弹。鬼子的第一辆汽车加足马力冲上桥头，前轮子扎在朝天的耙齿上。车轮破了，嘶嘶地泄着气。汽车轰轰地怪叫着，连环铁耙被推得咔哒咔哒后退，父亲觉得汽车像一条吞食了刺猬的大蛇，在痛苦地甩动着脖颈。第一辆汽车上的鬼子纷纷跳下。爷爷说："老刘，吹号！"刘大号吹起大喇叭，声音凄厉恐怖。爷爷喊："冲！"爷爷抢着手枪跳起，他根本不瞄准，一个个日本兵在他的枪口前弯腰俯背。西边的队员们也冲到了车前，队员们跟鬼子兵搅和在一起，后边车上的鬼子把子弹都射到天上去。汽车上还有两个鬼子，爷爷看到哑巴一纵身飞上汽车，两个鬼子兵端着刺刀迎上去，哑巴用刀背一磕，格开一柄刺刀，刀势一顺，一颗戴着钢盔的鬼子头颅平滑地飞出，在空中拖着悠长的嚎叫，噗通落地之后，嘴里还吐出半句响亮的鸣叫。父亲想哑巴的腰刀真快，父亲看到鬼子头上凝着脱离脖颈前那种惊愕的表情，它腮上的肉还在颤抖，它的鼻孔还在抽动，好像要打喷嚏。哑巴又削掉了一颗鬼子头，那具尸体倚在车栏上，脖颈上的皮肤突然褪下去一节，血水咕嘟咕嘟往外冒。这时，后边那辆车上的鬼子把机枪压低，打出了不知多少发子弹，爷爷的队员像木桩一样倒在鬼子的尸体上。哑巴一屁股坐在汽车顶棚上，胸膛上有几股血蹿出来。

父亲和爷爷伏在地上，爬回高粱地，从河堤上慢慢伸出头。最后边那辆汽车吭吭吭吭地倒退着，爷爷喊："方六，开炮！打那个狗娘养的！"方家兄弟把装好火药的大抬杠顺上河堤，方六弓腰去点引火绳，肚子上中了一弹，一根青绿的肠子，滋溜滋溜地钻出来。方六叫了一声娘，捂着肚子滚进了高粱地。汽车眼见着就要退出桥，爷爷着急地喊："放炮！"方七拿着火绒，哆哆嗦嗦地往引火绳上触，却怎么也点不着。爷爷扑过去，夺过火绒，放在嘴边一吹，火绒一亮。爷爷把火绒触到引火绳上，引火绳吱吱地响着，冒着白烟消逝了。大抬杠沉默地蹲踞着，像睡着了一样。父亲想它是不会响了。鬼子汽车已经退出桥头，第二辆第三辆汽车也在后退。车上的大米哗哗啦啦地流着，流到桥上，流到水里，把水面打出了那么多的斑点。几具鬼子尸体慢慢向东漂，尸体散着血，成群结队的白鳝在血水中转动。大抬杠沉默片刻之后，呼隆一声响了。钢铁枪身地在河堤上跳起老高，一道宽广的火焰，正中了那辆还在流大米的汽车。汽车下部，刮刺刺地着起了火。

那辆退出大桥的汽车停住了,车上的鬼子乱纷纷跳下,趴到对面河堤上,架起机枪,对着这边猛打。方六的脸上中了一弹,鼻梁被打得四分五裂,他的血溅了父亲一脸。

起火汽车上的两个鬼子,推开车门跳出来,慌慌张张蹦到河里。中间那辆流大米的汽车,进不得退不得,在桥上吭吭怪叫,车轮子团团旋转。大米像雨水一样哗哗流。

对面鬼子的机枪突然停了,只剩下几支盖子枪在叭勾叭勾响。十几个鬼子,抱着枪,弯着腰,贴着着火汽车的两边往北冲。爷爷喊一声打,响应者寥寥。父亲回头看到堤下堤上躺着队员们的尸体,受伤的队员们在高粱地里呻吟喊叫。爷爷连开几枪,把几个鬼子打下桥。路西边也稀疏地响了几枪,打倒几个鬼子。鬼子退了回去。河南堤飞起一颗子弹,打中了爷爷的右臂,爷爷的胳膊一蜷,手枪落下,悬在脖子上。爷爷退到高粱地里,叫着:"豆官,帮帮我。"爷爷撕开袖子,让父亲抽出他腰里那条白布,帮他捆扎在伤口上。父亲趁着机会,说:"爹,俺娘想你。"爷爷说:"好儿子!先跟爹去把那些狗娘养的杀光!"爷爷从腰里拔出父亲扔掉的勃朗宁手枪,递给父亲。刘大号拖着一条血腿,从河堤边爬过来,他问:"司令吹号吗?"

"吹吧!"爷爷说。

刘大号一条腿跪着,一条腿拖着,举起大喇叭,仰天吹起来,喇叭口里飘出暗红色的声音。

"冲啊,弟兄们!"爷爷高喊着。

路西边高粱地里有几个声音跟着喊。爷爷左手举着枪,刚刚跳起,就有几颗子弹擦着他的腮边飞过。爷爷就地一滚,回到了高粱地。路西边河堤上响起一声惨叫,父亲知道,又一个队员中了枪弹。

刘大号对着天空吹喇叭,暗红色的声音碰得高粱棵子索索打抖。

爷爷抓住父亲的手,说:"儿子,跟着爹,到路西边与弟兄们汇合去吧。"

桥上的汽车浓烟滚滚,在哔哔啪啪的火焰里。大米像冰雹一样满河飞动。爷爷牵着父亲,飞步跨过公路,子弹追着他们,把路面打得噗噗作响。两个满面焦糊、皮肤开裂的队员见到爷爷和父亲,嘴咧了咧,哭着说:"司令,咱们完了!"

爷爷颓丧地坐在高粱地里,好久都没抬起头来,河对岸的鬼子也开枪了。桥上响着汽车燃烧的爆裂声,路东响着刘大号的喇叭声。

父亲已经不感到害怕,他沿着河堤,往西出溜了一段,从一蓬枯黄的衰草后,他悄悄伸出头。父亲看到从第二辆尚未燃烧的汽车棚里,跳出一个日本兵,日本兵又从车厢里拖出了一个老鬼子。老鬼子异常干瘦,手上套着雪白的手套,腔上挂着一柄长刀,黑色皮马靴装到膝盖。他们沿着汽车边,把着桥墩,哧溜哧溜往下爬。父亲举起勃朗宁手枪,他的手抖个不停,那个老鬼子干瘪的屁股在父亲枪口前跳来跳去。父亲咬牙闭眼开了一枪。勃朗宁嗡地一声响,子弹打着呼哨钻进水里,把一条白鳝鱼打翻了肚皮。鬼子官跌到水中。父亲高叫着:"爹,一个大官!"

父亲的脑后一声枪响,老鬼子的脑袋炸裂了,一团血在水里噗啦啦散开了。另一个鬼子手脚并用,钻到了桥墩背后。

鬼子的枪弹又压过来,父亲被爷爷按住。子弹在高粱地里唧唧咕咕乱叫。爷爷说:"好样的,是我的种!"

父亲和爷爷不知道,他们打死的老鬼子,就是有名的中岗尼高少将。刘大号的喇叭声不断,天上的太阳,被汽车的火焰烤得红绿间杂,萎萎缩缩。

父亲说:"爹,俺娘想你啦,叫你去。"

爷爷问:"你娘还活着?"

父亲说:"活着。"

父亲牵着爷爷的手,向着高粱深处走。

奶奶躺在高粱下,脸上印着高粱的暗影,脸上留着为我爷爷准备的高贵的笑容。奶奶的脸空前白净,双眼尚未合拢。

父亲第一次发现,两行泪水,从爷爷坚硬的脸上流下来。

爷爷跪在奶奶身旁,用那只没受伤的手,把奶奶的眼皮合上了。

……

【作品导读】

莫言(1955—),原名管谟业,山东高密人,在农村生活了20多年。在散文集《我的高密》中莫言说到故乡是他创作的源泉和动力。1986年起,他的"红高粱"家族系列小说《红高粱》、《高粱酒》、《狗道》、《高粱殡》、《奇死》等得到了广泛好评。其作品以独特、大胆、新奇的写作风格著称。其中,《红高粱》2000年入选《亚洲周刊》评选的"20世纪中文小说100强"(第18位)。著名作品还有《檀香刑》、《四十一炮》、《丰乳肥臀》、《生死疲劳》、《蛙》等。2012年获得诺贝尔文学奖,其作品被认为"以幻觉现实主义融合了民间故事、历史与当代"。

原载于1986年第8期《人民文学》的《红高粱》是莫言早期代表作。小说中,作家首次创造了"高密东北乡"的艺术世界,通过"我"的叙述,描写了抗日战争期间,"我"的祖先在高密东北乡上演了一幕幕轰轰烈烈、英勇悲壮的爱情历史剧。"我"的家族里的先辈们,爷爷、奶奶、父亲、姑姑等,一方面奋起抗击残暴的日本侵略者,一方面发生着传奇般的爱情故事。小说借助叙述者"我"的口吻,充分表现了莫言对故乡、历史和爱情的看法。

有人说《红高粱》是一部土地情诗,带着浓郁的乡土情结。莫言曾自述:"故乡始终是一个主题,一个忧伤而甜美的情结,一个命定的归宿,一个渴望中的或现实中的最后的表演舞台"(散文《超越故乡》)。在《红高粱》中"高密东北乡无疑是地球上最美丽最丑陋,最超凡最世俗,最圣洁最龌龊,最英雄好汉最王八蛋,最能喝酒最能爱的地方",而红高粱作为倾注了作者全部情感的意象横贯了整个文本。它"高密辉煌","凄婉可人","爱情激荡"。14岁刚开始行军的父亲首先闻到的是"那种新奇的,黄红相间的腥甜气息。那味道从薄荷和高粱的味道中隐隐约约地透过来,唤起父亲心灵处一种非常遥远的回忆"。在答大江健三郎的问题时,莫言指出,"红高粱已经不仅仅是一种植物,而是具有了某种象征意义,象征了民族精神",它的位置应该不止是一个背景,而且还应该是一种性格,一种灵魂,流淌在高密人的血液里。

在莫言的理解中,历史往往就是传奇。从表面上看《红高粱家族》好像是讲述抗日战争,实际上讲的是在抗日战争的时候,各种版本的关于"我"的爷爷、奶奶、父亲以及那些乡亲们的传奇。小说中有一段,讲到村里一个92岁的老太太对"我"叙述当年发生的战斗,她这样说到"东北乡,人万千,阵势列在墨河边。余司令,阵前站,一举手炮声连环,东洋鬼子魂儿散,纷纷落在地平川。女中魁首戴凤莲,花容月貌巧机关,调来铁耙摆连环,挡住鬼子不能前"。这种口传加诗化的叙述,其效果自然令人神往。当罗汉大爷被日本兵剥皮之后,大雨冲掉了尸体和皮肤,但"村里流传着罗汉大爷尸体失踪的消息,一传十,十传百,一代传一代,竟成了一个美丽的神话传说"。

《红高粱》的传奇被一段美丽的爱情成就,也因此造就了戴凤莲这个神话般迷人的女性形象。这是一位生龙活虎、勇敢迷人、要好好过自己人生的女性。她16岁出嫁,对爱情充满向往,"盼着有一个识字解文,眉清目秀,知冷知热的好女婿"。但所嫁单家公子是个麻风病患者。她和余的爱情从高粱地里开始的,当她把一只小脚露在轿子外面,余"弯腰,轻轻地,轻轻地握住奶奶的那只小脚,像握着一只羽毛未丰的雏鸟,轻轻地送回轿内"。奶奶被这温柔感动。奶奶中枪临死之前,回忆起的是与余的第一段缠绵,在生机勃勃的高粱地里相亲相爱,"两颗蔑视人间法规的不羁心灵,比他们彼此愉悦的肉体贴得还要紧"。临死前,她质问的也是跟"爱情"相关的主题:"我只有按着我自己的想法去办,我爱幸福,我爱力量,我爱美,我的身体是我的,我为自己做主"。

《红高粱》在80年代引起很大的反响,其中有一个原因,如莫言指出的,"因为这部作品表达了当时中国人一种共同的心态:中国在长时期的个人自由饱受压抑之后,《红高粱》恰好张扬了个性解放的精神——我要敢说,敢想,敢做"。作品大胆借鉴意识流、感觉主义和魔幻现实主义等新颖表现手段,制造了当代文学的"感觉爆炸";叙述中情节片段的分解、闪回、跳跃、穿插,形成灵活、开放的艺术结构,对后来的文学创作产生了强烈的影响。

【延伸阅读作品和参考文献】

1. 莫言《红高粱家族》，人民文学出版社 2007 年版。

2. 莫言《我的高密》，中国青年出版社 2010 年版。

3. 王德威、张旭东等《说莫言》，上海书店出版社 2013 年版。

4. 刘再复《莫言了不起》，东方出版社 2013 年版。

【思考与练习】

1. 谈谈你对《红高粱》中爱情主题的理解。

2. 莫言在《红高粱》中是如何呈现历史的？你作何评价？

3. 如何理解《红高粱》在艺术上的创新？

（仇萍）

活着(节选)①

余　华

……

这样的日子过到苦根四岁那年,二喜死了。二喜是被两排水泥板夹死的。干搬运这活,一不小心就磕破碰伤,可丢了命的只有二喜,徐家的人命都苦。那天,二喜他们几个人往板车上装水泥板,二喜站在一排水泥板前面,吊车吊起四块水泥板,不知出了什么差错,竟然往二喜那边去了,谁都没看到二喜在里面,只听他突然大喊一声:

"苦根。"

二喜的伙伴告诉我,那一声喊把他们全吓住了,想不到二喜竟有这么大的声音,像是把胸膛都喊破了。他们看到二喜时,我的偏头女婿已经死了,身体贴在那一排水泥板上,除了脚和脑袋,身上全给挤扁了,连一根完整的骨头都找不到,血肉跟浆糊似的粘在水泥板上。他们说二喜死的时候脖子突然伸直了,嘴巴张得很大,那是在喊他的儿子。

苦根就在不远处的池塘旁,往水里扔石子,他听到爹临死前的喊叫,便扭过去叫:

"叫我干什么?"

他等了一会,没听到爹继续喊他,便又扔起了石子。直到二喜被送到医院里,知道二喜死了,才有人去叫苦根:

"苦根,苦根,你爹死啦。"

苦根不知道死究竟是什么,他回头答应了一声:

"知道啦。"

就再没理睬人家,继续往水里扔石子。

那时候我在田里,和二喜一起干活的人跑来告诉我:

"二喜快死啦,在医院里,你快去。"

我一听说二喜出事了被送到医院里,马上就哭了,我对那人喊:

"快把二喜抬出去,不能去医院。"

那人呆呆看着我,以为我疯了,我说:

"二喜一进那家医院,命就难保了。"

有庆、凤霞都死在那家医院里,没想到二喜到头来也死在了那里。你想想,我这辈子三次看到那间躺死人的小屋子,里面三次躺过我的亲人。我老了,受不

---

①　选自余华《活着》,南海出版公司1998年版。

住这些。去领二喜时,我一见那屋子,就摔在了地上。我是和二喜一样被抬出那家医院的。

二喜死后,我便把苦根带到村里来住了。离开城里那天,我把二喜屋里的用具给了那里的邻居,自己挑了几样轻便的带回来。我拉着苦根走时,天快黑了,邻居家的人都走过来送我,送到街口,他们说:

"以后多回来看看。"

有几个女的还哭了,她们摸着苦根说:

"这孩子真是命苦。"

苦根不喜欢她们把眼泪掉到他脸上,拉着我的手一个劲地催我:"走呀,快走呀。"

那时候天冷了,我拉着苦根在街上走,冷风呼呼地往脖子里灌,越走心里越冷,想想从前热热闹闹一家人,到现在只剩下一老一小,我心里苦得连叹息都没有了。可看看苦根,我又宽慰了,先前是没有这孩子的,有了他比什么都强,香火还会往下传,这日子还得好好过下去。

走到一家面条店的地方,苦根突然响亮地喊了一声:

"我不吃面条。"

我想着自己的心事,没留意他的话,走到了门口,苦根又喊了:"我不吃面条。"

喊完他拉住我的手不走了,我才知道他想吃面条,这孩子没爹没娘了,想吃面条总该给他吃一碗。我带他进去坐下,花了九分钱买了一小碗面,看着他嗤溜嗤溜地吃了下去,他吃得满头大汗,出来时舌头还在嘴唇上舔着,对我说:

"明天再来吃好吗?"

我点点头说:"好。"

走了没多远,到了一家糖果店前,苦根又拉住了我,他仰着脑袋认真地说:

"本来我还想吃糖,吃过了面条,我就不吃了。"

我知道他是在变个法子想让我给他买糖,我手摸到口袋,摸到个两分的,想了想后就去摸了个五分出来,给苦根买了五颗糖。

苦根到了家说是脚疼得厉害,他走了那么多路,走累了。我让他在床上躺下,自己去烧些热水,让他烫烫脚。烧好了水出来时,苦根睡着了,这孩子把两只脚架在墙上,睡得呼呼的。看着他这副样子,我笑了。脚疼了架在墙上舒服,苦根这么小就会自己照顾自己了。随即心里一酸,他还不知道再也见不着自己的爹了。

这天晚上我睡着后,总觉得心里闷得发慌,醒来才知道苦根的小屁股全压在我胸口上了,我把他的屁股移过去。过了没多久,我刚要入睡时,苦根的屁股一动一动又移到我胸口,我伸手一摸,才知道他尿床了,下面湿了一大块,难怪他要把屁股往我胸口上压。我想就让他压着吧。

第二天,这孩子想爹了。我在田里干活,他坐在田埂上玩,玩着玩着突然问我:

"是你送我回去? 还是爹来领我?"

村里人见了他这模样,都摇着头说他可怜,有一个人对他说:

"你不回去了。"

他摇了摇脑袋,认真地说:

"要回去的。"

到了傍晚,苦根看到他爹还没有来,有些急了,小嘴巴翻上翻下把话说得飞快,我是一句也没听懂,我想着他可能是在骂人了,末了,他抬起脑袋说:

"算啦,不来接就不来接,我是小孩认不了路,你送我回去。"

我说:"你爹不会来接你,我也不能送你回去,你爹死了。"

他说:"我知道他死了,天都黑了还不来领我。"

我是那天晚上躺在被窝里告诉他死是怎么回事,我说人死了就要被埋掉,活着的人就再也见不到他了。这孩子先是害怕地哆嗦,随后想到再也见不到二喜,他呜呜地哭了,小脸蛋贴在我脖子上,热乎乎的眼泪在我胸口流,哭着哭着他睡着了。

过了两天,我想该让他看看二喜的坟了,就拉着他走到村西,告诉他,哪个坟是他外婆的,哪个是他娘的,还有他舅舅的。我还没说二喜的坟,苦根伸手指指他爹的坟哭了,他说:

"这是我爹的。"

我和苦根在一起过了半年,村里包产到户了,日子过起来也就更难。我家分到一亩半地。我没法像从前那样混在村里人中间干活,累了还能偷偷懒。现在田里的活是不停地叫唤我,我不去干,就谁也不会去替我。

年纪一大,人就不行了,腰是天天都疼,眼睛看不清东西。从前挑一担菜进城,一口气便到了城里,如今是走走歇歇,歇歇走走,天亮前两个小时我就得动身,要不去晚了菜会卖不出去,我是笨鸟先飞。这下苦了苦根,这孩子总是睡得最香的时候,被我一把拖起来,两只手抓住后面的箩筐,跟着我半开半闭着眼睛往城里走。苦根是个好孩子,到他完全醒了,看我挑着担子太沉,老是停住歇一会,他就从两只箩筐里拿出两颗菜抱到胸前,走到我前面,还时时回过头来问我:

"轻些了吗?"

我心里高兴啊,就说:

"轻多啦。"

说起来苦根才刚满五岁,他已经是我的好帮手了。我走到哪里,他就跟到哪里,和我一起干活,他连稻子都会割了。我花钱请城里的铁匠给他打了一把小镰刀,那天这孩子高兴坏了。平日里带他进城,一走过二喜家那条胡同,这孩子呼地一下窜进去,找他的小伙伴去玩,我怎么叫他,他都不答应。那天说是给他打镰刀,他扯住我的衣服就没有放开过,和我一起在铁匠铺子前站了半晌,进来一个人,他就要指着镰刀对那人说:

"是苦根的镰刀。"

他的小伙伴找他去玩,他扭了扭头得意洋洋地说:

"我现在没工夫跟你们说话。"

镰刀打成了,苦根睡觉都想抱着,我不让,他就说放到床下面。早晨醒来第一件事便是去摸床下的镰刀。我告诉他镰刀越使越快,人越勤快就越有力气,这孩子眨着眼睛看了我很久,突然说:

"镰刀越快,我力气也就越大啦。"

苦根总还是小,割稻子自然比我慢多了,他一看到我割得快,便不高兴,朝我叫:

"福贵,你慢点。"

村里人叫我福贵,他也这么叫,也叫我外公。我指指自己割下的稻子说:"这是苦根割的。"

他便高兴地笑起来,也指指自己割下的稻子说:

"这是福贵割的。"

苦根年纪小,也就累得快,他时时跑到田埂上躺下睡一会,对我说:

"福贵,镰刀不快啦。"

他是说自己没力气了。他在田埂上躺一会,又站起来神气活现地看我割稻子,不时叫道:

"福贵,别踩着稻穗啦。"

旁边田里的人见了都笑,连队长也笑了。队长也和我一样老了,他还在当队长,他家人多,分到了五亩地,紧挨着我的地。队长说:

"这小子真他娘的能说会道。"

我说:"是凤霞不会说话欠的。"

这样的日子苦是苦,累也是累,心里可是高兴,有了苦根,人活着就有劲头。看着苦根一天一天大起来,我这个做外公的也一天比一天放心。到了傍晚,我们两个人就坐在门槛上,看着太阳掉下去,田野上红红一片闪亮着,听着村里人吆喝的声音,家里养着的两只母鸡在我们面前走来走去,苦根和我亲热,两个人坐在一起,总是有说不完的话。看着两只母鸡,我常想起我爹在世时说的话,便一遍一遍去对苦根说:

"这两只鸡养大了变成鹅,鹅养大了变成羊,羊大了又变成牛。我们啊,也就越来越有钱啦。"

苦根听后格格直笑,这几句话他全记住了,多次他从鸡窝里掏出鸡蛋来时,总要唱着说这几句话。

鸡蛋多了,我们就拿到城里去卖。我对苦根说:

"钱积够了我们就去买牛,你就能骑到牛背上去玩了。"

苦根一听眼睛马上亮了,他说:

"鸡就变成牛啦。"

从那时以后,苦根天天盼着买牛这天的来到,每天早晨他睁开眼睛便要问我:

"福贵,今天买牛吗?"

有时去城里卖了鸡蛋,我觉得苦根可怜,想给他买几颗糖吃吃,苦根就会说:

"买一颗就行了,我们还要买牛呢。"

一转眼苦根到了七岁,这孩子力气也大多了。这一年到了摘棉花的时候,村里的广播说第二天有大雨,我急坏了,我种的一亩半棉花已经熟了,要是雨一淋那就全完蛋。一清早我就把苦根拉到棉花地里,告诉他今天要摘完,苦根仰着脑袋说:

"福贵,我头晕。"

我说:"快摘吧,摘完了你就去玩。"

苦根便摘起了棉花,摘了一阵他跑到田埂上躺下,我叫他,叫他别再躺着,苦根说:

"我头晕。"

我想就让他躺一会吧,可苦根一躺下便不起来了,我有些生气,就说:

"苦根,棉花今天不摘完,牛也买不成啦。"

苦根这才站起来,对我说:

"我头晕得厉害。"

我们一直干到中午,看看大半亩棉花摘了下来,我放心了许多,就拉着苦根回家去吃饭,一拉苦根的手,我心里一怔,赶紧去摸他的额头,苦根的额头烫得吓人。我才知道他是真病了,我真是老糊涂了,还逼着他干活。回到家里,我就让苦根躺下。村里人说生姜能治百病,我就给他熬了一碗姜汤,可是家里没有糖,想往里面撒些盐,又觉得太委屈苦根了,便到村里人家那里去要了点糖,我说:

"过些日子卖了粮,我再还给你们。"

那家人说:"算啦,福贵。"

让苦根喝了姜汤,我又给他熬了一碗粥,看着他吃下去。

我自己也吃了饭,吃完我还得马上下地,我对苦根说:

"你睡上一觉会好的。"

走出了屋门,我越想越心疼,便去摘了半锅新鲜的豆子,回去给苦根煮熟了,

里面放上盐。把凳子搬到床前,半锅豆子放在凳上,叫苦根吃,看到有豆子吃,苦根笑了,我走出去时听到他说:

"你怎么不吃啊。"

我是傍晚才回到屋里的,棉花一摘完,我累得人架子都要散了。从田里到家才一小段路,走到门口我的腿便哆嗦了,我进了屋叫:

"苦根,苦根。"

苦根没答应,我以为他是睡着了,到床前一看,苦根歪在床上,嘴半张着能看到里面有两颗还没嚼烂的豆子。一看那嘴,我脑袋里嗡嗡乱响了,苦根的嘴唇都青了。我使劲摇他,使劲叫他,他的身体晃来晃去,就是不答应我。我慌了,在床上坐下来想了又想,想到苦根会不会是死了,这么一想我忍不住哭了起来。我再去摇他,他还是不答应,我想他可能真是死了。我就走到屋外,看到村里一个年轻人,对他说:

"求你去看看苦根,他像是死了。"

那年轻人看了我半晌,随后拔脚便往我屋里跑。他也把苦根摇了又摇,又将耳朵贴到苦根胸口听了很久,才说:

"听不到心跳。"

村里很多人都来了,我求他们都去看看苦根,他们都去摇摇,听听,完了对我说:

"死了。"

苦根是吃豆子撑死的,这孩子不是嘴馋,是我家太穷,村里谁家的孩子都过得比苦根好,就是豆子,苦根也是难得才能吃上。我是老昏了头,给苦根煮了这么多豆子,我老得又笨又蠢,害死了苦根。

往后的日子我只能一个人过了,我总想着自己日子也不长了,谁知一过又过了这些年。我还是老样子,腰还是常常疼,眼睛还是花,我耳朵倒是很灵,村里人说话,我不看也能知道是谁在说。我是有时候想想伤心,有时候想想又很踏实,家里人全是我送的葬,全是我亲手埋的,到了有一天我腿一伸,也不用担心谁了。我也想通了,轮到自己死时,安安心心死就是,不用盼着收尸的人,村里肯定会有人来埋我的,要不我人一臭,那气味谁也受不了。我不会让别人白白埋我的,我在枕头底下压了十元钱,这十元钱我饿死也不会去动它的,村里人都知道这十元钱是给替我收尸的那个人,他们也都知道我死后是要和家珍他们埋在一起的。

这辈子想起来也是很快就过来了,过得平平常常,我爹指望我光耀祖宗,他算是看错人了,我啊,就是这样的命。年轻时靠着祖上留下的钱风光了一阵子,往后就越过越落魄了,这样反倒好,看看我身边的人,龙二和春生,他们也只是风光了一阵子,到头来命都丢了。做人还是平常点好,争这个争那个,争来争去赔了自己的命。像我这样,说起来是越混越没出息,可寿命长,我认识的人一个挨着一个死去,我还活着。

苦根死后第二年,我买牛的钱凑够了,看看自己还得活几年,我觉得牛还是要买的。牛是半个人,它能替我干活,闲下来时我也有个伴,心里闷了就和它说说话。牵着它去水边吃草,就跟拉着个孩子似的。

买牛那天,我把钱揣在怀里走着去新丰,那里是个很大的牛市场。路过邻近一个村庄时,看到晒场上围着一群人,走过去看看,就看到了这头牛,它趴在地上,歪着脑袋吧哒吧哒掉眼泪,旁边一个赤膊男人蹲在地上霍霍地磨着牛刀,围着的人在说牛刀从什么地方刺进去最好。我看到这头老牛哭得那么伤心,心里怪难受的。想想做牛真是可怜。累死累活替人干了一辈子,老了,力气小了,就要被人宰了吃掉。

我不忍心看它被宰掉,便离开晒场继续往新丰去。走着走着心里总放不下这头牛,它知道自己要死了,脑袋底下都有一滩眼泪了。

我越走心里越是定不下来,后来一想,干脆把它买下来。我赶紧往回走,走到晒场那里,他们已经绑住了牛脚,我挤上去对那个磨刀的男人说:

"行行好,把这头牛卖给我吧。"

赤膊男人手指试着刀锋,看了我好一会才问:

"你说什么?"

我说:"我要买这牛。"

他咧开嘴嘻嘻笑了,旁边的人也哄地笑起来,我知道他们都在笑我,我从怀里抽出钱放到他手里,说:

"你数一数。"赤膊男人马上傻了,他把我看了又看,还搔搔脖子,问我:

"你当真要买?"

我什么话也不去说,蹲下身子把牛脚上的绳子解了,站起来后拍拍牛的脑袋,这牛还真聪明,知道自己不死了,一下子站起来,也不掉眼泪了。我拉住缰绳对那个男人说:

"你数数钱。"

那人把钱举到眼前像是看看有多厚,看完他说:

"不数了,你拉走吧。"

我便拉着牛走去,他们在后面乱哄哄地笑,我听到那个男人说:

"今天合算,今天合算。"

牛是通人性的,我拉着它往回走时,它知道是我救了它的命,身体老往我身上靠,亲热得很,我对它说:

"你呀,先别这么高兴,我拉你回去是要你干活,不是把你当爹来养着的。"

我拉着牛回到村里,村里人全围上来看热闹,他们都说我老糊涂了,买了这么一头老牛回来,有个人说:

"福贵，我看它年纪比你爹还大。"

会看牛的告诉我，说它最多只能活两年三年的，我想两三年足够了，我自己恐怕还活不到这么久。谁知道我们都活到了今天，村里人又惊又奇，就是前两天，还有人说我们是——

"两个老不死。"

牛到了家，也是我家里的成员了，该给它取个名字，想来想去还是觉得叫它福贵好。定下来叫它福贵，我左看右看都觉得它像我，心里美滋滋的，后来村里人也开始说我们两个很像，我嘿嘿笑，心想我早就知道它像我了。

福贵是好样的，有时候嘛，也要偷偷懒，可人也常常偷懒，就不要说是牛了。我知道什么时候该让它干活，什么时候该让它歇一歇，只要我累了，我知道它也累了，就让它歇一会，我歇得来精神了，那它也该干活了。

老人说着站了起来，拍拍屁股上的尘土，向池塘旁的老牛喊了一声，那牛就走过来，走到老人身旁低下了头，老人把犁扛到肩上，拉着牛的缰绳慢慢走去。

两个福贵的脚上都沾满了泥，走去时都微微晃动着身体。我听到老人对牛说：

"今天有庆、二喜耕了一亩，家珍、凤霞耕了也有七、八分田，苦根还小都耕了半亩。你嘛，耕了多少我就不说了，说出来你会觉得我是要羞你。话还得说回来，你年纪大了，能耕这么些田也是尽心尽力了。"

老人和牛渐渐远去，我听到老人粗哑的令人感动的嗓音在远处传来，他的歌声在空旷的傍晚像风一样飘扬。老人唱道——

> 少年去游荡，
>
> 中年想掘藏，
>
> 老年做和尚。

炊烟在农舍的屋顶袅袅升起，在霞光四射的空中分散后消隐了。

女人吆喝孩子的声音此起彼伏，一个男人挑着粪桶从我跟前走过，扁担吱呀吱呀一路响了过去。慢慢地，田野趋向了宁静，四周出现了模糊，霞光逐渐退去。

我知道黄昏正在转瞬即逝，黑夜从天而降了。我看到广阔的土地袒露着结实的胸膛，那是召唤的姿态，就像女人召唤着她们的儿女，土地召唤着黑夜来临。

【作品导读】

余华(1960——　)，浙江海盐人，祖籍山东高唐。从 1984 年开始发表小说。《十八岁出门远行》(1987)是他的成名作，以后重要著作有《在细雨中呼喊》(1992)、《活着》(1993)、《许三观卖血记》(1995)、《兄弟》(2005—2006)、《第七天》(2013)等。其中《活着》和《许三观卖血记》被认为是"九十年代最有影响的十部作品"中的两部。

余华在《〈活着〉中文版自序》里这样忆述他写《活着》的缘起:"我听到了一首美国民歌《老黑奴》,歌中那位老黑奴经历了一生的苦难,家人都先他而去,而他依然友好地对待世界,没有一句抱怨的话。这首歌深深打动了我,我决定写下一篇这样的小说,就是这篇《活着》。"

《活着》讲述了福贵的一生,富家少爷嗜赌成性,最后赌光了家产。贫困之中,为母亲求医的路上,又被国民党当壮丁抓去,后来被解放军俘虏,放他回了家。结果回到家中,母亲已经病逝,妻子家珍独自将一双儿女拉扯大,女儿凤霞在一次意外中变成了哑巴,儿子有庆尚且活泼机灵。本以为这次大难不死是必有后福,但是悲惨的人生却才刚刚开始上演。凤霞难产而死,有庆因为县长夫人难产捐血,抽血过多而死,外孙苦根因为太饿一下子吃豆子过多而噎死。

《活着》时间跨度福贵一生,中间跨过了中国现当代史的重要时刻。文中人物的生命历程时时刻刻离不开大历史的背景。在动荡的历史背景下,小说中人物显得多有苦楚,多有被动,也多有无奈。但小说的精彩之处在于对历史的淡化处理,历史只是背景,而凸显的是如你如我的小人物的故事。故事发生没多久,"小日本投降,国民党准备进城收复失地"。余华一句话就带过当时的抗战背景,而且这件事跟福贵唯一发生关系是因为福贵利用这个时刻戏弄了米行的丈人。国共内战的时候,福贵被国民党无故抓去当壮丁两年。新中国成立后,也是如所有的中国人一般经历了"大跃进",人民公社,大炼钢铁,大饥荒,再到后来的"文化大革命"。这些历史上重要的事情在福贵的身上并没有留下太多的痕迹,重要的是一家人的生存,家珍身体能否安康,儿子能否上学,女儿能否出嫁。

小说中人物的一生历经磨难,但余华在处理人物的时候却注重他们身上肯定生活、肯定生命的积极力量。用余华自己的话说,"'活着',在我们中国的语言里充满了力量,它的力量不是来自于叫喊,也不是来自于进攻,而是忍受,去忍受生命赋予我们的责任,去忍受现实给予我们的幸福和苦难、无聊和平庸"。(《〈活着〉韩文版自序》)小说中最闪光的是余华通过福贵一家表现出根植于中国文化的"家"的观念。与其说这是讲福贵的一生历程,不如说这是一个关于"家"的故事。无论是中国的政治历史时代如何更替,小说中一成不变的是人物对"家"观念的执著,以及由此而产生的爱情和亲情。家珍,一位逆来顺受的传统女性,在福贵嫖赌几个月不归的时候,跪在赌场,让福贵回家;在福贵家产输光之后,家珍却带着孩子回到一无所有的福贵身边。对于福贵来说,"家珍一回来,这个家就全了"。在被抓壮丁两年后,回到家的时候,"我心里是又踏实又暖和,我一会儿就要去摸摸家珍,摸摸两个孩子,我一遍遍对自己说:'我回家了'"。凤霞从小带大弟弟有庆,有着深厚的姐弟情。为了让弟弟有庆读书,凤霞被福贵送给了别人,弟弟宁愿不去上学挨打,也要姐姐回来。父女情在这里也有一段精彩的描写,凤霞被送走的时候,福贵一直等到凤霞的眼睛和胳膊不见时,才"歪歪头眼泪掉了下来"。有一天晚上凤霞偷偷溜回来,福贵把她送回去的时候,"伸手摸她的脸",这时"她也伸过手来摸我的脸",自此福贵没再把她送走。家珍病后,凤霞在田里工作,有庆趁上学放学之间割草养羊。家珍去世前念叨的是有两个孩子孝顺她,"做人能做成这样我该知足了"。凤霞的丈夫二喜因工地事故被夹在水泥板里,最后两个字是喊他儿子"苦根"的名字。

《活着》代表余华小说创作的转向。它肯定了底层,肯定了民间,肯定了日常。温馨而不乏凄苍的叙述调子背后是一个时代对于人生和历史的沉重思索。在《〈活着〉中文版自序》里,余华谈到福克纳的成功在于"将美国南方的现实放到了历史和人文精神之中,这是真正意义上的文学现实,因为它连接着过去和将来"。而在《活着》中,余华把现实放到了历史和"家"之中,这成了福贵这一代人的现实,而这个现实也连接着中国的过去和将来。

【延伸阅读作品和参考文献】

1. 余华《许三观卖血记》,南海出版社 2003 年版。
2. 余华《十个词汇里的中国》,东方出版社 2013 年。
3. 洪治纲《余华评传》,郑州大学出版社 2005 年。

【思考与练习】

1. 谈谈你对《活着》中"活着"的理解。
2. 谈谈你对《活着》中"爱"的理解。
3. 如何理解《活着》对大历史的淡化处理?

(仇萍)

□诗词曲

诗经·郑风·将仲子①

将仲子兮②,
无逾我里③,无折我树杞④。
岂敢爱之,畏我父母。
仲可怀也,
父母之言,亦可畏也。

将仲子兮,
无逾我墙,无折我树桑⑤。
岂敢爱之,畏我诸兄。
仲可怀也,
诸兄之言,亦可畏也。

将仲子兮,
无逾我园,无折我树檀。
岂敢爱之,畏人之多言。
仲可怀也,
人之多言,亦可畏也。

【作品导读】

　　众所周知,《诗经》是我国最早的诗歌总集,也是我国第一部正式的文学作品集,共收录西周初年到春秋中叶大约 500 年间的诗歌 305 篇(不包括有目无辞的 6 篇笙歌),先秦时通称"诗"或"诗三百",到了汉代才被奉为经典,称作《诗经》。

---

① 选自程俊英《〈诗经〉译注》,上海古籍出版社 2004 年版。
② 将:请。仲子:兄弟排行第二的称仲子。
③ 里:古代 25 家为一里,里外有护墙。
④ 树:种植。杞:柳树之类。一说,树杞:即杞树。下面"树桑"、"树檀"的理解也一样。
⑤ 树桑:古代墙边种桑,园中种檀。马瑞辰《通释》:"古者桑种于墙,檀树于园。《孟子》:'树墙下以桑',《鹤鸣》诗'乐彼之园,爰有树檀'是也。"

《诗经》有"六义",所谓"风、雅、颂、赋、比、兴"。一般的理解,认为"风"即"国风",指从不同地区采风来的诗歌,这种诗歌多为劳动人民的诗歌。而这里选取的《将仲子》无疑是其中最有代表性的作品之一。

《将仲子》属于"郑风",而孔子在《论语》中评:"郑声淫。""淫"固然有"淫荡"之意,意指一个人或一个地区、社会风气上的败坏或道德上的堕落等。孔子所评是否恰当我们悬而不论,这里需要指出的是,从孔子的评价可以看出当时郑地青年男女之间交往、感情表达的自由、开放。这首诗里空间阻隔很明显,但是好像难以阻挡青年男女那热烈的情感及其多样态的表达。诗中女子之所以那样想象她所心爱的男子,应该不仅是因为恐惧或者因为热烈的相思,而是现实中男子行为的映照。换言之,作为底层人民的一员,那个男青年可能没有多少文化,但是爱情表达却更见激烈。全诗三节结构一样,句式相同,回环往复,前后映照,都起到强化青年男子这一形象特点的作用。

全诗饶有兴味的是对青年女性曲折心理的揭示和浓烈情感的表达。全诗都是女性一个人的心理倾诉。她反复劝说所思之人不要"逾我里","折我树杞";不要"逾我墙","折我树桑";不要"逾我园","折我树檀"。该女子为何这么惧怕有情人的到来?因为"畏我父母","畏我诸兄","畏人之多言"。可见他们两人的相爱是不受当时父母、兄弟、邻人的理解和认同的。女子特别害怕男子不经允许就硬闯进来,那样只能增加父母、兄弟、邻人的反感和拒绝。女子真的不想要男子来吗?她真的不想与所爱之人会面吗?答案不言而喻。事实上,女子是多么想见到自己所爱之人啊!问题是,她越是想念,她越是恐惧。她渴望两人的相爱得到家人、社会的理解和接受,但是她似乎在思考怎样找到更合适的方式。诗歌没有告诉我们她给了男子怎样合理化的正面建议,这可以理解为她在焦虑,从侧面也反映家庭、社会的压力。

诗中,男子从头到尾没有出现,但是形象活跃在读者面前。这是一种高明的侧面表现法。女子从头到尾都是在家里思想、焦虑、徘徊,浓烈的情感与清醒的理智相统一,形象很鲜明,也很符合千年来女性角色定位。《诗经》中艺术精练之作如《关雎》、《蒹葭》等都是标准的四言体,文人气息浓郁,比兴突出,但这首诗却是口语化,文体上长短不齐,而且以直陈(赋)为主,语言朴素,感情浓烈,非常符合底层人抒怀言志的特点。

【延伸阅读作品和参考文献】

1.《周南·关雎》、《秦风·蒹葭》、《邶风·静女》,可参姜亮夫、夏传才等《先秦诗鉴赏辞典》,上海辞书出版社1998年版。

2. 褚斌杰《诗经与楚辞》,北京大学出版社2012年版。

【思考与练习】

1. 比较《关雎》、《蒹葭》和《将仲子》中爱情表达的异同。

2.《诗经》有十五国风,除周南、召南产生在江汉、汝水流域外,绝大部分都是黄河流域劳动人民的集体创作,你能否说说《诗经》中为何几乎没有长江流域的作品?

(吉素芬)

湘夫人^①

屈　原

帝子降兮北渚^②，目眇眇兮愁予^③。

嫋嫋兮秋风^④，洞庭波兮木叶下。

登白𬞟兮骋望^⑤，与佳期兮夕张^⑥。

鸟何萃兮𬞟中^⑦，罾何为兮木上^⑧？

沅有茝兮澧有兰^⑨，思公子兮未敢言^⑩。

荒忽兮远望^⑪，观流水兮潺湲^⑫。

麋何食兮庭中？蛟何为兮水裔^⑬？

朝驰余马兮江皋^⑭，夕济兮西澨^⑮。

闻佳人兮召予，将腾驾兮偕逝^⑯。

筑室兮水中，葺之兮荷盖^⑰。

荪壁兮紫坛^⑱，匊芳椒兮成堂^⑲。

桂栋兮兰橑^⑳，辛夷楣兮药房^㉑。

---

① 选自姜亮夫、夏传才等《先秦诗歌鉴赏辞典》，上海辞书出版社 1998 年版。

② 帝子：犹天帝之子。因舜妃是帝尧之女，故称。渚：水边的浅滩。

③ 眇(miǎo)眇：远望而不见的样子。愁予：使我发愁。

④ 嫋(niǎo)嫋：微风吹拂的样子。

⑤ 𬞟(fán)：草名，多生长在秋季沼泽地。骋望：纵目远望。

⑥ 佳期：约会的日期。夕：傍晚。张：陈设。

⑦ 萃：聚集。𬞟(pín)：水草。本句意思是：鸟本当聚集在树木之上，为何却在水草之中？

⑧ 罾(zēng)：渔网。罾原当在水中，为何反在木上？

⑨ 沅：即沅水，在今湖南省。茝：香草名。即白芷。澧(lǐ)：即澧水，在今湖南省，流入洞庭湖。

⑩ 公子：指帝子，湘夫人。古代贵族称公族，贵族子女不分性别，都可称"公子"。

⑪ 荒忽：犹"恍惚"，模糊不清的样子。

⑫ 潺(chán)湲(yuán)：水缓慢流动的样子。

⑬ 这两句是说，麋鹿该生活在深山，为何却在庭院中，蛟龙本该在深渊，为何却在水边？

⑭ 皋(gāo)：水边高地。

⑮ 济：渡。澨(shì)：水边。

⑯ 腾驾：驾着马车奔驰。偕逝：一同前往。

⑰ 葺(qì)：编结覆盖。盖：屋顶。

⑱ 荪：香草名。紫：紫贝。坛：中庭，楚地方言。

⑲ 匊：古代"播"字。椒：花椒，多用以除虫去味。

⑳ 栋：屋梁。橑(liáo)：屋椽。

㉑ 辛夷：香木名。楣：门上横梁。药：白芷。

　　罔薜荔兮为帷^①，擗蕙櫋兮既张^②。

　　白玉兮为镇^③，疏石兰兮为芳^④。

　　芷茸兮荷屋，缭之兮杜衡^⑤。

　　合百草兮实庭^⑥，建芳馨兮庑门^⑦。

　　九嶷缤兮并迎^⑧，灵之来兮如云^⑨。

　　捐余袂兮江中^⑩，遗余褋兮澧浦^⑪。

　　搴汀洲兮杜若^⑫，将以遗兮远者^⑬。

　　时不可兮骤得^⑭，聊逍遥兮容与^⑮。

【作品导读】

　　屈原(前339—前278)，战国时代人，名平，字原，又自云名正则，字灵均，丹阳(今湖北秭归)人(但又相传是湖南汉寿人)。为楚武王熊通之子屈瑕的后代。一生经历了楚威王、楚怀王、楚襄王三个时期，而主要活动于楚怀王时期。这个时期正是中国即将实现大一统的前夕，"横则秦帝，纵则楚王"。屈原因出身贵族，又明于治乱，娴于辞令，故而早年深受楚怀王的宠信，位列左徒、三闾大夫。屈原为实现楚国的统一大业，对内积极辅佐怀王变法图强，对外坚决主张联齐抗秦，使楚国一度出现了一个国富兵强、威震诸侯的局面。但是由于在内政外交上屈原与楚国腐朽贵族集团发生了尖锐的矛盾，加之上官大夫等人的嫉妒，屈原后来遭到群小的诬陷和楚怀王的疏远，两次被逐出郢都，后被流放江南，辗转流离于沅、湘二水之间。公元前278年，秦将白起攻破郢都，屈原悲愤难捱，遂自沉汨罗江。

---

① 罔：同"网"，编结。薜(bì)荔(lì)：一种蔓生香草。帷：围在四边的幕帐。

② 擗(pǐ)：掰开。蕙櫋(mián)：檐间木，这里作"幔"讲，帐顶。

③ 镇：镇压坐席之物。

④ 疏：散布，分陈。石兰：兰草的一种。

⑤ 缭：缠绕。杜衡：即杜若，一种香草。

⑥ 合：会集。实：充满。

⑦ 馨：散布很远的香气。庑(wǔ)：走廊。

⑧ 九嶷(yí)：山名，又名苍梧，传说中舜的葬地，在湘水南，这里指山神。缤：盛多的样子。

⑨ 灵：指九嶷山上的众神，一说指湘夫人。如云：形容众多。

⑩ 捐：抛。袂(mèi)：夹袄。

⑪ 遗：丢下。褋(dié)：单衣。

⑫ 搴(qiān)：采摘。汀(tīng)：水中或水边的平地。杜若：香草名。

⑬ 遗(wèi)：赠送。

⑭ 时：会面的时机、机会。骤：骤然，立即，马上。

⑮ 聊：姑且。容与：从容自在的样子。

屈原不仅是杰出的政治家,而且是我国伟大的爱国诗人、浪漫主义诗人。有《离骚》、《九歌》、《天问》、《九章》等不朽作品传世。

《湘夫人》与《湘君》为《九歌》中的姊妹篇,由屈原在民间祭歌的基础上加工而成。

湘君指舜帝。据《山海经》、《尚书》记载,传说的三皇五帝时代,尧考察他的接班人舜,用了二十年的时间,还把自己的两个女儿娥皇和女英嫁给舜,后来舜外出巡行生了重病,娥皇、女英就赶去看望他,当她俩赶到洞庭湖畔君山的时候,那边传来消息说大舜已经崩于苍梧,娥皇、女英悲痛哭泣,然后投江而死,成了湘夫人。而投江之前哭泣的泪痕就化成了现在的斑竹。屈原人神糅合,虚拟了两位湘水配偶神约会的情景。

《湘夫人》由男神的扮演者歌唱,表达赴约的湘君却迟迟等不来湘夫人的惆怅和焦虑。

诗歌开篇就是一个事与愿违的场景。首句"帝子降兮北渚"是对湘夫人的真诚召唤。"目眇眇兮愁予"是说湘夫人的不来让"予"望眼欲穿。"嫋嫋兮秋风,洞庭波兮木叶下",是说秋已到来,时光飞逝,衬托了"予"的愁绪。站在水边高地上纵目眺望,心中总想着与湘夫人的晚上约会。诗篇以"鸟何萃兮蘋中,罾何为兮木上"的反常现象作比兴,突出充溢于人物内心的失望和困惑。

第二段深化湘君的渴望之情。以水边泽畔的香草兴起对"公子"即湘夫人的默默思念,又以不间断的流水比喻远望中时光的流逝,接着以麋食中庭和蛟滞水边两个反常现象比兴,再次强调爱而不得的尴尬处境。令人感动的是,湘君没有绝望,而是东觅西找,甚至仿佛听到湘夫人的召唤,于是作品有了以下最富想象力和浪漫色彩的一笔。

第三段想象自己和众神怎样为湘夫人的到来而创造美好的环境。作品调动荷、荪、椒、桂、兰、辛夷、药、薜荔、蕙、石兰、芷、杜衡等十多种奇花异草香木极力渲染一个华美馥郁、令人目不暇接的神奇世界。其色彩之缤纷、香味之浓烈,堪称无以伦比。作品还想象九嶷山的众神也来欢迎湘夫人的到来,为下面回到残酷的现实提供比照。

作品最后一段的句式和字数与《湘君》的结尾相同。湘君在绝望之余,也像湘夫人那样情绪激动,向江中和岸边抛弃了对方的赠礼,但表面的决绝却无法抑制内心的相恋。他最终同样恢复了平静,打算在耐心地等待和期盼中,走完相恋相思这段好事多磨的心路历程。他在汀洲上采来芳香的杜若,准备把它赠送给远来的湘夫人。

全诗所有景语皆情语,所有情景的设置均有象征色彩。显然,诗中的"湘夫人"指诗人所渴望亲近的对象,深层理解,暗示诗人与当时楚怀王的关系。诗篇曲折委婉地表达了诗人渴望楚怀王接纳但是又不被接纳的愁怀和忧伤。

诗篇叙事、写景与抒情很好结合在一起,创造了美的意境,并且具有鲜明的楚国地方色彩。由于运用象征、暗示手法,诗篇具有深远内涵和丰富想象空间;同时夸张、对比、衬托等手法的运用增加了诗篇的浪漫主义效果。诗篇句式灵活,五六七言不同,也正显示中国诗歌从《诗经》的四言到汉魏的五七言的过渡。

【延伸阅读作品和参考文献】

1. 屈原《湘君》、《涉江》、《怀沙》、《哀郢》、《渔夫》,可参姜亮夫、夏传才等《先秦诗鉴赏辞典》,上海辞书出版社 1998 年版。

2. 赵逵夫《屈原与他的时代》,人民文学出版社 2002 年版。

3. 彭红卫《屈原的文化人格研究》,华中师范大学出版社 2007 年版。

4. 毛信德主编《大学语文课程新编教程·文学卷》(修订本),浙江大学出版社 2006 年版。

【思考与练习】

1. 学术界有一种观点,认为屈原对楚怀王的忠诚是一种“愚忠”,不可取,请谈谈你的认识。

2. 文学史家们言,屈原的诗歌创造了香草美人以喻理想的文学传统,课下请找出更多的诗篇以证明之,并谈谈你的阅读感受。

（吉素芬）

汉乐府·陌上桑①

日出东南隅②,照我秦氏楼。

秦氏有好女,自名为罗敷。

罗敷喜蚕桑,采桑城南隅。

青丝为笼系③,桂枝为笼钩④。

头上倭堕髻⑤,耳中明月珠。

缃绮⑥为下裙,紫绮为上襦。

行者见罗敷,下担捋髭须。

少年见罗敷,脱帽著帩头⑦。

耕者忘其犁,锄者忘其锄。

来归相怨怒,但坐观罗敷⑧。

使君⑨从南来,五马⑩立踟蹰。

使君遣吏往,问是谁家姝⑪?

"秦氏有好女,自名为罗敷。"

"罗敷年几何?"

"二十尚不足,十五颇有余。"

使君谢⑫罗敷:"宁可共载不⑬?"

罗敷前致辞:"使君一何愚!

使君自有妇,罗敷自有夫。"

---

① 选自曹旭《古诗十九首与乐府诗选评》,上海古籍出版社 2002 年版。

② 隅:方位、角落。

③ 青丝:青色丝绳。笼:竹篮。系:系物的绳子。

④ 笼钩:篮子上的提柄。

⑤ 倭堕髻:即堕马髻,发髻偏在一边,似坠非坠,是当时时髦的式样。

⑥ 缃:浅黄色。绮:有花纹的绫。下文的"襦"为上身穿的短袄。

⑦ 帩头:古代男子束发的头巾。

⑧ 但:只是。坐:因为,由于。这两句是说,耕者、锄者归来相互抱怨,只是因为看罗敷而耽误了劳作。

⑨ 使君:汉代对太守或刺史的称呼。

⑩ 五马:太守乘车用五匹马,此处指太守车马。

⑪ 姝:美丽的女子。

⑫ 谢:这里是"请问"的意思。

⑬ 不:通"否"。

　　"东方千余骑,夫婿居上头①。

　　何用识夫婿? 白马从骊驹②;

　　青丝系马尾,黄金络马头;

　　腰中鹿卢剑③,可值千万余。

　　十五府小吏④,二十朝大夫⑤,

　　三十侍中郎⑥,四十专城居⑦。

　　为人洁白晰,鬑鬑颇有须⑧。

　　盈盈公府步,冉冉府中趋⑨。

　　坐中数千人,皆言夫婿殊⑩。"

【作品导读】

　　《陌上桑》是汉乐府的名篇,属《相和歌辞》,最早在晋人崔豹的《古今注》中提到,最早著录于《宋书·乐志》,题名为《艳歌罗敷行》,在《玉台新咏》中题名为《日出东南隅行》,宋代郭茂倩编著《乐府诗集》,沿用崔豹名。作者不详。

　　这首诗的结构层次很分明:第一段,通过环境美、用物美、服饰美来衬托罗敷的美貌,而后面无论是行者还是少年,无论是耕者还是锄者,都被她的美貌所牢牢吸引,这是侧面描写,将罗敷的美渲染到极致;第二段,自然引出"使君"依仗自己的权势,企图占取罗敷的美色,而罗敷则大胆机智回应;第三段,罗敷继续机智回答自己的丈夫如何官运亨通,权势甚大,长相、气势、风度无不超绝群伦,以此震慑、还击了"使君"的无理调戏。作品不仅写出罗敷服饰之美、相貌之美、勇气之美、机智之美,更重要的是写出了罗敷的心灵之美——不畏权势、洁身自爱、忠贞如一。同时,通过对比,揭露和嘲弄了那些依仗权势,任意霸取民女、残害百姓的官吏的丑恶嘴脸,不乏喜剧色彩。实际上,罗敷体现了古代人们对真正的美女的完美想象,是一个理想化的人物。

　　《陌上桑》是否乐府"民歌"? 学术界看法不一。从罗敷的穿着打扮、出场气

---

① 居上头:在行列的前端。意思是地位高,受人尊重。

② 骊:深黑色的马。驹:两岁的马。这句是说,骑着白马后边跟着小黑马的大官就是我丈夫。

③ 鹿卢:即辘轳,井上汲水用的滑轮。鹿卢剑:指剑首用玉刻成辘轳型的剑。

④ 府小吏:太守府中地位低下的小官吏。

⑤ 朝大夫:朝廷中大夫的官职。

⑥ 侍中郎:出入宫禁的侍卫官。

⑦ 专城居:一城之主,如太守、刺史之类的官吏。

⑧ 鬑鬑:鬓发疏朗的样子。颇有须:略微有一点胡须。

⑨ "盈盈"和"冉冉"都是指步履舒缓的样子。公府:官府。公府步,官步。

⑩ 殊:与众不同。

势看,罗敷应该不是当时一般贫家出身,而应是贵族人家出身。那么,贵族家人的女儿怎么还采桑? 或者说,采桑是否就是一般农业劳动的表现? 有的学者认为采桑是从《诗经》以来女性表达爱情的传统的延续。如《汾沮洳》写一个女子在采桑时爱上了一个男子:"彼汾一方,言采其桑。彼其之子,美如英。美如英,殊异乎公行!"《桑中》写男女的幽会:"云谁之思,美孟姜矣! 期我乎桑中,要我乎上宫,送我乎淇之上矣!"《十亩之间》写男女幽会后的愉悦:"十亩之间兮,桑者闲闲兮,行与子还兮!"《陌上桑》继承了《诗经》这种"桑林文学"传统,只不过随着时代的变化,这种自由自在的桑林之爱受到更多道德操守的约束,于是有了诗篇中罗敷的表现。《陌上桑》实际上是把西汉刘向《列女传》中"戏妻"的鲁人秋胡的形象一分为二:一个是位居高位,企图调戏路旁采桑女的恶丈夫,一个是值得夸耀的好丈夫。

另一问题是,诗篇中罗敷是否有丈夫? 有的学者认为罗敷并无丈夫,她还是一个女儿,所以她出来采桑,才引来那么多人赏看。如果罗敷真的没有丈夫,那么更能说明她在应对"使君"时的大胆、机智和自爱自重。总之,罗敷已成为今后美女的代称,集浪漫想象与历史描述于一体,对后世的女性书写产生了深远影响。如《西厢记》对莺莺的描写,就有罗敷的影子。

【延伸阅读作品和参考文献】

1. 吴小如、王运熙等《汉魏六朝诗鉴赏辞典》"汉乐府歌"部分,上海辞书出版社 1992 年版。

2. 朱东润主编《中国历代文学作品选》(上编第一册),上海古籍出版社 2002年版。

3. 木斋《古诗十九首与建安诗歌研究》,人民出版社 2009 年版。

【思考与练习】

诗篇中的罗敷是个什么样的女性形象? 诗篇是如何塑造这一形象的?

(吉素芬)

古诗十九首·行行重行行①

行行重行行,与君生别离。
相去万余里,各在天一涯。
道路阻且长,会面安可知!
胡马依北风②,越鸟巢南枝③。
相去日已远,衣带日已缓;
浮云蔽白日,游子不顾反。
思君令人老,岁月忽已晚。
弃捐勿复道,努力加餐饭!

【作品导读】

《古诗十九首》是汉末年一组五言古诗,作者不详。《行行重行行》是其中的第一首,也是最有名的一首,被南朝梁昭明太子萧统收入《文选》。

这首诗首先应该被看成一首爱情诗,表别离之苦和相思之意。首句"行行重行行"是说心上人与自己分别,且渐行渐远,没有停止之意。"与君生别离"表明相思女子与所思之人的分别是在不情愿的情况下进行的。"生别离"语出《楚辞·九歌·少司命》:"悲莫悲兮生别离,乐莫乐兮新相知。""生别离"强调两人的分离是被迫、无奈的,所以也是极其痛苦的。起始两句就定下全诗的基调:悱恻缠绵,无限愁绪,深情思念而又无可奈何。所以,下面"相去万余里,各在天一涯",是说"生别离"的结果——两人各在天涯海角,中间的距离有万里之长。"万里",在这里显然是约数,意在突出两人之间空间距离之大。下面吟咏"道路阻且长,会面安可知!"表达两人之间道路漫长,会面之难。"道路阻且长",化用《诗经·蒹葭》中句:"溯洄从之,道阻且长。"既然两人之间路途漫漫,过程中又颇多羁绊、阻隔,所以,何日才能再见真是渺茫得很了。朱自清在《古诗十九首释》中言此句是"暗示'从之'不得之意"。"胡马依北风,越鸟巢南枝"是起兴,言下之意是,鸟兽尚且知道思家怀乡,与所亲所爱之对象欢聚相伴,为何人却要饱受"生而别离"、"天各一涯"之苦?这种追问除了抽象意义外,应该还有对所思之人的追问,甚至是疑虑。

如果说前八句重点书写"生别离"之苦,那么后八句重点书写"思君"之苦。

---

① 选自曹旭《古诗十九首与乐府诗选评》,上海古籍出版社 2002 年版。
② 胡马:北方所产的马。这句是说,北方产的马依恋于北方的生活环境。
③ 越鸟:南方所产的鸟。这句是说,南方产的鸟栖息在南方的树上。

抒情主人公对远行人的长期不归百思不得其解,思念却随时光增长,导致抒情主人公日渐消瘦,以至于衣带也渐渐宽松了。"缓",这里指因身体消瘦而导致的衣服显得宽松、宽大。"浮云蔽白日,游子不顾反",是以天气变坏比喻生活环境变坏,"游子"在外怎么不念及回家之事呢?"不顾反"三个字饱含相思女子对心上人不归、恋人不得相聚的怨恨、无可奈何及一腔幽怨之情。终日的思念、哀怨,不知不觉中人已变老,岁月流失很多,致有"思君令人老,岁月忽已晚"之句。这里一个"忽"字,陡然令人心惊,烘托出生命无常,青春短暂。这种忧愁的书写与李白《长干行》中所述"坐愁红颜老"相仿佛。《古诗十九首·冉冉孤生竹》也有类似表达:"思君令人老,轩车来何迟?伤彼蕙兰花,含英扬光辉。过时而不采,将随秋草萎。"最后两句,"弃捐勿复道",是诀词,是狠语,似乎言明自己要放弃思念及由此带来的忧愁了。"弃捐",抛弃之意,意为抛弃忧愁、相思。"努力加餐饭"是自勉之语,言外之意是其他一切都不重要了,只有保重身体以待来日,才是最重要的。看似是疏远远方"游子",实则依然表达了对远方"游子"的期待和幽深思念之情!

深究之,诗歌也折射出东汉末年的时代氛围。诗歌所表达的那份对于所爱对象难以驾驭的哀叹、伤痛之情表达了抒情主人公对于时代的独特感受。社会动荡,人生理想难以实现,每个人只有好自为之。自古以来,不少学者还认为诗歌表达了贤士思念君、渴望被君主重用、重用不得只好"独善其身"的隐衷[①]。这说明诗歌具有丰富的象征性蕴含。

全诗有明显的时空创造——前八句侧重于艺术空间,后八句侧重于艺术时间。所以,诗歌的表达很朴素、简约,但寓意深远而概括性又很强。使人对人生产生诸多联想。比喻、铺陈、重复、对比等手法巧妙运用,虚实相间,托物比兴;环环相扣,层层深入,前后照应,章法严谨,确为古典诗歌中不朽的典范。

【延伸阅读作品和参考文献】

1. 吴小如、王运熙等《汉魏六朝诗鉴赏辞典》"古诗十九首"部分,上海辞书出版社 1992 年版。

2. 孙力平主编《经典诗文讲解与诵读》,浙江大学出版社 2011 年版。

3.《叶嘉莹说汉魏六朝诗》,中华书局 2007 年版。

【思考与练习】

如何理解《行行重行行》深情而又无奈的艺术格调?

(吉素芬)

[①] 《叶嘉莹说汉魏六朝诗》,中华书局 2007 年版,第 84 页。

饮 酒（其五）①

陶渊明

结庐在人境②，而无车马喧。
问君何能尔③？心远地自偏。
采菊东篱下，悠然见南山。
山气日夕佳，飞鸟相与还。
此中有真意，欲辩已忘言。

【作品导读】

　　陶渊明（365—427），又名潜，字元亮，号五柳先生，私谥靖节，晋宋时浔阳柴桑（今江西九江西南）人。我国古代最有成就的诗人、辞赋家、散文家之一。曾任江州祭酒、建威参军、镇军参军、彭泽县令等官职。在彭泽县令任上八十多天后，因实在无法容忍官场阿谀奉承的习气，毅然辞官离去，从此归隐田园。有《陶渊明集》。

　　陶渊明是我国古代第一位田园诗人，史称"千古隐逸之宗"。他写作了大量的田园隐逸之诗，其中《归田园居》组诗（共五首）、《饮酒》组诗（共二十首）等是其中的精品，千古传诵不衰。《饮酒》组诗写于他厌倦官场、回归田园乡间后，表现诗人亲自躬耕陇亩，享受大自然带来的简单闲适、安贫乐道、归于内心最极致的安宁和满足的情怀和志趣。其中，我们所选第五首尤为脍炙人口，深得读者喜爱。

　　"结庐在人境，而无车马喧。"诗人将住所建筑在熙来攘往的尘世间，却听不到车马的喧嚣。这似乎很让人疑惑。"问君何能尔"，如何能做到这样呢？"心远地自偏"，心灵避离尘俗自然就会宁静悠远。表明诗人的精神和现实拉开了距离，超脱了世俗的功名利禄。心不动，奈尔何？读诗到此处，一位归隐之士的高雅情志跃然纸上。可见诗人的心灵超然净化，使车马喧闹的环境也因之幽静僻远了。诗句涵蕴着深刻的哲理，"车马喧"不仅是实在的事物，同时也象征了整个为权位名利翻腾不休的官僚社会。这四句借眼前之物谈人生哲理，于简朴中见深意，寻常处生波澜。

---

　　① 选自逯钦立校注《陶渊明集》，中华书局 1979 年版。
　　② 结庐：建造房舍。
　　③ 尔：如此、这样。这句和下句设为问答之辞，说明心远离尘世，虽处喧嚣之境也如同居住在偏僻之地。

"采菊东篱下，悠然见南山。"信手采菊，无意抬头，南山秀丽的景色扑入眼底，一切都是无意识的，但却更显得悠然自得，趣意益然。这里一个"见"字用得非常好。苏东坡曾说过，如果把这个"见"南山改成"望"或"看"南山，就索然无味了。"因采菊而见山，境与意会，此句最有妙处"。全诗所表现的人生境界与艺术境界之高妙，全得益于这个"见"字。"见"字以无心而得妙，正是它所体现的"偶然"、"不用意"的心态决定了此篇的"悠然"神气，形神闲逸自得。如采用"望"字，则似是诗人有意所为、着意之举，与悠然心境不符；"见"字则不然，南山美景自然而然地映入眼帘，山色忽然呈现乃采菊之余的意外之喜。这不仅是诗人采菊之际偶然抬头的视线触及，也是只在心境悠然的情况下才能获取的。

"山气日夕佳，飞鸟相与还。"山林中的雾霭在夕阳之下紫气升腾，若有若无，缭绕于峰际；成群的鸟儿相伴飞返回巢，归隐山林。描摹出一幅自然图境，把主体的情感化为客观的景物。诗人从南山美景中联想到自己的归隐，从中悟出了返璞归真的哲理。飞鸟朝去夕回，山林乃其归宿；自己屡次离家出仕，最后还得回归田园，田园也为己之归宿。诗人在《归去来兮辞》中曾这样写道："云无心以出岫，鸟倦飞而知还。"他以云、鸟自喻，云之无心出岫，恰似自己无意于仕而仕；鸟之倦飞知还，正像诗人厌恶官场而隐。本诗中"飞鸟相与还"两句，与《归去来兮辞》中"鸟倦飞而知还"两句，其寓意实为同一。

最后两句，是全诗的总结，在这里可以领悟到生命的真谛。刚要把它说出来，却已经找不到合适的语言。这一种真谛，乃是生命的活泼泼的感受，逻辑的语言不足以体现它的微妙。这种人生的乐趣，只能意会，不可言传，也无需叙说。这充分体现了诗人安贫乐道、励志守节、与自然神游的高尚品德和审美情怀。这两句既可以看出老庄哲学的痕迹，也可以让人感悟到后世禅宗大彻大悟的意味。

这首诗既抒发了归隐生活的悠闲恬静的欣悦，又蕴含着诗人对宇宙人生超然境界的向往和憧憬。此诗颇有古风，起意很高，而表达清新自然。全诗说理、抒情、写景交融一体，如："结庐在人境"是写景，"而无车马喧"是写超脱尘世的感受，是抒情，也说明了"心远地自偏"的道理。"采菊东篱下，悠然见南山"两句，既是写景又是抒情，将诗人淡泊的心境和优美的环境水乳交融。"山气日夕佳，飞鸟相与还"是写景，但从写景中流露出了诗人归隐后怡然自得的情怀，将情融于景中。诗的最后两句"此中有真意，欲辩已忘言"是直接抒情，同时又蕴涵了丰富的人生哲理。全诗因此而余音绕梁，回味悠长。

【延伸阅读作品和参考文献】

1. 陶渊明《归园田居》、《饮酒》、《归去来兮辞》、《五柳先生传》，见袁行霈《陶渊明集笺注》，中华书局 2011 年版。

2. 吴小如、韦凤娟等《陶渊明诗文鉴赏辞典》，上海辞书出版社 2012 年版。

3. 钱志熙《陶渊明传》，中华书局 2012 年版。

【思考与练习】

1. 陶渊明《归田园居》其一，如下：

　　　　少无适俗韵，性本爱丘山。误落尘网中，一去三十年。
　　　　羁鸟恋旧林，池鱼思故渊。开荒南野际，守拙归田园。
　　　　方宅十余里，草屋八九间。榆柳荫后檐，桃李罗堂前。
　　　　暧暧远人村，依依墟里烟。狗吠深巷中，鸡鸣桑树颠。
　　　　户庭无尘杂，虚室有馀闲。久在樊笼里，复得返自然。

试想，在当代社会，你还会选择陶渊明式的生存方式么？为什么？

2. 试比较陶渊明组诗《饮酒》与美国梭罗《瓦尔登湖》在人生志趣上的异同。

（高婉青　刘成国）

将进酒^①

李　白

君不见黄河之水天上来，奔流到海不复回。

君不见高堂明镜悲白发，朝如青丝暮成雪。

人生得意须尽欢，莫使金樽空对月。

天生我材必有用，千金散尽还复来。

烹羊宰牛且为乐，会须一饮三百杯。

岑夫子，丹丘生，将进酒，杯莫停。

与君歌一曲，请君为我侧耳听。

钟鼓馔玉何足贵，但愿长醉不复醒。

古来圣贤皆寂寞，惟有饮者留其名。

陈王昔时宴平乐，斗酒十千恣欢谑。

主人何为言少钱，径须沽取对君酌。

五花马，千金裘，呼儿将出换美酒，与尔同销万古愁。

【作品导读】

　　李白(701—762)，字太白，号青莲居士，祖籍陇西成纪(今甘肃秦安县)。隋末，其先人因罪流徙于西域碎叶城，李白就诞生在那里。约五岁时随父迁居绵州昌隆(今四川江油市)青莲乡。青年时期在蜀中就学漫游，成年后，先后漫游了长江、黄河流域的名山胜地。唐玄宗天宝初，应召入京，为供奉翰林。两年后被排挤出长安，开始了新的漫游。安史之乱中，因参加永王李璘幕府，被流放夜郎，中途遇赦东归。晚年漂泊东南一带，后病死于安徽当涂。

　　李白是我国伟大的浪漫主义诗人。他的诗雄奇奔放，想象丰富，夸张大胆新奇，语言清新明快，音律和谐多变。杜甫曾说他"笔落惊风雨，诗成泣鬼神"(《寄李十二白二十韵》)，杜荀鹤称他为"千古一诗人"(《经谢公青山吊李翰林》)。有《李太白集》三十卷，存诗近千首。

　　《将进酒》是李白的代表作之一，主要是抒发怀才不遇的苦闷与愤郁，抒发对封建社会中人才被压抑的不合理的现象、牢骚。这样的思想内容，可以说自古以来就有，李白以后也有许多人一再重复这个主题，李白这首诗究竟有什么特殊性？有两个方面值得注意，首先是诗人提出了"天生我材必有用"这样一种新的人生价值观。李白这里所说的"我"，当然包括自己在内，或者说首先指他自己，

---

　　① 　选自(清)王琦注《李太白全集》(上册)，中华书局 1977 年版。

但并不局限于他自己。这个"我",可以泛指一切人,至少是一切有志气、有抱负的人,是一个大写的人。在古代,一个知识分子再有才能,也必须在现实生活中找到一个依附的对象(或君主、或权贵),他的才能方可得到发挥。也就是说,天生我才是不是有用,是不由自主的、不是必然的。而李白却首次喊出"天生我材必有用"这样一个不带任何附加条件的口号,这反映了一种进步意识:一个人的价值,是由他自身的"材"(包括才能与品质)决定的,并不取决于某个君主或权贵是否赏识、任用他。你不用他,他的"材"照样存在,照样有价值;在这里发挥不了作用,不被理解与任用,照样可以在其他地方发挥作用。总之,人的价值就在于他所具有的品质与才能。有才,就有价值,就必有用。这种人生价值观念,当然反映了盛唐的时代精神,但就其思想本质而论,它倒是属于未来时代的东西。明代中后期,随着商品经济的发展,这种珍视知识分子独立人格、独立价值的思想,逐步成为进步知识分子的一种具有民主性的思想意识。其次,在艺术上不但"黄河之水天上来,奔流到海不复回"这种雄伟壮观的形象本身带有李白自己的影子,成为李白独特的豪迈不羁的狂士的象征,而且全篇气势豪放,如大河奔腾,浩荡而东,具有一种不可阻遏的力量。因此,虽是饮酒放歌,却无颓废之感、寒伧之态。以豪放的气势抒写内心强烈的苦闷与愤郁,是李白许多表达理想与现实矛盾的诗歌的共同特点,而此篇最为突出。

【延伸阅读作品和参考文献】

1. 李白《行路难》、《梁园吟》、《宣州谢朓楼饯别校书叔云》、《答王十二寒夜独酌有怀》,可参(清)王琦注《李太白全集》(上、下),中华书局 2011 年版。

2. 周勋初《李白评传》,南京大学出版社 2005 年版。

【思考与练习】

1. 苏轼《贾谊论》说:"非才之难,所以自用者实难。"结合李白的"天生我材必有用",谈谈你的理解。

2. 下面是李贺的《将进酒》:

> 琉璃钟,琥珀浓,小槽酒滴真珠红。
> 烹龙炮凤玉脂泣,罗帏绣幕围香风。
> 吹龙笛,击鼍鼓;皓齿歌,细腰舞。
> 况是青春日将暮,桃花乱落如红雨。
> 劝君终日酩酊醉,酒不到刘伶坟上土!

请比较李白与李贺这两首同名诗在情感内涵和艺术表现上的不同。

(彭万隆)

赠卫八处士①

杜 甫

人生不相见，动如参与商。
今夕复何夕，共此灯烛光。
少壮能几时，鬓发各已苍。
访旧半为鬼，惊呼热中肠。
焉知二十载，重上君子堂。
昔别君未婚，儿女忽成行。
怡然敬父执，问我来何方。
问答乃未已，驱儿罗酒浆。
夜雨剪春韭，新炊间黄粱。
主称会面难，一举累十觞。
十觞亦不醉，感子故意长。
明日隔山岳，世事两茫茫。

【作品导读】

杜甫（712—770），字子美，祖籍襄阳，后迁居今河南巩义市。青年时代曾漫游吴越、齐赵、梁宋等地，结识了李白、高适等著名诗人。唐玄宗天宝六载（747），赴长安应试不第，多次拜谒也不得重用，困居长安近十年。直到天宝十四载（755），才谋得右卫率府胄曹参军的官职。不久，安史乱起，为叛军所俘，困于长安，后逃赴灵武投奔肃宗。至德二年（757）任左拾遗，后贬为华州司功参军。乾元二年（759），弃官西去，携家辗转到了四川成都，曾在四川节度使严武幕府任参谋，被严武保荐为检校工部员外郎。唐代宗大历元年（766），杜甫离成都东下夔州。大历三年（768）出四川，辗转漂泊湘鄂一带，大历五年（770）病死于湘江的一条破船上。

杜甫是唐代的伟大诗人，与李白齐名，并称"李杜"。杜甫的诗以现实主义的手法生动具体地反映了唐代社会由盛转衰的过程，展现了安史之乱前后唐代社会各阶层、各地区的真实图画，因此他的作品被称为"诗史"、"图经"。有《杜少陵集》，收诗一千四百余首。后人注本极多，主要的有仇兆鳌的《杜少陵集详注》（又名《杜诗详注》）、钱谦益的《杜工部集笺注》、杨伦的《杜诗镜铨》等。

唐肃宗乾元元年（758）六月，杜甫由左拾遗贬谪到华州任司功参军。这一年

---

① 选自（清）仇兆鳌《杜诗详注》（第二册），中华书局 1979 年版。

冬末,他到洛阳去看望战乱后的故乡,拜访亲友。第二年春天,唐九节度使兵溃于相州城下,洛阳震动,士民逃散,杜甫也从洛阳赶回华州。本篇和《三吏》《三别》等名篇都是这一时期的作品。题中的卫八,是作者青年时代的一位朋友,其名不详,八,是其人的排行。这首五言古诗的主要内容是抒发人生聚散离合无定的深沉感慨,从一个侧面反映出战乱时代人们遭遇的不幸。诗中所写的内容,和同时期的《三吏》《三别》相比较,固然没有具体描写安史乱后国家的残破,人民的痛苦;但战争的残酷,社会的凋零,我们仍可以从诗中感觉出来。前四句总提今昔聚散之情,中间十六句叙述别后人事的沧桑变化与老朋友盛情款待,最后两句兼写聚散无常、别易会难的感慨。清代张上若说:"全诗无句不关人情之至,情景逼真,兼极顿挫之妙"(《杜诗镜铨》引),全诗语言质朴自然,不加雕琢,只把老友重逢的情景如实写来,一气呵成,感情醇厚真挚,具有强烈的生活真实感。

【延伸阅读作品和参考文献】

1. 杜甫"三吏"、"三别",可参萧涤非《杜甫诗选注》,人民文学出版社 2002年版。

2. 莫砺锋《杜甫评传》,南京大学出版社 1993年版。

3. 莫砺锋《杜甫诗歌讲演录》,广西师范大学出版社 2007年版。

【思考与练习】

1. 分析本诗怎样体现乱离中的人情之美。

2. 阅读"三吏"、"三别",谈谈对其主题的理解。

(彭万隆)

长恨歌①

白居易

汉皇重色思倾国②，御宇多年求不得③。

杨家有女初长成④，养在深闺人未识。

天生丽质难自弃，一朝选在君王侧。

回眸一笑百媚生，六宫粉黛无颜色。

春寒赐浴华清池⑤，温泉水滑洗凝脂。

侍儿扶起娇无力，始是新承恩泽时。

云鬓花颜金步摇⑥，芙蓉帐暖度春宵。

春宵苦短日高起，从此君王不早朝。

承欢侍宴无闲暇，春从春游夜专夜。

后宫佳丽三千人，三千宠爱在一身。

金屋妆成娇侍夜⑦，玉楼宴罢醉和春。

姊妹弟兄皆列土⑧，可怜光彩生门户。

遂令天下父母心，不重生男重生女。

骊宫高处入青云⑨，仙乐风飘处处闻。

缓歌慢舞凝丝竹，尽日君王看不足。

渔阳鼙鼓动地来⑩，惊破霓裳羽衣曲⑪。

九重城阙烟尘生⑫，千乘万骑西南行。

---

① 选自谢思炜《白居易诗集校注》（第二册），中华书局 2006 年版。

② 汉皇：本指汉武帝，这里借指唐玄宗。倾国：指貌美的女子。据《汉书·外戚传》记载，汉武帝的乐人李延年在汉武帝面前起舞歌唱，赞美自己的妹妹李夫人的美貌："北方有佳人，绝世而独立。一顾倾人城，再顾倾人国。"

③ 御宇：御临宇内，指统治天下。

④ 杨家有女：杨玉环幼时养在叔父家，唐玄宗开元二十三年（735），册封为寿王（李隆基子）妃；二十八年，李隆基为夺取她，先废她为女道士，号太真，天宝四年（745），册封为贵妃。

⑤ 华清池：温泉浴池名，在今陕西临潼骊山麓。

⑥ 金步摇：首饰，"钗"的一种。

⑦ 金屋：《汉武故事》载，武帝幼时，他姑妈问他："汝欲得妇否？"武帝答："欲得。"姑姑指着她的女儿阿娇问："好否？"武帝答："欲得阿娇作妇，当作金屋贮之。"金屋：华美的房屋，这里指杨贵妃的住处。

⑧ 列土：本指分封土地，此处指得到封爵。

⑨ 骊宫：指骊山上的华清宫。

⑩ "渔阳"句：指安禄山反叛。渔阳，唐郡名，是范阳节度使所统辖的八郡之一，这里泛指范阳地区。鼙（pí）鼓，古代军中所用的一种小鼓。

⑪ 霓裳羽衣曲：舞曲名，是西域乐曲的一种，开元时流入中国。

⑫ 九重城阙：天子居住的地方有九道门，故称九重。这里指京城长安。

翠华摇摇行复止①,西出都门百余里。

六军不发无奈何②,宛转蛾眉马前死。

花钿委地无人收③,翠翘金雀玉搔头。

君王掩面救不得,回看血泪相和流。

黄埃散漫风萧索,云栈萦纡登剑阁④。

峨嵋山下少人行,旌旗无光日色薄。

蜀江水碧蜀山青,圣主朝朝暮暮情。

行宫见月伤心色,夜雨闻铃肠断声。

天旋日转回龙驭⑤,到此踌躇不能去。

马嵬坡下泥土中⑥,不见玉颜空死处⑦。

君臣相顾尽沾衣,东望都门信马归。

归来池苑皆依旧,太液芙蓉未央柳⑧。

芙蓉如面柳如眉,对此如何不泪垂。

春风桃李花开日,秋雨梧桐叶落时。

西宫南苑多秋草⑨,落叶满阶红不扫。

梨园弟子白发新⑩,椒房阿监青娥老⑪。

夕殿萤飞思悄然,孤灯挑尽未成眠。

迟迟钟鼓初长夜⑫,耿耿星河欲曙天⑬。

鸳鸯瓦冷霜华重,翡翠衾寒谁与共。

悠悠生死别经年,魂魄不曾来入梦。

---

① 翠华:指皇帝仪仗队的旗子,用翠鸟翎毛装饰。

② 六军:泛指皇帝的羽林军。

③ 花钿:即金钿,镶嵌金花的首饰。

④ 云栈:高入云霄的栈道。剑阁:大小剑山之间的栈道名,又叫剑门关,在今四川剑阁县北。

⑤ "天旋日转"句:唐玄宗至德二年(757)十月,郭子仪军收复长安,唐肃宗派太子太师韦见素迎玄宗于蜀郡,同年十二月,唐玄宗还京。天旋日转,谓大局转变。龙驭,皇帝的车驾。

⑥ 马嵬(wéi)坡:即马嵬驿,因晋代名将马嵬曾在此筑城而得名,今陕西兴平市西,为杨贵妃缢死的地方。

⑦ 空死处:空见死处。

⑧ 太液、未央:原为汉代所造的池名、宫名。这里借指唐代宫廷中的池苑。

⑨ 西宫:太极宫。南苑:兴庆宫。苑,一作"内"。兴庆宫在东内之南,故称南内。玄宗返京后,初居兴庆宫,因临近大街,时常和外界接触,肃宗左右的人唯恐他有复辟之心,将他迁入太极宫的甘露殿,加以变相的软禁。这句以下所写为居西宫时的情况。

⑩ 梨园弟子:指唐玄宗当年所训练过的一批艺人。

⑪ 椒房:后妃所住的宫殿。阿监:宫中女官。青娥:青春姣好的容颜。

⑫ 钟鼓:报时的钟鼓声。初长夜:指秋夜,入秋则夜渐长,故称。

⑬ 耿耿:微明的样子。

临邛道士鸿都客①,能以精诚致魂魄。

为感君王辗转思,遂教方士殷勤觅。

排空驭气奔如电,升天入地求之遍。

上穷碧落下黄泉,两处茫茫皆不见。

忽闻海上有仙山,山在虚无缥缈间。

楼阁玲珑五云起,其中绰约多仙子。

中有一人字太真,雪肤花貌参差是。

金阙西厢叩玉扃,转教小玉报双成②。

闻道汉家天子使,九华帐里梦魂惊③。

揽衣推枕起徘徊,珠箔银屏迤逦开④。

云鬓半偏新睡觉⑤,花冠不整下堂来。

风吹仙袂飘飘举,犹似霓裳羽衣舞。

玉容寂寞泪阑干⑥,梨花一枝春带雨。

含情凝睇谢君王,一别音容两渺茫。

昭阳殿里恩爱绝⑦,蓬莱宫中日月长。

回头下望人寰处,不见长安见尘雾。

唯将旧物表深情,钿合金钗寄将去⑧。

钗留一股合一扇,钗擘黄金合分钿⑨。

但教心似金钿坚,天上人间会相见。

临别殷勤重寄词,词中有誓两心知。

七月七日长生殿⑩,夜半无人私语时。

在天愿作比翼鸟,在地愿为连理枝。

天长地久有时尽,此恨绵绵无绝期。

---

① 临邛(qióng):县名,唐属剑南道,今四川省邛崃市。鸿都:后汉首都洛阳宫门名,这里借指长安。

② 小玉、双成:都是古代神话中的女子。原注:"小玉,吴王夫差女名。"双成,即董双成,西王母侍女。见《汉武帝内经》。

③ 九华帐:张华《博物志》卷三:"汉武帝好仙道,祭祀名山大泽,以求神仙之道。时西王母遣使乘白鹿告帝当来,乃供帐九华殿以待之。"

④ 珠箔:用珍珠穿成的帘箔。银屏:镶嵌银丝花纹的屏风。

⑤ 觉:指睡醒。

⑥ 阑干:纵横的样子。

⑦ 昭阳殿:汉殿名,赵飞燕姊妹所居住,这里借指杨贵妃生前的寝宫。

⑧ 钿合:用珠宝镶嵌的一种首饰,用两片合成。

⑨ 钗擘(bò)黄金合分钿:伸足上句的意思。钗擘黄金,即上句所说的"钗留一股";合分钿,即上句所说的"合一扇"。上句的"一股""一扇"指自己留下的一半,这里是指寄给对方的一半。擘,用手分开。

⑩ 长生殿:用来祭神的宫殿。唐代后妃所居寝宫,也可通称为长生殿。这里应指华清宫内贵妃的寝殿。

【作品导读】

白居易(772—846),字乐天,号香山居士,又号醉吟先生,祖籍山西太原,后迁居下邽(今陕西渭南),生于新郑(今属于河南)。唐贞元十六年(800)进士。曾任翰林学士、左拾遗等,因上书言事,40岁时被贬江州司马。后曾任杭州、苏州刺史,官终刑部尚书。是唐代伟大的现实主义诗人,也是唐代三大诗人之一。有《白氏长庆集》。

白居易一生创作了三千多首诗,这在唐代诗人中首屈一指。诗歌题材广泛,形式多样,语言平易通俗。其中最为人所传诵的自然是他归为"感伤诗"的《琵琶行》与《长恨歌》。

《长恨歌》是一首长篇叙事诗,作于唐宪宗元和元年(806)十二月。白居易时年三十五岁,任盩厔(今陕西周至)县尉。一天,他与在当地结识的秀才陈鸿、王质夫同游仙游寺,谈起五十多年前的天宝往事。唐玄宗与杨贵妃的爱情悲剧及相关遗闻传说,让三人不胜感慨。他们唯恐这一希代之事与时消没,不闻于世,王质夫遂提议,由擅长抒情的白居易为之作歌,由陈鸿为之写传奇小说《长恨歌传》。于是,诗、传一体,相得益彰。白居易由此被呼为"《长恨歌》主"。

白居易自言"一篇长恨有风情"(《编集拙诗成一十五卷因题末戏赠元九李十二》),说明作者是为歌"风情"而作此诗。全诗以"长恨"为中心,生动地描绘了唐玄宗、杨贵妃缠绵悱恻的爱情故事及悲剧结局。其中相当复杂的情节,只用精练的几句话就交代过去,而着力在情的渲染。诗人从反思的角度写出了造成悲剧的原因,但对悲剧中的主人公又寄予同情和惋惜。全诗写得婉转细腻,却不失雍容华贵,没有半点纤巧之病。明明是悲剧,却又那样超脱,实为浪漫与古典兼备的绝妙典型,读后令人荡气回肠。

诗分四段,先写李杨相恋情景,反复渲染唐玄宗得贵妃后如何纵欲行乐以致酿成安史之乱导致悲剧结局。次写兵变妃死,写出了"长恨"的内因,唐玄宗的迷色误国,就是这一悲剧的根源。这是悲欢荣辱极端对比的写法。再写物是人非及刻骨铭心的无望思念。诗人抓住了人物精神世界里揪心的"恨",用酸恻动人的语调,描述了杨贵妃死后唐玄宗在蜀中的寂寞悲伤,还都路上的追怀忆旧,回宫以后睹物思人,物是人非事事休的种种感触。正由于诗人把人物的感情渲染到这样的程度,后面道士的到来,仙境的出现,便给人一种真实感,不以为纯粹是一种空中楼阁了。最后写天人永隔之长恨。如此由乐而悲而思而恨,构成全诗的感情脉络,其间因果关系密切而分明。

这首长篇叙事诗,诗人在叙述故事和人物塑造上,采用了中国传统诗歌常见的抒写手法,将叙事、写景和抒情和谐地结合在一起,形成诗歌抒情上回环往复的特点。诗人把人物的思想感情注入景物,移情于景,用景物来烘托人物的心境;同时抓住人物周围富有特征性的景物、事物,通过人物对它们的感受来表现内心的感情,触物生情,层层渲染,恰如其分地表达人物蕴蓄在内心深处的难达之情。

眼见蜀地山清水秀,回首往事相思忍不住泪流,行宫里独自赏月惨然凄怆,雨夜中伊人不再铃声断肠。四周寻常的一景一物都能引起玄宗刻骨铭心的无望思念,诗人善于将人物的情感蕴蓄在景物描写中来层层展露,景中含情,情由景生。营造出一种悲凉伤感的意境来表现人物内心的愁苦和凄清。"天旋日转回龙驭,到此踌躇不能去。马嵬坡下泥土中,不见玉颜空死处",重返长安路上,经过萋萋马嵬坡下,玉颜不见,唯有荒凉坟冢,叙事中情感满溢,令人为之动容。回长安后,池苑依旧,芙蓉仍在,垂柳未改,唯伊人永别,由景而情,此情此景如何不让人潸然泪下?将写景抒情和叙事完美结合,创造出更加哀艳动人的场景,揪人心痛、催人泪下。

今人丁毅、文超在《〈长恨歌〉评价管窥》一文中探寻白居易何以仅仅能由偶然谈及的五十年前的一段史实而爆发出如此多的诗情,认为其中隐含有更多的作者本身的思想情感因素。该文中考证出白居易有一个相爱女子名叫湘灵,两人感情甚笃却因门第观念无法正式结婚。与情人永别时诗人写有"不得哭,潜别离;不得语,暗相思;两心之外无人知……惟有潜离与暗别,彼此甘心无后期"的沉痛诗句,而《长恨歌》写于诗人婚前几个月。"在天愿作比翼鸟,在地愿为连理枝。天长地久有时尽,此恨绵绵无绝期",说是诗人借前代帝妃的悲剧,抒发自己的痛苦与深情也未尝不可。

【延伸阅读作品和参考文献】

1. 郑畋《马嵬》,见《全唐诗》(第九册),中华书局 1985 年版。

2. 李商隐《马嵬》,可参刘学锴等注《李商隐诗歌集解》,中华书局 1988年版。

3. 袁枚《长恨歌》,见袁枚《小仓山房文诗文集》,上海古籍出版社 1988年版。

4. 王淮生《诗海沉帆:杨贵妃马嵬后历史揭秘》,中国青年出版社 1998年版。

5. 萧涤非、程千帆等《唐诗鉴赏辞典》"白居易"部分,上海辞书出版社 1983年版。

【思考与练习】

1. 如何理解中国古代的红颜祸水论?

2. 如何理解诗中"长恨"的含义?

(高婉青　刘成国)

望海潮①

柳 永

东南形胜，三吴都会②，钱塘自古繁华。烟柳画桥，风帘翠幕，参差十万人家③。
云树绕堤沙，怒涛卷霜雪，天堑无涯④。市列珠玑⑤，户盈罗绮，竞豪奢。　　重
湖叠巘清嘉⑥，有三秋桂子，十里荷花。羌管弄晴⑦，菱歌泛夜⑧，嬉嬉钓叟莲娃。
千骑拥高牙⑨，乘醉听箫鼓，吟赏烟霞。异日图将好景，归去凤池夸⑩。

【作品导读】

柳永(生卒年不详)，字耆卿，原名三变，崇安(今属福建)人，主要生活在宋真
宗(998—1022)、仁宗(1023—1056)时代。早年屡试不第，宋仁宗景祐元年
(1034)中进士，仕途失意，仅当过屯田员外郎等小官。有《乐章集》。

柳永是宋代第一个倾全力填词的文人，他推动了宋词的变革。柳永精通音
律，在词的体制上有着突破性的成就：一是创制或使用了许多新曲调。柳永是两
宋词坛上创制或使用词调最多的词人，其现存词 210 余首，共用词调 150 余种。
而在宋人所用 880 余个词调中，就有 100 多个词调是柳永创制或首次使用的，可
以说词至柳永，体制始备。二是写作了许多长调词即慢词。小令体制短小，一首
小令通常多则五六十字，少则二三十字。而慢词的体制较长，一首词少的有八九
十字，多的达一二百字。从唐五代到宋初，词的体式以小令为主，词人在创作上
擅长小令。宋初词人张先、晏殊和欧阳修，创作了一些慢词，但数量很少，三人创
作的慢词加起来 30 余首。而在柳永《乐章集》近 200 首词中，慢词占十之七八，
数量超过前人所作慢词的总和，柳永从根本上改变了词坛从唐五代以来小令一
统天下的格局，使慢词得以与小令分庭抗礼。慢词篇幅的加长，就使得词的涵量

---

①　选自唐圭璋编《全宋词》(一)，中华书局 1965 年版。

②　三吴：《水经注》谓，吴兴郡、吴郡、会稽郡世称"三吴"，而钱塘旧属吴郡。

③　参差：指楼阁高下不齐，或作大约、将近解。十万人家：吴自牧《梦粱录》谓："柳永《咏钱塘》词曰：
'参差十万人家。'此元丰(宋神宗年号之一，1078—1085)前语也。自高庙(宋高宗)车驾自建康幸杭驻跸，
几近二百余年，户口蕃息，近百万余家。"

④　天堑：天然的险阻。古代偏安江南的国家以长江为天然保障，阻挡北方敌人，因而称长江为天
堑。此指钱塘江。

⑤　珠玑：珠宝圆的称"珠"，有边角的称"玑"，此泛指珠宝等奢侈商品。

⑥　重湖：西湖以白堤为界，分外西湖、里西湖，故称重湖。叠巘：指重叠的山峰。清嘉：秀美。

⑦　羌管弄晴：晴天吹奏乐器。

⑧　菱歌泛夜：夜泛采菱舟，笙歌不停。

⑨　千骑：州郡长官兼知州军事，故云千骑。高牙：牙即牙旗，将军用的旗帜，此代指西湖转运使孙何。

⑩　凤池：即凤凰池，此指朝廷。

得以丰富,表现力也得以提高。在内容上,柳永的一部分词虽是沿袭传统题材,如写男女恋情,或描摹歌儿舞女情态,却颇具新鲜气息。在语言风格上,柳永突破文人雅词的格局,吸收大量俚俗语言入词。在表达方法上,柳永词善于铺叙,婉约细腻,自成一体。《四库全书总目提要》评柳永:"词自晚唐五代以来,以清切婉丽为宗。至柳永而一变,如诗家之有白居易;至苏轼而又一变,如诗家之有韩愈。遂开南宋辛弃疾等一派。寻根溯流,不能不谓之别格,然谓之不工则不可。"

《望海潮》词调,首见于柳永词。此词咏钱塘(今浙江省杭州市)景观和风俗,钱塘江观潮乃钱塘胜景,调名当取自此。罗大经《鹤林玉露》记载:"孙何帅钱塘,柳耆卿作《望海潮》词赠之。"当时柳永从家乡赴开封应试,取道杭州,拜见世交两浙转运使孙何,并作此词相赠。

词咏杭州之繁盛和西湖之秀丽。上片首起三句叙杭州形势之胜,前两句指出杭州地理形势之优越;第三句交代其历史悠久,历来繁华。这三句气势开阔,定调全篇。"烟柳"三句状杭州都市之盛,西湖上的桥梁雕饰着各种图案,烟雾笼罩着桥边的柳树;城里人家窗前各色帘幕低垂;"参差十万人家"则跳出城里来俯瞰这座城市的繁华。"云树"三句言钱塘江之壮阔,参天树木环绕着堤坝,汹涌的江水翻卷着雪白的浪花,犹如长江天险一望无涯。"市列"三句言杭州士民之殷实富庶,市集上陈列着珠玉珍宝,家家户户放满绫罗绸缎,一家比一家奢华。下片前半段咏西湖,从湖山全景、四时风光、昼夜笙歌、湖中人物四个角度状写西湖美景。"重湖"三句写景,湖光山色,山峦重叠,秋夏两季各有桂子飘香和荷花满塘,写得有味有色。"羌管"三句写人,晴日里,湖上笛声悠扬;夜晚,湖上歌声荡漾。垂钓的老汉,采莲的姑娘,嬉笑不止。"千骑"三句,汉乐府《陌上桑》中有"东方千余骑,夫婿居上头"句,柳永以"千骑拥高牙"句赞两浙转运使孙何出行时的煊赫阵势,成千的骑兵簇拥着高高的牙旗,欢饮美酒,音乐相侑,欣赏美景,吟咏诗词,这是孙何公退之余悠闲自在的生活。最后两句是对孙何的祝愿,希望孙何尽快高升为京官,果若如此,孙何将会画下西湖美景,带到朝廷,夸耀于同僚。这两句乃场面上的应酬话,难免有阿谀之嫌。

此词为咏杭州的文学名篇。罗大经《鹤林玉露》称:"金主完颜亮闻歌,欣然有慕于'三秋桂子,十里荷花',遂起投鞭渡江之志。"此说不足为信,但足证此词流播之广。

【延伸阅读作品和参考文献】

1. 柳永[雨霖铃](寒蝉凄切)、[鹤冲天](黄金榜上)、[定风波](自春来)、[锦堂春](坠髻慵梳)、[集贤宾](小楼深巷狂游遍),可参谢桃坊《柳永词选评》,上海古籍出版社2011年版。

2. 叶嘉莹《唐宋词十七讲》"柳永"部分,北京大学出版社2007年版。

3. 王旭烽《杭州史话》,杭州出版社 2000 年版。

4. 李剑亮《唐宋词与唐宋歌妓制度》(修订本),浙江大学出版社 2006 年版。

【思考与练习】

查找资料,谈谈柳永与歌妓的关系对其词作的影响。

(钱国莲)

定风波①

苏 轼

三月七日,沙湖②道中遇雨。雨具先去,同行皆狼狈,余独不觉,已而遂晴,故作此。

　　莫听穿林打叶声,何妨吟啸且徐行。竹杖芒鞋轻胜马,谁怕?一蓑烟雨任平生。　　料峭③春风吹酒醒,微冷,山头斜照却相迎。回首向来萧瑟处,归去,也无风雨也无晴。

【作品导读】

　　苏轼(1037—1101),字子瞻,号东坡居士。眉州眉山(今属四川)人。宋代最著名的文学家,也是中国数千年历史上被公认的文学艺术造诣最杰出的大家之一。他博学多才,善文,工诗词,书画俱佳。于词"豪放,不喜剪裁以就声律",题材丰富,意境开阔,突破晚唐五代和宋初以来"词为艳科"的传统樊篱,以诗为词,开创豪放清旷一派,对后世产生巨大影响。

　　《定风波·莫听穿林打叶声》作于宋神宗元丰五年(1082),即苏轼被贬于黄州的第三年。1079年,苏轼因"乌台诗案"锒铛入狱,被关押一百余天,受尽从肉体到精神的侮辱和折磨,几近死亡边缘。经多方面竭力营救,幸免一死,出狱后被贬为黄州团练副使,1080年正月以罪人身份到达黄州。黄州时期,是东坡忧患深重的时期,他说当时的处境是"惊魂未定,梦游缧绁之中;只影自怜,命寄江湖之上"。但在暴风雨后的相对宁静中,他深入思考了社会人生的各种问题,达到澄明的境界,使精神得到升华。《定风波》是他在黄州人生思考的结晶,最能表现他潇洒从容的精神气度和旷达坦荡的胸怀。词中蕴涵的以坦然态度应对人生困境的悟解,给后人颇多启迪。

　　词前有序,说明写作缘起。序云:"三月七日,沙湖道中遇雨,雨具先去,同行皆狼狈,余独不觉。已而遂晴,故作此。"这段序写的是1082年的某一天,因生活贫困,去看友人向官府替他要来的几十亩荒地打算自己耕种,在路上遇雨,因为没有雨具,同行皆狼狈,唯他在雨中从容不迫地行走,且豪情满怀。本是一场常见的雨,在常人看来已是习以为常,而深谙宇宙、人生之道的苏轼,却怦然心动,灵感来袭,轻轻一吟,便成了千古绝唱,于简朴中见深意,寻常处生波澜。

---

　　①　选自邹同庆等《苏轼词编年校注》(中册),中华书局2007年版。定风波:词牌名。
　　②　沙湖:在今湖北黄冈东南三十里,又名螺丝店。
　　③　料峭:微寒。

"莫听穿林打叶声,何妨吟啸且徐行。"不必去理会那穿林打叶的雨声,不妨一边吟咏着、长啸着,一边悠然地行走。面对突如其来的暴雨侵袭,词人是那样的安详自若,不惊慌、不躲避、不抱怨,而是吟诗长啸,悠然徐行,任凭风吹雨打、环境突变,丝毫影响不到他的心情,表现出了苏轼从容不迫的气度和乐观旷达的襟怀。

"竹杖芒鞋轻胜马,谁怕?一蓑烟雨任平生。"竹杖和草鞋轻捷得胜过马,怕什么!一身蓑衣,已经足够应对人生中的风风雨雨。在古代,"竹杖芒鞋"是步行所用,属于闲人,用到竹杖芒鞋,即东坡所谓"我是世间闲客此闲行",而马一般是达官贵人的坐骑,诚然,竹杖芒鞋轻巧、轻便,但在雨中行路用它,拖泥带水,比起骑马的好处来就差远了,其又怎能胜过马呢?这其中的道理,也就在一个"轻"字,俗语说"无官一身轻",想必就是这个道理。因此,这句话包含了两种生活方式的比较:即竹杖芒鞋的平民生活与高官俸禄的华贵生活。东坡认为,平凡人的生活自有其洒脱悠闲,并不比轻车肥马的生活差。"谁怕?"道出了东坡漠然自定的生活态度。"一蓑烟雨任平生",像这样从容不迫的人生观,也许只有博大的人格如苏轼者,才能水到渠成,化为巨流。

再看词的下阕:"料峭春风吹酒醒,微冷,山头斜照却相迎。"寒风冷雨,酒也醒了,正感觉到寒意,西下的太阳却送来缕缕温暖。一边是春寒料峭,一边是阳光温暖,这既是写景,也寄寓了作者的人生体验,人生不也是这样吗?在逆境中会有希望,在寒冷中会有温暖,在忧患中也会有喜悦。

"回首向来萧瑟处,归去,也无风雨也无晴。"这饱含人生哲理意味的点睛之笔,道出了词人在大自然微妙的一瞬所获得的顿悟和启示:自然界的雨晴既属寻常,毫无差别,社会人生中的政治风云、荣辱得失又何足挂齿?"风雨"二字,一语双关,既指野外途中所遇风雨,又暗指几乎置他于死地的政治"风雨"和人生险途。表达了苏轼面对人生的风雨时旷达超脱物我两忘的人生至高境界。全词以这样充满哲理的句子收尾,令人回味无穷。

【延伸阅读作品与参考文献】

1. 苏轼[水调歌头](明月几时有)、[临江仙](夜游东坡醒复醉)、[八声甘州](有情风万里卷潮来)、《前赤壁赋》,可参夏承焘、臧克家等《苏轼诗文鉴赏辞典》(上、下),上海辞书出版社2012年版。

2. 王水照、朱刚《苏轼评传》,南京大学出版社2011年版。

【练习与思考】

从《将进酒》和这里所选苏轼词,看李白和苏轼人生态度的异同。

(高婉青　刘成国)

永遇乐①

李清照

　　落日熔金,暮云合璧,人在何处②。染柳烟浓,吹梅笛怨③,春意知几许。元宵佳节,融和天气,次第岂无风雨④。来相召、香车宝马,谢他酒朋诗侣。　　　中州盛日⑤,闺门多暇,记得偏重三五⑥。铺翠冠儿⑦,捻金雪柳⑧,簇带争济楚⑨。如今憔悴,风鬟霜鬓,怕见夜间出去。不如向、帘儿底下,听人笑语。

【作品导读】

　　李清照(1084—约1151),号易安居士,济南(今属山东省)人。出身于书香门第,父亲李格非为著名的学者和散文家,母亲也略通诗文。李清照从小受到良好的家庭教育,少年时即多才多艺,能诗擅文,兼通书画。18岁时嫁给赵明诚,赵明诚为宰相赵挺之之子,历任州郡行政长官,赵又是金石研究学者。婚后生活甜蜜,物质优裕,共同致力于书画金石的搜集整理和研究。在诗文创作上,李清照与丈夫互相砥砺,日臻佳境。宋钦宗靖康二年(1127),北方女真族(金)攻破了汴京,史称靖康之难。李清照夫妇逃难至江南。漂泊中,多年搜集的金石书画丧失殆尽。南渡不久,丈夫赵明诚死于上任湖州知事的途中。李清照精神上遭受严重打击,生活上也从此失去了依靠。宋高宗建炎三年(1129),金兵南下,李清照在浙东一带亲历战乱,生活更加颠沛流离。最终,孤寂地死在江南。有《漱玉词》(后人辑本)。

　　李清照的词以南渡为界,分为前后两期。前期词主要内容闺情相思,韵调轻松优美,如[醉花阴](薄雾浓云愁永昼)、[如梦令](常记溪亭日暮)、[如梦令](昨夜雨疏风骤)等;后期词则充溢着国破家亡的悲苦之情,风格凄苦深沉,如[永遇乐](落日熔金)、[声声慢](寻寻觅觅)、[菩萨蛮](风柔日薄春犹早)。李清照的词善于选取日常生活细节,用通俗的生活化的语言来表达丰富而细腻的情感世

----

　　① 选自唐圭璋编《全宋词》(二),中华书局1965年版。
　　② 人在何处:指人事已非。一说,此处指死去的丈夫赵明诚。
　　③ 染柳两句:为"烟染柳浓,笛吹梅怨"的倒文。梅,即《梅花落》曲调。
　　④ 次第:顷刻之间。
　　⑤ 中州:今河南省。河南为古豫州,古人以为居九州之中,因称中州。
　　⑥ 三五:正月十五,为元宵节。
　　⑦ 铺翠句:嵌插翠鸟羽毛的帽子,一说镶嵌翠珠的帽子。
　　⑧ 捻金句:以金饰的丝绸或金纸扎成的雪柳。雪柳,用绢或纸扎成,是古代妇女元宵节所戴的装饰品。
　　⑨ 簇带句:簇带,满戴;济楚,整齐。

界,常用白描手法创造出淡雅清疏的艺术境界,后人称为"易安体"。

南宋绍兴四年(1134),金人因南下受挫而退兵,次年即1135年,李清照又回到临安(今浙江省杭州市),自此一直到去世,她一直旅居于此。这一时期,宋金双方暂时处于停战状态,江南相对来说比较安定,都城临安更是一片升平,在元宵节这样的日子,人们可以呼朋唤友,尽情玩乐了。李清照的[永遇乐](落日熔金)就写在这一时期。词通过几个生活中的细节,反映作者晚年的悲凉心境:在元宵佳节,友人邀她去外面游玩,词人婉拒邀请,独自呆在家里,回忆靖康之难前汴梁的元宵盛况,听听别人的欢声笑语。

词的上片写当下的景、事和情。开头两句写傍晚时分,落日就像熔化的金水一般耀眼,月亮透过云霭,宛如玉璧般晶莹透亮。读者可以想见,此时词人正站在窗前,如此美妙的景色并没有让她产生出门游玩赏景的兴致,而是伤感地发问"人在何处"? 词人此时明明是在临安旅居之所,发此问便很有深意,是自问吗? 临安只是她漂泊流离中的暂居之所,此时望着窗外,寂寥凄凉感重重袭来。又有说法认为此处的"人"指的是其亡夫赵明诚,那么这一问就是表达对亡夫的无尽怀念。"染柳"三句写春景,傍晚时分烟雾笼罩着刚刚吐出新叶的杨柳,梅花早已经凋谢,此时,外面传来《梅花落》的笛子曲,笛声凄怨,词人漂泊他乡、怀念旧都,闻此不禁黯然神伤,发问"春意知几许",眼前有多少春意? 即便自然界已经有了春意,也激不起词人心中的春意,无心赏春色,又无人堪与共赏春色,这一问写出了词人晚年的凄凉心境。"元宵"三句似是友人和词人的对话,友人邀请词人:"元宵佳节,天气融和,一起出去游赏春光吧?"词人回答:"天气现在看起来不错,但谁知道是否会转眼之间刮风下雨呢?"这一问表达了词人历尽沧桑之后的深切忧患。"来相召"三句,点出相邀的友人是乘"香车宝马"的贵妇人,词人最终婉拒了朋友之邀。

下片"中州盛日"至"簇带争济楚"六句发怀旧之情:"中州"本指河南省一带,此指宋朝旧都汴京(今河南省开封市),"三五"即农历十五日,宋人看重元宵节,那时候的词人也往往多有闲暇,因此重视这一节日,头上戴着翠鸟羽毛装饰的帽子,插上华丽的首饰,插戴得整齐漂亮,方出门游赏。"如今憔悴"至结尾五句抒伤今之叹,现如今,人已憔悴,头发蓬乱,鬓角斑白,谁愿意在元宵之夜出去呢? 还"不如向、帘儿底下,听人笑语",哪儿都不去,就在家里呆着吧。结尾看似平淡,但饱含词人内心的凄楚哀怨。

【延伸阅读作品和参考文献】

1. 李清照[点绛唇](蹴罢秋千)、[如梦令](常记溪亭日暮)、[一剪梅](红藕香残玉簟秋)、[醉花阴](薄雾浓云愁永昼)、[声声慢](寻寻觅觅),可参平慧善《李清照诗词文选译》,凤凰出版社2011年版。

2. 邓红梅《李清照新传》,上海古籍出版社 2005 年版。

3. 夏承焘、唐圭璋等《宋词鉴赏辞典》(上)"李清照"部分,上海辞书出版社 2003 年版。

【思考与练习】

结合李清照的身世变故,说说李清照前后期词的风格差异。

(钱国莲)

摸鱼儿①

辛弃疾

淳熙己亥,自湖北漕移湖南②,同官王正之置酒小山亭③,为赋。

　　更能消、几番风雨,匆匆春又归去。惜春长怕花开早,何况落红无数。春且住。见说道④、天涯芳草迷归路。怨春不语。算只有殷勤,画檐蛛网,尽日惹飞絮。　　　长门事,准拟佳期又误。蛾眉曾有人妒。千金纵买相如赋,脉脉此情谁诉⑤?君莫舞。君不见、玉环飞燕皆尘土⑥。闲愁最苦。休去倚危楼,斜阳正在,烟柳断肠处。

【作品导读】

　　辛弃疾(1140—1207),字幼安,号稼轩,历城(今属山东省济南市)人。生于金国,20余岁时曾聚集2000余人的队伍,投奔耿京的抗金起义军。失败后,归宋。历任建康府通判、江西提点刑狱、湖北转运副使以及湖南、江西转运副使等职。力主恢复中原,统一国土,多次上书朝廷,提出救国方略;然而,不仅未被采纳,反而招致朝廷当权者的猜忌和排斥,被免职。43岁起,闲居信州上饶(今江西省上饶市)乡村达20年之久(期间曾一度任福建安抚使)。晚年,因韩侂胄倡议北伐,辛弃疾又被起用,先后出任浙东安抚使和镇江知府。不久,又遭排斥而免职,终卒于忧愤,一生未能施展政治抱负和军事韬略。

　　辛弃疾是南宋时期最有代表性的词人之一,有《稼轩长短句》与《稼轩词》两种刊本传世,现存词作600余首。稼轩词取材广阔,内容丰富,最有成就的是爱国词和乡村词。爱国词抒写恢复中原统一国土的渴望,表达对当权者屈辱求和的谴责,发泄自己满腔热血却壮志难酬的愤懑,名篇如[摸鱼儿](更能消、几番风

---

①　选自唐圭璋编《全宋词》(三),中华书局1965年版。

②　"自湖北"句:由湖北转运副使改任湖南转运副使。

③　"同官"句:王正之,词人同事、湖北转运判官,字正己。小山亭,在湖北转运副使官署内,府署在鄂州(今湖北武昌)。

④　见说道:听说道。

⑤　"长门事"五句:长门,汉代宫殿名,汉武帝皇后陈阿娇失宠后曾被幽禁于此。司马相如《长门赋序》称:"孝武陈皇后,时得幸,颇妒。别在长门宫,愁闷悲思。闻蜀郡成都司马相如,天下工为文,奉黄金百斤,为相如、文君取酒,因于解悲愁之辞。而相如为文以悟主上,陈皇后复得幸。"而据史传所载,陈皇后被贬长门宫后,并未复得宠。

⑥　"玉环"句:玉环,杨贵妃小名,唐玄宗宠幸的妃子。安史乱起,唐玄宗西奔,杨玉环被赐死在马嵬驿。飞燕,即赵飞燕,汉成帝宠幸的皇后,被废庶人后自杀。两人皆善妒。

雨）、[鹧鸪天]（壮岁旌旗拥万夫）、[菩萨蛮]（郁孤台下清江水）、[水龙吟]（楚天千里清秋）、[破阵子]（醉里挑灯看剑）、[永遇乐]（千古江山）等。乡村词则大多作于闲居江西上饶乡村期间，这类词作吟咏乡村山水风光和风土人情，抒发词人闲居山野的无奈或寄情山水的愉悦，代表作如[清平乐]（茅檐低小）、[西江月]（明月别枝惊鹊）、[鹧鸪天]（陌上柔桑破嫩芽）等。辛词风格以"豪放"为主，但或慷慨、或沉郁、或明快、或清新，呈多样化面貌；不拘格律，为表达情感需要，常打破词上下阕的界限；善于运用比兴象征手法，擅长用典，亦长于白描。

　　[摸鱼儿]（更能消、几番风雨）作于宋孝宗淳熙六年（1179，岁次己亥），是时，辛弃疾由湖北转运副使改任湖南，同僚王正之为之饯行，词人赋了这首词。辛弃疾此番调任虽非降职，但仍然不能建功立业，心情极度苦闷，因此词表达的是一腔愤懑。词表面看内容为美人伤春，作者以失宠美人自比，感叹自己年华已逝，青春不再，因而遭到冷落，又无处诉说满腔失意，以此来寄托自己英雄不遇的感慨。上片写暮春衰残景色，词人以美人自拟，怜惜春天将逝，徒然希望留住春天，这里的春天是词人奋发有为的青春岁月，是词人恢复中原的宏愿，也是南宋王朝由主战派当权力图收复故土的短暂时期。词以问句"更能消"发端，颇具气势，陈廷焯《白雨斋词话》评道："起处三字，是从千回百转后倒折出来，真是有力如虎。"在这样的暮春时节，哪里还能经受得了狂风骤雨的连番打击呢？"惜春"两句进一步抒发其惜春之情，说得宛转曲折。"春且住"三句，词人直呼：春天你不要走。这三句简直是痴语，然惟其如此，才显得怨重情深。可是春天根本不理词人的挽留。"算只有"三句用了拟人的笔法，也是痴情之语，蛛网沾惹飞絮，在词人看来，它也是在殷勤地企图留住春天。面对大宋朝廷日益走向危途的局势，自己韶华已逝却无所作为的困窘，词人只能徒唤奈何了。

　　下片用典故继续宣泄失宠美人的苦闷，隐喻词人被排挤打击的处境，对国家艰虞时局的担忧，对软弱朝廷的失望，对阻止抗战的主和派的愤慨。"长门事"五句将司马相如《长门赋序》和史传进行组合，暗示自己本来可以重新得宠，但因为遭人妒忌陷害，以致又耽误了佳期，这是词人在朝廷中的真实境遇。于是词人无比愤慨，矛头直指朝廷中那些嫉妒贤能的奸佞小人，叱骂他们是邀宠祸国的杨玉环、赵飞燕之流，警告他们不要猖狂得意，因为他们即便一时得宠也必定不会有好下场，你看玉环、飞燕，一个被赐死马嵬驿，一个自杀，皆已化为尘土了。结尾四句呼应上片，复写春天迟暮之景：登高所见，满眼都是斜阳烟柳的惨淡光景，这显然是暗示国势的衰微，词人口头上称是"闲愁"，然而这才是他最深的忧愁。宋人罗大经《鹤林玉露》称此词"词意殊怨"，宋孝宗"见此词颇不悦"。

　　在艺术上，此词继承了《楚辞》以香草美人自拟的手法，宛转曲折地抒发英雄不遇的心境；体现了词人使用典故的高超技巧；风格独特，从文句上看，貌似哀怨悱恻的婉约词，但是字里行间又充溢着英雄的慷慨不平之气，实为豪放。

【延伸阅读作品和参考文献】

1. 辛弃疾［鹧鸪天］(壮岁旌旗拥万夫)、［菩萨蛮］(郁孤台下清江水)、［水龙吟］(楚天千里清秋)、［破阵子］(醉里挑灯看剑)、［永遇乐］(千古江山)、［清平乐］(茅檐低小)、［西江月］(明月别枝惊鹊)、［鹧鸪天］(陌上柔桑破嫩芽)，见夏承焘、周汝昌等《宋词鉴赏辞典》(下)"辛弃疾"部分,上海辞书出版社2003年版。

2. 邢志华、沈睿《辛弃疾的那些词》,华东师范大学出版社2008年版。

3. 巩本栋《辛弃疾评传》,南京大学出版社1998年版。

【思考与练习】

阅读辛弃疾下面的两首乡村词,试分析其情致和意境。

　　［清平乐］(茅檐低小):茅檐低小,溪上青青草。醉里吴音相媚好,白发谁家翁媪?　　大儿锄豆溪东,中儿正织鸡笼;最喜小儿无赖,溪头卧剥莲蓬。

　　［西江月］(明月别枝惊鹊):明月别枝惊鹊,清风半夜鸣蝉。稻花香里说丰年,听取蛙声一片。　　七八个星天外,两三点雨山前。旧时茅店社林边,路转溪桥忽见。

(钱国莲)

般涉调·哨遍·高祖还乡①

睢景臣

社长排门告示②,但有的差使无推故③。这差使不寻俗④,一壁厢纳草也根⑤,一边又要差夫,索应付⑥。又言是车驾,都说是銮舆,今日还乡故。王乡老执定瓦台盘⑦,赵忙郎抱着酒胡芦⑧。新刷来的头巾,恰糨来的绸衫⑨,畅好是妆幺大户⑩。

[耍孩儿]瞎王留引定火乔男女⑪,胡踢蹬吹笛擂鼓⑫。见一彪人马到庄门⑬,匹头里几面旗舒⑭。一面旗白胡阑套住个迎霜兔⑮,一面旗红曲连打着个毕月乌⑯。一面旗鸡学舞⑰,一面旗狗生双翅⑱,一面旗蛇缠葫芦⑲。

[五煞]红漆了叉,银铮了斧⑳,甜瓜苦瓜黄金镀㉑,明晃晃马镫枪尖上挑㉒,白雪雪鹅毛扇上铺㉓。这几个乔人物,拿着些不曾见的器仗,穿着些大作怪衣服。

---

① 选自徐征等主编《全元曲》(第六卷),河北教育出版社 1998 年版。
② 社:二十五家为一社。排门告示:挨家挨户通知。
③ "但有的"句:不得以任何借口推脱的差使。
④ 不寻俗:不寻常。
⑤ 一壁厢:一边。纳草也根:供给饲料。也,衬字,无义。
⑥ 索应付:须认真对待。索,须、应。
⑦ 乡老:乡里比较有地位的人物。
⑧ 忙郎:即农民。
⑨ 糨:用米汁给洗干净的衣服上浆。
⑩ 妆幺大户:冒充有身份的大户。
⑪ 王留:杂剧对农民的通称。
⑫ 胡踢蹬:胡乱。
⑬ 一彪:一队。
⑭ 匹头里:"匹"同"劈","匹头里"犹当头。
⑮ 白胡阑套住个迎霜兔:指月旗。胡阑,"环"之复音。
⑯ 红曲连打着个毕月乌:指日旗。曲连,"圈"之复音。毕月乌,传说日中有三足金乌,又古代以各种鸟兽配二十八宿,毕宿是乌鸦。
⑰ 鸡学舞:指飞凤旗。
⑱ 狗生双翅:指飞虎旗。
⑲ 蛇缠葫芦:指蟠龙戏珠旗。
⑳ "红漆了叉"二句:叉漆了红色,银斧磨得铮亮。铮,打磨使光亮。叉、斧均为皇帝出行的仪仗器械。
㉑ "甜瓜"句:指卧瓜、立瓜等金瓜锤,也是仪仗器械。
㉒ 马镫枪尖上挑:即朝天镫,亦为仪仗器物。
㉓ 鹅毛扇上铺:鹅毛宫扇。

[四煞]辕条上都是马,套顶上不见驴,黄罗伞柄天生曲①。车前八个天曹判②,车后若干递送夫③。更几个多娇女④,一般穿着,一样妆梳。

[三煞]那大汉下的车,众人施礼数,那大汉觑得人如无物。众乡老展脚舒腰拜,那大汉挪身着手扶。猛可里抬头觑⑤,觑多时认得,险气破我胸脯。

[二煞]你身须姓刘,你妻须姓吕⑥,把你两家儿根脚从头数⑦:你本身做亭长耽几盏酒⑧,你丈人教村学读几卷书。曾在俺庄东住,也曾与我喂牛切草,拽坝扶锄⑨。

[一煞]春采了桑,冬借了俺粟,零支了米麦无重数。换田契强秤了麻三秤⑩,还酒债偷量了豆几斛,有甚胡突处⑪。明标着册历⑫,见放着文书。

[尾声]少我的钱差发内旋拨还⑬,欠我的粟税粮中私准除⑭。只道刘三谁肯把你揪摔住⑮,白甚么改了姓更了名唤做汉高祖⑯!

【作品导读】

散曲是金元时期开始流行的一种新的诗体,包括套数和小令两种主要形式。套数沿自诸宫调,是由两支以上同一宫调的曲子连缀而成的组曲。套数也要遵循一定的格律,但相对比较灵活,如套数中间的曲调要在同一宫调内选用,要一韵到底,但调数可根据内容的需要可多可少,有的曲子甚至可以任意增添句数。小令是独立的只曲,句子长短不齐,但要遵循一定的腔格,这一点与词相似。它与词的主要区别在于,用韵很密,几乎每句都押韵;可以在本调之外加衬字。元代散曲作家可考者有 200 多人,关汉卿、马致远、张可久、睢景臣、张养浩等都有名篇传世,如关汉卿的[南吕·一枝花](不伏老)、马致远的[天净沙](秋思)、张

---

① 黄罗伞柄天生曲:皇帝的车盖,即"曲盖"。
② 天曹判:天上的判官,此指皇帝车驾前的侍从人员。
③ 递送夫:指跟从在车驾后面的内官。
④ 多娇女:宫女。
⑤ 猛可里:猛然间。
⑥ 你妻须姓吕:指刘邦的皇后吕雉。
⑦ 根脚:出身、家世。
⑧ 亭长:秦制,十里一亭,亭有亭长。刘邦曾作泗上亭长。
⑨ 坝:通"耙"。
⑩ 三秤:三十斤。乡间十斤为一秤。
⑪ 胡突:糊涂。
⑫ 册历:账簿。
⑬ 差发:当官差,若不愿应役,则可花钱雇人替。旋拨还:随即偿还。
⑭ 私准除:暗中抵扣。
⑮ 揪摔:抓。
⑯ 白甚么:平白无故地为什么。

可久[卖花声]（怀古）、睢景臣[般涉调·哨遍]（高祖还乡）（以下简称《高祖还乡》)、张养浩[山坡羊]（潼关怀古）。

睢景臣，一作舜臣，字景贤，生卒年不详，江苏扬州人，元代散曲、杂剧作家。钟嗣成《录鬼簿》记载："大德七年，公自维扬来杭州，余与之识。自幼读书，以水沃面，双眸红赤，不能远视。心性聪明，酷嗜音律。"一生潦倒，未能仕进，遂倾力于戏曲创作。著有杂剧《莺莺牡丹记》、《千里投人》、《楚大夫屈原投江》三种，均已不传。后人辑有《睢景臣词》，为散曲集。《高祖还乡》为睢景臣最广为人知的散曲作品，也是元散曲中的翘楚之作。

汉高祖刘邦还乡，事见于班固《汉书·高帝纪》。公元前195年，刘邦平定淮南王叛乱，归途路经故里沛县，大摆筵席，邀请众多家乡故交以及父老乡亲欢宴，席上，汉高祖酒酣兴起，击筑起舞，高唱《大风歌》："大风起兮云飞扬，威加海内兮归故乡，安得猛士兮守四方！"慷慨感怀，至于泣下。十余日后，方离别家乡，全城为之送行。汉书所载，尽显高祖还乡之威严。

到了睢景臣的笔下，刘邦那种帝王的威严荡然无存。睢景臣《高祖还乡》通过刘邦一个旧乡邻的视角，揭露了他不堪而猥琐的过往，同时把正史中阵仗威严的帝王还乡描写成了一出滑稽的闹剧。

全曲共八段。第一段写乡里准备接驾的情景，开头即为全篇定下嘲讽诙谐的基调。《耍孩儿》、《五煞》、《四煞》三支曲子极力铺陈刘邦回乡车驾仪仗的排场。接下来的《三煞》、《二煞》、《一煞》三支曲子揭穿刘邦当年的劣迹和不堪。《尾》曲乃点题之处，虽说刘邦贵为天子，但是昔日乡邻直呼其"刘三"，击碎了处在社会最顶端的帝王的威严。作品把帝王作为嬉笑怒骂的对象，表现出对皇权至上的不满和蔑视。

《高祖还乡》在艺术上很有特色。首先，是其叙事方式为代言体，假托一个乡民之口吻来叙述事件，整个事件的过程以及全部的细节都是这位乡民亲眼所见，亲口说出的。而底层乡民的视角往往很独特，如皇帝出行仪仗队里的五面旗子，代表着神圣和庄严，但在他眼中，却是"白胡阑套住个迎霜兔"、"红曲连打着个毕月乌"、"鸡学舞"、"狗生双翅"、"蛇缠葫芦"；而相貌堂堂、威风凛凛的仪仗队员，在他眼里则是"拿着些不曾见的器仗"、"穿着些大作怪衣服"的"乔人物"。最后三支曲子，以乡民之口，揭穿刘邦的老底不过是个猥琐不堪、胡作非为的流氓"刘三"，乡民气愤地问："白甚么改了姓更了名唤做汉高祖？"作品以这种独特的叙事角度写出了高祖还乡的滑稽可笑。其次，是故事生动、情节完整。《高祖还乡》是一个完整的喜剧故事，从开头的社长挨家挨户通知皇帝将要驾临，一直到乡民识破刘邦的真实面目，故事极富于吸引力。最后，语言的幽默感、生动性、通俗性是作品最大的艺术特点，作品既然以乡民的口吻来叙事，就使用了与乡民身份相吻合的语言风格，也就是乡间的口语俚语，极尽讽刺调侃之能事，使得作品极具幽默感。如说王乡老与赵忙郎的装扮是"新刷来的头巾,恰糨来的绸衫,畅好是妆么大户",勾勒出迎驾者令人作呕的阿谀模样;再如把刘邦车驾前武士称作"天曹判"、把车驾后的随从唤作"递送夫",流露出乡民对刘邦的憎恶。末三支曲用乡间口语揭露刘邦当年"春采了桑,冬借了俺粟","强秤了麻三秤","偷量了豆儿斛",一针见血地刻画了刘邦的无赖嘴脸。结尾处几句更是对刘邦进行挖苦调侃:"只道刘三谁肯把你揪捽住,白甚么改了姓更了名唤作汉高祖!"几句看似不经意的大白话就彻底扯下了刘邦作为帝王的尊严。

【延伸阅读作品和参考文献】

1. 关汉卿[南吕·一枝花](不伏老)、马致远[天净沙](秋思)、张可久[卖花声](怀古)、张养浩[山坡羊](潼关怀古),见蒋星煜等《元曲鉴赏辞典》,上海辞书出版社 1990 年版。

2.《睢景臣:幽默与讽刺》,见王富仁《古老的回声——阅读中国古代文学经典》,四川人民出版社 2003 年版。

【思考与练习】

阅读司马迁《史记·高祖本纪》和《汉书·高帝纪》,比较正史和睢景臣[般涉调·哨遍](高祖还乡)中的刘邦形象。

(钱国莲)

寻梦者①

戴望舒

梦会开出花来的，
梦会开出娇妍的花来的：
去求无价的珍宝吧。

在青色的大海里，
在青色的大海的底里，
深藏着金色的贝一枚。

你去攀九年的冰山吧，
你去航九年的旱海吧，
然后你逢到那金色的贝。

它有天上的云雨声，
它有海上的风涛声，
它会使你的心沉醉。

把它在海水里养九年，
把它在天水里养九年，
然后，它在一个暗夜里开绽了。

当你鬓发斑斑了的时候，
当你眼睛朦胧了的时候，
金色的贝吐出桃色的珠。

把桃色的珠放在你怀里，
把桃色的珠放在你枕边，
于是一个梦静静地升上来了。

你的梦开出花来了，

---

① 选自王文彬、金石主编《戴望舒全集·诗歌卷》，中国青年出版社 1999 年版。

170

你的梦开出娇妍的花来了，

在你已衰老了的时候。

【作品导读】

戴望舒(1905—1950)，原名戴丞，字朝寀，笔名有戴梦鸥、戴望舒、艾昂甫、江思等，浙江杭县(今杭州市余杭区)人。现代著名诗人、翻译家。主要诗集有《我的记忆》(1929)、《望舒草》(1933)、《望舒诗稿》(1937)、《灾难的岁月》(1948)等。

《寻梦者》收自《望舒草》。是戴望舒作为20个世纪30年代最杰出的现代派诗人的代表作之一，写于1932年11月8日赴法国留学前夕。这时，诗人早已从轰轰烈烈的社会活动中抽身出来，与施蛰存、穆时英、杜衡等人专门从事文艺活动。通过艺术活动表达个人情感和各种生命体验。这时，诗人沉入对施蛰存的妹妹施绛年的恋爱也足有五个年头。问题在于，施绛年对于诗人并没有相应热烈的回报。诗人曾经以自杀向施绛年求爱，施绛年为此也答应嫁给他，如诗人所写，"我的指上又有了纸捻的约指"(《梦都子》)，但是施绛年向诗人提出相当苛刻的条件，要求诗人要取得大学以上文凭，并且有固定的收入。没有办法，诗人准备出国留学。在临行前，先后写下《寻梦者》和《乐园鸟》。

理解《寻梦者》，最关键的在于怎样理解全诗的情感格调。至今为止，人们的理解多是正面化的理解，多强调诗歌的悲剧性内涵及相应的情感格调，而忽视其喜剧性情感调控。实际上，这种理解遮蔽了诗作情感内涵和情感格调的另一面，即对人生荒诞性的深刻体验及在此基础上达成的抒情主人公对自我的嘲弄。诗篇象征性地构设了三个寻梦的难度。梦的第一阶段是寻找到"金色的贝"，而要寻找到它，必须攀九年(就是很多年，下同)的冰山、航九年的旱海；梦的第二阶段是寻找到"桃色的珠"，而要寻找到它必须将"金色的贝"放在海水里养九年、放在天水里养九年；梦的第三个阶段是让梦开花，而要做到这一点，必须用整个的生命。那么，这样的寻梦是失败呢还是成功？是得到呢还是失去？是光荣呢还是耻辱？全诗整个的调子就是这样不停的矛盾、困惑，从而构成一个充满张力的复调结构。生活中，诗人对理想的追寻是失败的，但是诗人的诗歌创作却更见成熟了。

诗篇是体现戴望舒现代派诗歌主张的典型范例。它反叛了《雨巷》为代表的对外在音乐美的追求，而注重的是诗的内在情绪的律动。它也不在意诗的建筑美、绘画美，而竭力构筑诗的象征世界。如前所述，金色的贝、桃色的珠、梦之花都有象征性，象征人生理想的三个层次、三个阶段。另外，诗篇成功塑造一个艰难跋涉、追求而又对自己的艰难跋涉、追求质疑、嘲弄的现代寻梦者形象。他的形象定位及形象所处艰难生存环境都不乏象征色彩。正是这种象征性丰富、深化了诗篇的现代性审美内涵，但又具有鲜明的中国古典诗歌韵味。诗篇用了大量中国古典文学中的词汇和意象，如金色的贝、桃色的珠、青色的大海、九年的冰山、九年的旱海、天上的云雨声、海上的风涛声等。如此,诗篇达成中西方诗歌艺术的完美统一。

【延伸阅读作品和参考文献】

1. 戴望舒《雨巷》、《乐园鸟》,可参《戴望舒选集》,人民文学出版社 2002 年版。

2. 蓝棣之《现代诗名著名篇解读》,人民文学出版社 2007 年版。

3. 左怀建《戴望舒与现代诗歌》,见周金声、左怀建主编《大学人文语文》,人民出版社 2011 年版。

【思考与练习】

比较戴望舒《寻梦者》与《雨巷》的异同。

(左怀建)

雪落在中国的土地上[①]

艾　青

雪落在中国的土地上，
寒冷在封锁着中国呀……

风，
像一个太悲哀了的老妇，
紧紧地跟随着
伸出寒冷的指爪
拉扯着行人的衣襟，
用着像土地一样古老的话
一刻也不停地絮聒着……

那从林间出现的，
赶着马车的
你中国的农夫
戴着皮帽
冒着大雪
你要到哪儿去呢？

告诉你
我也是农人的后裔——
由于你们的
刻满了痛苦的皱纹的脸
我能如此深深地
知道了
生活在草原上的人们的
岁月的艰辛。

而我
也并不比你们快乐啊

---

① 选自《艾青诗全编》(上)，人民文学出版社 2003 年版。

——躺在时间的河流上
苦难的浪涛
曾经几次把我吞没而又卷起——
流浪与监禁
已失去了我的青春的
最可贵的日子,
我的生命
也像你们的生命
一样的憔悴呀

雪落在中国的土地上,
寒冷在封锁着中国呀……

沿着雪夜的河流,
一盏小油灯在徐缓地移行,
那破烂的乌篷船里
映着灯光,垂着头
坐着的是谁呀?

——啊,你
蓬发垢面的少妇,
是不是
你的家
——那幸福与温暖的巢穴——
已被暴戾的敌人
烧毁了么?
是不是
也像这样的夜间,
失去了男人的保护,
在死亡的恐怖里
你已经受尽敌人刺刀的戏弄?

咳,就在如此寒冷的今夜,
无数的
我们的年老的母亲,

都蜷伏在不是自己的家里，
就像异邦人
不知明天的车轮
要滚上怎样的路程……
——而且
中国的路
是如此的崎岖，
是如此的泥泞呀。

雪落在中国的土地上，
寒冷在封锁着中国呀……

透过雪夜的草原
那些被烽火所啮啃着的地域，
无数的，土地的垦殖者，
失去了他们所饲养的家畜
失去了他们肥沃的田地
拥挤在
生活的绝望的污巷里：
饥馑的大地
朝向阴暗的天
伸出乞援的
颤抖着的两臂。

中国的苦痛与灾难
像这雪夜一样广阔而又漫长呀！
雪落在中国的土地上，
寒冷在封锁着中国呀……

中国
我的在没有灯光的晚上
所写的无力的诗句
能给你些许的温暖么？

1937 年 12 月 28 日夜间

【作品导读】

艾青(1910—1996),原名蒋海澄,曾用名除艾青外,还有莪伽等,浙江金华畈田蒋村人。现代最杰出的诗人之一。出版诗集主要有《大堰河——我的保姆》(1936)、《北方》(1939)、《他死在第二次》(1939)、《黎明的通知》(1943)、《归来的歌》(1980)、《域外集》(1983),另出版长诗单行本《火把》(1940)等。

据有人考证,《雪落在中国的土地上》的创作是作者1937年冬偕夫人张竹茹和孩子从南昌逃亡到武汉,正逢一场大雪而萌发的。国破家亡的悲痛,使家事、国事、天下事突然一起涌上诗人心头,年轻的诗人情不自禁地写下了这首不朽的篇章①。

诗篇像艾青的许多著名诗歌一样将抗战初期中国和中国人民的灾难与诗人自我的苦难交叉融合在一起书写,形成纵横交织的肌理框架。诗篇中一个个典型的灾难中国人民的生活画面和"我"的苦难生活片段是横,时间的流逝、中国人民和"我"的无尽的灾难是纵。诗篇显示诗人将自己的命运与广大中国人民的命运紧紧连接在一起看待,如此,广大中国人民的灾难就有了不死的歌喉抒唱,自我的苦难就有了历史的纵深感和现实的厚重感。

艾青不愧为"时代的诗人"、"人民的诗人"。艾青所选取的典型生活画面中有老母,有新妇,有丧失家园的农夫,有失去土地的乞丐;从北方苍茫的草原到南方逼仄的乌篷船。视野开阔,气势恢宏,概括性非常强。然而诗歌最动人情怀、紧紧抓住读者的心不放的恐怕还是诗歌中流淌的浓郁的抒情,这抒情的基质又是诗人诗歌中独有的"忧郁"。

诗人为何忧郁? 在艾青大量忧国忧民的诗歌里,这忧郁自然是来自对中国和中国人民命运的关切。艾青曾说:"叫一个生活在这年代的忠实的灵魂不忧郁,这有如叫一个辗转在泥色的梦里的农夫不忧郁,是一样的属于天真的一种奢望。"(艾青《诗论》)诗人将自我融进灾难的中国,反复设景抒情后,以一颗赤诚的心询问:"中国/我的在没有灯光的晚上/所写的无力的诗句/能给你些许的温暖么?"问题是,为什么艾青能写出了这样的诗歌,而其他诗人没有写出,或者说,即使写出了却没有产生艾青诗歌这么大的影响力呢? 复杂原因之一在于艾青的忧郁背后有更深远的历史和文化背景——儿童时期的痛苦,青春年代的被囚禁,之后大半生的流浪;中华民族千年的苦难和下层人的耻辱;西方现代文明人性的启发、艺术的熏陶和西方现代文明的根本缺陷所带来的困惑和失望,基督教牺牲精神的启示等等。如此,决定艾青的忧郁既有强烈的时代意义,也有超时代的普遍的审美诉求。

"忧郁",在西方现代诗人如波德莱尔那里,是审美现代性的表征,但是在仍

---

① 程光炜编选《中国现代文学经典阅读》,北京大学出版社2012年版,第339页。

很贫困、现代性尚不发达的中国,艾青的"忧郁"兼具民族现代性和审美现代性的复杂内涵。这应该是艾青同时"把忧郁和悲哀,看成一种力"(《诗论》)的题中之意。

全诗善于营造氛围,以舒缓的节奏,悲哀、忧郁的调子,自由的句式表达民族的痛苦;选取典型生活片段和生活细节,以突显情感表达的形象性;巧用回旋、复沓、重复、排比等形式和手法,强化了艺术表现的力度,自然也增加了诗作的艺术魅力。

【延伸阅读作品和参考文献】

1. 艾青《巴黎》、《时代》、《我爱这土地》、《吹号者》、《他死在第二次》,可参《艾青诗全编》(上),人民文学出版社 2003 年版。

2. 程光炜《艾青传》,北京十月文艺出版社 1998 年版。

3. 叶锦主编《艾青研究》第一辑,团结出版社 2014 年版。

【思考与练习】

艾青在《我爱这土地》里歌吟:"为什么我的眼里常含泪水?因为我对这土地爱得深沉。"如何理解艾青诗作中这种情感的深沉?它与艾青诗作中常有的忧郁有何关系?

(左怀建)

这是四点零八分的北京[1]

食 指

这是四点零八分的北京，
一片手的海浪翻动；
这是四点零八分的北京，
一声雄伟的汽笛长鸣。

北京车站高大的建筑，
突然一阵剧烈的抖动。
我双眼吃惊地望着窗外，
不知发生了什么事情。

我的心骤然一阵疼痛，一定是
妈妈缀扣子的针线穿透了心胸。
这时，我的心变成了一只风筝，
风筝的线绳就在母亲的手中。

线绳绷得太紧了，就要扯断了，
我不得不把头探出车厢的窗棂。
直到这时，直到这时候，
我才明白发生了什么事情。

——一阵阵告别的声浪，
就要卷走车站；
北京在我的脚下，
已经缓缓地移动。

我再次向北京挥动手臂，
想一把抓住她的衣领，
然后对她大声地叫喊：
永远记着我，妈妈啊北京！

---

① 选自《食指的诗》，人民文学出版社 2000 年版。

终于抓住了什么东西，

管他是谁的手，不能松，

因为这是我的北京，

这是我的最后的北京。

1968 年 12 月 12 日

【作品导读】

食指(1948—　　)，本名郭路生，山东鱼台人，五岁时随父母迁居北京。"文革"前夕开始写诗，"文革"开始后在学校受到一些同学的围攻、"批判"，父亲也受到审查、揪斗，秋天参加红卫兵大串联，足迹远达广州、新疆、延安等地。1968 年到山西插队前后的两三年是他诗歌创作的"黄金时代"，所创作的《海洋三部曲》、《鱼群三部曲》、《书简》(一、二)、《相信未来》、《烟》、《酒》、《这是四点零八分的北京》在青年读者中流传甚广。1970 年又有回山东老家务农和两年的入伍生活经历，随后因"精神分裂症"退伍回北京治疗并参加工作。

食指的诗以匀整的四行诗节记录和表现了"文革"背景下城市知识青年一代悸动不安又充满期待的精神历程，食指和稍晚于他的芒克、舒婷、黄翔等各地的知青诗人则几乎成为那个时代处在敏感、困惑中的知识青年的代言人，因此他们的作品往往以"手抄本"的形式在许多知青部落秘密流传、不胫而走。正如当时一位知青诗人所说："是他使诗歌开始了一个回归：一个以阶级性、党性为主体的诗歌开始转变为一个以个体性为主体的诗歌，恢复了个体的人的尊严，恢复了诗的尊严。""就其内容而言，他主要表现的是青春、幻灭、抗争和固执的希望。这正是当时知青们共同的思想情感。郭路生是他们的代言人。就其形式而言，他采用了我们熟悉的新诗中的严谨的格律体，易于大家接受，没有形式上的障碍。"[①]

《相信未来》共七个四行诗节，表达在混乱年代经历过"迷途的惆怅、失败的苦痛"的青年一代对未来寄予的希望和执著，诗中反复出现的"相信未来"一语，使人想起普希金的浪漫主义抒情的基调。而在《这是四点零八分的北京》里，诗人显然从离别北京尖利的"汽笛长鸣"中预感到了命运的严峻。《这是四点零八分的北京》写于 1968 年 12 月，是作者告别北京站、乘每天一班的四点零八分的火车到所插队的山西农村过程中写完的，全诗也是七个四行诗节，描述了北京知青乘坐的火车启动瞬间、与前来送行的亲友们离别的场景，尤其是内心的颤动。关于这样的场景，不少经历过的知青后来都有所记忆，在食指的诗里，诗人对这一场景的描述是：

---

① 宋海泉《白洋淀琐忆》，见《沉沦的圣殿》，新疆青少年出版社 1999 年，第 237—239 页。

北京车站高大的建筑/突然一阵剧烈的抖动/我双眼吃惊地望着窗外/不知发生了什么事情

接下来,诗人写出了内心的感受:"我的心骤然一阵疼痛,一定是/妈妈缀扣子的针线穿透了心胸/这时,我的心变成了一只风筝/风筝的线绳就在妈妈的手中"。整首诗于迷茫和感伤之中又不失温柔敦厚的赤子之心,触及了那个疯狂年代一代人心灵深处最为真实、敏感、私密的部位,真可谓震撼灵魂的低吟。实际上,在这一年,食指创作了许多指向内心的诗歌,流露出灵魂的伤痛。这些作品包括《希望》《寒风》《我这样说》《还是干脆忘掉她吧》《黄昏》《灵魂》等。《冬夜月台送别》写于是年冬天,表达了与《这是四点零八分的北京》近似的心灵颤动:

那声声高喊呼叫的汽笛啊/为什么今天叫得这样凄惨/是按到了年轻人不均匀的脉搏/还是看到了车窗上噙着泪的双眼

那日日奔波不停的列车啊/如今却知情地迟迟不前/走你的路吧,命运的漂泊者/流浪汉尝不到爱情的甘甜

如水的月光洗着贫寒的树尖/凛冽的寒风掀扬起年轻人的发卷/俯身拾不到一片寄情的枯叶/愿诗句记下这月台深冬的夜晚

进入 20 世纪 90 年代之后,食指"文革"时期诗歌的价值逐渐得到历史的承认,其诗作先后被集结为《食指黑大春现代抒情诗合集》(1993)、《诗探索金库·食指卷》(1997)、《食指的诗》(2000)等多种选本问世。

【延伸阅读作品和参考文献】

1. 食指《相信未来》《冬夜月台送别》,见《食指的诗》,人民文学出版社 2000 年版。

2. 子张《新诗与新诗学》,中央编译出版社 2010 年版。

3. 潘鸣啸《失落的一代——中国的上山下乡运动(1968——1980)》增订版,中国大百科全书出版社 2013 年版。

【思考与练习】

《这是四点零八分的北京》作为一首现代离别诗,你认为与传统离别诗有何不同?它所表达的离情别绪有什么特定性和时代意义?

(子张)

回 答①

北 岛

卑鄙是卑鄙者的通行证，
高尚是高尚者的墓志铭。
看吧，在那镀金的天空中，
飘满了死者弯曲的倒影。

冰川纪过去了，
为什么到处都是冰凌？
好望角发现了，
为什么死海里千帆相竞？

我来到这个世界上，
只带着纸、绳索和身影，
为了在审判之前，
宣读那些被判决的声音：

告诉你吧，世界
我——不——相——信！
纵使你脚下有一千名挑战者，
那就把我算作第一千零一名。

我不相信天是蓝的，
我不相信雷的回声；
我不相信梦是假的，
我不相信死无报应。

如果海洋注定要决堤，
就让所有的苦水都注入我心中；
如果陆地注定要上升，
就让人类重新选择生存的峰顶。

---

① 选自《北岛诗歌集》，南海出版公司 2003 年版。

新的转机和闪闪的星斗，

正在缀满没有遮拦的天空，

那是五千年的象形文字，

那是未来人们凝视的眼睛。

【作品导读】

北岛(1949—)，原名赵振开，祖籍浙江湖州，生长在北京。1968 年中学毕业后参加工作，先后当过建筑工人、报刊编辑、公司职员等，后游历美国、中国香港等地。北岛在 20 世纪 70 年代初曾旅行沿海等地区并开始诗歌和小说创作，著有中篇小说《波动》等，1978 年与芒克创办《今天》杂志，80 年代出版诗集《太阳城札记》(美国康奈尔大学)、《北岛顾城诗选》(瑞典好书出版社)、《北岛诗选》(中国新世纪出版社)、译诗集《索德格朗诗选》和小说集《归来的陌生人》(花城出版社)。诗作被翻译为多种语言在国外出版，在国内则被收入《新诗潮诗集》(北京大学五四文学社 1985)、《五人诗选》(作家出版社 1986)等多种选本。80 年代中期，北岛在一次读者调查中被评选为最受欢迎的青年诗人之一，并被视为"朦胧诗"最有代表性的诗人。

北岛的诗作为数不多，但他的作品往往以醒目的意象、惊警的语言和冷峻的色调给人留下深刻印象。对于诗人与诗，北岛的理解是："诗人应该通过作品建立一个自己的世界，这是一个真诚而独特的世界，正直的世界，正义和人性的世界。"而"诗歌面临着形式的危机，许多陈旧的表现手段已经远不够用了，隐喻、象征、通感，改变视角和透视关系、打破时空秩序等手法为我们提供了新的前景"。(《百家诗会—北岛》，《上海文学》1981 年 5 月号)

写于 1976 年天安门诗歌运动背景下的《回答》在艺术上其实并不特别"朦胧"，反而十分直截了当："卑鄙是卑鄙者的通行证，/高尚是高尚者的墓志铭。/看吧，在那镀金的天空中，/飘满了死者弯曲的倒影。"这种表达社会反思和抗争的主题在北岛早期的作品中是很突出的，献给死于"文革"期间的遇罗克烈士的《宣告》和《结局或开始》也都属于这类作品。《回答》中的"世界"应视为"文革"特殊背景下的中国社会，是北岛以及一代人青春、叛逆、挑战精神的思想性显现。整首诗充满了对当时虚假的"理想世界"的不信任，一句"我——不——相——信"更是把这种不信任推到了极端，比较"朦胧"的可能是"我来到这个世界上，只带着纸、绳索和身影，为了在审判之前，宣读那些被判决的声音"这一诗节，为什么"只带着纸、绳索和身影"？"纸"或许意味着诗人的身份，"绳索"或许意味着诗人感受到的不自由，"身影"则可能意味着"孤独"、"审判"或者象征着"末日审判"吧？

《回答》的关键词是"不相信"。这个"不相信"不是一般意义上的"看破红尘"，而是具有特定时代、社会、政治背景下一代人思想解放的宣言。理解这一点，还可以参考北岛另外两首有关遇罗克的诗，《宣告》和《结局或开始》，后一首诗中有这样的诗句:"以太阳的名义/黑暗公开地掠夺/沉默依然是东方的故事/人民在古老的壁画上/默默地永生/默默地死去"。

当然,《回答》并没有堕入绝望,你看,在诗人的"不相信"中,毕竟还有"不相信梦是假的"、"不相信死无报应",毕竟还有"让人类重新选择生存的峰顶"的祈愿,尤其是诗的最后,诗人给出了"朦胧的"希望,预言了这个希望的开端:"新的转机和闪闪星斗,正在缀满没有遮拦的天空。那是五千年的象形文字,那是未来人们凝视的眼睛。"

【延伸阅读作品和参考文献】

1. 北岛《宣告——献给遇罗克》、《结局或开始》,可参《北岛诗歌集》,南海出版公司 2003 年版。

2. 孙绍振《新的美学原则在崛起》,见杨匡汉、刘福春主编《中国现代诗论》下,花城出版社 1986 年版。

3. 姚家华编《朦胧诗论争集》,学苑出版社 1989 年版。

【思考与练习】

1. 怎样理解北岛诗歌《回答》的标题? 是"回答"谁? 其含义是什么? 诗第一节中"镀金的天空"是什么意思?

2. 以《回答》为例,分析朦胧诗的艺术特点。

(子张)

致橡树①

舒　婷

我如果爱你——
绝不像攀援的凌霄花，
借你的高枝炫耀自己；
我如果爱你——
绝不学痴情的鸟儿，
为绿荫重复单纯的歌曲；
也不止像泉源，
常年送来清凉的慰藉；
也不止像险峰，
增加你的高度，衬托你的威仪。
甚至日光。
甚至春雨。
不，这些都还不够！
我必须是你近旁的一株木棉，
做为树的形象和你站在一起。
根，紧握在地下，
叶，相触在云里。
每一阵风过，
我们都互相致意，
但没有人
听懂我们的言语。
你有你的铜枝铁干
像刀，像剑，
也像戟；
我有我的红硕的花朵，
像沉重的叹息，
又像英勇的火炬。
我们分担寒潮、风雷、霹雳；
我们共享雾霭、流岚、虹霓，

---

①　选自《舒婷文集 1·最后的挽歌》，江苏文艺出版社 1997 年版。

仿佛永远分离，

却又终身相依。

这才是伟大的爱情，

坚贞就在这里：

爱——

不仅爱你伟岸的身躯，

也爱你坚持的位置，足下的土地。

1977 年 3 月 27 日

【作品导读】

在 1980 年代的新诗潮中，伴随着诗对人自身的观照，不仅产生了人的自觉，也开始产生文化的自觉和性别的自觉。文化的自觉最早出现于几位男性诗人作品，由江河、杨炼而海子及四川的"汉诗"写作倾向，一时蔚为大观；性别的自觉则出于女性诗人的诗作，舒婷（1952 生，福建人）的《致橡树》、《神女峰》和《惠安女子》，翟永明的《女人》、《静安庄》，伊蕾的《独身女人的卧室》，到 1990 年代，女性诗歌写作成为令人瞩目的文学现象。

新诗历史上有几位优秀的女性诗人，冰心、林徽因，直到 1940 年代的陈敬容、郑敏，虽说她们的作品是自然的女性视角，但却并没有特别张扬的女性自觉意识，更没有后来出现的西方女权主义思想痕迹。倒是"文革"后期一位女性政治明星偶然写下的"江上数峰青，锁在烟雾中；寻常看不见，偶尔露峥嵘"绝句，透露出不同寻常的女权意向。

最初的《今天》诗人中，只有舒婷是个来自南方的女性作者，她的《致橡树》一诗所取的女性视角，一下子就把她跟那些男性作者区分开来，在这个群体中，突然出现了一种别致的"对话"——性别的对话。正如诗中所描述的，这是一株"木棉"对一株"橡树"的爱情宣言，即深情、热烈，又独立不依："我必须是你近旁的一株木棉，/做为树的形象和你站在一起。/根，紧握在地下，/叶，相触在云里。/每一阵风过，/我们都互相致意，/但没有人/听懂我们的言语。"后来，舒婷写过一篇《硬骨凌霄》的散文，回忆这首诗的缘起："同去散步的老诗人说起他又坎坷又丰富的一生，说他认识的女性那么多，却没有一个能使他全心膜拜。有性情极温柔叫天下男人不觉愿充当骑士但头脑却简单到只差掰手指算情人总数的；有聪明努力，智商又高事业心又强的女人往往早上忘了梳头，洗脸不洗脖子的，就算她又成绩斐然又外貌出众但一张开口，男人就得抱头鼠窜，舌端之锋利言词之毒辣，足以使周围寸草不生。""不错。但是，从女性的目光看去，又有哪一个男人十全十美？花和蝶的关系是相悦，木和水的关系是互需，只有一棵树才能感受到另一棵树的体验，感受鸟们、阳光、春雨的给予。夜不能寐，于是有了《致

185

橡树》。"

舒婷姓龚,本名龚舒婷,《致橡树》一诗原题《橡树》,最早被北岛刊载于《今天》创刊号,诗题不但被改成了《致橡树》,署名也被简化成舒婷。再后来,该诗公开发表于《诗刊》,便沿用了被北岛改过的诗题和署名。

不过,舒婷所抱持的女性视角,还只是强调爱情关系中女性的感受,一种建立在平等基础上的和谐,甚至多少带点战争年代"并肩战斗"的含义,结句还特别突出了对"土地"的忠诚,使全诗在主题上又有所游离。实在并没有聚焦到性别本身作深度体悟。她后来又有《惠安女子》《神女峰》以及其他涉及女性的诗作,所注重的也还是女性日常情感、日常生活的回归,略带沉痛,终归安宁。

【延伸阅读作品和参考文献】

1. 舒婷《神女峰》、《惠安女子》,可参《舒婷文集1·最后的挽歌》,江苏文艺出版社1997年版。

2. 章亚昕、耿建华《中国现代朦胧诗赏析》,花城出版社1988年版。

【思考与练习】

1. 细读《致橡树》,请解释"绝不像攀援的凌霄花,借你的高枝炫耀自己"、"我必须是你近旁的一株木棉,做为树的形象和你站在一起"、"但没有人/听懂我们的言语"这些诗句的具体含义。

2. 比较舒婷《致橡树》、《神女峰》和《惠安女子》三首诗女性情怀的同与异。

(子张)

祖国(或以梦为马)①

海 子

我要做远方的忠诚的儿子
和物质的短暂情人
和所有以梦为马的诗人一样
我不得不和烈士和小丑走在同一道路上

万人都要将火熄灭,我一人独将此火高高举起
此火为大,开花落英于神圣的祖国
和所有以梦为马的诗人一样
我借此火得度一生的茫茫黑夜

此火为大　祖国的语言和乱石投筑的梁山城寨
以梦为上的敦煌——那七月也会寒冷的骨骼
如雪白的柴和坚硬的条条白雪,横放在众神之山
和所有以梦为马的诗人一样
我投入此火,这三者是囚禁我的灯盏　吐出光辉

万人都要从我刀口走过　去建筑祖国的语言
我甘愿一切从头开始
和所有以梦为马的诗人一样
我也愿将牢底坐穿

众神创造物中只有我最易朽　带着不可抗拒的死亡的速度
只有粮食是我珍爱　我将她紧紧抱住　抱住她在故乡生儿育女
和所有以梦为马的诗人一样
我也愿将自己埋葬在四周高高的山上　守望平静的家园

面对大河我无限惭愧
我年华虚度　空有一身疲倦
和所有以梦为马的诗人一样

---

① 选自《海子的诗》,人民文学出版社 1995 年版。

岁月易逝　一滴不剩　水滴中有一匹马儿一命归天

千年后如若我再生于祖国的河岸
千年后我再次拥有中国的稻田　和周天子的雪山　天马踢踏
和所有以梦为马的诗人一样
我选择永恒的事业

我的事业　就是要成为太阳的一生
他从古至今——"日"——他无比辉煌无比光明
和所有以梦为马的诗人一样
最后我被黄昏的众神抬入不朽的太阳

太阳是我的名字
太阳是我的一生
太阳的山顶埋葬　诗歌的尸体——千年王国和我
骑着五千年凤凰和名字叫"马"的龙——我必将失败
但诗歌本身以太阳必将胜利

1987

【作品导读】

　　海子,本名查海生,1964 年生于安徽省怀宁县高河查湾村,父母都是农民。海子在家乡读完高中,1979 年 15 岁时考入北京大学法律系,在新诗潮的汹涌波浪中开始诗歌写作。1983 年毕业后分配到昌平的中国政法大学校刊编辑部并在哲学教研室任教,此后五年是他诗歌写作的黄金岁月,也是他旅行、结友、恋爱的岁月,创作了大量抒情短诗和史诗作品,开始赢得声誉。1989 年 3 月 26 日,在山海关卧轨自杀,时年 25 岁。生前曾有油印诗集《小站》,死后由友人陆续编辑出版《海子的诗》、《海子诗全编》、《海子诗全集》等。

　　海子为人称道的是他的抒情短诗,《面朝大海　春暖花开》已被需要这首诗的人"打造"为他的代表作,在各种场合朗诵并打动听众,甚至一度成为中国楼市最具魅惑力的广告语。

　　海子把诗人分为两类:"第一种诗人,他热爱生命,但他热爱的是生命中的自我,他认为生命可能只是自我的官能的抽搐和内分泌。而另一类诗人,虽然只热爱风景,热爱景色,热爱冬天的朝霞和晚霞,但他所热爱的是景色中的灵魂,是风景中大生命的呼吸。"前者狭窄,后者宏大,前者爱的只是生命中的"自我",后者爱的则是生命全部,这是一个热爱"人类秘密"的诗人,"在神圣的黑夜中走遍大

地,热爱人类的痛苦和幸福,忍受那些必须忍受的,歌唱那些应该歌唱的"。(《我热爱的诗人——荷尔德林》)

《祖国(或以梦为马)》所表达的亦是此类"大生命的呼吸",这从贯穿全诗的诗行"和所有以梦为马的诗人一样"所强调的理想性指向可以感知到。而且,贯穿全诗的"主词+动词"的句式也充分表明这首诗从头到尾都在以不容置疑的态度表达诗人的自我认知和判断,九个诗节,几乎每个诗节的结构都是一样的。相对而言,前四个诗节表达生前的"选择",涉及对理想("远方"、"梦"、"火")和俗世("物质"、"小丑"、"一生的茫茫黑夜"、"牢底")的完全不同的态度("忠诚的儿子"与"短暂的情人","不得不……走在同一道路上","万人都要"与"我……独")。第五、六诗节,似乎是对死亡的预感和死后的选择,一方面是无奈("易朽"、"不可抗拒的死亡的速度"、"无限惭愧"、"一身疲倦"、"岁月易逝"、"一命归天"),另一方面是无奈中的选择("粮食是我珍爱/我将她紧紧抱住/抱住她在故乡生儿育女","也愿将自己埋葬在四周高高的山上/守望平静的家园")。最后两个诗节是对自我、诗歌、未来的预见,或者说是对诗歌所代表着的太阳般的艺术精神不朽的断言。诗人提到了"再生"、"永恒的事业"、"不朽的太阳"、"千年王国和我"以及"诗歌本身以太阳必将胜利",而诗人之所以自信地将"我"与"太阳"、"诗歌"等量齐观,乃是因为"我"选择了"太阳的一生",故而,"我必将失败","我"又必将不朽,因为"我"与"太阳"、"诗歌"乃是三位一体。太阳不朽,诗歌不朽,我不朽。

自然,这是诗,表达的是作为荷尔德林式的浪漫主义诗人的海子所特具的艺术精神和理想,对此,阅读者应该有充分的理解。

对于该诗标题中的"祖国",不宜理解得过于狭窄,即不宜简单地理解为具体的、实体的、空间性的"国家",而应该从该诗整体意蕴着眼,至少要考虑到两个方面:一个是海子的家园情结,诗中也强调了诗人对死后回归故乡、家园、祖国河岸的愿望;而另一个可能指的是诗歌艺术本身,即一种精神性祖国,故诗的标题耐人寻味地用了两个,"祖国""或以梦为马"。一个"或"字提示我们,这两个题目其实可以相互替代,即是说,"祖国"在这里的含义就是"以梦为马",就是一种精神家园。

【延伸阅读作品和参考文献】

1. 海子《夜色》、《秋天的祖国》,可参《海子的诗》,人民文学出版社 1995 年版。

2. 燎原《海子评传》,中国戏剧出版社 2011 年版。

【思考与练习】

1. 该诗中"火"象征什么?"以梦为马的诗人"是什么诗人?第三个诗节中

所说的"这三者"指什么？为什么说它们是"囚禁我的灯盏"？

　　2. 比较海子《祖国（或以梦为马）》与舒婷《祖国啊，我亲爱的祖国》在艺术表达和艺术风格上有何不同？

（子张）

□散　文

庄子(三则)①

一、庄周梦蝶②

昔者庄周梦为胡蝶,栩栩然胡蝶也,自喻适志与③,不知周也。俄然觉,则蘧蘧然④周也。不知周之梦为胡蝶与,胡蝶之梦为周与? 周与胡蝶,则必有分矣。此之谓物化⑤。

二、混沌之死⑥

南海之帝为倏,北海之帝为忽,中央之帝为混沌⑦。倏与忽时相与遇于浑沌之地,混沌待之甚善。倏与忽谋报混沌之德,曰:"人皆有七窍,以视听食息,此独无有,尝试凿之。"日凿一窍,七日而混沌死。

三、有机事者必有机心⑧

子贡南游于楚,反于晋,过汉阴⑨,见一丈人⑩方将为圃畦,凿隧而入井,抱瓮而出灌,搰搰然⑪用力甚多而见功寡。子贡曰:"有械于此,一日浸百畦,用力甚寡而见功多,夫子不欲乎?"

为圃者卬⑫而视之曰:"奈何?"

---

① 选自孙通海注译《庄子》,中华书局 2007 年版。

② 选自《庄子·内篇·齐物论》,题目为后人所加。

③ 喻:觉得。适志:舒适。与:同"欤"。

④ 蘧蘧(qú)然:僵直的样子。

⑤ 物化:万物浑然同化,指物我及人我达到无差别的境界。

⑥ 选自《庄子·内篇·应帝王》,题目为后人所加。

⑦ 这三个短句中,"倏"、"忽"、"混沌"均为虚拟名字。前两个命名有"神速"之意,表有为;后一个命名为纯朴自然之意,喻无为。

⑧ 选自《庄子·外篇·天地》,题目为后人所加。

⑨ 汉阴:汉水的南岸。阴,山北水南谓阴,而山南水北谓阳。

⑩ 丈人:古代对老年人的尊称。

⑪ 搰搰(gǔ)然:用力的样子。

⑫ 卬:同"仰",指抬起头。

曰:"凿木为机,后重前轻,挈水若抽,数如泆汤①,其名为槔②。"

为圃者忿然作色而笑曰:"吾闻之吾师,有机械者必有机事,有机事者必有机心。机心存于胸中则纯白不备。纯白不备则神生不定,神生不定者,道之所不载也。吾非不知,羞而不为也。"

子贡瞒然③惭,俯而不对。

【作品导读】

庄子(约公元前362—前286),名周,战国时代宋之蒙(今河南商丘市东北)人。他是我国古代最伟大的思想家、哲学家、文学家之一,道家文化的创始人之一,与老子合称老庄。他的著作主要收在《庄子》一书里。传世的《庄子》有三十三篇,其中内篇七,外篇十五,杂篇十一。关于《庄子》中文章的作者,历来学术界说法不一。多数人认为内篇为庄子所作,外篇和杂篇为庄子的门徒或后学所作。

《庄子》是哲学著作,也是伟大的文学著作。其文学性最主要的表现在以下三个方面:首先,想象丰富,形象性强;其次,气势恢宏,风格浪漫;再次,语言含蓄多义,诗意丰富。学者们认为《庄子》与屈原为代表的楚辞一起开创了我国古代浪漫主义文学一脉。

《庄子》文学性的表征之一就是大量运用寓言这种形式表达思想学说,抒发感情。这里所选就是其中有名的几例。

《庄周梦蝶》形象地诠解什么是"物化"。这里所说的物化,与西方现代哲学中所谓物化显然不同。西方现代哲学中所谓物化,是指现代工业文明以来人的本质的工具化、零碎化、商品化、物质化,与人的自然本质相对而言,即异化。如卡夫卡的《变形记》就形象而深刻地表现了人在现代工业社会、商品社会里人性的异化,并由此造成的人生存的孤独和悲剧命运。而《庄子》里的所谓"物化",恰是相反的意向,指"人与天一",在此前提下,人与世界万物之间自由的转化和融通。《庄子》里所谓物化恰是对日益利益化、人性逐渐坠落的社会人生的疏离、反抗和映照。难怪李白《古风五十九首》其九这样歌咏之:"庄周梦胡蝶,胡蝶为庄周。一体更变易,万事良悠悠。乃知蓬莱水,复作清浅流。青门种瓜人,旧日东陵侯。富贵故如此,营营何所求。"行文中所创造的虚幻色彩和神奇效果历来为人所称道。

《混沌之死》写人为智慧、自作聪明所付出的代价。世界万物各有自己原有的自然的生存状态,这种状态一旦被破坏,那么与这种状态相对应的生存物也就

---

① 数(shù):迅疾。泆(yì)汤:溢出的沸汤。
② 槔(gāo):桔槔,古代用来汲水的器械。
③ 瞒然:目无神采的样子。

不再存在。这种思想与现代生物学所谓"生物链"相通。可悲的是,混沌是地上万物之母,自从混沌被凿死,地上万物包括人类就失去了其本初的生命家园。作品取全知视角,客观冷静,但又明显地满蕴着讥讽和愤怒,冷热之间造成张力。语言高度凝练,真的到了增一字便嫌多,减一字便嫌少的地步,可谓言约意丰,意味无穷。

《有机事者必有机心》是说利用聪明才智,假机械工具以完成自己所做的事情者,也必有一颗机智巧取之心,而人一旦走上这条路,淳朴洁白之心就不存在了。陶醉于高科技现代化社会的人们,也许已很难理解这种人生态度了,或直接称之为落后、迂腐。岂不知现代化的开端便埋藏了人性异化的因子。此所谓"千里之行,始于足下";"差之毫厘,谬之千里"。理解《庄子》,必须考虑作者创作的历史语境,所谓"自三代以下者,天下莫不以物易其性矣!小人则以身殉利;士则以身殉名;大夫则以身殉家;圣人则以身殉天下。……其于伤性以身为殉,一也。"(《庄子·外篇·骈拇》)矫枉常常过正。《庄子》以看似落后、迂腐的思想和方式清晰表达了对历史颓败、人心不古的不满和反抗,在万众奔向机巧势利之途的同时,发出别一样的声音,诚非缺乏大智大勇者所能为。如果按照冯友兰《中国哲学简史》中的观点,老子其实是在庄子之后,那么庄子作为反抗尘俗的先驱者的地位更加突出。如此寓言故事形象鲜明,情节具体生动,意蕴多向度展开,启发自然久远。

【延伸阅读作品和参考文献】

1. 曹础基《庄子浅注》,中华书局 2000 年版。

2. 程习勤、毛茵《老庄生态智慧与诗艺——"态观"视角的文艺理论》,武汉出版社 2002 年版。

3. 刁生虎《庄子的生存哲学》,中国传媒大学出版社 2007 年版。

【思考与练习】

1.《庄子·胠箧》言:"圣人不死,大盗不止。"你如何看待这种说法?

2. 在《天地》篇中,子贡回去将遇到"抱瓮出灌"老人的事情告诉了孔子,孔子评之曰:"治其内而不治其外"。你同意孔子的这种看法吗?为什么?

(吉素芬)

项羽本纪(节选)①

司马迁

......

项王军壁垓下②,兵少食尽,汉军及诸侯兵围之数重。夜闻汉军四面皆楚歌,项王乃大惊,曰:"汉皆已得楚乎? 是何楚人之多也!"项王则夜起,饮帐中。有美人名虞,常幸从;骏马名骓,常骑之。于是项王乃悲歌忼慨,自为诗曰:"力拔山兮气盖世,时不利兮骓不逝。骓不逝兮可奈何,虞兮虞兮奈若何!"歌数阕,美人和之。项王泣数行下,左右皆泣,莫能仰视。

于是项王乃上马骑,麾下壮士骑从者八百余人,直夜溃围南出,驰走。平明③,汉军乃觉之,令骑将灌婴以五千骑追之。项王渡淮,骑能属者百余人耳。项王至阴陵④,迷失道,问一田父,田父绐⑤曰"左"。左,乃陷大泽中,以故汉追及之。项王乃复引兵而东,至东城⑥,乃有二十八骑。汉骑追者数千人。项王自度不得脱,谓其骑曰:"吾起兵至今八岁矣,身七十余战,所当者破,所击者服,未尝败北,遂霸有天下。然今卒困于此,此天之亡我,非战之罪也。今日固决死,愿为诸君快战,必三胜之,为诸君溃围,斩将,刈⑦旗,令诸君知天亡我,非战之罪也。"乃分其骑以为四队,四向。汉军围之数重。项王谓其骑曰:"吾为公取彼一将。"令四面骑驰下,期山东为三处。于是项王大呼驰下,汉军皆披靡,遂斩汉一将。是时,赤泉侯为骑将,追项王。项王瞋目而叱之,赤泉侯人马俱惊,辟易⑧数里。与其骑会为三处。汉军不知项王所在,乃分军为三,复围之。项王乃驰,复斩汉一都尉,杀数十百人。复聚其骑,亡其两骑耳。乃谓其骑曰:"何如?"骑皆伏曰:"如大王言。"

于是项王乃欲东渡乌江⑨。乌江亭长舣⑩船待,谓项王曰:"江东虽小,地方千里,众数十万人,亦足王也。愿大王急渡。今独臣有船,汉军至,无以渡。"项王

---

① 选自司马迁著、韩兆琦译注《史记(一)·本纪》,中华书局 2010 年版。
② 壁:壁垒,营垒,这里用作动词,即筑营驻扎。垓下:地名,故址在安徽宿州市灵璧县东南沱河北岸。
③ 平明:天亮时。
④ 阴陵:汉时县名,故址在今安徽滁州市定远县西北。
⑤ 绐(dài):欺骗。
⑥ 东城:秦县名,故址在今安徽滁州市定远县东南。
⑦ 刈(yì):割,砍。
⑧ 辟易:倒退。
⑨ 乌江:故址在今安徽马鞍山市和县东北四十里,今名乌江浦。
⑩ 舣:(yǐ)同"舣",移船靠岸。

笑曰:"天之亡我,我何渡为!且籍与江东子弟八千人渡江而西,今无一人还,纵江东父兄怜而王我,我何面目见之?纵彼不言,籍独不愧于心乎!"乃谓亭长曰:"吾知公长者。吾骑此马五岁,所当无敌,尝一日行千里,不忍杀之,以赐公。"乃令骑皆下马步行,持短兵接战。独籍所杀汉军数百人,项王身亦被十余创。顾见汉骑司马吕马童,曰:"若非吾故人乎?"马童面之,指王翳曰①:"此项王也。"项王乃曰:"吾闻汉购我头千金,邑万户,吾为若德。"乃自刎而死。王翳取其头,余骑相蹂践争项王,相杀者数十人。最其后,郎中骑杨喜、骑司马吕马童、郎中吕胜、杨武各得其一体。五人共会其体,皆是。故分其地为五:封吕马童为中水侯,封王翳为杜衍侯,封杨喜为赤泉侯,封杨武为吴防侯,封吕胜为涅阳侯。

……

太史公曰:吾闻之周生曰"舜目盖重瞳子",又闻项羽亦重瞳子,羽岂其苗裔邪?何兴之暴也!夫秦失其政,陈涉首难,豪杰蜂起,相与并争,不可胜数。然羽非有尺寸,乘势起陇亩之中,三年,遂将五诸侯灭秦,分裂天下,而封王侯,政由羽出,号为"霸王",位虽不终,近古以来未尝有也。及羽背关怀楚②,放逐义帝而自立③,怨王侯叛己,难矣。自矜功伐,奋其私智而不师古,谓霸王之业,欲以力征经营天下,五年卒亡其国,身死东城,尚不觉寤,而不自责,过矣。乃引"天亡我,非用兵之罪也",岂不谬哉!

【作品导读】

司马迁(前145—前87?),字子长,夏阳(今陕西省韩城市)人,我国最伟大的历史学家和传记体散文家。其著作《史记》是中国第一部纪传体通史,也是我国第一部传记体文学总集,被鲁迅评为"史家之绝唱,无韵之离骚"(《汉文学史纲要》)。而其中,写的最具文学色彩、艺术价值最高、流传最广的无疑要数《项羽本纪》。《项羽本纪》艺术手法高超,人物描写和语言表达具有鲜明的诗化特征,特别是成功塑造了项羽这个"失败的英雄"形象,赢得千百年无数读者的激赏和传诵。

节选第一段从项羽垓下被围写起。这一段写英雄身陷绝境,但不失情感细腻,一曲"力拔山兮气盖世"唱出铮铮铁骨英雄心底无限柔情,面对人生末路无限感伤。这说明项羽并非一般草莽英雄,而是内心丰富之人。本来,项羽贵族世家出身,虽终"学书不成",但耳闻目睹,想来不乏诗意熏染。这一段,上来就打,极容易抓住读者心魂的英雄美人、铁血柔情的调子。第二段写项羽帅部下东城"溃

---

① 面之:面对着他(指项羽)。指王翳曰:指给王翳说。

② 背关怀楚:放弃关中,怀归楚地。指的是项羽不据守关中而还军建都彭城。

③ 放逐义帝:项羽之叔项梁起兵时,立楚后代熊心为怀王。灭秦后项羽尊其为义帝。后项羽自立为西楚霸王,徙义帝往长沙郴县,并阴令人于途中杀之。

围"。这一段写英雄虽身陷绝境,末日马上就要到来,但是依然骁勇善战,所向披靡,威震山河,不失英雄本色。韩信曾说项羽"暗噁叱咤"、"千人皆废",这一段里有充分体现,遂将项羽作为勇气型加臂力型英雄的神采完全渲染出来了。第三段写项羽因"无颜见江东父老"而拒绝返回江东,为满足"故人"立功受封的愿望而坦然自尽。这一段写英雄面对死亡所表现出来的最大度、潇洒、坦荡的风格。一般人,若可逃生绝不会放弃机会(刘邦也不例外),所谓"君子报仇,十年不晚",但是项羽在生死两可面前,却选择了死。他选择死是因为他有羞耻心,所谓"无颜见江东父老"。显然,项羽看尊严、名节比看生命更重。此之谓"不苟且,不偷生"。这应该是司马迁所谓"死有重于泰山"的一个名例。难怪后来李清照心存敬仰地歌吟:"生当作人杰,死亦为鬼雄。至今思项羽,不肯过江东。"临死前,项羽主动将自己首级送给"故人",即旧时朋友,一方面显天真,一方面也更加突出其为人的坦荡、磊落,不计前嫌。

最严峻的处境方能显示英雄最本色的内涵。作品善于抓住人物一生中最重要的时刻、最能表现人物心理、性格、品格的人生片段,文字干脆、洗练而语义丰富,气势恢弘而风格多变,显示极其强烈的艺术感染力。

西汉的刘向、扬雄,东汉的班彪、班固父子都认为《史记》是"实录"。但又"不拘泥于史法,不囿于字句,发于情,肆于心而为文。"(鲁迅《汉文学史纲要》)就我们所选部分言,前三段为第三人称客观叙事,叙事中烘托、渲染描写,情感褒贬自见。最后的"太史公曰",作者直接站在前台,明确表达自己的看法和情感判断。这一段借"重瞳子"之说暗示项羽也许为舜的后裔,增加作品传奇色彩,同时也为项羽"兴之暴"寻找原因。项羽的历史功绩无可抹杀,西楚霸王无人能比,但是项羽的致命弱点导致他彻底的失败,就是过于自负、自傲,缺乏相应的政治眼光、心胸和韬略。如文中所谓"自矜功伐,奋其私智而不师古,……欲以力征经营天下"项羽总认为是"天亡我,非用兵之罪也",也就是他到死都没有找到失败的真正原因,亦可谓可悲复可叹了。这一总结性的议论补充了对人物形象的描写和塑造,同时也表达了作者强烈而复杂的情感倾向,令人震撼,值得三思。

【延伸阅读作品和参考文献】

1. 陈振鹏等《古文鉴赏辞典》(上)"司马迁"部分,上海辞书出版社 1997 年版。
2. 李长之《司马迁之人格与风格》,天津人民出版社 2007 年版。

【思考与练习】

阅读《史记》中"项羽本纪"、"高祖本纪"、"淮阴侯列传"、"陈丞相世家"和"陈涉世家"等篇,综合考察项羽形象内涵。

(吉素芬)

张中丞传后叙①

韩 愈

　　元和二年四月十三日夜，愈与吴郡张籍②阅家中旧书，得李翰③所为《张巡传》。翰以文章自名④，为此传颇详密，然尚恨有阙⑤者：不为许远⑥立传，又不载雷万春⑦事首尾。

　　远虽材若不及巡者⑧，开门纳巡⑨，位本在巡上，授之柄而处其下⑩，无所疑忌，竟与巡俱守死，成功名。城陷而虏，与巡死先后异耳⑪。两家子弟才智下，不能通知二父志⑫，以为巡死而远就虏，疑畏死而辞服⑬于贼。远诚畏死⑭，何苦守

---

　　①　选自马其昶《韩昌黎文集校注》，上海古籍出版社 1987 年版。张中丞，即张巡(709—757 年)，邓州南阳(今河南南阳市)人，一说蒲州河东(今山西永济市)人，开元末进士。天宝中曾任真源(今河南鹿邑县)县令。玄宗天宝十四年(755)，安禄山反，巡起兵讨贼。后与太守许远汇合，坚守睢阳(今河南商丘市)孤城，屏蔽江淮。睢阳终因被困经年，兵尽粮绝，援兵不至，于肃宗至德二年(757)十月陷落，张巡等三十六人皆被俘，不屈而死。张巡死后，有人诬其降贼，友人李翰因撰《张中丞传》(今已不传)，上呈肃宗，以澄清事实。五十年后，即宪宗元和二年(807)，韩愈读了李翰写的《张中丞传》，感到尚有所不足，因而又写了这篇文章。中丞，是朝廷加封张巡的官衔。

　　②　张籍：字文昌，原籍是吴郡(今江苏吴县)，所以称"吴郡张籍"。他是中唐著名诗人，韩愈的朋友。

　　③　李翰：赵州赞皇(今河北赞皇县)人，张巡的友人。安史之乱时，曾随同张巡一道在睢阳，亲见战守事迹。

　　④　自名：自负、自许。

　　⑤　阙：缺陷、不足。

　　⑥　许远：杭州盐官(今浙江海宁市)人，字令威。安禄山作乱时，任睢阳太守。睢阳城陷，他被虏往洛阳，至偃师被害。

　　⑦　雷万春：张巡的偏将，和南霁云同是张巡的重要助手，但事迹不见本文。有人以为这里的"雷万春"三字应作"南霁云"。

　　⑧　"远虽"句：许远的才能虽然好像比不上张巡。若……者，好像……似的。

　　⑨　开门纳巡：打开城门接纳张巡。许远为睢阳太守时被叛军包围，他向张巡告急，张巡率军入睢阳城。纳，接纳。

　　⑩　"位本"二句：大意是说许远的职位(太守)本在张巡(县令)之上，却把指挥权交给了张巡，自己安心处在张巡之下。

　　⑪　与巡死先后异耳：许远和张巡同殉难，只是时间有先后不同罢了。

　　⑫　"两家"二句：意思是说张巡、许远两家的子弟才智低劣，不能知道他们父亲的大志。这是指唐代宗大历年间(766—779 年)，张巡的儿子张去疾曾上书，说张巡的惨死是由于许远的出卖。朝廷就让张去疾和许远的儿子许岘与百官一起议定。其实张巡死时，去疾尚幼，以上所说，都是传闻不实之辞。通知，彻底了解。

　　⑬　辞服：向敌人供认屈服。辞，口供。

　　⑭　远诚畏死：许远如果怕死。诚，果真、假如。

尺寸之地，食其所爱之肉①，以与贼抗而不降乎？当其围守时，外无蚍蜉蚁子之援②，所欲忠者，国与主耳。而贼语以国亡主灭③，远见救援不至，而贼来益众，必以其言为信。外无待而犹死守④，人相食且尽，虽愚人亦能数日⑤而知死处矣，远之不畏死亦明矣。乌有城坏，其徒俱死⑥，独蒙愧耻求活？虽至愚者不忍为，呜呼，而谓远之贤而为之耶？

说者又谓：远与巡分城而守⑦，"城之陷"，自远所分始⑧。以此诟⑨远，此又与儿童之见无异。人之将死，其脏腑必有先受其病⑩者；引绳而绝之，其绝必有处⑪：观者见其然，从而尤之，其亦不达于理矣⑫。小人之好议论，不乐成人之美，如是哉⑬！如巡、远之所成就，如此卓卓⑭，犹不得免，其他则又何说？

当二公之初守也，宁能知人之卒不救，弃城而逆遁⑮？苟此不能守，虽避之他处何益？及其无救而且穷⑯也，将其创残饿羸之余⑰，虽欲去必不远。二公之贤，其讲之精⑱矣。守一城捍天下⑲，以千百就尽之卒，战百万日滋⑳之师，蔽遮江

---

① 食其所爱之肉：睢阳被围粮尽，连鼠雀都吃光了，张巡杀死他的爱妾，许远杀了他的奴仆，给兵士吃。

② 蚍蜉：大蚂蚁。蚁子：小蚂蚁。这里都是比喻微不足道的救援。

③ 贼语以国亡主灭：安史乱起，唐玄宗逃往四川，两京沦陷。叛军可能用"国亡主灭"为词，对许远进行威胁招降。

④ 外无待而犹死守：当时河南节度使贺兰进明驻兵临淮（今江苏盱眙县），许叔冀在谯郡（今安徽亳州市），尚衡在彭城（今江苏铜山县），都观望不救，而许远仍死守危城。

⑤ 数日：计算日子。数，这里是动词。

⑥ 乌有：何有、哪有。其徒：自己的部下。

⑦ 说者：发议论的人。分城而守：当时张守东北，许守西南。

⑧ "城之陷"二句：睢阳陷落，是先从许远的防区打开缺口的。

⑨ 诟：辱骂、诽谤。

⑩ 病：害。

⑪ "引绳"二句：是说拉绳把它弄断，一定有个断口的地方。

⑫ "观者"三句：大意说观者看到了人死和绳断的现象，因而就咎于受病的脏腑和绳的断口处，恐怕也是太不通达道理了。

⑬ 如是哉：像这样啊！意思是竟然到这样的地步。

⑭ 卓卓：卓越出众。

⑮ "宁能"二句：怎么能知道他人最终不来救援，从而预先弃城逃走呢？宁，岂。卒，最终。逆，事先。遁，逃跑。当时军中原有弃城他走的议论，为张、许所拒。

⑯ 且穷：将要穷尽，找不到出路。

⑰ 将：带领。创残：受伤残废。羸：瘦弱。余：指残余的士卒。

⑱ 讲之精：考虑得周密精当。

⑲ 捍：捍卫。捍天下，捍卫天下，即保卫唐王朝的意思。

⑳ 日滋：一天天增多。

淮①,沮遏其势②,天下之不亡,其谁之功也? 当是时,弃城而图存者,不可一二数③,擅强兵坐而观者,相环也④:不追议此,而责二公以死守,亦见其自比⑤于逆乱,设淫辞而助之攻也⑥!

愈尝从事于汴徐二府⑦,屡道⑧于两府间,亲祭其所谓双庙⑨者,其老人往往说巡、远时事,云:南霁云之乞救于贺兰也,贺兰嫉巡、远之声威功绩出己上,不肯出师救,爱霁云之勇且壮,不听其语,强留之,具食与乐,延⑩霁云坐。霁云慷慨语曰:"云来时,睢阳之人不食月余日矣,云虽欲独食,义不忍;虽食,且不下咽。"因拔所佩刀,断一指,血淋漓,以示贺兰。一座大惊,皆感激为云泣下。云知贺兰终无为云出师意,即驰去,将出城,抽矢射佛寺浮图⑪,矢著其上砖半箭,曰:"吾归破贼,必灭贺兰,此矢所以志也⑫。"愈贞元中过泗州,船上人犹指以相语。城陷,贼以刃胁降巡⑬,巡不屈,即牵去,将斩之;又降霁云,云未应,巡呼云曰:"南八⑭,男儿死耳,不可为不义屈。"云笑曰⑮:"欲将以有为也⑯,公有言,云敢不死⑰?"即不屈。

张籍曰:有于嵩者,少依于巡,及巡起事⑱,嵩常在围中⑲。籍大历中于和州乌江县⑳见嵩,嵩时年六十余矣。以巡初尝得临涣县尉㉑,好学无所不读。籍时

---

① 蔽遮江淮:像屏障那样保卫江淮。江淮是供应唐朝政府钱粮的重要后方,由于张、许坚守睢阳经年,江淮没有陷于敌手。
② 沮遏其势:阻挡遏止敌人的凶焰。
③ 不可一二数:不能用一二等数字计算,意思是不在少数。
④ 擅强兵:拥有强大军队。擅,掌握、拥有。相环:环绕着它。意思是说拥有强大军队坐山观虎斗的人周围都是。
⑤ 自比:自列于的意思。比,亲附。
⑥ 设淫辞:制造一些胡言乱语。助之攻:帮助叛军攻击张、许。
⑦ "愈尝"句:我曾经在汴、徐二州幕府中先后任职。韩愈在德宗贞元十二年(796)任汴州节度使董晋的观察推官,十五年任徐州节度使张建封的节度推官。从事,任职。
⑧ 道:来往、经过。
⑨ 双庙:张、许死后,唐统治者给他们在睢阳合建一庙,当地人称为双庙。其,指示代词,那个。
⑩ 延:引、请。
⑪ 浮图:佛塔。
⑫ 此矢所以志也:这支箭就用来作为标记。志,标记。
⑬ 胁降巡:胁迫张巡投降。降,用作使动词,使……投降。下文"降云",同此例。
⑭ 南八:南霁云排行第八。
⑮ "云笑曰"句:南霁云是笑张巡没有懂得他在敌人逼降面前"未应"的用意。
⑯ 有为:有所作为。南霁云当时可能还想找机会打击叛军。
⑰ 云敢不死:我南霁云岂敢不死。敢,岂敢。
⑱ 起事:指起兵平叛。
⑲ 常在围中:曾在围城(睢阳)之中。常,通"尝",曾经。
⑳ 和州乌江县:今安徽和县东北有乌江浦。
㉑ "以巡"句:因为随张巡守睢阳的关系,于嵩后来做了临涣县(今安徽宿州市西北)尉。县尉,负责治安工作的官吏。以,因。

尚小,粗问巡、远事,不能细也。云巡长七尺余,须髯若神,尝见嵩读《汉书》,谓嵩曰:"何为久读此?"嵩曰:"未熟也"。巡曰:"吾于书,读不过三遍,终身不忘也。"因诵嵩所读书,尽卷①不错一字。嵩惊,以为巡偶熟此卷,因乱抽他帙②以试,无不尽然。嵩又取架上诸书,试以问巡,巡应口诵无疑。嵩从巡久,也不见巡常读书也。为文章,操纸笔立书,未尝起草。初守睢阳时,士卒仅③万人,城中居人户,亦且数万,巡因一见问姓名,其后无不识者。巡怒,须髯辄张。及城陷,贼缚巡等数十人坐,且将戮。巡起旋④,其众见巡起,或起或泣,巡曰:"汝勿怖,死。命也。"众泣不能仰视。巡就戮时颜色不乱,阳阳⑤如平常。远宽厚长者,貌如其心,与巡同年生,月日后于巡,呼巡为兄,死时年四十九。嵩贞元初死于亳、宋间,或传嵩有田在亳、宋间,武人夺而有之,嵩将诣州讼理⑥,为所杀。嵩无子。张籍云。

【作品导读】

  韩愈(768—824),字退之,河内河阳(今河南孟州市)人。唐德宗贞元八年(792)进士,曾任宣武及宁武节度使判官。贞元末任监察御史,因上书请求宽免田租,被贬为阳山令。唐宪宗时,因随裴度平定淮西,升刑部侍郎,后上表谏迎佛骨,贬为潮州刺史。唐穆宗时,任国子监祭酒、兵部、吏部侍郎。韩愈是著名的散文家,是唐代古文运动的领袖。有《昌黎先生集》四十卷。

  "古文"这个概念,最初是由韩愈提出来的,指的是与六朝骈体文(唐代称今体文)相对的奇句单行、上承先秦两汉散文的散体文。韩愈古文创作各体兼善,无论说理、叙事、抒情,无论是政论、杂说、书(赠)序、碑志、祭文都有优秀的名篇流传。他的文章气势充沛,纵横捭阖,曲折多变,流畅明快,极富阳刚之美。其散文语言极其准确、生动、简洁,富于独创性,具有高度的驾驭语言的艺术,创造了许多精炼、新颖的词语,他是我国有数的语言巨匠之一。

  韩愈在政治上坚决反对藩镇割据,维护国家统一,在古文上提倡"文以明道",《张中丞传后叙》就是这方面的代表作。安史之乱时,张巡与许远、南霁云同守睢阳(今河南商丘)以抗击安史叛军,他们坚守危城达十个月,捍卫了江淮地区人民的生命财产,保障了唐代平叛的军需供给。最终由于敌我兵力悬殊,粮尽援绝而城陷。张、许二人先后壮烈殉难。曾随张巡守睢阳的李翰写过一篇《张中丞

---

  ① 尽卷:读完一卷。
  ② 帙:书套,这里指套中的书。
  ③ 仅:这里是将近、几乎、差不多达到的意思。
  ④ 旋:小便。《左传·定公三年》:"夷射姑旋焉。"杜预注:"旋,小便。"
  ⑤ 阳阳:若无其事,神态安详貌。
  ⑥ 诣:到。讼理:诉讼、告状。

传》，韩愈这篇文章是对《张中丞传》的阐发和补充，故题为《〈张中丞传〉后叙》。韩愈这篇文章作于唐宪宗元和二年(807)，虽然距张、许殉难已半个世纪，但由安史之乱开始的藩镇割据并未停息。社会的动荡引起人们思想的混乱，这些图谋叛乱者对张、许极尽诋毁、攻击之能事。唐宪宗即位后就开始削平藩镇，元和元年平定了四川刘闢之乱。因此，韩愈此文的意义就不限于对张、许的评价，它所针对的实际上是当时社会上那股反对统一、反对对藩镇割据势力用兵的思潮，是为唐宪宗的平藩斗争服务的，是明道之作，明的是维护中央集权的"道"。

本文忽而议论，忽而叙事，议论、叙事中又插入描写和抒情。除叙张巡、许远、南霁云三人事迹外，还牵涉到于嵩、张籍和作者自己。这样纷繁复杂的头绪和变化，可按由破到立的线索去把握。前三段先通过议论，破小人的诬蔑，后两段通过补叙遗事，彰英雄之业绩。而从材料来源看，则是先据李翰《张巡传》所提供的事实，进行论辩，然后根据作者自己在汴、徐二府的见闻和张籍所提供的材料，补叙英雄遗事。在论辩的部分，作者驳斥了"畏死论"、"城陷有责论"、"死守论"，为张、许辩诬；进而掉笔反攻，义正辞严地指出，被诬陷者不但没有罪，而且有大功，而诬陷者才是真正的罪人，才是"自比于逆乱，设淫辞而助之攻"的分裂割据、叛逆作乱者的同伙。感慨愤激，正气凛然。在叙事部分，着重记叙了南霁云的动人事迹，并补叙张巡、许远的其他事迹。文章成功地运用了细节描写和个性化的人物语言，将人物形象刻画得栩栩如生，从中可以看出韩愈古文对《史记》写人物手法的继承与发展。

【延伸阅读作品和参考文献】

1. 韩愈《原道》、《送董邵南序》，可参孙昌武选注《韩愈选集》，上海古籍出版社 2013 年版。

2. 李以从《安史之乱演义》，春风文艺出版社 1988 年版。

【思考与练习】

1. 试分析南霁云这一人物形象。

2. 找一些张巡、许远的材料，谈谈我们今天应该怎样正确评价历史上的英雄人物。

(彭万隆)

少年中国说①

梁启超

日本人之称我中国也,一则曰老大帝国,再则曰老大帝国。是语也,盖袭译欧西人之言也。呜呼! 我中国其果老大矣乎? 梁启超曰:恶! 是何言! 是何言! 吾心目中有一少年中国在。

欲言国之老少,请先言人之老少:老年人常思既往,少年人常思将来。惟思既往也,故生留恋心;惟思将来也,故生希望心。惟留恋也,故保守;惟希望也,故进取。惟保守也,故永旧;惟进取也,故日新。惟思既往也,事事皆其所已经者,故惟知照例;惟思将来也,事事皆其所未经者,故常敢破格。老年人常多忧虑,少年人常好行乐。惟多忧也,故灰心;惟行乐也,故盛气。惟灰心也,故怯懦;惟盛气也,故豪壮。惟怯懦也,故苟且;惟豪壮也,故冒险。惟苟且也,故能灭世界;惟冒险也,故能造世界。老年人常厌事,少年人常喜事。惟厌事也,故常觉一切事无可为者;惟好事也,故常觉一切事无不可为者。老年人如夕照,少年人如朝阳;老年人如瘠牛,少年人如乳虎;老年人如僧,少年人如侠;老年人如字典,少年人如戏文;老年人如鸦片烟,少年人如泼兰地酒;老年人如别行星之陨石,少年人如大洋海之珊瑚岛;老年人如埃及沙漠之金字塔,少年人如西伯利亚之铁路;老年人如秋后之柳,少年人如春前之草;老年人如死海之潴②为泽,少年人如长江之初发源:此老年与少年性格不同之大略也。梁启超曰:人固有之,国亦宜然。

梁启超曰:伤哉,老大也! 浔阳江头琵琶妇,当明月绕船,枫叶瑟瑟,衾寒于铁,似梦非梦之时,追想洛阳尘中春花秋月之佳趣;西宫南内,白发宫娥,一灯如穗,三五对坐,谈开元、天宝间遗事,谱霓裳羽衣曲;青门种瓜人③,左对孺人④,顾弄孺子,忆侯门似海、珠履杂遝⑤之盛事;拿破仑之流于厄蔑⑥,阿剌飞⑦之幽于锡兰,与三两监守吏或过访之好事者,道当年短刀匹马,驰骋中原,席卷欧洲,血战海楼,一声叱咤,万国震恐之丰功伟烈,初而拍案,继而抚髀⑧,终而揽镜。呜呼!

---

① 选自王遽常选注《梁启超选集》,人民文学出版社 2004 年版。

② 潴(zhū):水停聚的地方。

③ 青门种瓜人:指召(shào 邵)平。秦时,召平封东陵侯。秦亡后,家贫,种瓜于长安城东。他种的瓜味美,世称东陵瓜。青门,长安城东的霸城门,门青色,故称青门。

④ 孺人:古代大夫之妻称孺人,明、清两代七品官的妻子封孺人。

⑤ 杂遝(tà):杂乱。

⑥ 厄蔑:今译作厄尔巴,地中海中的岛屿。

⑦ 阿剌飞:今译作阿拉比(1839—1911),埃及爱国军官,曾率军抵抗英国的侵略,失败后被流放锡兰(今斯里兰卡)。

⑧ 髀(bì):大腿。

面皱齿尽，白发盈把，颓然老矣。若是者，舍幽郁之外无心事，舍悲惨之外无天地，舍颓唐之外无日月，舍叹息之外无音声，舍待死之外无事业，美人豪杰且然，而况于寻常碌碌者耶？生平亲友，皆在墟墓，起居饮食，待命于人，今日且过，遑知他日，今年且过，遑恤明年，普天下灰心短气之事，未有甚于老大者。于此人也，而欲望以拿云①之手段，回天之事功，挟山超海之意气，能乎不能？

呜呼！我中国其果老大矣乎？立乎今日，以指畴昔，唐虞三代②，若何之郅治③；秦皇汉武，若何之雄杰；汉唐来之文学，若何之隆盛；康乾间之武功，若何之烜赫，历史家所铺叙，词章家所讴歌，何一非我国民少年时代良辰美景赏心乐事之陈迹哉。而今颓然老矣！昨日割五城，明日割十城，处处雀鼠尽，夜夜鸡犬惊，十八省④之土地财产，已为人怀中之肉，四百兆⑤之父兄子弟，已为人注籍之奴，岂所谓"老大嫁作商人妇"者耶？呜呼！凭君莫话当年事，憔悴韶光不忍看，楚囚相对⑥，奻奻顾影，人命危浅，朝不虑夕，国为待死之国，一国之民为待死之民，万事付之奈何，一切凭人作弄，亦何足怪。

梁启超曰：我中国其果老大矣乎？是今日全地球之一大问题也。如其老大也，则是中国为过去之国，即地球上昔本有此国，而今渐澌灭，他日之命运殆将尽也；如其非老大也，则是中国为未来之国，即地球上昔未现此国，而今渐发达，他日之前程且方长也。欲断今日之中国为老大耶？为少年耶？则不可不先明国字之意义。夫国也者何物也？有土地；有人民；以居于其土地之人民而治其所居之土地之事；自制法律而自守之，有主权，有服从，人人皆主权事者，人人皆服从者。夫如是，斯谓之完全成立之国。地球上之有完全成立之国也，自百年以来也。完全成立者，壮年之事也；未能完全成立而渐进于完全成立者，少年之事也。故吾得一言以断之曰：欧洲列邦在今日为壮年国，而我中国在今日为少年国。

夫古昔之中国者，虽有国之名，而未成国之形也。或为家族之国，或为酋长之国，或为诸侯封建之国，或为一王专制之国，虽种类不一，要之，其于国家之体质也，有其一部而缺其一部。正如婴儿自胚胎以迄成童，其身体之一二官支⑦，先行长成，此外则全体虽粗具，然未能得其用也。故唐虞以前为胚胎时代，殷商之际为乳哺时代，由孔子而来至于今为童子时代。逐渐发达，而今乃始将入成童以上少年之界焉。其长成所以若是之迟者，则历代之民贼有窒其生机者也。譬

① 拿云：以手摘云，比喻志向远大，本领高强。
② 唐虞三代：指唐尧、虞舜和夏、商、周三代。
③ 郅（zhì）治：至治，把国家治理得太平强盛。
④ 十八省：清初全国共分十八个省。光绪末年增至二十三省，但人们习惯上仍称十八省。
⑤ 四百兆：即四亿，当时中国有四亿人口。
⑥ 楚囚相对：喻遇到强敌，窘迫无计。
⑦ 官支：五官、四肢。

犹童年多病,转类老态,或且疑其死期之将至焉,而不知皆由未完全未成立也。非过去之谓,而未来之谓也。

且我中国畴昔,岂尝有国家哉,不过有朝廷耳。我黄帝子孙,聚族而居,立于此地球之上者既数千年,而问其国之为何名,则无有也。夫所谓唐、虞、夏、商、周、秦、汉、魏、晋、宋、齐、梁、陈、隋、唐、宋、元、明、清者,则皆朝名耳。朝也者,一家之私产也;国也者,人民之公产也。朝有朝之老少,国有国之老少。朝与国既异物,则不能以朝之老少而指为国之老少明矣。文、武、成、康,周朝之少年时代也;幽、厉、桓、赧,则其老年时代也;高、文、景、武,汉朝之少年时代也;元、平、桓、灵,则其老年时代也。自余历朝,莫不有之,凡此者,谓为一朝廷之老也则可,谓为一国之老也则不可。一朝廷之老且死,犹一人之老且死也,于吾所谓中国者何与焉。然则,吾中国者,前此尚未出现于世界,而今乃始萌芽云尔。天地大矣,前途辽矣,美哉,我少年中国乎!

玛志尼者,意大利三杰①之魁也。以国事被罪,逃窜异邦,乃创立一会,名曰"少年意大利"。举国志士,云涌雾集以应之,卒乃光复旧物,使意大利为欧洲之一雄邦。夫意大利者,欧洲第一之老大国也,自罗马亡后,土地隶于教皇,政权归于奥国,殆所谓老而濒于死者矣,而得一玛志尼,且能举全国而少年之,况我中国之实为少年时代者耶? 堂堂四百余州之国土,凛凛四百余兆之国民,岂遂无一玛志尼其人者。

龚自珍氏之集有诗一章,题曰《能令公少年行》②。吾尝爱读之,而有味乎其用意之所存。我国民而自谓其国之老大也,斯果老大矣;我国民而自知其国之少年也,斯乃少年矣。西谚有之曰:"有三岁之翁,有百岁之童。"然则,国之老少,又无定形,而实随国民之心力以为消长者也。吾见乎玛志尼之能令国少年也,吾又见乎我国之官吏士民能令国老大也,吾为此惧! 夫以如此壮丽浓郁翩翩绝世之少年中国,而使欧西、日本人谓我为老大者何也? 则以握国权者皆老朽之人也。非哦几十年八股,非写几十年白折③,非当几十年差,非捱几十年俸,非递几十年手本④,非唱几十年喏,非磕几十年头,非请几十年安,则必不能得一官,进一职。其内任卿贰⑤以上,外任监司⑥以上者,百人之中,其五官不备者⑦,殆九十六七人

---

① 玛志尼(1805—1872):意大利爱国者。罗马帝国灭亡后,意大利受奥地利帝国奴役,玛志尼创立"少年意大利党",创办《少年意大利报》,发动和组织资产阶级革命,完成意大利的独立统一事业。他与同时的加里波弟、加富尔并称"意大利三杰"。

② 《能令公少年行》:龚自珍抒怀之诗,收入《定庵全集》,原意是说一个人不追求名利,放宽胸怀,就能长葆青春。这里取其长葆青春意。

③ 白折:用白纸做成的折页。清代科举考试朝考时用的答卷。官员向朝廷上书时也用白折。

④ 手本:明清官场中下级晋见上级时用的名帖。

⑤ 卿贰:卿是朝廷各部的长官,贰指副职。

⑥ 监司:清代通称各省布政使、按察使及各道道员为监司。

⑦ 五官不备:指五官功能不全。

也;非眼盲,则耳聋,非手颤,则足跛,否则半身不遂也。彼其一身饮食步履视听言语,尚且不能自了,须三四人在左右扶之捉之,乃能度日,于此而乃欲责之以国事,是何异立无数木偶而使之治天下也。且彼辈者,自其少壮之时,既已不知亚细、欧罗为何处地方,汉祖、唐宗是那朝皇帝,犹嫌其顽钝腐败之未臻其极,又必搓磨之,陶冶之,待其脑髓已涸,血管已塞,气息奄奄,与鬼为邻之时,然后将我二万里山河,四万万人命,一举而畀①于其手。呜呼!老大帝国,诚哉其老大也。而彼辈者,积其数十年之八股、白折、当差、捱俸、手本、唱喏、磕头、请安,千辛万苦,千苦万辛,乃始得此红顶花翎之服色,中堂大人之名号,乃出其全副精神,竭其毕生力量,以保持之。如彼乞儿,拾金一锭,虽轰雷盘旋其顶上,而两手犹紧抱其荷包,他事非所顾也,非所知也,非所闻也。于此而告之以亡国也,瓜分也,彼乌②从而听之,乌从而信之。即使果亡矣,果分矣,而吾今年既七十矣八十矣,但求其一两年内,洋人不来,强盗不起,我已快活过了一世矣。若不得已,则割三头两省③之土地,奉申贺敬,以换我几个衙门;卖三几百万之人民作仆为奴,以赎我一条老命,有何不可?有何难办。呜呼!今之所谓老后、老臣、老将、老吏者,其修身、齐家、治国、平天下之手段,皆具于是矣。"西风一夜催人老,凋尽朱颜白尽头。"使走无常④当医生,携催命符以祝寿,嗟乎痛哉!以此为国,是安得不老且死,且吾恐其未及岁而殇也。

梁启超曰:造成今日之老大中国者,则中国老朽之冤业也;制出将来之少年中国者,则中国少年之责任也。彼老朽者何足道,彼与此世界作别之日不远矣,而我少年乃新来而与世界为缘。如僦屋⑤者然,彼明日将迁居他方,而我今日始入此室处。将迁居者,不爱护其窗棂,不洁治其庭庑,俗人恒情,亦何足怪。若我少年者,前程浩浩,后顾茫茫,中国而为牛、为马、为奴、为隶,则烹脔鞭箠⑥之惨酷,惟我少年当之;中国如称霸宇内、主盟地球,则指挥顾盼之尊荣,惟我少年享之,于彼气息奄奄,与鬼为邻者,何与焉?彼而漠然置之,犹可言也;我而漠然置之,不可言也。使举国之少年而果为少年也,则吾中国为未来之国,其进步未可量也;使举国之少年而亦为老大也,则吾中国为过去之国,其澌亡可翘足而待也。故今日之责任,不在他人,而全在我少年。少年智则国智,少年富则国富,少年强则国强,少年独立则国独立,少年自由则国自由,少年进步则国进步,少年胜于欧洲,则国胜于欧洲,少年雄于地球,则国雄于地球。

① 畀(bì):给予。
② 乌:何,哪里。
③ 三头两省:方言,两三个省。
④ 走无常:迷信说法,阴司用死人为鬼役,摄取后死者的魂。充当这种鬼差者,称走无常。
⑤ 僦(jiù)屋:租赁房屋。
⑥ 脔(luán):切成小块的肉,这里用作动词,宰割之意。箠:棍杖,这里用作动词,捶打之意。

红日初升,其道大光;河出伏流,一泻汪洋。潜龙腾渊,鳞爪飞扬;乳虎啸谷,百兽震惶。鹰隼试翼,风尘吸张;奇花初胎,矞矞皇皇①。干将发硎②,有作其芒。天戴其苍,地履其黄③。纵有千古,横有八荒。前途似海,来日方长。美哉,我少年中国,与天不老;壮哉,我中国少年,与国无疆!

"三十功名尘与土,八千里路云和月。莫等闲白了少年头,空悲切。"此岳武穆《满江红》词句也,作者自六岁时即口授记忆,至今喜诵之不衰。自今以往,弃哀时客之名,更自名曰少年中国之少年。

作者附识

【作品导读】

梁启超(1873—1929),字卓如,号任公,又号饮冰室主人,广东新会人。中国近代维新派代表人物、启蒙思想家、教育家、史学家和文学家。曾倡导文体改良的"诗界革命"和"小说界革命"。其著作合编为《饮冰室合集》。1898年梁流亡日本,著《新民说》,提出一套新的人格理想和社会价值观。

1902年,梁启超作《少年中国说》。这篇政论,简短精湛,鲜活地映现出晚清严峻的社会政治文化面貌,表达了当时知识分子对国家存亡的一些积极诉求与思考。文章的精彩之处不仅在于它对社会现实深刻的批判性,更重要的是就知识分子长期纠结的一些问题提出了突破性的思考——其"前进式"的历史观,新的"国民"思想,还有对年轻人的厚望和对于将来的信念,凡此种种,使得这篇文章至今读来亦令人有醍醐灌顶之感。

篇首,梁启超就日本和欧洲对"老大帝国"的称呼提出质疑,并逐层展开解剖,去感知那个时代的危亡与无望。"老"和"少"的对立不仅体现于人的各种特征和表象的对比中,梁启超更是引申到国家的"老"、"少"之别。从唐虞三代、秦皇汉武、康乾,到如今的"颓老","昨日割五城,明日割十城,处处雀鼠尽,夜夜鸡犬惊",以至"国为待死之国,一国之民为待死之民"。究其原因,作者认为是体制的缺陷,因"握国权者皆老朽之人",所以,"国老大"也。

作品的精彩在于他并不只停留在对负面落魄国民状态的描述,而且导引读者思考"我中国其果老大矣乎"到"中国为未来之国"的转变。梁启超有问有答:"夫国也者,何物也?有土地,有人民,以居于其土地之人民,而治其所居之土地之事,自制法律而自守之;有主权,有服从,人人皆主权者,人人皆服从者。"由此可见梁启超受西方政治体制的影响——认同现代民族国家思想。这个"国"与

①　矞(yù)矞皇皇:形容生气勃勃、明丽盛大的样子。
②　干将:古剑名,后泛指宝剑。发硎(xíng):刀刃新磨。硎,磨刀石。
③　"天戴"二句:形容少年中国如天地之广大、远阔。

"民"的定义成功地将国家和王朝区分开。中国过去有的是朝廷,没有现代意义的"国家"概念。传统国家本质上分明被设想成一个家庭,即它被看成是某一王朝家庭的私有财产。"朝也者,一家之私产也。国也者,人民之公产也。"根据现代国民思想,国家严格地说是这一国家人民的公有财产。对梁启超来说,近代国民思想包含公民权利,国民不再是传统专制下的臣民,他们是国家主权的主体。近代国家统治者的权力必须来自人民的意愿。国民思想将现代意义上的国家与传统意义上的国家明确区分开了。

因此,从现代"国家"的意义上言,中国乃"少年中国",而"制出将来之少年中国者,则中国少年之责任也"。他对于"少年中国"的本质、特点、精神、追求的描述,把希望寄托于中国新兴起的一代少年,由此夹杂了"前进"的历史观来取代以往的"朝代"循环的历史,以进化论观点来将希望寄托在将来。"少年人常思将来,惟思将来,心生希望。以进取,以日新。"

19世纪末,作为戊戌变法的主要策动者,梁启超的思想虽然植根于中国传统文化,但又深为传统思想中的一些重要问题所困扰。受西学的影响,这篇文章,以及梁启超的《新民说》就西学和传统思想割裂开来的文化隔阂进行弥合。"国之强弱兴废,全系乎国民之智识与能力,全系乎国民思想,全系乎国民之所习惯与所信仰。"《少年中国说》不仅体现了他对清末国民生存状况的反思和批判,更主要的贡献在于对"国"和"民"概念的重新思考和建构。这些新观念成为20世纪一直持续的民族文化变迁的一个重要组成部分。

梁启超这篇文章不仅有新颖的思想、辩证的思维,启人深思,而且艺术上也值得称道。全文激情澎湃,思想的锋芒和坚信的气势通过对比、辩诘、层进、比喻、反问、排比等手法达到最高点,不愧是"开文章之新体,激民气之暗潮"(梁启超《清议报一百册祝辞》)的"新文体"的杰作。

【延伸阅读作品和参考文献】

1. 梁启超《新民说》,中州古籍出版社1998年版。
2. 张灏《梁启超与中国思想的过渡1890—1907》,崔志海、葛夫平译,江苏人民出版社1995年版。
3. 孟祥才《梁启超评传》,中华书局2012年版。

【思考与练习】

1. 谈谈你对梁启超"国"的概念的理解。
2. 根据梁启超的观点,中国少年如何创建"少年中国"?

(仇萍)

给我的孩子们①

丰子恺

我的孩子们！我憧憬于你们的生活，每天不止一次！我想委曲地说出来，使你们自己晓得。可惜到你们懂得我的话的意思的时候，你们将不复是可以使我憧憬的人了。这是何等可悲哀的事啊！

瞻瞻！你尤其可佩服。你是身心全部公开的真人。你什么事体都像拼命地用全副精力去对付。小小的失意，像花生米翻落地了，自己嚼了舌头了，小猫不肯吃糕了，你都要哭得嘴唇翻白，昏去一两分钟。外婆普陀去烧香买回来给你的泥人，你何等鞠躬尽瘁地抱他，喂他；有一天你自己失手把他打破了，你的号哭的悲哀，比大人们的破产、失恋、broken heart②、丧考妣③、全军覆没的悲哀都要真切。两把芭蕉扇做的脚踏车，麻雀牌堆成的火车、汽车，你何等认真地看待，挺直了嗓子叫"汪——，""咕咕咕……"，来代替汽笛。宝姐姐讲故事给你听，说到"月亮姐姐挂下一只篮来，宝姐姐坐在篮里吊了上去，瞻瞻在下面看"的时候，你何等激昂地同她争，说"瞻瞻要上去，宝姐姐在下面看！"甚至哭到漫姑④面前去求审判。我每次剃了头，你真心地疑我变了和尚，好几时不要我抱。最是今年夏天，你坐在我膝上发现了我腋下的长毛，当作黄鼠狼的时候，你何等伤心，你立刻从我身上爬下去，起初眼睁睁地对我端相，继而大失所望地号哭，看看，哭哭，如同对被判定了死罪的亲友一样。你要我抱你到车站里去，多多益善地要买香蕉，满满地擒了两手回来，回到门口时你已经熟睡在我的肩上，手里的香蕉不知落在哪里去了。这是何等可佩服的真率、自然与热情！大人间的所谓"沉默"、"含蓄"、"深刻"的美德，比起你来，全是不自然的、病的、伪的！

你们每天做火车、做汽车、办酒、请菩萨、堆六面画、唱歌，全是自动的，创造创作的生活。大人们的呼号"归自然！""生活的艺术化！""劳动的艺术化！"在你们面前真是出丑得很了！依样画几笔画，写几篇文的人称为艺术家、创作家，对你们更要愧死！

你们的创作力，比大人真是强盛得多哩：瞻瞻！你的身体不及椅子的一半，却常常要搬动它，与它一同翻倒在地上；你又要把一杯茶横转来藏在抽斗里，要皮球停在壁上，要拉住火车的尾巴，要月亮出来，要天停止下雨。在这等小小的

---

① 选自丰一吟选编《丰子恺散文》，浙江文艺出版社 2000 年版。

② broken heart：心碎，极度悲伤。

③ 考：死去的父亲。妣（bǐ）：已故的母亲。丧考妣：死了父母。

④ 漫姑：作者的三姐丰满。

事件中，明明表示着你们的弱小的体力与智力不足以应付强盛的创作欲、表现欲的驱使，因而遭逢失败。然而你们是不受大自然的支配，不受人类社会的束缚的创造者，所以你的遭逢失败，例如火车尾巴拉不住，月亮呼不出来的时候，你们决不承认是事实的不可能，总以为是爹爹妈妈不肯帮你们办到，同不许你们弄自鸣钟同例，所以愤愤地哭了，你们的世界何等广大！

你们一定想：终天无聊地伏在案上弄笔的爸爸，终天闷闷地坐在窗下弄引线的妈妈，是何等无气性的奇怪的动物！你们所视为奇怪动物的我与你们的母亲，有时确实难为了你们，摧残了你们，回想起来，真是不安心得很！

阿宝！有一晚你拿软软的新鞋子，和自己脚上脱下来的鞋子，给凳子的脚穿了，划袜立在地上，得意地叫"阿宝两只脚，凳子四只脚"的时候，你母亲喊着"龌龊了袜子！"立刻擒你到藤榻上，动手毁坏你的创作。当你蹲在榻上注视你母亲动手毁坏的时候，你的小心里一定感到"母亲这种人，何等杀风景而野蛮"罢！

瞻瞻！有一天开明书店送了几册新出版的毛边的《音乐入门》来。我用小刀把书页一张一张地裁开来，你侧着头，站在桌边默默地看。后来我从学校回来，你已经在我的书架上拿了一本连史纸印的中国装的《楚辞》，把它裁破了十几页，得意地对我说："爸爸！瞻瞻也会裁了！"瞻瞻！这在你原是何等成功的欢喜，何等得意的作品！却被我一个惊骇的"哼！"字喊得你哭了。那时候你也一定抱怨"爸爸何等不明"罢！

软软！你常常要弄我的长锋羊毫，我看见了总是无情地夺脱你。现在你一定轻视我，想道："你终于要我画你的画集的封面！"

最不安心的，是有时我还要拉一个你们所最怕的陆露沙医生来，教他用他的大手来摸你们的肚子，甚至用刀来在你们臂上割几下，还要教妈妈和漫姑擒住了你们的手脚，捏住了你们的鼻子，把很苦的水灌到你们的嘴里去。这在你们一定认为是太无人道的野蛮举动罢！

孩子们！你们果真抱怨我，我倒欢喜；到你们的抱怨变为感激的时候，我的悲哀来了！

我在世间，永没有逢到像你们这样出肺肝相示的人。世间的人群结合，永没有像你们样的彻底地真实而纯洁。最是我到上海去干了无聊的所谓"事"回来，或者去同不相干的人们做了叫做"上课"的一种把戏回来，你们在门口或车站旁等我的时候，我心中何等惭愧又欢喜！惭愧我为什么去做这等无聊的事，欢喜我又得暂时放怀一切地加入你们的真生活的团体。

但是，你们的黄金时代有限，现实终于要暴露的。这是我经验过来的情形，也是大人们谁也经验过的情形。我眼看见儿时的伴侣中的英雄、好汉，一个个退缩、顺从、妥协、屈服起来，到像绵羊的地步。我自己也是如此。"后之视今，亦犹今之视昔"，你们不久也要走这条路呢！

我的孩子们！憧憬于你们的生活的我，痴心要为你们永远挽留这黄金时代在这册子里。然这真不过像"蜘蛛网落花"，略微保留一点春的痕迹而已。且到你们懂得我这片心情的时候，你们早已不是这样的人，我的画在世间已无可印证了！这是何等可悲哀的事啊！

《子恺画集代序》，1926 年圣诞节作

【作品导读】

丰子恺（1898—1975），浙江石门（今嘉兴桐乡市崇福镇）人，原名丰润，号子觊，后改为子恺，现代著名散文家、画家、美术与音乐教育家。主要文学作品有散文集《缘缘堂随笔》、《缘缘堂续笔》等。

作为一位画家，丰子恺以其清新隽永、充满童真童趣的漫画著称。他融汇西洋画的技法和中国水墨的意境，一枝一叶，日常生活的一点一滴，古诗词的佳句隽语，皆能点染成章。《给我的孩子们》是《子恺画集》的代序，以晓畅自然、不假虚饰的文字记述了"我的孩子们"的生活点滴。两把芭蕉扇做的脚踏车，麻雀牌堆成的火车、汽车，熟睡在爸爸肩头已不知何时遗落了手中的香蕉，生怕凳子冷了而把自己的鞋子脱下穿在凳子腿上……天真烂漫的童真世界，在丰子恺那里，构成文笔与画笔的相得益彰——融入浓浓父爱的同时，又寄寓着独特而深刻的人生思悟。

在"我"眼中，孩子们是身心全部公开的真人，拥有彻底的真率本性、不受任何束缚的强盛创造力，以及无比广大的自我的世界。孩子即人性美、人性真的极致，是最真实的理想人性的体现，最鲜活的人生艺术化的存在，鲜明对照出成人世界的病、伪与不自然。然而，"我"又洞明于一个无法抗拒的事实——每一个孩子都终将长大，"我憧憬于你们的生活，每天不止一次！我想委曲地说出来，使你们自己晓得。可惜到你们懂我的话的时候，你们将不复是可以使我憧憬的人了"——于是"我"只能陷于这"何等可悲哀的事"所带来的苦涩。"我"的画，"我"的文字，不过似"蜘蛛网落花"，略微保留一点春的痕迹罢了。文题是"给我的孩子们"，其实这何尝又不是作者自己的精神写照。他憧憬和讴歌自己的理想的人生世界，没有一丝的保留，但他又彻底地明晓这只是一个留不住的梦。如华美眷，似水流年。美，终究要逝去，留也留不住。他为之欢愉，为之陷入无尽的悲哀。这等心境，这等人生的体悟，灌注着笃定的理想主义，又浸透了深沉的悲剧感，正如丰子恺的老师李叔同临终前留下的墨迹——"悲欣交集"。

丰子恺后来曾追随李叔同皈依佛门。他讴歌孩子们的真人性，或者说思想上受到佛家"心性本净"说的影响，亦可视为是"以幼者为本位"之五四新人文精神的折射，而归根到底其实是发诸他的真情、至情。有了至真之情，也就有了至深之思、至理之辨，也就有他既富古典气息又具现代意味的人性的"惜春"、"留春"之笔。他洞悉于一切皆"空",又于"空"中"执著"于自己的人性的理想,于是成就了一篇情理交融的美文经典。

【延伸阅读作品和参考文献】

1. 丰子恺《人间情味》,北京大学出版社 2010 年版。
2. 丰一吟等《丰子恺传》,浙江人民出版社 1983 年版。
3. 丰子恺《李叔同先生的教育精神》,载《教师博览》2008 年第 8 期。

【思考与练习】

1. 丰子恺崇尚儿童世界与自然人性,这是否违背了人的社会性存在? 对此你如何评价?
2. 结合丰子恺的漫画,谈谈你对其文章与画的关系的理解。

（张晓玥）

西湖梦[1]

余秋雨

一

西湖的文章实在做得太多了,做的人中又多历代高手,再做下去连自己也觉得愚蠢。但是,虽经多次违避,最后笔头一抖,还是写下了这个俗不可耐的题目。也许是这汪湖水沉浸着某种归结性的意义,我避不开它。

初识西湖,在一把劣质的折扇上。那是一位到过杭州的长辈带到乡间来的。折扇上印着一幅西湖游览图,与现今常见的游览图不同,那上面清楚地画着各种景致,就像一个立体模型。图中一一标明各种景致的幽雅名称,凌驾画幅的总标题是"人间天堂"。乡间儿童很少有图画可看,于是日日逼视,竟烂熟于心。年长之后真到了西湖,如游故地,熟门熟路地踏访着一个陈旧的梦境。

明代正德年间一位日本使臣游西湖后写过这样一首诗:

> 昔年曾见此湖图,不信人间有此湖。
>
> 今日打从湖上过,画工还欠费工夫。

可见对许多游客来说,西湖即便是初游,也有旧梦重温的味道。这简直成了中国文化中的一个常用意象,摩挲中国文化一久,心头都会有这个湖。

奇怪的是,这个湖游得再多,也不能在心中真切起来。过于玄艳的造化,会产生了一种疏离,无法与它进行家常性的交往。正如家常饮食不宜于排场,可让儿童偎依的奶妈不宜于盛妆,西湖排场太大,妆饰太精,难以叫人长久安驻。大凡风景绝佳处都不宜安家,人与美的关系,竟是如此之蹊跷。

西湖给人以疏离感,还有别一原因。它成名过早,遗迹过密,名位过重,山水亭舍与历史的牵连过多,结果,成了一个象征性物象非常稠厚的所在。游览可以,贴近去却未免吃力。为了摆脱这种感受,有一年夏天,我跳到湖水中游泳,独个儿游了长长一程,算是与它有了触肤之亲。湖水并不凉快,湖底也不深,却软绒绒地不能蹬脚,提醒人们这里有千年的淤积。上岸后一想,我是从宋代的一处胜迹下水,游到一位清人的遗宅终止的,于是,刚刚弄过的水波就立即被历史所抽象,几乎有点不真实了。

它贮积了太多的朝代,于是变得没有朝代。它汇聚了太多的方位,于是也就失去了方位。它走向抽象,走向虚幻,像一个收罗备至的博览会,盛大到了缥缈。

---

[1] 选自余秋雨《文化苦旅》,知识出版社 1992 年版。

二

西湖的盛大，归拢来说，在于它是极复杂的中国文化人格的集合体。

一切宗教都要到这里来参加展览，再避世的，也不能忘情于这里的热闹；再苦寂的，也要分享这里的一角秀色。佛教胜迹最多，不必一一列述了，即便是超逸到家了的道家，也占据了一座葛岭，这是湖畔最先迎接黎明的地方，一早就呼唤着繁密的脚印。作为儒将楷模的岳飞，也跻身于湖滨安息，世代张扬着治国平天下的教义。宁静淡泊的国学大师也会与荒诞奇瑰的神话传说相邻而居，各自变成一种可供观瞻的景致。

这就是真正中国化了的宗教。深奥的理义可以幻化成一种热闹的浏览方式，与感官玩乐溶成一体。这是真正的达观和"无执"，同时也是真正的浮滑和随意。极大的认真伴和着极大的不认真，最后都皈依于消耗性的感官天地。中国的原始宗教始终没有像西方那样上升为完整严密的人为宗教，而后来的人为宗教也急速地散落于自然界，与自然宗教遥相呼应。背着香袋来到西湖朝拜的善男信女，心中并无多少教义的踪影，眼角却时时关注着桃红柳绿、莼菜醋鱼。是山水走向了宗教？抑或是宗教走向了山水？反正，一切都归之于非常实际、又非常含糊的感官自然。

西方宗教在教义上的完整性和普及性，引出了宗教改革者和反对者们在理性上的完整性和普及性；而中国宗教，不管从顺向还是逆向都激发不了这样的思维习惯。绿绿的西湖水，把来到岸边的各种思想都款款地摇碎，溶成一气，把各色信徒都陶冶成了游客。它波光一闪，嫣然一笑，科学理性精神很难在它身边保持坚挺。也许，我们这个民族，太多的是从西湖出发的游客，太少的是鲁迅笔下的那种过客。过客衣衫破碎，脚下淌血，如此急急地赶路，也在寻找一个生命的湖泊吧？但他如果真走到了西湖边上，定会被万千悠闲的游客看成是乞丐。也许正是如此，鲁迅劝阻郁达夫把家搬至杭州：

> 钱王登假仍如在，伍相随波不可寻，
> 平楚日和憎健翮，小山香满蔽高岑。
> 坟坛冷落将军岳，梅鹤凄凉处士林，
> 何似举家游旷远，风波浩荡足行吟。

他对西湖的口头评语乃是："至于西湖风景，虽然宜人，有吃的地方，也有玩的地方，如果流连忘返，湖光山色，也会消磨人的志气的。如像袁子才一路的人，身上穿一件罗纱大褂，和苏小小认认乡亲，过着飘飘然的生活，也就无聊了。"（川岛：《忆鲁迅先生一九二八年杭州之游》）

然而，多数中国文人的人格结构中，对一个充满象征性和抽象度的西湖，总有很大的向心力。社会理性使命已悄悄抽绎,秀丽山水间散落着才子、隐士,埋藏着身前的孤傲和身后的空名。天大的才华和郁愤,最后都化作供后人游玩的景点。景点,景点,总是景点。

再也读不到传世的檄文,只剩下廊柱上龙飞凤舞的楹联。

再也找不见慷慨的遗恨,只剩下几座既可凭吊也可休息的亭台。

再也不去期待历史的震颤,只有凛然安坐着的万古湖山。

修缮,修缮,再修缮。群塔入云,藤葛如髯,湖水上漂浮着千年藻苔。

三

西湖胜迹中最能让中国文人扬眉吐气的,是白堤和苏堤。两位大诗人、大文豪,不是为了风雅,甚至不是为了文化上的目的,纯粹为了解除当地人民的疾苦,兴修水利,浚湖筑堤,终于在西湖中留下了两条长长的生命堤坝。

清人查容咏苏堤诗云:"苏公当日曾筑此,不为游观为民耳。"恰恰是最懂游观的艺术家不愿意把自己的文化形象雕琢成游观物,于是,这样的堤岸便成了西湖间特别显得自然的景物。不知旁人如何,就我而论,游西湖最畅心意的,乃是在微雨的日子,独个儿漫步于苏堤。也没有什么名句逼我吟诵,也没有后人的感慨来强加于我,也没有一尊庄严的塑像压抑我的松快,它始终只是一条自然功能上的长堤,树木也生得平适,鸟鸣也听得自如。这一切都不是东坡学士特意安排的,只是他到这里做了太守,办了一件尽职的好事,就这样,才让我看到一个在美的领域真正卓越到了从容的苏东坡。

但是,就白居易、苏东坡的整体情怀而言,这两道物化了的长堤还是太狭小的存在。他们有他们比较完整的天下意识、宇宙感悟,他们有比较硬朗的主体精神、理性思考,在文化品位上,他们是那个时代的峰巅和精英。他们本该在更大的意义上统领一代民族精神,但却仅仅因辞章而入选为一架僵硬机体中的零件,被随处装上拆下,东奔西颠,极偶然地调配到了这个湖边,搞了一下别人也能搞的水利。我们看到的,是中国历代文化良心所能作的社会实绩的极致。尽管美丽,也就是这么两条长堤而已。

也许正是对这类结果的大彻大悟,西湖边又悠悠然站出一个林和靖。他似乎把什么都看透了,隐居孤山二十年,以梅为妻,以鹤为子,远避官场与市嚣。他的诗写得着实高明,以"疏影横斜水清浅,暗香浮动月黄昏"两句来咏梅,几乎成为千古绝唱。中国古代,隐士多的是,而林和靖凭着梅花、白鹤与诗句,把隐士真正做道地、做漂亮了。在后世文人眼中,白居易、苏东坡固然值得羡慕,却是难以追随;能够偏偏到杭州西湖来做一太守,更是一种极偶然、极奇罕的机遇。然而,要追随林和靖却不难,不管有没有他的才分。梅妻鹤子有点烦难,其实也很宽松,林和靖本人也是有妻子和小孩的。那儿找不到几丛花树、几双飞禽呢?在现实社会碰了壁、受了阻，急流勇退，扮作半个林和靖是最容易不过的。

这种自卫和自慰，是中国知识分子的机智，也是中国知识分子的狡黠。不能把志向实现于社会，便躲进一个自然小天地自娱自耗。他们消除了志向，渐渐又把这种消除当作了志向。安贫乐道的达观修养，成了中国文化人格结构中一个宽大的地窖，尽管有浓重的霉味，却是安全而宁静。于是，十年寒窗，博览文史，走到了民族文化的高坡前，与社会交手不了几个回合，便把一切沉埋进一座座孤山。

结果，群体性的文化人格日趋黯淡。春去秋来，梅凋鹤老，文化成了一种无目的的浪费，封闭式的道德完善导向了总体上的不道德。文明的突进，也因此被取消，剩下一堆梅瓣、鹤羽，像画签一般，夹在民族精神的史册上。

四

与这种黯淡相对照，野泼泼的，另一种人格结构也调皮地挤在西湖岸边凑热闹。

首屈一指者，当然是名妓苏小小。

不管愿意不愿意，这位妓女的资格，要比上述几位名人都老，在后人咏西湖的诗作中，总是有意无意地把苏东坡、岳飞放在这位姑娘后面："苏小门前花满枝，苏公堤上女当垆"；"苏家弱柳犹含媚，岳墓乔松亦抱忠"……就是年代较早一点的白居易，也把自己写成是苏小小的钦仰者："若解多情寻小小，绿杨深处是苏家"；"苏家小女旧知名，杨柳风前别有情"。

如此看来，诗人袁子才镌一小章曰："钱塘苏小是乡亲"，虽为鲁迅所不悦，却也颇可理解的了。

历代吟咏和凭吊苏小小的，当然不乏轻薄文人，但内心厚实的饱学之士也多的是。在我们这样一个国度，一位妓女竟如此尊贵地长久安享景仰，原因是颇为深刻的。

苏小小的形象本身就是一个梦。她很重感情，写下一首《同心歌》曰"妾乘油壁车，郎跨青骢马，何处结同心，西陵松柏下"，朴朴素素地道尽了青年恋人约会的无限风光。美丽的车，美丽的马，一起飞驶疾驰，完成了一组气韵夺人的情感造像。又传说她在风景胜处偶遇一位穷困书生，便慷慨解囊，赠银百两，助其上京。但是，情人未归，书生已去，世界没能给她以情感的报偿。她并不因此而郁愤自戕，而是以对情的执著大踏步地迈向对美的执著。她不愿做姬做妾，勉强去完成一个女人的低下使命，而是要把自己的美色呈之街市，蔑视着精丽的高墙。她不守贞节只守美，直让一个男性的世界围着她无常的喜怒而旋转。最后，重病即将夺走她的生命，她却恬然适然，觉得死于青春华年，倒可给世界留下一个最美的形象。她甚至认为，死神在她十九岁时来访，乃是上天对她的最好成全。

难怪曹聚仁先生要把她说成是茶花女式的唯美主义者。依我看,她比茶花女活得更为潇洒。在她面前,中国历史上其他有文学价值的名妓,都把自己搞得太逼仄了,为了个负心汉,或为了一个朝廷,颠簸得过于认真。只有她那种颇有哲理感的超逸,才成为中国文人心头一幅秘藏的圣符。

由情至美,始终围绕着生命的主题。苏东坡把美衍化成了诗文和长堤,林和靖把美寄托于梅花与白鹤,而苏小小,则一直把美熨贴着自己的本体生命。她不作太多的物化转捩,只是凭借自身,发散出生命意识的微波。

妓女生涯当然是不值得赞颂的,苏小小的意义在于,她构成了与正统人格结构的奇特对峙。再正经的鸿儒高士,在社会品格上可以无可指摘,却常常压抑着自己和别人的生命本体的自然流程。这种结构是那样的宏大和强悍,使生命意识的激流不能不在崇山峻岭的围困中变得恣肆和怪异。这里又一次出现了道德和不道德、人性和非人性、美和丑的悖论:社会污浊中也会隐伏着人性的大合理,而这种大合理的实现方式又常常怪异到正常的人们所难以容忍。反之,社会历史的大光亮,又常常以牺牲人本体的许多重要命题为代价。单向完满的理想状态,多是梦境。人类难以挣脱的一大悲哀,便在这里。

西湖所接纳的另一具可爱的生命是白娘娘。虽然只是传说,在世俗知名度上却远超许多真人,在中国人的精神疆域中早就成了一种更宏大的切实存在。人们慷慨地把湖水、断桥、雷峰塔奉献给她。在这一点上,西湖毫无亏损,反而因此而增添了特别明亮的光色。

她是妖,又是仙,但成妖成仙都不心甘。她的理想最平凡也最灿烂:只愿做一个普普通通的人。这个基础命题的提出,在中国文化中具有极大的挑战性。

中国传统思想历来有分割两界的习惯性功能。一个浑沌的人世间,利刃一划,或者成为圣、贤、忠、善、德、仁,或者成为奸、恶、邪、丑、逆、凶,前者举入天府,后者沦于地狱。有趣的是,这两者的转化又极为便利。白娘娘做妖做仙都非常容易,麻烦的是,她偏偏看到在天府与地狱之间,还有一块平实的大地,在妖魔和神仙之间,还有一种寻常的动物:人。她的全部灾难,便由此而生。

普通的、自然的、只具备人的意义而不加外饰的人,算得了什么呢?厚厚一堆二十五史并没有为它留出多少笔墨。于是,法海逼白娘娘回归于妖,天庭劝白娘娘上升为仙,而她却拼着生命大声呼喊:人!人!人!

她找上了许仙,许仙的木讷和萎顿无法与她的情感强度相对称,她深感失望。她陪伴着一个已经是人而不知人的尊贵的凡夫,不能不陷于寂寞。这种寂寞,是她的悲剧,更是她所向往的人世间的悲剧,可怜的白娘娘,在妖界仙界呼唤人而不能见容,在人间呼唤人也得不到回应,但是,她是决不会舍弃许仙的,是他,使她想做人的欲求变成了现实,她不愿去寻找一个超凡脱俗即已离异了普通状态的人。这是一种深刻的矛盾,她认了,甘愿为了他去万里迢迢盗仙草,甘愿为了他在水漫金山时殊死拼搏。一切都是为了卫护住她刚刚抓住一半的那个"人"字。

在我看来,白娘娘最大的伤心处正在这里,而不是最后被镇于雷峰塔下。她无惧于死,更何惧于镇?她莫大的遗憾,是终于没能成为一个普通人。雷峰塔只是一个归结性的造型,成为一个民族精神界的怆然象征。

一九二四年九月,雷峰塔终于倒掉,一批"五四"文化闯将都不禁由衷欢呼,鲁迅更是对之一论再论。这或许能证明,白娘娘和雷峰塔的较量,关系着中国精神文化的决裂和更新?为此,即使明智如鲁迅,也愿意在一个传说故事的象征意义上深深沉浸。

鲁迅的朋友中,有一个用脑袋撞击过雷峰塔的人,也是一位女性,吟罢"秋风秋雨愁煞人",也在西湖边上安身。

我欠西湖的一笔宿债,是至今未到雷峰塔废墟去看看。据说很不好看,这是意料中的,但总要去看一次。

【作品导读】

余秋雨(1949—),浙江余姚人,当代著名散文家,文化学者。1962 年开始发表作品。知名作品有散文集《文化苦旅》(1992)、《山居笔记》(1995)、《冷霜长河》(2000)、《千年一叹》(2000)、《行者无疆》(2001),艺术理论著作有《戏剧理论史稿》、《戏剧审美心理学》等。

《西湖梦》收入《文化苦旅》。作品追古抚今,从精神文化的角度探究西湖梦的复杂性,揭示它与中国文人人格构成的复杂关联,以此反思中国文化的一个侧面。作品指出:"对许多游客来说,西湖即便是初游,也有旧梦重温的味道。这简直成了中国文化中的一个常用意象,摩挲中国文化一久,心头都会有这个湖。"但是西湖的特质——"成名过早,遗迹过密,名位过重,山水亭舍与历史的牵连过多","过于玄艳的造化",反形成了让人难以亲近的"疏离感"。西湖是"一个陈旧的梦境",它的抽象、虚幻、缥缈、多元恰映射了中国文人人格的复杂性。"是山水走向了宗教?抑或是宗教走向了山水"?在余秋雨看来深奥的理义只不过是"一种热闹的浏览方式",而"真正的达观和无执"也是"真正的浮华和随意"。如此山水自然景观与人文宗教景观交相辉映,体现了中国文化一种负面效应——那就是科学理性精神和社会理性使命的同时化解和消退。

余秋雨进一步以白居易、苏东坡、林和靖等文人为例揭示这种复杂的中国文化人格。作为时代巅峰和精英的白居易、苏东坡,他们的"天下意识"、"宇宙感悟"、"主体精神"和"理性意识"使他们仅仅"去搞了一下别人也能搞的水利"而在西湖留下两堤。林和靖 20 年的避世与隐居仅体现了文人在"入世"不利的情况下选择避世的"安平乐道的达观修养"。这种中国知识分子的"机智"和"狡黠"却使得"群体性文化人格日趋黯淡",而"文明的突进,也因此而取消"。

与此种"正统人格"产生奇特对峙的是不入正统、主流的妓女苏小小和神话传说中的白娘娘的故事。两者都为女子,一为妓女,一为半仙半妖的蛇精。前者"一直是把美熨贴着自己的本体生命的人";后者的追求是"普通的、自然的、只具备人的意义而不加外饰的人"。她们要做一个普普通通的人的理想和追求却"隐伏着人性的大合理"。而可悲的是"社会历史的大光亮常常以牺牲人本体的许多重要命题为代价"。最后余秋雨点题,西湖与文人理想都是"梦",因为"单项完满的理想状态,多是梦境"。

余秋雨的散文是当代学者散文的代表。其作品华彩明丽的辞藻,工整通畅的行文,让人感觉如同赏西湖美景一般动人,但其最撼动人心之处还在于透过山水、历史现象彰显历史、文化和人文精神的复杂内涵。

【延伸阅读作品和参考文献】

1. 余秋雨《文化苦旅》,知识出版社 1992 年版。

2. 余秋雨《余秋雨人生哲学》,上海人民出版社 2007 年版。

3. 吴晶《西湖诗词》,杭州出版社 2005 年版。

4. 彭万隆、肖瑞峰《西湖文学史》(唐宋卷),浙江大学出版社 2013 年版。

【思考与练习】

1. 文中余秋雨用西湖"梦"的特质来比喻中国文人人格结构,你同意他的看法吗? 为什么?

2. 查找关于苏小小和白娘子的资料,谈谈你对这两个女性的评价。

(仇萍)

一只特立独行的猪①

王小波

　　插队的时候,我喂过猪、也放过牛。假如没有人来管,这两种动物也完全知道该怎样生活。它们会自由自在地闲逛,饥则食渴则饮,春天来临时还要谈谈爱情;这样一来,它们的生活层次很低,完全乏善可陈。人来了以后,给它们的生活做出了安排:每一头牛和每一口猪的生活都有了主题。就它们中的大多数而言,这种生活主题是很悲惨的:前者的主题是干活,后者的主题是长肉。我不认为这有什么可抱怨的,因为我当时的生活也不见得丰富了多少,除了八个样板戏,也没有什么消遣。有极少数的猪和牛,它们的生活另有安排。以猪为例,种猪和母猪除了吃,还有别的事可干。就我所见,它们对这些安排也不大喜欢。种猪的任务是交配,换言之,我们的政策准许它当个花花公子。但是疲惫的种猪往往摆出一种肉猪(肉猪是阉过的)才有的正人君子架势,死活不肯跳到母猪背上去。母猪的任务是生崽儿,但有些母猪却要把猪崽儿吃掉。总的来说,人的安排使猪痛苦不堪。但它们还是接受了:猪总是猪啊。

　　对生活做种种设置是人特有的品性。不光是设置动物,也设置自己。我们知道,在古希腊有个斯巴达,那里的生活被设置得了无生趣,其目的就是要使男人成为亡命战士,使女人成为生育机器,前者像些斗鸡,后者像些母猪。这两类动物是很特别的,但我以为,它们肯定不喜欢自己的生活。但不喜欢又能怎么样?人也好,动物也罢,都很难改变自己的命运。

　　以下谈到的一只猪有些与众不同。我喂猪时,它已经有四五岁了,从名分上说,它是肉猪,但长得又黑又瘦,两眼炯炯有光。这家伙像山羊一样敏捷,一米高的猪栏一跳就过;它还能跳上猪圈的房顶,这一点又像是猫——所以它总是到处游逛,根本就不在圈里待着。所有喂过猪的知青都把它当宠儿来对待,它也是我的宠儿——因为它只对知青好,容许他们走到三米之内,要是别的人,它早就跑了。它是公的,原本该劁掉。不过你去试试看,哪怕你把劁猪刀藏在身后,它也能嗅出来,朝你瞪大眼睛,嗷嗷地吼起来。我总是用细米糠熬的粥喂它,等它吃够了以后,才把糠兑到野草里喂别的猪。其他猪看了嫉妒,一起嚷起来。这时候整个猪场一片鬼哭狼嚎,但我和它都不在乎。吃饱了以后,它就跳上房顶去晒太阳,或者模仿各种声音。它会学汽车响、拖拉机响,学得都很像;有时整天不见踪影,我估计它到附近的村寨里找母猪去了。我们这里也有母猪,都关在圈里,被过度的生育搞得走了形,又脏又臭,它对它们不感兴趣;村寨里的母猪好看一些。它有很多精彩的事迹,

---

　　① 选自《王小波全集(七)·散文·沉默的大多数》,译林出版社 2011 年版。

但我喂猪的时间短,知道得有限,索性就不写了。总而言之,所有喂过猪的知青都喜欢它,喜欢它特立独行的派头儿,还说它活得潇洒。但老乡们就不这么浪漫,他们说,这猪不正经。领导则痛恨它,这一点以后还要谈到。我对它则不止是喜欢——我尊敬它,常常不顾自己虚长十几岁这一现实,把它叫做"猪兄"。如前所述,这位猪兄会模仿各种声音。我想它也学过人说话,但没有学会——假如学会了,我们就可以做倾心之谈。但这不能怪它。人和猪的音色差得太远了。

后来,猪兄学会了汽笛叫,这个本领给它招来了麻烦。我们那里有座糖厂,中午要鸣一次汽笛,让工人换班。我们队下地干活时,听见这次汽笛响就收工回来。我的猪兄每天上午十点钟总要跳到房上学汽笛,地里的人听见它叫就回来——这可比糖厂鸣笛早了一个半小时。坦白地说,这不能全怪猪兄,它毕竟不是锅炉,叫起来和汽笛还有些区别,但老乡们却硬说听不出来。领导上因此开了一个会,把它定成了破坏春耕的坏分子,要对它采取专政手段——会议的精神我已经知道了,但我不为它担忧——因为假如专政是指绳索和杀猪刀的话,那是一点门都没有的。以前的领导也不是没试过,一百人也逮不住它。狗也没用:猪兄跑起来像颗鱼雷,能把狗撞出一丈开外。谁知这回是动了真格的,指导员带了二十几个人,手拿五四式手枪;副指导员带了十几人,手持看青的火枪,分两路在猪场外的空地上兜捕它。这就使我陷入了内心的矛盾:按我和它的交情,我该舞起两把杀猪刀冲出去,和它并肩战斗,但我又觉得这样做太过惊世骇俗——它毕竟是只猪啊;还有一个理由,我不敢对抗领导,我怀疑这才是问题之所在。总之,我在一边看着。猪兄的镇定使我佩服之极:它很冷静地躲在手枪和火枪的连线之内,任凭人喊狗咬,不离那条线。这样,拿手枪的人开火就会把拿火枪的打死,反之亦然;两头同时开火,两头都会被打死。至于它,因为目标小,多半没事。就这样连兜了几个圈子,它找到了一个空子,一头撞出去了;跑得潇洒至极。以后我在甘蔗地里还见过它一次,它长出了獠牙,还认识我,但已不容我走近了。这种冷淡使我痛心,但我也赞成它对心怀叵测的人保持距离。

我已经四十岁了,除了这只猪,还没见过谁敢于如此无视对生活的设置。相反,我倒见过很多想要设置别人生活的人,还有对被设置的生活安之若素的人。因为这个缘故,我一直怀念这只特立独行的猪。

【作品导读】

王小波(1952—1997),北京人,当代著名作家、自由主义者,主要作品有"时代三部曲"小说《黄金时代》、《白银时代》、《青铜时代》,杂文集《我的精神家园》、《沉默的大多数》,以及同性恋题材电影剧本《东宫西宫》等。

"我正在出一本杂文集,名为《沉默的大多数》。大体意思是说:自从我辈成人以来,所见到的一切全是颠倒着的。在一个喧嚣的话语圈下面,始终有个沉默的大多数。既然精神原子弹一颗又一颗地炸着,哪里有我们说话的份？但我辈现在开始说话,以前说过的一切和我们都无关系——总而言之,是个一刀两断的意思。千里之行始于足下,中国要有自由派,就从我辈开始。"王小波在自己生命的最后一天致友人信中写下的这段话,是他的自由人文主义的精神宣言。王小波的文学世界,充满戏谑与反讽,犀利泼辣又妙趣横生,是对一切精神禁锢的挑战,张扬着自由与独立思考的精神。《一只特立独行的猪》正是体现他这种思想追求与艺术个性的杂文名篇。

王小波笔下那只绝不安分守己、无视一切人为设置的猪显然是一个譬喻。它不仅形体与众不同,更有着特立独行的做派,对一切心怀叵测之人保持警觉,而且充满智慧,能够轻而易举地就跑出"专政"的包围圈,跑得潇洒至极。它最后长出的獠牙,是野性的证明,标示着无羁无畏的自由精神。它属于自由的山林,拒绝一切收纳和禁锢。以物喻人是很常见的文学手法,不过,把猪和人联系起来,实在显示出王小波的特立独行,体现着他一贯的戏谑调侃风格。更令人称奇的是,一只猪竟然是"我"尊重和怀念的"猪兄"——"我已经四十岁了,除了这只猪,还没见过谁敢于如此无视对生活的设置。相反,我倒见过很多想要设置别人生活的人,还有对被设置的生活安之若素的人。因为这个缘故,我一直怀念这只特立独行的猪。"对待这样与众不同的猪,自然会有不同的态度。被历史荒谬设置了生活的知青们都喜欢它,而那些习惯于设置他人生活的人——"领导"则痛恨它、甚至布下天罗地网来猎杀它。当然,这只能是徒劳。在真正而彻底的自由者面前,一切禁锢都将是无效的。无论是面对爱、恨,还是敬,那只猪始终我行我素,而且我行我素得那样富有力量和智慧。它是一个自由的精灵。以猪喻人,表面看来凡俗粗鄙,却在相反相成中实现了庄重严肃的思想寄托,这正是典型的王小波式的文本构设。《一只特立独行的猪》是经历过思想浩劫的土地所催生出来的,其历史反思与批判意味不言而喻。在历史魅影并未远去、甚至不断改头换面飘来的境遇中,这样的文化与生命寓言是能够不断激发出人们的精神共鸣的。

【延伸阅读作品和参考文献】

1. 王小波《黄金时代》,北京十月文艺出版社 2011 年版。

2. 李银河等《王小波为什么"火"到今天？》,《南方日报》2007 年 4 月 8 日。

【思考与练习】

1.《一只特立独行的猪》中隐喻了哪几类人？你作何评价？

2. 谈谈你对王小波创作意义和价值的理解。

（张晓玥）

□戏　剧

牡丹亭（节选）①

汤显祖

惊　梦

〔绕池游〕（旦上）梦回莺啭，乱煞年光遍②。人立小庭深院。（贴）炷尽沉烟③，抛残绣线，恁今春关情似去年？

〔乌夜啼〕"（旦）晓来望断梅关④，宿妆残⑤。（贴）你侧着宜春髻子恰凭阑⑥。〔旦〕剪不断，理还乱⑦，闷无端。〔贴〕已分付催花莺燕借春看。"（旦）春香，可曾叫人扫除花径？（贴）分付了。（旦）取镜台衣服来。（贴取镜台衣服上）"云髻罢梳还对镜，罗衣欲换更添香。⑧"镜台衣服在此。

〔步步娇〕（旦）袅晴丝吹来闲庭院⑨，摇漾春如线。停半晌、整花钿。没揣菱花⑩，偷人半面，迤逗的彩云偏⑪。（行介）步香闺怎便把全身现！（贴）今日穿插的好。

〔醉扶归〕（旦）你道翠生生出落的裙衫儿茜⑫，艳晶晶花簪八宝填⑬，可知我常一生儿爱好是天然。恰三春好处无人见⑭。不隄防沉鱼落雁鸟惊喧，则怕的羞花闭月花愁颤。（贴）早茶时了，请行。（行介）你看："画廊金粉半零星，池馆苍

---

① 选自汤显祖著、徐朔方等校注《牡丹亭》，人民文学出版社 1963 年版。

② 乱煞年光遍：缭乱的春光到处都是。

③ 贴：贴旦的简称。杂剧、传奇中次要的旦角。陈烟：沉水香，沉香的别称。

④ 梅关：即大庾岭，宋代在这里设有梅关。在剧本故事发生地江西省南安府（大庾）的南面。一说是虚指。

⑤ 宿妆：隔夜妆。

⑥ 宜春髻子：相传立春那天，妇女剪彩作燕子状，戴在髻上，上贴"宜春"二字。

⑦ 剪不断，理还乱：南唐李后主词《相见欢》中的两句。

⑧ "云髻罢梳还对镜"两句：薛逢诗《宫词》中的两句，见《全唐诗》卷二十。

⑨ 晴丝：游丝、飞丝，也即后文所说的烟丝，虫类所吐的丝缕，常在春天晴空里飘游。

⑩ 没端：不意，不料。菱花：镜子的代称。古代用的是铜镜，镜子背面所铸花纹一般为菱花。

⑪ 迤逗（yǐ dòu）：引惹，挑逗。彩云：美丽的发卷的代称。

⑫ 翠生生：极言色彩鲜艳。出落的：衬托的。茜：茜红色。

⑬ 艳晶晶花簪八宝填：镶嵌着多种宝石的光灿灿的簪子。八宝：泛指各种珍宝。填：嵌饰。

⑭ 三春好处：比喻自己的青春美貌。

苔一片青。踏草怕泥新绣袜①,惜花疼煞小金铃②。"（旦）不到园林,怎知春色如许!

〔皂罗袍〕原来姹紫嫣红开遍,似这般都付与断井颓垣。良辰美景奈何天,赏心乐事谁家院!恁般景致,我老爷和奶奶再不提起。（合）朝飞暮卷,云霞翠轩;雨丝风片,烟波画船——锦屏人忒看的这韶光贱③!（贴）是花都放了,那牡丹还早。

〔好姐姐〕（旦）遍青山啼红了杜鹃,荼蘼外烟丝醉软。春香啊,牡丹虽好,他春归怎占的先④!（贴）成对儿莺燕啊。（合）闲凝眄,生生燕语明如翦⑤,呖呖莺歌溜的圆。（旦）去罢。（贴）这园子委是观之不足也。（旦）提他怎的!（行介）

〔隔尾〕观之不足由他缱⑥,便赏遍了十二亭台是枉然。到不如兴尽回家闲过遣。（作到介）（贴）"开我西阁门,展我东阁床。瓶插映山紫⑦,炉添沉水香。"小姐,你歇息片时,俺瞧老夫人去也。（下）（旦叹介）"默地游春转,小试宜春面⑧。"春啊,得和你两留连,春去如何遣?咳,恁般天气,好困人也。春香那里?（作左右瞧介）（又低首沉吟介）天呵,春色恼人,信有之乎!常观诗词乐府,古之女子,因春感情,遇秋成恨,诚不谬矣。吾今年已二八,未逢折桂之夫;忽慕春情,怎得蟾宫之客?昔日韩夫人得遇于郎⑨,张生偶逢崔氏,曾有《题红记》、《崔徽传》二书。此佳人才子,前以密约偷期,后皆得成秦晋⑩。（长叹介）吾生于宦族,长在名门。年已及笄⑪,不得早成佳配,诚为虚度青春,光阴如过隙耳。（泪介）可惜妾身颜色如花,岂料命如一叶乎⑫!

---

① 泥:沾污。

② 《开元天宝遗事》:"天宝初,宁王……于后园中纫红丝线为绳,密缀金铃,系于花梢之上。每有乌鹊翔集,则令园吏掣铃索以惊之。盖惜花之故也。"疼,为惜花常常掣铃,连小金铃都被拉疼了。夸张手法。

③ 锦屏人:泛指幽居深闺,不能领略大自然美丽的人,包括游园前的杜丽娘。

④ 牡丹虽好,他春归怎占的先:皮日休咏牡丹诗有"独占人间第一春"句。牡丹当春尽才开花,故有此反问。整句意为:牡丹虽美,但它开花太晚了,怎能占春花中第一呢?

⑤ 眄:斜视。生生燕语明如翦:形容燕语明快如剪。

⑥ 缱:留恋,牵绊。全句的意思是,看不足也由他去吧。

⑦ 映山紫:映山红(杜鹃花)的一种。

⑧ 宜春面:指新装。

⑨ 韩夫人得遇于郎:唐传奇故事:"唐僖宗时,宫女韩氏以红叶题诗,从御沟中流出,被于郎拾到。"于也以红叶题诗,投入沟水的上流,寄给韩氏。后来两人结为夫妇。见《青琐高议》前集卷五《流红记》,见王骥德《曲律·杂论》第三十九下。

⑩ 秦晋:得成夫妇。春秋时代,秦、晋两国世代联姻,后世称联姻为秦晋之好。

⑪ 及笄(jī):古代女子十五岁开始以笄(jì)束发,叫及笄,表示已到了成婚的年龄。见《礼记·内则》。

⑫ 岂料命如一叶乎:元好问《鹧鸪天·薄命妾》词:"颜色如花画不成,命如叶薄可怜生。"

〔山坡羊〕没乱里春情难遣①，蓦地里怀人幽怨。则为俺生小婵娟，拣名门一例、一例里神仙眷。甚良缘，把青春抛的远！俺的睡情谁见？则索因循腼腆②。想幽梦谁边，和春光暗流传？迁延，这衷怀那处言！淹煎，泼残生③，除问天！身子困乏了，且自隐几而眠④。（睡介）（梦生介）（生持柳枝上）"莺逢日暖歌声滑，人遇风情笑口开。一径落花随水入，今朝阮肇到天台。"⑤小生顺路儿跟着杜小姐回来，怎生不见？（回看介）呀，小姐，小姐！（旦作惊起介）（相见介）（生）小生那一处不寻访小姐来，却在这里！（旦作斜视不语介）（生）恰好花园内，折取垂柳半枝。姐姐，你既淹通书史，可作诗以赏此柳枝乎？（旦作惊喜，欲言又止介）（背想）这生素昧平生，何因到此？（生笑介）小姐，咱爱杀你哩！

〔山桃红〕则为你如花美眷，似水流年，是答儿闲寻遍⑥。在幽闺自怜。小姐，和你那答儿讲话去。（旦作含笑不行）（生作牵衣介）（旦低问）那边去？（生）转过这芍药栏前，紧靠着湖山石边。（旦低问）秀才，去怎的？（生低答）和你把领扣松，衣带宽，袖梢儿揾着牙儿苫也⑦，则待你忍耐温存一晌眠⑧。（旦作羞）（生前抱）（旦推介）（合）是那处曾相见，相看俨然，早难道这好处相逢无一言⑨？（生强抱旦下）（末扮花神束发冠，红衣插花上）"催花御史惜花天⑩，检点春工又一年。蘸客伤心红雨下⑪，勾人悬梦采云边。"吾乃掌管南安府后花园花神是也。因杜知府小姐丽娘，与柳梦梅秀才，后日有姻缘之分。杜小姐游春感伤，致使柳秀才入梦。咱花神专掌惜玉怜香，竟来保护他，要他云雨十分欢幸也。

〔鲍老催〕（末）单则是混阳蒸变，看他似虫儿般蠢动把风情扇。一般儿娇凝翠绽魂儿颤。这是景上缘，想内成，因中见⑫。呀，淫邪展污了花台殿。咱待拈片落花儿惊醒他。（向鬼门丢花介）⑬他梦酣春透了怎留连？拈花闪碎的红如片。秀才才到的半梦儿；梦毕之时，好送杜小姐仍归香阁。吾神去也。（下）

---

① 没乱里：形容心绪很乱。

② 索因：只得。循腼腆：害羞。

③ 淹煎：受煎熬。泼残生：苦命儿。

④ 隐几：靠着几案。

⑤ 今朝阮肇到天台：见到所爱之人。用刘晨和阮肇在天台山桃源洞遇见仙女的故事。

⑥ 是答儿：到处。

⑦ 揾（wèn）：用手指按。苫（shàn）：用席、布遮盖。

⑧ 一晌：一会儿。

⑨ 早难道：难道。更强调难道的程度。

⑩ 催花御史：《说郛》卷二十七《云仙散录》引《玉集》："唐穆宗，每宫中花开，则以重顶蒙蔽栏栅，置惜御花史掌之。"

⑪ 蘸（zhàn）：指红雨（落花）沾在人的身上。

⑫ 景：影，与下文的想、因都是佛家的说法。景上缘，想内成：比喻姻缘短暂，是不真实的梦影。因中见（现）：佛法认为一切事物都由因缘造合而成。

⑬ 鬼门：一作古门，戏台上演员上、下场的门。

〔山桃红〕(生、旦携手上)(生)这一霎天留人便,草藉花眠。小姐可好? (旦低头介)(生)则把云鬟点,红松翠偏。小姐休忘了啊,见了你紧相偎,慢厮连,恨不得肉儿般团成片也,逗的个日下胭脂雨上鲜。(旦)秀才,你可去啊?(合)是那处曾相见,相看俨然,早难道这好处相逢无一言?(生)姐姐,你身子乏了,将息,将息。(送旦依前作睡介)(轻拍旦介)姐姐,俺去了。(作回顾介)姐姐,你可十分将息,我再来瞧你那。"行来春色三分雨,睡去巫山一片云。"(下)(旦作惊醒,低叫介)秀才,秀才,你去了也?(又作痴睡介)(老旦上)"夫婿坐黄堂,娇娃立绣窗。怪他裙衩上,花鸟绣双双。"孩儿,孩儿,你为甚瞌睡在此? (旦作醒,叫秀才介)咳也。(老旦)孩儿怎的来?(旦作惊起介)奶奶到此!(老旦)我儿,何不做些针指,或观玩书史,舒展情怀?因何昼寝于此?(旦)孩儿适在花园中闲玩,忽值春暄恼人,故此回房。无可消遣,不觉困倦少息。有失迎接,望母亲恕儿之罪。(老旦)孩儿,这后花园中冷静,少去闲行。(旦)领母亲严命。(老旦)孩儿,学堂看书去。(旦)先生不在,且自消停。(老旦叹介)女孩儿长成,自有许多情态,且自由他。正是:"宛转随儿女,辛勤做老娘。"(下)(旦长叹介)(看老旦下介)哎也,天那,今日杜丽娘有些侥幸也。偶到后花园中,百花开遍,睹景伤情。没兴而回,昼眠香阁。忽见一生,年可弱冠①,丰姿俊妍。于园中折得柳丝一枝,笑对奴家说:"姐姐既淹通书史,何不将柳枝题赏一篇?"那时待要应他一声,心中自忖,素昧平生,不知名姓,何得轻与交言。正如此想间,只见那生向前说了几句伤心话儿,将奴搂抱去牡丹亭畔,芍药阑边,共成云雨之欢。两情和合,真个是千般爱惜,万种温存。欢毕之时,又送我睡眠,几声"将息"。正待自送那生出门,忽值母亲来到,唤醒将来。我一身冷汗,乃是南柯一梦②。欠身参礼母亲,又被母亲絮了许多闲话。奴家口虽无言答应,心内思想梦中之事,何曾放怀。行坐不宁,自觉如有所失。娘呵,你教我学堂看书去,知他看那一种书消闷也。(作掩泪介)

〔绵搭絮〕雨香云片③,才到梦儿边。无奈高堂,唤醒纱窗睡不便。泼新鲜冷汗粘煎,闪的俺心悠步颤④,意软鬟偏。不争多费尽神情⑤,坐起谁忺⑥?则待去眠。(贴上)"晚妆销粉印,春润费香篝。"小姐,薰了被窝睡罢。

〔尾声〕(旦)困春心游赏倦,也不索香薰绣被眠。天呵,有心情那梦儿还去

---

① 弱冠:二十岁。《礼·曲礼》上:"人生十年曰幼,学;二十曰弱,冠;三十曰壮,有室……"男子到二十岁行冠礼,表示已成年。

② 南柯一梦:唐人传奇故事。说淳于梦梦见自己被大槐安国国王招为驸马,作南柯太守。历尽了富贵荣华,人世沉浮。醒来,才发现槐安国不过是大槐树下的一个蚁穴,南柯郡则是南面树枝下另一个蚁穴。见《太平广记》卷四七五引李公佐《淳于梦》。南柯,后来被用作梦的代称。

③ 雨香云片:指偷情幽会。

④ 步颤:脚步挪不动。

⑤ 不争多:差不多,几乎。

⑥ 忺(xiān):惬意。

不远。

春望逍遥出画堂（张说），间梅遮柳不胜芳（罗隐）。

可知刘阮逢人处（许浑）？回首东风一断肠（韦庄）。

【作品导读】

汤显祖（1550—1616），字义仍，号若士，江西临川人。出身书香门第，为人耿直，敢于直言，一生不肯依附权贵，曾任太常博士及一些下层官职，49岁时弃官回家。他从小受王学左派的影响，结交被当时统治者视为异端的李贽等人，反程朱理学，肯定人欲，追求个性自由的思想对他影响很大。在文学思想上，汤显祖与公安派反复古思潮相呼应，明确提出文学创作首先要"立意"的主张，把思想内容放在首位。汤显祖虽然也创作过诗文等，但成就最高的还是传奇。他是我国古代继关汉卿之后的又一位伟大的戏剧家，也有人称他为"东方的莎士比亚"。他的戏剧创作现存主要有五种，即"玉茗堂四梦"（或称"临川四梦"）及《紫箫记》。"玉茗堂四梦"即《紫钗记》、《牡丹亭》、《邯郸记》、《南柯记》，其中，汤显祖最得意、影响最大的当数《牡丹亭》。作者曾直言："一生'四梦'，得意处唯在《牡丹》。"

《牡丹亭》的基本情节取自明代话本小说《杜丽娘慕色还魂》，讲述了杜丽娘与柳梦梅刻骨铭心的爱情故事，特别是女主角杜丽娘感春生梦，因梦成痴，为爱而死，因情复生的传奇经历，具有大胆奇思和鲜明浪漫主义色彩，感动了无数后来者。

《惊梦》一出是这个大梦的初始。故事情节动人心弦，文采辞藻清丽优雅，为千百年来的读者最为熟悉与喜爱。太守之女杜丽娘随一腐儒学习诗书礼仪，整日受困于封建礼教的枷锁，身心颇受压抑。在侍女的引导下，她生平第一次前往自家后花园寻春，遂被"姹紫嫣红开遍"的美景深深吸引，惊叹春景灿烂，也感伤自己青春暗淡，韶光虚度，一时春愁翻涌，不觉入梦。梦中见一书生向自己持柳邀诗，谈笑间二人两情和合，不禁温存爱惜，共赴云雨。

这个惊世骇俗的梦，向我们展示了天理与人欲最直接的冲突。杜丽娘直到二八年华，才第一次知道自家有一个后花园，可见当时的封建家长对闺中少女的身心禁锢是多么严密。所幸的是，在这令人窒息的强压之下，丽娘还尚存着一丝人类最本真的天性，一首《关雎》，牵出了妙龄少女的缱绻情思，让她在梦中大胆挣脱了礼教的束缚，拥抱内心最真实的情欲。可终究，美梦之外是残酷的现实，只有孤独感伤与之为伴。梦中情郎不再，少女相思成疾，最终香消玉殒，直到生命的最后，仍然没有放弃对爱情理想的追求。对当时的女子来说，这份对爱情的痴想与坚守是多么勇敢。尽管"世无其人，悬空设想"，也能"甘为之死"，这着实担得起陈寅恪为其定下的"情之最上者"的名号。

作者为我们塑造的杜丽娘，是文学史上一个为追求美好感情而超越生死的经典形象,这也折射了作者一生所倡导的"至情"理念。汤显祖所处的晚明时代,"存天理,灭人欲"的理学思想颇为泛滥。作者标举"情"的大旗,以真情反虚理。强调在人类的心底,本能而永恒地存在着对自我的追问,对异性的思慕,对世间一切美好事物种种勃发的渴望。这是再正常不过的人之常情,是任凭何种礼法也不能阻挡之权利。作者借丽娘之口深深呼唤:"一生儿爱好是天然"。那些"发乎情,止乎礼"的古老道学被作者彻底抛却,"情"之一字,撼天动地,穿越生死。正如戏剧开篇所说:"情不知所起,一往而深。生者可以死,死者可以生。生而不可与死,死而不可复生者,皆非情之至也。"正是这尚情与至情的思想,在当时的社会里有着石破天惊的力量,也是作者对禁绝人性的传统理学振聋发聩的怒吼。

【延伸阅读作品和参考文献】

1. 白先勇《姹紫嫣红牡丹亭》,广西师范大学出版社 2004 年版。
2. 朱栋霖《论青春版〈牡丹亭〉现象》,《文学评论》2006 年第 6 期。
3. 袁行霈主编《中国文学史》第四卷"汤显祖"部分,高等教育出版社 2005 年版。

【思考与练习】

1. 谈谈你对杜丽娘形象的理解。
2. 观赏昆剧《牡丹亭·惊梦》,谈谈你的感受。

(张科琪　张晓玥)

雷雨（节选）①

曹 禺

序 幕

　　景——一间宽大的客厅。冬天，下午三点钟，在某教堂附设医院内。

　　屋中间是两扇棕色的门，通外面；门身很笨重，上面雕着半西洋化的旧花纹，门前垂着满是斑点、褪色的厚帷幔，深紫色的；织成的图案已经脱了线，中间有一块已经破了一个洞。右边——左右以台上演员为准——有一扇门，通着现在的病房。门面的漆已经蚀了去，金黄的铜门钮放着暗涩的光，配起那高而宽，有黄花纹的灰门框，和门上凹凸不平，古式的西洋木饰，令人猜想这屋子的前主人多半是中国的老留学生，回国后又富贵过一时的。这门前也挂着一条半旧，深紫的绒幔，半拉开，破成碎条的幔角拖在地上。左边也开一道门，两扇的，通着外间饭厅，由那里可以直通楼上，或者从饭厅走出外面，这两扇门较中间的还华丽，颜色更深老；偶尔有人穿过，它好沉重地在门轨上转动，会发着一种久摩擦的滑声，像一个经过多少事故，很沉默，很温和的老人。这前面，没有帷幔，门上脱落，残蚀的轮廓同漆饰都很明显。靠中间门的右面，墙凹进去如一个神像的壁龛，凹进去的空隙是棱角形的，划着半图。壁龛的上大半满嵌着细狭而高长的法国窗户，每棱角一扇长窗，很玲珑的；下面只是一块较地板略起的半圆平面，可以放着东西，可以坐；这前面整个地遮上一面有折纹的厚绒垂幔，拉拢了，壁龛可以完全遮盖上，看不见窗户同阳光，屋子里阴沉沉，有些气闷。开幕时，这帷幕是关上的。

　　墙的颜色是深褐，年久失修，暗得褪了色。屋内所有的陈设都很富丽，但现在都呈现着衰败的景象。——右墙近前是一个壁炉，沿炉嵌着长方的大理石，正前面镶着星形彩色的石块；壁炉上面没有一件陈设，空空地，只悬着一个钉在十字架上的耶稣。现在壁炉里燃着煤火，火焰熊熊地，照着炉前的一张旧圆椅，映出一片红光，这样，一丝丝的温暖，使这古老的房屋还有一些生气。壁炉旁边搁放一个粗制的煤斗同木柴。右边门左侧，挂一张画轴；再左，近后方，墙角抹成三四尺的平面，倚那里，斜放着一个半人高的旧式紫檀小衣柜，柜门的角上都包着铜片。柜上放着一个暖水壶，两只白饭碗，都搁在旧黄铜盘上。柜前铺一张长方的小地毯；在上面，和柜平行的，放一条很矮的紫檀长几，以前大概是用来摆设瓷器、古董一类的精巧的小东西，现在堆着一叠叠的雪白桌布、白床单等物，刚洗好，还没有放进衣柜去。在下面，柜与壁龛中间立一只圆凳。壁龛之左（中门的

---

　　① 选自《曹禺选集》，人民文学出版社 2002 年版。

右面),是一只长方的红木菜桌。上面放着两个旧烛台,墙上是张大而旧的古油画,中门左面立一只有玻璃的精巧的紫檀柜。里面原为放古董,但现在是空空的,这柜前有一条狭长的矮凳。离左墙角不远,与角成九十度,斜放着一个宽大深色的沙发,沙发后是只长桌,前面是一条短几,都没有放着东西。沙发左面立一个黄色的站灯,左墙靠前略凹进,与左后墙成一直角,凹进处有一只茶几,墙上低悬一张小油画。茶几旁,再略向前才是左边通饭厅的门。屋子中间有一张地毯。上面对放着,但是略斜的,两张大沙发;中间是个圆桌,铺着白桌布。

〔开幕时,外面远处有钟声。教堂内合唱颂主歌同大风琴声,最好是 Bach:High Mass in B Minor Benedictus qui venait Domini Nomini ——屋内静寂无人。

〔移时,中间门沉重地缓缓推开,姑奶奶甲(教堂尼姑)进来,她的服饰如在天主教里常见的尼姑一样,头束着雪白布巾,蓬起来像荷兰乡姑,穿一套深蓝的粗布制袍,衣袍几乎拖在地面。她胸前悬着一个十字架,腰间悬一串钥匙,走起来铿铿地响着。她安静地走进来,脸上很平和的。她转过身子向着门外。

姑甲 (和蔼地)请进来吧。

〔一位苍白的老年人走进来,穿着很考究的旧皮大衣,进门脱下帽子,头发斑白,眼睛平静而忧郁,他的下颏有苍白的短须,脸上满是皱纹。他戴着一副金边眼镜,进门后也取下来,放在眼镜盒内,手有些颤。他搓弄一下子,衰弱地咳嗽两声。外面乐声止。

姑甲 (微笑)外面冷得很!

老人 (点头)嗯——(关心地)她现在还好么?

姑甲 (同情地)好。

老人 (沉默一时,指着头)她这儿呢?

姑甲 (怜悯地)那——还是那样。(低低地叹一口气)

老人 (沉静地)我想也是不容易治的。

姑甲 (矜怜地)您先坐一坐,暖和一下,再看她吧。

老人 (摇头)不。(走向右边病房)

姑甲 (走向前)您走错了,这屋子是鲁奶奶的病房。您的太太在楼上呢。

老人 (停住,失神地)我——我知道,(指着右边病房)我现在可以看看她么?

姑甲 (和气地)我不知道。鲁奶奶的病房是另一位姑奶奶管,我看您先到楼上看看,回头再来看这位老太太好不好?

老人 (迷惘地)嗯,也好。

姑甲 您跟我上楼吧。

〔姑甲领着老人进左面的饭厅下。

〔屋内静一时。外面有脚步声。姑乙领两个小孩进。姑乙除了年青些，比较活泼些，一切都与姑甲同。进来的小孩是姊弟，都穿着冬天的新衣服，脸色都红得像苹果，整个是胖圆圆的。姐姐有十五岁，梳两个小辫，在背后摆着；弟弟戴上一顶红绒帽。两个都高兴地走进来，二人在一起，姐姐是较沉着些。走进来的时节姐姐在前面。

姑乙 （和悦地）进来，弟弟。（弟弟进来望着姊姊，两个人只呵手）外头冷，是吧。姊姊，你跟弟弟在这儿坐一坐好不好？

姊姊 （微笑）嗯。

弟弟 （拉着姊姊的手，窃语）姊姊，妈呢？

姑乙 你妈看完病就来，弟弟坐在这儿暖和一下，好吧？

〔弟弟的眼望姊姊。

姊姊 （很懂事地）弟弟，这儿我来过，就坐这儿吧，我跟你讲笑话。

〔弟弟好奇地四面看。

姑乙 （有兴趣地望着他们）对了，叫姊姊跟你讲笑话，（指着火）坐在火旁边讲，两个人一块儿。

弟弟 不，我要坐这个小凳子！（指中门左柜前的小矮凳）

姑乙 （和蔼地）也好，你们就在这儿。可是（小声地）弟弟，你得乖乖地坐着，不要闹！楼上有病人——（指右边病房）这旁边也有病人。

姊妹
弟弟 （很乖地点头）嗯。

弟弟 （忽然，向姑乙）我妈就回来吧？

姑乙 对了，就来。你们坐下，（姊、弟二人共坐矮凳上，望着姑乙）不要动！（望着他们）我先进去，就来。

〔姊、弟点头，姑乙进右边病房，下。

〔弟弟忽然站起来。

弟弟 （向姊）她是谁？为什么穿这样衣服？

姊姊 （很世故地）尼姑，在医院看护病人的。弟弟，你坐下。

弟弟 （不理她）姐姐，你看！（自傲地）你看妈给我买的新手套。

姊姊 （瞧不起地）看见了，你坐坐吧。（拉弟弟坐下，二人又很规矩地坐着）

〔姑甲由左边饭厅进。直向右角衣柜走去，没看见屋内的人。

弟弟 （又站起，低声，向姊）又一个，姐姐！

姊姊 （低声）嘘！别说话。（又拉弟弟坐下）

〔姑甲打开右面的衣柜，将长几上的白床单、白桌布等物一叠叠放在衣柜里。

　　〔姑乙由右边病房进。见姑甲，二人沉静地点一点头，姑乙助姑甲放置
　　洗物。

姑乙　（向姑甲，简截地）完了？

姑甲　（不明白）谁？

姑乙　（明快地，指楼上）楼上的。

姑甲　（怜悯地）完了，她现在又睡着了。

姑乙　（好奇地问）没有打人么？

姑甲　没有，就是大笑了一场，把玻璃又打破了。

姑乙　（呼出一口气）那还好。

姑甲　（向姑乙）她呢？

姑乙　你说楼下的？（指右面病房）她总是这样，哭的时候多，不说话，我来了一
　　年，没听见过她说一句话。

弟弟　（低声，急促地）姐姐，你给我讲笑话。

姊姊　（低声）不，弟弟，听她们说话。

姑甲　（怜悯地）可怜，她在这儿九年了，比楼上的只晚了一年，可是两个人都没
　　有好。——（欣喜地）对了，刚才楼上的周先生来了。

姑乙　（奇怪地）怎么？

姑甲　今天是旧历年腊月三十。

姑乙　（惊讶地）哦，今天三十？——那么楼下的也会出来，到这房子里来。

姑甲　怎么，她也出来？

姑乙　嗯。（多话地）每到腊月三十，楼下的就会出来，到这屋子里；在这窗户前
　　面站着。

姑甲　干什么？

姑乙　大概是望她的儿子回来吧，她的儿子十年前一天晚上跑了，就没有回来，
　　可怜，她的丈夫也不在了——（低声地）听说就在周先生家里当差，——一天
　　晚上喝酒喝得太多，死了的。

姑甲　（自以为明白地）所以周先生每次来看他太太，总要问一问楼下的。——
　　我想，过一会儿周先生会下楼来见她的。

姑乙　（虔诚地）圣母保佑他。（又放洗物）

弟弟　（低声，请求）姐姐，你给我讲半个笑话好不好？

姊姊　（听着有兴趣，忙摇头，压迫地，低声）弟弟！

姑乙　（又想起一段）奇怪，周家有这么好的房子，为什么要卖给医院呢？

姑甲　（沉静地）不大清楚。——听说这屋子有一天夜里连男带女死过三个人。

姑乙　（惊讶）真的？

姑甲 嗯。

姑乙 （自然想到）那么周先生为什么偏把有病的太太放在楼上，不把她搬出
　　去呢？

姑甲 　就是呢，不过他太太就在这楼上发的神经病，她自己说什么也不肯搬
　　出去。

姑乙 　哦。

　　　　〔弟弟忽然想起。

弟弟 （抗议地，高声）姐姐，我不爱听这个。

姐姐 （劝止他，低声）好弟弟。

弟弟 （命令地，更高声）不，姐姐，我要你给我讲笑话！

　　　　〔姑甲、姑乙回头望他们。

姑甲 （惊奇地）这是谁的孩子？我进来，没有看见他们。

姑乙 　一位看病的太太的，我领他们进来坐一坐。

姑甲 （小心地）别把他们放在这儿。——万一把他们吓着。

姑乙 　没有地方；外面冷，医院都满了。

姑甲 　我看你还是找他们的妈来吧。万一楼上的跑下来，说不定吓坏了他们！

姑乙 （顺从地）也好。（向姊弟，他们两个都瞪着眼睛望着她们）姐姐，你们在这
　　儿好好地再等一下，我就找你们的妈来。

姐姐 （有礼地）好，谢谢你！

　　　　〔姑乙由中门出。

弟弟 （怀着希望）姐姐，妈就来么？

姐姐 （还在怪他）嗯。

弟弟 （高兴地）妈来了！我们就回家。（拍掌）回家吃年饭。

姐姐 弟弟，不要闹，坐下。（推弟弟坐）

姑甲 （关上柜门向姊弟）弟弟，你同姐姐安安静静地坐一会儿。我上楼去了。

　　　　〔姑甲由左面饭厅下。

弟弟 （忽然发生兴趣，立起）姐姐，她干什么去了？

姐姐 （觉得这是不值一问的问题）自然是找楼上的去了。

弟弟 （急切地）谁是楼上的？

姐姐 （低声）一个疯子。

弟弟 （直觉地臆断）男的吧？

姐姐 （肯定地）不，女的——一个有钱的太太。

弟弟 （忽然）楼下的呢？

姐姐 （也肯定地）也是一个疯子。——（知道弟弟会愈问愈多）你不要再问了。

弟弟 （好奇地）姐姐，刚才她们说这屋子里死过三个人。

姊姊　（心虚地）嗯——弟弟，我给你讲笑话吧！有一年，一个国王——

弟弟　（已引上兴趣）不，你给我讲讲这三个人怎么会死的？这三个人是谁？

姊姊　（胆怯）我不知道。

弟弟　（不信，伶俐地）嗯！——你知道，你不愿意告诉我。

姊姊　（不得已地）你别在这屋子里问，这屋子闹鬼。

　　　〔楼上忽然有乱摔东西的声音，铁链声，足步声，女人狂笑，怪叫声。

弟弟　（略惧）你听！

姊姊　（拉着弟弟手紧紧地）弟弟！（姊弟抬头，紧紧地望着天花板）。

　　　〔声止。

弟弟　（安定下来，很明白地）姐姐，这一定是楼上的！

姊姊　（害怕）我们走吧。

弟弟　（倔强）不，你不告诉我这屋子怎么死了三个人，我不走。

姊姊　你不要闹，回头妈知道打你！

弟弟　（不在乎地）嗯！

　　　〔右边门开，一位头发斑白的老妇人颤巍巍地走进来，在屋中停一停，眼睛像是瞎了。慢吞吞地踱到窗前，由帷幔隙中望一望，又踱至台上，像是谛听什么似的。姊弟都紧张地望着她。

弟弟　（平常的声音）这是谁？

姊姊　（低声）嘘！别说话。她是疯子。

弟弟　（低声，秘密地）这大概是楼下的。

姊姊　（声颤）我，我不知道。（老妇人躯干无力，渐向下倒）弟弟，你看，她向下倒。

弟弟　（胆大地）我们拉她一把。

姊姊　不，你别去！

　　　〔老妇人突然歪下去，侧面跪倒在舞台中。台渐暗，外面远处合唱声又起。

弟弟　（拉姊向前，看老太婆）姐姐，你告诉我，这屋子是怎么回事？这些疯子干什么？

姊姊　（惧怕地）不，你问她，（指老妇人）她知道。

弟弟　（催促地）不，姐姐，你告诉我，这屋子怎么死了三个人。这三个人是谁？

姊姊　（急迫地）我告诉你问她呢，她一定都知道！

　　　〔老妇人渐渐倒在地上，舞台全暗，听见远处合唱弥撒和大风琴声。

　　　〔弟弟声：（很清楚地）姊姊，你去问她。

　　　〔姊姊声：（低声）不，你问她，（幕落）你问她！

　　　〔大弥撒声。

尾 声

〔开幕时舞台黑暗。只听见远处教堂合唱弥撒声同大风琴声,序幕姊弟的声音:

〔弟弟声:姐姐,你去问她。

〔姊姊声:(低声)不,弟弟你问她,你问她。

〔舞台渐明,景同序幕,又回到十年后腊月三十日的下午。

老妇(鲁妈)还在台中歪倒着,姊弟在旁。

姊姊 你问她,她知道。

弟弟 我不,我怕,你,你去。(推姊姊,外面合唱声止)

〔姑乙由中门进,见老妇倒在地上,大惊愕,忙扶起她。

姑乙 (扶她)起来吧,鲁奶奶! 起来吧!(扶她至右边火炉旁坐,忙走至姊弟前,安慰地)弟弟,你没有吓着吧,快去吧,妈就在外边等着你们,姐姐,你领弟弟去吧。

姊姊 谢谢您,姑奶奶。(替弟弟穿衣服)

姑乙 外面冷得很,你们都把衣服穿好。

姊姊 再见!

姑乙 再见。

〔姊领弟弟出中门。

〔姑乙忙走到壁炉前,照护老妇人。

〔姑甲由右门饭厅进。

姑乙 嘘,(指鲁妈)她出来了。

姑甲 (低声)周先生就下来看她,你照护照护。我要出去。

姑乙 好,你等一等,(从墙角拿一把雨伞)外头怕要下雪,你要这一把雨伞吧。

姑甲 (和蔼地)谢谢你。(拿着雨伞由中门出去)

〔老人由左边厅出,立门口,望着。

姑乙 (指鲁妈,向老翁)她在这儿!

老人 哦!

〔半晌。

老人 (关心地,向姑乙)她现在怎么样?

姑乙 (轻叹)还是那样!

老人 吃饭还好么?

姑乙 不多。

老人 (指头)她这儿?

姑乙 (摇头)不,还是不认识人。

〔半晌。

姑乙　楼上你的太太,看见了?

老人　(呆滞地)嗯。

姑乙　(鼓励地)这两人,她倒好。

老人　是的。——(指鲁妈)这些天没有人看她么?

姑乙　您说她的儿子,是么?

老人　嗯。一个姓鲁叫大海的。

姑乙　(同情地)没有。可怜,她就是想着儿子。每到节期总在窗前望一晚上。

老人　(叹气,绝望地,自语)我怕,我怕他是死了。

姑乙　(希望地)不会吧?

老人　(摇头)我找了十年了,——没有一点影子。

姑乙　唉,我想她的儿子回家,她一定会明白的。

老人　(走到炉前,低头)侍萍!

　　　〔老妇回头,呆呆地望着他,若不认识,起来,面上无一丝表情,一时,她
　　走向窗前。

老人　(低声)侍萍! 侍——

姑乙　(向老人摆手,低声)让她走,不要叫她!

　　　〔老妇至窗前,慢吞吞地拉开帷幔,痴呆地望着窗外。

　　　〔老人绝望地转过头,望着炉中的火光,外面忽而闹着小孩们的欢笑声,
　　同足步声。中门大开,姊弟进。

姊姊　(向弟)在这儿? 一定在这儿?

弟弟　(落泪,点着头)嗯! 嗯!

姑乙　(喜欢他们来打破这沉静)弟弟,你怎么哭了?

弟弟　(抽咽)我的手套丢了! 外面下雪,我的手套,我的新手套丢了。

姑乙　不要嚷,弟弟,我给你找。

姊姊　弟弟,我们找。

　　　〔三个人在左角找手套。

姑乙　(向姊)有么?

姊姊　没有!

弟弟　(钻到沙发背后,忽然跳出来)在这儿,在这儿! (舞着手套)妈,在这儿!
　　(跑出去)

姑乙　(羡慕地)好了,去吧。

姊姊　谢谢,姑奶奶!

　　　〔姊由中门下,姑乙关上门。

　　　〔半晌。

老人　（抬头）什么？外头又下雪了？

姑乙　（沉静地点头）嗯。

　　　〔老人又望一望立在窗前的老妇，转身坐在炉旁的圆椅上，呆呆地望着火，这时姑乙在左边长沙发上坐下，拿了一本圣经读着。

　　　〔舞台渐暗。

—幕落

【作品导读】

　　曹禺(1910—1996)，原名万家宝，祖籍湖北潜江，出生于天津一个没落的官宦之家。南开中学时就参加南开新剧团演出，以后在南开大学继而转入清华大学西洋文学系又系统阅读大量中外戏剧著作，1933年大学尚未毕业即创作了现代话剧经典作品《雷雨》，以后又有《日出》(1935)、《原野》(1936)、《北京人》(1940)等。其中《雷雨》《日出》的发表标志着中国现代戏剧(话剧)的成熟，曹禺也一跃成为中国现代戏剧文学成就最高的作家。

　　好的文学作品都是说不尽的，《雷雨》也是如此。《雷雨》1934年发表，之后半个世纪以来，人们的理解总是沿着社会政治学的路线进行，所谓暴露了封建主义加资本主义的罪恶。其实，《雷雨》有更复杂、更深入、更具超越性的文化审美面向。

　　袁可嘉在谈到理解文学作品的内涵时，提醒人们注意四个维度：人与自然的关系、人与社会的关系、人与人的关系、人与自我的关系①。其实，《雷雨》在这四个方面均有出色的表现。

　　就人与自然的关系言，《雷雨》写出人在宇宙自然面前的盲目、渺小及遭受惩罚的命运。在人类文化史上，这本是一个古典的命题，但是放在西方现代危机频繁出现之后再来探讨，就具有反思现代性、嘲弄现代人类狂妄的意味。从这个角度而言，《雷雨》重审了人与自然的关系。从人与社会、他人的关系而言，《雷雨》写出人如何对待社会、他人的问题，揭示了人在占取社会资源、控制人生状态以及发展自己的过程中所暴露出的自私、专横、冷酷，属于社会政治问题，也属于人伦道德问题。人与自然的关系问题提醒人类摆正人与自然的关系，人与社会、他人的关系问题提醒人们摆正自己与社会、他人的关系。从人与自我的关系言，《雷雨》揭示人在生存中、奋斗中人性变异的过程，包括人性保真、人性迷失、人性复归等。这就要特别论及作品原有的"序幕"和"尾声"。

　　《雷雨》发表半个多世纪以来，限于社会政治学解读视角，人们对于原作品的"序幕"和"尾声"始终视而不见，或重视不够，以至于在再版《雷雨》时总是将原作品的"序幕"和"尾声"删掉。这是对作品的破坏、曲解，引来作者曹禺极大的不满

---

　　① 袁可嘉《欧美现代派文学概论》，广西师范大学出版社2003年版，第47页。

和失望。其实,曹禺早在 1936 年就曾为《雷雨》单行本写过一篇非常重要的"序言",专门述说自己如何写《雷雨》,《雷雨》到底想表现什么。作者说,当初他写《雷雨》并非是为了暴露大家庭的罪恶,只是一种情感逼迫着他写。作者只感觉到"天地间的残忍","我念及人类是怎样可怜的动物,带着踌躇满志的心情,仿佛自己来主宰自己的命运,而时常不能自己来主宰着","被称为万物之灵的人类","盲目的","泥鳅似地在情感的泥坑里打着昏迷的滚"。他们"生活在狭小的笼里",还自以为是"徜徉在自由的天地里",这难道"不是在做着最愚蠢的事么?"愚蠢的人类在与自然的关系中、单个人在与社会、他人的关系中都迷失了自己的位置,丧失了应有的人性。以至于自我人性异化了也无法觉察,正如繁漪说周朴园:"哼,你忘记自己是怎样一个人啦!"而要理解这些,没有原作品的"序幕"和"尾声"是难以实现的。"序幕"和"尾声"中周朴园代表人类、社会、自我、男性、理性已经受到严重的惩罚,但是作者看到周朴园的问题也是人的根本缺陷问题,所以作者劝观众和读者上升到上帝的位置,以"悲悯"的眼光俯看他的存在,并且让他终于悔过,承担因他而产生的家庭灾难。作者安排周朴园最后将房子卖给一个教堂做了慈善医院,在"弥撒和大风琴声"的氛围中经常来看望疯了的繁漪和侍萍。如此,《雷雨》也张扬了基督教的知罪、悔过、宽容精神。

《雷雨》是集文学性与舞台性于一体的优秀作品。作品成功的人物形象塑造、象征性的文学表达、回溯性的艺术构思、饱满的艺术氛围、优美而动作性强的语言、巧合和偶然的妙用、从头到尾的激(悲)情演绎、复杂的矛盾纠葛使作品内涵博大精深,艺术上充满"诗意",具有强烈的感染力,始终扣人心弦、荡人魂魄。诚如文学史家们所评:"它既是现实的,同时又超越现实,追索着隐藏于现实背后深处的人生、人性、人的生命存在的奥秘。"[①]

【延伸阅读作品和参考文献】

1.《曹禺选集》,人民文学出版社 2002 年版。

2. 朱栋霖编《曹禺自传》,江苏文艺出版社 1996 年版。

3. 陈军《论〈雷雨〉"序幕"与"尾声"的作用》,《文艺争鸣》2009 年第 3 期。

4. 杨剑龙《论〈雷雨〉的基督教色彩》,《戏剧艺术》1998 年第 2 期。

【思考与练习】

1. 如何理解《序幕》和《尾声》在《雷雨》中的作用?

2. 如何理解繁漪对周朴园父子的复仇?

(左怀建)

---

① 钱理群等《中国现代文学三十年》(修订版),北京大学出版社 1998 年版,第 320 页。

下编

外国文学经典导读

□ 小　说

十日谈（节选）[①]

〔意〕薄伽丘

第三天　故事第三

　　有夫之妇看上一个青年，以忏悔为名哄得一本正经的神父深信她贞洁，为她牵线搭桥，成其好事。

　　潘皮内娅讲完了故事，那个马伕的胆大和机灵以及国王的审慎博得了大家的称赞。女王转向菲洛梅娜，让她接下去讲。菲洛梅娜风趣地开始叙说：

　　我要讲的是一个美貌的太太戏弄一个正经八百的神父的故事，在我们这些世俗之人听来也许更觉得有趣。那些教会中人多半很蠢，不通人情世故，却自以为高人一等，什么事情都比别人懂得多，其实差得很远，因为他们的乐趣比别人少，只能像猪一样把欲望限于吃喝。可亲的姐妹们，我之所以讲这个故事，不仅是奉命办事，还为了让你们知道，我们平时对教士们估计过高，其实他们也会上当受骗，甚至受到我们女人的戏弄。

　　我们这个城市多的是尔虞我诈，少的是爱心和诚心。不久以前，城里有一位太太，非但美貌大方，在高傲的性格和足智多谋方面也很少有别的妇女可以与之相比。这位太太和故事里其他人物都有名有姓，但不说为好，因为有些还健在，假如知道她们的事情给当做笑话来说，肯定要生气。那位太太出身名门，丈夫是羊毛商，虽然有钱，但地位低下，她瞧他不起。再说他不解风情，只懂得识别织物质地，安排呢绒制作，同毛纺女工争论，她除非万不得已，决不和他亲热，一心只想找个比羊毛商更能和她般配的情人，从那人身上得到满足。她暗暗爱上一个年富力强而又很有地位的人，几乎到了神魂颠倒的地步，如果白天没见到他，晚上就睡不踏实。她苦苦相思，那个男人却没有觉察，因此不注意她，而她做事谨慎，也不敢冒失写信或者托别的女人传话给他表达自己的情意，以免引起麻烦。后来她注意到，那男人和一个神父过从甚密。这个神父虽然长相粗蠢，生活却十分圣洁，在当地享有极好的名声。她觉得让神父为她和她的意中人牵线搭桥万无一失，考虑成熟之后，找了个合适的时间前去神父所在的教堂，请人通报说她

---

　　① 选自薄伽丘《十日谈》，王永年译，人民文学出版社 1994 年版。

要向神父忏悔。神父出来，见她是有身份的太太，当然同意。忏悔结束后，她说：

"神父，我还有件事要告诉你，求你帮助我，为我指点迷津。你已经知道我是怎样一个人，知道我的父母和丈夫是谁，我丈夫爱我甚至爱过他自己的生命，他有钱，我要什么他都为我办到。因此，我爱他之深也无法形容，凡是使他不高兴的损害他的事我一概不做，一概不说，甚至想都不想，否则我觉得我该受到地狱之火的煎熬。可是有这么一个男人，我不知道他的姓名，看上去倒像是有身份有地位的，如果我没有弄错，还是你的朋友。他身材高大，相貌端正，平时穿一身深色的衣服，大概不了解我自尊自重的品性，像是缠上了我；我只要一出屋子，在窗口或门口一探头，就发现他守在外面。今天他居然没有尾随我到这里来，还叫我觉得奇怪呢。我为此非常恼火，因为他死乞白赖钉着我会惹起风言风语，坏了正派女人的名声。我有好几次想告诉我的兄弟，再一想，男人们处理这类事情往往不会冷静，一言不合便拳脚相见。为了避免事情闹大，造成不良后果，我忍住没有声张，决定先告诉你，因为你是那人的朋友，又是神父，即使不认识那人，有你出面解决也比较合适。我求你以天主的名义去说说他，叫他别再这样了。别的女人也许求之不得，喜欢他来献殷勤，我可不是轻佻的女人，这种事使我很生气。"

她说完后低下头，仿佛要哭似的。圣洁的神父听了那女人告他朋友的状，完全信以为真，把她的贞淑大大夸奖一番，答应采取措施不让那人再纠缠她。神父知道她有钱，便在她面前赞扬慈善与施舍的举动，暗示他在这方面很有需要。那女人说："我求你以天主的名义干预，如果那人不买你的账，你就对他说是我亲自找你谈的，他干的事伤了我的心。"

忏悔和赦罪结束后，她想起神父关于施舍方面的敦请，悄悄地往他手里塞了一把钱，请神父为她死去的亲人做弥撒超度，然后站起来回家。

过后不久，她说的那个男人像往常那样来拜访神父，他们谈了一些别的事情，神父把他拉过一边，按照那女人的说法，委婉地指责他，数落他不该打她的主意。那男人十分诧异，因为他几乎不怎么注意那女人，并且难得在她家门前经过。他正要分辨，神父不容他开口，说道："你别装出惊讶的样子，也不必浪费时间来抵赖，这些情况我并不是听街坊们讲的，而是那位太太亲口告诉我的。你干那事太不像话了。我告诉你，那位太太是我见过的最正经的女人。为了你自己的名声和那位太太的安宁，我请求你别再纠缠她了。"

那位先生比神父机灵，他立即明白那女人的用意，便装出羞愧的样子，连连答应再也不在她面前转悠。他向神父告辞后，直奔那位太太的家，发现她正守在窗口看他会不会出现。她见他果然来了，面露喜色，含情脉脉，知道他没有误解神父的话。此后，他干脆装出要办什么事似的，经常在她家所在的那条街上走来走去。他自己固然得意，那女人更是高兴。过了几天，那女人深信对方和自己一样有情有意，为了助长并促成他的爱情，又找个合适的机会去看神父。她一进教

242

堂,见到神父就哭起来。神父关心地问她出了什么事,她回说:"神父,我上次向你哭诉的你的朋友,那个该受天主诅咒的人存心要引诱我,害我做不光彩的事。假如我真的做了出来,叫我以后怎样有脸见人。"

"难道他还在和你纠缠?"神父问道。

"当然啦,"女的回答说:"自从上次我在你面前告了他,他仿佛故意报复,明知道我讨厌他在我家门前走来走去,以前每天才走一次,现在要走七次。假如他只满足于在我门前走走,盯着我看几眼,我对天主也就千恩万谢了,哪知他胆大妄为,昨天居然派一个女人来我家,转告他的相思之情,还捎给我一个荷包和一条腰带,仿佛我没有荷包和腰带似的。这可把我气坏了,假如不是为了怕出事,不是考虑到你的情面,我几乎不顾一切要闹起来。但我还是忍住了,决定在没有同你商量之前不采取任何行动。我本来已经把荷包和腰带退给那个女人,叫她滚出去,后来一想,怕她说我已经收下,实际是她自己吞了(那种女人常会这样做),我又把她叫回来,气呼呼地从她手里夺过荷包和腰带。我把东西带来了,想请你退给你的朋友,并且告诉他,天主保佑我,丈夫疼我,我才不稀罕他的东西呢,我自己的荷包和腰带一大堆,比我人还高。我告诉你,神父,他再不收敛,不论引起什么后果,我要告诉我的丈夫和兄弟,他遭了殃也是自作自受,我顾不上这许多,也不能背黑锅。这就是我要对你说的话。"

她哭着说完了这番话,从长袍里掏出一个华丽的荷包和一条贵重的腰带,放在神父膝上。神父对那女人的话深信不疑,很气恼地收下那些东西,说道:"女儿,你为这种事情发火,我并不奇怪,也不怪罪你,相反,我要为你听从了我的劝告而称赞你。我上次把那人训了一顿,看来他对我做出的保证并没有做到。他屡教不改,竟然又干出这种事来,我要狠狠地批评他,估计他再不敢惹你生气了。天主保佑,你千万不要发火去告诉你的亲人,否则会弄得不可收拾。你也不必担心会坏名声,我在天主和众人面前始终会为你的贞洁作证。"

那女人假装消了一点气,不再提这件事。她了解神父和教会中人的贪婪,说道:"神父,这几夜我梦见亲人,有几个非常痛苦,需要办神功,尤其是我母亲,她模样十分悲戚,真让我伤心。也许她看到我被那个与天主为敌的人纠缠,在为我苦恼,因此我希望你为她的灵魂做圣格雷戈里四十弥撒,为她祈祷,让她脱离炼狱的烈火。"

她说着往神父的手里放了一枚金币。圣洁的神父很高兴地收下,用好言好语和许多事例赞扬她的虔诚,为她祝福之后让她回家。神父丝毫没有怀疑自己上了圈套,立即派人把他的朋友叫来。那人来后看见神父气急败坏的样子,估计有那女人的消息,便等神父开口。神父把那位太太的话照搬一遍,气愤地指责他不该干那女的一口咬定是他干的坏事。他不很明白神父想说什么,结结巴巴地否认送过荷包和腰带。神父发火说:"你这个坏蛋还想抵赖?那位太太哭着亲手把东西交给我，你自己认吧。"

那人羞愧得无地自容，说道："不错，我认出是我送的，我承认做得不对，我向你发誓，既然我知道那位太太冰清玉洁，以后再不会发生同样情况了。"

他们谈了许多。神父最后把荷包和腰带还给他的朋友，强烈要求他悬崖勒马。对方满口答应，告辞出来。他看到那女人给他捎来如此珍贵的信物，确信她对他情深意长，从神父那里出来以后，兴冲冲地到她家门前，让她看看那些东西已经到他手里。她发现自己的计谋得逞，也很高兴，现在只等她丈夫离家就能成好事了。不久之后，热那亚方面有事找她丈夫，他一清早骑了马出发，那女人又去找神父诉苦，哭哭啼啼地说："神父，我实在忍无可忍了，只因为上次答应过你，在通知你之前决不采取行动，并且为了让你知道我抱怨的理由，我特地来告诉你，你的那个朋友，或者是地狱里的魔鬼，今天去我家干了什么事。我不明白他怎么会打听到我丈夫昨天一早去了热那亚，今天天刚亮他就翻进我家花园，顺着一棵树爬到我窗口，窗板开着，他想进我的卧室，幸好我惊醒了，赶快起床，正要叫救命，他没来得及跳进来，连忙求我看在天主和你的面上，千万别嚷嚷。我经他一求，又顾念你的情面，没有喊出声，顾不上自己一丝不挂，光着身子跑过去把窗板砰地关上，把他关在窗外，后来没有再听到什么动静，估计他走了。你自己想想这种事能不能容忍，反正我再也容忍不下去了，看在你的面上，神父，我才忍气吞声受他欺侮。"

神父听了他的哭诉，气得话都说不出来，只是一再问她会不会认错人。那女的说："天主在上！难道我会认错那个人？我告诉你，就是他，一点没错，即使他抵赖，你也别信他的鬼话。"

神父说："女儿，我无话可说，只能说这件事实在不像话，你把他轰出去是对的。天主保佑，幸好你没有遭到污辱。既然你两次听了我的劝，我请你再听一次，先不要告诉你的亲人，这件事交给我办，看我能不能治服那个肆无忌惮的魔鬼，以前我一直以为他是好人呢。如果我能使他改邪归正，当然最好；如果不能，你爱怎么办就怎么办，我再也不管了，只为你祝福。"

"好吧，"那女的说，"这次我不想违拗你的主意，惹你生气，不过我要对你说，如果那个人再和我纠缠不清，我就不会为这件事来找你了。"

她不再多说，显得很不高兴的样子从神父那里出来。她刚离开教堂不久，那位先生来了，神父把他叫到一边，骂得他狗血喷头，说他言而无信，当面是人背后是鬼。根据前两次的经验，他知道神父的责备意味着什么，于是洗耳恭听，唯恐他说得不够。他假装糊涂，问道："这是怎么回事，神父？难道我把基督钉上十字架，十恶不赦？"

神父说："哼，不知羞耻的东西，听你说的！你伤风败俗，刚干了见不得人的事，还装得像是一两年以前的事，忘得一干二净似的。你为什么今天一早出去捣乱？今天天刚亮的时候你在哪里？"

那位先生说："我自己也说不清楚。你的消息真灵通。"

"当然灵通，"神父说，"我还不知道，你痴心妄想以为丈夫不在家，太太就会张开双臂来搂你呢！你真是个正人君子！如今你什么事都干得出来，夜里在外面游荡，闯进人家花园，爬树翻窗。你以为天还没有大亮，顺着树爬到窗口，那位一清二白的太太就会顺从你？世界上再也没有谁比你更讨她嫌的了，你却死乞白赖、胡搅蛮缠。且不说你对她的拒绝置若罔闻，你对我的指责也阳奉阴违，实在不像话！我告诉你，她之所以没有声张，并不是对你有什么好感，而是由于我替你求了情。以后再没有这么便宜的事了，因为我已经答应她，假如你再纠缠不清，她可以自行其是，我撒手不管了。假如她把这件事告诉她的兄弟，你可要吃不了兜着走！"

那位先生明白有待于他的是什么，他再三赔小心，做了许多保证，让神父放心，然后告辞出来。第二天一清早，他溜进那位太太的花园，爬上树，看见窗户大开，便跳进卧室，迫不及待地投入她的怀抱。她渴望已久，满心喜悦地迎接他，说道："多谢神父先生的帮助，为你指点了道路。"

他们两情相悦，有说有笑，把神父的愚蠢和梳理纺织羊毛的行当着实挖苦了一番，玩得十分欢畅。他们又做了妥善安排，不须再麻烦神父先生，欢聚了好几个夜晚。我祈求天主大发慈悲，指引我和天下有同好的基督徒欢度良宵。

【作品导读】

乔瓦尼·薄伽丘（1313—1375），意大利文艺复兴运动的杰出代表，人文主义者。他是一个成功商人的私生子，父亲的愿望是让他也成为一个商人，但是他对经商不感兴趣，于是父亲把他送进那不勒斯大学学习法律和教会经典，历时六年之久。他参加共和政体的多项活动，反对封建贵族，广泛接触社会，结交不少当时的人文主义者，如著名诗人彼特拉克等。

在创作《十日谈》之前，薄伽丘已经创作了四部作品：牧歌式传奇《佛罗伦萨女神们的喜剧》（1341—1342，又改名《亚梅托的女神们》）、隐喻诗《爱情的幻影》（1342—1343）、散文体传奇小说《菲亚梅塔的哀歌》（1343—1344）、长篇叙事诗《菲埃索勒的女神》（1344—1346）。显示充分的创作潜能。

1349—1353年创作《十日谈》，成为欧洲文学史上第一部现实主义巨著。作品开头设置楔子，叙说1348年佛罗伦萨鼠疫流行，罹病丧生者不计其数。为了避难，原本相识的七男三女来到佛罗伦萨城外穆妮昂河畔一座别墅，为消磨时光，商定每人每天讲一个故事，由轮流执政的女王或国王规定故事主题。十人讲了十天，便有了《十日谈》里的一百个故事。

《十日谈》取材广泛。它将历史事件、中世纪传说、东方民间故事（特别是阿拉伯、印度和中国的故事,如《一千零一夜》、《七哲人书》、《马可·波罗游记》)、现实生活中的奇闻异事兼收并蓄,熔古典文学与民间文学于一炉。其最大的文学史贡献在于呼应当时人文主义的要求,肯定人在世的七情六欲,即所谓世俗幸福,与此相应,塑造大批具有市民特色的人物形象,特别是女性形象。同时,揭穿基督教的虚伪本质,表现形形色色教会神甫、修女可鄙可笑之像。从《十日谈》可以看出,统治欧洲近千年的中世纪已走向末日。

《十日谈》具有鲜明的市民文学特征。审美上最大的特点是不避俗。市民式人物形象塑造,大量情色描写,叙述以讲故事为主,语言的通俗、活泼和诙谐等。结构上,除了第一天和第九天的故事没有统一命题外,其他八天的故事分别在同一个主题下展开,形成浑然一体而又各具特色的架构。"为意大利艺术散文奠定了基础,并开辟了欧洲短篇小说的艺术形式。该书出版后立即被译成西欧各国文字,对十六、十七世纪西欧现实主义文学产生了很大影响。英国乔叟的《坎特伯雷故事集》……是对它的模仿之作。拉封丹、洛佩·德·维加、莎士比亚、莱辛、歌德、普希金都曾在自己的创作中引用过《十日谈》中的故事。"[①]

这里所选的是第三天的第三个故事。作品写一个有夫之妇不满意其丈夫只知道打理自己的生意,不会从情感上照顾自己的妻子,妻子就偷偷自己选人偷情。故事对于偷情的女子没有任何责备之意,而是颇为激赏她的矜持、多情而又大胆、机智。构思上最巧的是让神父去帮她解决爱欲与社会禁忌之间的矛盾问题。她愈大胆、机智,愈衬托得神父愚蠢、无能。经过三个阶段的设局、欺骗,神父完全上当,那女子彻底胜利。这里,对世俗爱欲的肯定,对宗教的批判和嘲弄,都尽在不言之中。同时,作品也写到,女子与男子终于实现了自己的爱情后,也没有忘记讥笑那班只会打理羊毛生意的商人,说明作者赋予人物的审美品位不是庸俗,而只是通俗、靠俗、认俗,在当时又具有开时代风气的先锋意义。

【延伸阅读作品和参考文献】

1.《第四天故事第一》、《第四天故事第八》,可参薄伽丘《十日谈》,王永年译,人民文学出版社 1994 年版。

2.〔英〕戴赫·劳伦斯《性与可爱》,马澜译,百花文艺出版社 1992 年版。

【思考与练习】

联系历史文化背景,比较分析《十日谈》与劳伦斯《查泰莱夫人的情人》情色描写文化意义的异同。

(左怀建)

---

① 薄伽丘《十日谈·前言》,王永年译,人民文学出版社 1994 年版。

高老头（节选）①

〔法〕巴尔扎克

父亲的死

……

"克里斯多夫，是不是我两个女儿告诉你就要来了？你再去一次，我给你五法郎。对她们说我觉得不好，我临死之前还想拥抱她们，再看她们一次。你这样去说吧，可是别过分吓了她们。"

克里斯多夫看见欧也纳对他递了个眼色，便动身了。

"她们要来了，"老人又说。"我知道她们的脾气。好但斐纳，我死了，她要怎样的伤心呀！还有娜齐也是的。我不愿意死，因为不愿意让她们哭。我的好欧也纳，死，死就是再也看不见她们。在那个世界里，我要闷得发慌哩。看不见孩子，做父亲的等于入了地狱；自从她们结了婚，我就尝着这个味道。我的天堂是于西安街。嗳！喂，倘使我进了天堂，我的灵魂还能回到她们身边吗？听说有这种事情，可是真的？我现在清清楚楚看见她们在于西安街的模样。她们一早下楼，说：爸爸，你早。我把她们抱在膝上，用种种花样逗她们玩儿，跟她们淘气。她们也跟我亲热一阵。我们天天一块儿吃中饭，一块儿吃晚饭，总之那时我是父亲，看着孩子直乐。在于西安街，她们不跟我讲嘴，一点不懂人事。她们很爱我。天哪！干吗她们要长大呢？（哎唷！我痛啊：头里在抽。）啊！啊！对不起！孩子们！我痛死了；要不是真痛，我不会叫的，你们早已把我训练得不怕痛苦了。上帝呀！只消我能握着她们的手，我就不觉得痛啦。你想她们会来吗？克利斯朵夫蠢极了！我该自己去的。他倒有福气看到她们。你昨天去了跳舞会，你告诉我呀，她们怎么样？她们一点不知道我病了，可不是？要不她们不肯去跳舞了，可怜的孩子们！噢！我再也不愿意害病了。她们还少不了我呢。她们的财产遭了危险，又是落在怎样的丈夫手里！把我治好呀，治好呀！（噢！我多难过！哟！哟！哟！）你瞧，非把我医好不行，她们需要钱，我知道到哪儿去挣。我要上奥特赛去做淀粉。我才精明呢，会赚他几百万。（哦呀！我痛死了！）"

高里奥不出声了，仿佛集中全身的精力熬着痛苦。

"她们在这儿，我不会叫苦了，干么还要叫苦呢？"

他迷迷糊糊昏沉了好久。克利斯朵夫回来，拉斯蒂涅以为高老头睡熟了，让佣人高声回报他出差的情形。

---

① 选自《傅译巴尔扎克代表作一：高老头》，江苏文艺出版社 2011 年版。

"先生,我先上伯爵夫人家,可没法跟她说话,她和丈夫有要紧事儿。我再三央求,特·雷斯多先生亲自出来对我说:高里奥先生快死了是不是?哎,再好没有。我有事,要太太待在家里。事情完了,她会去的。——他似乎很生气,这位先生。我正要出来,太太从一扇我看不见的门里走到穿堂,告诉我:克利斯朵夫,你对我父亲说,我同丈夫正在商量事情,不能来。那是有关我孩子们生死的问题。但等事情一完,我就去看他。——说到男爵夫人吧,又是另外一桩事儿!我没有见到她,不能跟她说话。老妈子说:啊!太太今儿早上五点一刻才从跳舞会回来;中午以前叫醒她,一定要挨骂的。等会她打铃叫我,我会告诉她,说她父亲的病更重了。报告一件坏消息,不会嫌太晚的。——我再三央求也没用。哎,是呀,我也要求见男爵,他不在家。"

"一个也不来,"拉斯蒂捏嚷道,"让我写信给她们。"

"一个也不来,"老人坐起来接着说。"她们有事,她们在睡觉:她们不会来的。我早知道了。直要临死才知道女儿是什么东西!唉!朋友,你别结婚,别生孩子!你给他们生命,他们给你死。你带他们到世界上来,他们把你从世界上赶出去。她们不会来的!我已经知道了十年。有时我心里这么想,只是不敢相信。"

他每只眼中冒出一颗眼泪,滚在鲜红的眼皮边上,不掉下来。

"唉!倘若我有钱,倘若我留着家私,没有把财产给她们,她们就会来,会用她们的亲吻来舐我的脸!我可以住在一所公馆里,有漂亮的屋子,有我的仆人,生着火;她们都要哭做一团,还有她们的丈夫,她们的孩子。这一切我都可以到手。现在可什么都没有。钱能买到一切,买到女儿。啊!我的钱到哪儿去了?倘若我还有财产留下,她们会来伺候我,招呼我;我可以听到她们,看到她们。啊!欧也纳,亲爱的孩子,我唯一的孩子,我宁可给人家遗弃,宁可做个倒楣鬼!倒楣鬼有人爱,至少那是真正的爱!啊,不,我要有钱,那我可以看到她们了。唉,谁知道?她们两个的心都像石头一样。我把所有的爱在她们身上用尽了,她们对我不能再有爱了。做父亲的应该永远有钱,应该拉紧儿女的缰绳,像对付狡猾的马一样。我却向她们下跪。该死的东西!她们十年来对我的行为,现在到了顶点。你不知道她们刚结婚的时候对我怎样的奉承体贴!(噢!我痛得像受毒刑一样!)我才给了她们每人八十万,她们和她们的丈夫都不敢怠慢我。我受到好款待:好爸爸,上这儿来;好爸爸,往那儿去。她们家永远有我的一份刀叉。我同她们的丈夫一块儿吃饭,他们对我很恭敬,看我手头还有一些呢。为什么?因为我生意的底细,我一句没提。一个给了女儿八十万的人是应该奉承的。他们对我那么周到,体贴,那是为我的钱啊。世界并不美。我看到了,我!她们陪我坐在车子上戏院,我在她们的晚会里爱待多久就待多久。她们承认是我的女儿,承认我是她们的父亲。我还有我的聪明呢,嗨,什么都没逃过我的眼睛。我什么都感觉到,我的心碎了。我明明看到那是假情假意;可是没有办法。在她们家,我就不像在这儿饭桌上那么自在。我什么话都不会说。有些漂亮人物咬着我女婿的耳朵问:

——那位先生是谁啊?

——他是财神,他有钱。

——啊,原来如此!

"……我对她们的慈爱,她们都狠狠的报复了,像刽子手一般把我上过毒刑了。唉!做老子的多蠢!我太爱她们了,每次都回头去迁就她们,好像赌棍离不开赌场。我的嗜好,我的情妇,我的一切,便是两个女儿,她们俩想要一点儿装饰品什么的,老妈子告诉了我,我就去买来送给她们,巴望得到些好款待!可是她们看了我在人前的态度,照样来一番教训。而且等不到第二天!喝,她们为着我脸红了。这是给女儿受好教育的报应。我活了这把年纪,可不能再上学校啦。(我痛死了,天哪!医生呀!医生呀!把我脑袋劈开来,也许会好些。)我的女儿呀,我的女儿呀,娜齐,但斐纳!我要看她们。叫警察去找她们来,抓她们来!法律应该帮我的,天性,民法,都应该帮我。我要抗议。把父亲踩在脚下,国家不要亡了吗?这是很明白的。社会,世界,都是靠父道做轴心的;儿女不孝父亲,不要天翻地覆吗?哦!看到她们,听到她们,不管她们说些什么,只要听见她们的声音,尤其但斐纳,我就不觉得痛苦。等她们来了,你叫她们别那么冷冷的瞧我。啊!我的好朋友,欧也纳先生,看到她们眼中的金光变得像铅一样不灰不白,你真不知道是什么味儿。自从她们的眼睛对我不放光辉之后,我老在这儿过冬天;只有苦水给我吞,我也就吞下了!我活着就是为受委屈,受侮辱。她们给我一点儿可怜的,小小的,可耻的快乐,代价是教我受种种的羞辱,我都受了,因为我太爱她们了。老子偷偷摸摸的看女儿!听见过没有?我把一辈子的生命给了她们,她们今天连一小时都不给我!我又饥又渴,心在发烧,她们不来苏解一下我的临终苦难。我觉得我要死了。什么叫做践踏父亲的尸首,难道她们不知道吗?天上还有一个上帝,他可不管我们做老子的愿不愿意,要替我们报仇的。噢!她们会来的!来啊,我的小心肝,你们来亲我呀;最后一个亲吻就是你们父亲的临终圣餐了,他会代你们求上帝,说你们一向孝顺,替你们辩护!归根结蒂,你们没有罪,朋友,她们是没有罪的!请你对大家都这么说,别为了我难为她们。一切都是我的错,是我纵容她们把我踩在脚下的。我就喜欢那样。这跟谁都不相干,人间的裁判,神明的裁判,都不相干。上帝要是为了我责罚她们,就不公平了。我不会做人,是我糊涂,自己放弃了权利。为她们我甚至堕落也甘心情愿!有什么办法!最美的天性,最优秀的灵魂,都免不了溺爱儿女。我是一个糊涂蛋,遭了报应,女儿七颠八倒的生活是我一手造成的,是我惯了她们。现在她们要寻欢作乐,正像她们从前要吃糖果。我一向对她们百依百顺。小姑娘想入非非的欲望,都给她们满足。十五岁就有了车！要什么有什么。罪过都在我一个人身上,为了爱她们而犯的罪。唉,她们的声音能够打开我的心房。我听见她们,她们在来啦。哦！一定的,她们要来的。法律也要人给父亲送终的,法律是支持我的。只要叫人跑一趟就行。我给车钱。你写信去告诉她们,说我还有几百万家私留给她们！我敢起誓。我可以上奥特赛去做高等面食。我有办法。计划中还有几百万好赚。哼,谁也没有想到。那不会像麦子和面粉一样在路上变坏的。嗳,嗳,淀粉哪,有几百万好赚啊！你告诉她们有几百万决不是扯谎。她们为了贪心还是肯来的;我宁愿受骗,我要看到她们。我要我的女儿！是我把她们生下来的!她们是我的!"他一边说一边在床上挺起身子,给欧也纳看到一张白发凌乱的脸,竭力装做威吓的神气。

欧也纳说:"嗳,嗳,你睡下吧。我来写信给她们。等皮安训来了,她们要再不来,我就自个儿去。"

"她们再不来,"老人一边大哭一边接了一句,"我要死了,要气疯了,气死了!气已经上来了！现在我把我这一辈子都看清楚了。我上了当！她们不爱我,从来没有爱过我！这是摆明的了。她们这时不来是不会来的了。她们越拖,越不肯给我这个快乐。我知道她们。我的悲伤,我的痛苦,我的需要,她们从来没体会到一星半点,连我的死也没有想到;我的爱,我的温情,她们完全不了解。是的,她们把我糟蹋惯了,在她们眼里我所有的牺牲都一文不值。哪怕她们要挖掉我眼睛,我也会说:挖吧!我太傻了。她们以为天下的老子都像她们的一样。想不到你待人好一定要人知道!将来她们的孩子会替我报仇的。唉,来看我还是为她们自己啊。你去告诉她们,说她们临死要受到报应的。犯了这桩罪,等于犯了世界上所有的罪。去啊,去对她们说,不来送我的终是忤逆!不加上这一桩,她们的罪过已经数不清啦。你得像我一样的去叫:哎!娜齐!哎!但斐纳!父亲待你们多好,他在受难,你们来吧!——唉!一个都不来。难道我就像野狗一样的死吗?爱了一辈子的女儿,到头来反给女儿遗弃!简直是些下流东西,流氓婆;我恨她们,咒她们;我半夜里还要从棺材里爬起来咒她们。嗳,朋友,难道这能派我的不是吗?她们做人这样恶劣,是不是!我说什么?你不是告诉我但斐纳在这儿吗?还是她好。你是我的儿子,欧也纳。你,你得爱她,像她父亲一样的爱她……"

……

欧也纳搀起病人,用左臂扶着,另一只手端给他一杯满满的药茶,说道:"你喝这个。"

"你一定要爱你的父母,"老人说着,有气无力的握着欧也纳的手。"你懂得吗,我要死了,不见她们一面就死了。永远口渴而没有水喝,这便是我十年来的生活……两个女婿断送了我的女儿。是的,从她们出嫁之后,我就没有女儿了。

做老子的听着!你们得要求国会定一条结婚的法律!要是你们爱女儿,就不能把她们嫁人。女婿是毁坏女儿的坏蛋,他把一切都污辱了。再不要有结婚这回事!结婚抢走我们的女儿,教我们临死看不见女儿。为了父亲的死,应该订一条法律。真是可怕!报仇呀!报仇呀!是我女婿不准她们来的呀。杀死他们!杀雷斯多!杀纽沁根!他们是我的凶手!不还我女儿,就要他们的命!唉!完啦,我见不到她们的了!她们!娜齐,但斐纳,喂,来呀,爸爸出门啦……"①

……

【作品导读】

奥诺雷·德·巴尔扎克(1799—1850),法国 19 世纪杰出的现实主义小说家。1813 年进入巴黎大学法学院学习,1819 年通过法学士考试,与此同时开始从事文学创作。

作为 19 世纪欧洲最有成就的现实主义文学大师,巴尔扎克得到了普遍的认可。雨果曾在巴尔扎克的悼词中赞叹道:"在最伟大的人物中间,巴尔扎克是名列前茅者,在最优秀的人物中间,巴尔扎克是佼佼者……他的一生是短促的,然而也是饱满的;作品比岁月还多。"恩格斯说巴尔扎克的作品"汇集了法国社会全部历史,我从这里,甚至在经济细节方面所学的东西,也要比从当时所有职业的历史学家、经济学家和统计学家那里学到的东西还要多"(《致哈克耐斯》)。

巴尔扎克从 1829 年发表第一部长篇小说开始,到 1850 年去世,共创作了 96 部作品汇集于《人间喜剧》。写于 1834 年的《高老头》堪称《人间喜剧》的序幕,因为《人间喜剧》里的许多人物都先在《高老头》中亮相。

《高老头》与巴尔扎克其他小说一样,对于资本主义金钱社会的批判是显而易见的,而且其"主观好恶"表现如此之强烈,但是在把握历史变迁趋势上,巴尔扎克还是尊重"历史真实",写出了贵族的衰微和资产阶级的兴起。如恩格斯所言,这是现实主义的伟大胜利。不过,国内学者对这部小说最感兴趣、争论不休的话题莫过于高老头父爱的性质和拉斯蒂涅堕落的原因。高老头父爱的性质似乎和阶级有关,拉斯蒂涅堕落似乎与时代相连。然而,近 200 年来,这个故事留下的问题并不因为阶级的改变或时代的变迁而过时。重读经典,观照当下,我们发现这部小说给后代的启示还是很多的。

高老头的父爱荫庇着两个女儿的成长,拉斯蒂涅的堕落伴随着自身的成长。成长既是人类一个永恒的话题,也是文学永恒的话题之一。《高老头》讲的故事都是拉斯蒂涅身边的故事,对这个正值青春年少的大学生来说,这些故事对他价

---

① "来呀,爸爸出门啦"二句,为女儿幼年时父亲出门前呼唤她们的亲切语;此处"出门"二字有双关意味。

值观人生观的树立和养成起了决定性的作用。

拉斯蒂涅带着一颗要好好读书、正直做人的决心从乡下来到巴黎求学,当他发现米旭诺为了一点悬赏费出卖了饭友,友情和义气大于金钱的观念使得他怒不可遏;当他发现伏脱冷谋财而害命,良心未泯的他果断结束了和银行家老小姐的恋爱关系;当高老头孤独地躺在病榻前,善良的他不仅为高老头一次又一次地寻找他的女儿,而且伺候在高老头身边端水喂药,直至为高老头送终送葬。就是这样一个善良本分的大学生带着自我奋斗的梦想和纯真来到巴黎。然而他心存正直的世界不断被洗礼。在巴黎,他亲眼看到气质高贵的表姐被多年的情人遗弃,在巨额陪嫁和恋人的情爱之间,拉斯蒂涅揣摩到金钱的威力;在贵族夫人豪华的客厅,他联想到租住的伏盖公寓的寒酸,体会到自己和上流社会的差距;他目睹高老头对女儿的父爱,也亲历了两个女儿对父亲的冷漠。金钱的力量摧毁了人间最美好、神圣的感情,甚至使人性丧失。巴黎的所见所闻慢慢地迫使拉斯蒂涅不断地修正自己对社会的认识和做人的准则。他发现正直善良一无用处,拉斯蒂涅在成长旅途中逐渐以道德堕落、良心泯灭、自我迷失为代价,透露出这个时代的价值取向和社会风气,也触及了青年成长的永久话题:一个外省乡下的年轻人要想立足大城市、挤进上流社会,该怎样打拼?年轻人"成功"的价值观是什么?我们正生活在经济快速发展的时代,追名逐利、物欲横流的风气也很容易误导年轻人的价值观、人生信念。这部小说对当今的人们依然有很强的现实意义。

《高老头》构思精巧,它以伏盖公寓和拉斯蒂涅连接社会各阶层,注意历史真实与生活细节真实的合一。其长河式结构和典型环境中典型人物的"再现"使得其笔下人物形象在不同的作品中反复出现,通过多部小说全面丰富展现了人物的特征和成长,巧妙独特地体现了小说的艺术风格。

【延伸阅读作品和参考文献】

1. 傅敏编《傅雷译巴尔扎克名作集》(全六册),河南人民出版社 1998 年版。
2. 蒋芳《巴尔扎克在中国》,中国社会科学出版社 2009 年版。
3. 〔美〕大卫·哈维《现代性的神话:巴尔扎克的巴黎》,见大卫·哈维《巴黎城记》,黄煜文译,广西师范大学出版社 2010 年版。

【思考与练习】

1. 高老头悲剧的成因是什么?
2. 结合当下,谈谈拉斯蒂涅形象的现实意义。

(褚蓓娟)

简·爱(节选)①

〔英〕夏洛蒂·勃朗特

第二十三章

……

飞蛾飞走了。我也羞怯地往后退。可是罗切斯特先生跟着我,我们走到小门跟前的时候,他说:

"回来,这么可爱的夜晚,坐在屋子里真太可惜了;在这种日落紧接月出的时刻,肯定没有人想去睡觉。"

这是我的一个缺点:虽然我的舌头有时候能很快搭话,可是有时候它却可悲地让我找不到借口;这种失职总是发生在紧要关头,在特别需要一句脱口而出的话或者一个理由充足的借口来摆脱痛苦僵局的时候。我不想在这样一个时刻单独跟罗切斯特先生一起在幽暗的果园里散步;可是我又找不出一个理由让我提出要离开他。我拖着脚步跟在后面,苦苦思索着,要想出一个脱身的办法;但是他本人,看上去却那么泰然自若,而且还那么严肃,我反而因为自己感到慌乱而变得害羞了;如果有现存的或者未来的罪过,那罪过似乎只是在我这一边;他的心灵没有意识到,而且很平静。

"简,"我们走上月桂小径,慢慢地朝坍塌的篱笆和七叶树的方向闲荡过去,他说。"桑菲尔德在夏天是个可爱的地方,是不是?"

"是的,先生。"

"你一定相当依恋这所房子了吧!——你这个善于欣赏大自然的美、而且依恋器官特别发达的人?"

"我的确依恋它。"

"虽然我不理解是怎么回事,但是我看得出,你还对那个笨孩子阿黛勒,甚至对头脑简单的太太菲尔费克斯,都相当关心吧?"

"是的,先生,两个人我都爱;只是方式不同。"

"离开她们你会感到难受吧?"

"是的。"

"可惜!"他说,叹了口气,停了一会儿。"住在尘世间,事情就是这样,"他立刻又接着说,"刚在一个可爱的休息处安定下来,就有一个声音把你叫起来,要你再往前走,因为休息的时间已经过了。"

---

① 选自夏洛蒂·勃朗特《简·爱》,祝庆英译,上海译文出版社 1980 年版。

"得往前走吗,先生?"我问。"我得离开桑菲尔德吗?"

"我相信你得离开,简。我很抱歉,简妮特,可是我真的相信你得离开。"

这是个打击,可是我没有让它把我打垮。

"好吧,先生,往前走的命令一来,我就可以走。"

"现在已经来了——我今晚就下命令。"

"这么说你是要结婚罗,先生?"

"完——全——对——一点——也——不错;凭着你平时的敏锐,你一下子就猜中了。"

"快了吗,先生?"

"很快,我的——,就是说,爱小姐;你一定记得,简,我或者谣传第一次把我的打算明白告诉你时的情况吧,当时我说我打算把我这老单身汉的脖子伸到神圣的套索中去,说我打算进入神圣的结婚阶段——把英格拉姆小姐拥抱在怀里,总之(她是很大的一抱;可这是题外话——象我的美丽的布兰奇这样的宝贝,你是不可能嫌多的)。呃,就象我刚才说的,——听我说呀,简! 你不是回过头去寻找更多的飞蛾吧? 那只是一个瓢虫,孩子,'正飞回家去'。我想提醒你,是你带着你那使我敬重的审慎,带着适合你那责任重大的、从属的地位的预见、细心和谦逊先对我说:如果我娶了英格拉姆小姐,那你和小阿黛勒最好马上离开。这个建议里面包含着对我爱人性格的诽谤,这我且不谈;的确,在你远离我的时候,简妮特,我将努力把它忘掉。我将只注意其中的明智,这种明智我已经作为我行动的准则。阿黛勒必须上学校,爱小姐,得找一个新的职位。"

"行,先生,我将马上登广告,在这期间,我想——"我打算说,"我想我可以呆在这儿,等我给自己找到另外一个住所再走。"可是我停了下来,觉得不能冒险说一句长长的句子,因为我的声音已经不大听指挥了。

"再过一个月光景,我就要当新郎了,"罗切斯特先生继续说,"在这段时间里,我将亲自留心给你找个职位和住所。"

"谢谢你,先生;我很抱歉,给——"

"啊,不必道歉! 我认为一个下属象你这样好地尽了责任,她就有一种权利要求她的雇主给予任何一点他容易给的帮助;说真的,我已经从我未来的岳母那儿听说,有一个在我看来挺合适的位置,是在爱尔兰的考诺特的苦果山庄,教迪奥尼修斯·奥高尔太太的五个女儿;我想你会喜欢爱尔兰的;听说那儿的人都很热心。"

"路很远,先生。"

"没关系——象你这样有见识的姑娘不见得会反对旅行和路远吧。"

"旅行倒没什么,就是路远;再说,还隔着海——"

"和什么隔着海,简?"

"和英格兰,和桑菲尔德,还和——"

"呃?"

"和你,先生。"

我这话几乎是不由自主地说出来的;而且,同样没经过自由意志的批准,我的眼泪也夺眶而出了。然而,我没哭得让他听见;我避免抽泣。一想到奥高尔太太和苦果山庄就叫我的心都寒了;更使我寒心的是,想到似乎注定了要把我同现在跟我一起散步的主人隔开的海水和波涛;最使我寒心的是想起更辽远的海洋——那隔在我同我自然而然地、不可避免地爱着的人中间的财产、地位和习俗。

......

"真的,我得走!"我有点恼火了,反驳说。"你以为我会留下来,成为你觉得无足轻重的人吗?你以为我是一架自动机器吗?一架没有感情的机器吗?能让我的一口面包从我嘴里抢走,让我的一滴活水从我杯子里泼掉吗?你以为,因为我穷、低微、不美、矮小,我就没有灵魂没有心吗?你想错了!——我的灵魂跟你的一样,我的心也跟你的完全一样!要是上帝赐予我一点美和一点财富,我就要让你感到难以离开我,就象我现在难以离开你一样。我现在跟你说话,并不是通过习俗、惯例,甚至不是通过凡人的肉体——而是我的精神在同你的精神说话;就象两个都经过了坟墓,我们站在上帝脚跟前,是平等的——因为我们是平等的!"

"因为我们是平等的!"罗切斯特先生重复了一遍——"就这样,"他又说,一把抱住我,把我搂在怀里,把他的嘴唇贴在我的嘴唇上,"就这样,简!"

"是的,就这样,先生,"我接着说,"然而不能这样,因为你是个结了婚的人——或者说等于结了婚,娶了一个低于你的,你并不同情的,我不相信你真正爱的女人,因为我看到过和听到过你嘲笑她。我瞧不起这种结合;所以我比你好——让我走!"

"去哪儿?简,去爱尔兰吗?"

"对——去爱尔兰。我已经把我心里的话说出来了,现在上哪儿都行。"

"简,安静点,别这么挣扎,象个在绝望中撕碎自己羽毛的疯狂的野鸟似的。"

"我不是鸟;没有罗网捕捉我;我是个有独立意志的自由人;我现在就要运用我的独立意志离开你。"

我再作了一次努力就自由了,我笔直地站在他面前。

"你的意志将决定你的命运,"他说,"把我的手、我的心和我的一切财产的分享权都奉献给你。"

"你在演一出滑稽戏,我看了只会发笑。"

"我要你一辈子都在我身边——做我的第二个自己和最好的人间伴侣。"

"对于那种命运,你已经做出了你的选择,那就得遵守。"

"简,安静一会儿;你太激动了;我也要安静一下。"

一股风顺着月桂小径吹来,哆嗦着从七叶树的树枝间穿过去,刮走了——刮到渺茫的远方——消失了。夜莺的歌是这一时刻唯一的声音;我听着听着又哭了起来。罗切斯特先生一声不响地坐着,温柔而认真地看着我。他沉默了一会儿,最后说:

"到我身边来,简,让我们做些解释,彼此谅解吧。"

"我永远也不会再到你身边去;现在我已经给拉走,不能回来了。"

"可是,简,我是把你作为我的妻子叫你过来的;我打算娶的只是你。"

我不吭声,我想他是在取笑我。

"来吧,简——过来。"

"你的新娘拦在我们中间。"

他站起来,一步就走到我面前。

"我的新娘在这儿,"他说,又把我拉向他,"因为和我平等的人,和我相似的人在这儿。简,你愿意嫁给我吗?"

我还是没有回答,还是在挣脱他,因为我还不相信。

"你怀疑我吗,简?"

"完全怀疑。"

"你不相信我?"

"一点也不相信。"

"在你的眼睛里,我是个撒谎者吗?"他热切地说。"小怀疑论者,你会相信的。我对英格拉姆小姐有什么爱情呢?没有,这是你知道的。她对我有什么爱情呢?没有,正如我煞费苦心证实了的。我让一个谣传传到她耳朵里,说我的财产连人家猜想的三分之一都不到,在这之后,我就去看看效果怎么样;她和她母亲都很冷淡。我不愿——我不能——娶英格拉姆小姐。你——你这奇怪的——你这几乎不是人间的东西!我爱你就象爱自己的肉一样。你——尽管你穷、低微、矮小、不美——我还是要请求你接受我作为你的丈夫。"

"什么,我!"我禁不住叫了起来;看到他的认真——特别是他的鲁莽——我开始相信他的真诚,"在世界上除了你以外——如果你是我的朋友的话——没有一个朋友的我,除了你给我的以外没有一个先令的我?"

"你,简。我必须使你成为我自己的——完全是我自己的。你愿意成为我的吗?说愿意,快。"

"罗切斯特先生,让我看看你的脸;朝着月光。"

"干吗?"

"因为我想看看你的脸;转身!"

"哪,你会发现它不见得比一张涂满了字、揉皱了的纸更容易看懂。看吧,不过要快,因为我难受。"

他的脸非常激动也非常红,五官露出强烈的表情,眼睛里闪着奇异的光芒。

"哦,简,你在折磨我!"他嚷道。"你用那搜索的、但是忠诚而宽大的眼神在折磨我!"

"我怎么会折磨你呢？如果你是诚挚的,你的求婚是真的话,那我对你的感情只能是感激和忠诚——它们决不会折磨人。"

"感激!"他嚷了起来;然后又发疯似地补充说——"简,快答应我。说爱德华——叫我的名字'爱德华'——我愿意嫁给你。"

"你当真吗？——你真的爱我吗？——你是真心实意地希望我做你的妻子吗？"

"是的;要是必须有一个誓言才能满足你,那我就起誓。"

"好吧,先生,我愿意嫁给你。"

"嫁给爱德华——我的小妻子!"

"亲爱的爱德华!"

……

【作品导读】

夏洛蒂·勃朗特是英国维多利亚时期的著名女作家。1816 年夏洛蒂·勃朗特生于英国英格兰北部约克郡索恩托镇一个贫穷的牧师家庭,于 1855 年 3 月 31 日也就是婚后 9 个月病逝,时年 39 岁。夏洛蒂还有两个姐姐、两个妹妹和一个弟弟,但都没活到 40 岁。妹妹爱米利·勃朗特和安妮·勃朗特也是著名作家,因而在文学史上常有"勃朗特三姐妹"之称。

《简·爱》是夏洛蒂·勃朗特的代表作。20 世纪以来,《简·爱》的研究史从传记、心理分析、女性主义精神分析、社会学、后殖民主义理论以及神话原型批评等多层面、多角度揭示了作品的"复杂与模糊",形成了众多不同的批评视野和不同的解读方式。然而,无论对它质疑还是肯定,独立、倔强可以说是主人公性格的基石,《简·爱》的反传统性也是人所共识的。

简·爱是个追求心灵自由和人格独立、具有反抗精神的知识妇女形象。她出身低微,长得也不漂亮;小说中的简·爱一如作家本人:一方面诚恳、善良、独立、渴望自由;另一方面要强、刻薄、占有欲、反叛性、颠覆性等破坏性格隐藏其内。这是一个内心世界极其丰富复杂、自我意识异常强烈的主人公。小说一开始并没有摆脱维多利亚时代女性文学创作的叙述模式:"灰姑娘模式"——一名卑微的家庭教师(当时被人称为"上等仆人")身份的小资产阶级知识女性,希望嫁给一个有权有势的庄园主。"疯女人"出现后,具有强烈自我意识的简·爱,为了维护爱情的"合法性",毅然离开了桑菲尔德庄园和罗切斯特,最后在庄园被毁、疯妻子自焚、罗切斯特双目失明时重又回到罗的身边,取得"合法"妻子权利和人格的独立。女性主义批评家提出了这样的问题:"疯女人来自哪里?"桑德拉·吉尔伯特和苏珊·吉芭《阁楼上的疯女人》认为她来自简·爱最隐蔽的内心世界,是简·爱心灵中隐蔽、愤怒、疯狂的一面,她们都是受男性压迫的姐妹①。作家没有勇气在现实中冲破男权世界的女性观,便试图通过"疯女人"的虚构,打破"灰姑娘故事"模式。另一方面,作家创作的心态还受制于她所处的环境。夏洛蒂与她的妹妹们生活在管教严格的牧师家庭,正是在这种严格、禁欲、"囚居"的气氛中,夏洛蒂形成了对自由的渴望、对不平等的反抗、对"秩序"的颠覆和对"合法性"的追求。

《简·爱》故事情节曲折动人,小说以第一人称叙事,叙述简·爱的人生漂泊,带有流浪汉小说的特点;以浓烈的抒情笔调描写了男女主人公充满激情的爱,带有浪漫主义小说的特点;隐秘的桑菲尔德庄园和男主人的深奥莫测,更使得小说弥漫着一股哥特式的神秘色彩。不过,从小说的故事叙述和情节描写来看,小说的基调依然是现实主义的。

【延伸阅读作品和参考文献】

1.〔英〕艾米莉·勃朗特《呼啸山庄》,人民文学出版社 1999 年版。

2. 杨静远编《勃朗特姐妹研究》,中国社会科学出版社 1983 年版。

3. 黄梅《女性与小说》,浙江文艺出版社 1991 年版。

4.〔法〕西蒙娜·德·波伏娃《第二性——女人》(上、下),陶铁柱译,中国书籍出版社 1998 年版。

【思考与练习】

1.《简·爱》体现了作家怎样的女性意识?

2. 阅读艾米丽·勃朗特《呼啸山庄》,比较两部作品在表现女性意识和女性命运上有何不同?

(褚蓓娟)

---

① 张岩冰《女权主义文论》,山东教育出版社 1998 年版,第 80—81 页。

陪衬人①

〔法〕左　拉

一

在巴黎，一切都能出卖：愚笨的姑娘和伶俐的女郎，谎言和真理，泪水和微笑。

你不会不知道，在这个商业国度，美，是一种商品，可以拿来做骇人听闻的交易。大眼睛和小嘴儿可以买卖；鼻子和脸蛋儿都标有再精确不过的市价。某种酒窝，某种痣点，代表着一定的收入。伪造术真是巧夺天工，竟然连仁慈的上帝制造的商品也能仿制。用燃过的火柴棒描绘的假眉，用长长的夹子连在头发上的假鬐，售价更是奇昂。

这一切都是合情合理、合乎逻辑的。我们是文明的民族，请问，文明如果无助于我们欺骗人和受人欺骗，从而使我们生活得下去，又有何用？

不过老实说，当我昨天听说工业家老杜朗多（你跟我一样了解他）起了一个奇妙而惊人的念头，要拿丑来做买卖的时候，我真的为之愕然。出卖美，这我能理解；甚至出卖伪造的美，这也是十分自然的，这是进步的一个标志。所以我要宣布：由于把人们称之为"丑"的这种迄今一直是死的物质纳入商品流通，杜朗多应该受到全法兰西的感戴。请听明白我的意思，我这里说的丑，是丑陋的丑，直言不讳的丑，光明正大地当作丑来出卖的丑。

想必你有时会见到一些妇女，成双成对地走在宽阔的人行道上。她们灵巧而引人注目地曳着长裙，缓缓地踱着步子，在商店的橱窗前停下来，发出忍俊不禁的笑声。她们象契友良知般地臂挽着臂，往往以"你"字相称，差不多相同的年龄，穿着一样地雅致。但是，其中一个总是貌不出众，生着一张不会招人议论的面孔，人们不会对她回眸顾盼，倘若偶然打个照面，也不会产生反感。而另一个却总是奇丑无比，丑得刺眼，使路人不禁要看她几眼，并且拿她和她的同伴作个比较。

要知道，你上了圈套。那个丑女子要是独自走在街上，会吓你一跳；那个相貌平常的，会被你毫不在意地忽略过去。但当她们结伴而行时，一个人的丑就提高了另一个人的美。

好吧！我告诉你，那个丑陋不堪的女子，就是杜朗多代办所的。她属于"陪衬人"。伟大的杜朗多以每小时五个法郎的价格，把她出租给那个相貌无可称道的女人。

---

①　张英伦译，选自《外国短篇小说》（中册），上海文艺出版社 1978 年版。

二

下面就是我要讲的故事。

杜朗多是个百万富翁，具有独创精神的工业家。而今又在商业上显露出他的才华。多年来，每当他想到人们尚未在丑女身上赚过分文，总是兴叹不已。在美女身上固然可以钻营，但这种投机事业易担风险，我敢向你保证，有着巨富们惯有的审慎的杜朗多，连想都没有想过去干这种事。

有一天，杜朗多忽然心有灵犀。正象许多大发明家常有的情形一样，他的头脑中一下子闪现出一个新的念头。他在大街上蹓跶的时候，看见前面走着一美一丑两个姑娘。一望之下，他领悟到丑陋女子正可作为那漂亮女子的装饰品。他想，就象花边、脂粉和假辫子可以买卖一样，美女买丑女作装饰品，也是合情合理、合乎逻辑的。

杜朗多回到家里深思熟虑。他策划的这场商业攻势，需要绝顶的巧妙。他可不愿卷到那种成则一鸣惊人、败则贻笑大方的事业中去冒险。他整夜掐指盘算，攻读那些对男人的愚蠢和女人的虚荣心阐述得最透彻的哲学家们的著作。第二天黎明时，他主意已定。算术向他表明这种买卖一本万利，而哲学家们所说的人类缺点又是那么严重，他预料准会顾客盈门。

三

如果我有神来之笔，一定会写出一部杜朗多代办所创业的史诗来。那将是一部既滑稽又凄惨的史诗，充满泪水和欢笑。

为采办一批货底，杜朗多费了意想不到的力气。最初，他想直截了当地行事，只在楼道上、墙壁上、树干上和僻静的角落里贴一些方纸条，上写着："征求年轻丑女从事简单劳动。"

他等了一个星期，没有一个丑女登门应召，倒有二十五六个漂亮姑娘，哭哭啼啼地来要求工作；她们面临要么挨饿、要么卖身的绝境，巴不得能找个正当职业以自救。杜朗多好不为难，他再三向她们说明，她们长得美，不符合他的要求。但她们硬说自己丑，并且认为，杜朗多说她们美，不是出于礼貌，就是出于恶意。今天，她们既然不能出卖她们所不具备的丑，那就出卖她们所具备的美吧！

面对这种后果，杜朗多懂得了只有美女才有勇气承认她们无中生有的丑。至于丑女，她们永远也不会找上门来，承认自己的嘴过分的大，眼出奇的小。他想，不如到处张贴广告，说明将对每位前来应征的丑女悬赏十个法郎，即使这样，我杜朗多也穷不了多少！

不过，杜朗多放弃了贴广告的办法。他雇了六七个掮客，让他们在城里遍访丑女。这真是对巴黎丑女的一次全面的征募。掮客，这些嗅觉灵敏的人，遇上了一项棘手的差事。他们根据对象的性格和处境对症下药。如果对方急需用钱，他们就单刀直入；如果和一个绝不至于挨饿的姑娘打交道，那就得委婉一些。有的事对讲礼节的人是沉重负担，他们却视若等闲，比方说走上去对一位妇女讲："太太，你长得丑，我要按天买你的丑。"

在这场对顾影自叹的可怜姑娘的逐猎中，有多少令人难忘的插曲啊！有时，掮客们看到一个丑得十分理想的妇女在街上走过，他们一心要把她献给杜朗多，作为对主子的报答，即使赴汤蹈火，也在所不辞。有些掮客甚至使出了极端的手段。

杜朗多每天上午接见和验收前一天采购到的货色。他身穿黄色睡衣，头戴黑缎子圆帽，四肢舒展地坐在安乐椅中。新招募来的妇女，由各自的掮客陪同，在他面前一个一个地走过。他身体后仰着，眨眼示意，象个业余爱好者一样，不时作出反感或者满意的表情。不慌不忙地猎取一个镜头，便凝神玩味；然后，为了看得清楚些，让商品转一转身，从各个角度细细端详；有时他甚至站起身来，摸摸头发，瞧瞧面孔，就象裁缝摸摸料子，杂货商察看蜡烛和胡椒的质量。如果被检验的女子的丑确证无疑，相貌真的蠢笨而又迟钝，杜朗多就拍手称快，向掮客祝贺，甚至要同那丑女拥抱。但是对于丑得有特色的女子，他却存有戒心：如果她目光炯炯有神，嘴角带着富有刺激性的微笑，他就皱皱眉头，喃喃地说：这种丑陋不堪的女人，虽然天生不会引起男人的爱慕，却会激起男性的冲动。于是，便对掮客表示冷淡，对那女人说：等老了再来吧。

要成为判断丑的行家，要搜罗一批真正丑陋的女子而又不得罪前来应征的美丽姑娘，并非人们想象的那么轻而易举。杜朗多表明他确有挑选丑女的天才，因为他表现出自己对心理和情欲的理解是何等深刻。他认为主要问题在于外貌，他只录取令人望而生厌的面孔，以及呆若木鸡、冷若冰霜的面孔。

代办所终于人马齐全，可以向美貌女子们供应同她们的皮肤色泽和美的类型相适应的丑女了，杜朗多便贴出如下广告。

四

杜朗多陪衬人代办所

一八××年五月一日开业

巴黎 M 街十五号

营业时间　每日上午十时——下午四时

夫人：

兹有幸向您宣告，敝人新创一所商号，旨在永葆夫人之美貌。敝人发明一种新的饰物，其神效可使夫人之天然风韵凭添异采。

悉观今日，化妆用品名目繁多，然皆不能天衣无缝。花边首饰，一目了然；假发盘头,难免破绽;粉面朱唇,世人尽知乃涂抹之功。

有慨于此,敝人立志破此难解之题,为夫人提供装饰,且使众目莫辨新风韵之由来。无须一条丝带,无须一点脂粉,只消为夫人觅得一种手段,引人注目,而又不露蛛丝马迹。

敝人自信可以夸口,此一无法解决之难题,业已迎刃而解。

倘夫人不弃,枉驾光临敝所,廉价一试,定令满城倾倒!

此种饰品,使用极为简便,效能万无一失。稍作描述,夫人自能参透其中奥妙。

君不见着绫罗、戴手套之美貌夫人伸出纤手向女丐施舍?君不见比之褴褛衣衫,盛装艳服何等耀目;比之寒酸女丐,贵妇更形高雅?

夫人,敝人所欲贡献于娇容者,乃丑脸最丰富之集锦。破衣烂衫衬托,可使新衣价值倍增。敝所专备之丑脸,亦有异曲同工之妙。

再毋庸假牙、假发、假胸!再毋庸敷面点唇,簪金戴玉!再毋庸购买绫罗绸缎,徒然耗费!租一陪衬人,与之携手同行,足使夫人陡增姿色,博得男性青睐!

如蒙惠顾,不胜荣幸!届时,最丑陋、最完备之货色将呈现于夫人之目,任您视自身之美貌,挑选相应之丑女,俾使相反相成,相得益彰!

价格:每小时五法郎,全天五十法郎。

谨向您,夫人,致以崇高敬意。

杜朗多

注意:价格公平。亲爹亲娘,叔伯姑婶,一视同仁。

五

广告果然取得了巨大的功效。从第二天起,代办所就忙碌起来,营业部挤满顾客,她们乐不可支地带走自己挑选好的陪衬人。天晓得一位美女倚在丑女的臂上有多少快感。她们即将在别人的丑陋衬托之下增加自己的姿色了。杜朗多真是伟大的哲学家!

别以为做这门生意不费吹灰之力。种种出人意料的障碍接踵而来。如果说在招募人员方面曾经颇费周折的话,要达到顾客满意则尤其不易。

一位贵妇人前来雇个陪衬人。营业员把商品陈列出来任凭她挑选,并在一旁婉转地发表一点意见。这贵妇挨个儿把陪衬人巡视一遍,露出满脸鄙夷的神色,不是嫌这个丑得过分,就是嫌那个丑得不够,声言谁的丑也不配衬托她的美。营业员天花乱坠地夸奖这个姑娘鼻子歪,那个姑娘嘴巴大,这个姑娘额头塌,那个姑娘模样傻,尽管他们巧舌如簧,也是白搭。

又一次,一位太太自己也丑得可怕,如果杜朗多在场,定会疯狂地以重金相聘。但她是为增加自己的美色而来;她要雇一个年轻而又不太丑的陪衬人,因为,据她说,她只需"稍加点缀"。营业员简直无计可施,他们请她站在一面大镜子前面,让所有陪衬人一个个从她身边走过。结果,她还是荣获最丑奖,这才悻悻然地离去,并且还责怪营业员竟敢向她提供这样的货色。

然而,渐渐地,顾客固定下来了,每个陪衬人都有挂好钩的主顾。杜朗多可以踌躇满志地休息一下了,因为他使人类迈出了新的一步。

我不知道人们是否能理解陪衬人的境遇。她们有在大庭广众间强装愉快的欢笑,她们也有在暗地里悲伤涕泣的泪水。

陪衬人生得丑,就被人当作奴隶,当顾客付钱给她时,她心如刀割,因为她是奴隶,她容貌丑陋。可是,她又穿着华丽,她跟风流场上的佼佼者们形影相随,她以车代步,她宴饮于名家菜馆,她在剧院里消磨夜晚,她跟美貌的淑女们以"你"字相称。天真的人还以为她是出席赛马会和首场演出的上流社会的人物呢!

整整一天,她都高高兴兴。但到了夜间,她就悲愤交加,呜咽啜泣。她离开代办所的化妆室,独自回到自己的亭子间里,迎面的镜子向她道出真相,丑陋赤裸裸地摆在眼前,她感到自己永远也不会被人爱了。她为别人引来爱情,而她却永远得不到爱情的温暖。

六

今天,我只想叙述代办所的创举,以使杜朗多的大名留芳后世。这样的人,历史上理应有其显要地位。

也许有一天,我会写一部《一个陪衬人的衷肠》。我认识这么一个不幸的女子,她向我倾吐过她的苦情,使我深有所感。她的主顾有些是名噪巴黎的女士,但她们对她冷酷无情。太太小姐们,发一点善心吧,不要蹂躏装饰着你们的花边,对这些丑姑娘要温和些,没有她们,你们毫无美貌可言!

我认识的那个陪衬人,有着火一样的灵魂,我猜想她读过不少瓦特·司各特的作品。我不知道有谁比多情的驼背人和渴求爱情幸福的丑姑娘更忧伤了。可怜的姑娘爱上一个小伙子,她的面貌吸引了他的目光,但又把这目光转送到她的主顾身上,就好象她把百灵鸟唤到猎人的枪口下。

她经历过许多悲剧。对那些象买一盒发膏或一双短靴一样付钱给她的贵妇人,她怀着强烈的愤恨。她是按小时出租的物品,可是这物品是有感情的啊!你能设想得到,当她微笑着同偷去她一部分爱情的女人以"你"字相称时,她是多么辛酸吗?那些在人前装做她的知心朋友,善用甜言蜜语打趣她的女人,内心是拿她当奴隶看待的;她们任性地糟蹋她,就象摔碎书架上的磁人儿一样。

当然,一个痛苦的灵魂于进步是无伤大雅的!人类在前进。未来将对杜朗多感谢不尽,因为他把迄今一直是死的商品投入贸易,因为他发明了一种装饰品,给爱情提供了方便。

【作品导读】

爱弥尔·左拉(1840—1902),19 世纪法国现实主义作家,法国自然主义文学理论的奠基人。

左拉走上文学道路之时,浪漫主义和现实主义都取得了辉煌的成就。为了不走前人之路,左拉另辟蹊径,在文艺理论家泰纳、生理学家贝尔纳和小说家龚古尔兄弟的影响下,创立了自然主义文学理论:强调文学创作的科学性和真实性,否定文学的典型化原则;主张超越道德和政治,对社会采取纯客观的态度;用生物学、遗传学的观点解释人的思想活动,注重人的生理和遗传。在初露多元化端倪的 19 世纪后半期,以左拉为代表的自然主义,与以法国的"三剑客"为代表的象征主义和以英国的王尔德等为代表的唯美主义一道,成为那时期欧洲文坛一道靓丽的风景线。

最能代表左拉文学成就的是由 20 部长篇小说构成的文学大厦——《卢贡·马卡尔家族》。在这座花费了 25 年心血完成的文学长卷中,左拉通过政治、军事、宗教、商业、金融、工人、农民、科学、艺术、交际和日常生活等场景,在《卢贡家族的家运》、《崩溃》、《莫雷教士的过失》、《妇女乐园》、《金钱》、《小酒店》、《萌芽》、《土地》、《作品》和《娜娜》等作品中,描写了一个家族的两个分支在遗传法则支配下的不同命运,真实地再现了第二帝国时代这个家族的自然史和社会史。作为自然主义文学理论的奠基人,左拉在创作中力图用生物学和遗传学的理论解剖社会人生,解读人物的举止行为。然而,读者从其文学作品中所感受到的,却是19 世纪后半期法国社会的现实主义风俗画面。左拉的矛盾和矛盾的左拉,使其以一个正义作家的形象而拥有了一个伟大的晚节,并最终成为人类良知的代表。

《陪衬人》是左拉早期创作的优秀短篇之一,写于 1865 年。作品通过一位富翁开办"陪衬人代办所",招募相貌丑陋的女子为贵妇人做陪衬的故事,用夸张的笔调,漫画的手法,犀利的言辞,无情地嘲讽了那个一切均可买卖的金钱至上的时代。讽刺与幽默并存,眼泪与欢笑同在,其抨击和批判的力度丝毫不亚于所创作的长篇。

小说刻画了富翁杜朗多的形象,描述了他把丑女作为买卖对象,以获取一本万利的阴暗心理;记述了他为了达到招聘丑女的目的,不惜使用极端手段,雇佣捎客全城搜罗丑女的龌龊径径;摹写了他将找到的丑女像商品一样挑来选去的冷酷目光,从而拉开了这部既滑稽又凄惨的史诗的帷幕。

小说塑造了贵妇人的丑陋群像:一个贵妇人对眼前的"商品"百般挑剔,肆意侮辱;一个奇丑无比的贵妇人在"商品"中挑到最后也没有找到比自己更丑的人。于是,在丑女咽到心里的泪水中,在丑女的陪衬下,这群丑陋的贵妇人用金钱在大庭广众之下为自己买来了自尊和虚荣。

小说展示了那些被视为奴隶,被看做商品的丑女的心酸。虽然她们衣着华丽,以车代步,跟随贵妇人频繁出入于酒店、剧院、赛马场等上流社会场所,但在众人的眼中,她们永远是丑陋的陪衬。她们用自己的丑陪衬了贵妇人的美,却永远失去了自己的美和本应属于自己的爱情。

一生以纯客观为己任的左拉,在《陪衬人》中一反常态,用犀利的言辞和近乎苛刻的口吻,对充满铜臭的巴黎进行了无情的嘲讽,很多文字鞭辟入里,类似警句格言。如:"在巴黎,一切都能出卖:愚笨的姑娘和伶俐的女郎,谎言和真理,泪水和微笑"、"大眼睛和小嘴儿可以买卖;鼻子和脸蛋儿都标有再精确不过的市价"。

【延伸阅读作品和参考文献】

1. 左拉《金钱》,金满城译,人民文学出版社 1980 年版。
2. 何琼崖、潘宝明《奇绝的〈陪衬人〉》,《名作欣赏》1982 年第 12 期。
3. 王福和《外国文学读本》,浙江大学出版社 2013 年版。

【练习思考】

以《陪衬人》和所阅读相关文学作品为例,分析资本主义金钱社会的反人性本质。

(王福和)

一个官员之死①

〔俄〕契诃夫

在一个美好的晚上,有一个同样美好的庶务官,名叫伊万·德米特里奇·切尔维亚科夫②,坐在戏院正厅第二排,透过望远镜观看《哥纳维勒的钟》③。他看着戏,感到乐不可言。可是忽然间……在小说里常常看到"可是忽然间"这几个字。作者们是对的:生活里充满着多少意外啊!可是忽然间他的面孔皱了起来,眼睛往上翻,呼吸停住……他取下眼睛上的望远镜……低下头去……啊嚏!!!您瞧,他打了个喷嚏。不管是谁,也不管在什么地方,打喷嚏都是不犯禁的。农民打喷嚏,警察局长也打喷嚏,就连三品文官有时也要打喷嚏。大家都打喷嚏。切尔维亚科夫丝毫没有难为情,他拿出小手帕来擦了擦脸,作为一个有礼貌的人,他环顾一下四周,看看他的喷嚏是否搅扰了别人。可是这么一看,他心慌了。他看见坐在他前边,也就是坐在第一排的一个小老头正在用手套使劲擦他的秃顶和脖子,嘴里还嘟哝着什么。切尔维亚科夫认出小老头就是在交通部门任职的文职将军④布里兹扎洛夫。

"我把唾沫星子喷到他身上了!"切尔维亚科夫暗想,"他不是我的长官,是别处的,但这仍然不好意思。应当赔个礼才是。"

切尔维亚科夫嗽了一下喉咙,把身子向前探出去,凑到将军的耳朵上小声说:

"对不起,大人,我把唾沫星子溅到您身上了……我不是故意的……"

"没关系,没关系……"

"请您看在上帝面上原谅我。我本来……我不是有意这样!"

"哎呀,您好好坐着,劳驾!让我听戏!"

切尔维亚科夫心慌意乱,呆头呆脑地微笑一下,开始往舞台上看。可是他再也感觉不到乐趣了。惶惶不安的感觉折磨着他。休息时,他走到布里兹扎洛夫跟前,在他身旁踱来踱去,然后鼓起勇气,叽叽咕咕说:

"我把唾沫星子溅到您身上了,大人……请您原谅……我本来……不是要……"

"哎呀,够了……我已经忘了,您还在讲那个!"将军说,不耐烦地撇了一下

---

① 选自《契诃夫幽默讽刺小说选》,朱逸森、郑文樾译,人民文学出版社 2007 年版。

② 这个姓名的含义是软体虫,蠕虫。

③ 一出三幕小歌剧。

④ 帝俄文官,相当于三品或四品。

嘴唇。

"他忘了,可是他眼睛里目光狡黠,"切尔维亚科夫暗想,怀疑地瞧着将军,"他连话都不想说。应当对他解释一下,说我完全是无意的……说这是自然规律,要不然他就会认为我是有意啐他一口了。现在他不这么想,可是过后他会这么想的!"

切尔维亚科夫回到家里,把他的蠢事告诉了妻子。他觉得妻子对待所发生的事似乎过于轻率。她先是吓一跳,后来得知布里兹扎洛夫是"别处的长官",她就放心了。

"不过你还是去一趟,赔个不是,"她说,"否则他会认为你在大庭广众之下举止不雅!"

"正是啊!我已赔过不是了,可是他有点古怪……他连一句该说的话也没说。不过那时也没有时间谈。"

第二天,切尔维亚科夫穿上新制服,理了发,去向布里兹扎洛夫做解释……他走进将军的接待室,看见那儿有很多求见者,将军本人坐在他们当中,开始听取各种请求。将军问过几个求见者之后,就抬起眼睛看着切尔维亚科夫。

"昨天,大人,如果您记得的话,在阿尔卡基剧院里,"庶务官开始报告说,"我打了个喷嚏,而且……无意中唾沫星子溅了您……请您原……"

"简直是胡闹……天晓得是怎么回事!您有什么要我效劳?"将军扭过脸去对下一个求见者说。

"他连话都不愿意说!"切尔维亚科夫脸色发白,他暗想,"这就是说,他还在生气……不行,这事不能就这样算了……我一定要对他解释……"

等到将军同最后一个求见者谈完话举步往内室走去时,切尔维亚科夫就紧跟上去叽叽咕咕说:

"大人,倘使我斗胆搅扰大人,那纯粹是出于懊悔的心情!……这不是故意的,您要知道才好啊!"

将军露出一副哭丧脸相,摆了一下手。

"您简直是在开玩笑,先生!"他说着走进内室去,随手关上了门。

"这怎么会是开玩笑呢?"切尔维亚科夫暗想,"根本没有一点开玩笑的意思。他是将军,可是竟然不懂!既然这样,我也不想再给这个摆官架子的人赔罪了!去他的!我给他写封信,不再来了!真的,我不再来了!"

在回家的路上,切尔维亚科夫这样想着。给将军的信他没有写成。他想啊想啊,怎么也想不出这封信该怎么写。他只好第二天去登门解释。

"我昨天来打搅大人,"他等到将军抬起疑问的眼睛瞧着他,就叽叽咕咕说,"并不是像您说的那样为了开玩笑。我是来道歉的,因为我打喷嚏,唾沫星子溅了您……开玩笑,我是想都没想过。我敢开玩笑吗?如果我们居然敢开玩笑,那么,就是说,我们对大人物就……一点也不尊敬了……"

"滚出去!"将军脸色发青,浑身颤抖,突然大叫一声。

"什么?"切尔维亚科夫吓得愣住了,他低声问道。

"滚出去!!"将军顿着脚,又喊了一声。

切尔维亚科夫肚子里好似有个什么东西断脱了。他什么也看不见,什么也听不见,倒退到门口,走出去上了街,慢腾腾地走着……像木头人似的走到家里,不脱制服就朝沙发上一躺,他……竟死了。

1883 年

【作品导读】

安东·巴甫洛维奇·契诃夫(1860—1904),俄国 19 世纪末伟大的批判现实主义作家,世界三大短篇小说家之一(其他两个是法国的莫泊桑和美国的欧·亨利),著名剧作家,讽刺幽默大师。他的祖父和父亲都曾是农奴。凭借自己的勤劳和智慧,契诃夫的祖父当上了自己所从属的地主家的糖厂经理,并陆续积累了一笔钱,终于在 1841 年为自己的全家赎了身。契诃夫的父亲是杂货店店主,娶了小商人的女儿做妻子。后来父亲的商店破产,举家逃往莫斯科避债,并在那里谋生。为了生活,契诃夫曾担任家庭教师,做仓库搬运工,甚至变卖家里的物品。1880 年入莫斯科大学医学系,同时开始短篇小说创作。大学毕业后,边行医边从事创作。著名作品有,短篇小说《一个官员之死》《变色龙》《套中人》《苦恼》《第六病室》,戏剧作品《万尼亚舅舅》《三姊妹》和《樱桃园》等。

《一个官员之死》是契诃夫 24 岁时的作品,但是今天看来,它依然堪称不朽的经典。小说篇幅极短,但是内涵又极为丰富。它写一个下层官员观看戏剧演出时打喷嚏喷到了三品文官布里兹扎洛夫将军头上、脖子上,于是引起其极端恐慌,当场就向着将军解释再解释,道歉再道歉,回家后觉得将军没有把他刚才的解释、道歉当回事,就再去将军的办公室反复解释、道歉,终于引来并没准备与他计较的将军的震怒。之后,这位下层官员以为将军一定不会原谅他了,不久就在恐惧中死去。这一个喷嚏有这么大的作用么?作家未免太夸大其事了吧?但是作品不仅折射了当时俄国社会的等级森严,小人物生存的艰难,而且还展示出另外两个层面的意蕴。一是揭示一种人格及其可悲命运,一是由此彰显人生的一种荒诞。喷嚏打在将军的头上、脖子上,已经当面向将军解释了,道歉了,将军也表示不计较,心思在观戏上,但是这位下层官员无论如何不放心,无论如何都想再向将军表白心迹,都想得到将军更直接、更明白的原谅。这里有一种心理,也是一种人格,即对于大人物过于在意,本质上是无我的奴性发作。西方有句名言:"伟人之所以伟大,是因为我们都在跪着。"这位下层官员就是精神、人格始终"在跪着"的人物。显然,契诃夫在批判当时俄国不合理的社会现实的同时,也在批判被侮辱与被损害者的人性弱点(也是一种劣根性)。另外,小说开头特别交代"生活里充满多少意外啊",譬如这位下层官员为什么就"忽然间"打起喷嚏了呢?为什么还偏巧打在了那将军身上?小说显然在对"偶然"("忽然间"是其表现形式之一)进行审美观照,揭示这种"偶然"在人生中的微妙作用。在这一点上,小说与莫泊桑的《项链》有异曲同工之妙。

托马斯·曼曾说:"契诃夫的艺术在整个欧洲文学中属于最有力、最优秀的一类。"小说以小见大,凭着敏锐的观察、独特的感受和悲悯的心怀在繁琐的日常生活中开掘出诗意,触及人物的灵魂深处,让读者在貌似平淡的叙述中感受作者强烈而复杂的情感态度。

【延伸阅读作品和参考文献】

1.〔俄〕契诃夫《套中人》、《变色龙》,见《契诃夫短篇小说选》,汝龙译,人民文学出版社 2012 年版。

2.〔俄〕伊莱娜·内密洛夫基斯《契诃夫的一生》,陈剑译,人民文学出版社2009 年版。

【思考与练习】

1. 如何理解《一个官员之死》丰富的表现内涵?

2. 如何理解《一个官员之死》的艺术特点?

(左怀建)

判 决①

〔奥〕卡夫卡

献给费丽丝·鲍②小姐的故事

在最美好的春季里一个星期天的上午。年轻的商人格奥尔格·本德曼正坐在二层楼自己的房间里,他的住所是沿河一长溜构造简易的低矮的房屋中的一座,这些房屋几乎只是在高度和颜色上有所区别。他刚写完一封信给居住在国外的青年时代的朋友,漫不经心地将信装进信封,然后双肘撑在书桌上,凝望窗外的小河、桥梁和对岸淡绿的小山冈。

他寻思着他的这位朋友如何由于不满自己在国内的前程,几年以前当真逃到俄国去了。现在他在彼得堡经营一家商店,开始时买卖兴旺,但长久以来生意显然清淡,他归国的次数越来越少,而每逢归国来访时总要这样抱怨一番。他就这样在国外徒劳无益地苦心经营着,外国式的络腮胡子并不能完全遮盖住他那张从孩提时代起我就很熟悉的脸庞,他的皮肤蜡黄,看来好象得了什么病,而且病情正在发展。据他自己说,他从来不和那儿的本国侨民来往,同俄国人的家庭也几乎没有什么社交联系,并且准备独身一辈子了。

对于这样一个显然误入歧途、只能替他惋惜而不能给予帮助的人,在信里该写些什么呢?或许应该劝他回国,在家乡定居,恢复同所有旧日友好的关系——这不会有什么障碍的——,此外还要信赖朋友们的帮助?但是这样做不就等于告诉他,他迄今为止的努力都已经成为泡影,他最终必须放弃这一切努力,回到祖国,让人们瞪大着眼睛瞧他这个回头的浪子;这不就等于告诉他,只有他的朋友才明白事理,而他只是个大孩子,必须听从那些留在国内并已经取得成就的朋友的话去行事。你愈是爱护他,却愈加会伤害他的感情。更何况使他蒙受这一切痛苦烦恼,是否就一定有什么意义呢?也许,要他回国是根本不可能办到的——他自己说过,他已经不了解家乡的情况。这样的话,他将不顾一切地继续留在异乡客地,而朋友们的规劝又伤了他的心,使他和朋友们更加疏远一层。如果他真的听从了朋友的劝告回归祖国,而在国内又感到抑郁——当然不是故意这样,而是由于事实所造成的——,既不能和朋友相处,又不能没有他们,他会抱愧终日,而且当真觉得不再有自己的祖国和朋友了,那倒不如听凭他继续留在外

---

① 孙坤荣译,选自《卡夫卡短篇小说选》,外国文学出版社1985年版。

② 费丽丝·鲍威尔,卡夫卡女友。1912年8月卡夫卡认识费丽丝,两人曾在1914年、1917年两度订婚,又两度解除婚约。

国,岂不更好吗？考虑到这些情况,怎能设想他回来后一定会前程似锦呢？

鉴于这些原因,如果还想要和他继续保持通信联系的话,就不能象对一个即便是远在天涯的熟人那样毫无顾忌地把什么话都原原本本地告诉他。这位朋友已经有三年多没有回国了,他的解释完全是敷衍文章,说是俄国的政治局势不稳,容不得一个小商人离开,哪怕是短暂的几天都不行。然而,就在这段时间内,成百上千的俄国人却安闲地在世界各地旅行。但是,恰恰对于格奥尔格自己来说,在这三年间发生了许多变化。格奥尔格的母亲去世——那是大约两年前的事,从那时起,他就和父亲一起生活——,他这位朋友可能得悉了噩耗,在一封来信中表示了哀悼,但是毫不动情,其原因只能是,对这种不幸事件的悲痛是身居异国的人所完全无法想象的。不过格奥尔格从那时起,以全副精力从事他的商业以及所有别的事情。也许是他的母亲在世时,他的父亲在经营上独断独行,阻碍了他真正按自己的主意行事;也许是他的母亲过世后,他的父亲虽然还在商行里工作,但已经比较淡泊,不再事必躬亲;也许是鸿运高照,意外侥幸——很可能就是如此——,不管怎么说,这两年来商行有了意想不到的发展,职工人数不得不增加了一倍,营业额增加了五倍,往后的买卖无疑会更加兴隆。

可是格奥尔格的这位朋友对这种变化却一无所知。先前,最后一次也许就在那封吊唁信里,他曾劝说格奥尔格移居俄国,并且详述了格奥尔格家若在彼得堡设分号,前景将如何如何。他所列的数字同格奥尔格现在所经营的范围相比,简直是微不足道。可是格奥尔格一直不愿意把自己商业上的成就写信告诉这位朋友,假如他现在再回过头来告诉他,那当真会令人惊讶的。

所以格奥尔格在给这位朋友的信中,始终仅限于写些无关紧要的、一如人们在安闲的星期天独自遐想时,杂乱地堆积在记忆中的琐事。他所希望的只是不要打扰他的朋友,让他保持自己在出国后的长时期里所形成的对于故乡的看法,并以此来安慰自己。于是发生了这样的情形,格奥尔格在三封隔开相当长时间的信中,接连三次把一个无关紧要的男人和一个同样无关紧要的女人订婚的事告诉了他的朋友,结果完全违背了格奥尔格的意图,这位朋友竟开始对这件不寻常的事情发生了兴趣。

格奥尔格却宁可在信中同他谈这类事情,而不愿承认他自己在一个月前已经同一位富家小姐名叫弗丽达·勃兰登菲尔德的订了婚。他常常和未婚妻谈起这位朋友,以及他们在通信中这种特殊的情形。"那么他不会来参加我们的婚礼了,"她说,"然而,我是有权利认识你所有的朋友的。""我不想打扰他,"格奥尔格回答说,"不要误会我的意思,他可能会来的,至少我认为他要来的,但他会感到非常勉强,自尊心受到损害,也许他会嫉妒我,而且一定会不满意,可是又没有能力消除这种不满,于是只好孤独地再次出国。孤独——你知道这是什么意思?""是的,难道他不会通过另外的途径获悉我们结婚的消息吗?""这个我当然不能阻止，但是由于他的生活方式，这是不太可能的。""既然你的朋友都是这个样子，格奥尔格，你就根本不应该订婚。""是的，这是我们俩的过错；不过我现在不愿意再改变主意了。"她在他的亲吻下尽管气喘吁吁，却还说道："不管怎样，我总觉得挺生气的。"这时，他真的认为，如果他把这一切写信告诉他的朋友，也不会有什么麻烦。"我就是这样的人，他也正应该这样来认识我。"他自言自语地说，"我无法把自己变成另外一种人，这种人也许比我更适宜于承当同他的友谊。"

事实上，他在这个星期天上午写的这封长信中，已经把他订婚的事告诉了他的朋友，信里这样写道："我把最好的消息留到最后才写。我已经和一位名叫弗丽达·勃兰登菲尔德的小姐订婚了，她出身富家，是你出国以后很久才迁居到我们这里来的，所以你可能不会认识。将来反正还有机会告诉你关于我未婚妻的详细情况，今天我只想说，我非常幸福；你我之间的相互关系只在这一点上起了变化：你现在有了我这样一个幸福的朋友，而不再是一个普普通通的朋友了。此外，我的未婚妻——她嘱我向你致以亲切的问候，不久还会自己写信给你的——也将成为你的真诚的女友，这对于一个单身汉来说，不会是无所谓的吧。我知道，以往你由于种种原因而不能来看我们，难道我的婚礼不正是一次可以扫除一切障碍的极好的机会吗？但是，不管怎样，你还是不要考虑太多，而只是按照你自己的愿望去做吧。"

格奥尔格手里拿着这封信在书桌前坐了很久，把脸转向窗户。有一个过路的熟人从小巷里跟他打招呼，他正想得出神而在微笑，刚好作为对人家的回礼。

他终于把信放入口袋，走出房间，穿过狭小的过道来到对面他父亲的房间里，他已经有好几个月没有来过了。事实上，他也没有必要到他父亲的房间里去，因为他在商行里经常同父亲见面，他们又同时在一个餐厅用午餐，晚上虽然各干各的，可是除非格奥尔格出去会朋友——这倒是常事，或者如现在这样去看望未婚妻，他们总要在共同的起居室里坐上一会儿，各人看自己的报纸。

格奥尔格感到非常惊讶，甚至在这个晴朗的上午，他父亲的房间还是那样阴暗。矗立在狭窄庭院另一边的高墙投下了这般的阴影。父亲坐在靠窗的一个角落里，这个角落装饰着格奥尔格亡母的各种各样的纪念物，他正在看报，把报纸举在眼前的一侧，以弥补一只眼睛视力的不足。桌子上放着剩下的早餐，看来他并没有吃多少。

"啊，格奥尔格！"父亲说着就站起来迎上去。走动时他的厚厚的睡衣敞开了，下摆在身体的周围飘动。——"我的父亲仍然是一个魁伟的人。"格奥尔格心里说。

"这里黑得真受不了。"他接下去说。

"是的，确实是很黑。"父亲回答。

"那你还把窗户关着？"

"我喜欢这样。"

"外面已经很暖和了。"格奥尔格说,好象是接着前面那句话,随后坐了下来。

他父亲把早餐的杯盘收拾起来,放进一个柜子里去。

"我只是要告诉你,"格奥尔格接着说,他茫然地望着老人的动作,"我写了一封寄彼得堡的信宣布我订婚的事。"他把信从口袋中抽出一点儿,然后又放了回去。

"为什么要写信到彼得堡去?"父亲问。

"告诉我在那儿的朋友,"格奥尔格说着,用目光追寻他父亲的眼睛。——"在商行里他可完全是另外一种样子,"他想,"瞧现在他劈开两腿坐在这里,双臂在胸前交叉着。"

"哦,告诉你的朋友了?"父亲以特别强调的口吻说道。

"父亲,你知道,我一开始并不想把订婚的事告诉他。这主要是考虑到他的情况,并不是由于别的原因。你自己也知道,他是一个很难相处的人。我寻思,他也会从别处获悉我订婚的消息——这我可无法阻止——,虽然他离群索居,几乎没有这种可能,但是他反正决不会从我自己这里知道这件事情。"

"这么说你现在已经改变了主意?"父亲问道,一面把大张的报纸放到窗台上,把眼镜放在报纸上,并用一只手捂住了眼镜。

"是的,现在我已经仔细考虑过了。我想,如果他是我的好朋友,那么我的幸福的婚约对他讲来也是一件高兴的事。因此我不再犹豫,一定要把这事通知他。可是在我发信之前,我先要把这件事告诉你。"

"格奥尔格,"父亲说,撇了一下牙齿都已脱落了的嘴,"听我说!你是为这件事到我这里来想要同我商量,毫无疑问你这样做是值得赞许的。但是,如果你现在不把全部事情的真相告诉我,这等于什么也没说,甚至比不说更令人恼火。我不愿意提到与此无关的事情。自从你亲爱的母亲去世后,已经出现了好几起很不得体的事情。也许谈这些事情的时候到了,也许比我们想象的要来得早一些。商行里有些事情我不太清楚,这些事情也许并不是背着我做的——现在我可不是说这是背着我做的——我已经精力不济了,记忆力也在逐渐衰退,有许多事情我已无法顾全。这首先是自然规律,其次是你母亲的去世对我的打击比对你的要大得多。——但是既然我们正在谈论这件事,谈论这封信,我求你,格奥尔格,不要欺骗我。这是一件小事情,可以说是微不足道的,所以你千万不要欺骗我。难道你在彼得堡真有这样一个朋友?"

格奥尔格非常困惑地站起来。"别去管我的朋友了。一千个朋友也抵不上我的父亲。你知道,我是怎样想的?你太不注意保重你自己了。年岁可不饶人。商行里的事没有你我是不行的,这你知道得很清楚,但是如果因为做生意而损坏了你的健康,那么我明天就把它永远关门。这样可不行。我们必须改变一下你的生活方式。并且要彻底改变。你坐在这黑暗里,如果呆在起居室里就有充足的阳光。你每顿早餐都吃得很少,不好好增加营养。你坐在紧闭着的窗户旁,而新鲜空气对你来说是多么需要呀。不行,父亲!我要请个医生来,我们都遵照医嘱行事。我们要把房间换一换,你搬到我前面那个房间去,我搬到这儿来。你不会有什么不习惯的,你的全部东西都将一起搬过去。但是办这些事要有时间,现在你要上床睡一会儿,你非常需要休息。来吧,我帮助你脱衣服,你可以看到,我会做得很好的。或者你现在就愿意到前面房间去,你可以暂时睡在我的床上。这是再合适不过的了。"

格奥尔格紧挨着他父亲站着,他父亲白发蓬乱的头低垂到胸前。

"格奥尔格。"父亲轻声地说,身子一动也不动。

格奥尔格立刻在父亲身旁跪了下来,在父亲疲惫的脸上,他看到一对瞳孔从眼角直定定地望着他。

"你没有朋友在彼得堡。你总是一个爱开玩笑的人,连我也想愚弄。在那儿你怎么会有一个朋友呢!我根本就无法相信。"

"你再好好想一想,父亲,"格奥尔格说,一面将他父亲从椅子上扶起来,一面乘他父亲虚弱地站着的时候替他脱掉了睡衣,"自从上次我的朋友来看我们,到现在已快三年了。我还记得,你不是很喜欢他。至少有两次我避免让你看到他,虽然他那时正坐在我的房间里。我非常清楚你为什么对他反感,我的朋友有些怪僻。可是后来你和他就相处得很好了。你听他谈话,点着头,还提问,当时我还感到很自豪呢。如果你想一想,你一定会回忆得起来的。他当时谈了一些关于俄国革命的令人难以置信的故事。譬如有一次,他为了营业上的事来到基辅,遇上群众骚动。他看到一个教士站在阳台上,往自己的手心里刻了一个粗粗的血淋淋的十字,还举起手来,向人群呼唤。后来你自己在某些场合还讲过这个故事呢。"

说话中间格奥尔格已经扶他父亲坐下,并且小心地替他脱掉穿在亚麻布衬裤外面的针织卫生裤,又脱掉了袜子。当看到父亲的不太清洁的内衣时,他责怪自己,对父亲照顾不够。经常替父亲更换洁净的内衣,这是他应尽的责任。他还没有开口同未婚妻商量过,将来他们准备怎样安置父亲,因为他们心里早已有了这样的想法,父亲会独自留在老宅子里的。可是他现在迅速而明确地决定,要把父亲接进未来的新居。如果仔细考虑一下,搬进新居后再去照顾父亲,看来可能为时已经太晚了。

他把父亲抱到床上。当他向床前走这几步路的同时,他注意到父亲正在他怀里玩弄他的表链,于是产生了一种惊恐的感觉。他一时无法把父亲放到床上,因为父亲紧紧地抓住表链不放。

但是等到父亲刚在床上躺好时,看来一切又恢复了正常。老人自己盖上被子,还把被子盖过了肩膀,他用并非不亲切的眼光仰望着格奥尔格。

"你已经想起他了,是不是?"格奥尔格问道,愉快地向他点点头。

"我现在已经盖严实了吗?"他父亲问,好象他自己无法看到,两只脚是否也盖住了。

"你躺在床上感到舒服些了吧,"格奥尔格一边说,一边把被子盖好。

"我已经盖严实了吗?"父亲又一次地问道,似乎特别急于要得到回答。

"你放心好了,你盖得很严实。"

"不!"他父亲打断了他的答话喊道,并用力将被子掀开,一刹那间被子全飞开了,接着又直挺挺地站在床上。他只用一只手轻巧地撑在天花板上。"你要把我盖上,这我知道,我的好小子,不过我可还没有被完全盖上。即使这只是最后一点力气,但对付你是绰绰有余的。我当然认识你的朋友。他要是我的儿子倒合我的心意。因此这些年来你一直在欺骗他。难道不是这样吗?你以为我没有为他哭泣过吗?因为你把自己关在办公室里——经理有事,不得打扰——,就是为了你可以往俄国写那些说谎的信件。但是幸亏父亲用不着别人教他,就可以看透儿子的为人。现在你以为,你已经把他征服了,可以一屁股坐在他的身上,而他则无法动弹,因为我的儿子大人已经决定结婚了!"

格奥尔格抬头望着他父亲这一副骇人的模样。父亲突然之间如此了解这位身居彼得堡的朋友,而这位朋友的景况还从来没有象现在这样打动过格奥尔格。他看见他落魄在辽阔的俄罗斯。他看见他站在被抢劫一空的商店门前。他正站在破损的货架、捣碎的货品和坍塌的煤气管中间。他为什么非要到那么遥远的地方去呢!

"你看着我!"父亲喊道。几乎是心不在焉的格奥尔格奔向床前,准备忍受一切,但是在中途他又站住了。

"因为她撩起了裙子,"父亲开始用甜丝丝的声音说道,"因为她这样地撩起了裙子,这个讨厌的蠢丫头,"为了做出那种样子,他高高地撩起了他的衬衣,让人看到了战争年代留在他大腿上的伤疤,"因为她这样地、这样地、这样地撩起了裙子,你就和她接近,就这样你毫无妨碍地在她身上得到了满足,你可耻地糟蹋了我们对你母亲的怀念,你出卖了朋友,你把你父亲按倒在床上,不叫他动弹。可是他到底能动还是不能动呢?"

说完他放下撑着天花板的手站着,两只脚还踢来踢去。他由于自己能洞察一切而面露喜色。

格奥尔格站在一个角上,尽可能地离他父亲远一点。长久以来他就已下定决心,要非常仔细地观察一切,以免被任何一个从后面来的或从上面来的间接的打击而弄得惊惶失措。现在他又记起了这个早就忘记了的决定,随后他又忘记了它,就象一个人把一根很短的线穿过一个针眼似的。

"但是你的朋友毕竟没有被你出卖!"他的父亲喊道,一面摆动食指以加强语气,"我是他在这里的代表。"

"你真是个滑稽演员!"格奥尔格忍不住也喊了起来,但立刻认识到他闯下了祸,并咬住舌头,不过已经太晚了,他两眼发直,由于咬疼了舌头而弯下身来。

"是的,我当然是在演滑稽戏!滑稽戏!多好的说法!一个老鳏夫还能有什么别的安慰呢?你说——你只要马上回答我,你还是我的活着的儿子——,除此以外我还剩下什么呢?我住在背阴的房间里,已经老朽不堪,周围的一批职工又是那样的不忠实。而我的儿子却欢乐地走遍全世界,因为我已经做了准备,他就很容易把生意做成,兴高采烈,忘乎所以,俨然摆出一个高尚的人那种冰冷的面孔,走过他父亲的跟前!你以为我不曾爱过你这个我亲生的儿子吗?"

"现在他的身子将往前弯曲了,"格奥尔格想道,"要是他倒下来摔坏了怎么办!"这句话在他的头脑中一闪而过。

他父亲向前弯曲身子,不曾摔倒。他又伸直了身子,因为格奥尔格没有如他希望的走近他。

"站在你那里别动,我不需要你!你在想,你还有力量走到我这里来,只因为你不愿意过来才站在那里不动。你别搞错了!我还是要比你强得多。如果单靠我一个人也许我不得不退缩,但是你的母亲把她的力量给了我,我已经和你的朋友建立了良好的关系,你的顾客的名单也都在我的口袋里!"

"他甚至连衬衣也有口袋!"格奥尔格寻思道,并且相信,他如果把这些谈话公诸于世,就会使父亲不再受人尊敬。他也只是在一刹那间想到这些,因为他不断地又把一切都忘记了。

"挽着你的未婚妻走到我的跟前来吧!我会让你还不知道是怎么一回事,就将她从你的身边赶走的!"

格奥尔格做了一个鬼脸,仿佛他不相信这些。他父亲只是朝格奥尔格呆着的角落点点头,表示他一定会说到做到的。

"今天你真使我非常快活,你跑来问我,要不要把你订婚的消息写信告诉你的朋友。他什么都知道了,你这个傻小子,他什么都知道了!我一直在给他写信,因为你忘了拿走我的笔。因此他这几年就一直没有来我们这里,他什么都知道,比你自己还清楚一百倍呢,他左手拿着你的信,连读也不读就揉成了一团,右手则拿着我的信,读了又读!"

他兴奋得把手臂举过头顶来回挥动。"他什么都知道,比你清楚一千倍!"他喊道。

"一万倍!"格奥尔格说这话本来是想嘲笑他父亲的,但是这话在他嘴里还没说出来时就变了语调,变得非常严肃认真。

"这些年来我一直注意着,等你来问这个问题!你以为,我关心的是其他的事吗？你以为，我在看报纸吗？你瞧!"说着,他扔给格奥尔格一张报纸,这张报纸是他随便带上床的。这是一张旧报,它的名字格奥尔格是完全不知道的。

"你打定主意之前,犹豫的时间可真不短啊!先得等你母亲死了,不让她经历你的大喜日子;你的朋友在俄国快要完了,早在三年以前他就已经十分潦倒;至于我呢,也到了你现在眼见的这副样子。你不是有眼无珠,我是怎么个状况你是看得见的嘛!"

"这样说来你一直在暗中监视我!"格奥尔格喊道。

他父亲替他遗憾地随口说道:"你可能早就想说这句话了。现在这么说可就完全不合适了。"

接着,他又大声地说:"现在你才明白,除了你以外世界上还有什么,直到如今你只知道你自己!你本来是一个无辜的孩子,可是说到底,你是一个没有人性的人!——所以你听着:我现在判你去投河淹死!"

格奥尔格觉得自己被赶出了房间,父亲在他身后倒在床上的声音还一直在他耳中回响。他急忙冲下楼梯,仿佛那不是一级级而是一块倾斜的平面。他出其不意地撞上了正走上楼来预备收拾房间的女佣人。"我主耶稣!"女佣人喊道,并用围裙遮住自己的脸,可是,格奥尔格已经走远了。他快步跃出大门,穿过马路,向河边跑去。他已经象饿极了的人抓住食物一样紧紧地抓住了桥上的栏杆。他悬空吊着,就象一个优秀体操运动员;在他年轻的时候,他父母曾因他有此特长而引为自豪。他那双越来越无力的手还抓着栏杆不放,他从栏杆中间看到驶来了一辆公共汽车,它的噪声可以很容易盖过他落水的声音。于是,他低声喊道:"亲爱的父母亲,我可一直是爱着你们的。"说完他就松手让自己落下水去。

这时候,正好有一长串车辆从桥上驶过。

【作品导读】

弗兰兹·卡夫卡(1883—1924),奥地利作家,西方现代小说的鼻祖。他的一生是短暂的,却给后人留下了一个谜;他创作过不少小说,但大多数没有发表;他的很多作品都没有写完,这些未完的"半成品"也是一个谜。近一个世纪以来,评论家们试图从多种角度解读他的作品,得出的结论也五花八门。虚无主义、荒诞派、超现实主义、象征主义等流派似乎都与他有关又无关,绝大多数人认为他属于表现主义。

思想上,卡夫卡的短篇小说表现为对权威的恐惧、对荒诞的无奈、对异化的描写、对"小人物"的同情、对暴行的揭露和对未来的迷惘。在《判决》、《乡村医生》、《变形记》、《地洞》、《在流放地》和《致科学院的报告》等作品中,无论主人公怎样扭曲变形和荒诞不经,思想基调始终是一个正直的作家在现代社会的异化中所感到的孤独和苦闷。卡夫卡一生共写过三部长篇小说:《美国》、《审判》和

《城堡》,均未完稿。由于三部作品都表现了孤独主题,所以被称为"孤独三部曲"。

艺术上,卡夫卡独树一帜,为人们开拓了一个奇异的领域。他以象征、荒诞、冷漠、寓言和自传等手法去反映复杂的社会现实,以特殊的体验和全新的解读来揭示社会的矛盾,以丰富的想象力创作了一座异化的人物画廊,塑造了一批被某种力量鞭打过的、扭曲变形的人物群像,将生活的无奈感、无助感、荒诞感和现代人的孤独感,以强烈的艺术力量展现出来,为我们勾勒出一幅孤独、陌生、等待、死亡的现代人生图画,在读者面前展示了一个"陌生的世界",开了现代主义文学的先河

《判决》写于1912年,其主人公叫格奥尔格·本德曼,母亲去世后一直同父亲生活在一起。故事开始的时候,他正在写信,告诉自己在俄国的朋友他已经订婚了。写完信回到父亲的房间后,发现父亲的态度很不好,他不但指责儿子盼望他早死,而且还嘲笑儿子在欺骗朋友。格奥尔格忍不住顶了一句,父亲便给儿子判了死刑,让格奥尔格投河自尽。于是,格奥尔格就真的冲下楼去投河了。小说带有十分明显的自传性质。父亲的性情无常、为人的傲慢,对儿子的严格管教以及对儿子的幻想的嘲笑,尤其是作为儿子的畏惧心理,都表现得十分的真切。作者通过这个奇特的故事,表现了父子两代人之间的冲突,揭示了那个社会人生的荒诞性、非理性以及对权威的恐惧。

《判决》中,卡夫卡为我们清晰地展示出格奥尔格被父亲一步步逼向绝路的心理流程图。开篇时的格奥尔格是幸福的,心情是愉悦的,因为他订婚了,并且把这温情的喜讯告诉给远在俄国的朋友。然而,当他走进父亲的房间,将这一事情告知父亲的时候,气氛就显得凝重起来。父亲不但怀疑他是否有这个朋友,还指责儿子在欺骗他。尽管格奥尔格发誓"一千个朋友也抵不上我的父亲",并对父亲的衣食起居和身体现状表现出最大程度的关心,但父亲却冷若冰霜,不为所动,不停地诋毁他,羞辱他,刺激他,先是威胁要把未婚妻从格奥尔格身边赶走,接着便将自己与格奥尔格的朋友长期通信的事情和盘托出。在被监督、被出卖、被恐吓的心理撞击下,格奥尔格的怒火终被燃起。专横的父亲不但大骂格奥尔格是"一个没有人性的人",还判决儿子投河淹死。至此,格奥尔格心理崩溃,在留下"亲爱的父母亲,我可一直是爱着你们的"遗言之后,跳进了河中。

格奥尔格是被父亲逼死的。在他的身上,我们清晰可见作家本人的身影。卡夫卡笔下的很多人物,都是他捧着一颗痛苦的心塑造出来的。他笔下的每一个故事,都浸透了自己的心酸泪水。父亲的跋扈,母亲的懦弱,家庭的冷酷,亲情的隔阂,使这个孤独的天才在自己的家里,比陌生人还要陌生。《判决》中格奥尔格与父亲的关系,就是卡夫卡与父亲关系的缩影;《判决》中父叫儿死,儿不得不死的悲剧,就是卡夫卡对父亲恐惧心理的写照。荒诞下的真实,以巨大的艺术力

量冲击着读者的心扉,留下世纪的回响。

【延伸阅读作品和参考文献】

1.《卡夫卡短篇小说选》,外国文学出版社 1985 年版。

2.〔美〕桑德尔·L.吉尔曼《卡夫卡》,陈永国译,北京大学出版社 2010 年版。

3.叶廷芳《现代艺术的探险者》,花城出版社 1986 年版。

4.徐葆耕《西方文学:心灵的历史》,清华大学出版社 1990 年版。

【练习思考】

以《判决》为例,分析卡夫卡小说中人物的孤独及其成因。

(王福和)

伊豆的舞女(节选)①

〔日〕川端康成

二

山路从隧道出口开始,沿着崖边围上了一道刷成白色的栏杆,像一道闪电似的伸延过去。极目展望,山麓如同一副模型,从这里可以窥见艺人们的倩影。走了不到七百米,我追上了她们一行。但我不好突然放慢脚步,便佯装冷漠的样子,赶过了她们。独自走在前头二十米远的汉子,一看见我,就停住了步子。

"您走得真快……正好,天放晴了。"

我如释重负,开始同这汉子并肩行走。这汉子连珠炮似的向我问东问西。姑娘们看见我们两个人谈开了,便从后面急步赶了上来。

这汉子背着一个大柳条包。那位四十岁的女人,抱着一条小狗。大姑娘挎着包袱。另一个姑娘拎着柳条包。各自都拿着大件行李。舞女则背着鼓和鼓架。四十岁的女人慢慢地也同我搭起话来。

"他是高中生②呐。"大姑娘悄声对舞女说。

我一回头,舞女边笑边说:

"可能是吧。这点事我懂的。学生哥常来岛上的。"

这一行是大岛波浮港人。她们说,她们春天出岛,一直在外,天气转冷了,由于没做过冬准备,计划在下田呆十天左右,就从伊东温泉返回岛上。一听说是大岛,我的诗兴就更浓了。我又望了望舞女秀美的黑发,询问了大岛的种种情况。

"许多学生哥都来这儿游泳呢。"舞女对女伴说。

"是在夏天吧?"我回头问了一句。

舞女有点慌张地小声回答说:"冬天也……"

"冬天也?……"

舞女依然望着女伴,舒开了笑脸。

"冬天也能游泳吗?"我重问了一遍。

舞女脸颊绯红,非常认真地轻轻点了点头。

"真糊涂,这孩子。"四十岁的女人笑了。

到汤野,要沿着河津川的山涧下行十多公里。翻过山岭,连山峦和苍穹的色彩也是一派南国的风光。我和那汉子不住地倾心畅谈,亲密无间。过了荻乘、梨

---

① 选自叶渭渠主编《川端康成文集·伊豆的舞女》,叶渭渠译,广西师范大学出版社 2002 年版。

② 高中生:小说第一章里已告诉读者男主人公为当时日本大学预科生。

本等寒村小庄,山脚下汤野的草屋顶,便跳入了眼帘。我断然说出要同她们一起旅行到下田。汉子喜出望外。

来到汤野的小客店前,四十岁的女人脸上露出了惜别的神情。那汉子便替我说:

"他说,他要跟我们搭伴呐。"

她漫不经心地答道:"敢情好。'出门靠旅伴,处世靠人缘'嘛。连我们这号微不足道的人,也能给您消愁解闷呐。请进来歇歇吧。"

姑娘们都望了望我,显出若无其事的样子。她们一句话也没说,只是羞答答地望着我。

我和大家一起登上客店的二楼,把行李卸了下来。铺席、隔扇又旧又脏。舞女从楼下端茶上来。她刚在我的面前跪坐下来,脸就臊红了,手不停地颤抖,茶碗险些从茶碟上掉下来,于是她就势把它放在铺席上了。茶碗虽没落下,茶却洒了一地。看见她那副羞涩柔媚的表情,我都惊呆了。

"哟,讨厌。这孩子有恋情哩。瞧,瞧……"四十岁的女人吃惊地紧蹙起双眉,把手巾扔了过来。舞女捡起手巾,拘谨地揩了揩铺席。

我听了这番意外的话,猛然联想到自己。我被山上老太婆煽起的遐思,戛然中断了。

这时候,四十岁的女人仔细端详了我一番,抽冷子说:

"这位书生穿藏青碎白花纹布衣,真是潇洒英俊啊。"

她还反复地问身旁的女人:"这碎白花纹布衣,同民次的是一模一样的。瞧,对吧,花纹是不是一样呢?"

然后,她对我说:

"我在老家还有一个上学的孩子。现在想起来了,你这身衣服的花纹,同我孩子那身碎白花纹是一模一样的。最近藏青碎白花纹布好贵,真难为我们啊。"

"他上什么学校?"

"上普通小学五年级。"

"噢,上普通小学五年级,太……"

"是上甲府的学校。我长年住在大岛,老家是山梨县的甲府。"

小憩一小时之后,汉子带我到了另一家温泉旅馆。这以前,我只想着要同艺人们同住在一家小客店里。我们从大街往下走过百来米的碎石路和石台阶,蹚过小河边公共浴场旁的一座桥。桥那边就是温泉旅馆的庭院。

我在旅馆的室内浴池洗澡,汉子跟着进来了。他说,他快二十四岁了,妻子两次怀孕,不是流产,就是早产,胎儿都死了。他穿着印有长冈温泉字号的和服短外褂,起先我以为他是长冈人。从长相和言谈来看,他是相当有知识的。我想,他要么是出于好奇,要么是迷上了卖艺的姑娘,才帮忙拿行李跟着来的。

洗完澡,我马上吃午饭。早晨八点离开汤岛,这会儿还不到下午三点。

汉子临回去时,从庭院里抬头望着我,同我寒暄了一番。

"请拿这个买点柿子尝尝吧!从二楼扔下去,有点失礼了。"我说罢,把一小包钱扔了下去。汉子谢绝了,想要走过去,但纸包却已落在庭院里,他又回头捡了起来。

"这样不行啊。"他说着把纸包抛了上来,落在茅屋顶上。我又一次扔下去。他就拿走了。

黄昏时分,下了一场暴雨。巍巍群山染上了一层白花花的颜色。远近层次已分不清了。前面的小河,眼看着变得浑浊,成为黄汤了。流水声更响了。这么大的雨,舞女们恐怕不会来演出了吧。我心里这么想,可还是坐立不安,一次又一次地到浴池去洗澡。房间里昏昏沉沉的。同邻室相隔的隔扇门上,开了一个四方形的洞,门框上吊着一盏电灯。两个房间共用一盏灯。

暴雨声中,远处隐约传来了咚咚的鼓声。我几乎要把挡雨板抓破似的打开了它,把身子探了出去。鼓声迫近了。风雨敲打着我的头。我闭目聆听,想弄清那鼓声是从什么地方传来、又是怎样传来的。良久,又传来了三弦琴声。还有女人的尖叫声、嬉闹的欢笑声。我明白了,艺人们被召到小客店对面的饭馆,在宴会上演出。可以辨出两三个女人的声音和三四个男人的声音。我期待着那边结束之后,她们会到这边来。但是,那边的筵席热闹非凡,看来要一直闹腾下去。女人刺耳的尖叫声像一道道闪电,不时地划破黑魆魆的夜空。我心情紧张,一直敞开门扉,惘然呆坐着。每次听见鼓声,心胸就豁然开朗。

"啊,舞女还在筵席上坐着敲鼓呐。"

鼓声停息,我又不能忍受了。我沉醉在雨声中。

不一会儿,连续传来了一阵杂乱的脚步声。他们是在你追我赶,还是在绕圈起舞呢?嗣后,又突然恢复了宁静。我的眼睛明亮了,仿佛想透过黑暗,看穿这寂静意味着什么。我心烦意乱,那舞女今晚会不会被人玷污呢?

我关上挡雨板,钻进被窝,可我的心依然阵阵作痛。我又去浴池洗了个澡,暴躁地来回划着温泉水。雨停了,月亮出来了。雨水冲洗过的秋夜,分外皎洁,银亮银亮的。我寻思:就是赤脚溜出浴池赶到那边去,也无济于事。这时,已是凌晨两点多钟了。

三

翌日上午九时许,汉子又到我的住处来访。我刚起床,邀他一同去洗澡。南伊豆是小阳春天气,一尘不染,晶莹透明,实在美极了。在浴池下方的上涨的小河,承受着暖融融的阳光。昨夜的烦躁,自己也觉得如梦似幻。我对汉子说:

"昨夜里闹腾得很晚吧?"

"怎么,都听见了?"

"当然听见啰。"

"都是本地人。本地人净瞎闹,实在没意思。"

他装出无所谓的样子。我沉默不响。

"那伙人已经到对面的温泉浴场去了……瞧,似乎发现我们了,还在笑呐。"

顺着他手指的方向,我看见河对面那公共浴场里,热气腾腾的,七八个光着的身子若隐若现。

一个裸体女子突然从昏暗的浴场里跑了出来,站在更衣处伸展出去的地方,做出一副要向河岸下方跳去的姿势。她赤条条的一丝不挂,伸展双臂,喊叫着什么。她,就是那舞女。洁白的裸体,修长的双腿,站在那里宛如一株小梧桐。我看到这幅景象,仿佛有一股清泉荡涤着我的心。我深深地吁了一口气,噗嗤一声笑了。她还是个孩子呐。她发现我们,满心喜悦,就这么赤裸裸地跑到日光底下,踮起足尖,伸直了身躯。她还是个孩子呐。我更是快活、兴奋,又嘻嘻地笑了起来。脑子清晰得好像被冲刷过一样。脸上始终漾出微笑的影子。

舞女的黑发非常浓密,我一直以为她已有十七八岁了呢。再加上她装扮成一副妙龄女子的样子,我完全猜错了。

我和汉子回到了我的房间。不多久,姑娘到旅馆的庭院里观赏菊圃来了。舞女走到桥当中。四十岁的女人走出公共浴场,看见了她们两个人。舞女紧缩肩膀,笑了笑,让人看起来像是在说:要挨骂的,该回去啦。然后,她疾步走回去了。四十岁的女人来到桥边扬声喊道:

"您来玩啊!"

"您来玩啊!"大姑娘也同样说了一句。

姑娘们都回去了。那汉子到底还是静坐到傍晚。

晚间,我和一个纸张批发商下起围棋来,忽然听见旅馆的庭院里传来的鼓声。我刚要站起来,就听见有人喊道:

"巡回演出的艺人来了。"

"嗯,没意思,那玩意儿。来,来,该你下啦。我走这儿了。"纸商说着指了指棋盘。他沉醉在胜负之中了。我却心不在焉。艺人们好像要回去,那汉子从院子里扬声喊了一句:"晚安!"

我走到走廊上,招了招手。艺人们在庭院里耳语了几句,就绕到大门口去。三个姑娘从汉子身后挨个向走廊这边说了声:"晚安。"便垂下手施了个礼,看上去一副艺妓的风情。棋盘上霎时出现了我的败局。

"没法子,我认输了。"

"怎么会输呢。是我方败着嘛。走哪步都是细棋。"

纸商连瞧也不瞧艺人一眼,逐个地数起棋盘上的棋子来,他下得更加谨慎了。姑娘们把鼓和三弦琴拾掇好,放在屋角上,然后开始在象棋盘上玩五子棋。我本是赢家,这会儿却输了。纸商还一味央求说:"怎么样,再下一盘,再下一盘吧。"

我只是笑了笑。纸商死心了,站起身来。

姑娘们走到棋盘边。

"今晚还到什么地方演出吗?"

"还要去的,不过……"汉子说着,望了望姑娘们。

"怎么样,今晚就算了,我们大家玩玩就算了。"

"太好了,太高兴了。"

"不会挨骂吧?"

"骂什么?反正没客,到处跑也没用嘛。"

于是,她们玩起五子棋来,一直闹到十二点多才走。

舞女回去后,我毫无睡意,脑子格外清醒,走到廊子上试着喊了喊:

"老板!老板!"

"哦……"一个年近六旬的老人从房间里跑出来,精神抖擞地应了一声。

"今晚来个通宵,下到天亮吧。"

我也变得非常好战了。

四

我们相约翌日早晨八点从汤野出发。我将高中制帽塞进了书包,戴上在公共浴场旁边店铺买来的便帽,向沿街的小客店走去。二楼的门窗全敞开着。我无意之间走了上去,只见艺人们还睡在铺席上。我惊慌失措,呆呆地站在廊道里。

舞女就躺在我脚跟前的那个卧铺上,她满脸绯红,猛地用双手捂住了脸。她和中间那位姑娘同睡一个卧铺。脸上还残留着昨夜的艳抹浓妆,嘴唇和眼角透出了些许微红。这副富有情趣的睡相,使我魂牵梦萦。她有点目眩似的,翻了翻身,依旧用手遮住了脸面,滑出被窝,坐到走廊上来。

"昨晚太谢谢了。"她说着,柔媚地施了个礼。我站立在那儿,惊慌得手足无措。

汉子和大姑娘同睡一个卧铺。我没看见这情景之前,一点儿也不知道他们俩是夫妻。

"对不起。本来打算今天离开,可是今晚有个宴会,我们决定推迟一天。如果您非今儿离开不可,那就在下田见吧。我们订了甲州屋客店,很容易找到的。"四十岁的女人从睡铺上支起了半截身子说。

我顿时觉得被人推开了似的。

"不能明天再走吗？我不知道阿妈推迟了一天。还是有个旅伴好啊。明儿一起走吧。"

汉子说过后，四十岁的女人补充了一句：

"就这么办吧。您特意同我们做伴，我却自行决定延期，实在对不起……不过，明天无论发生什么情况，我们也得起程。因为我们的宝宝在旅途中夭折了，后天是七七，老早就打算在下田做七七了。我们这么匆匆赶路，就是要赶在这之前到达下田。也许跟您谈这些有点失礼，看来我们特别有缘分。后天也请您参加拜祭吧。"

于是，我也决定推迟出发，到楼下去。我等候他们起床，一边在肮脏的账房里同客店的人闲聊起来。汉子邀我去散步。从马路稍往南走，有一座很漂亮的桥。我们靠在桥栏杆上，他又谈起自己的身世。他说，他本人曾一度参加东京新派剧①剧团。据说，这剧种至今仍经常在大岛港演出。刀鞘像一条腿从他们的行李包袱里露出来②。有时，也在宴席上表演仿新派剧，让客人观赏。柳条包里装有戏装和锅碗瓢勺之类的生活用具。

"我耽误了自己，最后落魄潦倒。家兄则在甲府出色地继承了家业。家里用不着我啰。"

"我一直以为你是长冈温泉的人呐。"

"是吗？那大姑娘是我老婆，她比你小一岁，十九岁了。第二个孩子在旅途上早产，活了一周就断气了。我老婆的身子还没完全恢复过来呢。那位是我老婆的阿妈。舞女是我妹妹。"

"嗯，你说有个十四岁的妹妹？……"

"就是她呀。我总想不让妹妹干这行，可是还有许多具体问题。"

然后他告诉我，他本人叫荣吉，妻子叫千代子，妹妹叫薰子。另一个姑娘叫百合子，十七岁，唯独她是大岛人，雇用来的。荣吉非常伤感，老是哭丧着脸，凝望着河滩。

我们一回来，看见舞女已洗去白粉，蹲在路旁抚摸着小狗的头。我想回到自己的房间去，便说：

"来玩吧。"

"嗯，不过，一个人……"

"跟你哥哥一起来嘛。"

"马上就来。"

不大一会儿，荣吉到我下榻的旅馆来了。

---

① 新派剧是与传统戏剧歌舞伎相抗衡的现代戏。
② 刀鞘是新派剧表演武打时使用的道具。露出刀鞘，表明他们也演新派剧武打。

"大家呢？"

"她们怕阿妈唠叨，所以……"

然而，我们两个人正摆五子棋，姑娘们就过了桥，嘎嘎地登上二楼来了。和往常一样，她们郑重地施了礼，接着依次跪坐在走廊上，踟蹰不前。第一个站起来的，是千代子。

"这是我的房间，请，请不要客气，进来吧。"

玩了约莫一个小时，艺人们到这旅馆的室内浴池洗澡去了。她们再三邀我同去，因为有三个年轻女子，所以我搪塞了一番，说我过一会儿再去。舞女马上一个人上楼来，转达千代子的话说：

"嫂嫂说请您去，好给您搓背。"

我没去浴池，同舞女下起五子棋来。出乎意料，她是个强手。循环赛时，荣吉和其他妇女轻易地输给我了。下五子棋，我实力雄厚，一般人不是我的对手。我跟她下棋，可以不必手下留情，尽情地下，心情是舒畅的。房间里只有我们两个人。起初，她离棋盘很远，要伸长手才能下子。渐渐地她忘却了自己，一心扑在棋盘上。她那显得有些不自然的秀美的黑发，几乎触到我的胸脯。她的脸倏地绯红了。

"对不起，我要挨骂啦。"她说着扔下棋子，飞跑出去。阿妈站在公共浴场前。千代子和百合子也慌里慌张地从浴池里走上来，没上二楼就逃回去了。

这天，荣吉从一早直到傍晚，一直在我的房间里游乐。又纯朴又亲切的旅馆老板娘告诫我说：请这种人吃饭，白花钱！

入夜，我去小客店。舞女正在向她的阿妈学习三弦琴。她一眼瞧见我，就停下手了。阿妈说了她几句，她才又抱起三弦琴。歌声稍为昂扬，阿妈就说：

"不是叫你不要扯开嗓门唱吗！可你……"

从我这边，可以望见荣吉被唤到对面饭馆的二楼客厅里念什么台词。

"那是念什么？"

"那是……谣曲呀。"

"念谣曲，气氛不谐调嘛。"

"他是个多面手，谁知他会演唱什么呢。"

这时，一个四十开外的汉子打开隔扇，叫姑娘们去用餐。他是个鸟商，也租了小客店的一个房间。舞女带着筷子同百合子一起到贴邻的小房间吃火锅。她和百合子一起返回这边房间的途中，鸟商轻轻地拍了拍舞女的肩膀。阿妈板起可怕的面孔说：

"喂，别碰这孩子！人家还是个姑娘呢。"

舞女口口声声地喊着大叔大叔，请求鸟商给她朗读《水户黄门漫游记》。但是，鸟商读不多久，便站起来走了。舞女不好意思直接对我说"接着给我朗读呀",便一个劲儿请求阿妈,好像要阿妈求我读。我怀着期待的心情,把说书本子拿起来。舞女果然轻快地靠近我。

我一开始朗读,她就立即把脸凑过来,几乎碰到我的肩膀,表情十分认真,眼睛里闪出了光彩,全神贯注地凝望着我的额头,一眨也不眨。好像这是她请人读书时的习惯动作。刚才她同鸟商也几乎是脸碰脸的。我一直在观察她。她那双娇媚地闪动着的、亮晶晶的又大又黑的眼珠,是她全身最美的地方。双眼皮的线条,也优美得无以复加。她笑起来像一朵鲜花。用笑起来像一朵鲜花这句话来形容她,是恰如其分的。

不多久,饭馆女佣接舞女来了。舞女穿上衣裳,对我说:

"我这就回来,请等着我,接着给我读。"

然后,走到走廊上,垂下双手施礼说:

"我走了。"

"你绝不能再唱啦!"阿妈叮嘱了一句。舞女提着鼓,微微地点点头。阿妈回头望着我说:

"她现在正在变嗓音呢……"

舞女在饭馆二楼正襟危坐,敲打着鼓。我可以望见她的背影,恍如就在跟她贴邻的筵席上。鼓声牵动了我的心,舒畅极了。

"鼓声一响,筵席的气氛就活跃起来。"阿妈也望了望那边。

千代子和百合子也到同一筵席上去了。

约莫过了一小时,四人一起回来了。

"只给这点儿……"舞女说着,把手里攥着的五角钱银币放在阿妈的手掌上。我又朗读了一会儿《水户黄门漫游记》。她们又谈起宝宝在旅途中夭折的事来。据说,千代子生的婴儿十分苍白,连哭叫的力气也没有。即使这样,他还活了一个星期。

对她们,我不好奇,也不轻视,完全忘掉她们是巡回演出艺人了。我这种不寻常的好意,似乎深深地渗进了她们的心。不觉间,我已决定到大岛她们的家去。

"要是老大爷住的那间就好啰。那间很宽敞,把老大爷撵走就很清静,住多久都行,还可以学习呢。"她们彼此商量了一阵子,然后对我说,"我们有两间小房,山上那间是闲着的。"

她们还说,正月里请我帮忙,因为大家已决定在波浮港演出。

后来我明白了,她们的巡回演出日子并不像我最初想象的那么艰辛,而是无忧无虑的,旅途上更是悠闲自在。他们是母女兄妹,一缕骨肉之情把她们连结在一起。只有雇来的百合子总是那么腼腆,在我面前常常少言寡语。

夜半更深,我才离开小客店。姑娘们出来相送。舞女替我摆好了木屐。她从门口探出头来，望了望一碧如洗的苍穹。

"啊，月亮……明儿就去下田啦，真快活啊！要给宝宝做七七，让阿妈给我买把梳子，还有好多事呐。您带我去看电影好不好？"

巡回演出艺人辗转伊豆、相模的温泉浴场，下田港就是她们的旅次。这个镇子，作为旅途中的故乡，它飘荡着一种令人爱恋的气氛。

五

艺人们各自带着越过天城山时携带的行李。小狗把前腿搭在阿妈交抱的双臂上，一副缱绻的神态。走出汤野，又进入了山区。海上的晨曦，温暖了山腹。我们纵情观赏旭日。在河津川前方，河津的海滨历历在目。

"那就是大岛呀。"

"看起来竟是那么大。您一定来啊。"舞女说。

秋空分外澄澈，海天相连之处，烟霞散彩，恍如一派春色。从这里到下田，得走二十多公里。有段路程，大海忽隐忽现。千代子悠然唱起歌来。

她们问我：途中有一条虽然险峻却近两公里路程的山间小径，是抄近路还是走平坦的大道？我当然选择了近路。

这条乡间小径，铺满了落叶，壁峭路滑，崎岖难行。我下气不接上气，反而豁出去了。我用手掌支撑着膝头，加快了步子。眼看一行人落在我的后头，只听见林间送来说话的声音。舞女独自撩起衣服下摆，急匆匆地跟上了我。她走在我身后，保持不到两米的距离。她不想缩短间隔，也不愿拉开距离。我回过头去同她攀谈。她吃惊似的嫣然一笑，停住脚步回答我。舞女说话时，我等着她赶上来，她却依然驻足不前。非等我起步，她才迈脚。小路曲曲弯弯，变得更加险峻，我越发加快步子。舞女还是在后头保持两米左右的距离，埋头攀登。重峦叠嶂，寥无声息。其余的人远远落在我们的后面，连说话的声音也听不见了。

"家在东京什么地方？"

"不，我在学校住。"

"东京我也熟识，赏花时节我还去跳过舞呢……是在儿时，现在什么也不记得了。"

后来，舞女又断断续续地问了一通："令尊健在吧？""您去过甲府吗？"她还谈起到了下田要去看电影，以及婴儿夭折一类的事。

爬到山巅，舞女把鼓放在枯草丛中的凳子上，用手巾擦了一把汗。她似乎要掸掉自己脚上的尘土，却冷不防地蹲在我跟前，替我抖了抖裙裤下摆。我连忙后退。舞女不由自主地跪在地上，索性弯着身子给我掸去身上的尘土，然后将撩起的衣服下摆放下，对站着直喘粗气的我说：

"请坐！"

一群小鸟从凳子旁飞起来。这时静得只能听见小鸟停落在枝头上时摇动枯叶的沙沙声。

"为什么要走得那么快呢?"

舞女觉得异常闷热。我用手指咚咚地敲了敲鼓,小鸟全飞了。

"啊,真想喝水。"

"我去找找看。"

转眼间,舞女从枯黄的杂树林间空手而归。

"你在大岛干什么?"

于是,舞女突然列举了三两个女孩子的名字,开始谈了起来。我摸不着头脑。她好像不是说大岛,而是说甲府的事。又好像是说她上普通小学二年级以前的小学同学的事。完全是东拉西扯,漫无边际。

约莫等了十分钟,三个年轻人爬到了山顶。阿妈还晚十分钟才到。

下山时,我和荣吉有意殿后,一边慢悠悠地聊天,一边踏上归程。刚走了两百多米,舞女从下面跑了上来。

"下面有泉水呢。请走快点,大家都等着你呢。"

一听说有泉水,我就跑步奔去。清澈的泉水,从林阴掩盖下的岩石缝隙里喷涌而出。姑娘们都站立在泉水的周围。

"来,您先喝吧。把手伸进去,会搅浑的。在女人后面喝,不干净。"阿妈说。

我用双手捧起清凉的水,喝了几口。姑娘们眷恋着这儿,不愿离开。她们拧干手巾,擦擦汗水。

下了山,走到下田的市街,看见好几处冒出了烧炭的青烟。我们坐在路旁的木料上歇脚。舞女蹲在路边,用粉红的梳子梳理着狮子狗的长毛。

"这样会把梳齿弄断的!"阿妈责备说。

"没关系。到下田买把新的。"

还在汤野的时候,我就想跟她要这把插在她额发上的梳子。所以她用这把梳子梳理狗毛,我很不舒服。

我和荣吉看见马路对面堆放着许多捆矮竹,就议论说:这些矮竹做手杖正合适,便抢先一步站起身来。舞女跑着赶上,拿来了一根比自己身材还长的粗竹子。

"你干吗用?"荣吉这么一问,舞女有点着慌,把竹子摆在我前面。

"给您当手杖用。我捡了一根最粗的拿来了。"

"可不行啊。拿粗的人家会马上晓得是偷来的。要是被发现,多不好啊。送回去!"

舞女折回堆放矮竹捆的地方以后,又跑了过来。这回她给我拿了一根中指般粗的。她身子一晃,险些倒在田埂上,气喘吁吁地等待着其他妇女。

我和荣吉一直走在她们的前面,相距十多米远。

"把那颗牙齿拔掉,装上金牙又有什么关系呢?"舞女的声音忽然飞进了我的耳朵。我扭回头来,只见舞女和千代子并肩行走,阿妈和百合子相距不远,随后跟着。她们似乎没有察觉我回头,千代子说:

"那倒是,你就那样告诉他,怎么样?"

她们好像在议论我。可能是千代子说我的牙齿不整齐,舞女才说出装金牙的话吧。她们无非是议论我的长相,我不至于不愉快。由于已有一种亲切之情,我也就无心思去倾听。她们继续低声谈论了一阵子,我听见舞女说:

"是个好人。"

"是啊,是个好人的样子。"

"真是个好人啊,好人就是好嘛。"

这言谈纯真而坦率,很有余韵。这是天真地倾吐情感的声音。连我本人也朴实地感觉到自己是个好人。我心情舒畅,抬眼望了望明亮的群山。眼睑微微作痛。我已经二十岁了,再三严格自省,自己的性格被孤儿的气质扭曲了。我忍受不了那种令人窒息的忧郁,才到伊豆来旅行的。因此,有人根据社会上的一般看法,认为我是个好人,我真是感激不尽。山峦明亮起来,已经快到下田海滨了。我挥动着刚才那根竹子,斩断了不少秋草尖。

途中,每个村庄的入口处都竖立着一块牌子:

"乞丐、巡回演出艺人禁止进村!"

六

"甲州屋"小客店坐落在下田北入口处不远。我跟在艺人们之后,登上了像顶楼似的二楼。那里没有天花板,窗户临街。我坐在窗边上,脑袋几乎碰到了房顶。

"肩膀不痛吗?"

"手不痛吗?"

阿妈三番五次地叮问舞女。

舞女打出敲鼓时那种漂亮的手势。

"不痛。还能敲,还能敲嘛。"

"那就好。"

我试着把鼓提起来。

"哎呀,真重啊。"

"比您想象的重吧。比您的书包还重呐。"舞女笑了。

艺人们和住在同一客店的人们亲热地相互打招呼。全是些卖艺人和跑江湖的家伙。下田港就像是这种候鸟的窝。客店的小孩小跑着走进房间,舞女把铜

币给了他。我刚要离开"甲州屋",舞女就抢先走到门口,替我摆好木屐,然后自言自语似的柔声说道:

"请带我去看电影吧。"

我和荣吉找了一个貌似无赖的男子带了一程路,到了一家旅店,据说店主是前镇长。浴罢,我和荣吉一起吃了午饭,菜肴中有新上市的鱼。

"明儿要做法事,拿这个去买束花上供吧。"我说着,将一小包为数不多的钱让荣吉带回去。我自己则不得不乘明早的船回东京,因为我的旅费全花光了。我对艺人们说学校里有事,她们也不好强留我了。

午饭后不到三小时,又吃了晚饭。我一个人过了桥,向下田北走去,攀登下田的富士山,眺望海港的景致。归途经过"甲州屋",看见艺人们在吃鸡火锅。

"您也来尝尝怎么样?女人先下筷虽不洁净,不过可以成为日后的笑料哩。"阿妈说罢,从行李里取出碗筷,让百合子洗净拿来。

明天是宝宝夭折四十九天,哪怕推迟一天走也好嘛。大家又这样劝我。可是我还是拿学校有事做借口,没有答应她们。阿妈来回唠叨说:

"那么,寒假大家到船上来迎您,请通知我们日期。我们等着呐。就别去住什么旅馆啦,我们到船上去接您呀。"

房间里只剩下千代子和百合子,我邀她们去看电影,千代子按住腹部让我看:

"我身体不好,走那么些路,我实在受不了。"

她脸色苍白,有点筋疲力尽。百合子拘束地低下头来。舞女在楼下同客店里的小孩游玩,一看见我,她就央求阿妈让她去看电影。结果脸上掠过一抹失望的阴影,茫然若失地回到了我这边,替我摆好了木屐。

"算了,让他带她一个人去不好吗?"荣吉插进来说。阿妈好像不应允。为什么不能带她一个人去呢?我觉得不可思议。我刚要迈出大门,这时舞女抚摸着小狗的头。她显得很淡漠,我没敢搭话。她仿佛连抬头望我的勇气也没有了。

我一个人看电影去了。女解说员在煤油灯下读着说明书。我旋即走出来,返回旅馆。我把胳膊肘支在窗台上,久久地远眺着街市的夜景。这是黑暗的街市。我觉得远方不断隐约地传来鼓声。不知怎的,我的眼泪扑簌簌地滚落下来了。

七

动身那天早晨七点钟,我正在吃早饭,荣吉从马路上呼喊我。他穿了一件带家徽的黑外褂,这身礼服像是为我送行才穿的。姑娘们早已芳踪渺然。一种剐心的寂寞,从我心底里油然而生,荣吉走进我的房间,说:

"大家本来都想来送行的,可昨晚睡得太迟,今早起不来,让我赔礼道歉来了。她们说等着您冬天再来。一定来呀。"

早晨，街上秋风萧瑟。荣吉在半路上给我买了四包敷岛牌纸烟、柿子和"薰牌"清凉剂。

"我妹妹叫薰子。"他笑眯眯地对我说，"在船上吃橘子不好。柿子可以防止晕船，可以吃。"

"这个送给你吧。"

我脱下便帽，戴在荣吉的头上。然后从书包里取出学生制帽，把皱褶展平。我们两个人都笑了。

快到码头，舞女蹲在岸边的倩影赫然映入我的心中。我们走到她身边以前，她一动不动，只顾默默地把头耷拉下来。她依旧是昨晚那副化了妆的模样，这就更加牵动我的情思。眼角的胭脂给她的秀脸添了几分天真、严肃的神情，使她像在生气。荣吉说：

"其他人也来了吗？"

舞女摇了摇头。

"大家还睡着吗？"

舞女点了点头。

荣吉去买船票和舢板票的工夫，我找了许多话题同她攀谈，她却一味低头望着运河入海处，一声不响。每次我还没把话讲完，她就一个劲点头。

这时，一个建筑工人模样的汉子走了过来：

"老婆子，这个人合适哩。"

"同学，您是去东京的吧？我们信赖您，拜托您把这位老婆子带到东京，行不行啊？她是个可怜巴巴的老婆子。她儿子早先在莲台寺的银矿上干活，这次染上了流感，儿子、儿媳都死掉了。留下三个这么小不丁点的孙子。无可奈何，俺们商量，还是让她回老家。她老家在水户。老婆子什么也不清楚，到了灵岸岛，请您送她乘上开往上野站的电车就行了。给您添麻烦了。我们给您作揖。拜托啦。唉，您看到她这般处境，也会感到可怜的吧。"

老婆子呆愣愣地站在那里，背上背着一个吃奶的婴儿。左右手各拖着一个小女孩，小的约莫三岁，大的也不过五岁光景。那个污秽的包袱里带着大饭团和咸梅。五六个矿工在安慰着老婆子。我爽快地答应照拂她。

"拜托啦。"

"谢谢，俺们本应把她们送到水户的，可是办不到啊。"矿工都纷纷向我致谢。

舢板猛烈地摇晃着。舞女依然紧闭双唇，凝视着一个方向。我抓住绳梯，回过头去，舞女想说声再见，可话到嘴边又咽了回去，然后再次深深地点了点头。舢板折回去了。荣吉频频地摇动着我刚才送给他的那顶便帽。直到船儿远去，舞女才开始挥舞她手中白色的东西。

轮船出了下田海面，我全神贯注地凭栏眺望着海上的大岛，直到伊豆半岛的南端，那大岛才渐渐消失在船后。同舞女离别，仿佛是遥远的过去了。老婆子怎样了呢？我窥视船舱，人们围坐在她的身旁，竭力抚慰她。我放下心来，走进了贴邻的船舱。相模湾上，波浪汹涌起伏。一落座就不时左跌右倒。船员依次分发着金属小盆①。我用书包当枕头，躺了下来。脑子空空，全无时间概念了。泪水簌簌地滴落在书包上。脸颊凉飕飕的，只得将书包翻了过来。我身旁睡着一个少年。他是河津一家工厂老板的儿子，去东京准备入学考试。他看见我头戴一高制帽，对我抱有好感。我们交谈了几句之后，他说：

"你是不是遭到什么不幸啦？"

"不，我刚刚同她离别了。"

我非常坦率地说了。就是让人瞧见我在抽泣，我也毫不在意了。我若无所思，只满足于这份闲情逸致，静静地睡上一觉。

我不知道海面什么时候昏沉下来。网代和热海已经耀着灯光。我的肌肤感到一股凉意，肚子也有点饿了。少年给我打开竹叶包的食物。我忘了这是人家的东西，把紫菜饭团抓起来就吃。吃罢，钻进了少年学生的斗篷里，产生了一股美好而又空虚的情绪，无论别人多么亲切地对待我，我都非常自然地接受了。明早我将带着老婆子到上野站去买前往水户的车票，这也是完全应该做的事。我感到一切的一切都融为一体了。

船舱里的煤油灯熄灭了。船上的生鱼味和潮水味变得更加浓重。在黑暗中，少年的体温温暖着我。我任凭泪泉涌流。我的头脑恍如变成了一池清水，一滴滴溢了出来，后来什么都没有留下，顿时觉得舒畅了。

【作品导读】

川端康成（1899—1972），日本唯美主义文学的代表之一。生于大阪，早年亲人相继去世，由死亡所体验的孤独、恐惧以及各种臆想贯穿他的作品。川端康成一生创作了大量文学作品，其写作风格从新感觉到新心理主义，又到意识流。1968年凭借《雪国》(1937)、《千只鹤》(1951)、《古都》(1962)等作品摘取了诺贝尔文学奖，成为日本首位获该奖项的作家。而1972年自杀身亡。

发表于1926年的短篇小说《伊豆的舞女》为作家早期代表作，描写纯净的感情，具有明显的"新兴艺术派"特点。1968年被授予诺贝尔文学奖时，川端康成发表了《我在美丽的日本》的演讲，称在日本"山川草木，宇宙万物，大自然的一切，以及人的感情美，都是有其传统的"，而"由于美的感动，强烈地诱发出对人的怀念之情"。作为早期最出名的一部作品，《伊豆的舞女》却恰巧体现了作者晚期

①　供晕船者呕吐用。

追求的艺术思想。

"我",二十岁的高中生,穿着缀有白色小碎花纹的藏青色上衣和裤裙,由于自己对一名邂逅的舞女的向往,追随巡回艺人的脚步踏上他们的旅途。文中"我"的情与景、与人、与自我心态的关系一直不断变化,而又彼此交相辉映。

小说开始,人与景的描写表现出我偶遇的兴奋。"山麓之间,白亮的暴雨已覆盖了茂盛的杉林,正飞快地向我卷来"。之后的景又充分表现出我由于兴奋而感到的焦虑:"原始的森林与望之不见底的深谷叫人眼花缭乱。我的心跳得很剧烈。我被一个愿望促使着,加快了步伐"。晚上舞女们被招到对门饭店酒席上做表演。我内心的骚动当在雨中听到鼓声,却"持续个没完没了,我的心情无法松弛",但鼓声歇下来,我便"难以忍受"。在雨声和鼓声中,我度过了一个难眠之夜。雨住了,"秋天的夜接受了雨的洗礼,光芒闪动,明媚而异常"。

情与人的交融也是该小说最为凸显之处。舞女的傻、纯、美时刻触动着我的心,牵动着我的情。第一次邂逅时,"舞女拎鼓,我的心中荡起旅兴",便一路跟随舞女游来。舞女说话时的傻,送茶时的羞,以至茶水四溅,"她那害羞的妩媚神情一落入我的眼帘,我便目瞪口呆"。舞女的纯,"一个光着身子的女人,在更衣室的延伸处,她收住脚步比画着,仿佛要跌到河下面去。她不着寸缕,将两只胳膊一伸,嚷了几句。她便是舞女"。舞女的美,"她的乌发快碰到我的胸膛上了,它柔美得不象是真的","她妩媚动人,晶莹剔透,乌黑圆大。双眼皮的形状也娇美到了极点。笑逐颜开时,她美若鲜花",而我的情也总是随着舞女的表情、动作和言语而不断地发生变化。"我的心被鼓声激荡着,愉快莫名"。再见舞女时,"我迷醉在她这风情万种的睡态中,不能自已","她神态娇媚,我惊恐不安"。

情与自我心态的变化在文中是比较隐晦的部分。当时的"我"性格孤僻,游览到了伊豆,只因为"对那叫人憋闷的郁郁不乐,我已忍无可忍",随着"我"与舞女微妙的情感的发生,"我"开始关注周边的人,旅馆的老人和妇人,特别是包括舞女在内的这个巡演艺人群的人生遭遇。"虽然她们在巡回演出时过着艰难的生活,她们并不忧郁,在路上,她们怡然自得","他们是母女,是兄妹,他们的心紧紧相连",我开始觉得路上歇脚的小村也"让人感到亲切,一股惹人留念的味道笼罩着它"。当舞女们谈论我、认为我是好人时,我的"眼眸有些许酸涩","感动莫名",以后的事情变得"自然而然"——"我自然而然地领受旁人的好意",我自然而然帮老太太安排好回家的路程,"在我的心中,天地万物合而为一"。我一任泪水奔流,最终"一切统归于零,那时,我感动怡然"。

《伊豆的舞女》体现了川端康成自然美学的观点,使自然事物充满人的灵气,而人又具备自然的气韵。同时,作品也有淡淡的忧伤,这淡淡的忧伤里暗含着作家对人生、历史的独特理解和关怀,而且不乏日本文化底色。作品将一段未完成的爱情付之于旅途,人生的不确定性、未完成性、现实与理想的复杂纠葛都通过人物微妙的心理的暗示、纯净含蓄的语言表达来完成,着实让人读之深思、动容。

【延伸阅读作品和参考文献】

1.《川端康成精品集》,叶渭渠、唐月梅译,复旦大学出版社 2008 年版。

2. 刘象愚《感悟东方之美:走进川端康成的〈雪国〉》,北京师范大学出版社 2007 年版。

3.《川端康成、三岛由纪夫往来书简》,许金龙译,人民文学出版社 2009 年版。

4.〔保〕瓦西列夫《爱情面面观》,王永嘉、杨家荣、马步宁译,新世纪出版社 1986 年版。

【思考与练习】

1. 培根《论人生》中有一篇《论爱情》,开头言:"爱情在舞台上,要比在人生中更有欣赏价值。因为在舞台上爱情既是喜剧也是悲剧的素材,而在人生中,爱情常常招致不幸。它有时像那位诱惑人的魔女,有时又像那位复仇的女神。"(见何新译本,天津人民出版社 2007 年版)结合你的所知所读,谈谈你对这段话的理解和感受。

2.《伊豆的舞女》中的爱情书写具有怎样的特点?

(仇萍)

局外人(节选)^①

〔法〕加 缪

第一部

1

今天,妈妈死了。也许是昨天,我不知道。我收到养老院的一封电报,说:"母死。明日葬。专此通知。"这说明不了什么。可能是昨天死的。

养老院在马朗戈,离阿尔及尔八十公里。我乘两点钟的公共汽车,下午到,还赶得上守灵,明天晚上就能回来。我向老板请了两天假,有这样的理由,他不能拒绝。不过,他似乎不大高兴。我甚至跟他说:"这可不是我的错儿。"他没有理我。我想我不该跟他说这句话。反正,我没有什么可请求原谅的,倒是他应该向我表示哀悼。不过,后天他看见我戴孝的时候,一定会安慰我的。现在有点像是妈妈还没有死似的,不过一下葬,那可就是一桩已经了结的事了,一切又该公事公办了。

我乘的是两点钟的汽车。天气很热。跟平时一样,我还是在赛莱斯特的饭馆里吃的饭。他们都为我难受,赛莱斯特还说:"人只有一个母亲啊。"我走的时候,他们一直送我到门口。我有点儿烦,因为我还得到艾玛努埃尔那里去借黑领带和黑纱。他几个月前刚死了叔叔。

为了及时上路,我是跑着去的。这番急,这番跑,加上汽车颠簸,汽油味儿,还有道路和天空亮得晃眼,把我弄得昏昏沉沉的。我几乎睡了一路。我醒来的时候,正歪在一个军人身上,他朝我笑笑,问我是不是从远地方来。我不想说话,只应了声"是"。

养老院离村子还有两公里,我走去了。我真想立刻见到妈妈。但门房说我得先见见院长。他正忙着,我等了一会儿。这当儿,门房说个不停,后来,我见了院长。他是在办公室里接待我的。那是个小老头,佩带着荣誉团勋章。他那双浅色的眼睛盯着我。随后,他握着我的手,老也不松开,我真不知道如何抽出来。他看了看档案,对我说:"默而索太太是三年前来此的,您是她唯一的赡养者。"我以为他是在责备我什么,就赶紧向他解释。但是他打断了我:"您无须解释,亲爱的孩子。我看过您母亲的档案。您无力负担她。她需要有人照料,您的薪水又很菲薄。总之,她在这里更快活些。"我说:"是的,院长先生。"他又说:"您知道,她有年纪相仿的人作朋友。他们对过去的一些事有共同的兴趣。您年轻,跟您

① 郭宏安译,选自〔法〕阿贝尔·加缪《局外人/鼠疫》,郭宏安等译,译林出版社 2007 年版。

在一起,她还会闷得慌呢。"

这是真的。妈妈在家的时候,一天到晚总是看着我,不说话。她刚进养老院时,常常哭。那是因为不习惯。几个月之后,如果再让她出来,她还会哭的。这又是因为不习惯。差不多为此,近一年来我就几乎没来看过她。当然,也是因为来看她就得占用星期天,还不算赶汽车、买车票、坐两小时的车所费的力气。

院长还在跟我说,可是我几乎不听了。最后,他说:"我想您愿意再看看您的母亲吧。"我站了起来,没说话,他领着我出去了。在楼梯上,他向我解释说:"我们把她抬到小停尸间里了。因为怕别的老人害怕。这里每逢有人死了,其他人总要有两三天工夫才能安定下来。这给服务带来很多困难。"我们穿过一个院子,院子里有不少老人,正三五成群地闲谈。我们经过的时候,他们都不作声了;我们一过去,他们就又说开了。真像一群鹦鹉在喊喊喳喳低声乱叫。走到一座小房子门前,院长与我告别:"请自便吧,默而索先生。有事到办公室找我。原则上,下葬定于明晨十点钟。我们是想让您能够守灵。还有,您的母亲似乎常向同伴们表示,希望按宗教的仪式安葬。这事我已经安排好了。只不过想告诉您一声。"我谢了他。妈妈并不是无神论者,可活着的时候也从未想到过宗教。

我进去了。屋子里很亮,玻璃天棚,四壁刷着白灰。有几把椅子,几个 X 形的架子。正中两个架子上,停着一口棺材,盖着盖。一些发亮的螺丝钉,刚拧进去个头儿,在刷成褐色的木板上看得清清楚楚。棺材旁边,有一个阿拉伯女护士,穿着白大褂,头上一方颜色鲜亮的围巾。

这时,门房来到我的身后。他大概是跑来着,说话有点儿结巴:"他们给盖上了,我得再打开,好让您看看她。"他走近棺材,我叫住了他。他问我:"您不想?"我回答说:"不想。"他站住了,我很难为情,因为我觉得我不该那样说。过了一会儿,他看了看我,问道:"为什么?"他并没有责备的意思,好像只是想问问。我说:"不知道。"于是,他拈着发白的小胡子,也不看我,说道:"我明白。"他的眼睛很漂亮,淡蓝色,脸上有些发红。他给我搬来一把椅子,自己坐在我后面。女护士站起来,朝门口走去。这时,门房对我说:"她长的是恶疮。"因为我不明白,就看了看那女护士,只见她眼睛下面绕头缠了一条绷带。在鼻子的那个地方,绷带是平的。在她的脸上,人们所能见到的,就是一条雪白的绷带。

……

以后的一切都进行得如此迅速、准确、自然,我现在什么也记不得了。除了一件事,那就是在村口,护士代表跟我说了话。她的声音很怪,与她的面孔不协调,那是一种抑扬的、颤抖的声音。她对我说:"走得慢,会中暑;走得太快,又要出汗,到了教堂就会着凉。"她说得对。进退两难,出路是没有的。我还保留着这一天的几个印象,比方说,贝莱兹最后在村口追上我们时的那张面孔。他又激动又难过,大滴的泪水流上面颊。但是,由于皱纹的关系,泪水竟流不动,散而复聚,在那张形容大变的脸上铺了一层水。还有教堂,路旁的村民,墓地坟上红色的天竺葵,贝莱兹的昏厥(真像一个散架的木偶),撒在妈妈棺材上血红色的土,杂在土中的雪白的树根,又是人群,说话声,村子,在一个咖啡馆门前的等待,马达不停的轰鸣声,以及当汽车开进万家灯火的阿尔及尔,我想到我要上床睡它十二个钟头时我所感到的喜悦。

2

醒来的时候,我明白了为什么我向老板请那两天假时他的脸色那么不高兴,因为今天是星期六。我可以说是忘了,起床的时候才想起来。老板自然是想到了,加上星期天我就等于有了四天假日,而这是不会叫他高兴的。但一方面,安葬妈妈是在昨天而不是在今天,这并不是我的错,另一方面,无论如何,星期六和星期天总还是我的。当然,这并不妨碍我理解老板的心情。

……

6

……

这时候,周围只有阳光、寂静、泉水的轻微的流动声和那三个音了。莱蒙的手朝装着手枪的口袋里伸去,可是那个人没有动,他们一直彼此对视着。我注意到吹笛子的那个人的脚趾分得很开。莱蒙一边盯着他的对头,一边问我:"我干掉他?"我想我如果说不,他一定会火冒三丈,非开枪不可。我只是说:"他还没说话呢。这样就开枪不好。"在寂静和炎热之中,还听得见水声和笛声。莱蒙说:"那么,我先骂他一顿,他一还口,我就干掉他。"我说:"就这样吧。但是如果他不掏出刀子,你不能开枪。"莱蒙有点火了。那个人还在吹,他们俩注意着莱蒙的一举一动。我说:"不,还是一个对一个,空手对空手吧。把枪给我。如果另一个上了,或是他掏出了刀子,我就干掉他。"

莱蒙把枪给我,太阳光在枪上一闪。不过,我们还是站着没动,好像周围的一切把我们裹住了似的。我们一直眼对眼地相互盯着,在大海、沙子和阳光之间,一切都停止了,笛音和水声都已消失。这时我想,可以开枪,也可以不开枪。突然间,那两个阿拉伯人倒退着溜到山岩后面。于是,莱蒙和我就往回走了。他显得好了些,还说起了回去的公共汽车。

我一直陪他走到木屋前。他一级一级登上木台阶,我在第一级前站住了,脑袋被太阳晒得嗡嗡直响,一想到要费力气爬台阶和还要跟那两个女人说话,就泄气了。可是天那么热,一动不动地待在一片从天而降的耀眼的光雨中,也是够难受的。待在那里,还是走开,其结果是一样的。过了一会儿,我朝海滩转过身去,迈步往前走了。

到处依然是一片火爆的阳光。大海憋得急速地喘气,把它细小的浪头吹到沙滩上。我慢慢地朝山岩走去,觉得太阳晒得额头膨胀起来。热气整个儿压在我身上,我简直迈不动腿。每逢我感到一阵热气扑到脸上,我就咬咬牙,握紧插在裤兜里的拳头,我全身都绷紧了,决意要战胜太阳,战胜它所引起的这种不可理解的醉意。从沙砾上、雪白的贝壳或一片碎玻璃上反射出来的光亮,像一把把利剑劈过来,剑光一闪,我的牙关就收紧一下。我走了很长时间。

远远地,我看见了那一堆黑色的岩石,阳光和海上的微尘在它周围罩上一圈炫目的光环。我想到了岩石后面的清凉的泉水。我想再听听淙淙的水声,想逃避太阳,不再使劲往前走,不再听女人的哭声,总之,我想找一片阴影休息一下。可是当我走近了,我看见莱蒙的对头又回来了。

他是一个人,仰面躺着,双手枕在脑后,头在岩石的阴影里,身子露在太阳底下。蓝色工装被晒得冒热气。我有点儿吃惊。对我来说,那件事已经完了,我来到这儿根本没想那件事。

他一看见我,就稍稍欠了欠身,把手插进口袋里。我呢,自然而然地握紧了口袋里莱蒙的那支手枪。他又朝后躺下了,但是并没有把手从口袋里抽出来。我离他还相当远,约有十几米吧。我隐隐约约地看见,在他半闭的眼皮底下目光不时地一闪。然而最经常的,却是他的面孔在我眼前一片燃烧的热气中晃动。海浪的声音更加有气无力,比中午的时候更加平静。还是那一个太阳,还是那一片光亮,还是那一片伸展到这里的沙滩。两个钟头了,白昼没有动;两个钟头了,它在这一片沸腾的金属的海洋中抛下了锚。天边驶过一艘小轮船,我是瞥见那个小黑点的,因为我始终盯着那个阿拉伯人。

我想我只要一转身,事情就完了。可是整个海滩在阳光中颤动,在我身后挤来挤去。我朝水泉走了几步,阿拉伯人没有动。不管怎么说,他离我还相当远。也许是因为他脸上的阴影吧,他好像在笑。我等着,太阳晒得我两颊发烫,我觉得汗珠聚在眉峰上。那太阳和我安葬妈妈那天的太阳一样,头也像那天一样难受,皮肤下面所有的血管都一齐跳动。我热得受不了,又往前走了一步。我知道这是愚蠢的,我走一步并逃不过太阳。但是我往前走了一步,仅仅一步。这一次,阿拉伯人没有起来,却抽出刀来,迎着阳光对准了我。刀锋闪闪发光,仿佛一把寒光四射的长剑刺中了我的头。就在这时,聚在眉峰的汗珠一下子流到了眼皮上,蒙上一幅温吞吞的,模模糊糊的水幕。这一泪水和盐水搅和在一起的水幕使我的眼睛什么也看不见。我只觉得铙钹似的太阳扣在我的头上,那把刀刺眼的刀锋总是隐隐约约地对着我。滚烫的刀尖穿过我的睫毛,挖着我的痛苦的眼睛。就在这时,一切都摇晃了。大海呼出一口沉闷而炽热的气息。我觉得天门洞开,向下倾泻着大火。我全身都绷紧了,手紧紧握住枪。枪机扳动了,我摸着了光滑的枪柄,就在那时,猛然一声震耳的巨响,一切都开始了。我甩了甩汗水和阳光。我知道我打破了这一天的平衡,打破了海滩上不寻常的寂静,而在那里我曾是幸福的。这时,我又对准那具尸体开了四枪,子弹打进去,也看不出什么来。然而,那却好像是我在苦难之门上短促地叩了四下。

第二部

3

......

审讯结束。走出法院登上车子的时候,一刹那间,我又闻到了夏日傍晚的气息,看到了夏日傍晚的色彩。在这走动着的,昏暗的囚室里,我仿佛从疲倦的深渊里听到了这座我所热爱的城市的,某个我有时感到满意的时刻种种熟悉的声音。在已经轻松的空气中飘散着卖报人的吆喝声,滞留在街头公园里的鸟雀的叫声,卖夹心面包的小贩的喊叫声,电车在城里高处转弯时的呻吟声,港口上方黑夜降临前空中的嘈杂声,这一切又在我心中画出了一条我在入狱前非常熟悉的,在城里随意乱跑时的路线。是的,这是很久以前我感到满意的那个时刻。那时候,等待我的总是轻松的、连梦也不作的睡眠。然而,有些事情已经起了变化,因为我又回到了牢房,等待着第二天。仿佛画在夏日天空中的熟悉的道路既能通向牢房,也能通向安静的睡眠。

4

即便是坐在被告席上,听见大家谈论自己也总是很有意思的。在检察官和我的律师进行辩论的时候,我可以说,大家对我的谈论是很多的,也许谈我比谈我的罪行还要多。不过,这些辩护词果真有那么大的区别吗?律师举起胳膊,说我有罪,但有可以宽恕的地方。检察官伸出双手,宣告我的罪行,没有可以宽恕的地方。但是,有一件事使我模模糊糊地感到尴尬。尽管我心里不安,但有时我很想参加进去说几句,但这时我的律师就对我说:"别说话,这对您更有利。"可以这么说,他们好像在处理这宗案子时把我撇在一边。一切都在没有我的干预下进行着。我的命运被决定,而根本不征求我的意见。我不时地真想打断他们,对他们说:"可说来说去,究竟谁是被告?被告也是很重要的。我也有话要说呀。"但是三思之后,我也没有什么好说的。再说,我应该承认,一个人对别人所感到的兴趣持续的时间并不长。例如,检察官的控诉很快就使我厌烦了。只有那些和全局无关的片言只语,几个手势,或连珠炮般说出来的大段议论,还使我感到惊奇,或引起我的兴趣。

如果我没有理解错的话,他的思想实质是我杀人是有预谋的。至少,他试图证明这一点。正如他自己所说:"先生们,我将提出证据,我将提出双重的证据。首先是光天化日之下的犯罪事实,然后是这个罪恶灵魂的心理向我提供的晦暗的启示。"他概述了妈妈死后的一系列事实。他提出我的冷漠,不知道妈妈的岁数,第二天跟一个女人去游泳,看电影,还是费南代尔的片子,最后同玛丽一起回去。那个时候,我是花了很长时间才明白他的话的,因为他说什么"他的情妇",

而对我来说,情妇原来就是玛丽。接着,他又谈到了莱蒙的事情。我发现他观察事物的方式倒不乏其清晰正确。他说的话还是可以接受的。我和莱蒙合谋写信把他的情妇引出来,然后让这个"道德可疑"的人去羞辱她。我在海滩上向莱蒙的仇人进行挑衅。莱蒙受了伤。我向他要来了手枪。我为了使用武器又一个人回去。我预谋打死阿拉伯人。我又等了一会儿。"为了保证事情干得彻底",我又沉着地、稳妥地、在某种程度上是经过深思熟虑地开了四枪。

"事情就是这样,先生们,"检察官说,"我把这一系列事情的线索给你们勾画出来,说明这个人如何在神志完全清醒的情况下杀了人。我强调这一点。因为这不是一宗普通的杀人案,不是一个未经思考的,你们可能认为可以用当时的情况加以减轻的行动。这个人,先生们,这个人是很聪明的。你们都听过他说话,不是吗?他知道如何回答问题。他熟悉用词的分量。人们不能说他行动时不知道自己干的是什么。"

我听着,我听见他们认为我聪明。但我不太明白,平常人身上的优点到了罪犯的身上,怎么就能变成沉重的罪名。至少,这使我感到惊讶,我不再听检察官说话了,直到我又听见他说:"难道他曾表示过悔恨么?从来没有,先生们。在整个预审的过程中,这个人从来没有一次对他这个卑劣的罪行表示过激动。"这时,他朝我转过身来,用指头指着我,继续对我横加责难,但事实上,我并不知道这是为什么。当然,我也不能不承认他说得有道理。对我的行动我并不怎么悔恨。但是他这样激烈却使我吃惊。我真想亲切地、甚至友爱地试着向他解释清楚,我从来不会对某件事真正感到悔恨。我总是为将要发生的事,为今天或明天操心。但是,当然啰,在我目前所处的境况中,我是不能以这种口吻向任何人说话的。我没有权利对人表示亲热,也没有权利有善良的愿望。我试图再听听,因为检察官说起我的灵魂来了。

他说,陪审员先生们,他曾仔细探索过我的灵魂,结果一无所获。他说实际上我根本就没有灵魂,对于人性,对于人们心中的道德原则,我都是一窍不通。他补充道:"当然,我们也不能责怪他。他不能得到的,我们也不能怪他没有。但是说到法院,宽容所具有的全然反面的作用应该转化为正义所具有的作用,这不那么容易,但是更为高尚,特别是当这个人的心已经空虚到人们所看到的这种程度,正在变成连整个社会也可能陷进去的深渊的时候。"这时,他又说到我对待妈妈的态度。他重复了他在辩论中说过的话。但是他的话要比谈到我的杀人罪时多得多,多到最后我只感到早晨的炎热了。最后,他停下了,沉默了一会儿,又用低沉的、坚信不疑的声音说道:"先生们,这个法庭明天将要审判一宗滔天罪行:杀死亲生父亲。"据他说,这种残忍的谋杀使人无法想象。他斗胆希望人类的正义要坚决予以惩罚而不能手软。但是,他敢说,这一罪行在他身上引起的憎恶比起我的冷漠使他感到的憎恶来,几乎是相形见绌的。他认为,一个在精神上杀死母亲的人,和一个杀死父亲的人,都是以同样的罪名自绝于人类社会。在任何一种情况下,前者都是为后者的行动作准备,以某种方式预示了这种行动,并且使之合法化。他提高了声音说:"先生们,我坚信,如果我说坐在这张凳子上的人也犯了这个法庭明天将要审判的那种谋杀罪,你们不会认为我这个想法过于大胆的。因此,他要受到相应的惩罚。"说到这里,检察官擦了擦因出汗而发亮的脸。最后,他说他的职责是痛苦的,但是他要坚决地完成它。他说我与一个我连最基本的法则都不承认的社会毫无干系,我不能对人类的心有什么指望,因为我对其基本的反应根本不知道。他说:"我向你们要这个人的脑袋,而在我这样请求时,我的心情是轻松的。在我这操之已久的生涯中,如果我有时请求处人以极刑的话,我却从未像今天这样感到我这艰巨的职责得到了补偿、平衡和启发,因为我已意识到某种神圣的、不可抗拒的命令,因为我在这张除残忍之外一无所见的人的脸上感到了憎恶。"

检察官坐下了,在相当长的一段时间里,大厅里一片寂静。我呢,我已经由于炎热和惊讶而昏头昏脑了。庭长咳嗽了几声,用很低的声音问我还有什么话要说。我站了起来。由于我很想说话,我就有点儿没头没脑地说我没有打死那个阿拉伯人的意图。庭长说这是肯定的,到现在为止,他还摸不清我的辩护方式,他说他很高兴在我的律师发言之前先让我说清楚我的行为的动机。我说得很快,有点儿语无伦次,我意识到了我很可笑,我说是因为太阳。大厅里有人笑了起来。我的律师耸了耸肩膀……

【作品导读】

阿尔贝·加缪(1913—1960),法国存在主义小说家、散文家和剧作家。在法属殖民地阿尔及利亚出生并长大,直到 27 岁才离开那里去法国。父亲是法国人,母亲是西班牙人。一岁时,父亲即在一战中阵亡,全家靠母亲做女仆维持生活。他靠奖学金念完中学,在阿尔及尔大学读哲学和古典文学,半工半读。1935年一度参加共产党,积极参加反法西斯政治斗争;二战中参加抵抗运动,先后在《阿尔及尔共和报》、《巴黎晚报》和《战斗报》工作,并结识另一存在主义代表人物萨特。最早的作品是 1937 年出版的随笔集《反与正》,1942 年出版《局外人》,从此声名鹊起,奠定他作为存在主义文学流派创始人之一的地位。继而出版随笔集《西西弗神话》(1942)、《反抗者》(1951)、长篇小说《鼠疫》(1947)和剧作《正义者》(1949)等重要著作。1957 年因"热情而冷静地阐明了当代向人类良知提出的种种问题"而获诺贝尔文学奖,是有史以来最年轻的诺奖获奖作家之一。1960年搭朋友便车从普罗旺斯去巴黎路上,遇车祸身亡。

《局外人》是作家 29 岁时的作品,作品发表后,马上引来法国文学界的高度评价。但是作品究竟写了什么,人们的认识并不一致。小说给人留下深刻印象的是主人公默而索与母亲的关系。母亲没被送到养老院时,母子之间无话可说;母亲被送到养老院后,默而索也很少去看望母亲,最后一年,他几乎就没有去看过她。养老院发来电报,告诉他母亲病逝,母亲什么时候病逝的,他并不清楚。最重要的是他并没有表示要弄清楚。母亲死了,埋了,完了一件事,第三天他就与女朋友约会,看滑稽电影,做爱。这是后来他过失杀人,法庭却控告他预谋杀人的一大罪状。从小说中默而索与邻居、朋友的关系看,他并非一个没有善意和血性的人;从被判死刑后,他对生活的回忆看,他也并非厌弃生活的人。那么,默而索对母亲的冷漠态度该怎么理解呢?一些人认为这是默而索不屑于世俗的伪装,显示人生的真实——对人死了的客观态度;一些人认为默而索不愿意看见死去的母亲,是对生前母亲的维护(马原);一些人认为这是默而索对人生荒诞性的认同。什么是荒诞?这种荒诞感又是如何形成的?加缪自言:"荒诞本质上是一种分裂,它不存在于对立的两种因素的任何一方。它产生于它们之间的对立。""一个能用歪理来解释的世界,还是一个熟悉的世界,但是在一个突然被剥夺了幻觉和光明的宇宙中,人就感到自己是个局外人。这种流放不可救药,因为人被剥夺了对故乡的回忆和对乐土的希望。这种人和生活的分离,演员和布景的分离,正是荒诞感。"小说中,默而索是热爱生活和安分守己的人,但是他受制于无限量的生活的压力,终日疲于奔命,感到人生"进退两难,出路是没有的"。人的主观渴望与实际生存之间产生"分离",所以他坚持人生存的价值,但是他从不奢望,也不信神。一次老板提出,让他到巴黎发展生意,但他漠然;他与玛丽同居,但当玛丽问他:你爱我吗?他想一想,说"不爱"。那么,在一个虚妄、迷信、自我欺骗、贪婪、自私的现代社会里,他就是"局外人"。小说第二部分重点写默而索过失杀人,但是被法庭判了预谋杀人。关键是法庭对他罪名的罗织看似是那样的逻辑严密,无懈可击。默而索的死刑是对现代人生荒诞性的一个极大讽喻。

作家对人生的荒诞性审美决定了这篇小说的叙述风格。小说采取第一人称叙事,突出人物内心世界与外部社会人生之间的"分离"——"差距、脱节、置身异域他乡之感"。小说的叙述语调是冷漠的,叙述语言是短促的,借鉴并发展了海明威的叙述风格,突出"每句话都是一个现时",归结于"荒诞的人只看到一连串的瞬间"(萨特)。

【延伸阅读作品和参考文献】

1. 加缪《西西弗神话》,沈志明译,见柳鸣九主编《加缪全集·散文卷Ⅰ》,上海译文出版社2010年版。

2. 袁树仁《向命运抗争——阿尔贝·加缪及其〈局外人〉》,见王宁主编、王春梅编《20世纪西方现代派文学名著导读》,天津人民出版社2000年版。

3. 萨特《〈局外人〉的诠释》,见沈志明、艾珉主编《萨特文集》(第 7 卷),施康强译,人民文学出版社 2005 年版。

【思考与练习】

    1. 如何理解小说中默而索的冷漠?

    2. 如何评判小说中法庭对默而索的审判?

    3. 如何理解小说的叙述风格?

(左怀建)

百年孤独（节选）①

〔哥〕马尔克斯

第二十章

……

奥雷良诺因为确信自己是妻子的兄弟而深感苦恼，于是，他溜到神父家里，想在那破烂的、虫蛀了的档案里找到一点有关他父母的确切线索。他找到一本最早的洗礼册，那上面写着阿玛兰塔·布恩迪亚的名字，她是在少女时代由尼加诺尔·雷依纳神父主持洗礼仪式的。那时，神父正试图用巧克力这个手段来证实上帝的存在。奥雷良诺曾想象自己可能是十七个奥雷良诺兄弟之一。这十七人的生日散记在四本洗礼册上，可是他们的生日与奥雷良诺的年龄相比，都太远了。患关节炎的教区神父躺在吊床上一直在注意他，看他犹犹豫豫地在一个个血统的迷宫里徘徊，便同情地问他叫什么名字。

"奥雷良诺·布恩迪亚。"他说。

"那你就别拼命去找了，"神父把握十足地说，"好多年前，这儿有条街就叫这个名字，那时候人们有用街名给孩子取名的风俗。"

奥雷良诺气得发抖。

"好哇！"他说，"这么说，您也不相信！"

"不相信什么？"

"不相信奥雷良诺·布恩迪亚上校发动了三十二次内战，全都失败了。"奥雷良诺回答，"不相信军队围困了三千工人，把他们全枪毙了，还用一列两百节车厢的火车把尸体运去扔进了大海。"

神父用怜悯的目光打量了他一眼。

"哎，孩子啊，"他叹了口气，"我只要知道这会儿你和我都还活着就足够啦！"

就这样，奥雷良诺和阿玛兰塔·乌苏拉接受了小篮子的说法，并不是因为他们都相信了，而是因为这种说法使他们摆脱了恐惧。随着孕期的进展，他们俩慢慢变成了一个人。在一座只消再吹口气就能使它崩塌的房子里，在孤独之中，他们渐渐地化为一体。他们占据的空间缩小到了不能再小的地步：从菲南达的房间——在这里他们初尝到安定的爱情之乐——到长廊的尽头，——阿玛兰塔·乌苏拉坐在这里编结婴儿的小靴、小帽，奥雷良诺在这里答复泰罗尼亚学者偶尔写来的信件。房子的其他地方就任其不可抗拒地毁坏覆灭。银匠工作间，墨尔

---

① 选自马尔克斯《百年孤独》，黄锦炎、沈国正、陈泉译，上海译文出版社1984年版。

基阿德斯的房间以及圣女塔索菲娅·德·拉·佩达的那原始的、宁静的王国就留在一座私家森林的深处,谁也没有胆量去摸清它。奥雷良诺和阿玛兰塔·乌苏拉虽然被大自然的贪婪所包围,但他们仍然种植着牵牛花和海棠,他们用石灰粉划线包围着自己的地盘,在这渊源太古人蚁之战中构筑着最后的堑壕。阿玛兰塔·乌苏拉的头发又长又乱,清晨起来脸上出现一块块紫斑,双腿水肿,那鼬鼠似的古老而充满爱情的身子也变了形,使她看起来不象当初提着一篮子倒霉的金丝雀、牵着俘来的丈夫回家时那样年轻,但她那活泼的天性却丝毫未改。"见鬼!"她常笑着说,"谁会想到我们真的到头来会象野人一样活着。"怀孕六个月时,他们收到一封显然不是加泰罗尼亚学者写来的信,从此,他们与世界的最后联系被割断了。信是从巴塞罗那寄来的,但是信封是用普通的蓝墨水和公文体写的,有一种仇人信件清白公正的外表。阿玛兰塔·乌苏拉正要拆信,奥雷良诺从她手里把信夺走了。

"这封信别拆,"他说,"我不想知道上面写些什么。"

正如他预感到的,加泰罗尼亚学者再也没有给他写信。那封旁人的来信后来谁也没有拆看,丢在菲南达曾把结婚戒指忘记在上面的那只壁灯架上听从蛀虫摆布,让那坏消息的邪火慢慢地把它吞掉。此刻,两个孤独的情人正在末日的时光里逆水行舟,那蛮横的、不祥的时间徒劳地想把他俩推向失望和遗忘的荒漠。奥雷良诺和阿玛兰塔·乌苏拉感觉到了这种危险。在最后几个月的时间里,他俩手拉手,以至诚的爱情育成了在偷情中得到的孩子。夜晚,他俩拥抱在床上,静听着蚂蚁在月光下的哄闹声、蛀虫啃食东西的巨响、隔壁房间里野草生长时持续而清晰的尖叫声,心中却一点也不害怕。有许多次鬼魂的忙碌声把他们吵醒。他们听到乌苏拉为了保存她的家族在跟造化搏斗,听到霍塞·阿卡迪奥·布恩迪亚在寻找伟大发明的神秘真谛,听见菲南达在祈祷,听见奥雷良诺·布恩迪亚上校为战争的骗局和金制小鱼使性发狂,还听见奥雷良诺第二在晕头转向的欢闹中为孤独而奄奄一息。于是他俩明白了,一种占上风的固执念头能把死神压倒。他们相信,即使他俩变成鬼魂,即使虫子从人手中夺走、其它动物又从昆虫的口中夺走了这座贫困的乐园,他俩还会长久地相爱下去。想到这点,他们又感到沉浸在幸福之中了。

一个星期天下午六点钟,阿玛兰塔·乌苏拉感到了分娩的阵痛。一个专为卖身糊口的女孩子们接产的产婆,笑眯眯地把她扶到饭厅的桌子上,然后跨坐在她的肚子上,蹬呀压的直到她的喊叫声被一个大胖男孩的啼哭声淹没。阿玛兰塔·乌苏拉透过泪珠看到了一个个头极大的布恩迪亚家的后裔,他强壮、好动,很象那些叫霍塞·阿卡迪奥的;但那睁大的眼睛和锐利的目光,却又酷似那些叫奥雷良诺的。这孩子生下来就是为了重振血统、清除它的恶习、改变它孤独的本性的,因为他是一个世纪来唯一由爱情孕育出来的后代。

"一个十足的野小子，"她说，"叫他罗德里戈吧！"

"不，"她丈夫反对说，"叫他奥雷良诺，他准能打赢三十二场战争。"

产婆给她割断了脐带，然后，由奥雷良诺掌灯，开始用布片给他擦去裹在身上的蓝色浆水。等到孩子翻过身来，这才发现孩子比别人多长了点东西，低头细看，原来是一条猪尾巴。

奥雷良诺和阿玛兰塔·乌苏拉并不惊慌，因为他俩既不知道家族史上的先例，也记不得乌苏拉那些怕人的警告，何况产婆安慰说，那条无用的尾巴也许在孩子换牙时就可以割掉。此后就没有时间再去想这事了，因为阿玛兰塔·乌苏拉产后血崩。大家想用蜘蛛网和灰团给她止血，可是就象用双手捂水龙头似的按不住。开始几个钟头，她极力保持良好的情绪。她抓住受惊的奥雷良诺的手，求他不要着急，还说象她这样的人不想死是死不了的。她看着产婆的那些可怕的办法放声大笑。但随着奥雷良诺的希望一个接一个地破灭，她的笑容逐渐看不见了，仿佛消失在亮光之中。最后，她终于陷入了昏睡。星期一的黎明，请来了一个女人在她床边念止血咒，本来这对人畜都是百试不爽的，可是阿玛兰塔·乌苏拉奔放的热血对于爱情以外的任何办法都无动于衷。经过绝望的二十四小时以后，当天下午，大家得知她死了，因为没有得到救助，血流尽了。她脸部轮廓分明，一块块紫斑消失在一片雪白的霞光里，重新露出了笑容。

奥雷良诺这时才感到他多么想念他的朋友们，为了在这时候能同他们在一起他可以献出一切。他把孩子放在阿玛兰塔·乌苏拉生前准备好的摇篮里，用毯子盖住了死者的脸，就走出门去，漫无目的地在荒凉的镇子里游荡，想寻找一条回到过去的小道。他去敲药房的门，最近一段时间里他没去过那里，结果他看到的却是一家木匠铺。手拿着灯盏来给他开门的老太婆，听了他的胡言乱语觉得他挺可怜，但她坚持说那里从来没有什么药房，也从来不认识那个脖子细长、有一双倦眼的叫做梅尔塞德丝的女人。他走到加泰罗尼亚学者过去的书店门前，头倚在门扉痛哭起来。他明白他是在补哭，对于阿玛兰塔·乌苏拉的死他本该当场就哭的，可是为了不破坏那爱情的幻景，他把它推迟了。他走到金童乐园，连声呼喊着庇拉·特内拉的名字，他伸出拳头打在泥灰墙上，把手也打破了。天空中穿过一个个闪着金光的圆盘。在过去节日的晚上，他曾多少次站在养着石鸽的院子里，用一种天真的惊奇神态注视过它们，现在他却对此毫无兴趣。在废弃的游乐区的最后一爿开着的酒店里，一个手风琴乐队正在演奏拉法埃尔·埃斯卡洛纳的歌曲。他是主教的侄儿，他继承了好汉弗朗西斯科的绝招。店主有一条萎缩了的手臂，仿佛因为他对他母亲挥过手臂而被灼焦了，他请奥雷良诺共饮一瓶烧酒，奥雷良诺也回请了一瓶。店主讲述他的手臂的不幸，奥雷良诺则诉说他内心的心酸，他的心枯萎了，仿佛是因为倾心于他的姐妹而被灼焦了。最后，两个人抱头痛哭。奥雷良诺一时觉得心中的悲痛哭完了。但是到了马贡多

的最后一个早晨,又剩下一个人的时候,他走到广场中央张开双臂,就象要唤醒整个世界似的用足马力高声喊:

"朋友都是婊子养的!"

尼格鲁曼塔从混杂着眼泪和呕吐的污秽的泥淖中把他救起,把他带到自己房间里,替他擦洗干净,端汤给他喝。她一笔勾销了他欠她的数不清的爱情债,她还主动诉说自己最寂寞的哀愁,免得他一个人哭个没完,她相信这么做能给他安慰。第二天清早,奥雷良诺从短暂的昏睡中醒来,感到头疼,他睁开眼睛,想起了孩子。

孩子没在摇篮里。他的第一个反应,是感到一阵突然的喜悦,他以为阿玛兰塔·乌苏拉从死亡中苏醒过来去照料孩子了,可是她的遗体象一堆石头,直挺挺地躺在毯子下面。他发觉,进门时卧室的门是开着的,于是它穿过牛至花吐着清香的长廊,探身朝饭厅里张望了一下,只见分娩时的赃物还在那里:大水锅、血污的床单、灰盆和桌上摊开的尿布中放着孩子蜷曲的脐带,还有剪刀和丝线。产婆晚上把孩子抱走了,他这么想,这使他有空冷静下来回想往事。他倒在摇椅里,这张摇椅,早年雷蓓卡曾坐在上面教人绣花,阿玛兰塔曾坐在上面和赫里奈多·马尔克斯上校下过围棋,阿玛兰塔·乌苏拉坐在上面缝制过孩子的小衣服。在闪电般清醒的瞬间,他明白自己的内心无力承受那么多往事的重压。受到自己的和别人的怀恋那致命尖刀的刺伤,他不禁佩服起凋谢的玫瑰上的蜘蛛网的坚韧,钦佩野麦的顽强和二月清晨日出时空气的耐心。这时,他看到了孩子,他已经成了一张肿胀干枯的皮了,全世界的蚂蚁群一起出动,正沿着花园的石子小路费力地把他拖到蚁穴中去。这时,奥雷良诺动弹不得,倒不是因为惊呆了,而是因为在这奇妙的瞬间,他领悟了墨尔基阿德斯具有决定意义的密码,他发现羊皮纸上的标题完全是按照人们的时间和空间排列的:家族的第一人被绑在一棵树上,最后一个人正在被蚂蚁吃掉。

奥雷良诺一生中再也没有比此刻更大彻大悟了。他忘记了两个死者,忘记了丧妻失子的哀痛,回头就用菲南达的十字花织物把门窗钉起来,免得自己被世上的诱惑惊扰,因为这时他明白了,在墨尔基阿德斯的羊皮书上写着他的归宿。史前植物丛、冒着水气的泥潭、闪电的昆虫,把世人的足迹从房间里全部抹去了,但在这中间,他却看到羊皮书完好无损。奥雷良诺等不及把羊皮书拿到亮光下去,就站在原地毫不费力地大声把它们译了出来,就如在正午的艳阳下读西班牙文一样。这是墨尔基阿德斯提前一百年写就的这个家族的历史,细枝末节无不述及。他用自己的母语梵文写成。那些逢双的韵文用的是奥古斯托大帝的私人密码,逢单的则用斯巴达国的军用密码。最后一个关键,——当初奥雷良诺快要看出来时,却被阿玛兰塔·乌苏拉的爱情迷住了——在于墨尔基阿德斯没有把事情按人们惯用的时间程序排列,而是把一个世纪的琐碎事件集中在一起,使他们共存于一瞬间。奥雷良诺对这一发现心醉神迷,他逐字逐句地大声朗读那段训谕,这段训谕墨尔基阿德斯曾亲自念给阿卡迪奥听过,实际上那是他将被处决的预言。奥雷良诺看到羊皮书上预言了一个世界上最美丽的女人的降生,说她的肉体和精神正在飞升。他还看到一对孪生的遗腹子的来历,他们拒绝译读羊皮书,这不仅因为他们无能和缺乏毅力,也因为他们的想法不成熟。看到这里,他急于想知道自己的来历,就跳过了几页。这时,外面起风了,那刚刚刮起的和风中充满着过去的声音,有古老的天竺葵的絮絮低语,还有人们在感到最深切的怀念之前发出的失望的叹息。这一切他都没有听见,因为这时他正巧发现了他自己的初步线索。那上面谈到了一个好色的祖父,轻浮使他穿越了一片幻觉的荒野,去寻找一个漂亮的女人,但女人没有使他幸福。奥雷良诺认出了他。循着他的秘密的代传线索,奥雷良诺找到了自己在一个昏暗的浴室里,在蝎子和黄蛾子中间开始孕育的时刻。在那里,一个工匠在一个女人身上发泄着情欲,而那女人是出于对家庭的反抗而委身于他。奥雷良诺全神贯注地看着,第二阵风吹来他也没有发觉,飓风般的风力把门窗都吹脱了臼,掀掉了东面走廊的屋顶,拔出了房基。这时候,奥雷良诺才发现阿玛兰塔·乌苏拉原来不是他的姐妹,而是他的姑母。而弗朗西斯·德雷克袭击里奥阿查只不过是为了让他们在错综复杂的血统迷宫中去寻找自己,直到生下那个终结家族的、神话般的动物为止。马贡多在《圣经》上记载的那种飓风的狂怒袭击,已经变成了四下抛洒灰尘和瓦砾的可怕漩涡。这时,奥雷良诺觉得这些内容太熟悉了,不想浪费时间,于是又跳过了十一页,开始译读有关他正在度过的这一刻的情况。他一面读,一面就过着这段时间,并预测自己在读完羊皮书后的情景,如同在照一面会说话的镜子。这时候,为了早些看到有关他死的预言,以便知道死的日期和死时的情景,他又跳过了几页。但是,他还没有把最后一句话看完,就已经明白了,他从此再也不会离开这间屋子,因为这座镜子城(或称幻景城)在奥雷良诺·巴比洛尼亚译读出全本羊皮书的时刻,将被飓风刮走,并将从人们的记忆中完全消失。这手稿上所写的事情过去不曾,将来也永远不会重复,因为命中注定要一百年处于孤独的世家决不会有出现在世上的第二次机会。

【作品导读】

马尔克斯(1927—2014)是 20 世纪哥伦比亚著名作家、记者和社会活动家,是拉丁美洲魔幻现实主义文学的代表人物。1947 年考入哥大国立大学法学系,辍学后进入报界,同时开始文学创作。1961—1967 年移居墨西哥。主要作品有长篇小说《百年孤独》、《族长的没落》、《霍乱时期的爱情》,中篇小说《枯枝败叶》、《没有人给她写信的少校》、《一件事先张扬的凶杀案》,短篇小说集《蓝宝石般的眼睛》、《格兰德大妈的葬礼》及一些电影剧本等。1982 年获诺贝尔文学奖。

　　《百年孤独》(1966)一经出版,即在拉丁美洲乃至全球引起巨大轰动。被认为是继"塞万提斯的《堂·吉诃德》之后最伟大的西班牙语作品"(聂鲁达),"是任何一个世纪这类杰出作品中的杰作"(约翰·巴斯)。小说描绘了马贡多从荒芜的沼泽地上兴起到被一阵飓风卷走而完全消失的一百多年的图景。小说通过布恩迪亚家族长达百年七代人的兴衰、荣辱、爱恨、祸福,揭示了拉丁美洲文化与人性中根深蒂固的孤独处境——落后贫穷、愚昧野蛮、因循守旧、与世隔绝,以及必然被连根拔起的命运,以此警示人们思考造成拉丁美洲百年孤寂落后的原因,并探讨打破这种孤寂状态的途径,寻求民族振兴之路。小说开头所写马贡多的开拓史和移民史映照着拉丁美洲混杂着血与火的殖民史。

　　小说人名的不断重复,着实考验着读者的记忆。男性人物主要分为两类:阿卡迪奥们和奥雷良诺们。阿卡迪奥们"表现出坚强的魄力,一种可怕的、动物式的精力,驱使他们去从事当时各种令人敬畏的活动";另一方面,奥雷良诺们"则都是稳重、沉着、有理性的谦谦君子,其最突出的特征是头脑清醒、颇工心计"。与阿卡迪奥们的"间或冲动相反",奥雷良诺们"生来就善于思考,具有从事宏大事业的天资"。唯一的例外是阿卡迪奥第二和奥雷良诺第二这对双胞胎,他们的特征反了过来,也许是人们将他们的名字记错了。家族的祖先霍塞·阿卡迪奥·布恩迪亚则具有如此两类人的特征。女性人物也大致分为两类,一类是与奥雷良诺们相似的乌苏拉、阿玛兰塔和阿玛兰塔·乌苏拉等具有不凡见识和能力的妇女;一类是梅雷苔丝们,她们表现出与阿卡迪奥们相似的不成熟和冲动。名字的不断重复和精心排列,把个体的行为纳入先辈建立的行为模式之中,突出了家族的集体气质。正是这种集体性的结构设计,使这个孤独的家族和马贡多镇成为拉丁美洲的缩影。

　　智利文学批评家因培特认为魔幻只是现实主义文学的一种方法或策略,马尔克斯等魔幻现实主义作家则认为魔幻就是拉丁美洲现实生活的组成部分,魔幻也是现实①。把现实魔幻化或者把魔幻现实化,构成了魔幻现实主义小说的基本手法。《百年孤独》利用陌生化、神话化的艺术表现手法,糅合印第安人传说、阿拉伯神话和《圣经》典故等,创造了亦虚亦实、诡谲神奇的艺术世界。小说开头:"许多年之后,面对行刑队,奥雷良诺·布恩迪亚上校会回想起,他父亲带他去见识冰块的那个遥远的下午。"这种"将来过去时"式的叙事方式将过去、现在与未来很好地衔接起来,扩展了时空的想象空间,凸显了世事变迁的神秘。《百年孤独》对于中国当代叙事文学有极其深远的影响。

---

① 参考吴晓东《20 世纪外国文学专题》,北京大学出版社 2002 年版,第 84—89 页。

【延伸阅读作品和参考文献】

1.〔哥〕加西亚·马尔克斯《霍乱时期的爱情》,杨玲译,南海出版社 2012 年版。

2.〔哥〕加西亚·马尔克斯《两百年的孤独——加西亚·马尔克斯谈创作》,朱景冬译,云南人民出版社 1997 年版。

3. 陈光孚《魔幻现实主义》,花城出版社 1986 年版。

4. 刘象愚、杨恒达、曾艳兵主编《从现代主义到后现代主义》,高等教育出版社 2002 年版。

【思考与练习】

1. 如何理解《百年孤独》中的"孤独"?

2. 如何理解魔幻现实主义的"魔幻"?

(左怀建)

□ 诗　歌

圣经·雅歌(节选)①

所罗门的歌,是歌中的歌。

第一首

[新娘]

愿他用口与我亲嘴,

因你的爱情比酒更美。

你的膏油馨香,

你的名如同倒出来的香膏,

所以众童女都爱你。

愿你吸引我,我们就快跑跟随你。

王带我进了内室,

我们必因你欢喜快乐;

我们要称赞你的爱情,

胜似称赞美酒。

她们爱你是理所当然的。

耶路撒冷的众女子啊,

我虽然黑,却是秀美,

如同基达的帐棚,

好像所罗门的幔子。

不要因日头把我晒黑了,就轻看我。

我同母的弟兄向我发怒,

他们使我看守葡萄园,

我自己的葡萄园却没有看守。

我心所爱的啊,求你告诉我,

你在何处牧羊?

晌午在何处使羊歇卧?

---

① 　选自中国基督教三自爱国运动委员会、中国基督教协会《圣经》,2003 印刷。

我何必在你同伴的羊群旁边,

好像蒙着脸的人呢?

[新郎]

你这女子中极美丽的,

你若不知道,

只管跟随羊群的脚踪去,

把你的山羊羔牧放在牧人帐棚的旁边。

我的佳偶,

我将你比法老车上套的骏马。

你的两腮因发辫而秀美,

你的颈项因珠串而华丽。

我们要为你编上金辫,镶上银钉。

[新娘]

王正坐席的时候,

我的哪哒香膏发出香味。

我以我的良人为一袋没药,

常在我怀中;

我以我的良人为一棵凤仙花,

在隐基底葡萄园中。

[新郎]

我的佳偶,你甚美丽! 你甚美丽!

你的眼好像鸽子眼。

[新娘]

我的良人哪,你甚美丽可爱!

我们以青草为床榻,

以香柏树为房屋的栋梁,

以松树为椽子。

我是沙仑的玫瑰花

(或作水仙花),

是谷中的百合花。

[新郎]

我的佳偶在女子中,

好像百合花在荆棘内。

［新娘］

我的良人在男子中，
如同苹果树在树林中。
我欢欢喜喜坐在他的荫下，
尝他果子的滋味，觉得甘甜。
他带我入筵宴所，
以爱为旗在我以上。
求你们给我葡萄干增补我力，
给我苹果畅快我心，因我思爱成病。
他的左手在我头下，
他的右手将我抱住。
耶路撒冷的众女子啊，
我指着羚羊或田野的母鹿嘱咐你们，
不要惊动，不要叫醒我所亲爱的，
等他自己情愿（"不要叫醒云云"，或作"不要激动爱情，等它自发"）。

第二首

［新娘］

听啊，是我良人的声音；
看哪，他蹿山越岭而来。
我的良人好像羚羊，或像小鹿。
他站在我们墙壁后，
从窗户往里观看，
从窗棂往里窥探。
我良人对我说：

［新郎］

我的佳偶，我的美人，
起来，与我同去！
因为冬天已往，
雨水止住过去了。
地上百花开放。
百鸟鸣叫的时候（"或作修理葡萄树的时候"）已经来到，
斑鸠的声音在我们境内也听见了，
无花果树的果子渐渐成熟，
葡萄树开花放香。

我的佳偶,我的美人,

起来,与我同去!

我的鸽子啊,你在磐石穴中,

在陡岩的隐秘处。

求你容我得见你的面貌,

得听你的声音;

因为你的声音柔和,

你的面貌秀美。

要给我们擒拿狐狸,

就是毁坏葡萄园的小狐狸,

因为我们的葡萄正在开花。

[新娘]

良人属我,我也属他;

他在百合花中牧放群羊。

我的良人哪,

求你等到天起凉风,

日影飞去的时候,

你要转回,好像羚羊

或像小鹿在比特山上。

我夜间躺卧在床上,

寻找我心所爱的;

我寻找他,却寻不见。

我说:我要起来,游行城中,

在街市上,在宽阔处,

寻找我心所爱的。

我寻找他,却寻不见。

城中巡逻看守的人遇见我,

我问他们:"你们看见我心所爱的没有?"

我刚离开他们,就遇见我心所爱的。

我拉住他,不容他走,

领他入我母家,到怀我者的内室。

耶路撒冷的众女子阿,

我指着羚羊或田野的母鹿嘱咐你们,

不要惊动、不要叫醒我所亲爱的,

等他自己情愿("不要叫醒云云",或作"不要激动爱情,等它自发")。

【作品导读】

众所周知,《圣经》指犹太教和基督教(包括新教、天主教和东正教)的宗教经典。犹太教的《圣经》又名《希伯来圣经》,特指基督教所称的《旧约》。基督教新教的《圣经》包括《旧约》和《新约》两部分,天主教、东正教的《圣经》除《旧约》、《新约》外,还有《次经》若干卷。《旧约》、《次经》的作者是古代希伯来人,《新约》的作者是初期基督徒。《旧约》、《次经》成书大约在公元前 11—1 世纪之间,《新约》成书大概在公元 1—2 世纪之间。

《圣经》不仅是世界上影响最为广泛的宗教经典,也是全世界影响最为广泛的文学经典。《雅歌》属于《旧约》,是古代希伯来人爱情生活的精彩呈现。

《雅歌》共六首诗八个部分,全部是新鲜、纯朴而又奇幻、美妙的爱情诗,它为何能被作为《圣经》的一部分呢?历来研究者有不同的说法。"犹太教和基督教的诠释者都采纳一种寓意解释。在犹太教的释经中,女子(代表以色列)要求男子(代表耶和华)带她入洞房,被寓意解释为描绘以色列人出埃及。至于女子自惭脸黑,则被寓意解释为以色列人在旷野拜金牛犊的罪行与耻辱('黑')。基督教改造了这种诠释策略,以符合自己的神学特点。在基督教的寓意释读中,男子代表耶稣基督,而女子可以代表教会或教徒。就像在犹太教中的诠释一样,基督教同样认为《雅歌》中的细节具有寓意。"①启蒙运动以来,人们逐渐还原诗歌本身的意义,将它看作爱情诗。这与我国《诗经》中不少爱情诗的阐释史相仿佛。

《雅歌》开篇说:"所罗门的歌,是歌中的歌。"表明这部分诗歌有可能为所罗门所作。所罗门约于公元前 970 年继承王位,是古代北方的以色列王国和南方的犹大王国分裂前以色列王国的最后一位君主。据《圣经·列王记》记载,所罗门王是耶路撒冷第一圣殿的建造者,具有多方面的历史、文化建树,但也因不少罪过(如大兴土木,劳民伤财等),导致在他儿子罗波安执政时期以色列王国发生了分裂。据说,所罗门打猎时爱上一个叫书拉密的牧女,他就乔装成牧童入山歌唱,终于赢得了她的爱情。②

《雅歌》有诗剧的形式,诗歌基本上都是从"新娘"和"新郎"的角色唱出来的。所以,有研究者认为,《雅歌》是古时西亚男女婚礼庆典中演唱的诗歌③,也颇有道理。

从诗歌中两个角色的歌唱看,女性一方更大胆、热烈、细腻,也更主动。诗歌第一句就是"愿他用口与我亲嘴"。这种爱情不仅有"情感"抒发,而且有实际的

---

① 王新生《〈圣经〉精读》,复旦大学出版社 2010 年版,第 179 页。
② 耿占春主编《外国精美诗歌读本》,山东友谊出版社 2009 年版,第 2 页。
③ 郑克鲁主编《外国文学史》(下),高等教育出版社 2006 年版,第 248 页。

身体接触。她主动呼唤"心所爱的"人来与她幽会,并且渴望"我们以青草为床榻,以香柏树为房屋的栋梁,以松树为椽子"。她自述她已"思爱成病",夜间睡不着觉,白天满城去找自己"心所爱的",找到后就主动"拉住他,不容他走,领他入我母家,到怀我者的内室"。这与《诗经》中《将仲子》所写女性的表现同中有异。同的是都有大胆、热烈、细腻;异的是《将仲子》中有更多的阻挠和顾虑,《雅歌》则显得女性更自由、欢畅,想得到做得到。更难能可贵的是,《雅歌》中女性极为看重爱情的"自发",所以《雅歌》中曾有三次女性这样的歌唱:"我指着羚羊或田野的母鹿嘱咐你们,不要惊动,不要叫醒我所亲爱的,等他自己情愿。"这说明女性对真正的爱情的看重和对自己尊严的维护。

诗歌艺术上带有远古时代人与自然浑然一体,生命、爱情都新鲜、甘美、芳香的特点。所有的比喻、衬托都是人向自然的倾拜。马克思在《1844年经济学哲学手稿》里说:"人是人的自然。"诗歌中对人的赞美也是对自然和生命的赞美。从诗歌看,那时的人和自然的生命都仿佛永不衰竭的清泉、活水。诗中说"我同母的弟兄向我发怒,他们使我看守葡萄园,我自己的葡萄园却没有看守。"这种诗意的表达就是放在任何国家、民族或时代的文学长廊里都不减其光辉和亮色。

【延伸阅读作品和参考文献】

1. 中国基督教三自爱国运动委员会、中国基督教协会《圣经》,2003年印刷。
2. 王新生《〈圣经〉精读》,复旦大学出版社2010年版。
3. 邱永旭《〈圣经〉文学研究》,巴蜀书社2008年版。

【思考与练习】

1. 阅读《圣经·雅歌》全部,综述女抒情主人公的形象特征。
2. 以所选为例,分析《圣经·雅歌》的艺术特点。

(左怀建)

迷娘歌①

〔德〕歌 德

你可知道,那柠檬花开的地方?②
黯绿的密叶中映着橘橙金黄,
骀荡的和风起自蔚蓝的天上,
还有那长春幽静和月桂轩昂③——
你可知道吗?
那方啊,就是那方,
我心爱的人儿④,我要与你同往!

你可知道,那圆柱高耸的大厦,
那殿宇的辉煌,和房栊的光华,
伫立的白石像向我脉脉凝视:
"可怜的人儿,你受了多少委屈?"——
你可知道吗?
那方啊,就是那方,
庇护我的恩人,我要与你同往!

你可知道,那高山和它的云径?
骡儿在浓雾里摸索它的旅程。
黝古的蛟龙在幽壑深处隐潜,
崖崩石转,瀑布在那上面飞溅——
你可知道吗?
那方啊,就是那方,
我们启程吧,父亲,让我们同往。

【作品导读】

约翰·沃尔夫冈·歌德(1749—1832),德国伟大的作家、诗人,著名思想家、

---

① 选自《梁宗岱文集》(Ⅲ:译诗卷),中央编译出版社/香港天汉图书公司 2003 年版。
② 指意大利。迷娘的故乡在意大利近瑞士边境的玛交莱湖畔。
③ 长春:一般译为番石榴,也有译作金桃娘,为维纳斯的神树。月桂:为阿波罗的神树。
④ 心爱的人儿:指原作的主人公威廉·麦斯特。迷娘对他怀有感恩之情,又曾认其为父,故此诗中三处各称其为"心爱的人儿"、"庇护我的恩人"和"父亲"。

科学家。出生于法兰克福中产阶级之家,1765 年进入莱比锡大学学习法律,1771 年获法学博士学位,并结识赫尔德,参加他领导的狂飙突进运动。1773 年写了戏剧《铁手骑士葛兹·冯·贝利欣根》,1774 年发表中篇小说《少年维特之烦恼》,从此名声大噪。1775—1786 年在魏玛公国任职,兴趣转向自然科学。1786 年去意大利旅行使他恢复了创作力,1794 年起与德国同时另一伟大诗人席勒结下友谊,从此进入创作高峰期。代表作为长篇叙事诗《浮士德》,共 12111 行,从 1768 年写起,到 1832 年完成,为世界文学史上的奇迹。1783——1831 年间,陆续完成小说《威廉·麦斯特的学习时代》、《威廉·麦斯特的漫游时代》、诗集《西东合集》和回忆录《诗与真》等。

《迷娘歌》是歌德最具盛名、流传最广的抒情短诗。这首诗是小说《威廉·麦斯特的学习时代》第三卷第一章的歌曲,完成于 1794 年。威廉·麦斯特是一个商人的儿子,他不满于商人的平庸生涯,要在诗和戏剧中寻求人生理想,有一次,城里来了个杂剧团,其中有个 13 岁的意大利姑娘,被团长虐待,威廉见义勇为,把她赎了出来,当做自己的女儿,收养在身边。这姑娘就是迷娘。后来威廉又收留了一个弹竖琴的老人,他是迷娘真正的父亲。在小说中,作者让迷娘唱了四首动人的歌曲,《迷娘歌》就是其中之一。

诗歌篇幅不长,但意蕴相当丰富。诗篇以迷娘对故土的思念为主线,从三个侧面书写了意大利美丽的自然风光、丰富的文化内涵和作为生命家园的美好。第一节以各种美丽的热带植物赞美了意大利温暖明丽的南国风光。柠檬、桔子、月桂、番石榴,都是人们所珍爱的果木,色彩鲜艳,甘美芬芳,正衬托出迷娘娟秀、清雅的形象,也反映出她对故国的热爱和自豪。第二节,进一步抒写迷娘对家乡的思念,灿烂辉煌的大理石建筑,暗示出迷娘高贵的出身和不幸的遭遇,同时也暗示意大利是西方文明的摇篮。特别是文艺复兴之后,西方知识分子常常将意大利当做自己的精神故乡。最后一节描绘阿尔卑斯山沿途阴森的景象,更反衬出故国家乡的可爱,同时也隐示出迷娘离乡背井、历尽沧桑的艰难,流露出忧悒、感伤的情绪。诗篇明里是写迷娘对故国的思念,内里则也表达了诗人自己对意大利的热爱和向往。

诗篇带有民歌风味。感情真挚,格调婉转,口气亲切,十分迷人,真不愧为"迷娘"之歌。人们常常忽略的是,迷娘对威廉·麦斯特的情感态度从称呼的变化看得出,她对他有极为复杂微妙的情感,既是父亲、恩人,也是情人。这种非常态的情感态度使诗歌具有了非常态的情感魅力。也许正是诗歌纯净的抒情气息、特有的音乐美感和情感上的多义性,使此后无数著名音乐家都为它作曲,歌唱传遍世界大地。据说,为此诗配乐达百种以上,其中就有贝多芬、舒伯特、舒曼、李斯特、柴可夫斯基等著名作曲家。

【延伸阅读作品和参考文献】

1.〔德〕歌德《威廉·麦斯特的学习时代》,杨武能译,广西师范大学出版社
2003 年版。

2. 褚蓓娟《奥林匹斯诸神般的智慧:歌德》,见褚蓓娟《多维视野中的西方文
学》,中央编译出版社 2010 年版。

3. 许自强、孙坤荣主编《世界名诗鉴赏大全》,商务印书馆国际有限公司
2009 年版。

【思考与练习】

阅读歌德《威廉·麦斯特的学习时代》,分析迷娘的形象内涵。

(左怀建)

我们走吧，无论上哪儿我都愿意[①]

〔俄〕普希金

我们走吧，无论上哪儿我都愿意，
朋友们，随便你们想要去什么地方，
为了远离骄傲的人儿，我都愿意奉陪：
不管是到遥远的中国的长城边上，
也不管是去人声鼎沸的巴黎市街，
到塔索不再歌唱夜间船夫的地方[②]，
那里在古城的灰烬下力量还在昏睡，
只有柏树林子还在散发着馨香，
哪里我都愿意去。走吧……但朋友们，
请问我的热情在漂泊中可会消亡？
我将要忘却骄傲而折磨人的姑娘，
还是仍要到她跟前忍受她的怒气，
把我的爱情作为通常的献礼奉上？

【作品导读】

　　亚历山大·谢尔盖耶维奇·普希金（1799—1837 年），莫斯科贵族家庭出身。俄罗斯伟大的诗人、近代文学的奠基者和文学语言的创建者，在诗歌、小说、戏剧乃至童话等各个文学领域都给俄罗斯文学提供了典范。一生创作了近八百首抒情诗和十几部叙事长诗，其中抒情短诗《致大海》、《自由颂》、《致恩克》、《假如生活欺骗了你》、《水仙女》、《给一个希腊女郎》和《致西伯利亚的囚徒》等都拥有广泛的读者。最有代表性的作品是诗体小说《叶甫盖尼·奥涅金》（1823—1830）。普希金坚定地站在十二月党人一边，反对专制农奴制度，热爱、追求自由，因此遭到沙皇政府的多次迫害。

　　《我们走吧，无论到哪儿我都愿意》的写作与 1828 年 12 月诗人在莫斯科一次舞会上与 16 岁的少女娜·尼·冈察洛娃相识有关。普希金为冈察洛娃的美

---

　　① 顾蕴璞译，选自《普希金诗选》，人民文学出版社 2000 年版。1829 年 4 月，普希金向俄罗斯美女娜·尼·冈察洛娃求婚，遭到拒绝，后即启程去高加索，参加正在进行的俄土战争。同年 10 月返回莫斯科。诗人在 12 月 23 日写成此诗，并于 1830 年 1 月写信给负责监管他的宪兵总督阿·赫·本肯多夫将军，提出到国外（法国、意大利或中国）旅行，但未获准。

　　② 此处指意大利威尼斯城。塔索之所以不能把它歌唱是因为当时威尼斯正被奥地利占领。下行指当时已被挖掘出的古罗马城市遗迹。

貌所倾倒,从此爱上她。此后,经常出入冈察洛娃的家庭,并认识她的父母。但1829年4月,普希金向冈察洛娃求婚时,遭到其父母的婉言拒绝。当天夜里,普希金就到高加索去参加正在进行的俄土战争,直到十月才返回莫斯科。

雨果曾经说:"浪漫主义不过是文学上的自由主义而已"。这首诗就体现了这一浪漫主义的特点。诗篇写得自由潇洒奔放,体现诗人自由奔放的个性。诗篇用求诉的调子写,表达自己失恋的痛苦。说自己愿意离开失恋的地方,与朋友们一起到世界上任何地方去。但饶有兴味的是,诗篇写到最后,还是没有离开自己所爱恋的姑娘。诗人为恋情所苦,渴望通过漂泊来消磨自己的感情,但是又怕真的消磨了这份感情。最后诗人担心(其实也是渴望),自己恐怕还要为爱情所牵引,回到少女身边。实际生活中,一年之后,普希金鼓起勇气再次向冈察洛娃求婚,并取得成功。1831年2月,两人正式结婚,冈察洛娃为他生下两个儿子和两个女儿。冈察洛娃的美貌使诗人骄傲,但也为诗人带来悲剧性命运。沙皇垂涎于冈察洛娃的美色,为了接近她,任命已30多岁的普希金为宫中近侍;法国侨民丹特斯也对冈察洛娃发起猛烈追求,闹得满城风雨,为捍卫自己和家庭的名誉,普希金与他决斗,并在此次决斗中丧生。

【延伸阅读作品和参考文献】

1.《普希金诗选》,人民文学出版社2000年版。

2. 许自强、孙坤荣主编《世界名诗鉴赏大全》,商务印书馆国际有限公司2009年版。

3. 刘文飞《阅读普希金》,人民文学出版社2002年版。

【思考与练习】

阅读普希金传记,结合其有关诗作,谈谈你对他与冈察洛娃爱情悲剧的理解。

(左怀建)

豹①

——在巴黎动物园

〔奥〕里尔克

它的目光被那走不完的铁栏
缠得这般疲倦，什么也不能收留。
它好像只有千条的铁栏杆，
千条的铁栏后便没有宇宙。

强韧的脚步迈着柔软的步容，
步容在这极小的圈中旋转，
仿佛力之舞围绕着一个中心，
在中心一个伟大的意志昏眩。

只有时眼帘无声地撩起——
于是有一幅图像浸入，
通过四肢紧张的静寂——
在心中化为乌有。

【作品导读】

赖纳·马利亚·里尔克（1875—1926），奥地利人，20世纪德语国家中最重要的诗人，后期象征主义代表诗人之一。在维也纳大学学过文学史、艺术史和哲学等。曾做过法国著名雕塑家罗丹的秘书，也结识了法国另一著名画家塞尚。两人影响里尔克形成像工匠一样严肃认真从事创作劳动的态度。重要诗集有《生命与歌》（1894）、《宅神祭品》（1895）、《为我庆祝》（1899）、《图像集》（1902）、《新诗集》（1907）、《献给奥尔甫斯的十四行诗》（1923）和组诗《杜伊诺哀歌》（1923）等。另有散文诗集《旗手克里斯多夫·里尔克的爱和死亡之歌》（1906），长篇日记体小说《布里格随笔》（1910）等。

《豹》写于1903年，是诗人最有名的诗歌短章。诗篇三段分别写了三个层次的意思。第一段动物园里的豹被"千条的铁栏"所禁锢，这种禁锢几乎要摧毁豹的意志，以至于它的目光都变得"缠绵"了，就是无神了。第二段承上启下，从"步容"写禁锢对豹意志的摧折，"步容"都变得"柔软"了，意志都变得"昏眩"了，并进

---

① 冯至译，选自《里尔克读本》，冯至、绿原译，人民文学出版社2011年版。

一步揭示这种禁锢来自一个"中心"。什么"中心"？诗篇没有明言，但是联系西方现代文明背景，读者应该明白它即指西方社会现代性的迅速、强大发展。美国学者卡林内斯库在《现代性的五副面孔》说："作为文明史阶段的现代性是科学进步、工业革命和资本主义带来的全面经济社会变化的产物。"①美国另一学者马克斯·韦伯则将这种由社会现代性主导的生存环境称为"铁笼"②。无独有偶，里尔克这首诗里所写的豹的生存环境就是铁笼。显而易见，豹及其生存环境在这里都是象征性表达。当然它也不仅是象征，从生态文化视角看，豹的生存状况本身就有独立探讨的意义。第三段是写这豹还没有被完全征服，它的内在精神还有原来的诉求，即它的眼前有时还闪现原来自由生存的"图像"，只是这"图像"在长期强大的禁锢面前经过精神清洗的过程中而迅速隐去了。

诗篇的主题显而易见，即表达：原本自由的狂放不羁的生命在人类所创造的所谓文明中被禁锢了，被征服了。这好似是人类最大的创举，其实是人类最大的败笔。问题是，诗人警觉地发现了这一点，并且成功地进行艺术表现，表达了当时一部分始终保持清醒头脑的知识分子对社会现代性的质疑和反抗。卡林内斯库在《现代性的五副面孔》里指出："另一种现代性，将导致先锋派的现代性，其自浪漫派的开端即倾向于激进的反资产阶级态度。它厌恶中产阶级的价值标准，并通过极其多样的手段来表达这种厌恶，从反叛、无政府、天启主义直到自我流放。因此，较之它的那些积极抱负（它们往往各不相同），更能表明文化现代性的是它对资产阶级现代性的公开拒斥，以及它强烈的否定激情。"③

据说，写这首诗时，诗人刚刚经历了一场失败的婚姻，心情忧郁，诗人在意大利、法国等地的名胜或文化繁荣之地流浪，渴望凭借那些自然的灵魂找寻生活的启示④。其名言："有何胜利可言？挺住意味着一切！"（《祭沃尔夫·卡尔克罗伊德公爵》）确切传达了人在现代生存的境况。

现代派诗人艾略特认为，思想感情状态常常是模糊不清的，必须寻找到某种"客观对应物"才能表达。这种客观对应物可以是一些客体、一种境况、一系列的事件等，目的在于将感情知觉化，通过暗示力量，唤起读者相应的情感。里尔克这首小诗就鲜明地体现了这一点。全诗从头到尾都是象征，都是通过客观对应物传达创作意图。奔放狂野的生命却用极强烈的理性节制表达，二者形成同样强烈的张力。奔放狂野的生命河流却有了鲜明的雕塑美，这种写法对现代诗歌的发展产生了深远影响。

---

① 〔美〕卡林内斯库《现代性的五副面孔》，顾爱彬、李瑞华译，商务印书馆2002年版，第48页。

② 〔美〕马克斯·韦伯《新教伦理与资本主义精神》，彭强、黄晓京译，陕西师范大学出版社2002年版，第175页。

③ 〔美〕卡林内斯库《现代性的五副面孔》，顾爱彬、李瑞华译，商务印书馆2002年版，第48页。

④ 佟自光、陈荣赋主编《人一生要读的60首诗歌》，中国书籍出版社2004年版，第182页。

【延伸阅读作品和参考文献】

1.《里尔克读本》,冯至、绿原译,人民文学出版社 2011 年版。

2. 赵毅衡《诗歌语言研究中的几个基本概念》,见杨匡汉、刘福春主编《中国现代诗论》(下编),花城出版社 1986 年版。

3.〔德〕马克思、恩格斯《共产党宣言》,人民出版社 1997 年版。

4.〔德〕马克斯·韦伯《新教伦理与资本主义》,彭强、黄晓京译,陕西师范大学出版社 2002 年版。

5. 袁可嘉《欧美现代派文学概论》,广西师范大学出版社 2003 年版。

【思考与练习】

1. 如何理解诗歌的象征性?

2. 阅读里尔克,谈谈对"有何胜利可言? 挺住意味着一切!"的理解。

(左怀建)

一条没有走的路①

〔美〕弗罗斯特

金黄色林中有两条路各奔一方，
可惜，我是一个人独自旅行
不能两条都走，我站在岔道上
向其中一条，长时间凝神眺望
直到它弯进灌木丛失去踪影。

然后走上丝毫也不差的另一条，
也许，曾有更好的理由走它，
因为杳无人迹，而且长遍萋草，
虽然经我走后，过往行人的脚，
已践踏得两条道路难分上下。

而在那一天早晨，那两条道路
曾同样覆盖落叶，未经步履，
哦，我曾想留一条以待来日涉足！
如今我懂得了路是怎样连接着路，
已不相信还有可能重新回去。

我将会在很久很久以后的某处，
一声叹息，重把这往事提起。
树林中曾经有两条歧路，当初——
我选择了其中人迹稀少的一途，
这就造成了此后的全部差异。

【作品导读】

罗伯特·弗罗斯特(1874—1963)，祖辈九代都住在美国新英格兰地区，他的诗也具有浓郁而质朴的新英格兰特色，被称作"新英格兰诗人"。他上过哈佛大学，当过工人，教过书，经营过祖父送给他的庄园，曾移居英国，一直坚持写诗，作品在英国和美国颇受好评，1915年获聘阿默斯特学院英语教授，1916

---

① 选自《弗罗斯特诗选》(英汉对照)，江枫编译，外语教学与研究出版社2012年版。

年被选为美国国家艺术文学研究院院士。他出版的诗集中有四部获得普利策奖。

其诗之所以在现代英美广受欢迎，一个主要原因是作为现代诗人，弗罗斯特走出了一条与20世纪多数诗人迥然不同的道路。他并没有标新立异、企图尝试诗歌形式的改革，而是继承传统，满足于用旧形式表达新内容。他喜欢用浅显易懂的口语，语气平缓、冷静，采用人们熟悉的韵律。他的诗一般都遵从了传统的韵律形式，比如押韵的双行体、三行体、四行体、十四行体都写得相当出色。弗罗斯特很少写自由诗，他曾说过，诗歌如不讲韵律，就像打网球不设拦网一样。其写诗最大的特色就是善于运用眼前看似平淡无奇的事物，去象征性地表达一个深刻的哲理。正因为他长于用具体的事物说抽象的概念，所以他的诗就易为读者接受和了解，留下了《一条没有走的路》和《雪夜林边》等许多脍炙人口的篇章。其诗采用传统的诗歌形式表达对现代生活的看法；借自然描写表达社会认知；憧憬理想而又不乏现实观照——如此等等的传统与现代、自然与社会、理想与现实的双重性是其诗歌在诗坛独树一帜的重要原因。

1913年，即将年满四十岁却仍然不是很出名的弗罗斯特，从英国写信给他的一位学生，说："我是那种少数有自己理论的人之一，我期望能为改进美国文学的现状做些什么。"当时他经过多年的准备和酝酿，已经做出了他人生的一个重大选择，即全身心投入诗歌创作，并在英国出版诗集。这一决定后来果然使他获得巨大成功，同时切实提高了美国诗歌在世界文坛的地位。两年以后，诗人在《一条没有走的路》这首诗中委婉地反映了自己在选择人生道路时所体验到的那种踌躇和困惑。诗中的叙述者在早晨来到一个岔路口，在他面前有两条路可供选择，两条都"曾同样覆盖落叶，未经步履"，他将选择哪一条？这首诗的魅力就在"选择"。选择意味着占有，也意味着放弃；选择有可能成功，也有可能失败；选择体现了人生的自由，也体现着人生的有限性。人生的华彩与遗憾也尽在其中了。经过片刻的犹豫，叙述者决定走那条相对"人迹稀少的一途"，因为那条路走的人少，更有探索的价值，也由此造成他与别人截然不同的人生历程。和弗罗斯特的其他作品一样，这首诗虽然只是描写了生活中的一个普通情景，但它表现的却是内涵极其丰富、深刻、有普遍意义的人生哲理。而这正是诗歌成功的秘密。

【延伸阅读作品和参考文献】

1. 江枫编译《弗罗斯特诗选》（英汉对照），外语教学与研究出版社2012年版。

2. 黄宗英《弗罗斯特研究》，上海外语教育出版社2011年版。

【思考与练习】

1. 诗歌中,两条路都代表什么? 叙述者走的是一条,而诗歌歌咏的主要指向在另一条,其寓意是什么?

2. 下面是弗罗斯特《一条没有走的路》英文原文,请对照其他中文译文,看看江枫译文的优缺点是什么?

The Road Not Taken

Robert Frost

Two roads diverged in a yellow wood,
And sorry I could not travel both
And be one traveler, long I stood
And looked down one as far as I could
To where it bent in the undergrowth.

Then took the other, as just as fair,
And having perhaps the better claim,
Because it was grassy and wanted wear;
Though as for that, the passing there
Had worn them really about the same.

And both that morning equally lay
In leaves no step had trodden black
Oh, I kept the first foranother day!
Yet knowing how way leads on to way,
I doubted if I should even come back.

I shall be telling this with a sigh
Somewhere ages and ages hence:
Two roads diverged in a wood, and I——
I took the one less traveled by,
And that has made all the difference.

（刘鹏）

328

□ 散 文

瓦尔登湖(节选)①

〔美〕梭 罗

我生活的地方;我为何生活

……

我时常看到一个诗人,在欣赏了一片田园风景中的最珍贵部分之后,就扬长而去,那些固执的农夫还以为他拿走的仅只是几枚野苹果。诗人却把他的田园押上了韵脚,而且多少年之后,农夫还不知道这回事,这么一道最可羡慕的、肉眼不能见的篱笆已经把它圈了起来,还挤出了它的牛乳,去掉了奶油,把所有的奶油都拿走了,他只把去掉了奶油的奶水留给了农夫。

霍乐威尔田园的真正迷人之处,在我看是:它的遁隐之深,离开村子有两英里,离开最近的邻居有半英里,并且有一大片地把它和公路隔开了;它傍着河流,据它的主人说,由于这条河,而升起了雾,春天里就不会再下霜了,这却不在我心坎上;而且,它的田舍和棚屋带有灰暗而残败的神色,加上零落的篱笆,好似在我和先前的居民之间,隔开了多少岁月;还有那苹果树,树身已空,苔藓满布,兔子咬过,可见得我将会有什么样的一些邻舍了,但最主要的还是那一度回忆,我早年就曾经溯河而上,那时节,这些屋宇藏在密密的红色枫叶丛中,还记得我曾听到过一头家犬的吠声。我急于将它购买下来,等不及那产业主搬走那些岩石,砍伐掉那些树身已空的苹果树,铲除那些牧场中新近跃起的赤杨幼树,一句话,等不及它的任何收拾了。为了享受前述的那些优点,我决定干一下了;像那阿特拉斯②一样,把世界放在我肩膀上好啦,——我从没听到过他得了哪样报酬,——我愿意做一切事:简直没有别的动机或任何推托之辞,只等付清了款子,便占有这个田园,再不受他人侵犯就行了;因为我知道我只要让这片田园自生自展,它将要生展出我所企求的最丰美的收获。但后来的结果已见上述。

所以,我所说的关于大规模的农事(至今我一直在培育着一座园林),仅仅是我已经预备好了种子。许多人认为年代越久的种子越好。我不怀疑时间是能分别好和坏的,但到最后我真正播种了,我想我大约是不至于会失望的。可是我要

---

① 选自梭罗《瓦尔登湖》,徐迟译,上海译文出版社 2004 年版。
② 希腊神话中负载了天体的巨人。

告诉我的伙伴们,只说这一次,以后永远不再说了:你们要尽可能长久地生活得自由,生活得并不执著才好。执迷于一座田园,和关在县政府的监狱中,简直没有分别。

老卡托①——他的《乡村篇》是我的"启蒙者",曾经说过——可惜我见到的那本唯一的译本把这一段话译得一塌糊涂,——"当你想要买下一个田园的时候,你宁可在脑中多多地想着它,可决不要贪得无厌地买下它,更不要嫌麻烦而再不去看望它,也别以为绕着它兜了一个圈子就够了。如果这是一个好田园,你去的次数越多你就越喜欢它。"我想我是不会贪得无厌地购买它的,我活多久,就去兜多久的圈子,死了之后,首先要葬在那里。这样才能使我终于更加喜欢它。

目前要写的,是我的这一类实验中其次的一个,我打算更详细地描写描写;而为了便利起见,且把这两年的经验归并为一年。我已经说过,我不预备写一首沮丧的颂歌,可是我要像黎明时站在栖木上的金鸡一样,放声啼叫,即使我这样做只不过是为了唤醒我的邻人罢了。

我第一天住在森林里,就是说,白天在那里,而且也在那里过夜的那一天,凑巧得很,是一八四五年七月四日,独立日,我的房子没有盖好,过冬还不行,只能勉强避避风雨,没有灰泥墁,没有烟囱,墙壁用的是饱经风雨的粗木板,缝隙很大,所以到晚上很是凉爽。笔直的、砍伐得来的、白色的间柱,新近才刨得平坦的门户和窗框,使屋子具有清洁和通风的景象,特别在早晨,木料里饱和着露水的时候,总使我幻想到午间大约会有一些甜蜜的树胶从中渗出。这房间在我的想象中,一整天里还将多少保持这个早晨的情调,这使我想起了上一年我曾游览过的一个山顶上的一所房屋。这是一所空气好的、不涂灰泥的房屋,适宜于旅行的神仙在途中居住,那里还适宜于仙女走动,曳裙而过。吹过我的屋脊的风,正如那扫荡山脊而过的风,唱出断断续续的调子来,也许是天上人间的音乐片段。晨风永远在吹,创世纪的诗篇至今还没有中断;可惜听得到它的耳朵太少了。灵山只在大地的外部,处处都是。

除了一条小船之外,从前我曾经拥有的唯一屋宇,不过是一顶篷帐,夏天里,我偶或带了它出去郊游,这顶帐篷现在已卷了起来,放在我的阁楼里;只是那条小船,辗转经过了几个人的手,已经消隐于时间的溪流里。如今我却有了这更实际的避风雨的房屋,看来我活在这世间,已大有进步。这座屋宇虽然很单薄,却是围绕我的一种结晶了的东西,这一点立刻在建筑者心上发生了作用。它富于暗示的作用,好像绘画中的一幅素描。我不必跑出门去换空气,因为屋子里面的气氛一点儿也没有失去新鲜。坐在一扇门背后,几乎和不坐在门里面一样,便是

---

① 老卡托:公元前 234—前 149 年,罗马政治家、演说家、散文家。

下大雨的天气,亦如此。哈利梵萨①说过:"并无鸟雀巢居的房屋像未曾调味的烧肉。"寒舍却并不如此,因为我发现我自己突然跟鸟雀做起邻居来了;但不是我捕到了一只鸟把它关起来,而是我把我自己关进了它们的邻近一只笼子里。我不仅跟那些时常飞到花园和果树园里来的鸟雀弥形亲近,而且跟那些更野性、更逗人惊诧的森林中的鸟雀亲近了起来,它们从来没有,就有也很难得,向村镇上的人民唱出良宵的雅歌的,——它们是画眉,东部鸫鸟,红色的碛鹨,野麻雀,怪鸥和许多别的鸣禽。

我坐在一个小湖的湖岸上,离开康科德村子南面约一英里半,较康科德高出些,就在市镇与林肯乡之间那片浩瀚的森林中央,也在我们的唯一著名地区,康科德战场②之南的两英里地;但因为我是低伏在森林下面的,而其余的一切地区,都给森林掩盖了,所以半英里之外的湖的对岸便成了我最遥远的地平线。在第一个星期内,无论什么时候我凝望着湖水,湖给我的印象都好像山里的一泓龙潭,高高在山的一边,它的底还比别的湖沼的水平面高了不少,以至日出的时候,我看到它脱去了夜晚的雾衣,它轻柔的鄰波,或它波平如镜的湖面,都渐渐地在这里那里呈现了,这时的雾,像幽灵偷偷地从每一个方向,退隐入森林中,又好像是一个夜间的秘密宗教集会散会了一样。露水后来要悬挂在林梢,悬挂在山侧,到第二天还一直不肯消失。

八月里,在轻柔的斜风细雨暂停的时候,这小小的湖做我的邻居,最为珍贵,那时水和空气都完全平静了,天空中却密布着乌云,下午才过了一半却已具备了一切黄昏的肃穆,而画眉在四周唱歌,隔岸相闻。这样的湖,再没有比这时候更平静的了;湖上的明净的空气自然很稀薄,而且给乌云映得很黯淡了,湖水却充满了光明和倒影,成为一个下界的天空,更加值得珍视。从最近被伐木的附近一个峰顶上向南看,穿过小山间的巨大凹处,看得见隔湖的一幅愉快的图景,那凹处正好形成湖岸,那儿两座小山坡相倾斜而下,使人感觉到似有一条溪涧从山林谷中流下,但是,却没有溪涧。我是这样地从近处的绿色山峰之间和之上,远望一些蔚蓝的地平线上的远山或更高的山峰的。真的,踮起了足尖来,我可以望见西北角上更远、更蓝的山脉,这种蓝颜色是天空的染料制造厂中最真实的出品,我还可以望见村镇的一角。但是要换一个方向看的话,虽然我站得如此高,却给郁茂的树木围住,什么也看不透,看不到了。在邻近,有一些流水真好,水有浮力,地就浮在上面了。便是最小的井也有这一点值得推荐,当你窥望井底的时候,你发现大地并不是连绵的大陆;而是隔绝的孤岛。这是很重要的,正如井水之能冷藏牛油。当我的目光从这一个山顶越过湖向萨德伯里草原望过去的时

① 印度古代梵文叙事诗《摩诃婆罗多》的附录。
② 美国独立战争时期的著名战场。

候,在发大水的季节里,我觉得草原升高了,大约是蒸腾的山谷中显示出海市蜃楼的效果,它好像沉在水盆底下的一个天然铸成的铜币,湖之外的大地都好像薄薄的表皮,成了孤岛,给小小一片横亘的水波浮载着,我才被提醒,我居住的地方只不过是干燥的土地。

虽然从我的门口望出去,风景范围更狭隘,我却一点不觉得它拥挤,更无被囚禁的感觉。尽够我的想象力在那里游牧的了。矮橡树丛生的高原升起在对岸,一直向西去的大平原和鞑靼式的草原伸展开去,给所有的流浪人家一个广阔的天地。当达摩达拉①的牛羊群需要更大的新牧场时,他说过,"再没有比自由地欣赏广阔的地平线的人更快活的人了"。

时间和地点都已变换,我生活在更靠近了宇宙中的这些部分,更挨紧了历史中最吸引我的那些时代。我生活的地方遥远得跟天文家每晚观察的太空一样,我们惯于幻想,在天体的更远更僻的一角,有着更稀罕、更愉快的地方,在仙后星座的椅子形状的后面,远远地离了嚣闹和骚扰。我发现我的房屋位置正是这样一个遁隐之处,它是终古常新的没有受到污染的宇宙一部分。如果说,居住在这些部分,更靠近昂星团或毕星团,牵牛星座或天鹰星座更加值得的话,那末,我真正是住在那些地方的,至少是,就跟那些星座一样远离我抛在后面的人世,那些闪闪的小光,那些柔美的光线,传给我最近的邻居,只有在没有月亮的夜间才能够看得到。我所居住的便是创造物中那部分;——

> 曾有个牧羊人活在世上,
>
> 他的思想有高山那样
>
> 崇高,在那里他的羊群
>
> 每小时都给予他营养。

如果牧羊人的羊群老是走到比他的思想还要高的牧场上,我们会觉得他的生活是怎样的呢?

每一个早晨都是一个愉快的邀请,使得我的生活跟大自然自己同样地简单,也许我可以说,同样地纯洁无瑕。我向曙光顶礼,忠诚如同希腊人。我起身很早,在湖中洗澡;这是个宗教意味的运动,我所做到的最好的一件事。据说在成汤王的浴盆上就刻着这样的字:"苟日新,日日新,又日新。"②我懂得这个道理。黎明带回来了英雄时代。在最早的黎明中,我坐着,门窗大开,一只看不到也想象不到的蚊虫在我的房中飞,它那微弱的吟声都能感动我,就像我听到了宣扬美名的金属喇叭声一样。这是荷马的一首安魂曲,空中的《伊利亚特》和《奥德赛》,

---

①　《哈利梵萨》中的神。

②　引自《汤之盘铭》。

歌唱着它的愤怒与漂泊。此中大有宇宙本体之感;宣告着世界的无穷精力与生生不息,直到它被禁。黎明啊,一天之中最值得纪念的时节,是觉醒的时辰。那时候,我们的昏沉欲睡的感觉是最少的了;至少可有一小时之久,整日夜昏昏沉沉的官能大都要清醒起来。但是,如果我们并不是给我们自己的禀赋所唤醒,而是给什么仆人机械地用肘子推醒的;如果并不是由我们内心的新生力量和内心的要求来唤醒我们,既没有那空中的芬香,也没有回荡的天籁的音乐,而是工厂的汽笛唤醒了我们的,——如果我们醒时,并没有比睡前有了更崇高的生命,那末这样的白天,即便能称之为白天,也不会有什么希望可言;要知道,黑暗可以产生这样的好果子,黑暗是可以证明它自己的功能并不下于白昼的。一个人如果不能相信每一天都有一个比他亵渎过的更早、更神圣的曙光时辰,他一定是已经对于生命失望的了,正在摸索着一条降入黑暗去的道路。感官的生活在休息了一夜之后,人的灵魂,或者就说是人的官能吧,每天都重新精力弥漫一次,而他的禀赋又可以去试探他能完成何等崇高的生活了。可以纪念的一切事,我敢说,都在黎明时间的氛围中发生。《吠陀经》①说:"一切知,俱于黎明中醒。"诗歌与艺术,人类行为中最美丽最值得纪念的事都出发于这一个时刻。所有的诗人和英雄都像曼侬,那曙光之神的儿子,在日出时他播送竖琴音乐。以富于弹性的和精力充沛的思想追随着太阳步伐的人,白昼对于他便是一个永恒的黎明。这和时钟的鸣声不相干,也不用管人们是什么态度,在从事什么劳动。早晨是我醒来时内心有黎明感觉的一个时候。改良德性就是为了把昏沉的睡眠抛弃。人们如果不是在浑浑噩噩地睡觉,那为什么他们回顾每一天的时候要说得这么可怜呢?他们都是精明人嘛。如果他们没有给昏睡所征服,他们是可以干成一些事的。几百万人清醒得足以从事体力劳动;但是一百万人中,只有一个人才清醒得足以有效地服役于智慧;一亿人中,才能有一个人,生活得诗意而神圣。清醒就是生活。我还没有遇到过一个非常清醒的人。要是见到了他,我怎敢凝视他呢?

我们必须学会再苏醒,更须学会保持清醒而不再昏睡,但不能用机械的方法,而应寄托无穷的期望于黎明,就在最沉的沉睡中,黎明也不会抛弃我们的。我没有看到过更使人振奋的事实了,人类无疑是有能力来有意识地提高他自己的生命的。能画出某一张画,雕塑出某一个肖像,美化某几个对象,是很了不起的;但更加荣耀的事是能够塑造或画出那种氛围与媒介来,从中能使我们发现,而且能使我们正当地有所为。能影响当代的本质的,是最高的艺术。每人都应该把最崇高的和紧急时刻内他所考虑到的做到,使他的生命配得上他所想的,甚至小节上也配得上。如果我们拒绝了,或者说虚耗了我们得到的这一点微不足道的思想,神示自会清清楚楚地把如何做到这一点告诉我们的。

---

① 印度婆罗门教的古代经典,共四卷。

　　我到林中去,因为我希望谨慎地生活,只面对生活的基本事实,看看我是否学得到生活要教育我的东西,免得到了临死的时候,才发现我根本就没有生活过。我不希望度过非生活的生活,生活是这样的可爱;我却也不愿意去修行过隐逸的生活,除非是万不得已。我要生活得深深地把生命的精髓都吸到,要生活得稳稳当当,生活得斯巴达式的①,以便根除一切非生活的东西,划出一块刈割的面积来,细细地刈割或修剪,把生活压缩到一个角隅里去,把它缩小到最低的条件中,如果它被证明是卑微的,那末就把那真正的卑微全部认识到,并把它的卑微之处公布于世界;或者,如果它是崇高的,就用切身的经历来体会它,在我下一次远游时,也可以作出一个真实的报道。因为,我看,大多数人还确定不了他们的生活是属于魔鬼的,还是属于上帝的呢,然而又多少有点轻率地下了判断,认为人生的主要目标是"归荣耀于神,并永远从神那里得到喜悦"。

　　……

【作品导读】

　　亨利·大卫·梭罗(1817—1862),散文家、哲学家、诗人。哈佛大学毕业后曾当过小学教师,但因无法接受约束而在二周后辞职,后来还在父亲的铅笔厂帮忙。他与超验主义哲学家爱默生建立了长期的亦师亦友的友谊,对超验主义身体力行,最有代表性的两件事情就是在美国独立日那天选择远离城市的瓦尔登湖畔度过的两年隐居生活和在监狱度过的一夜。他因为反对美国政府实行奴隶制、对墨西哥发动战争而拒绝纳税,因而遭受一夜囚禁,并就此写出了著名的政论文《论公民的不服从》(1848),其中的主题:人民应该拒绝服从自己认为是不正当的法律,与《瓦尔登湖》的内涵一脉相承。

　　这篇节选自《瓦尔登湖》(1854)的第二篇文章"我生活的地方;我为何生活"。为了实现他的超验主义哲学,梭罗曾在马萨诸塞州康考迪亚附近的瓦尔登湖畔自建木屋,靠采集野菜、野果,自种豆类而维持生活,长达两年之久,《瓦尔登湖》即在此时此地完成。《瓦尔登湖》由十八篇文章组成,记录了他所观察到的大自然以及他建造木屋、耕种土地、招待远方的朋友的生活情况。书中讴歌了人类与自然和谐共处的生活,倡导个人主义、自力更生、物质节俭。他试图将身体的物质需要减少到最低限度,以便在读书、思考、观察自然与自我当中获得最大的精神财富和自由。他也呼吁人们过最简朴的生活,以便节约时间和精力来"过深层次的生活,吮吸生活的精髓"。在《瓦尔登湖》的数篇文章中,梭罗对工作和闲暇的意义进行了颇有独创性的思考,强调简朴生活的实验绝不是无所事事地与世隔绝,而恰恰以静观的方式与社会生活联系在一起。他努力发掘美国自然环境

---

　　① 刻苦耐劳,简单而严格。

在人类教养、心灵塑造方面的潜能,强调所有人都应该有充分的自由来选择过独一无二的生活方式,将自己的生活做成诗、当做艺术,为美国自然作家的写作开创了先河,对于托尔斯泰和印度圣雄甘地也有深刻影响。

梭罗的创作表现出对声音、意象、深层意义、用词的细微差别等的高度敏感。他的写作风格初看起来平铺直叙、直截了当,但实际上,各种巧妙的比喻、词源上的双关语、典故的运用、对传统谚语的灵活运用等,使通常的意义发生了变化或扭曲,使读者不得不对其作品进行重新思考、重新评价。作品文风清晰、直抒胸臆、但又不失文雅,使其成为美国散文无可争议的典范之作。

【延伸阅读作品和参考文献】

1.《梭罗散文》,苏福忠译,人民文学出版社 2011 年版。

2.〔美〕斯蒂芬·哈恩《梭罗》,王艳芳译,中华书局 2014 年版。

【思考与练习】

1. 梭罗表明自己选择七月四日那一天居住在湖畔林中的说法有什么特殊意义?

2. 完整阅读《瓦尔登湖》,看看下面一段文字表现了作者什么样的人生审美思想?

> "我不希望度过非生活的生活,生活是这样的可爱;我却也不愿意去修行过隐逸的生活,除非是万不得已。我要生活得深深地把生命的精髓都吸到,要生活得稳稳当当,生活得斯巴达式的,以便根除一切非生活的东西,划出一块刈割的面积来,细细地刈割或修剪……"

（刘鹏）

美之歌·幸福之歌①

〔黎〕纪伯伦

美之歌

我是爱情的向导,是精神的美酒,是心灵的佳肴。我是一朵玫瑰,迎着晨曦,敞开心扉,于是少女把我摘下枝头,吻着我,把我戴上了她的胸口。

我是幸福的家园,是欢乐的源泉,是舒适的开端。我是姑娘樱唇上的嫣然一笑,小伙子见到我,霎时把疲劳和苦恼都抛到九霄云外,而使自己的生活变成美好的梦想的舞台。

我给诗人以灵感,我为画家指南,我是音乐家的教员。

我是孩子回眸的笑眼,慈爱的母亲一见,不禁顶礼膜拜,赞美上帝,感谢苍天。

我借夏娃的躯体,显现在亚当面前,并使他变得好似我的奴仆一般;我在所罗门王面前,幻化成佳丽使之倾心,从而使他成了先哲和诗人。

我向海伦②莞尔一笑,于是特洛伊成了废墟一片;我给克娄巴拉特③戴上王冠,于是尼罗河谷底变得处处是欢歌笑语,生机盎然。

我是造化,人世沧桑由我安排;我是上帝,生死存亡归我主宰。

我温柔时,胜过紫罗兰的馥郁;我粗暴时,赛过狂风骤雨。

人们啊! 我是真理。我是真理啊! 你们要把这一点牢记在心里。

幸福之歌

我与人类相亲相爱。我渴慕他,他迷恋我。但是,何其不幸! 在这爱情中还有一个第三者,让我痛苦,也使他饱受折磨。那个飞扬跋扈名叫"物质"的情敌,跟随我们,寸步不离;她像毒蛇一样,要把我们拆散。

我在荒郊野外、湖畔、树丛中寻求我的恋人,却找不见他的踪影。因为物质已经迷住他的心窍,带他进了城,去了那纸醉金迷、胡作非为的地方。

我在知识和智慧的宫殿里把他寻找,但却找不到,因为物质——那俗不可耐的女人已经把他领进个人主义的城堡,使他堕落声色犬马的泥沼。

---

① 仲跻昆译,选自薛庆国编选《纪伯伦读本》,冰心等译,人民文学出版社 2012 年版。

② 海伦,希腊神话中的美人,宙斯与勒达所生之女,嫁与斯巴达王为妻,后被特洛伊王子帕里斯诱拐,引起希腊人同特洛伊人的一场大规模战争。故事见荷马史诗《伊利亚特》。

③ 克娄巴拉特(公元前 69—公元前 30),埃及托勒密王朝最著名的女王(公元前 51—公元前 30 在位)。

我在知足常乐的原野上寻求他，却找不见，因为我的情敌已经把他关在贪婪的洞穴中，使他欲壑难填。

拂晓，朝霞泛金时，我将他呼唤，他却听不见，因为对往昔的眷恋使他难睁睡眼；入夜，万籁俱寂、群芳沉睡时，我同他嬉戏，他却不理我，因为对未来的憧憬占据了他整个的心绪。

我的恋人爱恋我，在他的工作中追求我，但他只能在造物主的作品中才能找到我。他想在用弱者的骷髅筑成的荣耀的大厦里，在金山银堆中同我交往；但我却只能在感情的河岸上，在造物主建起的淳朴的茅屋中才能与他欢聚一堂。他想要在暴君、刽子手面前将我亲吻；我却只让他在纯洁的花丛中悄悄地亲吻我的双唇。他千方百计寻求媒介为我们撮合，而我要求的媒人却是正直无私的劳动——美好的工作。

我的恋人从我的情敌——物质那里学会了大喊大叫，吵闹不止；我却要教会他：从自己的心泉里流出抚慰的泪水，发出自力更生、精益求精的叹息。我的恋人属于我，我也是属于他的。

【作品导读】

哈利勒·纪伯伦（1883—1931），黎巴嫩最负盛名的现代作家、诗人、艺术家，阿拉伯现代小说和散文的主要奠基者，阿拉伯现代文学复兴运动的先驱者之一。出生于黎巴嫩北部山区著名"圣谷"附近一个叫布舍里的山村牧民家庭。12岁随母亲、哥哥和两个妹妹侨居美国的波士顿。1898年只身回黎巴嫩，进贝鲁特的"希克玛"（睿智）学院学习阿拉伯语文。1902年返美，小妹妹、哥哥和母亲又相继去世。1908年受到终身挚友、比他大10岁的美国女校长玛丽·哈斯凯尔资助，赴巴黎师从著名画家罗丹学习绘画。两年后返回波士顿，后迁居纽约，从事文学和艺术创作。1914年开始与黎巴嫩女作家梅伊·齐雅黛通信，两人终生相爱，一个矢志不娶，一个终身没嫁，但又从未谋面，成为世界文坛最凄美的爱情故事之一。

纪伯伦正式发表的作品是长篇抒情艺术散文《音乐短章》。之后出版小说集《草原新娘》、《叛逆的灵魂》和中篇小说《被折断的翅膀》，再转回散文诗创作，出版阿拉伯语散文集《泪与笑》（1913）、《暴风集》（1920）、《珍趣集》（1923），英语散文集《疯人》（1918）、《先驱者》（1920）、《先知》（1923）、《沙与沫》（1924）、《人子耶稣》（1928），另有诗剧《大地之神》（1931）等。其中，《先知》被认为是他最峰巅的作品，在美国出版后立即引起轰动，并在短短几年内便被译成20多种文字，风靡世界，至今发行量已逾700万册，被誉为"东方赠送给西方的最好礼物"。

这里所选的《美之歌》和《幸福之歌》是作家《组歌》中的两个短章，《组歌》收入《泪与笑》。是作者早年的作品,但因为想象丰富、文字优美、思想深刻,袒露出诗人一颗最纯洁、最美丽的心灵,同样受到世界读者的欢迎。

《美之歌》把"美"提升到上帝、神、造物主、真理的宝座,指出她是人间最神圣、最广大、最有力、最永恒的所在。她使人摆脱物质低俗,走向爱情和精神;她使人摆脱痛苦悲伤,走向幸福和欢乐;她使孩子健康成长,使青年看到生活的希望,使艺术家得到创造的灵感,使世界变成人间乐园。当然,她也有任性的时候,当人间悖逆了她的意愿,她也会不顾一切,为了自由地显现本性,将人间变成灾难的废墟。在《泪与笑》中,还有一篇名文《美》,作家告诉人们,人间最美的是生命、自由、善行、回归大自然,这也是作家所歌颂的"真理"。犹如泰戈尔在《美》一文中所言:"当我们完美地认识真理时,我们才真正地懂得美。完美地认识了真理,人的目光才纯净,心灵才圣洁,才能不受阻挠地看见世界各地蕴藏的欢乐。"纪伯伦《美》呼吁人们"索性把美当作宗教,把美视为神明。因为美是万物完美的象征"。这种"唯美"具有东西方文化结合的意向,因为一方面它宣扬真善美合一的"美",一方面它也带有反现代资本主义贪欲人生的目的。《幸福之歌》主要表达贪婪、自私的现代物质人生对纯洁爱情和真正幸福的阻挠和破坏以及纯洁爱情和真正幸福对于这种现代物质人生的反思和批判。

《美之歌》和《幸福之歌》的艺术魅力不仅来自它的精神力量、思想力量,而且来自它的艺术想象力和文字表达力。读这样的文章,你能感觉到作家的思想、感觉和才气都不是纯粹小我的,因而也不是堵塞的、黏滞的,恰恰相反,作家的灵魂、气质都是与神明的天地紧紧连在一起的,活跃的想象随便发为声音,变成文字,立即幻化成美妙的音乐和图画。文字是诗,心灵是诗,生命是一部大诗,就看每个人能否发现它的灵光。

【延伸阅读作品和参考文献】

1. 薛庆国编选《纪伯伦读本》,冰心等译,人民文学出版社 2012 年版。
2. 甘丽娟《纪伯伦在中国》,中国社会科学出版社 2011 年版。
3. 郑克鲁主编《外国文学史》(下),高等教育出版社 2006 年版,第 248 页。

【思考与练习】

纪伯伦《先知》中还有一篇《论美》,将这些散文结合起来,谈谈你对美的理解。

(左怀建)

我为什么而活着①

〔英〕罗　素

对爱情的渴望,对知识的追求,对人类苦难不可遏制的同情心,这三种纯洁但无比强烈的激情支配着我的一生。这三种激情,就像飓风一样,在深深的苦海上,肆意地把我吹来吹去,吹到濒临绝望的边缘。

我寻求爱情,首先因为爱情给我带来狂喜,它如此强烈以至我经常愿意为了几小时的欢愉而牺牲生命中的其他一切。我寻求爱情,其次是因为爱情解除孤寂——那是一颗震颤的心,在世界的边缘,俯瞰那冰冷死寂、深不可测的深渊。我寻求爱情,最后是因为在爱的结合中,我看到圣徒和诗人们所想象的天堂景象的神秘缩影。这就是我所寻求的,虽然它对人生似乎过于美好,然而最终我还是得到了它。

我以同样的热情寻求知识,我希望了解人的心灵。我希望知道星星为什么闪闪发光,我试图理解毕达哥拉斯的思想威力,即数字支配着万物流转。这方面我获得一些成就,然而并不多。

爱情和知识,尽其可能地把我引上天堂,但是同情心总把我带回尘世。痛苦的呼号的回声在我心中回荡,饥饿的儿童,被压迫者折磨的受害者,被儿女视为可厌负担的无助的老人以及充满孤寂、贫穷和痛苦的整个世界,都是对人类应有生活的嘲讽。我渴望减轻这些不幸,但是我无能为力,而且我自己也深受其害。

这就是我的一生,我觉得它值得活。如果有机会的话,我还乐意再活一次。

【作品导读】

伯特兰·罗素(1872—1970),贵族世家出身,其祖父约翰·罗素为辉格党领袖之一,曾两度任内阁首相。因此从小受到良好教育,入剑桥大学先攻数学,后改研哲学。一开始信奉唯心主义和新黑格尔主义,后来成为新实在论者,在西方现代哲学界、逻辑学界以及社会政治领域都享有崇高声誉。作为一位社会活动家和社会思想家,罗素数十年如一日地致力于教育、伦理、婚姻、社会改革、历史、政治的探讨以及和平运动和女权主义运动,他的探讨和活动改变了人们对生活的态度,使无数人走进哲学,享受哲学。

罗素是著名的哲学家、数学家、逻辑学家、社会活动家和教育家,但是他凭《西方哲学史》等著作获 1950 年度诺贝尔文学奖,可见其在文学方面也颇具造诣和成就。其哲理散文继承了培根说理散文的优雅、精炼和睿智,但又增加了个性

---

① 选自《罗素自传》(第一卷),胡作玄、赵慧琪译,商务印书馆 2002 年版。

化的激情、活泼和平易。凭他丰富的人生阅历及他对于生命和人性的理解与探求,给读者奉献出一篇篇脍炙人口、发人深省、耐人寻味的篇章。

《我为什么而活着》是《罗素自传》的"序言"。作品开宗明义道出支配自己一生的三个方面的激情:"对爱情的渴望,对知识的追求,对人类苦难不可遏制的同情心"。看似平易,但举重若轻,因为这三个方面恰是一个优秀的人在世上所应具有的情感状态。可算作罗素学生的我国现代诗人徐志摩曾经说:爱情不伟大,但是爱情最最生动;试看,一部西方文学史,若把爱情抽掉,看还留下什么内容?爱情是每个人都渴望得到的极美好的感情,罗素也不例外。爱情属于感性范围,对知识的追求则属于理性的范畴。爱情点燃于内,知识神游于外。显然,作为一个优秀的人,仅有这两种激情还不够,因为只拥有这两种激情,最多是成全一个单个人的梦想与幸福,而世界是由无数的像自己一样的人们所组成的,人不仅是一个个人,也是群体中的一员,人总需有对同类的关怀,这是最伟大的选择,也是最明智的选择,所以作者说:"爱情和知识,尽其可能地把我引上天堂,但是同情心总把我带回尘世。"身在福中而还能从凡人的福中超越出来,关爱芸芸众生,这是一颗伟大的心灵。所以爱因斯坦不无感慨地说:"阅读罗素的作品是我一生中最愉快的事件之一。"

诚哉斯言,伟人与众不同之处,就在于他们的精神永远闪烁着历史与现实交织的理性光芒。全文写得似乎平实了点,但是内涵丰富,表达确切,富有激情,同样具有激动人心的伟大力量。

【延伸阅读作品和参考文献】

1.《罗素自传》(第一卷),胡作玄、赵慧琪译,商务印书馆2002年版。

2.《罗素自传》(第二卷),陈启伟译,商务印书馆2003年版。

3.《罗素自传》(第三卷),徐奕春译,商务印书馆2004年版。

4.〔英〕罗素《西方的智慧》,亚北译,中央编译出版社2007年版。

【思考与练习】

1.如何理解爱情、怜悯和知识以及三者之间的关系?

2.联系自己的专业和人生志向谈谈人生的意义。

(刘鹏)

□戏　剧

俄狄浦斯王（节选）[①]

〔古希腊〕索福克勒斯

第四场

俄狄浦斯　长老们，如果让我猜想，我以为我看见的是我们一直在寻找的牧人，虽然我没有见过他。他的年纪和这客人一般大；我并且认识那些带路的是自己的仆人。（向歌队长）也许你比我认识得清楚，如果你见过这牧人。

歌队长　告诉你吧，我认识他；他是拉伊俄斯家里的人，作为一个牧人，他和其他的人一样可靠。

〔众仆人带领牧人自观众左方上。

俄狄浦斯　啊，科任托斯客人，我先问你，你指的是不是他？

报信人　我指的正是你看见的人。

俄狄浦斯　喂，老头儿，朝这边看，回答我问你的话。你是拉伊俄斯家里的人吗？

牧人　我是他家养大的奴隶，不是买来的。

俄狄浦斯　你干的什么工作，过的什么生活？

牧人　大半辈子放羊。

俄狄浦斯　你通常在什么地方住羊棚？

牧人　有时候在喀泰戎山上，有时候在那附近。

俄狄浦斯　还记得你在那地方见过这人吗？

牧人　见过什么？你指的是哪个？

俄狄浦斯　我指的是眼前的人；你碰见过他没有？

牧人　我一下子想不起来，不敢说碰见过。

报信人　主上啊，一点也不奇怪。我能使他清清楚楚回想起那些已经忘记了的事。我相信他记得他带着两群羊，我带着一群羊，我们在喀泰戎山上从春天到阿耳克图洛斯初升的时候作过三个半年朋友。[②]　到了冬天，我赶着羊回

---

① 罗念生译，选自上海戏剧学院戏剧文学系编选《外国剧作选》(1)，上海文艺出版社 1979 年版。

② 阿耳克图洛斯(Arktouros)是北极上空农夫星座最亮的星（即大角星），在秋分前几天出现，叫作晨星；又在春分前几天出现，叫作晚星。波吕玻斯的牧人于三月间从科任托斯赶羊上喀泰戎山，在那里遇见拉伊俄斯的牧人，后者是从忒拜平原来的。他们在山上住了六个月，直到九月中晨星出现时，他们才各自赶着羊回家。

我的羊圈,他赶着羊回拉伊俄斯的羊圈。(向牧人)我说的是不是真事?

牧人 你说的是真事,虽是老早的事了。

报信人 喂,告诉我,还记得那时候你给了我一个婴儿,叫我当自己的儿子养着吗?

牧人 你是什么意思? 干吗问这句话?

报信人 好朋友,这就是他,那时候是个婴儿。

牧人 该死的家伙! 还不快住嘴!

俄狄浦斯 啊,老头儿,不要骂他,你说这话倒是更该挨骂!

牧人 好主上啊,我有什么错呢?

俄狄浦斯 因为你不回答他问你的关于那孩子的事。

牧人 他什么都不晓得,却要多嘴,简直是白搭。

俄狄浦斯 你不痛痛快快回答,要挨了打哭着回答!

牧人 看在天神面上,不要拷打一个老头子。

俄狄浦斯 (向侍从)还不快把他的手反绑起来?

牧人 哎呀,为什么呢? 你还要打听什么呢?

俄狄浦斯 你是不是把他所问的那孩子给了他?

牧人 我给了他;愿我在那一天就瞪了眼!

俄狄浦斯 你会死的,要是你不说真话。

牧人 我说了真话,更该死了。

俄狄浦斯 这家伙好象还想拖延时候。

牧人 我不想拖延时候,我刚才已经说过我给了他。

俄狄浦斯 哪里来的? 是你自己的,还是从别人那里得来的?

牧人 这孩子不是我自己的,是别人给我的。

俄狄浦斯 哪个公民,哪家给你的?

牧人 看在天神面上,不要,主人啊,不要再问了!

俄狄浦斯 如果我再追问,你就活不成了。

牧人 他是拉伊俄斯家里的孩子。

俄狄浦斯 是个奴隶,还是个亲属?

牧人 哎呀,我要讲那怕人的事了!

俄狄浦斯 我要听那怕人的事了! 也只好听下去。

牧人 人家说是他的儿子,但是里面的娘娘,主上家的,最能告诉你是怎么回事。

俄狄浦斯 是她交给你的吗?

牧人 是,主上。

俄狄浦斯 是什么用意呢?

牧人 叫我把他弄死。

俄狄浦斯 作母亲的这样狠心吗？

牧人 因为她害怕那不吉利的神示。

俄狄浦斯 什么神示？

牧人 人家说他会杀他父亲。

俄狄浦斯 你为什么又把他送给了这老人呢？

牧人 主上啊，我可怜他，我心想他会把他带到别的地方——他的家里去；哪知他救了他，反而闯了大祸。如果你就是他所说的人，我说，你生来是个受苦的人啊！

俄狄浦斯 哎呀！哎呀！一切都应验了！天光呀，我现在向你看最后一眼！我成了不应当生我的父母的儿子，娶了不应当娶的母亲，杀了不应当杀的父亲。

〔俄狄浦斯冲进宫，众侍从随入，报信人，牧人和众仆人自观众左方下。

第四合唱歌

歌队 （第一曲首节）凡人的子孙啊，我把你们的生命当作一场空！谁的幸福不是表面现象，一会儿就消灭了？不幸的俄狄浦斯，你的命运，你的命运警告我不要说凡人是幸福的。

（第一曲次节）宙斯啊，他比别人射得远，获得了莫大的幸福，他弄死了那个出谜语的，长弯爪的女妖，挺身作了我邦抵御死亡的堡垒。从那时候起，俄狄浦斯，我们称你为王，你统治着强大的忒拜，享受着最高的荣誉。

（第二曲首节）但如今，有谁的身世听起来比你的可怜？有谁在凶恶的灾祸中，在苦难中遭遇着人生的变迁，比你可怜？

哎呀，闻名的俄狄浦斯！那同一个宽阔的港口够你使用了，你进那里作儿子，又扮新郎作父亲。不幸的人呀，你父亲耕种的土地怎能够，怎能够一声不响，容许你耕种了这么久？

（第二曲次节）那无所不见的时光终于出乎你意料之外发现了你，它审判了这不清洁的婚姻，这婚姻使儿子成为了丈夫。

哎呀，拉伊俄斯的儿子啊，愿我，愿我从没有见过你！我为你痛哭，象一个哭丧的人！说老实话，你先前使我重新呼吸，现在使我闭上眼睛。

退　场

〔传报人自宫中上。

传报人 我邦最受尊敬的长老们啊，你们将听见多么惨的事情，将看见多么惨的景象，你们将是多么忧愁，如果你们效忠你们的种族，依然关心拉布达科斯的家室。我认为即使是伊斯忒耳和法息斯河①也洗不干净这个家,它既隐藏着一些灾祸,又要把另一些暴露在光天化日之下,这些都不是无心,而是有意作出来的。自己招来的苦难总是最使人痛心啊!

歌队长 我们先前知道的苦难也并不是不可悲啊!此外,你还有什么苦难要说?

传报人 我的话可以一下子说完,一下子听完:高贵的伊俄卡斯忒已经死了。

歌队长 不幸的人呀!她是怎么死的?

传报人 她自杀了。这件事最惨痛的地方你们感觉不到,因为你们没有亲眼看见。我记得多少,告诉你多少。

她发了疯,穿过门廊,双手抓着头发,直向她的新床跑去;她进了卧房,砰的关上门,呼唤那早已死了的拉伊俄斯的名字,想念她早年所生的儿子,说拉伊俄斯死在他手中,留下作母亲的给他的儿子生一些不幸的儿女。她为她的床榻而悲叹,她多么不幸,在那上面生了两种人,给丈夫生丈夫,给儿子生儿女。她后来是怎样死的,我就不知道了;因为俄狄浦斯大喊大叫冲进宫去,我们没法看完她的悲剧,而转眼望着他横冲直闯。他跑来跑去,叫我们给他一把剑,还问哪里去找他的妻子,又说不是妻子,是母亲,他和他儿女共有的母亲。他在疯狂中得到了一位天神的指点;因为我们这些靠近他的人都没有给他指路。好象有谁在引导,他大叫一声,朝着那双扇门冲去,把弄弯了的门杠从承孔里一下推开,冲进了卧房。

我们随即看见王后在里面吊着,脖子缠在那摆动的绳子上。国王看见了,发出可怕的喊声,多么可怜!他随即解开那活套。等那不幸的人躺在地上时,我们就看见那可怕的景象:国王从她袍子上摘下两只她佩戴着的金别针,举起来朝着自己的眼珠刺去,并且这样嚷道:"你们再也看不见我所受的灾难,我所造的罪恶了!你们看够了你们不应当看的人②,不认识我想认识的人③;你们从此黑暗无光!"

他这样悲叹的时候,屡次举起金别针朝着眼睛狠狠刺去;每刺一下,那血红的眼珠里流出的血便打湿了他的胡子,那血不是一滴滴的滴,而是许多黑的血点,雹子般一齐下降。这场祸事是两个人惹出来的,不只一人受难,而是夫妻共同受难。他们旧时代的幸福在从前倒是真正的幸福;但如今,悲哀,毁灭,死亡,耻辱和一切有名称的灾难都落到他们身上了。

歌队长 现在那不幸的人的痛苦是不是已经缓和一点了?

传报人 他大声叫人把宫门打开,让全体忒拜人看看杀他父亲的凶手,他母亲

---

① 伊斯忒耳(Ister)是多瑙河的古名。法息斯(Phasis)河是从小亚细亚流入黑海的河流。
② 指他的妻子伊俄卡斯忒和他的儿女。
③ 指他的母亲伊俄卡斯忒和他的父亲拉伊俄斯。

的——我不便说那不干净的话;他愿出外流亡,不愿留下,免得这个家在他的诅咒之下有了灾祸。可是他没有力气,没有人带领;那样的苦恼不是人所能忍受的。他会给你看的;现在宫门打开了,你立刻可以看见那样一个景象,即使是不喜欢看的人也会发生怜悯之情的。

〔众侍从带领俄狄浦斯自宫中上。

歌队 (哀歌)这苦难啊,叫人看了害怕!我所看见的最可怕的苦难啊!可怜的人呀,是什么疯狂缠扰着你?是哪一位神跳得比最远的跳跃还要远,落到了你这不幸的生命上?

哎呀,哎呀,不幸的人呀!我想问你许多事,打听许多事,观察许多事,可是我不能望你一眼;你吓得我发抖啊!

俄狄浦斯 哎呀呀,我多么不幸啊!我这不幸的人到哪里去呢?我的声音轻飘飘地飞到哪里去了?命运啊,你跳到哪里去了?——

歌队长 跳到可怕的灾难中去了,不可叫人听见,不可叫人看见。

俄狄浦斯 (第一曲首节)黑暗之云啊,你真可怕,你来势凶猛,无法抵抗,是太顺的风把你吹来的。

哎呀,哎呀!

这些刺伤了我,这些灾难的回忆伤了我。

歌队 难怪你在这样大的灾难中悲叹这双重的痛苦,忍受这双重的痛苦①。

俄狄浦斯 (第一曲次节)啊,朋友,你依然是我的忠实伴侣,还有耐心照看一个瞎眼的人。

哎呀,哎呀!

我知道你在这里,我虽然眼睛瞎了,还能清楚地辨别你的声音。

歌队 你这作了可怕的事的人啊,你怎么忍心弄瞎了自己的眼睛?是哪一位天神怂恿你的?

俄狄浦斯 (第二曲首节)是阿波罗,朋友们,是阿波罗使这些凶恶的,凶恶的灾难实现的;但是刺瞎了这两只眼睛的不是别人的手,而是我自己的,我多么不幸啊!什么东西看来都没有趣味,又何必看呢?

歌队 事情正象你所说的。

俄狄浦斯 朋友们,还有什么可看的,什么可爱的,还有什么问候使我听了高兴呢?朋友们,快把我这完全毁了的,最该诅咒的,最为天神所憎恨的人带出,带出境外吧!

歌队 你的感觉和你的命运同样可怜,但愿我从来不知道你这人。

俄狄浦斯 (第二曲次节)那在牧场上把我脚上残忍的铁镣解下的人,那把我从

---

① 指上面所说的肉体上与精神上的痛苦。

凶杀里救活了的人——不论他是谁——真是该死,因为他做的是一件不使人感激的事。假如我那时候死了,也不至于使我和我的朋友们这样痛苦了。

歌队 但愿如此!

俄狄浦斯 那么我不至于成为杀父的凶手,不至于被人称为我母亲的丈夫;但如今,我是天神所弃绝的人,是不清洁的母亲的儿子,并且是,哎呀,我父亲的共同播种的人。如果还有什么更严重的灾难,也应该归俄狄浦斯忍受啊。

歌队 我不能说你的意见对;你最好死去,胜过瞎着眼睛活着。(哀歌完)

俄狄浦斯 别说这件事做得不妙,别劝告我了。假如我到冥土的时候还看得见①,不知当用什么样的眼睛去看我父亲和我不幸的母亲,既然我曾对他们作出死有余辜的罪行。我看着这样生出的儿女顺眼吗? 不,不顺眼;就连这城堡,这望楼,神们的神圣的偶像,我看着也不顺眼;因为我,忒拜城最高贵而又最不幸的人,已经丧失观看的权利了;我曾命令所有的人把那不清洁的人赶出去,即使他是天神所宣布的罪人,拉伊俄斯的儿子。我既然暴露了这样的污点,还能集中眼光看这些人吗? 不,不能;如果有方法可以闭塞耳中的听觉,我一定把这可怜的身体封起来,使我不闻不见:当心神不为忧愁所扰乱时是多么舒畅啊!

唉,喀泰戎,你为什么收容我? 为什么不把我捉来杀了,免得我在人们面前暴露我的身世? 波吕玻斯啊,科任托斯啊,还有你这被称为我祖先的古老的家啊,你们把我抚养成人,皮肤多么好看,下面却有毒疮在溃烂啊! 我现在被发现是个卑贱的人,是卑贱的人所生。

你们三条道路和幽谷啊,橡树林和三岔路口的窄路啊,你们从我手中吸饮了我父亲的血,也就是我的血,你们还记得我当着你们做了些什么事,来这里以后又作了些什么事吗?

婚礼啊,婚礼啊,你生了我,生了之后,又给你的孩子生孩子,你造成了父亲,哥哥,儿子,以及新娘,妻子,母亲的乱伦关系②,人间最可耻的事。不应当做的事情就不应当拿来讲。看在天神面上,快把我藏在远处,或是把我杀死,或是把我丢到海里,你们不会在那里再看见我了。来呀,牵一牵这可怜的人吧;答应我,别害怕,因为我的罪除了自己担当而外,别人是不会沾染的。

歌队长 克瑞翁来得巧,正好满足你的要求,不论你要他给你作什么事,或者给

---

① 俄狄浦斯在世时瞎了眼睛,他去到冥土时也就是瞎子,正像忒瑞西阿斯在冥土依然是个瞎眼的先知。

② 这婚礼使俄狄浦斯成为他儿子们的父亲和哥哥,他妻子的儿子,并且使伊俄卡斯忒成为她儿子俄狄浦斯的新娘和妻子,她同时又是她这儿子的母亲。

你什么劝告，如今只有他代你作这地方的保护人。

俄狄浦斯　唉，我对他说什么好呢？我怎能合理的要求他相信我呢？我先前太对不住他了。

　　〔克瑞翁自观众右方上。

克瑞翁　俄狄浦斯，我不是来讥笑你的，也不是来责备你过去的罪过的。

　　（向众侍从）尽管你们不再重视凡人的子孙，也得尊重我们的主宰赫利俄斯的养育万物之光，为此，不要把这一种为大地、圣雨和阳光所厌恶的污染，赤裸的摆出来。快把他带进宫去！只有亲属才能看、才能听亲属的苦难，这样才合乎宗教上的规矩。

俄狄浦斯　你既然带着最高贵的精神来到我这最坏的人这里，使我的忧虑冰释了，请看在天神面上，答应我一件事，我是为你好，不是为我好而请求啊。

克瑞翁　你对我有什么请求？

俄狄浦斯　赶快把我扔出境外，扔到那没有人向我问好的地方去。

克瑞翁　告诉你吧，如果我不想先问神怎么办，我早就这样作了。

俄狄浦斯　他的神示早就明白的宣布了，要把那杀父的，那不洁的人毁了，我自己就是那人哩。

克瑞翁　神示虽然这样说的，但是在目前的情况下，最好还是去问问怎样办。

俄狄浦斯　你愿去为我这么样不幸的人问问吗？

克瑞翁　我愿意去；你现在要相信神的话。

俄狄浦斯　是的；我还要吩咐你，恳求你把屋里的人埋了，你愿意怎样埋就怎样埋；你会为你姐姐正当的尽这礼仪的。当我在世的时候，不要逼迫我住在我的祖城里，还是让我住在山上吧，那里是因我而著名的喀泰戎，我父母在世的时候曾指定那座山作为我的坟墓，我正好按照要杀我的人的意思死去。但是我有这么一点把握：疾病或别的什么都害不死我；若不是还有奇灾异难：我不会从死亡里被人救活。

　　我的命运要到哪里，就让它到哪里吧。提起我的儿女，克瑞翁，请不必关心我的儿子们；他们是男人，不论在什么地方，都不会缺少衣食；但是我那两个不幸的，可怜的女儿——她们从来没有看见我把自己的食桌支在一边，不陪她们吃饭；凡是我吃的东西，她们都有份——请你照应她们；请特别让我抚摸着她们悲叹我的灾难。答应吧，亲王，精神高贵的人！只要我抚摸着她们，我就会认为她们依然是我的，正象我没有瞎眼的时候一样。

　　〔二侍从进宫，随即带领安提戈涅和伊斯墨涅自宫中上。

　　啊，这是怎么回事？看在天神面上，告诉我，我听见的是不是我亲爱的女儿们的哭声？是不是克瑞翁怜悯我，把我的宝贝——我的女儿们送来了？我说得对吗？

克瑞翁 你说得对;这是我安排的,我知道你从前喜欢她们,现在也喜欢她们。

俄狄浦斯 愿你有福!为了报答你把她们送来,愿天神保佑你远胜过他保佑我。

（向二女孩）孩儿们,你们在哪里,快到这里来,到你们的同胞手里来,是这双手使你们父亲先前明亮的眼睛变瞎的,啊,孩儿们,这双手是那没有认清楚人,没有了解情况,就通过生身母亲成为你们父亲的人的。我看不见你们了;想起你们日后辛酸的生活——人们会叫你们过那样的生活——我就为你们痛哭。你们能参加什么社会生活,能参加什么节日典礼呢?你们看不见热闹,会哭着回家。等你们到了结婚年龄,孩儿们,有谁来冒挨骂的危险呢?那种辱骂对我的子女和你们的子女都是有害的。什么耻辱你们少得了呢?"你们的父亲杀了他的父亲,把种子撒在生身母亲那里,从自己出生的地方生了你们。"你们会这样挨骂的,谁还会娶你们呢?啊,孩儿们,没有人会;显然你们命中注定不结婚,不生育,憔悴而死。

墨诺叩斯的儿子啊,你既是他们唯一的父亲——因为我们,她们的父母,两人都完了——就别坐视她们,你的甥女,在外流浪,没衣没食,没有丈夫,别使她们和我一样受苦受难。看她们这样年轻,孤苦伶仃——在你面前,就不同了——你得可怜他们。

啊,高贵的人,同我握手,表示答应吧!

（向二女孩）我的孩儿,假如你们已经懂事了,我一定给你们出许多主意;但是我现在只教你们这样祷告,说机会让你们住在哪里,你们就愿住在哪里,希望你们的生活比你们父亲的快乐。

克瑞翁 你已经哭够了;进宫去吧。

俄狄浦斯 我得服从,尽管心里不痛快。

克瑞翁 万事都要合时宜才好。

俄狄浦斯 你知道不知道我要在什么条件下才进去?

克瑞翁 你说吧,我听了就会知道。

俄狄浦斯 就是把我送出境外。

克瑞翁 你向我请求的事要天神才能答应。

俄狄浦斯 神们最恨我。

克瑞翁 那么你很快就可以满足你的心愿。

俄狄浦斯 你答应了吗?

克瑞翁 不喜欢做的事我不喜欢白说。

俄狄浦斯 现在带我走吧。

克瑞翁 走吧,放了孩子们!

俄狄浦斯 不要从我怀抱中把她们抢走!

克瑞翁 别想占有一切;你所占有的东西没有一生跟着你。

〔众侍从带领俄狄浦斯进宫,克瑞翁,二女孩和传报人随入。〕

歌队长　忒拜本邦的居民啊,请看,这就是俄狄浦斯,他道破了那著名的谜语,成为最伟大的人;哪一位公民不曾带着羡慕的眼光注视他的好运?他现在却落到可怕的灾难的波浪中了!

因此,当我们等着瞧那最末的日子的时候,不要说一个凡人是幸福的,在他还没有跨过生命的界限,还没有得到痛苦的解脱之前。

〔歌队自观众右方退场。〕

【作品导读】

索福克勒斯(约公元前 496—前 406),古希腊悲剧诗人,一生创作了 120 多个剧本,其中有 7 部悲剧完整流传下来,它们是《埃阿斯》、《安提戈涅》、《俄狄浦斯王》、《厄勒克特拉》、《特拉基斯少女》、《菲罗克忒忒斯》、《俄狄浦斯在克洛诺斯》。

代表作《俄狄浦斯王》取材于希腊神话《俄狄浦斯的故事》,描写忒拜王拉伊俄斯和王后伊俄卡斯忒由于婚后无子,便向阿波罗祈求神谕。阿波罗告诉拉伊俄斯,他将会有一个儿子,但命中注定他要死在这个儿子的手中。后来,夫妻俩果然有了一个儿子。为了逃避不祥的命运,他们将孩子的脚跟钉上钉子,命令仆人将其弄死,丢弃在山谷。好心的仆人可怜这无辜的孩子,违背了主人的意愿,将其送给同在山上放羊的一个来自科任托斯国的牧羊人。这个人将孩子转送给同样婚后无子的科任托斯国王。于是,国王夫妇便把这孩子当做自己的亲生儿子抚养成人。由于孩子的脚上有伤,便给他起名为俄狄浦斯,意思是"肿痛的脚"。

俄狄浦斯长大成人后,一次偶然的事情打破了他的自信和快乐。出于嫉妒,一个人在醉酒后说出俄狄浦斯不是国王的亲生儿子。闻讯后,俄狄浦斯便向父母询问究竟,国王夫妇劝告他不要听信旁人的风言风语。将信将疑的俄狄浦斯便去求问阿波罗。太阳神没有正面回答他,只是说"你将杀害你的父亲,你将娶你的生母为妻,并生下可恶的子孙流传在世上"。为了逃避可怕的命运,俄狄浦斯离家出走。在一个三岔路口,由于让路的问题,俄狄浦斯将对面马车上的一个老者打死。那正是他的生身父亲,忒拜国王拉伊俄斯。

不久,一个狮身人面的女妖斯芬克斯出现在忒拜。她要忒拜城的人猜她的谜语,凡猜不中者均被吃掉,一时间全城惶惶不可终日。于是,忒拜王遗孀的哥哥克瑞翁便发出许诺,只要有人猜中谜语,解除瘟疫,他的妹妹就嫁给这个人。这时,刚好俄狄浦斯赶来,猜中了那个象征着人类的谜语,祛除了灾难,国王的遗孀嫁给了他,那正是他的亲生母亲伊俄卡斯忒。多年以后,瘟疫再度降临,阿波罗的神谕告诉大家,只有把这个城里杀害前国王的凶手找到,瘟疫方能解除。经过多方查证,俄狄浦斯发现自己就是那个犯下乱伦大罪的凶手。他的母亲也是他的妻子伊俄卡斯忒自杀,他弄瞎了自己的双眼,放逐他乡……

这是一个人类反抗命运的古老悲剧。剧中,索福克勒斯在肯定了俄狄浦斯反抗命运的不屈不挠精神的基础上,更多层面地展现出在强大的命运面前这种反抗的无力、无奈、无助和苍白。面对与生俱来的命运,俄狄浦斯始终没有放弃反抗的勇气。然而,他越是反抗,就在命运的漩涡中陷得越深;越是反抗,就越是接近毁灭的深渊。他想逃避杀父娶母的命运而离家出走,殊不知出走的目的地正是他生身父母的国家;他猜中谜语,祛除灾祸,结果娶进洞房的正是自己的生身母亲;他下令追查,抓住元凶,没想到元凶正是自己。命运就像一个魔咒,紧紧地套住他,引诱他在乱伦的道路上越走越远,进而杀了不该杀的父亲,娶了不该娶的母亲,生了不该生的后代。残酷的命运以最残酷的方式将无辜的俄狄浦斯打入地狱。"命运啊,你跳到哪里去了?"是俄狄浦斯,也是这部悲剧的作者对命运的公正性与合理性所发出的最严厉的质疑。

《俄狄浦斯王》艺术上的最大成就表现在它的戏剧结构上。作为以舞台和剧场为载体的戏剧,有限的空间和时间促使作家必须要将大跨度、长时光的故事情节浓缩在一个特定的场所。在这部悲剧中,俄狄浦斯的出生、被转送、被抚养、离家出走、杀父娶母、生儿育女等事件,在大幕拉起之前均已完成。索福克勒斯从忒拜城的第二次瘟疫写起,将悲剧的冲突、矛盾的焦点一并聚焦在"谁是凶手"上,并通过对凶手的追查,在人物的"追溯"中,将以往的事件一一讲述出来,并且以真相的大白天下宣告全剧的结束,使剧情紧凑,矛盾突出,扣人心弦。这种通过"追溯"筑建戏剧结构的手法直接影响了 19 世纪挪威剧作家易卜生和 20 世纪中国剧作家曹禺,在他们的悲剧《群鬼》和《雷雨》中得到了继承和发展。

【延伸阅读作品和参考文献】

1.《俄狄浦斯的故事》,见〔德〕斯威布《希腊的神话和传说》(上),楚图南译,人民文学出版社 1978 年版。

2.〔奥〕弗洛伊德《〈俄狄浦斯王〉与〈哈姆莱特〉》,见《弗洛伊德论美文选》,张唤民、陈伟奇译,知识出版社 1987 年版。

3. 王福和《外国文学读本》,浙江大学出版社 2013 年版。

【思考与练习】

1. 剧本呈现了怎样的人类命运观?它对今天还有何现实启发意义?

2. 试分析剧本的结构艺术。

(王福和)

哈姆莱特(节选)①

〔英〕莎士比亚

第三幕

第一场　城堡中一室

……

〔哈姆莱特上。

哈姆莱特　生存还是毁灭,这是一个值得考虑的问题;默然忍受命运的暴虐的毒箭,或是挺身反抗人世的无涯的苦难,通过斗争把它们扫清,这两种行为,哪一种更高贵?死了;睡着了;什么都完了;要是在这一种睡眠之中,我们心头的创痛,以及其他无数血肉之躯所不能避免的打击,都可以从此消失,那正是我们求之不得的结局。死了;睡着了;睡着了也许还会做梦;嗯,阻碍就在这儿:因为当我们摆脱了这一具朽腐的皮囊以后,在那死的睡眠里,究竟将要做些什么梦,那不能不使我们踌躇顾虑。人们甘心久困于患难之中,也就是为了这个缘故;谁愿意忍受人世的鞭挞和讥嘲、压迫者的凌辱、傲慢者的冷眼、被轻蔑的爱情的惨痛、法律的迁延、官吏的横暴和费尽辛勤所换来的小人的鄙视,要是他只要用一柄小小的刀子,就可以清算他自己的一生?谁愿意负着这样的重担,在烦劳的生命的压迫下呻吟流汗,倘不是因为惧怕不可知的死后,惧怕那从来不曾有一个旅人回来过的神秘之国,是它迷惑了我们的意志,使我们宁愿忍受目前的磨折,不敢向我们所不知道的痛苦飞去?这样,重重的顾虑使我们全变成了懦夫,决心的赤热的光彩,被审慎的思维盖上了一层灰色,伟大的事业在这一种考虑之下,也会逆流而退,失去了行动的意义。且慢!美丽的奥菲利娅!——女神,在你的祈祷之中,不要忘记替我忏悔我的罪孽。

奥菲利娅　我的好殿下,您这许多天来贵体安好吗?

哈姆莱特　谢谢你,很好,很好,很好。

奥菲利娅　殿下,我有几件您送给我的纪念品,我早就想把它们还给您;请您现在收回去吧。

哈姆莱特　不,我不要;我从来没有给你什么东西。

奥菲利娅　殿下,我记得很清楚您把它们送给了我,那时候您还向我说了许多甜言蜜语,使这些东西格外显得贵重;现在它们的芳香已经消散,请您拿回去

---

① 朱生豪译,选自《莎士比亚全集》(第九卷),人民文学出版社 1978 年版。

吧,因为在有骨气的人看来,送礼的人要是变了心,礼物虽贵,也会失去了价值。拿去吧,殿下。

哈姆莱特 哈哈！你贞洁吗？

奥菲利娅 殿下！

哈姆莱特 你美丽吗？

奥菲利娅 殿下是什么意思？

哈姆莱特 要是你既贞洁又美丽,那么你的贞洁应该断绝跟你的美丽来往。

奥菲利娅 殿下,难道美丽除了贞洁以外,还有什么更好的伴侣吗？

哈姆莱特 嗯,真的;因为美丽可以使贞洁变成淫荡,贞洁却未必能使美丽受它自己的感化;这句话从前像是怪诞之谈,可是现在时间已经把它证实了。我的确曾经爱过你。

奥菲利娅 真的,殿下,您曾经使我相信您爱我。

哈姆莱特 你当初就不应该相信我,因为美德不能熏陶我们罪恶的本性;我没有爱过你。

奥菲利娅 那么我真是受了骗了。

哈姆莱特 进尼姑庵去吧;为什么你要生一群罪人出来呢？我自己还不算是一个顶坏的人;可是我可以指出我的许多过失,一个人有了那些过失,他的母亲还是不要生下他来的好。我很骄傲,有仇必报,富于野心,我的罪恶是那么多,连我的思想也容纳不下,我的想像也不能给它们形像,甚至于我都没有充分的时间可以把它们实行出来。像我这样的家伙,匍匐于天地之间,有什么用处呢？我们都是些十足的坏人;一个也不要相信我们。进尼姑庵去吧。你的父亲呢？

奥菲利娅 在家里,殿下。

哈姆莱特 把他关起来,让他只好在家里发发傻劲。再会！

奥菲利娅 嗳哟,天哪！救救他！

哈姆莱特 要是你一定要嫁人,我就把这一个咒诅送给你做嫁奁:尽管你像冰一样坚贞,像雪一样纯洁,你还是逃不过谗人的诽谤。进尼姑庵去吧,去;再会！或者要是你必须嫁人的话,就嫁给一个傻瓜吧;因为聪明人都明白你们会叫他们变成怎样的怪物。进尼姑庵去吧,去;越快越好。再会！

奥菲利娅 天上的神明啊,让他清醒过来吧！

哈姆莱特 我也知道你们会怎样涂脂抹粉;上帝给了你们一张脸,你们又替自己另外造了一张。你们烟视媚行,淫声浪气,替上帝造下的生物乱取名字,卖弄你们不懂事的风骚。算了吧,我再也不敢领教了;它已经使我发了狂。我说,我们以后再不要结什么婚了;已经结过婚的,除了一个人以外,都可以让他们活下去;没有结婚的不准再结婚,进尼姑庵去吧,去。(下。)

奥菲利娅　啊,一颗多么高贵的心就这样殒落了!朝臣的眼睛、学者的辩舌、军人的利剑、国家所瞩望的一朵娇花;时流的明镜、人伦的雅范、举世注目的中心,这样无可挽回地殒落了!我是一切妇女中间最伤心而不幸的,我曾经从他音乐一般的盟誓中吮吸芬芳的甘蜜,现在却眼看着他的高贵无上的理智,像一串美妙的银铃失去了谐和的音调,无比的青春美貌,在疯狂中凋谢!啊!我好苦,谁料过去的繁华,变作今朝的泥土!

　　〔国王及波洛涅斯重上。

国王　恋爱!他的精神错乱不像是为了恋爱;他说的话虽然有些颠倒,也不像是疯狂。他有些什么心事盘踞在他的灵魂里,我怕它也许会产生危险的结果。为了防止万一,我已经当机立断,决定了一个办法:他必须立刻到英国去,向他们追索延宕未纳的贡物;也许他到海外各国游历一趟以后,时时变换的环境,可以替他排解去这一桩使他神思恍惚的心事。你看怎么样?

波洛涅斯　那很好;可是我相信他的烦闷的根本原因,还是为了恋爱上的失意。啊,奥菲利娅!你不用告诉我们哈姆莱特殿下说些什么话;我们全都听见了。陛下,照您的意思办吧;可是您要是认为可以的话,不妨在戏剧终场以后,让他的母后独自一人跟他在一起,恳求他向她吐露他的心事;她必须很坦白地跟他谈谈,我就找一个所在听他们说些什么。要是她也探听不出他的秘密来,您就叫他到英国去,或者凭着您的高见,把他关禁在一个适当的地方。

国王　就这样吧;大人物的疯狂是不能听其自然的。

　　〔同下。

第三幕

第四场　王后寝宫

　　〔王后及波洛涅斯上。

波洛涅斯　他就要来了。请您把他着实教训一顿,对他说他这种狂妄的态度,实在叫人忍无可忍,倘没有您娘娘替他居中迴护,王上早已对他大发雷霆了。我就悄悄地躲在这儿。请您对他讲得着力一点。

哈姆莱特　(在内)母亲,母亲,母亲!

王后　都在我身上,你放心吧。下去吧,我听见他来了。

　　〔波洛涅斯匿帏后。

　　〔哈姆莱特上。

哈姆莱特　母亲,您叫我有什么事?

王后　哈姆莱特,你已经大大得罪了你的父亲啦。

哈姆莱特　母亲,您已经大大得罪了我的父亲啦。

王后　来,来,不要用这种胡说八道的话回答我。

哈姆莱特　去,去,不要用这种胡说八道的话问我。

王后　啊,怎么,哈姆莱特!

哈姆莱特　现在又是什么事?

王后　你忘记我了吗?

哈姆莱特　不,凭着十字架起誓,我没有忘记你;你是王后,你的丈夫的兄弟的妻子,你又是我的母亲——但愿你不是!

王后　嗳哟,那么我要去叫那些会说话的人来跟你谈谈了。

哈姆莱特　来,来,坐下来,不要动;我要把一面镜子放在你的面前,让你看一看你自己的灵魂。

王后　你要干么呀?你不是要杀我吗?救命!救命呀!

波洛涅斯　(在后)喂!救命!救命!救命!

哈姆莱特　(拔剑)怎么!是哪一个鼠贼?准是不要命了,我来结果你。(以剑刺穿帏幕。)

波洛涅斯　(在后)啊!我死了!

王后　嗳哟!你干了什么事啦?

哈姆莱特　我也不知道;那不是国王吗?

王后　啊,多么卤莽残酷的行为!

哈姆莱特　残酷的行为!好妈妈,简直就跟杀了一个国王再去嫁给他的兄弟一样坏。

王后　杀了一个国王!

哈姆莱特　嗯,母亲,我正是这样说。(揭帏见波洛涅斯)你这倒运的、粗心的、爱管闲事的傻瓜,再会!我还以为是一个在你上面的人哩。也是你命不该活;现在你可知道爱管闲事的危险了。——别尽扭着你的手。静一静,坐下来,让我扭你的心;你的心倘不是铁石打成的,万恶的习惯倘不曾把它硬化得透不进一点感情,那么我的话一定可以把它刺痛。

王后　我干了些什么错事,你竟敢这样肆无忌惮地向我摇唇弄舌?

哈姆莱特　你的行为可以使贞节蒙污,使美德得到了伪善的名称;从纯洁的恋情的额上取下娇艳的蔷薇,替它盖上一个烙印;使婚姻的盟约变成博徒的誓言一样虚伪;啊!这样一种行为,简直使盟约成为一个没有灵魂的躯壳,神圣的婚礼变成一串谵妄的狂言;苍天的脸上也为它带上羞色,大地因为痛心这样的行为,也罩上满面的愁容,好像世界末日就要到来一般。

王后　唉!究竟是什么极恶重罪,你把它说得这样惊人呢?

哈姆莱特　瞧这一幅图画,再瞧这一幅;这是两个兄弟的肖像。你看这一个的相貌多么高雅优美!太阳神的鬈发,天神的前额,像战神一样威风凛凛的眼睛,像降落在高吻穹苍的山巅的神使一样矫健的姿态;这一个完善卓越的仪表,真像每一个天神都曾在那上面打下印记,向世间证明这是一个男子的典型。这是你从前的丈夫。现在你再看这一个:这是你现在丈夫,像一株霉烂的禾穗,损害了他的健硕的兄弟。你有眼睛吗?你甘心离开这一座大好的高山,靠着这荒野生活吗?嘿!你有眼睛吗?你不能说那是爱情,因为在你的年纪,热情已经冷淡下来,变驯服了,肯听从理智的判断;什么理智愿意从这么高的地方,降落到这么低的所在呢?知觉你当然是有的,否则你就不会有行动;可是你那知觉也一定已经麻木了;因为就是疯人也不会犯那样的错误,无论怎样丧心病狂,总不会连这样悬殊的差异都分辨不出来。那么是什么魔鬼蒙住了你的眼睛,把你这样欺骗呢?有眼睛而没有触觉、有触觉而没有视觉、有耳朵而没有眼或手、只有嗅觉而别的什么都没有,甚至只剩下一种官觉还出了毛病,也不会糊涂到你这步田地。羞啊!你不觉得惭愧吗?要是地狱中的孽火可以在一个中年妇人的骨髓里煽起了蠢动,那么在青春的烈焰中,让贞操像蜡一样融化了吧。当无法阻遏的情欲大举进攻的时候,用不着喊什么羞耻了,因为霜雪都会自动燃烧,理智都会做情欲的奴隶呢。

王后 啊,哈姆莱特!不要说下去了!你使我的眼睛看进了我自己灵魂的深处,看见我灵魂里那些洗拭不去的黑色的污点。

哈姆莱特 嘿,生活在汗臭垢腻的眠床上,让淫邪熏没了心窍,在污秽的猪圈里调情弄爱——

王后 啊,不要再对我说下去了!这些话像刀子一样戳进我的耳朵里;不要说下去了,亲爱的哈姆莱特!

哈姆莱特 一个杀人犯、一个恶徒、一个不及你前夫二百分之一的庸奴、一个冒充国王的丑角、一个盗国窃位的扒手,从架子上偷下那顶珍贵的王冠,塞在自己的腰包里!

王后 别说了!

哈姆莱特 一个下流褴褛的国王——

〔鬼魂上。

哈姆莱特 天上的神明啊,救救我,用你们的翅膀覆盖我的头顶!——陛下英灵不昧,有什么见教?

王后 嗳哟,他疯了!

哈姆莱特 您不是来责备您的儿子不该消磨时间和热情,把您煌煌的命令搁在一旁,耽误了应该做的大事吗?啊,说吧!

鬼魂 不要忘记。我现在是来磨砺你的快要蹉跎下去的决心。可是瞧!你的母亲那副惊愕的表情。啊,快去安慰安慰她的正在交战中的灵魂吧!最柔弱的人最容易受幻想的激动。去对她说话,哈姆莱特。

哈姆莱特　您怎么啦,母亲?

王后　唉!你怎么啦?为什么你把眼睛睁视着虚无,向空中喃喃说话?你的眼睛里射出狂乱的神情;像熟睡的兵士突然听到警号一般,你的整齐的头发一根根都像有了生命似的竖立起来。啊,好儿子!在你的疯狂的热焰上,浇洒一些清凉的镇静吧!你瞧什么?

哈姆莱特　他,他!您瞧,他的脸色多么惨淡!看见了他这一种形状,要是再知道他所负的沉冤,即使石块也会感动的。——不要瞧着我,免得你那种可怜的神气反会妨碍我的冷酷的决心;也许我会因此而失去勇气,让挥泪代替了流血。

王后　你这番话是对谁说的?

哈姆莱特　您没有看见什么吗?

王后　什么也没有:要是有什么东西在那边,我不会看不见的。

哈姆莱特　您也没有听见什么吗?

王后　不,除了我们两人的说话以外,我什么也没有听见。

哈姆莱特　啊,您瞧!瞧,它悄悄地去了!我的父亲,穿着他生前所穿的衣服!瞧!瞧!他就在这一刻,从门口走出去了!

　　　　〔鬼魂下。

王后　这是你脑中虚构的意象;一个人在心神恍惚之中,最容易发生这种幻妄的错觉。

哈姆莱特　心神恍惚!我的脉搏跟您的一样,在按着正常的节奏跳动哩。我所说的并不是疯话;要是您不信,不妨试试,我可以把话一字不漏地复述一遍,一个疯人是不会记忆得那样清楚的。母亲,为了上帝的慈悲,不要自己安慰自己,以为我这一番说话,只是出于疯狂,不是真的对您的过失而发;那样的思想不过是骗人的油膏,只能使您溃烂的良心上结起一层薄膜,那内部的毒疮却在底下愈长愈大。向上天承认您的罪恶吧,忏悔过去,警戒未来;不要把肥料浇在莠草上,使它们格外蔓延起来。原谅我这一番正义的劝告;因为在这种万恶的时世,正义必须向罪恶乞恕,它必须俯首屈膝,要求人家接纳他的善意的箴规。

王后　啊,哈姆莱特!你把我的心劈为两半了!

哈姆莱特　啊!把那坏的一半丢掉,保留那另外的一半,让您的灵魂清净一些。晚安!可是不要上我叔父的床;即使您已经失节,也得勉力学做一个贞节妇人的样子。习惯虽然是一个可以使人失去羞耻的魔鬼,但是它也可以做一个天使,对于勉力为善的人,它会用潜移默化的手段,使他徙恶从善。您要是今天晚上自加抑制,下一次就会觉得这一种自制的功夫并不怎样为难,慢慢地就可以习以为常了;因为习惯简直有一种改变气质的神奇的力量,它可以制服魔鬼,并且把他从人们心里驱逐出去。让我再向您道一次晚安;当您希望得到上天祝福的时候,我将求您祝福我。至于这一位老人家,(指波洛涅斯)我很后悔自己一时卤莽把他杀死;可是这是上天的意思,要借着他的死惩罚我,同时借着我的手惩罚他,使我成为代天行刑的凶器和使者。我现在先去把他的尸体安顿好了,再来承担这个杀人的过咎。晚安! 为了顾全母子的恩慈,我不得不忍情暴戾;不幸已经开始,更大的灾祸还在接踵而至。再有一句话,母亲。

王后 我应当怎么做?

哈姆莱特 我不能禁止您不再让那肥猪似的僭王引诱您和他同床,让他拧您的脸,叫您做他的小耗子;我也不能禁止您因为他给了您一两个恶臭的吻,或是用他万恶的手指抚摩您的颈项,就把您所知道的事情一起说了出来,告诉他我实在是装疯,不是真疯。您应该让他知道的;因为哪一个美貌聪明懂事的王后,愿意隐藏着这样重大的消息,不去告诉一只蛤蟆、一只蝙蝠、一只老雄猫知道呢? 不,虽然理性警告您保守秘密,您尽管学那寓言中的猴子,因为受了好奇心的驱使,到屋顶上去开了笼门,把鸟儿放走,自己钻进笼里去,结果连笼子一起掉下来跌死吧。

王后 你放心吧,要是言语来自呼吸,呼吸来自生命,只要我一息犹存,就决不会让我的呼吸泄漏了你对我所说的话。

哈姆莱特 我必须到英国去;您知道吗?

王后 唉! 我忘了;这事情已经这样决定了。

哈姆莱特 公文已经封好,打算交给我那两个同学带去,对这两个家伙我要像对待两条咬人的毒蛇一样随时提防;他们将要做我的先驱,引导我钻进什么圈套里去。我倒要瞧瞧他们的能耐。开炮的要是给炮轰了,也是一件好玩的事;他们会埋地雷,我要比他们埋得更深,把他们轰到月亮里去。啊! 用诡计对付诡计,不是顶有趣的吗? 这家伙一死,多半会提早了我的行期;让我把这尸体拖到隔壁去。母亲,晚安! 这一位大臣生前是个愚蠢饶舌的家伙,现在却变成非常谨严庄重的人了。来,老先生,该是收场的时候了。晚安,母亲!

〔各下。哈姆莱特曳波洛涅斯尸入内。

【作品导读】

威廉·莎士比亚(1564—1616),英国文艺复兴时期伟大的戏剧家和诗人。少年时期的莎士比亚曾在当地的文法学校读书,并对戏剧产生浓厚兴趣。1585年前后,莎士比亚前往伦敦谋生。最初,他在剧院门口为观众看马,后来在剧院当杂役,逐渐地,他也为剧团编写剧本、当次要演员,最终,莎士比亚当了剧团的股东。1616年4月23日,莎士比亚在家乡病逝。联合国教科文组织把每年的4月23日定为世界读书日,与莎士比亚的生卒日不无关系。

莎士比亚在其二十余年的创作生涯中,创作了大量的文学作品,包括154首十四行诗,2首抒情长诗和37部(一说39部)戏剧。因为随着时代的变化,作家年龄的增长和对社会认识的加深,他的创作可分成三个阶段,显示出了作家人生不同时期的创作基调、思想特征、文学类型和文学风格。

《哈姆雷特》(1601)、《奥赛罗》(1604)、《李尔王》(1606)和《麦克白》(1606)是莎士比亚中期创作的四大悲剧,反映了莎士比亚思想的矛盾性。

《哈姆雷特》是莎士比亚悲剧的代表作。戏剧开始,留学德国的丹麦王子哈姆雷特接到父王老哈姆雷特病死的噩耗。王子立刻回国奔丧,发现叔叔克劳狄斯继承了王位,王后母亲改嫁了叔叔。正当王子陷于悲痛纠结时,老王鬼魂显灵于王子,告知自己被克劳狄斯陷害过程,嘱咐王子复仇。戏剧围绕着王子和克劳狄斯的冲突展开剧情。结局是,王后误饮毒酒,哈姆雷特刺杀了克劳狄斯,自己也中毒剑身亡,全剧以好人坏人同归于尽而告终。

对于哈姆雷特王子这一形象的认识,历来莎评专家讨论最多的话题是王子的延宕问题。王子在戏剧的开始就得知叔叔是杀死父亲、篡夺王位的凶手,复仇的任务直至剧终才勉强完成。为什么?对王子延宕行为的思考其实是对形象的认识和思考。有人从医学的视角认为,王子的延宕是因为他确实疯了,承担不起复仇的任务了;也有观点认为,王子有恋母情结,他担心复仇之后会像叔叔一样重蹈覆辙,他的恋母情结阻碍了他的复仇行动;还有人指出,王子是一个人文主义者,王子的犹疑和延宕表明他已经跨越了个人复仇的小任务转而思考人生的重任和担当。从剧情来看,王子行动的过程不是在复仇的谋划上而更多呈现的是他内心的纠结和思想矛盾,这正是莎士比亚塑造人物的方法所在,他给读者或观众的不是一个固定的人物而是一个不确定的人物,一个再创造的空间,这就应了那句"一千个读者就有一千个哈姆雷特"的名言。

莎士比亚的艺术成就博大精深。他塑造了一系列典型形象(女性形象、小人形象、傻子形象等);且形象饱满、丰富,个性鲜明,具有多种情欲,被称为"圆形人物"。莎士比亚的戏剧结构往往是多条线索并头发展,戏剧冲突激烈;戏剧语言丰富,极富个性特征。

莎士比亚不仅属于英国,更属于世界。

【延伸阅读作品和参考文献】

1.《莎士比亚喜剧悲剧集》,朱生豪译,译林出版社2002年版。

2. 杨周翰《莎士比亚评论汇编》,中国社会科学出版社1979年版。

3.〔奥〕弗洛伊德《〈俄狄浦斯王〉与〈哈姆莱特〉》,见《弗洛伊德论美文选》,张唤民、陈伟奇译,知识出版社 1987 年版。

【思考与练习】

  1. 你是怎样理解哈姆雷特形象内涵及其典型意义的?

  2. 以《哈姆莱特》为例分析莎士比亚戏剧的艺术特征。

(褚蓓娟)

推销员之死（节选）①

〔美〕阿瑟·米勒

安魂曲

查利　天要黑了，林达。

　　　〔林达没有反应。她呆视着坟墓。

比夫　怎么样？妈，也该休息一下了。人家就要关门了。

　　　〔林达依然没有动。停顿。

哈皮　（带着深深地愤慨）他没有权利这么干。也没有必要。我们都会帮他的。

查利　（哼了一声）嗯。

比夫　走吧，妈。

林达　为什么没有人来？

查利　丧礼还是挺体面的。

林达　可是他那些老相识都哪儿去了？ 也许他们都怪罪他。

查利　不会，这是个无情无义的世界。没有人怪罪他。

林达　我不明白，尤其是现在。我们三十五年来头一回眼看着就谁的也不欠，都清了。他只要有一点点工资就都够了。他连牙科医生的账都付清了。

查利　谁也不能有一点点工资就够了。

林达　我不明白。

比夫　我们过过不少好日子。他出去跑码头回来的时候，或是礼拜天，盖门廊，修理地窖子，建造那个新门道，添造一间洗澡间，还有盖汽车房。你知道吗，查利，对他说，那个门廊他花的心血比他一辈子卖的货都多。

查利　我知道。他这个人能搅和水泥的时候最高兴。

林达　他的手可巧呢。

比夫　他错就错在他那些梦想。全部，全部都错了。

哈皮　（几乎要和比夫打架）不许这么说！

比夫　他始终不明白自己是什么人。

查利　（制止了哈皮的动作和回答。对比夫）可不敢怪罪这个人。你不懂啊，威利一辈子都是推销员。对推销员来说，生活没有结结实实的根基。他不管拧螺丝，他不能告诉你法律是什么样，他也不管开药方。他得一个人出去闯荡，靠的是脸上的笑容和皮鞋擦得倍儿亮。可是只要人们对他没有笑脸

---

① 英若诚译，选自〔美〕阿瑟·米勒《推销员之死》，英若诚等译，上海译文出版社 2008 年版。

了——那就灾难临头了。等到他帽子上再沾上油泥,那就完蛋了。可不敢怪罪这个人。推销员就得靠做梦活着,孩子。干这一行就得这样。

比夫 查利,这个人始终没有明白自己是什么人!

哈皮 (愤然)不许你这么说!

比夫 你何不跟我一块走呢,哈皮?

哈皮 叫我认输没那么容易!我要在这个城市待下去,我要在这场大骗局里压倒对手!(看着比夫,咬着牙)洛曼兄弟!

比夫 可我认清了我自己是什么人!

哈皮 那好吧,老兄,我要叫你,叫所有的人看看,威利·洛曼没有白死。他的梦是好梦,人只有这一个梦好做——压倒一切,天下第一。他这一仗是在这儿打的,我就要在这儿替他打赢。

比夫 (失望地看了哈皮一眼,弯身对母亲)咱们走吧,妈。

林达 我马上就来。先走一步吧,查利。(查利有些犹豫)我要这样,只要一分钟。我还没得机会跟他告别呢。

　　〔查利走开了,哈皮跟在后面。比夫留在林达的右后方,稍有一段距离。她坐在那里,努力使心情平静下来。长笛声开始,并不远,一直衬托着她的话。

林达 原谅我吧,亲爱的。我哭不出来。我不知道为什么,可我哭不出来。我不明白,你到底为什么要这样?帮助我吧,威利,我哭不出来。我总觉得你又去跑码头了。我总在等你回来。威利,亲爱的,我哭不出来。你为什么要这样呢?我想找原因,我找啊,找啊,可我还是不明白,威利,我今天付清了房子最后一期款项。今天付清的,亲爱的。可是家里没有人了。(哽咽)都清了,咱们自由了,(哭得痛快了,也觉得解脱)自由了,(比夫慢慢地走向她)自由了……自由了……

　　〔比夫挽她站起来,扶着她自右方下。林达轻声哭泣着。伯纳德与查利走到一处,跟在他们后面,哈皮跟在最后。在暗下去的舞台上只听得见长笛的乐声,而与此同时压在这所房子上空的公寓大楼的无情的高层建筑变得轮廓格外清楚。

幕落

【作品导读】

　　阿瑟·米勒(1915—2005),美国剧作家,出生于纽约一个犹太人制衣商家庭。30年代初美国经济大萧条时期,父亲破产,家庭生活陷入危机。米勒家庭的不幸不仅使他认识到现代生活的种种威胁,而且极大地影响着他的戏剧创作。在密执根大学读书时,米勒就开始了喜剧创作并获奖。他的成名作是1947年创作的《都是我的儿子》，获得了纽约剧评界奖。作品刻画一位制造伪劣军需用品的不法商人，剖析了资本主义投机生意对于家庭关系的影响。这部剧作的主题在他以后的作品中经常出现。1949年他创作《推销员之死》，获得了普利策奖。1953年，在美国麦卡锡主义猖獗的背景下，他创作了反映北美殖民地时代新英格兰地区逐巫冤案的剧作《炼狱》，以影射当时的美国现实。1956年，阿瑟·米勒与著名影星玛丽莲·梦露结婚，1960年离异，1964年他据此经历创作了《堕落之后》，描写人类关系的分崩离析及其后果。

阿瑟·米勒是尤金·奥尼尔1953年去世后美国三个具有代表性的剧作家之一。他是一个易卜生式的社会剧作家，认为："艺术应该在社会改革中发挥有效作用"，"伟大的戏剧都向人们提出重大问题，否则就只不过是纯艺术技巧罢了"。《推销员之死》就是这方面的杰作。作品展现了美国中产阶级美国梦的破灭。男主人公威利·洛曼是一个推销员，他和所有美国人一样相信自己的工作是有价值和意义的，只要勤奋工作，终会有所成就，他也相信他的两个儿子是了不起的人，会大有出息，但由于环境和自身的原因，到他年老体衰的时候，他并没有达到他预期的那种成功和辉煌，反而最终失去了他赖以生存的工作，不得不靠每周向人借50美元度日。两个儿子中，大儿子比夫因在一个偶然的机会目睹了父亲对母亲的不忠，人生价值观坍塌，从一个中学时的体育明星变成了一个小偷小摸的人，34岁了还居无定所，四处流浪；小儿子哈皮志大才疏而又玩世不恭，沉湎于女色。威利最终发现儿子是爱自己的，为了能给儿子提供创业的资本，他选择了用死亡换取保险金的办法，平静地走向了死亡。作品把意识流小说的艺术手法移植到戏剧中，用心理现实代替外在现实，使剧作在结构上有了更大的自由度，大多数场景都由威利的回忆和心理意象来进行转换和调度，使作品在现实、回忆和想象中自由切换，具有舞台艺术独特的魅力。

阿瑟·米勒花6个星期时间创作的《推销员之死》给他带来不朽声誉。作品1949年搬上百老汇舞台，并且连续上演742场，成为他影响最大、上演最多的剧本。主人公威利成为舞台上的经典形象——他充满出人头地的欲望，对于美国式的成功所抱有的顽固信念最终摧毁了他。"从字面上来说，《推销员之死》是一部关于推销员的戏剧，但是，不仅在美国，同时也在世界的其他地方，它已经成为每一个现代人的人生的一部分。"1988年，阿瑟·米勒接受采访时这样说。1983年，阿瑟·米勒应英若诚之邀，来北京人艺导演《推销员之死》，这也是"文革"后第一个在中国上演的外国戏剧。

【延伸阅读作品和参考文献】

1.〔美〕阿瑟·米勒《萨勒姆的女巫》（梅绍武译）、《都是我的儿子》（陈良廷译），见阿瑟·米勒《推销员之死》，英若诚等译，上海译文出版社2008年版。

2. 郭继德《当代美国戏剧发展趋势》,山东大学出版社 2009 年版。

【思考与练习】

1. 我们不知道威利推销什么商品,我们也不知道死亡保险金会不会赔付给他一家。剧作家为什么把这种不确定性留给读者和观众?

2. 剧中过去与现在、幻觉与现实交织在一起的作用是什么?

(刘鹏)

后　　记

　　我想不到会在学院领导、中文专业不少老师、个别海内外博士、硕士研究生支持和参与下负责编写这样一本书。

　　两年前，学校决定取消原来的大学语文课程和公选课课程教学体系，而进一步扩展、变革，启动通识教育核心课程教学体系和通识教育一般课程教学体系。在此情况下，原来的"大学语文"课程怎么办呢？为适应学校教学发展的需要，在人文学院有关领导和中文系负责人的指导下，最后商定的是改申报为"文学经典导读"。我们原来的"大学语文"课程教与学的也主要是古今中外文学经典，那么我们把课程改申报成"文学经典导读"后，课程名称与教学内容的关联更明捷，也更贴近学生一般的接受心理。特别是大众文化语境下工科为主的院校，高等人才的培养实在需要突出、强化人文经典的阅读、研磨，深化学生对世界、人生的"精神性"感受和理解，从而使我们培养的人才具有超越现实世俗的境界、眼光、能力，使他们尽量能成为一个"大"人才、"全"人才，成为一个能"近"就业也能"远"就业的人才。"1950年代，随着商业电视的普及，大众文化在英国迅速崛起。文学批评家利维斯等学者对这样一种文化现象作出了迅速的应对。他的应对策略是利用教育体制来更加广泛地传播文学知识和文学鉴赏。他们抛弃了那些现代主义的实验性作品（比如乔伊斯和伍尔夫的作品就在扫荡之列），而把那些能够直接培养读者道德意识的名著（如奥斯汀、蒲伯、乔治·艾略特的作品）看作一种'伟大的传统'。他们坚持认为不能把文化看做是一种消闲活动，而阅读'伟大的传统'恰恰是用坚实而和谐的'生命感'来建构成熟个体的重要手段。"（赵勇《经典的祛魅与返魅——文化研究语境下的文学经典和文学教育》，见童庆炳、陶东风主编《文学经典的建构、解构和重构》）。事实上，国外的经典阅读通识课建设已近一个世纪了，我们现在属于补课和追赶——当然不是机械的。其实，不少高校的"大学语文"课程早已更名为"文学经典导读"课程。记得2001年，钱理群先生在北京大学上的现代文学课程就是公开课，全校学生都去听，而且教室再大也满足不了听众的需要，许多听者都站在门外。他与几个学界同仁一起编著的有近百万字的《大学文学》教材。就浙江省内言，浙江大学出版社近年来也已为各高校出版了多种"文学经典导读"之类的教材。或者干脆说,我们的"文学经典导读"课程就是校教改指导下新的"大学语文"课程。

课程最后的名称修改为"中外文学经典导读。"课程的申报得到学院的大力支持,并有幸被学校批准为全校通识教育核心课程,本教材就是该课程建设的主要成果。教材从起意、构思编写大纲到组织编写,笔者无数次当面与老师们商量,或用电话、短信、邮件等方式与老师们联系。令我感到荣幸和欣慰的是,老师们,还有个别海内外博士生、硕士生都大力支持,毫无怨言!学院李剑亮院长、钱国莲副院长参加座谈会,提出指导性意见;钱院长还担任了五个篇章的编写任务。其他老师,身上科研、教学任务都很重,还有生活上其他事情,都很繁忙,但也无不很愉快地承担了编写任务。张晓玥老师在美国访学,除担任编写任务外,还推荐留美博士仇萍女士也编写了五个作品的内容。另外,还有两个学院中文专业的硕士生也参加了部分内容的编写。在此不一一细述,只是要表示真诚的感谢!具体分工情况,如需要了解,请查看每篇作品导读文字后面的署名。

最后,需要说明,根据实际教学中学生的反应,本教材最后的编写又适当增加了一些外国文学经典方面的内容。另外,本教材从开始立意,就想努力走出自己教学的小圈子,而融汇到全国的文学经典阅读活动中去。为此,在选篇上,根据读者的多元化阅读需要,尽量兼顾到古今中外各主要历史时期、主要民族最有代表性的经典作品;撰写导读文字上,力求历史性与美学性、思想性与艺术性的统一,确也下了一番工夫,应该说也有一点自己的特色,可一定程度上满足当前文学经典导读课程教学和一般青年读者阅读的需要,只是因为时间较紧,编写者的水平也有限,所以疏漏、肤浅在所难免,敬请广大读者和专家、学者批评指正!再一点,由于沟通不便,在编选作品前未能一一征得作家或著作享有者的授权同意,这里也深感抱歉,如果您有需要,请与笔者联系。

浙江工业大学人文学院 左怀建

图书在版编目(CIP)数据

中外文学经典导读 / 左怀建主编. —杭州：浙江
大学出版社,2015.3(2019.11 重印)
ISBN 978-7-308-14509-1

Ⅰ.①中… Ⅱ.①左… Ⅲ.①世界文学－文学欣赏
Ⅳ.①I106

中国版本图书馆 CIP 数据核字(2015)第 057517 号

中外文学经典导读

左怀建　主编

责任编辑	傅百荣	
封面设计	刘依群	
出版发行	浙江大学出版社	
	（杭州市天目山路 148 号　邮政编码 310007）	
	（网址:http://www.zjupress.com）	
排　　版	浙江时代出版服务有限公司	
印　　刷	嘉兴华源印刷厂	
开　　本	710mm×1000mm　1/16	
印　　张	23.25	
字　　数	442 千	
版 印 次	2015 年 3 月第 1 版　2019 年 11 月第 6 次印刷	
书　　号	ISBN 978-7-308-14509-1	
定　　价	42.00 元	